泉州文庫

迺中題

淳菴詩文集（附淳菴存筆）

（清）柯輅 著
連心豪 點校

泉州文庫整理出版委員會
商務印書館

前　言

　　泉州建制一千三百多年，爲中國歷史文化名城和古代海外交通的重要港口。"比屋弦誦，人文爲閩最"，素稱海濱鄒魯、文獻之邦。代有經邦緯國、出類拔萃之才，歐陽詹、曾公亮、蘇頌、蔡清、王慎中、俞大猷、李贄、鄭成功、李光地等一大批傑出人物留下了大量具有歷史、文學、藝術、哲學、軍事、經濟價值的文化遺產。據不完全統計，見載於史籍的著作家有一千四百二十六人，著作多達三千七百三十九種，其中唐五代二十九人三十二種，宋代二百人三百九十一種，元代二十一人四十種，明代五百三十六人一千五百八十五種，清代六百四十人一千六百九十一種；收入《四庫全書》一百一十五家一百六十四種，《四庫全書存目叢書》五十六家七十四種，《續修四庫全書》十四家十七種。二〇〇八年國務院頒布第一批國家珍貴古籍名錄，屬泉人著述、出版者十三種。

　　遺憾的是，雖然泉州典籍贍富，每一時代都有一批重要著作相繼問世，但歷經歲月淘汰、劫難摧殘，加上庋藏環境不良，遺存至今十無二三，多成珍籍孤本。這些文化遺產，是歷史的見證，是泉州人民同時也是中華民族的寶貴文化財富，亟待搶救保護，古爲今用。

　　對泉州地方文獻的搜集與整理，最早有南宋嘉定年間的《清源文集》十卷，明萬曆二十五年《清源文獻》十八卷繼出，入清則有《清源文獻纂續合編》三十六卷問世。這些文獻彙編，或已佚失，或存本極少。二十世紀四十年代，泉州成立"晉江文獻整理委員會"，準備整理出版歷代泉人著作，因經費短缺未果。八十年代，地方文史界發起研究"泉州學"，再次計劃編輯地方文獻叢書，可惜後來也因爲各種條件的限制，其事遂寢。但是這兩次努力，爲地方文獻叢書的整理出版做了準備，留下了珍貴的文獻資料和書目彙編。

　　二〇〇五年三月，中共泉州市委、泉州市政府決定將地方文獻叢書出版工

1

作列爲國民經濟和社會發展第十一個五年規劃的一項文化工程。翌年，正式成立"泉州地方典籍《泉州文庫》整理出版委員會"，着手對分散庋藏於全國各大圖書館及民間的古籍進行調查搜集，整理出《泉州文庫備考書目》二百六十七家六百一十四種，以後又陸續檢索出遺漏書目近百家一百八十餘種。經過省内外專家學者多次論證，最後篩選出一百五十部二百五十餘種著作，組成一套有一定規模、自成體系、比較完整，可以概括泉人著作風貌、反映泉州千餘年文化發展脉絡的地方文獻叢書，取名《泉州文庫》，二○一一年起陸續出版發行。

整理出版《泉州文庫》的宗旨是：遵循國家的文化方針政策，保護和利用珍貴文獻典籍，以期繼承發揚中華民族優秀文化傳統，增進民族團結，維護國家統一，提高民族自信心和凝聚力，加強社會主義核心價值體系建設，增强文化軟實力，爲泉州的物質文明和精神文明建設服務。

《泉州文庫》始唐迄清，原著點校，收錄標準着眼於學術性、科學性、文學性、地域性、原創性、權威性，具有全國重要影響和著名歷史人物的代表作優先。所錄著作涵蓋泉州各縣（市、區），包括金門縣及歷史上泉州府屬同安縣，曾在泉州任職、寄寓、活動過的非泉籍人氏的作品，則取其内容與泉州密切相關的專門著作。文庫採用繁體字橫排印刷，内容涉及政治、經濟、歷史、地理、哲學、宗教、軍事、語言文字、文化教育、文學藝術、科學技術等領域，其中不乏孤稀珍罕舊槧秘笈，堪稱温陵文獻之幟志。

值此《泉州文庫》出版之際，謹向各支持單位、個人和參加點校的專家學者表示誠摯的感謝！由於涉及的學科和内容至爲廣泛，工作底本每有蛀蝕脱漏，加之書成衆手，雖經反復校勘，但限於水平，不足或錯誤之處還是難免，敬請讀者批評指教。

泉州地方典籍《泉州文庫》整理出版委員會
二○一一年三月

整理凡例

一、《泉州文庫》（以下簡稱"文庫"）收錄對象爲有關泉州的專門著作和泉州籍人士（包括長期寓居泉州的著名人物）著作，地域範圍爲泉州一府七縣，即晋江（包括現在的晋江市、石獅市、鯉城區、豐澤區、洛江區）、南安、惠安（包括泉港區）、同安（包括金門縣）、安溪、永春、德化。成書下限爲一九四九年九月以前（個別選題酌情下延）。選題内容以文學藝術、歷史、地理、哲學、政治、軍事、科技、語言教育等文化典籍爲主，以發掘珍本、孤本爲重點，有全國性影響、學術價值高、富有原創性著作優先，兼及零散資料匯總。

二、每種著作盡量收集不同版本進行比較，選擇其中年代較早、内容完整、校刻最精的版本爲工作底本，并與有關史籍、筆記、文集、叢書參校，文字擇善而從。

三、尊重原著，作者原有注釋與說明文字概予保留。後來增加者，則視其價值取捨。

四、凡底本訛誤衍漏，增字以[　]表示，正字以（　）表示，難辨或無法補正的缺脱文字以□表示，明顯錯字徑直改正，均不作校記。

五、凡底本與其他版本文字差異，各有所長，取捨兩難，或原文脱訛嚴重致點讀困難，或史實明顯錯誤者，正文仍從底本，而於篇末校勘記中說明。

六、凡人名、地名、官名脱誤者，均予改正，訛誤而又查不到出處之人名、地名、官名及少數民族部落名同異譯者，依原文不予改動。

七、少數民族名稱凡帶有侮辱性的字樣，除舊史中習見的泛稱以外，均加引號以示區别，并於校記中說明。

八、標點符號執行一九九六年實施的國家《標點符號用法》。文庫點校循新版二十四史及《清史稿》例，一般不使用破折號和省略號。

九、原文不分段者，按文意自然分段。

十、凡異體字、俗體字、通假字，如非人名、地名，改動又無關文旨者，一般改爲通用字；異體字已經約定俗成、容易辨認者不改。個别著作爲保持原本文字語言風貌，其通假字則不校改。

十一、避諱字、缺筆字盡量改正。早期因避諱所產生的詞彙成爲習慣者不改正。

十二、古籍行文中涉及國家、朝廷、皇帝、上司、宗族等所用抬頭格式均予取消。

十三、文庫一般一册收録一種著作，篇幅小的著作由兩種或若干種組成一册，篇幅大的著作則分成兩册或若干册。

十四、文庫採用横排、繁體字印刷出版。每册前置前言、凡例。每種著作仿《四庫全書》提要之例，由編者撰寫《校點後記》，簡略介紹作者生平、著作内容及評價、版本情况，説明其他需要説明的問題。

泉州地方典籍《泉州文庫》整理出版委員會辦公室

二〇〇七年二月五日

序

　　淳菴柯學博,爲閩中知名士。淵懿醇雅,竟體無俗氛。余以督學按試樵川,始識其爲人。試事既竣,淳菴以所著詩集見示。其古體多沈著奧衍,蘊釀深厚。近體風格絕勝,無纖佻浮靡之習,得詩家最上乘。嘗論閩中詩派,自宋、元以來,類皆風歸麗則,力宗正始。而今則漸入歧途,得淳菴以提唱之,鴈門之編,少谷之集,必有復見於今者,淳菴其勿以闌干苜蓿太息於抱山而居焉可也。

　　嘉慶丁卯四月庚子,吳興葉紹本題於昭武使院。

序

詩文不當於人倫日用者,不可謂典要。然非躬行之士,弗能爲典要之辭。晉江淳菴柯子,篤學勵行,歷訓永定、詔安、嘉義,舉能其職。余知汀州,素重其品學。甲子,移訓邵武。平生著述甚富,間出所著詩古文詞相示。讀其文,考證經史,搜討典籍,譚事物經濟,溯學殖淵源。發潛闡幽,勵志勗行,孝弟忠義事,尤亹亹言之不倦。稱儒先以實其説,油然粹然,足以感動人心。其詩渾樸溫厚,蘊藉閒遠。是真典要之辭,可端士習而善民風。

夫司鐸維閒曹,厥職匪輕。國家樂育人才,士子務實行,敦實學。異日居官,存實心,行實政,胥於學校造就之,而司鐸者責也。世之讀書者,盡如淳菴之潛心義理,篤志著述,則皆從植品績學,發爲文章,學問何患不根柢。世之居廣文者,盡如淳菴之悉心誘迪,使士子有所矜式,則皆知束身名教,多識前言往行,人材何患不陶成。淳菴以名孝廉滯抑公車,家故貧,老得廣文一席,薪水常不自給,而處之晏如。吾考七閩,當有宋之時,儒術盛於宇内。淳菴生是邦,得所宗仰。好學安貧,恬澹自適,有古賢士風。夫子曰"有德者必有言"。《易》曰"修辭立其誠"。淳菴能以其所自言者實而踐之,存諸心,體諸身,見諸行事,俾後之人觀淳菴詩文者,即得淳菴之爲人,則典要之辭出自學行君子,此余所屬意於菴者也。故序之。

嘉慶甲子仲冬,誥授朝議大夫、知邵武府事、前内閣侍讀、年家同學弟富明阿拜書。

序

學類賈，觀其居，知其貨。販夫販婦，提挈筐筐耳，列肆市門，蓋千百倍焉。天下之中，諸侯四通，貨賄山積，則貲富累巨萬也。學業亦然。觀其廢，知其居，負者戴者，水陸舟車，富商大賈，徧給贏餘，則百貨盈阜可知也。地薄寡積聚而賫多金，致難得，知司市之束手莫應耳。蓋錢多者貨不貲，居厚者求不匱，理勢然也。

晉江淳菴柯先生，以名孝廉大挑二等，歷訓汀、漳、臺灣，近補邵武。其來邵也，笥篋纍纍，積架盈几，皆其所著作纂述之書。蓋所著有詩文十二卷、《知非得寸錄》十卷、《閩中文獻》八十卷、《閩中舊事》十五卷、《天文氣候錄》二卷、《山川古蹟錄》十四卷、《人物管見錄》十五卷、《讀經筆記》二十卷、《古怡堂詩抄》十五卷、《東瀛筆談》四卷、《淳菴制義》二卷。近來邵，又得《樵川紀聞》二卷、《閩中詩話》十五卷、《溫陵舊聞》四卷、《淳菴存筆》四卷、《文海蠡勺》八卷、《詩學摭餘》八卷、《年譜》一卷。嗚呼！何其富也。顧余往見七閩士友，屈指鄉通人，未有淳菴名。惟汾浦葉君曾一序其文，引朱子序王梅溪文集"疏暢洞達"語相品目，其言蓋當，蓋庶幾知淳菴者。淳菴亦自言，泉人惟稱其能書，卒未始目爲通人。蓋淳菴鄉居冷宦，無交遊聲氣之援，性剛不近名，守默守元泊如也。然淳菴即不剛不元默，吾知世固未有譽淳菴也。夫勢利之陷溺人心久矣，說士甘于肉者誰哉？聲名激揚，互相題拂，亦未之覯焉。熙穰往來，大旨歸于富厚耳。淳菴貧且老，欲人之知，烏可得耶。嗟夫！日中之市，至于下春，門無車馬轍跡，則折閱決矣。吾又知淳菴之終埋鬱也。雖然，士窮厄而名滅沒者何限，奚厓厓淳菴。然淳菴于詔安有葉君，于邵又有余，亦氣類不孤云。

賜同進士出身、丙辰召用孝廉方正、邵武府儒學教授、寅愚弟寧化吳賢湘頓首拜撰。

序

廣文，冷官也。干祿之學者，往往薄其職而弗爲。吾謂其職無簿書錢穀之繁，所接見皆鄉之賢士大夫，與夫博士之弟子。陶安所謂祿雖薄而道則尊，勢雖孤而事則專，治化之本源出焉。好學廉潔之士，所爲寧辭民社以就學員者，此也。顧或者弛然以散冗自放，固於學校有負，即有所講習，亦規規於風尚時文，揣摩字句，以爲藉此取科第足矣，此外皆非所道。獨博士柯淳菴先生則不然。

先生曰，學以立身，非徒學爲文已也。吾蓋嘗竊有志焉。即文亦非徒舉子業，取科第已也。吾蓋幸爲冷官，而竊願肆力於文也。先生少孤，天性孝友。家故貧，喜讀書。壯歲舉于鄉，不屑屑於科舉之學。嘗欲力求本源，博綜載籍。以爲本源不求，則學無主腦，而立脚無地。群籍不博，則事靡考證，而往古無稽。於是潛心孤詣，探討根柢。自《論》、《孟》諸經，宋儒、五子，根極理要之書，研窮深造。至於史集宏博，以及格言懿論，文獻風流，山川、古蹟、人物、舊事，靡不淹洽，有得於心，手自纂述。丙夜寒燈，至老不倦。又以餘暇，作爲詩古文詞。今讀其詩，古體渾樸淳厚，真氣磅礴；近體格正音雅，遠去浮靡。其文則道誼明暢，情詞真摯，有光明磊落之概，而慈孝忠厚之意，時溢言表。蓋惟先生剛直敦厚，品粹行方，卓然有以自立，故其發爲詩文，不欲過求浮誇深曲，而自然條達。昔朱子序王梅溪之文，嘗論人之陽剛者必光明正大，疏暢洞達。如青天白日，如高山大川。而其發爲文章，亦粲然而不可掩。今先生之文章，皆發其性學之蘊。讀先生詩文者，可以識先生之品概行誼。吾黨有志之士，能相窺於本源之地，而有得乎先生所以爲文之意，固不僅斤斤於語言文字之末者，則庶乎有以知先生矣。

先生詩文集之外，所纂述凡二百餘卷，藏之家塾。異日力能剞劂，當持以問世。然先生不喜爲名，雖其鄉之賢士大夫，少有知其著述之富者。至是，特出其所學，與其品範，以爲學校表率。二十餘年，名聞薦紳間，而數庠人士，亦相與尊而信之。薰陶胥誨，以成其材。其至則人喜，其去則人思。嗚呼！如先生者，誠可以司教職而無愧，而世之薄其職而不爲者，聞先生之風，亦可以自奮矣。

丹詔汾浦弟葉觀海拜手序。

序

　　嘉慶己巳初冬，兼才送郡試來邵武，訪晉江淳菴先生於縣博士署。淳菴自訂詩文稿受梓甫竣功，屬兼才校其集，并命爲序。兼才與淳菴相知名逾十年，今以官同方晤聚于是。讀其詩古文，習其言論、性情，乃得所以序淳菴者。

　　淳菴初官晏湖，旋改丹詔，未幾赴武巒，今來樵川又逾五年。在寅僚中，獨以亢直著。有所欲言，必急發，不能隱。既發，心與口亦必不相違。蓋其秉性陽剛，不肯爲秘密深藏之行。以故朋儕中疎者自疎而親者終親，性之所投，兩不相強，亦各不自知也。其於詩文亦然。自家居迄仕宦三四十年中，内而家人父子，外而師友賓僚，與夫風土人情之殊異，山川古蹟之變遷，凡所爲憂樂死生盛衰得失，其纏綿悱惻低徊慨歎之致，皆以身之所經，悉舉而發之，詩與文一如其意之所欲言而後止。自功令以制義取士，士能兼詩古文者蓋少。竊謂制義代聖賢立言，惟求其是。所謂是者，不背不乖，各得其中之神理也。詩古文，胥其人肺腑所欲言，貴得其真。所謂真者，不矯不飾，各肖其人之性情也。淳菴以陽剛之稟，發爲詩古文，言質而意不衰，事煩而體不弱。有光明磊落之槪，無晦僻艱深以自飾。俾世之習淳菴、親淳菴者讀之，無不欣然撫卷起曰，此誠淳菴之詩、淳菴之文也。豈非得其真而有以肖其性情之故歟？淳菴制義，別有集，餘集亦不下十數種，茲集先梓以行，於校畢日，録以質淳菴。

　　冬仲朔日，六亭弟鄭兼才謹序於樵川寓舍。

序

　　嘉慶己巳,淳菴在邵武刻所作詩文十二卷。時用江西刻匠集字版,所刻僅十之五六,刷印五百部,序之者,督學葉筠潭先生,孝廉方正、教授吳清夫,貢生葉汾浦,學博鄭六亭。八九年來,五百部分散殆盡,存者數十部耳。癸酉,令安仁。公暇亦間有作,隨草輒棄,散軼少存。自維鄙陋,羞正大雅。然言之所發,性情繫焉,顧亦不甘泯滅。己卯春夏間,既謝官,未即交卸,借居城東草廬。因取前所未刻,及掇拾近藁,刪改謄正,字大紙厚,披覽快然。他日力能付梓,即以此為定本可也。

　　己卯五月二十日,淳菴七十五老人柯輅識。

目　　錄

序 …………………………………… 葉紹本　1
序 …………………………………… 富明阿　2
序 …………………………………… 吴賢湘　3
序 …………………………………… 葉觀海　4
序 …………………………………… 鄭兼才　6
序 …………………………………… 柯　輅　7

淳菴詩文集卷一 ………………………………… 1
　家居草 …………………………………………… 1
　　書座右四首 …………………………………… 1
　　閒居六首 ……………………………………… 2
　　示儉 …………………………………………… 3
　　晦翁朱子武彝精舍雜詠十二首，依原題作 …… 3
　　秋夕田家 ……………………………………… 6
　　寒江垂釣 ……………………………………… 6
　　補舊書偶成 …………………………………… 6
　　壬辰述懷三十韻 ……………………………… 7
　　喜雨 …………………………………………… 7
　　石門歌有序 …………………………………… 8
　　有感 …………………………………………… 8
　　縫裳行 ………………………………………… 8

洛陽橋觀潮 … 9
先母見背,越今四年。祿養無能,終天抱憾。哭泣之餘,自痛
　　自責四首 … 9
輓蘇世高崧同年 … 10
余舌耕梨坑有年,丙午移館齊山之麓。几案間日與一片巖相對,凝
　　眸遠眺,嵐光欲滴,爽氣迎人,不覺怡然心曠。久而習之,如得老
　　友。因書數語,以問山靈 … 10
讀陶詩 … 10
病瘧 … 11
巢燕 … 11
愚公谷歌 … 11
題米元章墨畫山水並歌行長卷 … 11
寶劍篇 … 12
蚊 … 12
病中爲表攸姪作大幅行書 … 12
壽陟齋兄七十 … 13
示徒 … 13
鄉里歲暮歌四章 … 14
乾隆癸卯,表攸應健、表皐應舉二姪並舉於鄉,書以誌喜 … 14
訓家 … 14
暮春桃李園 … 14
冬至夜 … 14

家居草 … 14

秋日遊古山寺 … 14
吟嘯橋 … 14
山莊晚眺 … 14

家居	15
題家敬仲先生畫卷後	15
寄功兄儀克荷舍	15
姊夫蔡懋奕見訪	15
古陵熊太守祠	15
青陽石鼓廟鄉先生祠	15
遣長兒入塾	16
買書	16
删竹	16
秋夜喜友見訪	16
虎岫	16
種蘭菊	16
同兄儀德、姪雲卿、表文遊靈源寺	17
舟過海印寺	17
省桃源卓口山祖宋龍圖閣學士仲常公墓	17
雨夜	17
己酉人日	17
又次前韻	17
答中表林默夫公車送行之作	17
午日	18
詰鼠	18
同駱子蟾、表攸姪暨諸同學南禪古剎夜集小酌	18
愚公谷石刻	18
過蔣溪口	18
過許順之先生墓	18
輓丁亦熙毓英孝廉	19

輓忠拔黃兄	19
岳父施公遺像	19
悼內	19
示同學生	19
曬書	19
雨後	19
高士峰	20
友人曾西順秀才過余敘舊,同行里外尋春之作	20
聞雞	20
家道	20
暮春至邺莊	20
坩江千波亭久雨初晴	20
龍湖龍神廟	20
秋日與同儕遊丹霞寺	20
建溪	20
過先室施孺人、長女惠英合塚	21
書長女惠英壙誌末	21
前明謝在杭先生家多藏書,余得其一卷,評點淋漓,上有謝在杭家藏印	21
嘉慶壬申塔頭鄉拜蔡忠毅公祠	21
讀王遵巖先生文集	21
讀唐宋詩	21
觀駢體文	21
寄言	21
論西崑詩,因及古人名句,有作	22
酒後口占	22

釣龍臺懷古 ………………………………………… 22
遊武彝沖佑觀並歷諸景 …………………………… 22
安拙 ………………………………………………… 22
睡起 ………………………………………………… 22
蕭妃村 ……………………………………………… 22
讀詩偶成 …………………………………………… 23
九日山玉山樵人故居 ……………………………… 23
留從効墓 …………………………………………… 23
宋丞相留忠宣公故居 ……………………………… 23
崇賢祠拜前明太僕卿方塘莊公遺像 ……………… 23
讀李衷一先生忠孝殊恩論 ………………………… 24
過前明給事中史筍江先生墓 ……………………… 24
筍江水榭 …………………………………………… 24
明孝廉曾弗人先生異撰，南塘同里人也。僑居福州斗中街，卒與節孝母林孺人同葬省垣西門外後榮鄉佛國山。嗣裔零落，墳墓失守。乾隆辛卯鄉闈，輅同族伯則潔一揚、林兄子詩國華，至佛國山遍訪。新丘古塚，千百纍纍。廢碣荒榛，凄然滿目。不得先生墓所，相與感歎而歸。既復揭字通衢，冀獲其處，而報者寂然。因成一律，以紀其事 ……………………………………… 24
家運式微，暮功陵替，先人廬墓幾不能守，獨坐齋中，感而賦此二首
　………………………………………………… 25
夏夜同表攸姪宿浯江水閣 ………………………… 25
哭戈椒嵁師 ………………………………………… 25
自警並示家塾子弟輩 ……………………………… 25
春日遣興 …………………………………………… 25
遊西資石佛寺 ……………………………………… 25

磨石道中望葉臺山先生精廬 ………………………………… 26

　　讀明史葉福唐相公天啓中再致仕 ……………………………… 26

　　李惠世者，吾邑文節九我公嗣裔也。家酷貧，以篆刻爲生。嘗爲余
　　　作圖章數顆，迨今四十餘年。惠世久已物故，圖書猶存行篋，而文
　　　節公後嗣式微可慨。覩物思舊，遂成長句一章 ………………… 26

　　貧女吟 ……………………………………………………………… 26

淳菴詩文集卷二 ……………………………………………………… 31

家居草 …………………………………………………………… 31

　　春浦雨景四首 …………………………………………………… 31

　　西崦八詠 ………………………………………………………… 31

　　天心洞二首 ……………………………………………………… 32

　　長春花 …………………………………………………………… 32

　　初夏曉起 ………………………………………………………… 32

　　雲窩書室 ………………………………………………………… 32

　　重陽風雨遷來寫悶二首 ………………………………………… 32

　　劍津舟行二首 …………………………………………………… 32

　　自題踏雪尋梅小照二首 ………………………………………… 33

　　秋日西溪別墅 …………………………………………………… 33

　　唐觀察常袞墓 …………………………………………………… 33

　　宋甘棠樹 ………………………………………………………… 33

　　舟中雨景 ………………………………………………………… 33

　　雨後行舟 ………………………………………………………… 33

　　稼邨春日 ………………………………………………………… 33

　　讀杜詩 …………………………………………………………… 34

　　王梅溪先生祠四首 ……………………………………………… 34

　　真西山先生祠三首 ……………………………………………… 34

讀忠諫罪錄感詠	34
抄書	35
烏嶼橋	35
義娘墓有序	35
秋夜	35
典衣	35
斷虀	35
春社三首	35
讀蔡忠惠公別紀五首	36
秋夜讀書	36
作字	36
讀明户部主事家希齋先生傳二首	36
武彝九曲櫂歌	37
武彝漢祀壇	37
第五曲紫陽精舍	37
九日山姜相墓	38
九日山懷古	38
宿鷺島小樓	38
讀漢詩	38
示武榮看相者	38
齋居	38
折菊送書	38
秋日過江浦橋	38
早度常思嶺	39
讀歐陽文忠公五代史閩王氏世家二首	39
忠懿王墓二首	39

過五代僞閩王氏故宮地 ……………………… 39

蔡新州故居 …………………………………… 39

題七賢過關圖 ………………………………… 40

道南祠 ………………………………………… 40

冬燕 …………………………………………… 40

宋時閩多蓄蠱，蔡忠惠公守郡，捕治甚嚴，無人敢蓄。楓亭上下百
　　餘里至今絕蠱患，人云以公祠墓在，蠱亦不敢留云 …………… 40

蔡忠惠公將造洛陽橋，移檄海神，回封書醋字事六首 …………… 40

秧馬 …………………………………………… 41

馬嵬坡和韻 …………………………………… 41

鞭表皋姪二首 ………………………………… 42

過州佐牧曾耀遐墓 …………………………… 42

題江邨書屋圖 ………………………………… 42

飲酒 …………………………………………… 42

退筆二首 ……………………………………… 42

笑題 …………………………………………… 42

除夕 …………………………………………… 42

家鄉除夕竹枝詞八首 ………………………… 43

吉祥蘭 ………………………………………… 43

經霜矮脚雞冠花 ……………………………… 44

夜來香 ………………………………………… 44

七夕紅荔支 …………………………………… 44

滸苔 …………………………………………… 44

水仙花四首 …………………………………… 44

洛神圖二首 …………………………………… 44

示家塾子姪輩十首 …………………………… 45

  生韓古廟 …………………………………………………………… 45

  歐陽文忠以公書爲第一二首 ……………………………………… 46

  種芭蕉 ………………………………………………………………… 46

 公車草 …………………………………………………………………… 46

  舟中早起 …………………………………………………………… 46

  建溪夜泊 …………………………………………………………… 46

  臘月二十四日雪後微雨度仙霞 …………………………………… 46

  仙霞嶺觀泉 ………………………………………………………… 46

  江郎石 ……………………………………………………………… 47

  過七里瀧 …………………………………………………………… 47

  落第歸鄉,浙溪舟中憶母_{三首} …………………………………… 47

  甌寧攬虹亭 ………………………………………………………… 47

  建溪阻雪 …………………………………………………………… 47

  西楚霸王墓 ………………………………………………………… 47

  卞莊子祠 …………………………………………………………… 47

 遊燕草 …………………………………………………………………… 48

  林和靖墓 …………………………………………………………… 48

  五人墓 ……………………………………………………………… 48

  曉發高郵 …………………………………………………………… 48

  滕縣道中 …………………………………………………………… 48

  柯亭學士柏 ………………………………………………………… 48

  乾隆辛亥十一月朔,赴永定司訓途中有作 ……………………… 48

淳菴詩文集卷三 ………………………………………………………… 51

 晏湖宦遊草 ……………………………………………………………… 51

  過武平峻嶺之巔,見樵者于深谷中,或偃臥白雲,或運斤幽壑,

   三兩爲群,嘯歌互答,其意甚適。因作採樵歌六章 ………… 51

秋日縱步南隄，上道南樓眺望。東南諸山，重疊蜿蜒，峭净如洗，山中
　　時有雲氣往來。因取陶弘景嶺上多白雲句爲韻，率賦五章 …… 52

山中聽琴 …… 52

舟中聽琴 …… 52

書守瓶二字于齋壁 …… 53

石磬 …… 53

寄林蘅洲 …… 53

慰老 …… 53

臨江送别林九 …… 53

望雲 …… 54

永定學署作 …… 54

秋日熊松若江濬明經、賴瑞堂世琛孝廉見訪 …… 54

秋雨初霽，獨步前庭。適三山林桐崖鳴岡孝廉告别計偕 …… 54

春日有懷 …… 54

學齋秋菊正開，邀熊松若、賴希川、賴魯三、鄭泉堂、吴符千、吴萃檀
　　諸君玩賞，因留小酌 …… 55

送黄善亭明府之喪歸江右 …… 55

過上杭故泉州司訓周公天眷墓 …… 55

五夜舟發鄞江 …… 56

舟中即事 …… 56

歲暮 …… 56

長汀觀野燒 …… 56

日暮微雨安鄉道中 …… 56

送永定温荔坡恭赴任縣令 …… 56

寄楚中龔雨帆 …… 56

送友人歸關中 …… 57

留題漁邨老人壁 ………………………………… 57
過武平諸嶺 …………………………………… 57
送鄭生歸粵東 ………………………………… 57
宿雲溪別墅 …………………………………… 57
訪吳笠叟處士 ………………………………… 57
上杭安口溪中夜泊 …………………………… 58
舟中望紫金山 ………………………………… 58
遊長汀朝斗巖 ………………………………… 58
書堂偶興 ……………………………………… 58
雨晴訪熊松若明經 …………………………… 58
上杭黃岡溪上 ………………………………… 58
寄上杭學博葉韶九觀鳳同年 ………………… 58
乾隆乙卯八月十四日舍弟儀拔同蔡氏甥至永定學署 … 59
得碓山明府鄭實堂命成同年書 ……………… 59
宿祇園禪寺 …………………………………… 59
過明經賴曉山之鳳精舍 ……………………… 59
度嶺 …………………………………………… 59
重過澗頭渡 …………………………………… 59
寓西靈古剎 …………………………………… 60
秋夜二首 ……………………………………… 60
秋日同賴希川、胡旦俊、鄭泉堂、吳符千、吳萃檀重遊沙墩閣北樓
  之作 ………………………………………… 60
曉發盧豐 ……………………………………… 60
春夜聽雨 ……………………………………… 60
寄漁邨老人 …………………………………… 60
三月 …………………………………………… 61

11

鄭慕齡秀才歸自西蜀，以茯苓見贈 …………………… 61
秋望 ………………………………………………………… 61
讀金陵馬宛玉秀才憶母詩 …………………………… 61
壬子十二月廿二日立春 ……………………………… 61
同李茂春、賴曉山、鄭慕齡、吳就程小集賴佩齋別業，夜闌即席有作
　……………………………………………………………… 61
送鄭輝良秀才歸鄉 ……………………………………… 62
歲暮訪友人翠石山房留題 …………………………… 62
春日書事 …………………………………………………… 62
寒食留飲田家 …………………………………………… 62
讀楊文靖公龜山集 ……………………………………… 62
秋日遊白雲寺 …………………………………………… 62
書堂 ………………………………………………………… 63
松峰寺午後睡醒 ………………………………………… 63
客有欲讀黃庭內景者，笑而贈之 …………………… 63
江皋秋暮 ………………………………………………… 63
秋望 ………………………………………………………… 63
冬月閒居 ………………………………………………… 63
亭前負暄 ………………………………………………… 64
蒼玉洞 ……………………………………………………… 64
乾隆壬子夏四月，舍弟儀拔同眷來署。五月十三日，自永定歸晉江
　……………………………………………………………… 64
秋夜觀書 ………………………………………………… 64
秋日同吳愛亭、吳希文步東郊，訪賴佩齋，觀畫山水長卷。適鄭慕齡、
　吳就程繼至，歡談留飲，分韻得稀字 …………… 64
元旦 ………………………………………………………… 64

憩武平羅漢嶺 ………………………………………… 65

甲寅六月十八夜,永定學齋同儀拔弟談家鄉事,三鼓不寐 ……… 65

永定學署遣長兒還鄉 ……………………………………… 65

臘月二十四日自雲莊過大溪邨 …………………………… 65

永定三年所食少家鄉味,偶憶及之 ……………………… 65

上元前一日 ………………………………………………… 65

春中過栗子嶺 ……………………………………………… 66

謝賴曉山明經餽新米 ……………………………………… 66

和林桐崖秋日同登沙墩閣原韻 …………………………… 66

次吳又京孝廉送林桐崖歸三山原韻 ……………………… 66

陳葵園_{寅旭}參軍重陽攜酒邀余及諸僚友遊沙墩閣、奎光亭、道南樓
諸勝 ……………………………………………………… 66

新竹 ………………………………………………………… 66

門前晚步 …………………………………………………… 67

自誚 ………………………………………………………… 67

汀州學博陳仁田_任,年八十七,告老歸鄉,詩以送之 ……… 67

聞同里林子詩_{國華}訃 ……………………………………… 67

輓儀金_{從龍}族兄 …………………………………………… 67

薦紳、同學餞余詔安之行,是時去行期尚半閱月,即席分韻得雲字,
呈席上諸公 ……………………………………………… 67

晏湖宦遊草 …………………………………………………… 68

過九車溪,夜宿林田嶺 …………………………………… 68

晏湖八景 …………………………………………………… 68

過蠟子嶺 …………………………………………………… 68

鷺公嶺雨晴 ………………………………………………… 69

永定學齋手植梅題壁 ……………………………………… 69

淳菴詩文集卷四

丹詔宦遊草

過梁山 71

憶故廬 71

哭弟儀拔及四女順英 71

蚤起 72

詔安明府鞠郁齋，薦紳沈素菴絢、林薌圃夢椿、沈畫山丹青、葉汾浦觀海、
　沈步雲一冲、楊允騰凌雲、錢余海東之行，作此誌別 72

嘉慶丁巳閏六月十三日舟到潮州 72

過饒平黃岡 72

過分水關 72

半沙道中 72

大興驛阻雨 73

冒雨過象湖 73

榕軒 73

登古南詔所獵洲山 73

雨夜旅懷 73

同沈畫山、葉汾浦秋日溪亭晚眺 73

輓處士漢柔葉公 73

因論詩文有作 74

早發盤陀，憶故鄉諸友 74

過故秀才陳義種墓 74

潮州謁韓文公廟 74

南詔春望 74

春日偶興 74

榕軒獨坐，憶永定溫荔坡、吳萃檀、吳愛亭、賴佩齋諸友 75

銅山	75
唐陳元光廟	75
過木棉菴	75
賈似道墓	75
七夕	76
秋日遊南山寺晚歸	76
獵洲觀海	76
嘉慶丁巳九月考滿假歸省墓，十月二十日起程，道中偶成	76
哭弟	76
第四女順英墓	76
奠漢柔葉伯	77
將赴嘉義，留別丹詔紳士諸公二首	77
漳郡陳家別業旅次	77
霉雨經旬，悶中偶作	77
春夜譔集諸同志	77
書葉汾浦薊門送別詩後	77
嘉慶四年己未六月，余移教武彎，東渡阻風，泊舟鷺島數日，覽其山川風俗，作雜詠八首	77

淳菴詩文集卷五 …… 80

武彎宦遊草 …… 80

海上吟	80
題竹邨宋九別駕洗硯小照圖	80
學齋雨夜	81
道上逢故人	81
偶然作	81
春日望海	81

篇名	頁碼
春日南院	81
秋日嘉義城晚眺	81
懷葉汾浦	82
病起	82
雨夜不寐	82
寫懷	82
學齋隙地，自闢小圃種菜二首	82
北村	82
中春雨後，同元栻岡光國學博遊鴻指園二首	83
臺陽旅思	83
鎮西門觀海	83
嘉義晚秋	83
臺灣郡	83
掃葉烹茶	83
書魏伯陽參同契後	83
海東詠	84
十燈吟	84
人來	85
重陽遣悶	85
悼側室張氏	85
夢張氏	85
寒夜聞柝	85
嘉慶六年辛酉十二月十八日檄署彰化，二十二日途中偶成三首	85
壬戌正月五日晚宿西螺驛	86
玉峰書院借廬	86
秋日小集	86

書懷	86
秋日遊白雲寺	86
秋夜	86
臺郡城樓曉望	87
赤嵌城	87
臺灣八景	87
聞鄉友人孝廉莊亦率拔英、王君超克峻謝世,不勝感悼	88
秋懷三首	88
臘月二十八日早起	89
冬夜吟	89
憶諸兒	89
接家書	89
秋城旅望	89
銅山康喜子畫	89
玉山	89
火山	89
荷包嶼	90
羅將軍廟有敘	90
二十三將軍廟	90
竹社	90
竹籬	90
竹屋	90
珊瑚籬	90
佛手柑	91
題惲壽平畫花	91
梅花書屋六詠,和翟二原題韻	91

題觀察慶憲佑之自畫蛺蝶手卷三首 …… 91
東山曉萃精廬 …… 92
瑯玕煙雨亭 …… 92
檳榔三首 …… 92
龍涎 …… 92
臺灣雜詠十首 …… 92
白鳩三首 …… 93
渡海西歸 …… 93

家居草 …… 93
臘冬雨夜小酌 …… 93
十二月十三日早起感興 …… 93
南塘里居 …… 93
余去鄉里十三年，今自海東歸，親鄰多貧窮離散，屋宇蕭條，惻然有感，率筆書此二首 …… 93
臘月十七日，嘉義明府楊謙齋以終養渡海西歸，訪我於南塘精舍 …… 94
歲暮苦雨 …… 94
家居二首 …… 94
冬日詠懷 …… 94
重謁蔡忠惠公墓 …… 94
夢蔡忠惠公并序 …… 95
九日莆陽道中 …… 95

淳菴詩文集卷六 …… 99

樵川宦遊草 …… 99
邵武城中月夜聞笛 …… 99
題何十二小山夢遇呂純陽圖 …… 99
贈光澤高所菴秀才 …… 100

自傷	100
擬古六首	101
擬古戍婦詞	101
題何小山種藷小照圖	101
暮春與友登楊塘山，即于渡口送別	101
嘉慶九年甲子三月二十日自家赴邵武，四月初二晚宿黄田驛遇雨	101
過龍源	101
宿白沙水閣	101
早發白沙	102
過箕簹嶺食笋	102
松風嶺	102
秋夜同吴清夫賢湘、陰青原東林、楊古心兆璜沙陂橋上玩月二首	102
春日南院三首	102
春日曉起三首	103
詠懷四首	103
宿禾坪書院	104
夏日小篁簹谷	104
贈歌者徐慕田有序	104
乙丑秋日，驛坂道中偶成。時余將適邵武	104
邵武道中	104
邵武學舍秋日偶成	105
冬夜讀明史，有感東林楊、左諸公	105
讀楊椒山先生傳	105
讀史三首	105
寒夜抄書	105

思家偶述 …… 105

讀六朝詩 …… 105

枕上續句 …… 105

老氏 …… 106

佛氏 …… 106

神 …… 106

鬼 …… 106

怪 …… 106

人多以余書專學米襄陽，作此示意 …… 106

讀歐陽文忠公五代史五首 …… 106

秋日熙春山晚眺二首 …… 107

謁李忠定公祠 …… 107

讀李忠定公宋史本傳 …… 107

秋聲亭 …… 107

詩話樓周櫟園先生寒食登詩話樓四首，追步原韻 …… 108

樵城張睢陽廟 …… 109

聞吳清夫、楊古心並賦紅葉，感而作此 …… 109

賦紅葉 …… 109

雨夜懷鄉 …… 109

賀朱泰川秀才舉男 …… 109

賀郡學博宋玉史天柱署中舉男 …… 109

小歲風雪甚寒，同吳清夫、曾擁書、朱泰川、楊古心、何雪巖小集虞西山松石園 …… 109

暮雪 …… 110

嘉慶乙丑考滿假歸省墓，半閱月復至邵武。中秋日途中偶成 …… 110

五夜不寐，聞熙春山鐘動早起 …… 110

秋日登熙春山 …… 110

曾擁書、何雪巖、朱泰川過余齋賞菊,各以詩見示,用雪巖韻和之
…… 110

立春前二日,柬謝、楊二學博二首 …… 110

秋荷 …… 110

丹臺山聽張明經燦斗彈琴 …… 111

書邵武訓導學堂四首 …… 111

題瑞榴,手書刻石邵武學舍 …… 111

送試場中,督學葉筠潭先生出其途中所作詩,命即試廳和其原
  題韻五首 …… 111

有感 …… 112

寒夜步月 …… 112

七臺山 …… 112

嘉慶辛未十二月二十七日,延平黃田驛阻雨三首 …… 112

驛路山梅 …… 112

岳溪山中別友人 …… 113

學中掘地得殘碑石片,匠人已擎柱礎,余取寘之花臺上 …… 113

秋夜學齋聽蕭潤亭同學彈琴 …… 113

小筥簹谷十二景有序 …… 113

秋日小筥簹谷雜詠五首 …… 114

新月 …… 115

過白石溪 …… 115

古塚瘞錢 …… 115

染鬚 …… 115

木假山 …… 115

姚廣孝四首 …… 115

題史 ··· 116

諸生邱照自北山移梅一株,植小篔簹谷 ······························· 116

學舍雜詠四首 ··· 116

客去,閑窗獨坐偶吟四首 ·· 116

嘉慶十年乙丑六月二十七日,余以教官二次考滿,在會城得病,不
　能步履。恐隕越失禮,先以堂吏上達中丞石渠李公,遂蒙免謁,
　命回寓治病。余滋感焉,作絕句紀之 ····························· 116

題朱泰川秀才小照 ·· 116

題喬西邨煌贊府黃葉樓圖三首 ·· 117

寄西邨喬大三首 ·· 117

閱內弟陳霞成所遺文衡山西苑詩墨蹟 ·································· 117

世人多以得科第爲成功名,作此辨之 ·································· 117

送陳編修集 ·· 117

屈原七首 ·· 117

湘君湘夫人 ·· 117

司馬子長四首 ·· 117

班孟堅 ·· 118

董子 ·· 118

伏生 ·· 118

賈生 ·· 118

文翁 ·· 118

馬融 ·· 118

鄭康成 ·· 118

蔡伯喈 ·· 118

揚雄 ·· 118

司馬相如 ·· 119

蔡文姬二首 119

曹操三首 119

陸宣公二首 119

陽城二首 119

古銅鼎 119

贈張八處士二首 119

聽畫眉 119

自誚 119

張確菴先生行書絹幅 120

竹夫人二首 120

武彝茶四首 120

響榻雙鈎 120

寄友 120

秋竹嶺上聞鷓鴣 120

謝何小山惠香 120

齋中白鳩 120

送荷鋤楊大入都赴選三首 120

題行春小照 121

題南岡集 121

淳菴詩文集卷七 126

都門旅寓草 126

太平鼓 126

四月初二日，新選縣令諸公圓明園引見恭紀五首 126

春日院中 127

夜坐觀書 127

燈市 127

小市 ……………………………………………… 127

　　挑骨董 ……………………………………………… 127

　　棗糕 ……………………………………………… 127

　　曉夢 ……………………………………………… 127

　　題惲南田畫葵 ……………………………………… 127

　　曉鵲 ……………………………………………… 127

　　三月五日清明感懷 ………………………………… 128

　　紫藤花 ……………………………………………… 128

　　芍藥 ……………………………………………… 128

　　賣花聲 ……………………………………………… 128

　　聽琵琶 ……………………………………………… 128

　　看月 ……………………………………………… 128

　　憶家 ……………………………………………… 128

薊門草 ……………………………………………… 128

　　與黃禹門同年京師護國寺看牡丹舊作 …………… 128

　　南海子 ……………………………………………… 129

　　長椿寺 ……………………………………………… 129

　　西山佛寺閹塚 ……………………………………… 129

　　燕俗 ……………………………………………… 129

　　薊北煤炭 …………………………………………… 129

出都赴豫章草 ……………………………………… 129

　　河橋柳 ……………………………………………… 130

　　望焦山 ……………………………………………… 130

　　風雨過揚子江 ……………………………………… 130

　　東阿古寺 …………………………………………… 130

　　廢古鐘 ……………………………………………… 130

毘陵舟中 ………………………………………… 130

舟景 …………………………………………… 130

舟中聽琵琶 …………………………………… 130

常山道中 ……………………………………… 130

梅花石 并序 …………………………………… 131

夏月出都，秋至江右偶成 …………………… 131

餘干舟中聞笛 ………………………………… 131

舟中久雨 ……………………………………… 131

彭蠡鴈 ………………………………………… 131

過鄱陽湖 ……………………………………… 131

鄱陽道中 ……………………………………… 131

過富春釣臺 …………………………………… 131

淳菴詩文集卷八 ……………………………… 132

安仁宦遊草 …………………………………… 132

示子 三首 ……………………………………… 132

安仁縣堂壁上石刻碑 ………………………… 132

李北海書雲麾將軍碑 ………………………… 133

憶邵武學宮古樟樹歌 ………………………… 133

短歌行 ………………………………………… 134

嶧山石刻歌 …………………………………… 134

題蔡研田郎中做大癡墨畫山水小幅 ………… 134

欸乃曲 ………………………………………… 135

文信公廟迎神送神詞 并序 …………………… 135

洗田塘三首 并序 ……………………………… 136

錢石儂贊府以所畫其尊人梅江先生小像數頁，各叙事繪圖，囑題
　其左四首 …………………………………… 137

乙亥清明日安仁署作	137
自沙湖至大橋邨道中作	138
王昭君、蔡文姬	138
古銅鑪	138
書懷	139
丙夜行舟	139
日暮安仁放舟,侵曉至餘干城下	139
夢吳清夫典簿邀立詩社	139
甲戌開歲	139
春望	139
雨中樓望	139
五月十二夜宿東鄉東山寺	140
晚憩下坪寺	140
春曉玉真山遠眺	140
正月二日夜宿餘干	140
社日畫樓上觀耕	140
秋江送友人之襄陽	140
自述	141
秋江泛月,有懷陳蓮邨、吳清夫、鄭六亭	141
寄愚菴居士	141
南昌水次憶海東諸友	141
哭邵楚帆先生	141
贈友二首	141
除夕前三日寄宗午橋統成學博	142
秋日至沙灣邨	142
白鹿洞書院	142

鵞湖書院 …… 142

周子濂溪墓附錄 …… 142

將至南昌郡晚望 …… 143

戴叔倫故居 …… 143

止水亭 …… 143

李泰伯墓附錄 …… 143

康山忠臣廟 …… 144

戒言 …… 144

寄致仕泰寧學博陳蓮邨 …… 144

署中早起 …… 144

暑熱，三更始就枕 …… 144

饒郡旅寓 …… 145

鄱陽城樓晚望 …… 145

重遊芝山寺 …… 145

月夜自鄧阜舟行至安仁城 …… 145

散衙作二首 …… 145

鄱陽縣齋見主人養二水鶴，甚馴而高潔可愛 …… 145

龍津晚宿 …… 146

見餘干禾苗披畝喜詠 …… 146

六月十一夜自崧塘邨陸行三十里至鄧阜，乘舟到安仁城 …… 146

丙子六月十三日乞雨 …… 146

久旱聞雷 …… 146

安仁當衝，官使往來，日無寧晷，供應酬答，不勝困頓 …… 146

宿東山僧舍二首 …… 147

淳菴次女名和舍，年十八，歸本邑水頭鄉武庠生王其賢。五載而壻歿，無所出。卒年三十四，孀居十二年，養一子尚幼。家中落，貧不能衣食，常歸養余家。冰霜自守，茹茶萬狀，以憂鬱盡天，年未五十，例不請旌。余將立石墓前，題曰王門節婦柯氏之墓，以哀其志。宦遊於外二十餘年，至今未遂其意，可慨已！因述以詩 147

丙子暮春書懷三首 147
有感書示兒子輩 148
嘉慶丙子四月十七夜，鄱陽旅次作 148
宿饒州永福禪寺二首 148
小暑日暮舟行 148
雨晴北樓晚眺 148
移居小軒 148
聽雨山房早起 149
李氏園亭借寓 149
十音亭與老僧閑話 149
宿十笏僧院 149
夏日偕郭淨亭饒郡東湖隄行數里，荷香不斷，遂同遊薦福寺 149
夢故姊夫蔡懋奕見予於南塘里居，復偕其同儕數輩酌於里中禪院 149
溪泛 150
同陳李二友舟行月出 150
舟中作 150
率意 150
萬年道中日暮有感 150
丙子六月初九夜瑞洪阻風 150
阻風維舟楓岸 150
買書 151

憶昔 ………………………………………………………… 151
讀賈誼傳 ……………………………………………… 151
讀朱少章傳 …………………………………………… 151
鄱陽洪忠宣祠 ………………………………………… 151
滕王閣 ………………………………………………… 151
念灰 …………………………………………………… 151
宗午橋學博以癸酉鄉闈初場感懷詩見示，即依其韻 ……… 152
丙子五月二十夜鄱陽旅次，五更不寐，卧榻中口號，時無紙筆，晨起
　書之，不自知其言之悲也 ………………………………… 152
述懷 …………………………………………………… 152
彭蠡春櫂 ……………………………………………… 152
示客 …………………………………………………… 152
曉江漁者 ……………………………………………… 152
白菊 …………………………………………………… 153
月夜賞白菊四首 ……………………………………… 153
寒 ……………………………………………………… 153
水府廟渡 ……………………………………………… 153
王筠、楊大年、楊誠齋詩，皆以一官爲一集，余膳藁，竊效之 …… 153
康樂故城 ……………………………………………… 153
王右軍故宅 …………………………………………… 154
五柳館 ………………………………………………… 154
楊誠齋故宅 …………………………………………… 154
石壁精舍 ……………………………………………… 154
芝亭 …………………………………………………… 154
永福寺古鐘二首 ……………………………………… 154
團湖廟六首　并序 …………………………………… 155

淳菴詩文集卷九 — 156
歸田草 — 156
書示家塾子弟輩 — 156
殘菊二首 — 156
淳菴貧老且病,順時安命,聊以自適 — 156
整書案 — 156
十月十六夜枕上作 — 156
乾隆四十二年丁酉,淳菴授經漳州龍溪田里社,於今四十有六年矣。有人自田里來者,問之,惟有王姓一學子存,其餘館人友生諸學子,皆已物故。感而賦之 — 157
十月十七夜喜雨 — 157
病中景 — 157
晉江風土七首 — 157
壬午冬至後二日,十一月十二夜枕上作五首 — 158
聞鄰家笑語 — 158
閱文衡山停雲館帖三首 — 158
閱淳化閣帖馬蹄真蹟 — 158
晉江 — 159
福州烏石山李陽冰般若臺大篆 — 159
泉州葵山唐韓偓墓 — 159
韓致光妾 — 159
泉郡清源山唐歐陽行周先生讀書室二首 — 159
鄭漁仲先生夾漈草堂故址 — 159
蒙引樓 — 160
泉郡雙陽山 — 160
晉江岱峰石佛寺 — 160

飯後作	160
尋梅未開	160
壬午除夕逐貧鬼六首	160
痿痺三年，春來望愈	161
癸未新春邨莊閒步	161
正月十四日	161
春日邨居索寞四首	161
擁書	161
示推命者	161
六月四日苦旱	162
題齋壁	162
癸未七月十二夜五更枕上作	162
自解二首	162
看花	162
教子	162
秋螢	162
颶風觀海	163
夢故友	163
中秋前作	163
病中秋日獨坐三首	163
感憤	163
排悶	163
偶詠風土	163
不寐	163
單衣	164
秋竹	164

秋梧 …… 164

癸未秋中，本里青草庭高阜晚坐三首 …… 164

中秋遣悶二首 …… 164

部選永安教諭，病不能赴，感恩而作 …… 164

冬日典衣 …… 164

作字作詩 …… 165

書古詩後 …… 165

秋日永寧衛古城 …… 165

秋日里中望東南近地山水 …… 165

拆甲第 …… 165

拆鉅屋 …… 165

夏日過古園亭三首 …… 165

秋日觀耘書屋 …… 166

檢手著殘書 …… 166

科第 …… 166

秋日行至南塘郵外有感二首 …… 166

鄉人疑惑信鬼，每逢疾病，以土木邪魅，或肩以輿，或擎以手，問醫求藥，設醮演戲，以進退低昂爲可否，至於喪命破家而不悔。此尤彼效，釀成風俗。嗚呼！其愚甚矣。作二短章，以寓警歎 …… 166

秋日早飯後對菊三首 …… 166

心靜 …… 167

祈社 …… 167

讀張淨峰先生小山彙藁 …… 167

前代老宦林居，逍遙晚景，貪生懼死，學佛學僊，空寂自苦，延年無徵，幸得歧趨之名，抑亦不思甚矣。偶成一絕 …… 167

平山堂 …… 167

安仁學博李君百倌,江西南安歲貢生,年九十一,耳目聰明,食息動
　止如少年。飲酒可四五斗,陶然不醉。作詩文立就,雙目瞠然,
　能作蠅頭小楷,喜談書史古事,凝坐終日無倦容。與予善,作二
　絕句贈之 ································· 167
晉南關鎖塔 ································· 168
關鎖塔二女像 ······························· 168
立春土牛 ··································· 168
獨歎 ······································· 168
荀卿、李斯、吳公 ··························· 168
劉向 ······································· 168
劉歆二首 ··································· 168
李太白七首 ································· 169
古銅瓶四首 ································· 169
古銅鼓 ····································· 170
友人見遺雞卜小册 ··························· 170
書歐陽公詩集後 ····························· 170
讀曾子固青山謁李太白墓詩 ··················· 171
南陔補亡詩 ································· 171
讀書闕疑 ··································· 171
倚杖吟 ····································· 171
檢藏書有感 ································· 171
秋日邨莊晚望 ······························· 171
瀾浦歸帆 ··································· 171
雜感六首 ··································· 171
病中作詩二首 ······························· 172
作詩述概六首 ······························· 172

小雪蚊 ……………………………………… 173

讀爾雅 ……………………………………… 173

閱莊子、列子書二首 ……………………… 173

讀東坡先生前赤壁賦二首 ………………… 173

里中福海堂二首 …………………………… 174

福州郡治烏石山社稷壇銘 ………………… 174

南塘邨居 …………………………………… 174

樂故里 ……………………………………… 174

江瑤柱 ……………………………………… 175

羅裳山觀羅隱畫馬石二首 ………………… 175

溪東探梅於林鈍叟園中，得幾樹甚佳二首 … 175

泬塘澄清，眼見關鎖塔東南諸山，皆分明倒影 … 175

寶蓋山晚望 ………………………………… 175

癸未冬日觀書 ……………………………… 175

癸未十二月十一日雪二首 ………………… 175

癸未冬日觀積架舊書喜甚 ………………… 176

道光三年癸未冬，淳菴年七十九，讀永樂間纂修性理大全書數卷。知六經以外，此書不學，則不知道。余桑榆暮境，加以半肢痿痺，無能卒業。恨不早年研究，悔之已晚。因書二絕句 ……… 176

除夕三首 …………………………………… 176

淳菴詩文集卷十 …………………………… 177

里居養痾草

甲申元旦三首 ……………………………… 177

甲申正月六日寅時立春蚤起，人來送梅一枝，喜詠 … 177

讀經作 ……………………………………… 177

讀春秋作 …………………………………… 177

目　錄

濂溪周子 ……………………………………………… 177

明道程子二首 ………………………………………… 178

文公朱子 ……………………………………………… 178

朱子初自尤溪移居崇安，扁其室曰紫陽書堂，以徽州城南紫陽山，示不忘故土也。後築室建陽雲谷，號雲谷老人，名其堂曰晦菴，自號晦翁。晚居建陽考亭滄洲精舍，號滄洲病叟。寧宗慶元元年，草封事數萬言，極諫奸邪蔽主之禍。蔡元定及子弟諸生諫止，不聽。門人劉炳，請以筈決之。遇遯之同人，先生取奏藁焚之，更號遯翁。後人所稱朱子，與朱子自稱，多不知其所自。淳菴既詳載朱子世系考，刻之文集中，茲復約序於此。並作二詩，使學者於朱子稱號，一目了然。又按五代後唐，御史黃端，謚端，人稱黃端公，築亭建陽山，以望其父之墓，名曰望考亭，山水極佳。朱子晚年於考亭傍，築滄洲精舍居之。理宗詔立書院，親題扁賜之。後朱子卒於精舍，人遂稱爲朱考亭，其實未妥二首 ………… 178

康節邵子 ……………………………………………… 178

自憨 …………………………………………………… 179

梨山廟有序 …………………………………………… 179

浦城夢筆山有序 ……………………………………… 179

真西山先生夢山房故蹟有序 ………………………… 179

秋夜宿武夷精舍 ……………………………………… 179

見歌樓燈火甚盛有感二首 …………………………… 179

觀奕 …………………………………………………… 180

祭先祖 ………………………………………………… 180

祭五祀 ………………………………………………… 180

戒淫祀二首 …………………………………………… 180

老友惠安明府葉三臺見訪 …………………………… 180

35

甲申春日齋居二首 …………………………………… 180
海棠 ………………………………………………… 181
漢宮春 ……………………………………………… 181
齋頭拜歲,紫蘭盛開,瓶中梅花幽香滿室。兩三日來,籬外絳桃,
　　其華灼灼 ……………………………………… 181
明何炸菴先生纂清源文獻十八卷,年久散軼,其書湮沒難訪。歲
　　甲申,淳菴年八十,志欲續輯一編,已纂集二卷。奈耄年篤病,
　　精力俱虛,恐難卒業。悵怏於心,感詠二首 ………… 181
過潘湖憶歐陽行周先生 ……………………………… 181
閏七月二十八日過霞落沙邨 ………………………… 181
道光四年甲申,淳菴爲梅石書院山長,閒中偶成 …… 182
觀書倦甚,梅石書院庭前偶步 ……………………… 182
雨夜旅宿 …………………………………………… 182
春雨初晴,刺桐城樓遠眺 …………………………… 182
梅石書院夜坐二首 ………………………………… 182
讀明儒胡敬齋先生居業錄 ………………………… 182
手習杖二首 ………………………………………… 183
道光四年閏七月十六日,輅偕鄉人龍湖廟乞雨 …… 183
纂續清源文獻書成三首 …………………………… 183
陳紫峰先生 ………………………………………… 183
蘇紫溪先生 ………………………………………… 183
顧新山先生 ………………………………………… 184
何鏡山先生 ………………………………………… 184
莊方塘先生 ………………………………………… 184
李文節公 …………………………………………… 184
史蓮岳相國 ………………………………………… 184

張二水相國 …………………………………… 184
詹咫亭先生 …………………………………… 185
蔡沙塘先生 …………………………………… 185
林震西先生 …………………………………… 185
讀俞虛江將軍詩文集 ………………………… 185
讀鄧寒松將軍詩 ……………………………… 185
讀黃文簡公異夢記附錄 ……………………… 186
茂才以平莊兄孿生雙男誌慶 ………………… 186
羅一峰公書院有序 …………………………… 186
黃吾野山人 …………………………………… 186
留從効故宅 …………………………………… 187
惠安盤龍山陳洪進墓 ………………………… 187
道光甲申九月十九日過洛陽橋，重觀蔡忠惠公手書碑二首 … 187
秋日洛陽橋上觀晚潮 ………………………… 187
洛陽江畔邨莊 ………………………………… 187
洛陽漁家 ……………………………………… 187
梅石書院中自歎 ……………………………… 187
室中吟 ………………………………………… 188
折菊入瓶 ……………………………………… 188
秋夜聞書聲 …………………………………… 188
秋夜步月 ……………………………………… 188
秋日邨莊 ……………………………………… 188
秋日作詩二首 ………………………………… 188
重遊大覺寺 …………………………………… 189
退筆塚 ………………………………………… 189
鐵爐廟 ………………………………………… 189

泉郡署古忠獻堂 189

秋日登萬松峰雲壑寺 189

閱曾大父孝廉竹居公手抄古文 189

借寓南溪小築 189

舊志云，唐徐寅，字昭夢，乾元間進士，仕秘書省正字，不仕朱溫。歸老鄉里之延壽溪，有歸來延壽溪頭坐，終日無人問一聲之句。宋劉克莊，號後邨，淳祐中進士，官龍圖閣直學士。皆莆田人。唐時莆屬泉州，後邨得徐之徐潭爲別館，即延壽溪之北。有詩云：門外青山皆我有，從今不必喚徐潭。夜夢寅拊背曰：我昔勝君昔，君今勝我今。有隆還有替，何必苦相侵？良一異也。余爲作詩云 190

閱淳菴手著舊書 190

淳菴詩文集卷十一 191

里居養痾草 191

無題二首 191

讀史作 191

少米無薪久病三首 191

丙戌夏米貴 191

梅石書院與曾石如夜話 192

人生 192

讀倪玉汝先生題元祐黨碑 192

讀易詩 192

侵晨聞雀 192

月下香 192

寄友乞菊 193

黃菊二首 193

殘菊 …………………………………………… 193

清源探梅未有信二首 …………………………… 193

遊遵巖 …………………………………………… 193

郡中紫雲寺 ……………………………………… 193

宿月臺寺僧房二首 ……………………………… 193

丙戌臘夜梅石書院枕上二首 …………………… 194

十二月十四夜率成 ……………………………… 194

寄郭蘭石太史 …………………………………… 194

讀司馬溫公傳 …………………………………… 194

憶邵武詩話樓 …………………………………… 194

憶邵武小箕簹谷景物四首 ……………………… 194

丙夜與老友共談 ………………………………… 195

丙戌除夕三首 …………………………………… 195

丙戌臘月二十四日送神 ………………………… 195

喜二歲孫阿焴能為余拾書杖正椅 ……………… 195

丁亥元日 ………………………………………… 195

恭迎曾弗人先生神主入里中福海堂有序 ……… 196

越王釣龍臺 ……………………………………… 196

秦皇廟 …………………………………………… 196

張子房 …………………………………………… 196

漢昭烈 …………………………………………… 196

朱僊鎮岳忠武王廟 ……………………………… 197

西湖拜岳王墓 …………………………………… 197

韓蘄王西湖行樂圖 ……………………………… 197

經南宋故内，依貝瓊原題韻 …………………… 197

謝皐羽墓 ………………………………………… 197

楊鐵崖墓 ··· 197
于忠肅公墓 ·· 198
故明景帝陵 ·· 198
明丘中丞公養浩遺像有序 ··· 198
安仁城明桂萼柱國第 ·· 198
過分宜鈐山堂明嚴嵩故屋 ··· 198
春日題艾雲樵別墅三首 ··· 198
春日邨莊 ··· 199
語客 ··· 199
丁亥元宵二首 ·· 199
丁亥二月十六夜枕上作二首 ······································ 199
病中作二首 ·· 199
聽春雨二首 ·· 199
題蘭陵女史惲冰畫 ··· 200
荒邨僻處，當春花時，不見一枝，花朝悶坐小齋。忽憶安仁西溪，二月桃花十餘里，開時濃艷，如霞似錦。淳菴值此時，每邀僚友，駕扁舟，往遊其地。景色依稀，恍似桃源谷口，而今不可復見矣。作六絕句 ·· 200
雨後里中春望四首 ··· 200
里中地上磚石重疊縱橫，皆係前人屋宇壞基，見之有感 ········· 201
泱塘潴水，灌廿二、廿五、廿六三都田畝數千。邇來岸圯如平地，塘不蓄水，田不敷溉。累歲凶荒，三都之民，萬命啼饑，逃亡逋賦。輒目擊心傷，力勸田主農戶，捐資出力，上緊修築，口爛心焦。於南塘本里，捐佛銀近三百圓，人工二千有奇。於道光五年乙酉十一月二十七日興工，用三夾灰土，堅築牢固，陸續竣工。三都之人，動色相慶，以爲今日復覩塘規之舊，庶幸有秋·················· 201

勗子 …………………………………………………………… 201
　　繙閱十年前所作晚香圃老人詩話五十卷,多爲蠹鼠損傷,慨然有感
　　　…………………………………………………………… 201
　　書自著寒燈憶述十一卷 ………………………………… 201
　　觀傅府欹器有序 ………………………………………… 201
　　小山叢竹書院 …………………………………………… 202
　　遊郡中崇福寺 …………………………………………… 202
　　客有確信輪迴者,書以曉之 ……………………………… 202
　　安時命 …………………………………………………… 202
　　梅石書院大暑日客至 …………………………………… 202
　　陳拾遺子昂 ……………………………………………… 202
　　鄭廣文虔 ………………………………………………… 203
　　王右丞維 ………………………………………………… 203
　　韋左司應物 ……………………………………………… 203

淳菴詩文集卷十二 …………………………………………… 204
　里居養痾草 ……………………………………………………… 204
　　梅石書院早起 …………………………………………… 204
　　丁亥八月念三日,梅石書院五更枕上率成二首 ………… 204
　　徵士蕭敦堂見訪二首 有序 ……………………………… 204
　　讀朱子春秋綱領二首 …………………………………… 205
　　讀朱子詩經綱領二首 …………………………………… 205
　　得蔡虛齋公殘卷文集有序 ……………………………… 205
　　自傷 ……………………………………………………… 205
　　秋日白雲寺 ……………………………………………… 205
　　秋日郊莊即事二首 ……………………………………… 206
　　八月梅石書院桂花盛開,書示諸生 ……………………… 206

41

書示兒孫輩二首	206
九月十九夜枕上作	206
秋夜獨坐	206
秋日對菊三首	206
宿林口邨莊	207
冬夜宿海濱護垵莊	207
冬夜宿海濱杜嶼	207
隱背	207
道光丁亥十一月初六日,冬至後一日	207
道原	207
會心二首	207
勉客	207
讀史有感二首	208
廟祭	208
憶安仁縣署後玉真山古梅	208
見梅有感	208
道光七年十一月二十一日過安平武當古剎有敘	208
道光丁亥除夕三首	208
戊子人日	209
春雨初晴,樓上觀耕二首	209
梅石書院閒坐口成二首	209
哭四歲孫焴英痘殤,戊子二月廿八日二首	209
嘉慶二十年乙亥在安仁買歐陽文忠公集三首	209
壽何瞻庭老先生柏梁體四十韻	210
聞雷	210
琵琶亭	210

聞布穀	210
人生憂樂	211
老墨	211
漫題二首	211
自惜二首	211
鬼神二首	211
紙錢	211
俞都督虛江故宅	212
雜詠	212
讀顏桃陵王恭質公用汲麟泉詩集序	212
戊子上元五首	212
戊子七夕四首	212
閱宋史六首	213
道光戊子大比，八月初十夜梅石書院枕上作	213
中秋夜梅石書院玩月二首	213
過丁鴈水臬使絃圃故址二首	214
戊子梅石書院中秋夜續詠	214
肌瘦	214
余令安仁，署中無戒石碑二首	214
西禪廢寺	214
崇福寺	214
涼秋雨夜	215
秋夜喜友見訪	215
安仁解組將歸，幕友宋百泉以杜研叢同幕作餞別詩見示，步韻和之	215
臘月二十二日復作一首	215

安仁旅次,臘月廿八雪夜讀史口占 …………………………………… 215
讀白樂天先生卜居詩有感,追步原韻 ………………………………… 215
秋夜聞樓上管絃聲 ……………………………………………………… 215
宋狀元梁灝有考 ………………………………………………………… 216
續齊諧云,桂陽城武丁,有僊道,謂其弟曰,七月七夕,織女當渡河,諸僊各還宮。弟問織女何事渡河？答曰織女暫詣牽牛。四庫書內,宋袁文甕牖間評云,世謂牽牛織女,故老杜詩云,牽牛出河西,織女在其東。然織女三星自在牽牛之上,主金帛,非在東也。二星皆在西,則世俗鵲橋之說益誕矣。淳菴因作絕句云 ……… 216
韓荆州 …………………………………………………………………… 216
令安仁時告僚友 ………………………………………………………… 216
題蔗尾集 ………………………………………………………………… 217
安仁署中作 ……………………………………………………………… 217
冬青樹 …………………………………………………………………… 217
西園探菊 ………………………………………………………………… 217
西園賞菊 ………………………………………………………………… 217
冬夜將曉,梅石書院偶成 ……………………………………………… 217
後周韓通無傳 …………………………………………………………… 217
春日荒邨獨坐三首 ……………………………………………………… 217
道光己丑春日自題 ……………………………………………………… 218
曾祖孝廉竹居公祠宇傾頹感涕二首 …………………………………… 218
輅四十年前以暮功陵替,氣運衰頹,到天心洞問仙祈夢,仙示以詩云,莫道將軍勇,前途事可悲。昔時安馬背,今來別人騎。於今驗此仙詩不妄也。感詠二首 …………………………………………… 218
家運逢衰,沉思有感 …………………………………………………… 218
春日邀遊不赴 …………………………………………………………… 218

目　錄

聽邨中小童讀書 ………………………………… 219
作詩 ……………………………………………… 219
道光己丑元旦立春偶成 …………………………… 219
春日老病邨居二首 ………………………………… 219
春日南塘閒眺四首 ………………………………… 219
警草 ……………………………………………… 220
梅石書院白蓮 ……………………………………… 220
□□南樓雨中曉望 ………………………………… 220
書自信 …………………………………………… 220
雨中見紫雲雙塔 …………………………………… 220
道光己丑午日桐城百源池看荷 …………………… 220
宿井尾 …………………………………………… 220
耄老述懷 ………………………………………… 220
自愧 ……………………………………………… 220
年八十五時囑付兒孫 ……………………………… 221
□與友論脩史傳 …………………………………… 221
旅次逢故人 ……………………………………… 221
喜鵲 ……………………………………………… 221
示子孫四首 ……………………………………… 221
道光庚寅人日夜枕上偶成二首 …………………… 221
見半枯榕樹有感 …………………………………… 222
道光庚寅正月三首 ………………………………… 222
深滬獅山晚望 …………………………………… 222
梅石書院即景二首 ………………………………… 222
宿永寧古衛城 …………………………………… 222
暮春山齋阻雨 …………………………………… 222

45

求王恭質公用汲麟泉詩集不獲 …… 223

陳用之先生碑 …… 223

孝廉方正徵士敦堂蕭君_{漢傑}年八十，舉人、郡學教授禹門黃君_{人龍}年七十九，進士、襄陵令瞻庭何君_{奕簪}年七十一，舉人、安仁令淳菴柯輅年八十六。瞻庭與淳菴同應童子試，敦堂乾隆庚寅同爲學官弟子，禹門乾隆丁酉同舉於鄉。道光十年庚寅四月十八日，瞻庭何君誕辰，共集其□□，歡談竟日，管絃迭奏。淳菴即席口占，以紀□會 …… 223

淳菴詩文集卷十三 …… 224

序 …… 224

閩中述舊序 …… 224

勸修偃松寺序 …… 225

閩中詩話序 …… 226

樵川紀聞序 …… 226

代富敏齋郡憲募脩邵武府育嬰堂序 …… 227

游氏族譜序 …… 228

重修元湖洞菴序 …… 229

永定賴氏廟規序 …… 230

手謄魯閩公家譜刻本後序 …… 231

淳菴年譜自序 …… 232

增修年譜後序 …… 233

淳菴詩文集卷十四 …… 236

序 …… 236

奉政大夫公祭祀舊規後序 …… 236

知非得寸錄序 …… 237

溫陵先正文藏後序 …… 237

桔里曾氏家譜序 ……………………………………… 238
勉學堂聯句詩序 ……………………………………… 239
送富郡憲入京考績序 ………………………………… 239
送余生遊江右序 ……………………………………… 240
思舊編序 ……………………………………………… 241
洪蘭士詩槀序 ………………………………………… 242
真西山先生續文章正宗後序 ………………………… 243
淳菴存筆序 …………………………………………… 244
存筆又記 ……………………………………………… 245
南皋草堂詩話序 ……………………………………… 246
秋樞吟序 ……………………………………………… 246
淳菴遣悶漫筆序 ……………………………………… 247
淳菴詩槀合集自序 …………………………………… 247
謄錄五家宮詞序 ……………………………………… 247
清源文獻纂續合編序 ………………………………… 248
淳菴紀墨序 …………………………………………… 249
聚奎壇雅集序 ………………………………………… 249

淳菴詩文集卷十五 ……………………………… 254
序 ……………………………………………………… 254
都閫吳應愷壽序 ……………………………………… 254
黃善亭明府配廖孺人六十雙壽序 …………………… 255
謝德佩配陸孺人六十雙壽序 ………………………… 256
族兄儀金六十壽序 …………………………………… 257
李孺人八十壽序 ……………………………………… 257
曾母王氏八十壽序 …………………………………… 258
蔡懋奕七十壽序 ……………………………………… 259

丁孫啓太學六十壽序 ················ 260
陳持齋配吳氏雙壽序 ················ 261
楊謙齋明府壽序 ···················· 261
代壽張曦亭明府序 ·················· 262
王母吳太宜人七十壽序 ·············· 264

淳菴詩文集卷十六 ················ 266
記 ······························ 266
永定東華巖閣石洞乳泉記 ············ 266
重脩王文成公祠堂記 ················ 267
永定訓導齋記 ······················ 268
過李文節公舊宅記 ·················· 268
永定學藏書記 ······················ 269
永定逢饑記 ························ 270
遊獅子洞記 ························ 271
宿桂竹菴記 ························ 271
漢壽亭侯畫像記 ···················· 272
洑田塘記 ·························· 272
植竹小軒記 ························ 274
東偏記 ···························· 274
柯氏家世錄後記 ···················· 275
臺灣巡城記 ························ 276

傳 ······························ 278
敖陶孫傳 ·························· 278
潘湖二歐陽合傳 ···················· 278
祖慎升公家傳 ······················ 280
嗣高祖緩公公家傳 ·················· 280

先大父簳亭公家傳 ··· 281

淳菴詩文集卷十七 ··· 284

論 ·· 284

剛論 ··· 284

昇真論 ··· 285

臧孫辰告糴于齊論 ··· 286

葬地論 ··· 287

五銖錢論 ··· 289

鄉俗論一 ··· 289

鄉俗論二 ··· 291

説 ·· 292

古器説 ··· 292

巨蛇説 ··· 293

淳菴詩文集卷十八 ··· 296

考 ·· 296

讀永定孔氏譜系考 ··· 296

朱子文公世系出處考 ··· 299

閩中封域氏族考 ··· 307

武夷山考 ··· 308

歐陽行周先生舊事考誤 ·· 310

淳菴詩文集卷十九 ··· 313

文 ·· 313

勸報孝子順孫義夫節婦文 ·· 313

戒溺女文 ··· 314

永定新修學宮土神祠落成祭文 ··· 315

詔安新建獵洲嶼祥麟塔告土神文 ··· 315

諭詔安諸生月課文 ································· 315

脩邵武縣文廟告文 ································· 316

申邵楚帆學憲請給李忠定公祠生文 ············· 316

祭李公墓文 ·· 317

代邵武紳士祭郡司馬香城閔公文 ················ 317

祭趙復菴同年發引文 ······························ 318

哭楊達夫同年文 ··································· 318

祭梁梓村文 ·· 319

先母楊太孺人小祥祭文 ··························· 319

祭先室施孺人文 ··································· 320

祭長女惠英文 ······································ 320

嘉慶四年五月初八日,本邑龍湖神廟禱雨文 ·· 321

嘉慶癸酉八月安仁城隍廟禱雨文 ················ 321

九月安仁城隍廟再祈雨文 ························ 321

九月安仁龍王廟禱雨文 ··························· 321

龍王廟再禱雨文 ··································· 322

甲戌五月二十八日,安仁城隍廟禱雨文 ········ 322

六月初一日,安仁城隍廟再禱雨文 ············· 322

八月十一日,安仁城隍廟禱雨文 ················ 322

道光八年七月二十九日,龍湖龍王廟祈雨文 ·· 323

淳菴詩文集卷二十 ································· 327

行略 ··· 327

先考抱璞公行略 ··································· 327

先母楊太孺人行略 ································ 328

墓誌 ··· 331

庶祖母李氏墓誌 ··································· 331

先室恬肅施孺人墓誌銘 …… 332

長女惠英墓誌 …… 333

柯母楊孺人、男訓齋珍泉祔壙誌銘 …… 333

柯斐齋暨配王氏墓誌銘 …… 335

紀母蘇孺人墓誌銘 …… 335

紀毅菴墓誌銘 …… 336

庠生朱南村墓誌銘 …… 337

張母葛太孺人墓誌銘 …… 338

贈考抱璞公贈妣節慈楊太儒人合葬墓誌 …… 340

淳菴詩文集卷二十一 …… 349

策 …… 349

循吏 …… 349

選舉 …… 351

三通 …… 353

賦 …… 355

感懷賦 …… 355

帖 …… 356

示子姪飲酒有節帖 …… 356

示兒子帖 …… 357

淳菴詩文集卷二十二 …… 359

題跋 …… 359

書蔡忠惠公洛陽碑後 …… 359

書戰國策後 …… 359

書歐陽永叔送徐無黨南歸序後 …… 359

書朱子文集後 …… 360

書楚辭後 …… 360

書漢魏詩後 ……………………………………………… 361

書陳隋詩後 ……………………………………………… 361

書唐人詩後 ……………………………………………… 362

書五鳳甄篆後 …………………………………………… 362

書韓文公手書白鸚鵡賦石刻後 ………………………… 363

書漳州開元寺唐塔佛經帖後 …………………………… 363

書王羲之臨鍾繇墓田帖後 ……………………………… 363

書淳化帖後 ……………………………………………… 363

書王荊公帖後 …………………………………………… 364

書朱子題曹操帖後 ……………………………………… 364

書朱子楷書碑文後 ……………………………………… 364

書唐林緯乾帖後 ………………………………………… 364

書歐陽文忠公帖後 ……………………………………… 365

再書歐陽文忠公帖後 …………………………………… 365

書范文正公道服帖後 …………………………………… 365

書司馬溫公帖後 ………………………………………… 365

書文潞公帖後 …………………………………………… 365

書文與可帖後 …………………………………………… 365

書薛文清公文集後 ……………………………………… 366

書陳方山詩集後 ………………………………………… 366

書吳青嶽詩文集後 ……………………………………… 366

書曾南豐詩後 …………………………………………… 367

書文徵明西苑詩墨蹟後 ………………………………… 367

書李中丞遺書後 ………………………………………… 367

書三謝詩後 ……………………………………………… 368

書沈約詩 ………………………………………………… 368

書謝孺人行狀後 ……………………………… 368

書小學實義後 ………………………………… 369

書朱子答鄭子上書後 ………………………… 369

書楊龜山先生集後 …………………………… 370

書文文山先生彭和甫族譜跋後 ……………… 370

書曾南豐廣德湖記後 ………………………… 371

書朱子論疾疫後 ……………………………… 371

書諸葛武侯戒子書後 ………………………… 372

書韓退之張中丞傳後序 ……………………… 372

書石鼎聯句詩序後 …………………………… 373

書韓昌黎公文集後 …………………………… 373

書蔡忠惠公送柯秘書三子歸泉應詔詩,並蘇文忠公異鵲詩後 …… 373

書蔡君謨公荔支譜後 ………………………… 375

自題丁巳小照 ………………………………… 375

題海虞蘇逸齋羣貓愛子圖 …………………… 376

書南岡集 ……………………………………… 376

書黃潛善、黃簡肅事 ………………………… 376

書謝景山先生逸事 …………………………… 377

淳菴詩文集卷二十三 …………………………… 383

箴 ……………………………………………… 383

改過箴 ………………………………………… 383

警惰箴 ………………………………………… 383

銘 ……………………………………………… 383

古鏡銘 ………………………………………… 383

硯銘 …………………………………………… 383

硯匣銘 ………………………………………… 383

- 筆銘 ……………………………………………………………… 384
- 書燈銘 …………………………………………………………… 384
- 古銅爵銘 ………………………………………………………… 384
- 枕銘 ……………………………………………………………… 384
- 鄭夾漈硯圖銘 …………………………………………………… 384
- 邵武訓導齋銘 …………………………………………………… 385
- 淳菴書座右自省 ………………………………………………… 385
- 邵武學齋買薪供爨，有木一節，大徑尺有六寸，高一尺，中空外古，其狀甚奇，取爲筆斗，鑴銘其上 …………………… 385

書 …………………………………………………………………… 385
- 與傅璧峰學博書 ………………………………………………… 385
- 復黃禮耕教授書 ………………………………………………… 386
- 與廖芬堂同年書 ………………………………………………… 386
- 復廖芬堂書 ……………………………………………………… 387
- 復本邑侯張公書 ………………………………………………… 387
- 與姊夫蔡懋奕書 ………………………………………………… 388
- 與表勉姪書 ……………………………………………………… 388
- 復陳桐巖書 ……………………………………………………… 388
- 與葉汾浦書 ……………………………………………………… 389
- 與林薌圃書 ……………………………………………………… 389
- 與紀隆城書 ……………………………………………………… 389

淳菴存筆 …………………………………………………………… 393
- 先正懿言 ………………………………………………………… 395

校點後記 …………………………………………………………… 417

淳菴詩文集卷一

家 居 草

書座右四首①

人皆有五性，氣習汨天真。此性雖云汨，寧無惻隱仁。塞之則愈晦，導之則必伸。庸有骨肉親，澆薄變齊秦。骨肉尚且爾，何況視他人。君子教子弟，擴充而日新。提撕此五者，潛發如開津。五性既不滅，器質自深純。豈惟異刻薄，行將邁等倫。

其 二

人生無百歲，死後亦何求。如何方寸心，輾轉多隱憂。枯榮付時命，死生任去留。一日息尚存，一日事未休。君子盡在己，外至焉能籌。造物誠渺渺，人事終悠悠。聖賢有真樂，外誘不相投。

其 三

築室欲其堅，室賣未十年。買田欲其腴，再獲田已遷。昨日里中豪，今日學執鞭。昨日紈袴子，今日肘鶉懸。盛衰原反覆，盈虛理自然。所以古君子，知足毋貪焉。廬可蔽風雨，田可供粥饘。不事榮華美，懼爲子孫纏。賢者損其志，愚者益其愆。何如免饑寒，勤苦相勉旃。

其 四

曾聞蘇老泉，廿七始下帷。又聞高仲武，五十始作詩。蘇公文中豪，高公詩中奇。吾儕能發憤，晚學未爲遲。功須日夜併，力要百千施。雖窮且益堅，立脚當不移。逮至業成日，早晚無差池。也知早成好，無奈歲月馳。遭逢或不偶，俗學苦無師。寒士多蹭蹬，抛荒庸有之。及此能努力，老大何傷悲。

閒　居六首② 閒居素好静,歎老將至也。

　　閒居素好静,圖書遍四隅。瀟洒舊茆堂,容此一迂愚。讀書隨所好,任意無束拘。抗懷羲皇間,稽古緬唐虞。古人不可作,事蹟有蹊途。遠溯幾千載,告語寧我殊。所嗟老將至,力短感賤軀。

　　　　其　　二 庭前有嘉木,擴胸次也。

　　庭前有嘉木,墻陰有疎竹。木竹何蕭森,蔭此蝸牛屋。常愁風雨來,罅漏難信宿。顔氏在陋巷,瓢飲一簞粥。安貧樂道心,華屋安所逐。聖賢貴道義,冥心契幽獨。天地何其寬,隘者自窘蹙。

　　　　其　　三 原憲貧非病,勉守窮也。

　　原憲貧非病,士貧亦何傷。貨殖不受命,屢空聖所揚。齋居蓬户中,義理勝膏粱。三旬九遇食,歌聲金石硠。謀道非俗學,懷抱豈尋常。出處師古人,設施慕賢良。挺然脚跟立,隨事好擔當。

　　　　其　　四 長江流日夜,感化機而勉進修也。

　　長江流日夜,逝者其如斯。道機無停息,運化有綱維。寒暑相推遷,晝夜遞轉移。往古與來今,倏忽如一時。古者不可還,今者似可追。今者又爲古,萬古無終期。人生天地間,蜉蝣晚風吹。電光與泡影,寄蹟將何爲。惟有聖與賢,終古長在兹。

　　　　其　　五 儒者信其理,堅爲善也。

　　儒者信其理,慶餘積善備。積善固餘慶,匪慶善安棄。作善降百祥,惠廸吉自至。造物豈無心,默默相安置。不爽十其九,爽者容一二。氣數有不周,理爲氣所累。信理以聽氣,所由斯合義。是以君子心,俟命而居易。

　　　　其　　六 黄鳥求友聲,歎好友之難也。

　　黄鳥求友聲,麋鹿豈無群。人生而索居,孤陋復寡聞。安得素心人,氣味蘭臭芬。知己固已寡,道交豈易云。聞有好友生,秋水江之濆。溯洄縈所願,投契未慇懃。又聞空谷中,伊人道德薰。可望匪可即,空山鎖白雲。何時一聚首,麗澤相歡欣。

示　儉③

晏嬰飯脫粟,孤裘三十年。古人尚節儉,此意當師焉。嘗見紈袴子,裘馬信翩翩。賓朋滿高閣,日食費萬錢。珍奇供玩好,亭榭相鈎連。一朝時勢改,故態悉變遷。饑寒日以迫,性命不能延。出門無所倚,或爲溝壑塡。華侈易覆敗,道理本自然。寄語子弟輩,養福儉居先。

晦翁朱子武彝精舍雜詠十二首,依原題作④

精　舍

溪流轉兩旁,巖壁峭而上。森環如林立,剜刻鬼神匠。忽然得平岡,茂木相翳向。精廬昔年開,廓落見幽暢。雲谷有老人,朱子關建陽雲谷二十六景,築晦菴,自號"雲谷老人"。棲止足清曠。懷哉千載風,遊人煩仰望。

仁　智　堂

屏下兩麓抱,草屋祇三間。朝抱雲煙爽,晚對西南山。惟有仁智心,登之無汗顏。蒼藤鳥聲寂,潭水碧潺潺。山水仁智樂,契合自安閒。斯堂未可企,空歎鬢毛斑。

隱　求　齋

棲息有奥區,空齋接仁智。深谷非沉淪,隱居以求志。枕石懷古心,漱流滌塵累。退易進則難,寧少達道意。美人不可期,臨風心如醉。當年俯仰間,萬物已皆備。

止　宿　寮

故人不速來,言投隱屏下。日暮舍孤舟,夕嵐將稅駕。入門握手歡,阻別已冬夏。傾吐盡平生,揮絃娛永夜。笋脯與松肪,聊以當膾炙。道探月窟時,無心遊造化。

石　門　塢

累石以爲門,舍舟從此進。雖然片石高,望之等千仞。一塢自天然,抱麓坦而峻。秋風碧蘿清,春雨石苔潤。猿鶴共寒棲,木石居大舜。昔日晦菴翁,於此闢幽壖。

觀善齋

負笈千里來,晨夕此相對。茅屋列幾間,群居聚吾輩。觀善舊有名,甄陶資教誨。巖翠入溪流,煙雲倏明晦。我生遙相隔,恨不請業退。徒仰石門高,耿耿增歎慨。

寒棲館

翳林叢竹裡,路轉石門西。孤館靜且幽,自昔題寒棲。羽流常來往,芒屨踏鹿蹊。抱甕日出汲,摘草搗香齏。道術亦何高,塵慮不相迷。丹訣世空傳,無事求刀圭。

晚對亭

崒嵂南山巔,孤亭四面開。回望隱屏峰,萬仞高崔嵬。山氣日夕佳,嵐光積翠來。拂石坐亭際,俛仰正徘徊。巖桂吐秋香,風送白雲隈。遲遲歸未得,逍遙步月回。

鐵笛亭

朱子《鐵笛亭》詩注云:山前舊有奪秀亭,胡侍郎明仲嘗與山之隱者劉君兼道遊陟而賦詩焉。劉少豪勇,游俠使氣,晚更晦跡,自放山水之間,善吹鐵笛,有穿雲裂石之聲。胡公詩有"更煩橫鐵笛,吹與衆僊聽"之句。亭今廢久。一日,與客及道士數人尋其故址,適有笛聲發於林外,悲壯回鬱,巖石皆振。追感舊事,因復作亭以識其處,仍改今名。

生前豪俠士,巖頭吹鐵笛。音響久銷沉,英靈還憤激。招攜步林隈,劉公嗟已寂。忽然笛聲轟,穿雲裂石壁。聽罷再三歎,作亭志所歷。千巖月明中,笙鶴破寥闃。

釣磯

溪北隱屏曲,下有坐釣石。混沌闢自然,肇名原夙昔。仙源無春冬,長年煙水碧。垂綸已忘機,投竿意自適。依然太古人,聊作山中客。此意不在魚,且以永朝夕。

茶竈

巨石屹中流，四邊雲水窟。中有神仙竈，天然若曲突。邀友坐石間，瀹茗爽肌骨。溪泉穀雨芽，活火燒榾柮。啜罷舌生香，歌□亦間發。載泛甌中雪，山間弄明月。

漁艇

箬笠衝煙重，簑衣帶月寒。千巖迷積翠，萬壑瀉流丹。仙溪泛小艇，老此釣魚竿。招招呼過客，來往半儒冠。放懷歌一曲，隄畔蘆花殘。安知壑上船，不是古漁灘。

附　朱子武彝精舍序

武彝之溪，東流凡九曲，而第五曲爲最深。蓋其自北而南者，至此而盡。聳全石爲一峰，拔地千尺，上小平處，微載土，生林木，極蒼翠可玩。而四隤稍下，則反削而入，如方屋帽者，舊經所謂大隱屏也。屏下兩麓，坡陀旁引，還復相抱。抱中地平廣數畝。抱外溪水隨山勢自西北來，四屈折始過其南，乃復繞山東北流，亦四屈折而出。溪流兩旁，丹崖翠壁，林立環擁，神剜鬼刻，不可名狀。舟行上下者，左右顧盼，錯愕之不暇，而忽得平岡長阜，蒼藤茂木，按衍迤靡，膠葛蒙翳，使人心目曠然以舒，窅然以深，若不可極者，即精舍之所在也。直屏下兩麓相抱之中，西南向爲屋三間者，仁智堂也。堂左右兩室，左曰"隱求"，以待棲息。右曰"止息"，以延賓客。左麓之外，復前引而右抱，中有自爲一塢，因累石以門之，而命曰"石門之塢"。別爲屋其中，以俟學者之群居，而取《學記》相觀而善之義，命之曰"觀善之齋"。石門之西少南，又爲屋以居道流，取道書《真誥》中語，命之曰"寒棲之館"。直觀善前山之巔爲亭，四望大隱屏最正且盡，取杜子美詩，名以"晚對"。其東出山背臨溪水，因故基爲亭，取胡公語，名以"鐵笛"，說具本詩註中。寒棲之外，乃植楥列樊，以斷兩崖之口，掩以柴扉，而以"武彝"之扁揭焉。經始於淳熙癸卯之春，其夏四月既望堂成，而始來居之。四

5

方士友,來者亦甚衆,莫不歎其嘉勝而恨他屋之未具,不可以久留也。釣磯、茶竈,皆在大隱屏西。磯石上平,在溪北岸,竈在溪中流,巨石屹然,可環坐八九人,四面皆深水,當中科臼自然如竈,可爨以瀹茗。凡溪水九曲,左右皆石壁,無側足之徑,惟溪之南有蹊焉。而精舍乃在溪北,以故凡出入乎此者,非漁艇不濟。總之,爲賦小詩十又二篇,以紀其實。若夫晦明昏旦之異候,風煙草木之殊態,以至於人物之相羊,猿鳥之吟嘯,則有一日之間,恍惚萬變,不可窮者。同好之士,其尚有以發予所欲言而不及者乎哉?

秋夕田家⑤

東臯荷鋤歸,日入群動息。行行山徑來,林鳥聲啾唧。衰柳覆柴門,蒼蒼起暮色。入門放櫌鋤,簑笠掛籬棘。牛羊入枳闌,于塒雞戢翼。濯足東檐下,階前鳴促織。稚子然松脂,插壁照昏黑。瓜蔬錯雜陳,瓦瓶傾醀醳。石橙與木榻,團圞家人食。共言稼將登,築場今宜亟。飲罷各微醺,偃卧舒筋力。睠彼農家流,此景匪易得。

寒江垂釣

野戍嚴冬景,蒼波密雪天。一竿隨釣客,孤艇傍江煙。寒色荒城裡,斜陽古渡邊。茫茫無極際,欸乃入長川。

補舊書偶成⑥

積書遺子孫,未必皆能讀。盛衰理之常,暴棄如轉燭。我觀克家子,號稱知禮族。愈窮愈耽書,終日事簡牘。孝友立其身,敬讓自膚服。德業日以脩,譽望日以馥。席珍應聘時,載筆入天祿。瀛洲學士居,鑾坡神仙宿。名翰追鍾王,雄詞視班陸。文章爲國華,經猷亦早蓄。廊廟棟梁資,事業韓范卓。自是邦家光,何止榮比屋。又見不肖兒,怠傲負長育。暴棄不讀書,愚頑比禽犢。邪緣攻其心,酒食果其腹。局博消永日,遊戲相徵逐。不念祖父艱,不受師友督。破家如燎毛,田廬他人鬻。工商不能爲,飢餓乏饘粥。鄉里唾其面,妻子怒以目。餘澤既蕩然,門户遂傾覆。自顧居何等,下流遜隸僕。此時即悔心,噬臍恨不速。維彼克家子,豈生是使獨。維此暴棄兒,實自絶其福。盛衰固有時,人事居五六。我身不足爲,自愧等碌碌。得錢喜買書,架上盈卷軸。破處隨補脩,務期整而肅。因書此數言,聊以示家塾。

壬辰述懷三十韻⑦

有困必有亨,人無終窮期。我今多困苦,亨通容有時。憶昔父去世,八歲孤露兒。母年甲踰半,弟幼襁未離。呱呱相對泣,暮鳥失其枝。冬暖常呼寒,年豐亦啼饑。作針學磨鐵,充腹採野葵。鄉人有作衣針爲業者。余年十三,歲荒不給,曾習其藝兩月,不成。吾母勤縫績,卒瘏涕漣洏。燈寒十指裂,鷙子剥膚肌。吾祖頭顱白,授經命予隨。俯哺分苴蓿,指畫教書詩。告予命何蹇,一字淚一垂。十六祖見背,十八作塾師。傷心檢遺篋,帳冷聲鬱呷。家貧少就傅,手澤奉師資。零徒半樵牧,脩錢三月糜。弟輟鉛槧功,負販求些貲。勉力供母養,饔飧不能持。艱劬日復月,光陰迅如馳。母年踰甲子,弟冠叶塤箎。予身厠鱣序,求友相切劘。屢值歲荒日,菽水仍不支。吾母善居貧,安之亦自怡。獨奈人子心,愁迫亂如絲。親在乏供養,人生孰更悲。况乃吾慈母,返哺無甘脂。願天假母年,弄孫快含飴。願予邀禄養,將母進盤匜。苦極寸甘得,困亨理不移。吾生固有命,可知不可知。

喜　雨⑧

兩歲旱魃災,赤土視汗漫。十室九斷煙,鄉里半離散。道殣遥相望,輾轉不忍看。田廬何處鬻,相對窮扼腕。前臘雨澤滋,溝渠略澆灌。二麥得下田,農家憂喜半。值此秀實期,忽又嗟旱嘆。麥穗垂將焦,枯槁五日算。農心若死灰,隴畔瞻魂斷。彼蒼念此方,甘霖注一旦。老幼慶相呼,歡聲動里閈。二麥今有秋,聊可解餓難。死散不可留,生存猶給爨。我本舌耕徒,苦無田一段。聞此滂沱聲,狂喜起拍案。水旱會有時,膏澤今盈畔。出逢野老言,翠浪滿芳岸。

石門歌有序⑨

泉俗屋宇華侈,斵石爲門,堅美精細,巨室一區,石門以十數計。每見華屋鉅閎,百餘年間凡幾易主,而石門依然如故,世守者不過幾家。余偶見作石門者,感而作此。

石門石門固且堅,鑿之斵之歲月延。石工論巧不論錢,主人一顧一歡然。主人太癡勿留連,子孫居此能幾年,門牢全要子孫賢。

有　　感⑩

君子守正理,小人歧其趨。利己苟可私,損人終何虞。得計恣歡笑,受災泣向隅。向隅漫悲泣,計得翻成迂。奪人人奪之,抑或還故吾。循環巧相應,天道詎能無?

縫　裳　行⑪

縫裳復縫裳,女心自悲傷。悲傷何所爲,夫壻天一方。夫壻去多年,十指糊口糧。豈無北來鴈,幾見書數行。書中無多言,得意便回鄉。一年復一年,虛勞深閨望。近得鄰家子,至自夫壻旁。入門走問訊,推筐喜若狂。鄰子久不言,既歎復我詳。静坐姑聽説,良人大不良。飲酒彈箏月,簸錢呼盧塲。翩翩羅與綺,三五同翺翔。近得意中人,角枕燦鴛鴦。帳衾薰蘭麝,襦襖麗縑緗。新交膠與漆,舊交參與商。我來招同舟,但説待商量。心口兩不合,其實故情忘。不惟弗同歸,音信無予裝。縫女聽此言,低頭淚汪汪。嗚咽無一語,歸家入空房。擲剪與縈袋,吞針欲刺腸。今爲蕩子婦,曷若歸北邙。蕩子無歸時,歸羞與同牀。諸嫗來慰勸,拭淚漫倉倉。蕩子有轉頭,命運尚踉蹌。慎勿多詛罵,詈恐更不康。早晚悔歸來,恩意日猶長。縫女淚强收,氣結胸刺芒。須臾理絹布,針剪不如常。縫衣餘十載,飢餒度凶荒。儉腹老姑養,忍餓稚兒嘗。日冀遊子歸,此任男子當。豈期今若此,空費苦周章。北風起屋隅,栗烈雪飄颭。昨日富家綺,未製工先償。五日約完襖,三日迫相將。富家勿苦迫,手裂眼又茫。年年急歲暮,度歲祇空囊。紈綺滿前堆,敗絮難自藏。衣食力俱困,蓬首罷梳妝。吁嗟乎縫女,所恨薄情郎。

洛陽橋觀潮⑫

長虹飲海洛江湄,三百六丈何委蛇。君謨建此皇祐日,河伯書醋人稱奇。回憶當年橋未通,洪波沆瀁來海東。靈黿鼓腮鯤奮翼,舟子舵師並失色。渺瀰淡漫磊相逐,錢塘廣陵險未極。祇今潮勢湧江來,撼空噴雪山欲摧。東溟日出氣呼吸,源始扶桑經蓬萊。鐵騎十萬轟雷震,砑訇俱成灩澦堆。忽然浪靜風日麗,潮水潋溆波紋細。浦溆晴暉混漾空,鳧渚鶴汀別開霽。青簾白舫雙槳搖,烏笠紅衫倚欄際。鴨頭泛泛浮菰蒲,鴈齒稜稜糕蚶蠣。山光水色兩悠悠,荊關畫筆窮體勢。我來觀潮出海天,橋南太守廟巍然。雙碑讀罷思忠惠,日暮廻瀾生紫煙。

先母見背,越今四年。祿養無能,終天抱憾。哭泣之餘,自痛自責四首⑬

嗚呼不孝惟輅,負辜于天,致母年六十有九而故。母飢寒以撫二孤,克艱卒瘏,以誨以哺。痛哉吾母,靡甘皆苦。

其　二

嗚呼不孝惟輅,父不及供勺水,母不能致孺慕。爾常不知母年,以母有期頤之數。今日往矣,育爾兄弟,教爾兄弟,爾無毫髮報母之劬苦。何以爲人,何以爲子,何以自安於寐寤。

其　三

嗚呼不孝惟輅,爾曷不知母老家貧邀祿供餔。致母食惟薑鹽,衣儉布素。今雖攀柏長號,愴心霜露,重泉之下,不聞不顧。爾奈何至今日,僅能哭母之墓。

其　四

嗚呼不孝惟輅，世間服賈，牽車途，負津渡，孝養盡歡，娛怡旦暮。爾何庸蠢無能，子職莫赴。今者母不可作，菽水承歡，終無再遇。嗚呼！菽水承歡，終無再遇。瀝血摧肝，仰天誰訴？

輓蘇世高崧同年⑭

我命不辰叠遭殃，豈期子亦遽云亡。去歲同爲蘇門客，起居食飲相翺翔。夜深劇談杯酒冷，幸各有母壽而康。我今哭母三月逝，子有母在哭兒喪。我妻長女隨母死，子之妻子安所望。爾我遭阨有如此，死生抱憾呼彼蒼。慘我自哀並哀子，作善獲報終茫茫。檢笥猶存子手筆，看罷潸然涕泗滂。

> 余舌耕梨坑有年，丙午移館齊山之麓。几案間日與一片巖相對，凝眸遠眺，嵐光欲滴，爽氣迎人，不覺怡然心曠。久而習之，如得老友。因書數語，以問山靈⑮

美哉一片巖，蘊藉復峛崺。旦暮轉陰晴，雲煙相組織。石室廣千尋，奇奧儘幽特。創闢由天成，不事棟與埴。昔日一峰翁，來遊復棲息。羅一峰先生倫，以言事貶泉州市舶司，最愛一片巖之勝。山頂有巨石如覆屋，中列數間，可坐五百人。其色噩然，一片如瓦。一峰有句云："仙家白晝應無夜，玉樹長春未覺秋。"麋鹿與優悠，鵷鶴相啾唧。石泉娛琴筑，苔蘚染翰墨。愧我屐齒慵，未遑一登陟。今春徙別業，恰與幽巖即。几案日對之，嗒然意默默。相親如友生，相忘等舊識。名山應有靈，拓我胸中仄。

讀　陶　詩⑯

夐哉陶靖節，五斗腰不折。竟賦歸去來，閉門守其拙。有田稼且勤，有琴絃不設。徑種菊花馨，巷迴故人轍。時還讀我書，秫酒杯中熱。悠然發高吟，不與凡音埒。稱心以吐詞，鏤劃原不屑。語言越沖澹，志趣越芳潔。昔日東坡翁，得如探禹穴。一讀僅一篇，似荔不兼咽。能使病身輕，藥餌故紙閱。東坡先生云：余聞江州東林寺有《淵明集》，方欲遣人求之，而李江州忽送一本遺予。字大紙厚，甚可喜也。每體中不佳,輒取讀,不過一篇。恐讀盡後,無以自遣耳。我讀陶公詩,披覽輒欣悦。停雲思親友,春醪念久別。平疇交遠風,惟向耦耕説。五柳門前吟,風致殊迥絶。

病瘧[17]

連月病不休,兩日一患瘧。寒熱倏往來,變化難測度。一病何顛連,二豎太作惡。羸骨獨支牀,手足並軟弱。藥物豈有靈,醫診還不著。病眼眩生花,觀書無踴躍。好友適然來,談笑恣歡謔。憂懷稍解寬,此病終難却。日食粥二杯,薑鹽澹咀嚼。固不好飲食,貧厨亦索寞。曾聞瘧多門,經藏或傷絡。暑濕與風寒,痰食瘴鬼虐。我瘧不可知,陰陽總忿錯。《本草》時珍曰:瘧有經瘧、藏瘧、風寒、暑濕、痰食、瘴鬼之別。故使寒熱頻,苦病相纏縛。齋頭蕉竹陰,筆研久蕭索。無聊成五言,架筆一大噱。

巢燕[18]

梁上有巢燕,一乳生四子。仰首能待哺,翩翩母樂只。朝啣陌上桑,暮啄溪邊芷。慇懃哺雛兒,一體無殊視。四燕安其巢,煦煦弟兄似。共有屬毛情,相依無汝爾。母去雛燕悲,母來雛燕喜。終日去還來,喃喃無時已。噫嘻慈愛心,禽鳥乃如此。

愚公谷歌在青州府臨淄縣愚公山之北。[19]

有谷有谷號愚公,愚公真愚居其中。愚公不愚何能工,天生愚公命不通。賣犢竟買小花驄,犢不生駒説朦朧。少年奪駒氣豪雄,橫鞭疾走豎金騣。憑陵赫赫張雙瞳,相誇間里笑生風。愚哉愚哉此老翁,啞然一笑白雲東。願天不生此狡童,又疑買駒理何窮。可憐愚公真倥侗,長抱白雲谷中終。

題米元章墨畫山水並歌行長卷[20]

米老筆墨真罋奇,揮毫橫寫山水軸。取將吳綾八尺長,畫就溪山迷滿目。

大峰插天不可攀,小峰纍纍相倚伏。陡然雲氣起崖陰,嵐光滴翠入空谷。槎牙石壁危千尋,瀉入長溪亂飛瀑。溪水瀠洄淺復深,溪煙澹蕩遠相逐。簑笠漁翁雙櫓搖,半在蒼苔巖下宿。蕭森蓊鬱衍平林,村墟孤亭雜茅屋。何殊藍田之輞川,華岡竹館相攢簇。又如扁舟入武彝,選勝奚翅三十六。元章解衣興正濃,更吐胸中詩一幅。兩美併合有神工,非然精妙何其獨。大觀戊子孟秋時,致爽軒中圖霧縠。末題云:大觀戊子孟秋七月,米芾戲墨,並題于致爽軒中。于今七百有餘年,畫蹟微茫詩可讀。海嶽此卷儘奇觀,漫誇三祖張顧陸。

寶劍篇㉑

寶劍在匣中,鬼神相護持。光芒萬丈射牛斗,風雨欲來劍先知。煌煌上纏七星文,鋒鍔閃爍欲奔馳。有時夜深劍吼怒,鏘然跳躍起煙霧。辟易妖氛氣騰騰,鬼膽破落人驚顧。欲除奸凶佞媚徒,扶植鳳麟誅狐兔。神威震壓如雷霆,魑魅魍魎皆潛形。安得世間如此神物長牢守,驅懾百怪保安寧。

蚊㉒

南方熱濕地汙耶,三月未盡蚊哆哆。白日房中飛不盡,黃昏處處嚷蜂衙。夏來聚聲雷貫耳,欲數何止恒河沙。倏來倏去幻如鬼,小口懸鍼張戟牙。吮血鑽膏肌膚痛,足不停頓手搖爬。寢牀食几皆紛擾,晨夕更甚簇如麻。鋤草燒煙辟不去,挑燈照燄來還奢。窮士蝸廬偏好聚,繩樞甕牖倍喧譁。刺股利錐刻數十,拋卷困頓恨淫哇。一年祇有十二月,半年爲爾廢生涯。日不安坐夜難讀,工夫爾誤罪莫加。沈倫好釋恣咬嚼,我無靈藥燒荷花。賦以憎蠅詩憎蚊,歐公自昔苦咨嗟。

病中爲表攸姪作大幅行書㉓

俗筆憨非能書者,拙處每嫌成鄙野。行書勁古神欲流,毋爲奇僻傷大雅。寶晉名齋有南宮,能手固希識亦寡。我今學書三十年,閒時披紙操筆研。淳化閣中嘗竊覘,停雲館內儘留連。二鍾衛索筆墨老,古氣盤鬱力萬千。小楷近窺王兼趙,樂論黃庭第一篇。韓文三序閑邪傳,文敏風流筆欲仙。大楷願學蔡君謨,洛陽雙碑天下傳。其源實出顏魯公,嚴正矩方與規圓。行書常愛米海嶽,氣概如登太華巔。筆力所至難羈勒,渾如鯨鯤逝百川。宋代第一思翁定,雄冠劒佩總當捐。董思白謂元章書出歐陽率更,晚年一變,有冰寒于水之奇。宋朝以米書爲第一,黃山谷謂元章書如快劍斫陣,強弩射千里,所當穿徹,然似仲由未見夫子時氣象。草書更難不敢學,獻之懷素已入元。胸中要有書萬卷,下筆醞釀方灑然。衆家鑪錘一家字,學古不爲古牽纏。體製獨出是名手,譬諸得魚已忘筌。今日行書揮大幅,病腕虛羸歎無力。平昔粗豪不足觀,況當病中事翰墨。擘窠數行弗整齊,塗鴉失笑貽有識。姪今知我病中書,神疲蕭散兼傾側。聊將向來願學陳,至竟茫然無一得。

壽陟齋兄七十㉔

偏遠西,偏遠東,偏遠,兄別業。綠槐垂蔭榴花紅。泮塘水與南溟通,瀠洄繞碧澹煙籠。中有魚雅問字之弟子,矍鑠耆宿之兄翁,兄翁窮經學古六十年,寒廬敝褐坐青氈。架插圖書三萬軸,苜蓿之外無一錢。性學淵深塵慮息,溫和樂易形顏色。心通道妙忘言時,微笑仰天人不識。昔年書生舉于鄉,屢試春官翰墨場。三戰三北無芥蒂,歸來閉戶繙縹緗。戶外屨滿執經多,兒姪成行親琢磨。青袍翩翩拖泮綠,伯仲同聽鹿鳴歌。于今稀齡甫初度,龍馬精神堪指顧。長生豈必勾漏砂,保真在得個中趣。個中天趣人少知,俯仰之間兄自怡。喜怒無傷我和氣,嗜欲無戕我膚肌。一裘一葛過寒暑,一簞一瓢可療饑。任天安命各隨時,戚戚倖僥毋以爲。上兄壽,飲兄酒。傾巨觥,醉潦倒。洪崖浮丘不必道,兄不見香山一百三十六,洛中自昔有遺老。

示　　徒㉕

(原闕)

鄉里歲暮歌四章㉖

（原闕）

乾隆癸卯,表攸應健、表皋應舉二姪並舉於鄉,書以誌喜㉗

（原闕）

訓　　家㉘

（原闕）

暮春桃李園㉙

（原闕）

冬　至　夜㉚

（原闕）

家　居　草

秋日遊古山寺㉛

疎林生爽籟,積葉滿空山。古寺無煙火,孤僧獨往還。懸崖掛秋瀑,飛鳥入雲關。石壁何年篆,苔痕蝕已斑。

吟嘯橋唐歐陽行周先生吟嘯處。㉜

歐公吟嘯地,舊蹟至今存。遠水紆沙岸,荒橋接里門。臨流思往哲,弔古擬招魂。杜老聲名在,浣花尚有村。

山　莊　晚　眺㉝

躡屐登雲谷,絺衣帶晚涼。晴嵐流積翠,孤鳥背斜陽。遠水鷗鳧淑,人煙薜荔鄉。舒懷神已曠,日暮獨徜徉。

家　　居㉞

敝廬依綠野,春水南塘邊。種秫無三畝,安身足一椽。勸鄉敦古誼,教子誦遺編。衹得心常泰,家貧亦晏然。

題家敬仲先生畫卷後㉟

博士元朝著,經年五百餘。奎章精賞鑒,御府校圖書。墨竹留遺蹟,丹丘訪故廬。丹丘,先生別號。杏花春雨句,江左誦樵漁。

寄功兄儀克荷舍㊱

自昔分攜去,經今十載餘。悲歡皆隔面,啼笑衹憑書。久滯緣妻子,旋歸憶墓廬。常期春雨後,共剪故園蔬。

姊夫蔡懋奕見訪㊲

蔡君來訪我,一夕恣歡談。秋雨孤燈夜,淒風獨樹枏。青氈貧不厭,白首老難堪。處約能安命,窮愁何必慚。

古陵熊太守祠㊳

太守諱象初,南昌人。由吏員正統末薦知泉州,剛梗廉悍。時鄧茂七作亂,寇泉州。象初自提民兵,與晉江簿吏孟常、陰陽訓術正楊仕琪,拒戰于古陵坡,皆遇害。郡人葬于坡側,立廟祀之。

堂堂熊太守,禦賊在泉州。報國丹心壯,捐軀碧血流。孤墳荒草暮,遺廟古陵秋。不死剛忠氣,惟應青史留。

青陽石鼓廟鄉先生祠㊴

明太僕卿方塘莊先生建,祀元進士夏秦、明進士李聰、唐府教授蔡黃卷、吉府紀善李逢期。後復增太僕莊用賓、通判莊尚稷、户部侍郎莊國楨、景州牧李伯元、禮部主事吳韓起。

斯人宜祭社，俎豆意非輕。先輩崇高誼，吾儕合顧名。生前多懿德，死後有餘榮。石鼓芳規在，鄉人説罔卿。

遣長兒入塾㊵

吾兒今八歲，入塾禮先生。字畫端方習，經書句讀明。步趨無跳戲，日月計功程。門户期丕振，吾家賴汝成。

買　書㊶

難解儒家癖，多羅架上珍。藏書能幾代，蓄墨反磨人。石昌言蓄李廷珪墨，人不得磨。或戲曰：子不磨墨，墨將磨子。東坡詩云："非人磨墨墨磨人。"聚散原常理，搜求亦有因。敢期資博雅，聊以滌紛塵。

刪　竹㊷

荒翳庭前竹，呼僮略剪刪。不遮當徑菊，更露隔溪山。墨沼經春緑，石欄過雨斑。殘編資考古，未敢學偷閒。

秋夜喜友見訪㊸

雖然吾輩飲，亦自愧盤餐。邨酒薄無味，山齏搗已殘。論文千載上，叙舊五更闌。明日孤舟去，滄江白露漫。

虎　岫㊹

海角孤峰逈，晴天映晚霞。叢林空虎穴，古刹舊僧家。帆影追殘汐，鐘聲起暮鴉。道人遺蹟渺，石枕卧溪沙。

種蘭菊㊺

種菊復栽蘭，春陰又作寒。分泉新引脈，折竹試編欄。老圃休嫌小，生機自覺寬。南溪煙水綠,更覓釣魚竿。

同兄儀德、姪雲卿、表文遊靈源寺㊻

寺據一峰勝,山開四面分。曇花滋法雨,貝葉覆慈雲。幡影晴時轉,魚音静處聞。閒來尋古蹟,半日謝塵紛。

舟過海印寺㊼

五里人家遠,長溪夕照紅。魚蝦開水市,竹樹蔭琳宮。浯港三江繞,浯江、笋江、蚶江。桐城雙塔雄。扁舟閒眺望,磯上羨漁翁。

省桃源卓口山祖宋龍圖閣學士仲常公墓㊽

展墓皆孫子,虔恭謁拜殷。龍圖宋閣老,鳳翼舊家墳。地名鳳凰展翼。古柏還棲鵲,苔碑獨鎖雲。叮嚀樵牧者,踐採勿紛紛。

雨　　夜㊾

連宵秋雨夜,不寐坐蝸廬。試剔將殘火,還抄未竟書。流年嗟已老,牢落正愁余。庭外瀟瀟響,芭蕉雜枾櫚。

己酉人日㊿

曉起齋頭潤,春風到僻村。弄梅驚語鳥,謝客喜關門。新釀三杯洌,殘詩百首存。簷前來信鵲,樂事好相論。

又次前韻㊿¹

榕陰團小屋,海日照平邨。齋竹留冬笋,春箋換舊門。強年猶褐在,度歲祇書存。剪韭良朋至,敲詩共細論。

答中表林默夫公車送行之作㊿²

八年三應舉,萬里敢辭辛。學術無良技,資糧累故人。巾車齊魯道,短櫂越吴津。惜别仍攜手,梅花好結鄰。

午　　日㊉

午日天晴好,薰風池館和。綵絲纏角黍,葵葉扇香羅。竹翠當窗净,蘭馨匝砌多。北軒初夢覺,忽聽綵(採)蓮歌。

詰　　鼠㊔

據牀愁不寐,鼠意故生瞋。莫怪無餘物,其能識我貧。去留非紲馬,饜飽有豪鄰。架上殘編在,休將藉作茵。

同駱子蟾、表攸姪暨諸同學南禪古刹夜集小酌㊕

好友兼賢阮,談心丙夜餘。停杯遲月上,隔院訪僧居。老樹翻金鵲,諸天響木魚。忽聞歌古調,聽罷欲欷歔。子蟾夜闌酒酣,高歌慷慨,有老驥千里之意。

愚公谷石刻㊖

六世叔祖爾立公,諱紳,前明天啓間諸生,從曾弗人先生遊。晚更晦蹟,種樹蒔蔬,日以詩文自娛。自號愚谷道人,書愚公谷,刻于石。

天姿多樸拙,髣髴古愚公。種樹環居宅,擁書笑老窮。雲歸吟牖静,月落酒杯空。往蹟今猶在,苔紋片石中。

過蔣溪口㊗

冉冉歲云暮,長途尚遠征。雨昏溪口渡,樹隱浦江城。邨酒消鄉思,山梅澹客情。春風今一度,白髮又添莖。

過許順之先生墓㊘

名升,同安人。朱子祭亡友許順之文云:恬澹靖退,無物欲之累,未有如順之者。

儒先生有宋,遺墓隱郊原。樹古風霜老,碑殘篆刻昏。靖恬惟畢世,道學有專門。壠上耕夫在,還爲問子孫。

輓丁亦熙毓英孝廉(59)

善者忽云往,此翁寧可留。典型今已遠,家學更誰收。丁有子,能讀父書,繼公亦歿。月落牀書冷,風高壠草愁。人琴俱寂寞,蛩語自啾啾。

輓忠拔黃兄(60)

方冀才能展,如何魄已沉。難銷賫志恨,黃兄力疾省試,卒于中途。不死故人心。德立身無倦,經窮老益深。空齋寒夜月,思憶淚沾襟。

岳父施公遺像(61)

儀型嗟已矣,徒此仰鬚眉。終掩荆山璞,誰憐東野詩。窮通知有命,剛正守難移。墓上蕭蕭柏,秋風儘可悲。

悼　內(62)

中年悲失偶,昔育念亡妻。孰撫諸兒長,難堪索母啼。衣裳皆舊綻,釜竈有新泥。紡績三更月,依然照冷閨。

示同學生(63)

(原闕)

曬　書(64)

(原闕)

雨　後(65)

(原闕)

高　士　峰⑥⑥

（原闕）

友人曾西順秀才過余叙舊，同行里外尋春之作⑥⑦

（原闕）

聞　雞⑥⑧

（原闕）

家　道⑥⑨

（原闕）

暮春至邨莊⑦⓪

（原闕）

蚶江千波亭久雨初晴⑦①

（原闕）

龍湖龍神廟⑦②

（原闕）

秋日與同儕遊丹霞寺⑦③

（原闕）

建　溪⑦④

（原闕）

過先室施孺人、長女惠英合塚㊺

(原闕)

書長女惠英壙誌末

爾生十三歲,半在饑寒中。減餐留父飯,分絮代娘工。夭折今如此,吾腸割豈終?

前明謝在杭先生家多藏書,余得其一卷,評點淋漓,上有謝在杭家藏印㊻

(原闕)

嘉慶壬申塔頭鄉拜蔡忠毅公祠㊼

(原闕)

讀王遵巖先生文集㊽

(原闕)

讀唐宋詩㊾

(原闕)

觀駢體文㊿

(原闕)

寄言㈧

(原闕)

論西崑詩,因及古人名句,有作㉒

(原闕)

酒後口占㉓

(原闕)

釣龍臺懷古㉔

白龍釣起事微茫,遺蹟空臺半夕陽。海徼河山歸禹裔,漢家符竹啓閩疆。霸圖此日風煙渺,虛地當年甌冶荒。極目大江連絕島,寒潮終古自蒼凉。

遊武彝冲佑觀並歷諸景㉕

當年主管名賢居,古檜猶存風雨餘。秦代可能留蛻骨,巖中仙蛻,楊龜山先生以爲秦人避世居此,是其遺骨。漢壇無復祀乾魚。漢武帝祀武彝君以乾魚,有漢祀壇故蹟。神仙何處求真訣,大隱于今讀著書。朱子精舍在五曲大隱屏。我亦出塵非俗客,山靈漫爾却廻車。

安拙㉖

殘編滿閣足吾生,賦命須安勿過營。有竹已堪文陋屋,無田也喜看春耕。貧長不免鄉人賤,拙甚寧辭俗眼輕。自笑疎庸由本性,何妨聊博一癡名。

睡起㉗

茅齋安穩日高眠,睡起東風拂柳邊。春到源山嵐似畫,潮回瀾浦水連天。易求陶令漉巾酒,難得蘇君負郭田。可喜幾時無俗事,抽將禿筆寫花箋。

蕭妃村㉘

村在晉江縣南畫船浦之上。蕭妃,唐文宗母,貞獻太后也。邨爲后故里,太后因亂去鄉里，別時父母已喪，有同母弟一人，及入王邸，不通音問。後文宗以母族鮮親，詔閩越連帥訪於故里。太后真母弟不能自達，有蕭姓者三人，皆鄉里無賴，先後詐冒，覬國恩，卒以僞妄流徙。終太后之世，以不得一見親弟爲恨。

荒墟寥落倚郊原，共説蕭妃長此邨。往事千年隨逝水，光輝昔日起寒門。飄零有弟難尋訪，喪亂無家恨蚤奔。長樂尊嚴天下養，咸陽南望總銷魂。

讀詩偶成㉘

性情涵泳本歌風，温厚敦柔詩教崇。五七言開西漢代，三百篇在六經中。天然不琢成渾樸，力學專門肖化工。要使後生根柢立，毋將韻語雜昏蒙。

九日山玉山樵人故居 山在南安。唐韓偓，號玉山樵人。㉙

十歲裁詩走馬成，本李義山贈冬郎句。冬郎，偓小名。丹山雛鳳早蜚聲。曾傳宫燭多遺筍，誰識香奩是嫁名。唐詩話《香奩集》和魯公凝之詞，後嫁其名於偓。託蹟龍興憂禍患，偓卒于南安龍興寺。捋鬚虎口見平生。枳籬茅屋當年事，春草春風無限情。

留從効墓㉚

方隅割據恃鞭長，五季雄圖各一方。節度清源能愛養，撫綏殘甿勸耕桑。休仇牙校誣留後，應悔囚車入建康。故塚已無翁仲在，寒煙衰草向斜陽。

宋丞相留忠宣公故居㉜

國事憂危疑謗生，三朝元老矢純誠。孝宗謂太子曰："留正純誠可託。"重華有諫牽裾泣，儲位難懸執牘争。庭砌古槐依廢址，墟榛斷礎卧荒城。圖書數籠雲煙散，青史存公不朽名。

崇賢祠拜前明太僕卿方塘莊公遺像㉝

嶽嶽風規史策榮，拜瞻遺像肅彌生。輅八世祖、司馬古塘公于方塘公爲兒女姻。七世祖母莊太孺人,方塘公女也。慈仁一發蘇羸稚,忠孝兩全難弟兄。群醜摧鋒皆失寨,書生有勇可干城。口碑終古原無泐,三百年來頌同卿。

讀李衷一先生忠孝殊恩論㉔

（原闕）

過前明給事中史筍江先生墓㉕

當年竣節重詞林,異代流風景仰深。贄却一金存治命,殮無長物製單衾。先生嘉靖丙戌入闈校士。惟時一榜進士各以一金贄。先生臨歿時,請張凈峰公岳分還之。死無以殮,鄉友人共理其喪。文章骯髒留真氣,學術精純見古心。荒草寒雲丘隴暮,人間往事半銷沉。

筍江水榭㉖

前明詹咫亭司寇築,與宗伯黃儀庭、長史顏桃陵、布衣黃吾野諸公遊詠處。

水榭荒凉枕碧漪,詹公此地卜幽期。久焚諫草歸蓮社,乍脫緋衣卧筍湄。九日峰前長嘯詠,萬家石上集英耆。空江月出漁歌起,猶想憑欄分韻時。

明孝廉曾弗人先生異撰,南塘同里人也。僑居福州斗中街,卒與節孝母林孺人同葬省垣西門外後榮鄉佛國山。嗣裔零落,墳墓失守。乾隆辛卯鄉闈,輅同族伯則潔—揚、林兄子詩國華,至佛國山遍訪。新丘古塚,千百纍纍。廢碣荒榛,凄然滿目。不得先生墓所,相與感歎而歸。既復揭字通衢,冀獲其處,而報者寂然。因成一律,以紀其事㉗

先生丘墓已荒蕪,遍訪何從問牧芻。佛國有山皆馬鬣,殘碑無處勒鴻儒。千年白骨沉秋草,半夜青燐走野狐。母節子賢遺魄滅,那堪回首長嘻吁。

家運式微,暮功陵替,先人廬墓幾不能守,
獨坐齋中,感而賦此二首⑱

家風儒素本單寒,景況于今重一歎。運去門閭皆黯淡,年來親屬半凋殘。

其　二

敝廬已假他人住,先壠難尋舊柏看。不是兒孫能踵起,老夫憂慮幾時寬。

夏夜同表攸姪宿浯江水閣⑲

水閣疎櫺四面開,溪風溪月一時來。閒看星斗銀河冷,臥聽笛歌漁艇回。浯浦夜潮平島嶼,鯉城煙樹隱樓臺。書囊無底談難了,莫管鳴雞鼓角催。

哭戈椒嶼師⑩

師諱岱,直隸景州人。乾隆壬戌進士,由翰林擢監察御史。乾隆丁酉,典試閩中。旋督學粵西,以病告休,卒於家。

品學高標邁等倫,溫恭秉德藹陽春。鑾坡筆老黃麻史,柏署霜清白簡臣。桃李閩山悲薤露,鸞鳳粵水泣荒榛。典型遠謝儒林悼,寧獨門牆灑涕人。

自警並示家塾子弟輩⑩

持躬應物理如何,練達皆由閱歷多。一恕終身行不盡,至公後世亦難磨。歐陽子云:後世苟不公,至今無聖賢。人誰無過知當隱,論到平心聽始和。書此詩章時警省,爾曹尚亦細吟哦。

春日遣興⑩

(原闕)

遊西資石佛寺⑩

(原闕)

磨石道中望葉臺山先生精廬[104]

（原闕）

讀明史葉福唐相公天啓中再致仕[105]

（原闕）

李惠世者，吾邑文節九我公嗣裔也。家酷貧，以篆刻爲生。嘗爲余作圖章數顆，迄今四十餘年。惠世久已物故，圖書猶存行篋，而文節公後嗣式微可慨。覩物思舊，遂成長句一章[106]

（原闕）

貧　女　吟[107]

（原闕）

【校記】

① 手藁本闕文存目，據樵川本補。
② 手藁本闕文存目，據樵川本補。
③ 手藁本闕文存目，據樵川本補。
④ 手藁本闕文存目，據樵川本補。樵川本題作"晦翁朱子武彝精舍雜詠十二首。並題註：有叙，言之甚詳。名山得大賢開闢，處處遂成勝區。予讀《武彝山圖志》，頗得其概。今讀序并詩，精舍諸景瞭然在目。意之所寓，神若遊之。因依原題，各係以古體十二句。不揣固陋，亦以誌景仰之私云爾"。
⑤ 手藁本闕文存目，據樵川本補。
⑥ 手藁本闕文存目，據樵川本補。
⑦ 手藁本闕文存目，據樵川本補。
⑧ 手藁本闕文存目，據樵川本補。

⑨ 手藁本闕文存目,據樵川本補。

⑩ 手藁本闕文存目,據樵川本補。

⑪ 手藁本闕文存目,據樵川本補。

⑫ 手藁本闕文存目,據樵川本補。

⑬ 手藁本闕文存目,據樵川本補。樵川本題作"先母見背,越今四年。禄養無能,終天抱憾,無可如何,自痛自責四首"。

⑭ 手藁本闕文存目,據樵川本補。

⑮ 手藁本闕文存目,據樵川本補。樵川本題,"凝眸遠眺"之前多一"每"字。

⑯ 手藁本闕文存目,據樵川本補。

⑰ 手藁本闕文存目,據樵川本補。

⑱ 手藁本闕文存目,據樵川本補。

⑲ 手藁本闕文存目,據樵川本補。

⑳ 手藁本闕文存目,據樵川本補。樵川本題作"題米元章墨畫山水並自題歌行長卷"。

㉑ 手藁本闕文存目,據樵川本補。

㉒ 手藁本闕文存目,據樵川本補。

㉓ 手藁本闕文存目,據樵川本補。

㉔ 手藁本闕文存目,據樵川本補。

㉕ 手藁本闕文存目。

㉖ 手藁本闕文存目。

㉗ 手藁本闕文存目。

㉘ 手藁本闕文存目。

㉙ 手藁本闕文存目。

㉚ 手藁本闕文存目。

㉛ 手藁本闕文存目,據樵川本補。

㉜ 手藁本闕文存目,據樵川本補。

㉝ 手藁本闕文存目,據樵川本補。

㉞ 手藁本闕文存目,據樵川本補。

㉟ 手藁本闕文存目,據樵川本補。

㊱ 手藁本闕文存目,據樵川本補。樵川本題作"寄功兄儀克"。

㊲ 手藁本闕文存目,據樵川本補。樵川本題作“蔡樊奕見訪”。

㊳ 手藁本闕文存目,據樵川本補。

㊴ 手藁本闕文存目,據樵川本補。

㊵ 手藁本闕文存目,據樵川本補。

㊶ 手藁本闕文存目,據樵川本補。

㊷ 手藁本闕文存目,據樵川本補。

㊸ 手藁本闕文存目,據樵川本補。

㊹ 手藁本闕文存目,據樵川本補。

㊺ 手藁本闕文存目,據樵川本補。

㊻ 手藁本闕文存目,據樵川本補。

㊼ 手藁本闕文存目,據樵川本補。

㊽ 手藁本闕文存目,據樵川本補。

㊾ 手藁本闕文存目,據樵川本補。

㊿ 手藁本闕文存目,據樵川本補。

(51) 手藁本闕文存目,據樵川本補。

(52) 手藁本闕文存目,據樵川本補。

(53) 手藁本闕文存目,據樵川本補。

(54) 手藁本闕文存目,據樵川本補。

(55) 手藁本闕文存目,據樵川本補。

(56) 手藁本闕文存目,據樵川本補。

(57) 手藁本闕文存目,據樵川本補。

(58) 手藁本闕文存目,據樵川本補。

(59) 手藁本闕文存目,據樵川本補。手藁本題作“輓亦熙孝廉”。

(60) 手藁本闕文存目,據樵川本補。

(61) 手藁本闕文存目,據樵川本補。

(62) 手藁本闕文存目,據樵川本補。

(63) 手藁本闕文存目。

(64) 手藁本闕文存目。

(65) 手藁本闕文存目。

㊅㊅ 手藁本闕文存目。
㊆㊆ 手藁本闕文存目。
㊇㊇ 手藁本闕文存目。
㊈㊈ 手藁本闕文存目。
⑩ 手藁本闕文存目。
⑪ 手藁本闕文存目。
⑫ 手藁本闕文存目。
⑬ 手藁本闕文存目。
⑭ 手藁本闕文存目。
⑮ 手藁本闕文存目。
⑯ 手藁本闕文存目。
⑰ 手藁本闕文存目。
⑱ 手藁本闕文存目。
⑲ 手藁本闕文存目。
⑳ 手藁本闕文存目。
㉑ 手藁本闕文存目。
㉒ 手藁本闕文存目。
㉓ 手藁本闕文存目。
㉔ 手藁本闕文存目，據樵川本補。
㉕ 手藁本闕文存目，據樵川本補。
㉖ 手藁本闕文存目，據樵川本補。
㉗ 手藁本闕文存目，據樵川本補。
㉘ 手藁本闕文存目，據樵川本補。
㉙ 手藁本闕文存目，據樵川本補。
㉚ 手藁本闕文存目，據樵川本補。
㉛ 手藁本闕文存目，據樵川本補。
㉜ 手藁本闕文存目，據樵川本補。
㉝ 手藁本闕文存目，據樵川本補。樵川本題作"崇賢祠拜前明太僕方塘莊公遺像"。
㉞ 手藁本闕文存目。

(95) 手藁本闕文存目,據樵川本補。

(96) 手藁本闕文存目,據樵川本補。

(97) 手藁本闕文存目,據樵川本補。"明孝廉":樵川本作"前明孝廉"。"輅同族伯則潔一揚、林兄子詩國華":樵川本作"輅同族伯則潔、林君子詩"。

(98) 手藁本闕文存目,據樵川本補。

(99) 手藁本闕文存目,據樵川本補。

(100) 手藁本闕文存目,據樵川本補。

(101) 手藁本闕文存目,據樵川本補。

(102) 手藁本闕文存目。

(103) 手藁本闕文存目。

(104) 手藁本闕文存目。

(105) 手藁本闕文存目。

(106) 手藁本闕文存目。

(107) 手藁本闕文存目。

淳菴詩文集卷二

家居草

春浦雨景四首

綠痕上浦橋，春潮漲幾許。舳艫倚蒼洲，煙際聞人語。

其二

石髮梳春流，柔綠如翠縷。采采漁家兒，欸乃過芳杜。

其三

春潮帶雨回，雞聲日亭午。寂寞舟中人，吹簫向南浦。

其四

歸帆霧中來，春風送遠旅。惆悵未歸人，日暮獨延佇。

西崦八詠[1]

西崦

結廬巖壑間，種樹成林樾。澗水落畲田，鋤耕常帶月。

草堂

躡屐登松徑，縈紆上草堂。危欄依石繞，斜月照寒光。

飛瀑

危峰雲際起，飛瀑瀉千尋。冷氣侵人骨，長年碧澗陰。

中溪

野稻晚風香，吹向中溪道。杖藜憩東臯，白鷺立芳草。

石池

石池秋水澈，倚檻映波寒。瘦影入空鑑，蕭蕭霜鬢殘。

雲 邨

一莊居絕壑,列嶂鬱嵯峨。隱約人煙裡,雲中雞犬多。

蓮 沼

小沼種芙蓉,晚風翻翠碧。石橋夜月凉,玉露芳房滴。

松 徑

古松列千尋,一行石徑陰。蒼苔誰踏破,老納(衲)過攜琴。

天心洞二首

飛瀑千尋落,空潭萬丈深。曠觀消衆慮,到此見天心。

其 二

石室俯龍潭,危欄滴翠嵐。三更猿鳥寂,泠月對僧龕。

長 春 花

百花開有候,何此獨長春?色香依然澹,因能四季勻。

初 夏 曉 起

晨光山鳥鬧,濃露濕花枝。天氣陰晴候,困人梅雨時。

雲 窩 書 室

書室在雲窩,白雲長作友。出岫豈無心,為霖待已久。

重陽風雨遞來寫悶二首

今日逢重九,無菊亦無酒。滿城風雨來,惆悵獨搔首。

其 二

何處登高去,瀟瀟風雨寒。秋嵐纔半出,煙歛寂自看。

劍津舟行二首

一水無停駛,千山不識名。丹楓垂兩岸,日夜變秋聲。

其　二

石古防灘險,人疲奈水長。前邨煙火際,屢問是何鄉。

自題踏雪尋梅小照二首

踏雪動寒吟,尋梅度遠岑。孤芳堪獨賞,幾點見天心。

其　二

梅雪鬢同白,色香心與清。冥心隨造化,迂闊老儒生。

秋日西溪別墅

溪邊白石净,鷗鳥去來閒。搖落江楓冷,柴門對晚山。

唐觀察常袞墓

在永福縣葛嶺。袞卒于官,其子遂宰永福,葬袞于此,卜居連江。

風流宏獎振斯文,唐代英賢漸出群。寄語閩中後進輩,葛巖合拜常公墳。

宋甘棠樹 在梨坑宋曾駙馬故第後。②

宋代甘棠七百年,扶疏古幹老風煙③。山中閱盡興亡事,似爾枯榮舒慘天。

舟中雨景

雲容雨脚兩迷迷④,煙樹蒼茫長短隄。小櫂行時日亭午,隔江草舍正聞雞。

雨後行舟

一篙新漲白鷗灣,日暮歸舟何等閒。試揭篷窗聊徙倚,煙雲林嶂有無間。

稼邨春日

水滿陂田杏滿籬,鳩聲向午日舒遲。東皐緑映前邨路,正是春風長稻時。

讀杜詩

東坡嶺表風濤字，子美夔州落拓詩。一種蒼渾悲壯氣，惟應老境看方知。

王梅溪先生祠四首　在泉郡東⑤，與西山⑥先生祠相近。

泉南七處水塘開，萬頃湖田免草萊。故老祇今猶聽説，沙隄新築狀元來。

<small>梅溪先生守泉，大興水利，創築泉南七塘，灌田萬餘畝，利賴至今，縣民食德。⑦相傳余里之南，有龍目雙井⑧，宋初濬井⑨，得⑩石刻，有"新築沙隄狀元來"之字⑪。或曰後日里中當得大魁，或曰此爲梅溪先生來築洑塘之兆也⑫。迄今⑬故老能言之。</small>

其　二
黃堂酌酒笑顏陪，七邑縣官爲舉杯。囑付親民宜惻隱，熙熙何處不春臺。

其　三
俗美風淳政理餘，名山時駐使君車。祇今峭壁蒼苔上，猶見梅溪太守書。

其　四
祠近西山祀宋賢，二公守郡共後先。斯民直道猶三代，俎豆馨香六百年。

真西山先生祠三首

折獄辛勤卯至申，繩豪禦寇恤斯民。使車重至歡聲動，扶杖趨迎百歲人。

其　二
黨禁未開正學傳，清源有集表前賢。公餘文獻窮搜討，纂就詩文七百篇。

<small>朱子黨禁未開，西山先生即倡明道學，弗恤也。嘗搜求溫陵詩文七百篇，名《清源文集》，自爲序曰："志，經也。集，緯也。可相有，不可相無。"惜其書今不傳矣。⑭</small>

其　三
古檜輪囷幾百年，祠堂高拱鯉城邊。西山太守深民隱，春薦幽蘭夏薦蓮。

讀忠諫罪錄感詠

明戶部主事⑮晉江周蹟山先生，名天佐。嘉靖中⑯，以疏救⑰楊爵，廷杖繫詔獄,二日死⑱。惠安李愷爲⑲《忠諫罪録》。萬曆間,追贈光禄寺少卿,謚忠愍。⑳

毅然抗疏救楊公,讜論難回聖主衷㉑。一死也堪培國脈,可憐無後報孤忠。

抄　書

囊中少剩一錢看,每見奇書欲買難。斷簡借來多手録,却嫌蠹處寫未安。

烏嶼橋

古港長橋灣復灣,魚莊蠣石水廻環。歸帆掛席春潮渺,知是誰家賈客還。

義娘墓有序

義娘王氏㉒,同安中左所人。明季爲海寇所掠,恐爲辱,紿騎士,躍入井。騎士怒,發矢中其肩而去。越日㉓,有村民薛姓者,向曉于煙霧㉔,見義娘訴狀。求之,得尸井中。拔箭,葬井側,立廟塑像祀之,井上有碑刻。

能自完貞少女兒,寒煙埋骨草離離。空山獨拜義娘墓,拂拭當年太守碑。

秋　夜

已過中秋夜漸遥,讀書與睡平分宵。三更紙帳涼如洗,卧聽蕭蕭墻角蕉。

典　衣

典錢買米幾升餘,典得錢來顔亦舒。我典舊衣妻典珥,惟留不典一牀書。

斷　爨

囊橐空懸歎寂寥,況當風颯雨瀟瀟。兒童不解資糧盡,怪問晨炊火未燒。

春社三首

醪酒雞豚祭社還,邨邨打鼓鬧如煙。巷南巷北農家飲,沉醉疎籬碌碡邊。

其 二

老翁社下去燒錢，祝罷神釐禮意虔。幾點社公歡喜雨，麥秋共報是豐年。

其 三

風來花信煖陽天，桃李成蹊鬧欲然。聽得簫聲稚子喜，賣飴人過小樓前。

讀蔡忠惠公別紀五首㉕

浩氣行文本至剛，不隨嫵媚正堂堂。光明磊落真君子㉖，試讀四賢詩一章。

其 二

種榕大義渡東頭，夾道連陰過數州。庇蔭行人七百里，泠然六月似深秋。

其 三

蘇黃米蔡四名家，墨妙於今揭寶鴉。試看洛陽碑上字，當時獨步語非誇。

其 四

武彝新貢小龍團，珍重何曾賜大官。郊廟一斤供祀事，前丁後蔡太譏彈。

其 五

莆中二蔡甚分明，京後詭蒙忠惠名。孫子羞稱為祖父，奸回悔恨欲無生。

秋夜讀書

秋風剪剪透窗紗，梧影蕭疎竹影斜。讀罷三更人語靜，一庭霜月浸寒花。

作 字

石硯磨穿三十載，欲求一拙不能成。方知往古臨池者，多少功夫浪得名。

讀明戶部主事家希齋先生傳二首㉗　　諱維騏，嘉靖癸未進士，莆田人。㉘

引疾歸來已杜門，丹鉛著述樂晨昏。此身奈有雲林癖，四百生徒訂本源。

其 二

故廬焚燬惜家貧，三薦難登乞罷身。此日木蘭陂下過，風規猶想狎鷗人。

武彝九曲櫂歌

一　曲
一曲問津初放舟，幔亭翠滴渚煙浮。從今漸入仙源路，幾點桃花逐水流。

二　曲
二曲芙蓉露鏡臺，霧鬟玉女向晨開。亭亭姑射仙姿在，肯教巫山雲雨來。

三　曲
三曲藏峰望碧巔，孤崖萬仞架仙船。縱然道阻停橈處，滄海如何不作田？
危壑架船，朱子謂當年道阻未通，川壅未決，故船插壑間。然何能數千年不朽，亦一異事。且即道阻川壅，於今已在數百仞之上，則滄海之為桑田，又何疑矣？㉙

四　曲
四曲巖前一釣竿，金雞唱徹水漫漫。虹橋一斷仙踪杳，花雨霱霱㉚白晝寒。

五　曲
五曲遺踪仰紫陽，釣磯茶竈水中央。欲尋鐵笛悲音處，奪秀亭邊日影長。

六　曲
六曲萬尋壁立峰，僊人遺掌草蒙茸。祇因指點天遊路，引入雲窩翠幾重。

七　曲
七曲猶夷過碧灣，百花莊下水潺湲。猿啼鶴唳千峰靜，坐揭篷窗春意閒。

八　曲
八曲晴沙護笋洲，茅亭翠篠晚風柔。相將踏上峰頭路，石鼓聲沉太姥秋。

九　曲
九曲星村雞犬聲，桑麻籬落水雲平。買茶客散春墟靜，又看桃源谷口耕。

武彝漢祀壇

錢鏟二子此山居，曰武曰夷原子虛。不是神仙崇漢武，設壇那復祀乾魚。

第五曲紫陽精舍

奇術神仙總幻談，休言魏子與張湛。紫陽道脈千年在，五曲遺踪大隱嵐。

九日山姜相墓

唐宰相姜公輔,愛州日南人。以諫唐安公主造塔事,忤德宗,罷爲左庶子,再貶泉州別駕。築室南安九日山,與流寓秦系交至厚。卒,系爲葬此山之麓,稱姜相墓。

寒雲荒草日黃昏,五尺唐碑掩墓門。千古孤忠留汗簡,死生有地不須論。

九日山懷古

《唐書》云:九日山晉松百株,秦系愛之,卜居其下。

爲有傳聞探晉樹,豈無弔古憶唐賢。時遥人物皆成幻,石上留殘詩幾篇。

宿鷺島小樓

浦漵當窗漁火明,小樓獨宿過三更。多愁旅況難成寐,卧聽春潮欸乃聲。

讀漢詩㉛

不必多爲綺麗語,自然流露屬天真。文章妙處原非巧,元氣渾淪有鬼神。

示武榮看相者

善惡由來能改相,畢生食報總由心。休將貴賤憑眉頰,具眼應須看到深。

齋居

虛堂生白吉祥來,整理圖書絶塵埃㉜。一炷鑪香添晝静,銷將百慮護靈臺。

折菊送書

堪笑還來無一瓻,菊花聊可當清酤。平生奈有抄書癖,休怪借書常送遲。

秋日過江浦橋

笋兜行處風蕭蕭,古港灣頭度㉝石橋。木落平沙秋色老,歸帆片片海門遥。

早度常思嶺

曉色㉞朦朧山月低，嶺頭草舍㉟尚聞雞。板橋未有行人蹟，霜片初粘四馬蹄㊱。

讀歐陽文忠公五代史閩王氏世家二首

湛盧躍地有靈神，兄弟相推骨肉親。封號琅琊唐正朔，小康猶喜見斯民。

其　　二

從軍固始王閩中，繼世紛爭兩葉同。弒亂荒淫家難作，不堪後嗣辱爾翁。

忠懿王墓二首　有序

唐乾寧中，王審知封琅琊王。後唐莊宗同光三年卒，年六十四，諡忠懿。葬侯官縣蓮花峰下，張文寶撰神道碑文。前明宣德四年，屯軍三十人，盜發王塚，先一人入，爲鉅蛇傷死。相率繼之，出其壙室中物。有金玉罏瓶、玉犀帶、玻瓈椀諸寶，及壙中所懸王畫像。死者之妻，以分贓不平，洩於官，有司捕盜追物。有諸生王琨者，王裔也，以家譜訴於官，壙中物悉載譜中。而王像又與譜中像類，乃以像歸琨，官繕脩其墓。事聞於朝，諸物追入御府。

方頤隆準尚藩臣，避地衣冠禮上賓。此日甘棠猶存港，當年文寶表貞珉。

其　　二

穹碑石獸卧荒榛，忠懿威靈鎮七閩。瓈椀金罏歸寂寞，好留遺像畀後人。

過五代僞閩王氏故宮地

弒亂荒淫豈有終，僞閩僭號自稱雄。九龍金鳳空遺誚，猶有行人說故宮。
審之次子王鏻，僭僞號，則宮之名必自鏻始，故及九龍帳陳金鳳事。

蔡新州故居

新州竄去孰咨嗟，鸚鵡猶教喚琵琶。蔡確之貶新州也，以愛姬琵琶自隨。有鸚鵡能言,確欲召姬,則敲響板,鸚鵡喚琵琶立至。後琵琶死,誤觸響板,鸚鵡猶喚不休。確感傷作詩云:"鸚鵡言猶是,琵琶事已非。傷心漳江水,同渡不同歸。"聞道昔年江總宅,而今久屬段侯家。

題七賢過關圖

雪笠霜蹄度遠岑,關河嘯傲有同心。此行不爲蒼生苦,何若依然卧竹林。

道南祠

篤信功深立雪餘,程門目送意何如。道南一脈開閩教,海嶠先河派衍初。

冬燕

宋朱翌《猗覺寮雜記》云:世謂燕子秋分即去之海上,有燕子國,如小記(説)所謂烏衣國者。是大不然。往往入深巖中,穴樹內,向寒不復出,泥塗其身,毛羽皆脱。至春暖,即生羽翼飛去。晉郗鑒爲兗州刺史,掘野鼠蟄燕食之,而民不忍判,其明徵矣。元微之云:"有鳥有鳥名燕子,口中未省無泥滓。春風吹上廊廡間,秋社吹將嵌孔裡。"亦其據也。淳菴授書本邑之梨坑,十一月風雨甚寒,見數燕子出深谷枯樹中,毛羽脱落,泥塗滿身,雀躍不能高飛,益信朱翌之記非妄。因賦《冬燕》一絶,并序其事,以廣見聞。

燕子驚寒毛羽稀,粘泥零落不能飛。嚴冬枯木深藏閉,誤道秋來海上歸。

宋時閩多蓄蠱,蔡忠惠公守郡,捕治甚嚴,無人敢蓄。楓亭上下百餘里至今絶蠱患,人云以公祠墓在,蠱亦不敢留云

望見楓亭妖膽寒,至今蠱毒慶平安。祇因忠惠神廟在,神女無心過灌壇。

蔡忠惠公將造洛陽橋,移檄海神,回封書醋字事六首

蔡君謨公守泉,將造洛陽橋,跨海難施其功。相傳文檄海神,使潮退七日,得以造基。而醉卒夏得海者,願賫檄往,遂懷檄卧海浦中,俟潮至,隨沒而已。及醒,

潮未至,而文已换封,僅書一"醋"字。君謨曰:神示以八月二十一日酉時也。至期,潮果退七日,遂興工。後潮屢退,橋遂成。然是事不紀洛陽[橋]碑,亦不載《端明集》。即當日與君謨最善,如歐陽永叔、蘇子瞻、梅聖俞諸公,亦無有詩歌道及者。予泉人也,往來是橋者屢矣。潮大退時,水甚淺,似可安基。但滄海桑田,有宋去今七百餘年,不知洛陽之海當日何如爾。大抵洛陽橋,雄亘壯麗,名聞宇內。忠惠公建橋跨海,功大力鉅,故人喜神明其説,彼此傳奇,遂成佳話歟。新郡誌載此條爲明永樂間郡守鄞人蔡錫修橋事,説更傅會。偶作數詩,以道其事。

狂濤雪浪舞蛟鯨,橋架萬安坦道行。橋南石壁上鐫"萬安橋"三大字。振古山川長不改,萬年人説蔡端明。

其　二
一封移檄海神知,綿亘飛梁難立基。果爾回封書醋字,當年異紀洛陽碑。

其　三
醉卒安能見海神,君謨那肯虐斯民。倘因好事相傳述,難問當時報檄人。

其　四
姓名假借許投淵,縱使癡愚軀肯捐?得海橋南今有廟,先生烏有恐相沿。

其　五
二蔡争傳總未真,分開醋字定良辰。古今多少幽奇事,鬼物神僊假托頻。

其　六
相對迤邐烏嶼橋,在洛陽橋東一里許,差小,皆跨而建。二橋並駕海門遥。不聞烏嶼造基日,海若曾收早晚潮。

秧　馬

秧馬乘春踏綠疇,不思隄草不驚鷗。農人得爾閒多少,耕作何曾獨藉牛。

馬嵬坡和韻

聽唱淋鈴蜀道來,玉顔恨不早成灰。紫裀埋却深深處,誰復香囊出馬嵬。

輓表皋姪二首

驚聞爾死駭吾心,竟痛人亡欲碎琴。豈是風流秦淮海,如何醉臥古藤陰? 姪性頗喜酒,無病,以飲酒暴終。

其 二

寒燈凍硯四更餘,賈宋傳經欲接渠。姪近究心《曲臺記》,披卷擁鑪,雞鳴不輟,過於勞勤。剩看碧梧窗外影,涼風吹落讀殘書。

過州佐牧曾耀遐墓

六載懇懇東道家,姪儿問字茁蘭芽。於今太息西州路,忍看松楸對落霞。

題江邨書屋圖

棐几繩牀伴著書,水雲花竹與禽魚。何當消受人間福,宰相山中如不如。

飲 酒

閉眼常酣吟五字,濡唇不耐酒三杯。休將酩酊爲歡境,歡到窮頭苦起來。

退 筆二首

常抄董子天人策,不寫相如賦子虛。直節頹唐心力盡,而今已老謝中書。

其 二

中山趙國舊家聲,退老依然守管城。自是兒孫蒼頡慧,支分代代掌文衡。

笑 題

沒世功名蝸兩角,古今貴賤貂(貉)同丘。百年三萬六千日,紛驚何曾一日休。

除 夕

東鄰羊酒西烹魚,爆竹吹簫鬧歲除。澹泊儒家閒自在,瓶梅數點好觀書。

家鄉除夕竹枝詞八首

甘蔗挑燈走小童，紛紛嫁娶各西東。不須卜吉從除夕，道是團圓竹火中。晉江鄉俗，貧家嫁娶，不擇吉日，多於除夕，名曰就爆竹火盆光。貧家嫁女，令小童以甘蔗挑小紗燈一對於轎前，名轎前燈，送至夫家。其燈畫百孩兒，名百子圖，蓋取《螽斯》瓜瓞之意。價廉，不過百錢。雖甚俚質，然貧人無力婚嫁，得以如此簡略完聚室家，而免怨曠，亦以見風俗之厚云。

其　二
買來海物趁晨墟，筆管鯉兼過臘魚。久釀家家開老甕，朱薯酒洌發香初。鄉人多以朱薯釀酒，味香而洌。

其　三
竹聲未動兒聲洪，結伴攜柑共賽紅。雞黍饗神歡笑拜，人生何幸作兒童。

其　四
甑熟年糕釜熟豚，饗神料理洗瓷樽。婦嬸廚下相商語，餈餌留些作上元。

其　五
穉子熙熙樂歲豐，擊毬踢鞠鬥稱工。山魈魑魅何曾有，紙爆如鞭鬧耳聾。

其　六
泉人最重是祀先，酒飯牲羞列几筵。祭罷黃昏重拂几，三朝早起饗新年。《書·大傳》："正旦，歲之朝，月之朝，日之朝。"

其　七
蹲鴟綵勝妝盂飯，經宿過年欲飯饒。自是婦人多故事，旋從房裡點通宵。通宵，燭名。

其　八
守歲更闌人未睡，階庭淨掃理茶杯。堂中事物安排定，初到晨光有客來。

吉　祥　蘭

一名紫蘭，一名拜歲蘭，一名箬葉蘭。

家園種得吉祥蘭，莖吐紫花歲暮間。草木嘉名雖可愛，吉祥原以吉人還。

經霜矮脚雞冠花

絳距朱冠錦翼齊，霜晴相伴菊花畦。籬邊秋色垂垂老，養到居然是木雞。

夜　來　香

花葉渾然仔細看，濃香挹露撲帷欄。空庭月色無人語，一陣香來一炷檀。

七夕紅荔支

蓝紅陳紫過無存，七夕紅猶熟後園。莫爲人家將乞巧，故留此種獻天孫。

澣　　苔

生海中，可造側理紙。性能補血，春生者佳，品甚珍。
澣苔嫩綠如絲柔，亦是溪毛可薦羞。堪道海濱多況味，蓴羹性冷此應不。

水仙花四首

仙子何來降藐姑，杜衡香⑤染碧羅襦。分明綽約漣漪上，一幅湘妃神女圖。

其　　二
讁來俗念已成灰，剩得寒香襯玉梅。羅襪凌波閒縹渺，芳魂時復憶天台。

其　　三
飛瓊常伴婉凌華，爲采蘭蓀涉水涯。羞殺綵鸞多寫韻，從今不插鳳凰釵。

其　　四
自守瓊英依玉局，不聞芳草怨王孫。祇今秀骨珊珊在，悟得當時洛水魂。

洛神圖二首

逍遥洛水幾何年，漫擬瓊樓降讁仙。不是思王神契絕，誰將妙筆寫嬋娟。

其　二

不侈泥金蛺蝶裙，凌波冷艷劇憐君。珊珊秀骨來何許，一片空江澹水雲。

示家塾子姪輩十首

光陰迅速等飛梭，賤骨皆由懶骨多。幾度春風生白髮，悲傷老大將如何？

其　二

莫事啣杯莫戲談，雞窗雪案好沉酣。書生本無倖僥福，一寸苦償一寸甘。

其　三

學士胸中富五車，當年勵志在三餘。須知結網功宜早，無事臨淵徒羨魚。

其　四

最惱偷閑懶惰眠，今年姑說待來年。功夫不與年俱進，多少後生令執鞭。

其　五

信命漫將學業荒，命通也要業精良。倘然不好生來命，更亟辛勤感彼蒼。

其　六

學殖終歸期有成，紛紛毀譽不須爭。自家省察自家學，縱有雌黃任品評。

其　七

敗名有故實懷安，頗僻不袪學又難。自古飭躬方向學，柳批有訓切須看。

其　八

詩書樂地總堪尋，樂趣還從研究深。會得聖賢真意味，庭前春草契道心。

其　九

立志成家總在渠，休誇先代好門閭。書香種子如衰息，恐被鄉人說籛篨。

其　十

博陵崔氏一門中，宰輔名卿六子同。孝友詩書士族法，德星里社仰高風。

生韓古廟

在泉州舊郡治前。宋韓魏公琦，父國華守泉日，妾崔夫人生公是地。相傳磚上血蹟不滅云。

古祠槐柳半凋殘，忠獻鍾靈永不刊。到處相將探血蹟，當年此地是生韓。

歐陽文忠以公書爲第一二首

龍團廿餅貢丹墀，後蔡前丁遂得疵。祇爲愛君輸土物，涪翁昔日進離支。

其 二

莆中二蔡甚分明，京後詭蒙忠惠名。孫子羞稱爲祖父，奸回悔恨欲無生。

種 芭 蕉

新竹蕭疎古桂香，三間静翠小山房。邇來更有繁陰地，新種芭蕉已出墻。

公 車 草

謄時年七十五，乾隆庚子辛丑丁未。

舟 中 早 起

竹樹蒼茫望欲迷，魚籬石瀨響前溪。江城半出煙嵐外，古寺晨鐘雜鳥啼。

建 溪 夜 泊

一碧晴空丙夜天，幾聲漁笛破愁眠。覺來試揭篷窗看，灘響長溪月滿船。

臘月二十四日雪後微雨度仙霞

細雨斜風過板橋，仙霞嶺上踏瓊瑶。笋兜路滑行猶緩，竹裡梅花看頗饒。

仙 霞 嶺 觀 泉

峻嶺叢篁翠接天，幽菴古刹白雲巔。檻前飛瀑甘如許，應補茶經第幾泉？

江郎石

突兀峨然三丈夫，蒼苔碧草老眉鬚。不知大米當年見，袍笏曾能一拜無？

過七里瀧

掛席揚舲欲出瀧㊳，晴嵐倒影入長江。松陰十里蟬聲遠，獨倚危檣過釣矼。

落第歸鄉，浙溪舟中憶母三首㊴

昔日公車欲上時，風霜甚怕凍孤兒㊵。密縫裘襖多添絮，每檢行裝輒涕洟。

其二

書劍蕭條行路難，計程六月到家山。倚閭無復老人望，屈指吾兒幾日還。

其三

兩度北回老母嬉，寬言莫患策名遲。今來莫拜慈幃範，淚灑龔山秋草離。

甌寧攬虹亭

千尋峭壁壓長溪，石磴盤紆路轉迷。偶憩虹亭煙雨裡，深山叢竹鷓鴣啼。

建溪阻雪

玲瓏石竇吼灘聲，雪凍寒深舟不行。倚岸欲尋沽酒處，疏梅籬外一帘橫。

西楚霸王墓

七尺荒堆沒草萊，項王霸氣久成灰。英雄無可奈何死，空道拔山蓋世才。

卞莊子祠

才需禮樂淑，品以成人傳。血氣非真勇，沖和輔性天。羔羊猶卞邑，俎豆自當年。日暮驅車過，荒祠鎖翠煙。

遊 燕 草

林 和 靖 墓

湖水浸雲根,孤山閉墓門。石泉猶枕漱,松竹自晨昏。鶴養千年子,梅生幾代孫。茂陵遺稿在,封禪久無存。

五 人 墓

義憤當難忍,匹夫寧奪之。身甘殉吏部,塚自傍要離。幾日如生面,千年墜淚碑。搢紳皆若此,璫禍豈能爲?

曉 發 高 郵

譙鼓音猶響,河船纜已收。冷風吹柳岸,殘月下滄洲。曉櫂聲相應,吳歌韻正悠。歸心流水意,作客又經秋。

滕 縣 道 中

迢遞風塵久,隨身老劍琴。城猶滕縣古,澮憶井田深。策篝防橋窄,輪蹄快柳陰。當年爲國問,經界藉傳今。

柯 亭 學 士 柏[41]

亭在翰林院內,家竹巖先生所構。手植二柏,曰"學士柏"。先生有《竹巖集》行世。

學士前朝望,吾宗有昔賢。峻聲留海宇,儒術著經筵。往蹟柯亭在,流風柏樹傳。于今三百載,詠誦竹巖編。

乾隆辛亥十一月朔,赴永定司訓途中有作

不敢稽遲畏簡書,霏霏暮雨濕征車。晏湖黌序新分席,經博聲名豈易居。

百里鄉關猶眷戀,一肩行李最蕭疎。慚無學殖堪供職,勤慎操心實警余。

【校記】

① 樵川本題作"西崦五詠",實爲六詠,缺最後二首。

② 樵川本無此註。

③ "老風煙":樵川本作"起蒼煙"。

④ "迷迷":樵川本作"迷茫"。

⑤ "泉郡東":樵川本作"郡城東"。

⑥ "西山":樵川本作"真西山"。

⑦ "梅溪先生……縣民食德":樵川本無。

⑧ "有龍目雙井":樵川本作"相傳余里宋初濬龍目雙井"。

⑨ "宋初濬井":樵川本無。

⑩ "得":樵川本作"得一"。

⑪ "之字":樵川本作"之句"。

⑫ "築洑塘之兆也":樵川本作"築洑塘隄岸之兆"。

⑬ "迄今":樵川本作"至今"。

⑭ 樵川本無此註文。

⑮ "明户部主事":樵川本無。

⑯ "嘉靖中":樵川本無。

⑰ "以疏救":樵川本作"疏救"。

⑱ "繫詔獄,二日死":樵川本作"繫獄死"。

⑲ "爲":樵川本作"爲作"。

⑳ "萬曆間……諡忠愍":樵川本無。

㉑ "聖主衷":樵川本作"聖主聰"。

㉒ "王氏":樵川本作"姓王氏"。

㉓ "越日":樵川本作"越旬日"。

㉔ "于煙霧":樵川本作"于煙霧間"。

㉕ 樵川本題作"讀蔡忠惠公別紀作三首"。據手藁本改並補。

㉖ "光明磊落真君子"：樵川本作"梅溪太守真精鑒"。

㉗ 樵川本題作"讀前明家希齋先生傳二首"。

㉘ "諱維騏,嘉靖癸未進士,莆田人"：樵川本作"公諱維騏,莆田人"。

㉙ 樵川本無此註文。

㉚ "氄氄"：樵川本作"毵毵"。

㉛ 樵川本題作"讀漢古詩"。

㉜ "絕塵埃"：樵川本作"絕點埃"。

㉝ "度"：樵川本作"渡"。

㉞ "曉色"：樵川本作"曉霧"。

㉟ "草舍"：樵川本作"草店"。

㊱ "馬蹄"：樵川本作"馬啼"。

㊲ "香"：樵川本作"芳"。

㊳ "掛席揚舲欲出瀧"：樵川本作"短櫂揚舲已出瀧"。

㊴ 樵川本題作"浙溪舟中憶母三首"。

㊵ "孤兒"：樵川本作"癡兒"。

㊶ 樵川本題作"柯亭"。

淳葊詩文集卷三

晏湖宦遊草

謄時年七十五。乾隆辛亥冬至嘉慶丁巳夏。

過①武平峻嶺之巔，見樵者于深谷中，或偃卧白雲，或運斤幽壑，三兩爲群，嘯歌互答，其意甚適。因作採樵歌六章

曉起採樵，晨星寥寥。一笠隨身，一斧在腰。踏破白雲，嶺路岩嶤。一聲長嘯，響徹雲霄。

其　二

南山崔崔，澗水泠泠。林中芝草，松下茯苓。日日採樵，山鳥忘形。採之採之，伐木丁丁。

其　三

息厥斧斤，卧彼白雲。茂林鳥聲，空谷時聞。夢回石上，嵐氣氤氳。束薪何處，在澗之濆。

其　四

晚來負薪，澗水之濱。臨流濯足，須我同人。噫我同人，負携苦辛。莫厭我苦，繄我食貧。

其　五

爾歌在前，我和在後。且行且歌，樂我樵叟。歸來負薪，婦子奔走。婦曰辛只，我有斗酒。

其　六

飲酒樂只，其顔斯酡。一醉高卧，不知其他。天地悠悠，人生幾何。採樵之

樂,何必爛柯。

秋日縱步南隄,上道南樓眺望。東南諸山,重疊蜿蜒,峭净如洗,山中時有雲氣往來。因取陶弘景②嶺上多白雲句爲韻,率賦五章

獨上煙雨樓,寒山轉暮景。川原净如洗,白雲起高嶺。靉靆去還來,無心度谷影。孤鳥背斜陽,夕嵐山翠冷。縱懷恣遊觀,塵慮已堪屏。

其　　二

東南列屏嶂,眼界儘幽曠。秋高削層巒,樹石迥異狀。林深度晚鐘,崖懸落樵唱。叢薄露人家,日晚孤煙上。朗吟山中篇,朱子有《寄山中舊知》七首。此心轉惆悵。

其　　三

何年樓隱士,欹枕此巖阿。松肪烹笋脯,箋衣結女蘿。藥鋤煙雨外,泉引竹林過。丹竈仙風冷,卧榻白雲多。未諧物外期,可奈白雲何。

其　　四

素性本幽静,雅有山水癖。愛兹重疊巖,一片秋雲白。蒼松匝谷陰,清泉流澗碧。幽期愧美人,勞生爲形役。駕言往遊之,煙艇掉孤客。

其　　五

層巘多丘壑,嵐氣半氤氲。山容與客意,契合自慇懃。旅鴈翔天末,振響欲呼群。覽物懷悄悄,故鄉朋侶分。登高獨遐矚,慨息念停雲。

山　中　聽　琴

獨步幽林,巉巖崎崟。藤蘿鳥聲,白雲晝陰。中有高士,葛衣鼓琴。怡然古心,悠然古音。一彈再鼓,猿鶴皆吟。撫琴獨坐,山高水深。

舟　中　聽　琴

清溪月明,萬籟無聲。扁舟容與,煙歛雲晴。與客共話,叙我平生。絲桐入聽,商徵移情。馮夷自舞,銀漢參横。千里一碧,罇酒共傾。

書守瓶二字于齋壁

曉起書守瓶,學齋窗牖上。鄭公有格言,朝夕可仰望。余性拙而急,言辭多躁妄。吉人之辭寡,簡默高賢尚。樞機主榮辱,輕率乖禮讓。守口應如瓶,招尤實宜防。多言從此省,警戒務用壯。

石　磬

我昔黃梅時,鄞江見數磬。其音清以長,玲瓏互相應。云是滇南石,胚胎渾包孕。一片落奇巖,珍如珠照乘。我意欲購之,紛冗俗塵勝。秋來偶相憶,囑友爲寘定。大者忽已售,小者形如甌。振響猶鏗鏘,尚堪洗塵聽。友生爲我來,五日走山徑。什襲恐刓損,寶護精神凝。我懸學堂中,小篋花梨檠。雖非泗濱浮,竊擬涇水稱。磬聲本屬角,和平心性證。有時發餘音,悠然托幽興。

寄林蘅洲

春雲多態度,去往(住)無定期。芳躅忽已遠,使我長相思。非不夢寐交,關河遥隔之。書翰雖可接,形影不在茲。獨坐苦相憶,落月梁屋時。尺素搜殘篋,抒懷寄新詩。

慰　老

人生在世間,悠忽如掣電。百年到者幾,無論貴與賤。況當老將至,飄零等輕霰。東西任風吹,聚散良一變。死生亦大哉,達生匪高見。老懷曷以慰,安心隨時便。窮達與貧富,任天絶繫戀。讀書與作事,稱量無心羨。戚戚容不形,怡怡心自善。永懷耆舊輩,時時相見面。商確溯平生,抗懷師狂狷。熳爛發天真,憂樂共苦忭。苟能免饑寒,優遊當息晏。吾意老如斯,邁徵仰群彥。

臨江送別林九

臨江送君別,遲回在津步。高林落葉秋,淺水殘霞暮。君意賦卯須,一葦未竞渡。别绪两相牵，愁见汀州露。

望　　雲

白雲掛東海③，翹首日雲暮。東海是吾鄉④，望雲心獨苦。梁公登太行，思親嘗指顧。一望黯然傷，神魂欲飛渡。梁公親猶存，恨不省寐寤。命駕歸河陽，膝下還依附。傷我父母亡，杳冥入泉路。望雲百回思，何處求一晤。牀几虛寢門，草樹連墟墓。臨風涕滂沱，灑向秋天露。

永定學署作⑤

昔日親在未作官，貧窮無以爲親歡。今日官卑有微祿，親掩重泉呼不復。呼不復，望墳哭。望墳一哭一傷悲，親在重泉總不知。欲將祿米供親養，除非再世無有期。

秋日熊松若江濬明經、賴瑞堂世琛孝廉見訪

池塘昨夜雨，秋氣更澄泓。晨起涼風來，吹襟滌塵鞅。蕉竹倍蒼青，蘭菊亦欣敞。曠爽舒我懷，寂坐對簾幌。羊求來過從，與我同心賞。欣欣神契合，汲古商祈嚮。麗澤相藉資，高山並景仰。氣象春雲高，襟期秋月朗。且與數晨夕，寧復憂懺悕。吾儕各有業，道義供涵養。亡羊慨多歧，冥心且孤往。

秋雨初霽，獨步前庭。適三山林桐崖⑥鳴岡孝廉告別計偕

庭柯過秋雨，牖戶生微涼。隨步出庭隅，飄風吹我裳。翹首遠眺望，山水凝清光。木葉已微脫，雲高鴈南翔。好友適然來，言辭歸故鄉。投契半載餘，遇短心尤長。遽爾急分袂，促促戒行裝。志士通經術，被褐珠玉藏。挾策貴時用，行矣登賢良。徘徊未忍別，攜手更徜徉。

春日有懷

春水綠，春水綠，春水萬里綠無垠，東西南北同一春。春同萬里何曾異，人

隔千里不相值。見春忽憶同春遊,桃花洞口芳草洲。昔日意氣凌霄漢,今日傷春各白頭。頭白還自惜榆景,聚散浮萍與斷梗。老大勿復多苦傷,朱顏難覓鏡中影。且將把酒及春時,亭前看取好花枝。花枝嬝娜春風暖,醉臥亭前花影移。

學齋秋菊正開,邀熊松若、賴希川、賴魯三、鄭泉堂、吳符千、吳萃檀諸君玩賞⑦,因留小酌

廣文先生幾叢菊,種在庭前倚疏竹。九月花開白間黃,穠英吐綻爭簇簇。先生對此靜無言,有時邀朋賞芳⑧馥。人澹如菊菊如人,一椀清茶披經腹。寒氈坐久冷生秋,借問鄰家酒應熟。叮嚀好友漫須歸,盤中尚有老苜蓿。

送黃善亭明府之喪歸江右 名吉芬,贛州定南人,乾隆庚子進士。

人生如風燭,變滅無定期。遊魂蕩埃塵,幻幻已何之。黃君稽古士,功名繫所思。努力舉科第,作宰閩疆陲。設施兩載餘,人世已長辭。煢煢旅櫬歸,丹旐晚風吹。親屬既云遠,涕哭一孤兒。送者滿道旁,揮淚多酸悲。秋氣淒以哀,夕陽衰草時。何日到家山,妻孥望漣洏。修短固有命,功名將何爲?⑨

過上杭故泉州司訓周公天眷墓

我昔搦管應童子,周公司訓泉之浼。稜稜風骨鎖院中,白髮藍袍儼鵠峙。塲中經義恐紛拏,條分縷釋⑩爲掌指。語言動止有先型,氣概端方實卓爾。我時年方十三四,識得公名聞多士。共言此是周老師,品格學修徇⑪粹美。迄今倏忽四十年,人生聚散等風煙。何時公脩地下史,松柏陰陰覆兆阡。我過杭川古道傍,陡見荒碑鐫數行。苔蘚斑駁詳注目,知公馬鬣山之陽。拜公墓下日欲暮,斜暉殘煙掛高樹。我今司教晏湖東,與公鄰境方相遇。識公成童今鬢斑,晚學無成愧駑頑。慨息光陰真迅駛,用甚刀圭駐朱顏。感公模範宏啓廸,十年博士著成績。經過墟壠寄所思,長吟數語山寂寂。隻雞罇酒客中無,窈窕山花爲公摘。去去更踏樵嶺雲,夕陽山外一聲笛。

五夜舟發鄞江

灘急波濤險,山深草木稠。五更餘落月,千里一孤舟。寒柝催殘夜,疎鐘度曉流。旅懷愁不寐,欹枕過三洲。

舟中即事

輕帆遲夕照,小艇渡芳洲。鷗鳥渾相狎,溪聲盡日流。虹銷初歇雨,楓落草凉秋。六載異鄉客,于今已白頭。

歲　暮

地僻衡廬迥,柴門晝不開。殘梅隨臘盡,細雨逐春來。圃凍猶新笋,家貧有舊醅。懷人當歲暮,悵望白雲隈。

長汀觀野燒

地近古新羅,巉巖虎豹多。燒山驚魍魎,洗雨養苗禾。雨洗⑫ 草灰水入畬田,可肥禾稻。燒山不惟祛虎豹毒物也。磽确成膏壤,芟除謝斧柯。春風吹一度,石骨翠煙蘿。

日暮微雨安鄉道中

危峰連石棧,古刹出叢林。小雨空濛徑,微聞鐘磬音。殘虹天末斷,江樹暮雲沉。策蹇從茲去,悠悠過客心。

送永定溫荔坡恭赴任縣令

本自廉隅士,慈祥見性真。一行今作牧,百里愛斯民。列宿郎官應,分符製錦新。君看循吏傳,勿讓古之人。

寄楚中龔雨帆

寄語瀟湘友,年來我起居。看山百里外,聽雨五更初。酒薄逢春醉,詩庸到老疎。不知兩載別,近况復何如?

送友人歸關中

萬里風塵客,長途匹馬還。荒城臨渭水,紅葉滿秋山。書劍將行李,煙雲望故關。匆匆罇酒別,淒絶友朋間。

留題漁邨老人壁

地以荒村僻,門當曲徑深。溪光明野色,樹影重春陰。友藉躬耕侶,人存太古心。閒來攜竹杖,步履散幽襟。

過武平諸嶺

層巒連複嶺,草樹翳蒙茸。鳥道盤天起,碙雲匝地封。鵾鴣啼細雨,木客嘯高松。聞説芝堪採,時來駐葛筇。

送鄭生歸粵東

人情何齷齪,一飯豈堪論。所以孤高士,終辭富貴門。歸鞭隨夕鳥,去路入荒邨。遙想鄉林晚,玲瓏橘柚繁。

宿雲溪別墅

憐君池館好,幾日此淹留。花氣夜深重,書聲雨外幽。小欄侵竹色,曲沼漾春流。更有清酣興,吟詩互倡酬。

訪吳笠叟處士[13]

不怨才無命,空驚歲月奔。誰能超世俗,獨自閉衡門。書舊多殘帙,家貧有義樽[14]。東坡先生在黃州,鄰近四五州送酒,令實[15]一器,名"雪堂義樽"。婆娑松石下,白髮弄曾孫。

上杭安口溪中夜泊

溪静灘聲遠,山深月出遲。孤舟三百里,獨宿四更時。不寐聽鳴鳩,興懷感故知。蹉跎終落落[16],老去復何爲?

舟中望紫金山[17]

杭川名勝地,未到我曾聞。有石皆生紫,無峰不插雲。山容看轉側,嵐氣忽氤氳。慨昔風塵客,何緣訪隱君。

遊長汀朝斗巖[18]

蒼巖高剡屶,半壁倚危樓。野意天俱闊,山容澹欲秋。城臨江樹隱,溪帶夕陽流。嘯傲同佳侶,歸來月滿舟。

書堂偶興

微賤棲遲客,風埃牢落身。閒來惟把卷,老去不如人。竹翠憐同瘦,花開似餙貧。故園應有待,松菊日相親。

雨晴訪熊松若明經[19]

久雨雲初霽,傍山躡屐行。石苔交竹翠,溪瀨雜松聲。世上稱知己,何人足友生。素心惟此老,乘興扣柴荆。

上杭黃岡溪上

秀絶黃岡水,扁舟過自今。溪山如有待,鷗鳥久無心。老樹橫蒼壁,桃花間竹林。悠然一眺望,灑落稱幽襟。

寄上杭學博葉韶九觀鳳同年

古籍容吾拙,功銷蠹字魚。已聞秋浦鴈,懶報故人書。晚學君方進,長貧我亦如。寸箋聊檢篋，草草問安居。

乾隆乙卯八月十四日舍弟儀拔同蔡氏甥至永定學署

忽然甥弟至，驚喜笑顏開。聞姊貧多病，諮親長及孩。老妻忙理饌，兒子樂安杯。今夜家鄉事，應無入夢來。

得確山明府鄭寶堂命成同年書[20]

人隔年經十，書來路幾千。譜中傷冷落，紙上意纏綿。守拙談經老，敷猷製錦先。寶堂新令確山。他時相握手，華髮各盈顛。

宿祇園禪寺

小橋通梵宇，曲徑入雲深。暮客投幽寺，寒鴉噪晚林。松濤飛法界，溪月印禪心。一榻鄰香積，微聞鐘磬音。

過明經賴曉山之鳳精舍[21]

雨後空林翠，精廬此日來。亭邀風竹掃，門對晚山開。待問揚雄字，還需蔣琬才。白雲堪作友，萬卷且兼該。

度　　嶺

未謝風塵役，重巖復此過。客途還幾日，鄉路喜無多。樹影迷幽谷，禽聲碎碧蘿。應憐樵牧侶，不奈白雲何。

重過澗頭渡

經途逢舊識，不問亦知津。古渡迷芳草，斜陽送旅人。櫓搖舟泛泛，風獵水鱗鱗。老我棲遲客，勞形寄此身。

寓西靈古剎

古寺何年建，殘碑碧蘚紛。遊人過院少，啼鳥隔花聞。隱几惟清磬，開窗祇白雲。參禪吾不悟[22]，暫此息埃氛。

秋夜二首

秋月涼如水，秋聲滿戶庭。坐移梅竹影，臥看斗牛星。院鼓沉深巷，書聲動曲櫺。故鄉朋侶隔，愁思滿沙汀。

其二

丙夜銀河皎，蟾光皓滿庭。年華驚白葦，朋輩感疎星。風急砧聞巷，桐稀露點櫺。三秋今宦旅，又見蓼花汀。

秋日同賴希川、胡旦俊、鄭泉堂、吳符千、吳萃檀[23]重遊沙墩閣北樓之作

杖履身猶健，沙墩復此遊。朋儕非昔日，去年同林桐崖、吳又京遊此。松竹記前秋。惠遠應開社，仲宣猶有樓。城西歸路晚，餘興滿汀洲。

曉發盧豐

驛路更初盡，晨光戒僕行。月從巖際沒，雲向渚邊生。曙色分林影，春泉雜鳥聲。稻香盈谷外，起我欲歸耕。

春夜聽雨

廉纖春雨至，欹枕聽無聊。凍硯寒梅落，薰鑪宿火銷。年華催鬢白，家計累心焦。曉起東窗下，應抽幾尺蕉。

寄漁邨老人

不了勞生業，其如白髮何？貧來家苦累，老去病漸多。人事浮雲態，光陰逝

水波。寢言憐碩彥,欹枕考槃阿。

三月

韶光修禊後,春意已闌珊。柳暗鶯聲老,巢成燕嘴乾。晨興微雨潤,午夢落花殘。久客愁無奈,空齋獨倚欄。

鄭慕齡秀才歸自西蜀,以茯苓見贈

聞說川中郡,千年產茯苓。久藏今見贈,老病欲延齡。厲地陰寒少,胎松鳥獸形。杜子美《呈楊四員外詩》:"山寒少茯苓。"茯苓,松根靈氣結成,在兔絲之下,狀如鳥獸者爲上。天清靜無風,以夜燭兔絲之下,即插燭其處,明日掘取,入地四尺至七尺,得矣。能補脾利水,去鬱延年壽。誠袪憂恙得,採採伴僊靈。

秋望

秋光何處是,都在野人家。殘蓼依寒渚,疏林掛暮霞。山連平蕪淨,鴈帶夕陽斜。六載宦遊客,空將兩鬢華。

讀金陵馬宛玉秀才憶母詩

出門慈母訓,不得過三春。擔簏踰霞嶺,望雲憶老親。七閩留滯日,五載未歸人。陟屺虞閒倚,顏丁淚滿巾。

壬子十二月廿二日立春

殘臘回微暖,新春仍舊年。山茶初笑日,岸柳欲舒煙。白雪催雙鬢,迂儒守一氈。故鄉弟姊隔,貧困念憂煎。

同李茂春、賴曉山、鄭慕齡、吳就程小集
賴佩齋別業,夜闌即席有作

停杯遲月上,留客聽吹笙。佩齋酒半,月下吹笙度曲。破寂因畫史,茂春,寧化人,

善畫。衝愁藉酒兵。繞梁歌未歇,四座辨方驚。酪酊還浮白,寧知白髮生。

送鄭輝良秀才歸鄉

鄭生文學士,歲晚客他鄉。告別辭親友,歸心繫北堂。孤舟千里月,故宅百株桑。好畢窮經志,槐花又再黃。

歲暮訪友人翠石山房留題

竹樹蕭蕭雪壓廬,安仁自喜賦閒居。後生每載玄亭酒,耆舊時停北海車。擁褐高吟殘臘候,寒燈聽雨五更初。梅花能解先生意,盃放幽香伴著書。

春 日 書 事

剪風料峭透窗紗,脈望閒行卷帙斜。火熱茶鐺烹雀舌,香浮竹閣散蜂衙。一春中酒因傳座,幾日鋤園正養花。尺二案頭堆已滿,而今吾亦懶塗鴉。

寒食留飲田家㉔

閒尋野意出東阡,父老相逢略彴邊。幾樹梨花寒食雨,數聲布穀養苗天。春殘澗水浮新綠,日暮孤村生紫煙。欲借田家一杯酒,占晴辨種話豐年。

讀楊文靖公龜山集㉕

侍坐程門雪滿庭,河南一脈本藍青。薪傳自此開閩派,正學于今屬考亭。養性精純歸浩氣,立朝風節重先型。功餘著述文章老,後進津梁讀未經。

秋日遊白雲寺

旃檀遠出白雲隈,邀友秋遊策蹇來。竹逕梵音傳爽籟,石壇屐齒印蒼苔。一簾花雨禪心靜,半榻茶煙鶴夢回。瑟瑟疎林紅葉下,暮鴉解客漫相催。

書　堂

寂寞㉖書堂午夢殘，舒懷澹定百憂寬。碧梧半覆蒼苔逕，紫竹斜編小藥欄。燕子飛飛窺院靜，薔薇嫋嫋怯春寒。青氈本是吾家物，坐聽呀唔亦自歡。

松峰寺午後睡醒㉗

竹松掩靄水潺潺，雲影陰晴對晚山。古寺僧稀人過少，石壇苔剝雨來斑。夢回幾杵疎鐘後，身在千巖夕照間。可是輞川分一景，右丞借此喜偷閑。

客有欲讀黃庭內景者，笑而贈之

景林秘授紫霞篇，指使華存誦十千。晉魏夫人，名華存。學道，服胡麻散。道成，景林真人授以《黃庭內景經》，令讀萬遍，乃能洞觀鬼神。《黃庭》亦名《紫霞篇》。金液無丹堪養魄，胡麻有散枉流涎。早知靈運難成佛，誰見鍾離久得仙。凡骨有方為爾換，晦翁一脈是真傳。

江皋秋暮

毿毿衰柳映荊扉，帆影江干送夕暉。棘圃秋高橙正熟，蘆花風起鴈初飛。人煙一抹平蕪遠，略彴三條過客稀。蕭散此心同流水，鷗鳧相狎亦忘機。

秋　望

東皋薄暮望如何，遠遠秋山澹澹波。黃葉滿林人蹟少，寒蟬依樹夕陽多。山僧小圃環烏柏，牧子簑衣緝薜蘿。野老由來存古意，前邨乘興一相過。

冬月閒居㉘

三間小屋一茅亭，睡起憑欄酒半醒。雲際忽看孤鳥下，門前喜對數峰青。詩書磨頓寒氊老，歲月蹉跎白髮星。却愛森森松柏樹，不隨眾草自凋零。

亭前負暄

新築茅亭落葉繁，負暄移坐古梅根。文章不共流年老，事業空餘禿筆存。日暮天寒酒有力，中宵霜冷被無溫。書香種子虞衰息，囑付吾家好子孫。

蒼玉洞在汀州城南三里。[29]

複嶺重岡走翠螭，溪山到此發清姿。天開蒼玉巘危壑，地汰金沙護碧漪。峭壁苔侵秦相篆，洞中有李斯"壽"字石刻。[30]洞門石泐[31]宋人詩。鶴巢煙嶼窮登覽，坐愛嵐光列皎眉。

乾隆壬子夏四月[32]，舍弟儀拔同眷來署。五月十三日，自永定歸晉江

抖擻征衣尚有埃，經旬言笑急分回。自從孤露時歡聚，偶爲微官暫別來。爾去墓廬須省視，我留兒子亦深培。長途暑熱艱行旅，勿得兼程度嶺隈。

秋夜觀書

觀書夜夜到三更，月色當階竹影橫。漬草膏殘燈少燄，燒茶火盡鼎無聲。鬚眉老去精神健，閱歷年多意氣平。豈爲山淵資采獵，箴頑瀹性了吾生。

秋日同吳愛亭、吳希文步東郊[33]，訪賴佩齋，觀畫山水長卷。適鄭慕齡、吳就程繼至，歡談留飲，分韻得稀字

林間剝啄扣荊扉，郭外霜晴木葉稀。畫卷新成尋北苑，溪山有賦待元暉。窗涵遠岫寒煙寺，門繞清流舊釣磯。沽酒摘蔬留好友，歡談竟日已忘歸。

元旦

辛盤苜蓿兩相兼，半醉屠蘇酒味嚴。大地河山春浩蕩，條風景物意熙恬。

諸生五百推前輩,博士三年未久淹。霽日韶光天氣好,梅花幾點隔疎簾。

憩武平羅漢嶺㉞

夾道松陰覆嶺隈,半空嵐翠滴崔嵬。流奔絶壑泉千丈,路入天梯磴幾回。煙裡鷓鴣聲不盡,雨餘躑躅蕾初開。停車此地重經處,峭壁春深長緑苔。

甲寅六月十八夜,永定學齋同儀拔弟談家鄉事,三鼓不寐㉟

依依聚首晏湖邊,風雨孤燈夜不眠。屈指親知增感愴,傷心廬墓各潸然。頭顱半白催余老,門户能支望子賢。此日對牀歡笑語,難爲別淚灑江天。

永定學署遣長兒還鄉

于今爾去到鄉間,屈指歸程八日餘。先塚關心勤省視,親朋問訊近何如。編多蠹蝕宜繙曬,竹傍墻陰漫剪除。故里相逢詢別况,道吾白髮喜抄書。

臘月二十四日自雲莊過大溪邨

飛濤谷口是雲莊,路傍溪流十里長。市散邨墟留板屋,春高野水鑿黃粱。逢來處處山梅鬧,釀熟家家臘酒香。客裡歲華容易過,如何一度鬢添霜。

永定三年所食少家鄉味,偶憶及之

家在南塘泺水潯,故鄉土物豈無心。三春石首開魚市,六月冰精盛絳林。家鄉石首魚,三月最盛。君謨公荔譜,"陳家紫"第一,剝之凝如冰精,清如絳雪。海月拾來歸櫂晚,土芝鋤出曉雲深。海月、江瑶柱㊱,韓子名"馬甲柱"。芋,一名土芝。價廉不用多錢買,秖隔重巖無處尋。

上元前一日

蠹編筠管是生涯,屈指蹉跎歲月賒。幾樹殘梅窺凍雀,一簾新雨長蘭芽。

雲歸谷口聞鐘寺，春入城頭賣酒家。明日又逢燈節到，呼兒玩賞惜年華。

春中過栗子嶺㊲

逶迤一徑入雲深，夾道松杉十里陰。天半鐘聲聞鹿苑，雨餘空翠滴煙林。春泉石畔分新脈，時鳥山中變好音。直欲振衣千仞上，仙靈笑我腐儒襟。

謝賴曉山明經餽新米㊳

君田二畝晏湖東，墨稼荒蕪似我窮。餽米如何分稑半，持家喜得過秋中。成糜不是師陳子，寫帖無能學魯公。雨霽南隄邀縱步，一樽待㊴摘晚籬菘。

和林桐崖秋日同登沙墩閣原韻

登臨瀟灑意差強，況復同儕樂景光。一壑沙墩開鷲嶺，二年屐齒到上方。澄空入眼千峰霽，秋色驚人兩鬢蒼。樓閣層層雲樹外，寒鴉幾點襯斜陽。

次吳又京孝廉送林桐崖歸三山原韻

聚時歡喜別時愁，木落亭臯去路悠。魂夢不爲千里隔，行踪終是一萍浮。越王臺上多秋草，螺女江邊起白鷗。爲問滄洲耆舊輩，幾人能不雪添頭？

陳葵圃寅旭參軍㊵重陽攜酒邀余及諸僚友遊沙墩閣、奎光亭、道南樓諸勝

沙墩梵宇已三遊，自笑霜添兩鬢秋。疎磬依稀夕鳥外，曇花寂歷碧山頭㊶。微風不落孟嘉帽，老興還登庾亮樓。北嶺南岡閒眺望，葭蒼露白滿汀洲。

新竹

綠竹新枝甫長成，淇園美種更蒼青。月來尚少橫窗影，風動微聞解籜聲。出地虛心原有本，干雲直節自初生。伶倫律呂應裁製，待看根根作鳳鳴。

門前晚步

庭前蕉竹蔭蒼苔，寂寞柴扉向晚開。夕鳥已隨平蕪遠，秋風欲動故人來。閒身喜托青燈老，暮景愁看白髮催。縱步遥觀山翠冷，長空一碧且㊷徘徊。

自誚

洣水邨中一腐儒，散材臃腫衆稱迂。多情每易添蛇足，拙計寧嫌守兔株。莫笑官階忙繫馬，由來南郭濫吹竽。天真率性原無飾，至竟依然見故吾。

汀州學博陳仁田任㊸，年八十七，告老歸鄉，詩以送之

六載談經鄞水湄，長亭祖餞忍分離。歸來賀監寧入㊹道，老去申公尚説詩。柳色每牽風笛恨，諸生猶戀行旌遲。劉真自是香山長，香山九老會，磁州刺史劉真，年八十七。好繪圖前海鶴姿。

聞同里林子詩國華訃㊺

昨夜雲沉處士星，驚聞老宿已凋零。黄壚偶憶真如夢，鄰笛傷心不忍聽。耆舊幾人存故里，後生何處仰先型。素車白馬無由至，灑向秋風淚滿汀。

輓儀金從龍族兄㊻

兄弟相親二十年，一回悵念一潸然。青衿竟老梁丘業㊼，兄治《易經》業。白髮堪悲子敬絃。媚骨已銷餘骯髒，風流頓盡感窮年。灰塵七尺從茲滅，松柏蕭蕭起暮煙。

薦紳、同學餞余詔安之行，是時去行期尚半閲月，即席分韻得雲字㊽，呈席上諸公

別前餞別意何慇，未許驪歌促耳聞。欲止欲飛看宿鳥，且留且去望停雲。

一樽酒盡溪山暮,四韻詩成主客分。短櫂漳江幾百里,何時歡會更論文。

晏湖宦遊草

過九車溪,夜宿林田嶺

層巒草店對寒檠,回首蠶叢夢裡驚。枕底流泉錚不住,巖頭月吐正三更。

晏 湖 八 景

龍 門 樵 唱
龍門崒嵂最高峰,萬木叢中點瘦筇。聽得樵歌聲斷續,悠然響出白雲封。
南 隄 煙 雨
千株垂柳暗長隄,碧草綠波煙雨迷。雲歛半空春漠漠,青帝斜出小橋西。
潭 閣 觀 魚
慈雲閣下有空潭,説法遊魚可解談。濠濮如何同此樂,揚鬐花雨落毿毿。
溫 泉 晚 浴
春入溫泉溫又溫,晚風吹柳拂波痕。何時來浴偕童冠,步月詠歸水竹邨。
杭 陂 春 耕
陂田過雨喜初晴,蒲杏花開布穀聲。多少東菑簑笠伴,都騎秧馬趁春耕。
北 樓 秋 眺
萬里澄空萬里天,北樓秋晚望悠然。蕭蕭落木幾聲鴈,驚得霜花上鬢邊。
晏 湖 夜 月
徙倚斜欄月色流,波光夜静晏湖秋。葭蒼露白伊人遠,擬泛山陰訪戴舟。
龜 石 浮 印
靈龜養静幾千年,自在中流壽孰先。背有印文甲有畫,休徵可是能知前。

過 蠟 子 嶺

十里上巖十里回,幾時身在白雲隈。衣裾半濕煙嵐重,染得層巒積翠來。

鵞公嶺雨晴

嵐光煙靄雨氤氳,鳥語泉聲錯雜聞。放犢牧童深谷裡,相邀戲掬石邊雲。

永定學齋手植梅題壁

學堂砌下一株梅,纔種三年未見開。他日孤芳知孰賞,廣文柯氏手親栽。

【校記】

① 樵川本題,"過"字之前有"余"字。

② 因避諱,樵川本、手藁本題作"陶弘景"均作"陶宏景",徑改。

③ "白雲掛東海":樵川本作"白雲掛天涯"。

④ "東海是吾鄉":樵川本作"天涯是吾鄉"。

⑤ 樵川本題作"永定學署有感作"。

⑥ "適三山林桐崖":樵川本作"適林桐崖"。

⑦ "吴萃檀諸君玩賞":樵川本作"吴萃壇諸公玩賞"。

⑧ "芳":樵川本作"芬"。

⑨ 樵川本"揮淚多酸悲"以下作"脩短固隨化,功名亦何爲。逝哉萬事已,一往不可追"。

⑩ "縷釋":樵川本作"句辨"。

⑪ "徇":樵川本作"純"。

⑫ "洗":樵川本作"過"。

⑬ 樵川本題作"訪吳處士"。

⑭ "樽":樵川本作"鐏"。

⑮ "寘":樵川本作"置"。

⑯ "蹉跎終落落":樵川本作"蹉跎空歲月"。

⑰ 樵川本題作"舟行望紫金山"。

⑱ 樵川本題作"遊朝斗巖"。

⑲ 樵川本題作"雨晴訪熊松若"。

⑳ 樵川本題作"得鄭實堂命成同年書"。

㉑樵川本題作"過賴曉山精舍"。

㉒"參禪吾不悟"：樵川本作"參禪吾未得"。

㉓"檀"：樵川本作"壇"。

㉔樵川本題作"寒食行至田家"。

㉕樵川本題作"讀楊文靖公集作"。

㉖"寞"：樵川本作"寂"。

㉗樵川本題作"松峰寺午後睡起"。

㉘樵川本題作"冬月閒吟"。

㉙樵川本無此叙。

㉚樵川本無此註文。

㉛"泐"：樵川本作"剝"。

㉜"乾隆壬子夏四月"：樵川本作"乾隆壬子夏"。

㉝"吳希文步東郊"：樵川本作"吳希文步晏湖東郊"。

㉞樵川本題作"憩武平羅溪嶺"。

㉟樵川本題"三鼓不寐"後有"作此"二字。

㊱"瑤"：樵川本作"珧"。

㊲手藁本缺，據樵川本補。

㊳樵川本題作"謝賴曉山明經餽米"。

㊴"待"：樵川本作"同"。

㊵"陳葵圃寅旭參軍"：樵川本作"陳葵圃寅旭明府"。

㊶"曇花寂歷碧山頭"：樵川本作"曇花冷落碧山頭"。

㊷"且"：樵川本作"好"。

㊸"汀州學博陳仁田任"：樵川本作"汀郡學博陳仁田"。

㊹"入"：樵川本作"脩"。

㊺樵川本題作"聞林子詩國華訃"。

㊻樵川本題作"輓族兄儀金從龍"。

㊼"業"：樵川本作"學"。

㊽"即席分韻得雲字"：樵川本作"即席分韻賦此"。

淳菴詩文集卷四

丹詔宦遊草

過梁山①

梁山何岌嶪,列如劍戟張。逶迤復綿亘,磊落矗相望。地氣紆盤鬱,山形露嚴剛。我來自南詔,言邁過清漳。道出綏安里,走馬山之陽。謂是磅礴氣,當有產賢良。日暮憩松陰,父老適在傍。遥望山下邨,古樹鬱蒼蒼。問此是何地,老人爲我詳。昔日梁村公,故里此邨莊。舊廬依湖墅,老槐蔭書堂。斯人不可作,流風尚未亡。山川孕靈秀,君子發輝光。行人應駐馬,共指鄭公鄉。

憶故廬②

家在晉江南,舊廬南塘曲。世儒徹底貧,安身一椽足。老槐動秋風,低門迎朝旭。既以聚妻孥,且復連親屬。所望鄉里人,淳厚變風俗。禮義共嚮趨,澆凌相約束。當求數畝田,勤耕飯脱粟。

哭弟儀拔及四女順英③

七情既有病,贏體生百痾。情中一字哀,痛骨不可磨。吾弟吾女死,相去十日多。女死在丹詔,弟死隔關河。弟殁于家。弟殮形不親,女殮忍難過。髣髴吾弟至,笑語嘆蹉跎。髣髴吾女來,牽裾復婆娑。真形終永隔,幽渺可奈何。骨肉嗟死别,抔土山之阿。生者未了局,死者如逝波。人生誰不死,短殤數太顇。此情哀難轉,五更涕滂沱。

蚤　起④

秋風忽以至，木葉下庭柯。晨氣何蕭索，涼颸飄輕羅。我來堂階下，緩步復婆娑。種菊未及開，人去將奈何。東海何渺瀰，奉檄渡鯨波。時余有嘉義司訓之任。衰病日相侵，歲月感銷磨。此生一無成，白髮空皤皤。光陰不我待，安得魯陽戈。

詔安明府鞠郁齋，薦紳沈素菴絢、林薌圃夢椿、沈畫山丹青、葉汾浦觀海、沈步雲一冲、楊允騰凌雲，餞余海東之行，作此誌別⑤

此會難再得，簪裾滿華堂。文翰既兼美，德政復稱良。服官六七子，一老適歸鄉。素菴令曲周，年六十餘，數月前適歸田。皤皤鬚髮白，容貌古生光。罇酒惜離別，送余東瀛航。絲竹發清聲，詩歌盈縹緗。丈夫重分攜，不作兒女傷。祇愁道誼暌，德鄰天一方。相期各自保，慎修信勿忘。

嘉慶丁巳閏六月十三日舟到潮州⑥

征帆連日夜，侵曉到潮陽。樓堞依山迥，江流繞郭長。蜑船栽茉莉，海客醉檳榔。翹首韓山上，思焚一瓣香。

過饒平黃岡⑦

江城如斗大，地說古黃岡。近海魚蝦市，連邨煙水鄉。白雲隨旅鴈，紅樹帶斜陽。老病驚秋早，蒹葭色已蒼。

過分水關⑧

匹馬趨丹詔，棲遲老廣文。圖書將行李，灑落看秋雲。耆舊千山隔，漳潮一水分。南州多大雅，此去契同群。

半沙道中⑨

迢遞南州路，晴天掛晚霞。人煙起墟野，秋色在蒹葭。蜃氣浮孤嶼，潮聲到海涯。舒懷聊一醉,瓢酒不須賒。

大興驛阻雨⑩

風雨遲行旅,萍踪暫此留。觀書未了卷,臥枕不勝愁。驛店孤燈夜,鄉園落葉秋。曉來江上路,煙水滿汀洲。

冒雨過象湖⑪

水雲丹詔道,風雨象湖城。暮鳥多棲宿,勞人尚遠征。煙霏邨樹暝,舟渺海潮平。白雪驚雙鬢,蜉蝣寄此生。

榕　　軒⑫

薄宦無常處,榕軒今小留。蕉窗飛野馬,蘚壁篆蝸牛。月白鴈聲夜,風搖桂影秋。已嗟蓬鬢改,時序忽遷流。

登古南詔所獵洲山⑬

山連趨遠淑,地轉抱孤城。南詔遺基古,春洲舊獵名。眼窮滄海小,足躡白雲生。能使胸懷曠,思將一笛橫。

雨夜旅懷⑭

旅館更闌静,孤燈檻外幽。蟲聲偏覺夜,雨氣欲生秋。不寐追殘夢,飄零憶舊遊。勞形身早邁,歸去好盟鷗。

同沈畫山、葉汾浦秋日溪亭晚眺⑮

空亭無客到,木落正蕭蕭。野渡行人少,墟煙隔水遙。河梁今握手,時余欲東渡武巒。溪館舊相邀。已倦風塵役,長歌樂採樵。

輓處士漢柔葉公⑯

儀型今已往,杖屨想風流。一夢空驚鹿,何人更狎鷗。魂來關樹黑,星隕寶橋秋。寶橋，公故里。域兆公先卜，千年老兔（菟）裘。公自營域兆于村南。

因論詩文有作⑰

妙以因心造，遲因出語嚴。文詞欽夏鼎，詩格陋香奩。臺閣非虛象，山林異槁潛。名家傳不朽，姿學兩相兼。

早發盤陀，憶故鄉諸友⑱

五夜催行色，霜花印馬蹄。關山千里月，茅店一聲雞。剪韭思春雨，飛鴻數雪泥。兼葭秋色老，人在水雲西。

過故秀才陳義種墓⑲

我來而已病，我去而先亡。弟子收遺籍，孤兒哭殯喪。才名歸抔土，魂氣泊何鄉。宿草經墟墓，良峰半夕陽。

潮州謁韓文公廟⑳

韓山日暮起蒼煙，謁拜巍祠意肅然。佛骨可燒遺一表，鱷魚無種據深淵。廻瀾道學追三代，振世文章盛八埏。天欲嶺南知雅化，故教夫子特開先。

南詔春望㉑

雨中城郭萬家煙，樓榭歌聲雜管絃。海國山川春獨早，南州花草氣居先。村開晚市魚蝦富，客賈重洋麗舶連。麗，小舟。莊子曰：柔麗不可以衝城。極目銅岡風景渺，三忠遺蹟水雲邊。石齋黃公道周、弓甫陳公士奇、忠貞陳公璸，皆產於銅山，故廬遺蹟尚存。

春日偶興㉒

不才早已忝儒名，作賦何能學長卿。丹詔青衿新弟子，晏湖白髮舊先生。留賓細雨春開甕，讀史寒爐夜對檠。正值芳菲時節好，南園煙樹囀初鶯。

榕軒獨坐，憶永定溫荔坡、吳萃檀、吳愛亭、賴佩齋諸友㉓

除非問字客來稀，敎學誰云與願違。滿院花開晨氣潤，一簾燕語午風微。觀書倦後常欹枕，敎子閒餘獨掩扉。昨夜故人方入夢，晏湖千里鴈空飛。

銅　　山㉔

島上孤城落日斜，人煙簇起幾千家。三忠遺蹟沉秋草，五嶺浮雲度海涯。夜靜樓頭聞鼓角，潮回波影戲龍蛇。蒼茫極目胸懷渺，欲覓星源八月槎。

唐陳元光廟㉕

元光，陳政子。相繼鎮南州，有功。廟以許天正、馬仁、李伯瑤、歐哲、張伯紀、沈世紀六將配。

披荊啓土置南州，繼世承恩樹壯猷。舊府玉鈐開甲帳，新營春柳試輕裘。柳營在龍溪縣江東地，元光植柳屯兵于此。同時宣力惟諸將，異代論功並列侯。七邑報崇多廟食，雲礽蕃衍自天酬。

過木棉菴㉖

東南半壁既難支，誤國奸回死已遲。湖火三更猶可見，襄圍六載豈能知。半閒蟋蟀傾宗社，一劍木棉需歲時。監押祗今英憤在，將軍菴外有殘碑。明都督俞大猷大書"宋鄭虎臣斬賈似道處"，刻石立菴外。

賈似道墓㉗

昭昭天理實難欺，葉李路遇虎臣，以詞贈之，有"天理昭昭胡不悟"之句。監押當年偉男兒。爲國能銷天下憤，誅奸可惜竄荒時。鄂圍自解捷堪假，北議稱臣事孰知。萬死餘辜寧足蔽，猶留抔土唾殘碑。

七　夕㉘

七年七夕宦中遊，晏水漳江雲物收。世巧太多應乞拙，鬢霜如許更逢秋。陳來瓜果成歡會，傾盡壺觴散百憂。閒坐更闌看牛斗，仙家不信有離愁。

秋日遊南山寺晚歸㉙

漳南郭外老禪林，萬木叢中一徑深。古佛莊嚴何年代，殘碑風雨半銷沉。招攜幽士多尋菊，落拓貧僧尚解吟。已見東山新月上，過橋十里聽鐘音。

獵洲觀海㉚

舴艋連檣列港頭，漁莊蟹舍半沉浮。長年賈舶多飄海，百粵殊珍盡到州。半夜潮聲搖島嶼，晴天蜃氣湧臺樓。欲同太史觀雲物，目極扶桑看十洲。

嘉慶丁巳九月考滿假歸省墓㉛，十月二十日起程，道中偶成

楓林木落晚風涼，匹馬跙躅望故鄉。極浦殘霞飛鳥外，遠山暮樹碧雲傍。兩州秉鐸家千里，六載寒氈鬢滿霜。爲我叮嚀傳一語，陶潛三徑未須荒。

哭　弟㉜

四十八年爲弟兄，從今永逝隔幽明。憑棺不能將一慟，繞墓奚從奠半羹。我行何辜遭此厄，中心如割欲無生。妻兒衣食余經紀，父母須尋到九京。

第四女順英墓有敘㉝

順英五歲，從余永定，又遷詔安。嘉慶三年四月十二日，殤于詔署，年十一，去弟儀拔卒于家，纔十有二日耳。葬詔安西關外良峰山之西龍鱗石禁牌頂右畔，有碑識。

埋骨良峰野草離，忍看三尺女墳碑。心傷欲死呼親日，腸斷生前繞膝時。

千里孤魂何處倚,七年從宦絕歸期。可憐此後清明節,誰把殘羹恤汝饑。

奠漢柔葉伯㉞

龐眉緑髪古稀年,杖屨優遊水石邊。攜酒邀朋能免俗,購書爲子不求田。寶橋人去傷遺老,蒿里聲悲咽暮天。不敢生芻空置户,黄花桂醑哭靈筵。

將赴嘉義㉟,留別丹詔紳士諸公二首

亭臯木落動秋聲,杯酒難勝離别情。鬢髪已隨江蓼老,圖書又載客舟輕。論文共憶孤燈夜,剪韭能忘春雨晴。此去茫茫滄海外,雙魚應不阻東瀛。

其 二

七年薄宦閱汀漳,朋輩疎星感故鄉。到處他山欣有石,多歧大道豈亡羊。殘霞極浦孤帆渺,暮樹秋雲對宇長。種菊未開人已去,籬邊空自飽經霜。

漳郡陳家别業旅次㊱

(原闕)

霉雨經旬,悶中偶作㊲

(原闕)

春夜讌集諸同志㊳

(原闕)

書葉汾浦薊門送别詩後㊴

(原闕)

嘉慶四年己未六月,余移教武巒,東渡阻風,泊舟鷺島數日,覽其山川風俗,作雜詠八首

一山屏障海門東,萬户人家鷺島中。城郭樓臺煙樹裡,依稀指點似瀛蓬。

其　二

一嶼孤擎鷺島連，風濤鼓浪水浮天。嶼中有井三十六，誰是山中第一泉？

其　三

海日初升影瞳瞳，千檣萬舳擺旗風。鉅艘重譯紛紛至，多少聲音語不同。

其　四

名勝幽奇別徑蹊，刓苔拂石讀留題。高人每有林泉癖，鹿洞遊過上虎溪。

其　五

肩摩市巷人煙稠，百貨繁華競轉售。到處檳榔堪作禮，誰人頰不紅潮浮。

其　六

晚涼樓上靜吹簫，向浦人家轉寂寥。翠袖紅窗閒徙倚，小欄干外看回潮。

其　七

漁家晒網鷺洲前，上市賣魚沽酒還。向晚吹簫凌極浦，乘潮欸乃入長川。

其　八

皎徹星河未五更，鄰雞膔膔應潮鳴。街頭人喚賣飴餅，猶聽城頭鼓角聲。

【校記】

① 手藁本闕文存目，據樵川本補。

② 手藁本闕文存目，據樵川本補。

③ 手藁本闕文存目，據樵川本補。

④ 手藁本闕文存目，據樵川本補。樵川本題作"初秋蚤起"。

⑤ 手藁本闕文存目，據樵川本補。"餞余海東之行，作此誌別"：樵川本作"餞余海東之行，詩以誌別"。

⑥ 手藁本闕文存目，據樵川本補。

⑦ 手藁本闕文存目，據樵川本補。

⑧ 手藁本闕文存目，據樵川本補。

⑨ 手藁本闕文存目，據樵川本補。

⑩ 手藁本闕文存目，據樵川本補。

⑪ 手藁本闕文存目,據樵川本補。
⑫ 手藁本闕文存目,據樵川本補。
⑬ 手藁本闕文存目,據樵川本補。
⑭ 手藁本闕文存目,據樵川本補。
⑮ 手藁本闕文存目,據樵川本補。
⑯ 手藁本闕文存目,據樵川本補。
⑰ 手藁本闕文存目,據樵川本補。
⑱ 手藁本闕文存目,據樵川本補。
⑲ 手藁本闕文存目,據樵川本補。
⑳ 手藁本闕文存目,據樵川本補。
㉑ 手藁本闕文存目,據樵川本補。
㉒ 手藁本闕文存目,據樵川本補。
㉓ 手藁本闕文存目,據樵川本補。"吴萃檀、吴愛亭、賴佩齋諸友":樵川本作"吴萃壇、吴愛亭、賴曉山諸友"。
㉔ 手藁本闕文存目,據樵川本補。
㉕ 手藁本闕文存目,據樵川本補。
㉖ 手藁本闕文存目,據樵川本補。
㉗ 手藁本闕文存目,據樵川本補。
㉘ 手藁本闕文存目,據樵川本補。
㉙ 手藁本闕文存目,據樵川本補。
㉚ 手藁本闕文存目,據樵川本補。
㉛ 手藁本闕文存目,據樵川本補。樵川本"考滿"後有一"後"字。
㉜ 手藁本闕文存目,據樵川本補。
㉝ 手藁本闕文存目,據樵川本補。
㉞ 手藁本闕文存目,據樵川本補。
㉟ 手藁本闕文存目,據樵川本補。"將赴嘉義":樵川本作"將赴嘉義司訓"。
㊱ 手藁本闕文存目。
㊲ 手藁本闕文存目。
㊳ 手藁本闕文存目。
㊴ 手藁本闕文存目。

淳菴詩文集卷五

武巒宦遊草

海上吟①

我渡東海，作教遐陬。再閱寒暑，日月其流。我才斯拙，我學匪優。夙夜祗懼，師任實羞。島嶼茫茫，海天蒼蒼。登高四望，西顧余鄉。匪不念家，考績靡遑。海外風塵，早生華髮。擁書抱膝，以日以月。風土物情，領略髣髴。貌諸山城，搔首延佇。良朋肯來，晦明風雨。於我遐棄，徒想衡宇。離群以居，冷几寒氈。蒔花種竹，朝雲暮煙。俯聽呦鹿，仰觀飛鳶。顧而自樂，亦既得焉。如萍之浮，如蓬之飛。將返故廬，以息我機。期滿而代，我將西歸。

題竹邨宋九別駕洗硯小照圖②

瀛壖海表窮東鄙，鯨波沆漭幾千里。我來擔簦武巒陽，茫茫何處覓知己。竹邨高士產黔陬，清華貴冑徽獻流。翰墨應脩鐵門限，文詞獨造五鳳樓。傳神化工臻妙品，指爪當降顧虎頭。宋善指頭寫生。與我相見即相歡，勝友如君海外難。興酣携手觀蓬嶠，秋林落葉滿江干。開囊示我洗硯圖，柳外池荷雜菰蒲。娉婷管領端溪石，史遷不廢隨清娛。問君洗硯竟何意，勞勞殊厭筆墨累。故鄉山水老樵漁，何事衣食驅名利。嗟余固亦有是心，與君異苔實同岑。天地爲鑪憑鼓鑄，人生賦命不自任。前生筆墨緣未了，縱欲推謝愈纏繞。此物與我相始終，豈間窮通與昏曉。君今萬里遊海東，洪濤氣壯筆生風。洗硯特書三島記，閶闔混茫變化中。蟲臂鼠肝隨造化，與君寥廓看飛鴻。

80

學齋雨夜③

海外三更雨,還生宦旅愁。棲遲今白首,牢落寄滄洲。祿薄聊安命,官卑寡應酬。家鄉千里夢,隔別幾經秋。

道上逢故人④

握別年猶壯,相逢鬢已斑。如何東海外,得接故人顏。乍見頻驚老,羈遊各愛還。匆匆分手去,紅葉滿秋山。

偶然作⑤

疎拙從吾好,奔馳計早非。寧爲當雪臥,不作乞墦肥。歲月嗟虛擲,平生願已違。圖書惟夙好,鎮日掩柴扉。

春日望海⑥

碧海混無際,和風鏡面開。春潮孤島没,暮雨細帆來。鹿耳雙纓出,鹿耳門,沙線突起,隱現如鹿耳。港道窄隘,土人插竹兩旁標記,以便行船,名曰盪纓。范御史咸《入鹿耳門》詩:"盪纓有路分沙線,浮海何人註水經。"鯤身七線廻。七鯤身,在郡治西南海中,沙線七條,連亘十餘里。曠觀天地闊,且覆掌中杯。

春日南院

久雨喜初晴,風光曲院清。燕飛斜帶語,花落細無聲。性僻耽幽静,年衰倦送迎。萍踪聊此寄,浪蹟一身輕。

秋日嘉義城晚眺⑦

晚景涼飈至,秋城意若何。殘雲歸海島,亂葉下庭柯。古堞風煙冷,荒園橘柚多。旅人當此夕,俛仰獨婆娑。

懷葉汾浦⑧

一爲東海別,幾得故人書。我老知非舊,君才尚有餘。望洋通萬里,論古憶三餘。他日重相見,能無白髮疎。

病　起⑨

病起虛無力,觀書坐不支。筆牀留鼠蹟,畫卷落蛛絲。體比新筠瘦,神同羸馬疲。焚香聊嗇養,藥物藉陶詩。

雨夜不寐⑩

不寐推衾起,挑燈録古詩。茶同僕睡熟,枏帶雨聲遲。紙破窗風入,香銷爐火衰。自憐滄海外,寄此老鬚眉。

寫　懷⑪

破屋三間在,荒田二畝無。耕勤終藉筆,官小喜稱儒。老去看兒子,貧安自丈夫。九原悲莫養,禄米薦秋菰。

學齋隙地,自闢小圃種菜二首⑫

隙地幽塘畔,閒來手自鋤。聊將三徑菊,分種一畦蔬。甲嫩隆冬候,緑勻新雨餘。此中多野意,不必向葍䔬。

其　二

草滿元卿徑,蓬高仲蔚廬。客來當夜雨,韭剪佐春葅。脱粟平津飯,盈家任昉書。機心吾已息,抱甕漢陰如。

北　村⑬

孤村三畝宅,北郭野人家。曉露滋園韭,秋棚熟晚瓜。柴門新月上,衰柳微風斜。景色時堪羨,耰鋤老歲華。

中春雨後,同元械岡光國學博遊鴻指園二首⑭

別墅蓬瀛勝,招携試一臨。徑幽迷屐齒,花艷覆春陰。樹石藤蘿古,樓臺煙雨深。到來真浩曠,吾亦愛山林。

其　二

小山偏突兀,丘壑倚欄開。花吐蜜蜂鬧,梁空巢燕來。亭根穿紫笋,碑字没蒼苔。太守今何在,鴻泥爪已灰。園為前臬使蔣公守臺時建。

臺 陽 旅 思⑮

已覺龍鍾態,何堪老病餘。閒栽荒徑菊,懶報故人書。手澤珍先代,寒塘憶草廬。悠悠東海外,静對白雲舒。

鎮 西 門 觀 海⑯

（原闕）

嘉 義 晚 秋⑰

（原闕）

臺 灣 郡⑱

（原闕）

掃 葉 烹 茶⑲

（原闕）

書魏伯陽參同契後⑳

（原闕）

海東詠㉑

（原闕）

十燈吟㉒

書燈

寒燈幽寂夜，與爾最相親。借影披墳典，分光照古人。豪華稀結伴，蓬蓽久爲鄰。獨有迂愚者，長依契夙因。

客燈

孤館難爲夜，寒燈澹客情。鄉心然不了，旅夢照還生。花落鄰雞唱，膏殘曉月傾。愁懷方不奈，那復子規聲。

秋燈

秋雨澹孤檠，簷前鐵馬鳴。小窗聞人語，四壁自蟲聲。茶鼎分光煮，籬花照影明。天邊寒鴈叫，淒絕不勝情。

舟燈

煙水空濛際，更闌獨放舟。燈懸千頃碧，客夢一江秋。欸乃光無定，浮沉影不留。津頭維纜處，驚起宿沙鷗。

漁燈

津頭列箇箇，浦外散熒熒。照網臨孤嶼，懸竿入杳溟。煙波驚泳鯽，天水混疎星。回櫂潮初上，漁歌唱不停。

樓燈

夜半靜吹簫，孤燈伴寂寥。畫樓新月隱，蕙幬秀華燒。影透垂楊碎，光連翠箔遙。流螢看幾點，容與可憐宵。

琴燈

（原闕）

林燈

（原闕）

佛　燈

（原闕）

花　燈

（原闕）

人　來[23]

（原闕）

重陽遣悶[24]

（原闕）

悼側室張氏[25]

遥遥東海隔，夢夢死生分。不見經年病，空悲宿草墳。老夫添白髮，兒女泣殘曛。回憶瀛壖別，傷心望水雲。

夢張氏[26]

夢裡真爲爾，醒來獨惱吾。鯨波能一渡，魂氣向何途。死痛形容隔，生傷兒女孤。冥冥誠憶我，後夢有期無？

寒夜聞柝[27]

旅懷常不寐，感慨百憂生。寒柝敲殘月，燈花落五更。思家惟食計，撫己愧儒名。堪笑歸耕想，何田可藉耕？

嘉慶六年[28]辛酉十二月十八日檄署彰化，二十二日途中偶成三首

磺溪新奉檄，擔簏迫年終。聞犬知村近，堆囷喜歲豐。竹坡生嫩笋，林葉帶殘紅。聽慣家鄉語，渾忘是海東。

其　二

牢落多憂患，鬚眉一老翁。廣文居五席，十載等旋蓬。海色殘霞外，人煙落照中。宜春新換帖，歲事又忽忽。

其　三

何處磺溪縣,遥遥指竹城。山深溪水黑,海嘯颶風生。濁水溪,其水皆黑,源出界外萬山中。濱海有颶頭風欲起,則海嘯。宦況酸鹹外,交遊閭里情。臺地多泉人聚處。諸生煩寄語,我老尚斯征。

壬戌正月五日晚宿西螺驛[29]

新歲行人少,西螺日轉西。扁舟橫古渡,密竹擁寒溪。客路逢春早,弦光入戶低。征車聊此宿,夢斷一聲雞。

玉峰書院借廬[30]

花竹蕭疎草不除,廣文官冷樂何如。家無醑酒貪留客,橐有俸錢常買書。半日吟詩登小閣,幾人問字到吾廬。本來面目依然在,且擬攜經帶月鋤。

秋日小集[31]

秋光霽徹蘆花新,四壁圖書竹作鄰。奔走敢辭三島險,憂愁能損百年身。代耕破硯多逢歎,竊祿微官不救貧。偶對黃花邀友酌,笑談熳爛屬天真。

書　懷[32]

鶩趨勢利浮雲輕,澹泊安身自寡營。千里煙波孤客櫂,十年湖海一書生。誰人可許心交友,幾個能留死後名。祇共蠹魚分斷簡,憖無涓滴報昇平。

秋日遊白雲寺

檀旄遠出白雲隈,邀友秋遊策蹇來。竹徑梵音傳爽籟,石壇屐齒印蒼苔。一帘花雨禪心靜,半榻茶煙鶴夢迴。瑟瑟疎林紅葉下,暮鴉解客漫相催。

秋　夜[33]

十一年來離故鄉,海天東渡水茫茫。贍家破硯凹如臼,臥榻寒衾冷過霜。

鬢髮難饒今日白,菊花不減去年黃。駑駘自讓駒千里,伏櫪尤難任組緇。

臺郡城樓曉望㉞

郡郭蒼茫百物蕃,南臨渤澥北鄉邠。煙涵海色藏鯤嶼,潮捲濤聲入鹿門。島上紅毛餘戰壘,津頭赤馬擁雲屯。《釋名》:舟,一名千翼赤馬。百年兵革銷沈久,麗醮空聞畫角喧。

赤嵌城即安平鎮,亦名紅毛城。㉟

孤城海島偃旌旄,瞭閣螺梯結構牢。鄉俗猶存新黑齒,臺人食檳榔,尚黑齒。不黑者,以草染之。闉樓不改舊紅毛。鯨鯢浪息鯤身靜,艘艦旗懸鹿耳高。千戶人家環一鎮,夜深觱栗戰風濤。

臺灣八景㊱

鹿耳春潮

闉樓危堞障東瀛,關鎖門開鹿耳橫。海氣噴成三島雨,春潮湧出萬軍聲。落時漸覺鯤身現,漲處遙看鷁首輕。險設天然因地軸,從今永見洪濤平。

東溟曉日

曈曈曉日起扶桑,溟海先瞻八極光。浴浪烏輪紅四射,升東羲馭陸初長。春回鼇殿潮生暖,華耀蜃樓波不揚。五色衹今纔散彩,卿雲爛熳煥天章。

安平晚渡

孤城一抹水雲低,雉堞橫空望不迷。萬頃煙波連舣舶,百年風浪絕鯨鯢。夕陽渡口輕鷗泛,帆影洲前秋草淒。網曬漁人歸櫂晚,一聲笛起海門西。

沙鯤漁火

逶迤綿亘七沙鯤,漁火更深列海門。光入煙籠天際隱,影隨波動水中紛。城頭月落聽刁斗,線尾宵寒吼巨黿。北線尾,在鯤身北。兵氣銷沉蛟室靜,青燐無復見荒村。

西嶼落霞

秋來海國少寒煙,西嶼晴烘碧樹鮮。一片殘霞飛鳥外,幾聲漁笛夕陽邊。澄波蕩漾方千里,故壘銷沉已百年。極目鄉關何處是,蓴鱸思起晚涼天。

雞籠積雪

高峰積雪遠凝眸,匝岫瓊漿凍不流。白首有朋邀玉巘,_{嘉義玉山}碧雞何術到瀛洲。炎方少見稱多稔,樊籠應聽報曉籌。窮似袁安還不卧,寒吟當作灞陵遊。

澄臺觀海_{與斐亭俱在觀察署}

柏臺西畔起澄臺,俯瞰東溟曙色開。胸次廓時滄海少,詩情動處片帆來。風翻雪巘波能立,月射蛟宮鏡不埃。眼界放寬天地闊,舒懷且覆掌中杯。

斐亭聽濤

少息風埃半日勞,斐亭徙倚聽春濤。洶洶乍覺千雷動,遠遠渾如萬籟號。且欲吟詩兼放鶴,可無載酒更持螯。平生壯志耽遊覽,滄海曾經亦一豪。

聞鄉友人孝廉莊亦率_{拔英}、王君超_{克峻}謝世㊲,不勝感悼

落落朋儕向曙星,那堪邇日復凋零。草玄人去空攜酒,奪席名高剩講經。哀樂中年增感愴,升沉人事總幽冥。兩家弟子行喪禮,多少生芻置郭庭。

秋　懷三首㊳

庭院蕭疎氣爽然,夕陽老樹噪寒蟬。劇憐壯志銷霜鬢,未肯荒勤廢古編。興至高談宜夜雨,愁多作客是秋天。水雲萬里煙波闊,欲借簑翁釣月船。

其　二

雪泥留爪一鴻輕,飄泊東西寄島瀛。有子未能堪肯構,無田也合想歸耕。年華盡付書中老,白髮都從海上生。人事升沉憑俯仰,蕭條耆舊不勝情。

其　三

綠樹陰斜薜荔墻,魚鱗雲斷野風涼。抄書度日搜奇策,種菊盈畦愛晚香。我意已隨滄海闊,歸心欲傍鴈行翔。勞勞奔走成何事,十一年來離故鄉。

臘月二十八日早起㊴

晨興晏坐爐煙輕,臘去春來雨始晴。黑霧穿窗知海瘴,殷雷聒耳識鼉鳴。天心剥復梅花見,人事升沉華髮生。明夜家庭歡守歲,應思宦旅離鄉情。

冬　夜　吟㊵

南塘久想狎鷗盟,負郭無田買犢耕。度歲梅花應笑我,懷人愁笛不勝情。文章爛極仍歸澹,世事磨深漸覺平。獨坐擁爐灰已冷,城頭譙鼓過三更。

憶　諸　兒㊶

(原闕)

接　家　書㊷

一接家書喜復驚,平安兩字起歡情。春潮帶霧連天遠,海國涵秋徹塞晴。十載爲官荒子學,五更有夢到先塋。開緘閱罷心差慰,今夜應無白髮生。

秋　城　旅　望㊸

(原闕)

銅山康喜子畫㊹

(原闕)

玉　山㊺

玉峰皎出衆峰寒,變幻陰晴倏忽看。可是崑山分一片,移來東海插荷蘭。

火　山㊻

山下原來本出泉,如何谷口火長然。奇觀海外身親見,應補圖經第幾篇。

89

荷　包　嶼㊻

（原闕）

羅將軍廟有敘㊽

廟在嘉義城西。羅名萬倉，陝西寧夏人，俸滿參將。康熙六十年，臺匪朱一貴叛，賊蟻附城下。萬倉孤軍出戰，妾蔣氏出簪珥犒師。倉戰死，所騎馬逸歸，遍身血汗。蔣知倉死，遂自經。詔旌忠烈，贈蔣氏一品夫人，特祠祀之。里人塑羅及夫人像，并塑馬廟右，以志其事。

匹馬空還事可虞，夫殉急難妾殉夫。祇今廟食褒忠烈，猶見驊騮立砌隅。

二十三將軍廟

在臺灣嘉義城內。臺匪黃教之亂，弁兵二十三人，城破戰死，尸聚一處。兵有營犬，守其尸數日夜，不食亦不去。及官軍復城，殮埋諸尸，犬遂跳呼而斃。邑人義之，立小廟祀二十三人，並塑犬廟隅，稱二十三將軍廟。

誰言一死等鴻毛，廟食於今說數豪。義氣可能通物類，守尸同死有靈獒。

竹　社㊾

四圍竹樹繞青蒼，竹裡人家盡草堂。向午雞鳴墟落靜，滿園開遍菜花黃。

竹　籬㊿

編竹家家插作籬，野花晴日更離披。雙雙粉蝶飛來去，正是榆煙杏酪時。

竹　屋㈤

竹籬竹屋自依依，却勝蠣墻白板扉。春杵幾聲邨落靜，日斜催喚牛羊歸。

珊　瑚　籬㈥

（原闕）

佛手柑㊝

名果奇珍出海涯,嫩香如手潔無瑕。依然天女斾檀裡,玉指纖纖來散花。

題惲壽平畫花㊝

多寫花枝與竹梧,少將雲物狀江湖。世間能事稱神品,解學先生没骨圖。

梅花書屋六詠,和翟二原題韻㊝

蜂衙春暖

風清午院落花遲,報罷蜂衙醒夢時。却恨春風無蘊藉,催花何事到醝醾。

榕夏午風

虯根翠蓋幾何年,一畝凉生不暑天。卧到南薰吹午寂,羲皇人在緑陰邊。

曲廊月色

曲檻廻廊花影侵,更闌萬籟寂沉沉。天街月色凉如水,如此清光如此心。

秋圃賞菊

秋深菊圃净無塵,静對東籬念此身。惟我與君俱晚景,黃花不笑白頭人。

西園晚射

機心已息任飛鴻,習射猶然魯士風。失鵠反求君子意,穿楊不尚尚穿紅。

北苑書聲

老去殘編屬後生,承家黃卷久充楹。公餘無事心寧息,卧聽呀唔雜誦聲。

題觀察慶憲佑之自畫蛺蝶手卷三首㊝

政理風清一事無,丹青妙筆静相娛。閒裁尺素揮蝴蝶,不搨滕王舊本圖。

其二

化工妙奪有神機,栩栩渾疑是耶非。倏見圖中雙蝶聚,急將袖掩怕驚飛。

其三

粉翅香鬚態度新,晴莎日暖草如茵。傳家黃閣調元手,寫作熙和大地春。

東山曉萃精廬�57

（原闕）

瑯玕煙雨亭�58

（原闕）

檳　榔三首�59

（原闕）

龍　涎�60

（原闕）

臺灣雜詠十首�61

花朝二麥早登場，鶯爪花開蝴蝶香。鶯爪、蝴蝶，皆花名。插遍邨姑鬆髻上，綳兒力作桔橰忙。

其　二
寒食清明重掃墳，山墟祭掃各紛紛。紙錢飛遍溪邨路，客死荒丘閉暮雲。

其　三
夏來春稻已收成，遍野腰鎌刈稻聲。櫛比囷中先打曬，官倉早上趁天晴。

其　四
八月檳榔好嘗新，千林垂子勝珠珍。荖藤一寸和灰裹，銷盡金錢百萬緡。

其　五
禾稼登場晚歲豐，家家酒熟醉顏紅。簫歌徹夜馨雞黍，報得秋成祝土公。

其　六
（以下原闕）

白　鳩三首㉂

（原闕）

渡　海　西　歸㉃

（原闕）

家　居　草

嘉慶癸亥夏至甲子春，臺灣西歸，需次家居草。

臘冬雨夜小酌㉔

冬雨瀟瀟夜，寒衾凍不溫。宦情於我澹，家計共妻論。屋漏頻移榻，風嚴早閉門。故鄉今過臘，猶幸一開樽。

十二月十三日早起感興㉕

白首感風塵，蹉跎歲月身。人因憂事老，家以讀書貧。野笋凌冬嫩，寒梅破臘新。知交今有幾，尤恨隔江津。

南　塘　里　居

薰德今稱里，仁風舊聚鄰。古稱"聚仁里"。嘉慶六年，觀察慶公以余鄉風俗可嘉，贈"薰德里"扁額，作序褒之。塘開南宋古，市繞一廛㉖新。列姓衣冠族，千家敦樸民㉗。傳言鄉後進，訓㉘俗總宜淳。

余去鄉里十三年，今自海東歸，親鄰多貧窮離散，屋宇蕭條，惻然有感，率筆書此二首㉙

破屋遍交親，舉目多窮鄰。安得千鍾粟，來周鄉里人。荒年無倚賴，離井更酸辛。告語邨中叟,寧唯惜我貧。

其　二

宦旅十三載,家居數月餘。親知多耄耈,鄰屋半丘墟。耕讀風猶昔,淳澆俗不如。老人深歡說,敦睦重鄉間。

臘月十七日,嘉義明府楊謙齋以終養渡海西歸⑩,訪我於南塘精舍

東海同遊宦⑪,窮廬喜接顔。憐君爲政苦,羨我廣文閒。羸馬疲風雪,蒼頭倦往還。忽生將母念,萬里望燕山。

歲暮苦雨

旬日連綿雨,霏霏臘已殘。傍籬梅半落,出土麥驚寒。富室逢春樂,窮人率歲難。西鄰有二仲,猶幸時相看。

家　居二首⑫

六甲將周少一年,白頭更覺百憂煎。魂驚滄海鯨鯢口,余渡海西歸,中流遭盜。家累歲荒薪米錢。兒子日期書有種,先人幾代祭無田。多愁顑頷頻添老,萬事由來總付天。

其　二

無營寡寐一心清⑬,老去年多閱世情。仕宦不堪惟取巧,文人所病在爭名。立身晚節防疎檢,行誼秋秋⑭有定評。逸慾踰閑由富貴,幾人端不負平生?

冬日詠懷

坎壈蹉跎守拙愚⑮,誰言老馬未知途?難將窮達爭吾命,豈以饑寒累丈夫。名教之中多樂地,簞瓢此内有眞儒。草堂雪霽群峰峭,且看梅花寂自娛。

重謁蔡忠惠公墓

重拜公墳又七年,鯫生華髮已盈顛。衣冠道左權脩禮,楸檟望中實肅虔。

風雨雙⁷⁶碑苔没字,水雲高⁷⁷隴草連阡。四賢詩藁⁷⁸欽遺範,恨不當時効執鞭。

夢蔡忠惠公并序

嘉慶二年,余爲丹詔教官,考滿三山⁷⁹,道出偘遊,拜蔡忠惠公墓下。八年,自武彎渡海西歸。八月過偘遊,又重拜公墓下。皆有詩紀事⁸⁰。九月初六夜,旅寓省垣古冶山之麓。夢公見余小齋中,狀貌豐偉,角巾圓領,容色甚和,余肅恭致禮。尚憶十年前在永定署中,適長兒愧鼐歸家,囑以買公文集。兒購殘本於舊坊中,攜至永定,尚缺詩部。余向公求詩,以足全集,公答⁸¹以無便。噫!此余仰公之誠,故結於夢耶?抑公鑒余之意,而見夢于余耶?醒而賦此。

重拜公墳本至誠,遺文青史見平生。求詩尚憶十年事,正夢能通數代情。愚悃唯山高處仰,公神如水地中行。歸途又向楓亭去,松柏蕭蕭驛路清。

九日莆陽道中⁸²

宦途久歷重陽秋,此日歸家又客遊。年似長奔三峽水,身同不繫五湖舟。徑荒故里花餘菊,帽落高風雪滿頭。向晚木蘭陂上過,閒眠慙愧宿沙鷗。

【校記】

① 手藁本闕文存目,據樵川本補。
② 手藁本闕文存目,據樵川本補。樵川本題作"題竹邨宋九別駕洗硯圖"。
③ 手藁本闕文存目,據樵川本補。
④ 手藁本闕文存目,據樵川本補。
⑤ 手藁本闕文存目,據樵川本補。
⑥ 手藁本闕文存目,據樵川本補。
⑦ 手藁本闕文存目,據樵川本補。
⑧ 手藁本闕文存目,據樵川本補。
⑨ 手藁本闕文存目,據樵川本補。
⑩ 手藁本闕文存目,據樵川本補。

⑪ 手藁本闕文存目,據樵川本補。

⑫ 手藁本闕文存目,據樵川本補。樵川本題作"學齋隙地,自闢小圃種蔬二首"。

⑬ 手藁本闕文存目,據樵川本補。

⑭ 手藁本闕文存目,據樵川本補。"中春雨後":樵川本作"中春雨餘"。

⑮ 手藁本闕文存目,據樵川本補。

⑯ 手藁本闕文存目。

⑰ 手藁本闕文存目。

⑱ 手藁本闕文存目。

⑲ 手藁本闕文存目。

⑳ 手藁本闕文存目。

㉑ 手藁本闕文存目。

㉒ 手藁本闕文存目,據樵川本合補其六。

㉓ 手藁本闕文存目。

㉔ 手藁本闕文存目。

㉕ 手藁本闕文存目,據樵川本補。

㉖ 手藁本闕文存目,據樵川本補。

㉗ 手藁本闕文存目,據樵川本補。

㉘ 手藁本闕文存目,據樵川本補。手藁本題無"嘉慶六年"四字。

㉙ 手藁本闕文存目,據樵川本補。

㉚ 手藁本闕文存目,據樵川本補。

㉛ 手藁本闕文存目,據樵川本補。樵川本題作"秋日書院閒居"。

㉜ 手藁本闕文存目,據樵川本補。

㉝ 手藁本闕文存目,據樵川本補。樵川本題作"秋夜不寐"。

㉞ 手藁本闕文存目,據樵川本補。

㉟ 手藁本闕文存目,據樵川本補。

㊱ 手藁本闕文存目,據樵川本補。

㊲ 手藁本闕文存目,據樵川本補。"王君超克峻謝世":樵川本作"王君超克峻皆已謝世"。

㊳ 手藁本闕文存目,據樵川本補。

㊴ 手藁本闕文存目,據樵川本補。
㊵ 手藁本闕文存目,據樵川本補。
㊶ 手藁本闕文存目。
㊷ 手藁本闕文存目,據樵川本補。
㊸ 手藁本闕文存目。
㊹ 手藁本闕文存目。
㊺ 手藁本闕文存目,據樵川本補。
㊻ 手藁本闕文存目,據樵川本補。
㊼ 手藁本闕文存目。
㊽ 手藁本闕文存目,據樵川本補。
㊾ 手藁本闕文存目,據樵川本補。
㊿ 手藁本闕文存目,據樵川本補。
㉑ 手藁本闕文存目,據樵川本補。
㉒ 手藁本闕文存目。
㉓ 手藁本闕文存目,據樵川本補。
㉔ 手藁本闕文存目,據樵川本補。樵川本題作"題惲壽平畫"。
㉕ 手藁本闕文存目,據樵川本補。樵川本題作"梅花書齋六詠和韻"。
㉖ 手藁本闕文存目,據樵川本補。樵川本題作"題觀察佑之慶憲自畫蛺蝶手卷"。
㉗ 手藁本闕文存目。
㉘ 手藁本闕文存目。
㉙ 手藁本闕文存目。
㉚ 手藁本闕文存目。
㉛ 手藁本闕文存目,據樵川本補。樵川本題作"臺灣雜詠五首"。
㉜ 手藁本闕文存目。
㉝ 手藁本闕文存目。
㉞ 手藁本闕文存目,據樵川本補。
㉟ 手藁本闕文存目,據樵川本補。
㊱ "廛":樵川本作"纏"。
㊲ "千家敦樸民":樵川本作"千家樸老民"。

(68)“訓”：樵川本作“敦”。

(69)手藁本闕文存目，據樵川本補。

(70)手藁本闕文存目，據樵川本補。“嘉義明府楊謙齋以終養渡海西歸”：樵川本作“嘉義大尹楊謙齋以告養渡海西歸”。

(71)“東海同遊宦”：樵川本作“海外同遊宦”。

(72)手藁本闕文存目，據樵川本補。

(73)“無營瘖寐一心清”：樵川本作“蕭蕭木葉起秋聲”。

(74)“秋”：樵川本作“千”。

(75)“坎壈蹉跎守拙愚”：樵川本作“坎壈初年守拙愚”。

(76)“雙”：樵川本作“隻”。

(77)“高”：樵川本作“孤”。

(78)“藁”：樵川本作“草”。

(79)“嘉慶二年，余爲丹詔教官，考滿三山”：樵川本作“余嘉慶二年爲丹詔教官，赴三山考滿”。

(80)“皆有詩紀事”：樵川本作“皆有詩以紀其事”。

(81)“答”：樵川本作“示”。

(82)手藁本闕文存目，據樵川本補。

淳菴詩文集卷六

樵川宦遊草

邵武城中月夜聞笛①

中庭一色蟾光白,誰家笛聲當此夕。李牟逸響起瓜洲,愁殺棲遲遠羈客。客愁無奈逐年多,觸撥紛來笛聲過。竹梢露滴空階寂,抒懷數語當悲歌。我生窮巷繩樞子,孤貧坎壈鬢齙齒。長不耕農學賈工,母指墨莊尚俟爾。先人七代代業儒,擔石無儲壁四隅。燈煙帳跡堆敗篋,蠹編殘簡貯紛腴。少小讀書知好古,三旬九食憤風雨。心裁冀出一家機,恥將生活描圖譜。又思儒術有本源,立身學道不在言。吐霓倒峽才華盛,門墻以外望離樊。竊嘗論世思尚友,千載人逢千載後。勢時事蹟相揣量,古人告我心與口。士期淹雅浩無涯,天地民物語非誇。自維謭陋窺管蠡,蹩躠泥濘井底蛙。如何所學一無可,陋隘鈍塞猶故我。謬叨側耳聽鹿鳴,抗顏復處皋比坐。濫竽南郭久容身,五庠弟子欺詵詵。虛縻廩粟慚清夜,明經治事又何人。勳名不立丈夫惱,德學無成士羞道。無德無學無勳名,生同蜉蝣死腐草。我今年餘六十秋,老去空嗟歲月流。驅人衣食風塵裡,門衰兒鈍生百憂。十五年來家鄉別,頹唐龍鍾頭盈雪。桑榆難挽魯陽戈,為霞滿天強饒舌。浮沉潦倒壯心灰,奔走銷磨氣血隤。駑駘伏櫪猶戀棧,那堪鞭策上崔嵬。人老志衰更何待,人生豈有百年在。壑舟夜半負之趨,昧者不知明者殆。于今聞笛重欷歔,大塊勞息有乘除。空負此身生一世,所生無忝實傷余。更闌笛轉羽聲急,聲聲攪愁愁於邑。如聞琵琶感情多,寧惟司馬青衫濕。

題何十二小山夢遇呂純陽圖②

聖人不師仙,周孔何曾為。學仙鍊導氣,神出形能離。氣盡亦澌滅,此意終當知。漢代安期生,唐代已傳疑。唐代呂純陽,至今見者誰？虛傳雲房子,靈丹一粒遺。誰將畢生事,祇當黃粱炊。升沉與榮瘁,俗子一局棋。聖賢有真業,萬古長在茲。以視神仙壽,其壽無窮期。不爲孔子徒,偏於老氏師。先生實誤矣,亡羊恨多歧。後世士大夫,富貴願已隨。老欲久不死,一二竊學之。祇爲方士誤,氣導形早衰。唐、宋以來,佞佛學仙,士大夫晚年多有此氣習,雖君子,或不免焉。小山高士流,幻夢亦甚奇。夢遇純陽翁,寫照傳其姿。豈慕長生術,悟營名利癡。秋氣澄高原,君今遊武彝。小山近與游瑾田孝廉有武彝之遊。隱屏有精舍,晦翁蹟可追。遺書真秘術,凡骨換于斯。

贈光澤高所菴秀才③

宦旅類轉蓬,擔簏來樵水。踰嶺七閩西,風土曾約紀。郡北聳雲巖,光澤南三里。幽壑古書堂,叢林空翠裡。宋代果齋翁,道學講於此。寡過夙持躬,果決敦踐履。李果齋先生方子,光澤人,爲朱子高弟。朱子謂曰:"觀子爲人,自是寡過。但寬大中要有規矩,和緩中要有果決。"遂以果名齋。爲泉州觀察推官,守真西山稱其以經術明世務,大事咸諮決之。品自西山欽,鄉擬鄭公指。流風六百年,聞者尚興起。諸生有所菴,好古非常士。篤學戀藏脩,淵源溯桑梓。楚薪挺翹翹,川瀾無波靡。學究異鄉邨,喃喃竈下婢。老夫戇且愚,山椿棄所鄙。棲遲一寒氈,知交落寞爾。君胡喜相親,跫音日見邇。曠懷追古人,破寂心殊喜。古來磊落英,德學相磨砥。剛金百鍊柔,修綆汲古矢。徒飾歎虛車,學仕儤一理。我老徒空言,深懷衾影恥。君學日方升,進盛安能已。願言繼前脩,鄉邦有作始。何當持贈君,斯言而已矣。

自　傷④

日日事筆墨,神疲形亦枯。老此文字役,依然見故吾。詁經詳漢代,說理推宋儒。文章家者流,立言能操觚。三事一無窺,揣憶盡模糊。始知吾儕學,有學終如無。少壯不努力,空自歎桑榆。人生能幾何,倏如過隙駒。生等朽木姿,死若一匹雛。徒爲筆墨苦,帶骨粘皮膚。

擬　古六首⑤

（原闕）

擬古戍婦詞⑥

（原闕）

題何小山種藷小照圖⑦

（原闕）

暮春與友登楊塘山，即于渡口送別⑧

層巒石壁高，竹杖排雲上。之子未忍別，携手共欣賞。雨晴萬山蒼，川原大如掌。空翠靄新篠，白雲含閣敞。禽聲碎碧蘿，樵歌雜澗響。安得結精廬，於此同偃仰。之子不可留，雲山空悵惘。分手渡芳洲，目斷扁舟往。

嘉慶九年甲子三月二十日⑨自家赴邵武，四月初二晚宿黃田驛遇雨

雨意滯行程，遊人倦遠征。窗涵千嶂霧，枕雜夜灘聲。時有家鄉夢，難爲兒女情。一官今白首，牢落歎吾生。

過龍源⑩

谷口藤蘿暗，攀躋上碧岑。山圍嵐翠重，徑入白雲深。披畝禾苗秀，連邨雞犬音。桃源疑此地，漫向武陵尋。

宿白沙水閣⑪

水閣臨溪邊，千峰列眼前。鐘聲何處寺，燈火誰家船。灘響人初静，星稀月

上弦。客心孤迥地，擁榻未成眠。

早發白沙⑫

蚤發白沙道，凌晨渡岳溪。蘆邊雙槳盪，煙裡一鳩啼。已舉漁家火，猶聞草店雞。蕭條書劍老，復到七閩西。

過筼筜嶺食笋⑬

踏上筼筜嶺，天梯石磴斜。雲中聞犬吠，竹裡露人家。疊嶂流空翠，叢林掛晚霞。饞如貧太守，充腹漢川芽。_{在嶺上逆旅食笋羮脱粟飯。}

松風嶺⑭

萬嶺流蒼鬱，春風啼鷓鴣。雨餘山闇靄，煙意樹模糊。灘溜扁舟急，帘斜野店孤。誰將大米筆，寫作屏風圖。

秋夜同吴清夫_{賢湘}、陰青原_{東林}、楊古心_{兆璜}沙陂橋上玩月⑮二首

連袂三州士，清夫、青原，寧化人。古心，邵武人。余泉州人。招攜一夕秋。爲憐今夜月，聊作異鄉遊。萬木鳴天籟，孤城繞碧流。自慚霜鬢改，千里此淹留。

其二

美人欣佳夕，吉士獨悲秋。千古溪山在，于今我輩遊。鐘聲催月上，鴈影帶雲流。嘯傲還分韻，吟詩互唱酬。

春日南院三首⑯

久雨喜初晴，風光曲院清。燕飛斜帶語，花落細無聲。性僻耽幽静，年衰倦送迎。萍踪聊此寄，浪蹟一身輕。

其二

小閣迂幽徑，廻廊曲檻斜。曉風舒柳眼，春雨嫩蘭芽。睡起精神爽，吟成逸

興賒。呼僮催氣候，信到海棠花。

其　三

朝旭瞳瞳上，晴光破曉寒。晝長啼鳥緩，院靜落花闌。歲月銷磨易，乾坤俯仰寬。樵川春水綠，好理釣魚竿。

春日曉起三首⑰

曉起倚欄干，春陰漠漠寒。園芳桃艷冶，院靜竹平安。薄宦居貧易，深脩汲古難。瓦甌浮雀舌，猶喜茶腸寬。

其　二

花露滴欄干，簾櫳料峭寒。春風萬物浩，夜氣一心安。率性迂疏易，狥人名利難。焚香聊默坐，俯仰百憂寬。

其　三

草色上欄干，花嬌怯曉寒。觀書心自古，掃榻意隨安。容易青春過，翻回白髮難。何時開九徑，瀟灑故園寬。

詠　懷四首⑱

歲月空虛度，衰頹一老夫。性剛由本質，學闇是迷途。簡籍從吾好，家園漫放蕪。長留松菊在，歸去且傾壺。

其　二

能使饑寒免，爲儒計豈非。尋幽扶竹杖，歸詠試春衣。遠水籠殘靄，晴山滴翠微。思親惟壠樹，猶看白雲飛。_{吟此二句，筆與淚落，涔涔沾衣也。}

其　三

白髮如絲細，光陰過隙奔。泉南寒素士，海嶠儒家門。竹屋書千卷，花坪酒一罇。交遊今屈指，耆舊幾人存。

其　四

聞道滄浪叟，丹丘蹟可尋。_{宋嚴羽，邵武人，號滄浪逋客，亦號丹丘。}煙霞如有約，鷗鳥久無心。水碓鳴村鼓，山泉響澗琴。吾生幾兩屐，隨興一登臨。

宿禾坪書院⑲

別業鄰蕭寺，浮嵐落半空。萬山新雨後，孤磬夕陽中。遠水壚煙渺，荒園柿葉紅。勞人聊一宿，羸馬又西東。

夏日小箕篔谷⑳

桐陰初覆徑，竹翠欲侵衣。蝸篆深苔古，蟬吟遠樹微。閒來惟好靜，老去久忘機。問字能多屢，寥寥過客稀。

贈歌者徐慕田有序㉑

慕田，江西人。幼孤，竊以歌爲生。長頗識字，後遂能詩。嘗於小箕篔谷中爲余歌，以詩呈余云："三十年華客裡過，閩山越水歎蹉跎。傷心此日樵川路，慷慨當筵一夜歌。"言之嗚咽。五言有："草色寒歸寺，松風夜定禪。""浮雲心共遠，野店月同孤。""漲添寒食雨，煙冷杜鵑魂。""劍有風霜氣，琴多慷慨聲。""饑寒餘我輩，文字念生平。"句意可嘉，因作一律贈之。

總角無師受，云何獨解吟。江湖悲顙頷，落拓幾知音。命蹇才多困，詩工窮益深。詞壇如賞識，聲響不銷沉。

乙丑秋日，驛坂道中偶成。時余將適邵武㉒

秋風吹客袂，遊子不勝情。髮自他鄉白，愁隨歲序生。飛鴻驚海國，落葉滿江城。顧影憐衰病，長途更遠征。

邵武道中㉓

猶是閩中地，其如千里遙。傍山開僻縣，踰嶺下層霄。俗樸居民壽，邨深古木喬。長途疲僕馬，日暮雨瀟瀟。

邵武學舍秋日偶成㉔

晚景多蕭瑟,空齋靜掩扉。曉霜荷葉盡,秋雨菊花肥。謨典人能古,圖書願豈違。箪瓢風味在,千里亦如歸。

冬夜讀明史,有感東林楊、左諸公㉕

興亡雖氣運,閹豎弄神州。要典書何忍,東林黨已收。史重今夜讀,淚爲昔人流。慨惜孤忠士,冤魂共一丘。

讀楊椒山先生傳㉖

(原闕)

讀史三首㉗

(原闕)

寒夜抄書㉘

瓦霜成白屋,月色十分寒。筆凍呵猶勁,燈微剔已殘。堅窮思晚節,素位自平安。冬嶺門前秀,還將松柏看。

思家偶述㉙

春水盈芳岸,南塘一草廬。家貧無貯粟,屋窄不容書。適性惟栽竹,求田學種藷。頹齡能有幾,衰病友樵漁。

讀六朝詩㉚

(原闕)

枕上續句㉛

(原闕)

105

老 氏㉜

（原闕）

佛 氏㉝

（原闕）

神㉞

（原闕）

鬼㉟

（原闕）

怪㊱

（原闕）

人多以余書專學米襄陽，作此示意㊲

（原闕）

讀歐陽文忠公五代史五首㊳

王 彥 章

（原闕）

敬 翔

（原闕）

郭 崇 韜

（原闕）

馮　　道

（原闕）

韓　　通

（原闕）

秋日熙春山晚眺二首㊴

瑟瑟疎林楓葉寒，逍遙藜杖出江干。亭臯木落秋將老，海國霜空鬢已殘。真率衣冠誰續會，元至正六年，邵武太守周凌雲邀庶老建真率會，攜酒尋幽，爲山水之樂。月泉風雅幾登壇。閩羅公福《田園雜興》詩，爲"月泉吟社"取卷第一。欷歔一瞬成今古，用甚刀圭駐渥丹。

其　　二

江天雲樹望悠悠，岸闊沙明煙渚秋。半舫斜陽紅葉渡，一聲過鴈白蘋洲。登山頻躡永嘉屐，覽古還尋會景樓。吟斷六虛蕭瑟久，宋時有會景六虛樓亭，諸名士多觴詠於此。樵川終古水東流。

謁李忠定公祠㊵

名世英豪值蹇屯，靖康信錄豈堪論。倉皇社稷惟公賴，陷沒河山一戰存。萬衆憤爭皆血性，兩宮迎養有全恩。七旬相業終遺恨，瞻拜高風到里門。

讀李忠定公宋史本傳㊶

宗社艱難事勢危，奈何群小更傾推。獨爭和議裁三鎮，空歎勤王誓六師。恥國忘還北狩駕，黜公豈復中興期。偉人一代真無愧，朱文公謂，隴西公一代偉人。未竟匡扶實可悲。

秋　聲　亭㊷

臬使櫟園周公亮工囑郡伯何涵齋建，祀元黃鎮成先生。

萬木叢中第一樓，蕭蕭落葉幾聲秋。著書畢世名山在，築室南田耕舍留。處士貞文難有諡，布衣紹述不封侯。斜陽平楚鴉歸去，滿眼荒煙動客愁。

詩話樓周櫟園先生寒食登詩話樓四首，追步原韻[43]

樓在邵武郡東北城上，原名望江樓。順治四年丁亥，櫟園周公按察入閩，阻寇樵川八閱月。登陴之暇，流連古蹟，訪宋嚴羽莒溪故居。陵谷之異，故老無傳，因憶羽嘗與天台戴石屏式之説詩此樓，遂祀羽樓中，而顔曰詩話。按記，宋時九嚴皆有文名：鳳山嚴肅、少魯嚴參、三愛嚴岳、衲翁嚴必振、季海嚴必大、艮齋嚴奇、子野嚴若鳳、樵丈人嚴仁、滄浪逋客嚴羽。其先有華谷嚴粲者，能詩，又以經學顯，作《詩緝》，朱子《集傳》採其説。今所傳，惟羽《詩話》與《滄浪集》。近邵人、長樂學博張式軒得《華谷集》梓之，餘則寥寥罕覯矣。噫！文字可長年，顧其中有幸不幸也。

高樓俯瞰樵溪前，郭外平蕪草色芉。一代詞人傷冷落，萬山風景動流連。滄浪日暮聞歌笛，平楚春深泣杜鵑。平楚、熙春二山，在詩話樓西。夜半月明應有話，石屏靈隼乘荒煙。

其二

降來天上少微星，六百餘年滕馥零。俎豆猶聞周法吏，瓣香似讀楚騷經。雨昏溪谷九龍暗，昔九龍同起池中，城中有九龍觀。簾捲江城萬嶂青。故壘銷沉非昔日，東菑臺笠簇郊坰。

其三

九嚴昆仲縶珠毬，冷落寒煙剩此樓。人代長隨流水逝，愁懷軋似綠蕉抽。臺山暮送千峰靄，樵澗西來九曲秋。潦倒異鄉生感慨，白頭堪笑未歸休。

其四

蕭條蠹卷與霜鐔，老去難從物外心。異代風流非頓盡，十千美酒且須斟。莒溪久鎖煙雲渺，詩話長存歲月深。有宋邵陽多大雅，羈情弔古曷勝禁。

樵城張睢陽廟㊹

四百交鋒力不支,烹奴殺妾守孤陴。裹瘡決戰悲風色,落指乞師徒涕洟。要使江淮能保障,急呼南八爲男兒。千年厲鬼懷忠憤,蕭颯靈飀捲桂旗。

聞吳清夫、楊古心並賦紅葉,感而作此㊺

君吟紅葉我悲秋,老去何堪歲月流。千里間關人作宦,萬山風景獨登樓。越王霸業餘烏坂,逋客孤踪冷故丘。閉戶著書成底事,黃壚容易豁窮愁。

賦 紅 葉㊻

颯颯千林霜葉紅,驚心歲序望秋空。染成杜宇三更血,冷盡吳江一夜楓。極目客愁歸路晚,停車人愛夕陽中。題詩寂寞寒山上,欲寫離思寄碧筒。

雨 夜 懷 鄉㊼

旅宦棲遲意已慵,年來體態近龍鍾。五更聽雨人千里,一夜思家山萬重。屈指兒孫增長大,是誰婚嫁可從容。能求洑水田三頃,吾亦歸耕事老農。

賀朱泰川秀才舉男㊽

蚤梅香繞一弧開,報道門闌喜氣來。神駿渥洼原有種,鳳雛丹穴豈凡胎。羲還貽獻傳家筆,遷復繩談掌史才。玉果犀錢湯餅會,浮斝錯寫弄麞杯。

賀郡學博宋玉史天柱署中舉男㊾

(原闕)

小歲風雪甚寒,同吳清夫、曾擁書、朱泰川、楊古心、何雪巖小集虞西山松石園㊿

雪凍冰寒九曲隈,擁爐披褐共徘徊。柳車呼僕送窮鬼,驛使懷人折蚤梅。

千里關河悲客況,百年心事付殘杯。無多詩稿何須祭,敲句原無賈島才。

暮　　雪㉛

飄飄風雪暮寒生,歲晚蕭條宦旅情。十口移來分苴蓿,全家猶遠待藜羹。總言原憲貧非病,誰道袁安臥不成。君看梅花香色在,肯將凍壓損瓊英。

嘉慶乙丑考滿假歸省墓,半閱月復至邵武。中秋日途中偶成㉜

蕭蕭白髮老風煙,每別鄉關意黯然。路入樵嵐衝嶺瘴,身經滄海脫鯨涎。_{海中遭刼盜。}客途又值中秋日,生運重逢乙丑年。料得家人知我近,為開荒署掃寒氈。

五夜不寐,聞熙春山鐘動早起㉝

(原闕)

秋日登熙春山㉞

(原闕)

曾擁書、何雪巖、朱泰川過余齋賞菊,各以詩見示,用雪巖韻和之㉟

(原闕)

立春前二日,柬謝、楊二學博二首㊱

(原闕)

秋　　荷㊲

(原闕)

丹臺山聽張明經燦斗彈琴㊾

（原闕）

書邵武訓導學堂四首㊾

空勞涉獵久無成，至竟如何定此生。物理有原歸造化，天人之際見虛盈。風塵荏苒懵白髮，歲月銷磨負短檠。強欲尋師休赧老，蒹葭秋水不勝情。

其　二

十五年來訓士師，濫竽竊祿自心知。難言聖域堪希仰，共凜賢關無背馳。兩字明倫學已盡，六經懿旨道從施。老夫耄矣深滋愧，黽勉譽髦副遠期。

其　三

孔顏樂處本來真，君子憂道不憂貧。衣食粗疏卑士恥，榮華苟且聖門瞋。經綸術造修齊始，胞與心涵天地春。義利兩途分舜跖，作狂罔念永書紳。

其　四

二升法廢重科名，豈必科名無重輕。老子韓非同一傳，趙璵燕石有真評。累人制舉寧通議，無愧影衾端所行。孝悌力田良可惜，儒冠應恥盜虛聲。

題瑞榴，手書刻石邵武學舍㊿

熙寧庚戌瑞榴傳，十四金罍十四賢。地已遷移非昔日，樹猶如此繼當年。靈芝共應科名草，芍藥曾開宰相筵。但願滋培多幾顆，老夫細數晚涼天。

送試場中，督學葉筠潭先生出其途中所作詩，命即試廳和其原題韻五首㊿

山 下 田 家

草屋參差護枳闌，濃陰桑柘影盤盤。桔槔聲裡春泉嫩，碌碡隄邊曉露寒。翻水雲舂無相杵，行疇秧馬不拘鞍。星軺過處霓旌動，父老攜孫翹首看。

111

越王臺懷古

衰草離離古石闌，荒臺廢址暮雲盤。千年烏坂鴉啼晚，百代澄泥鴈翅寒。漢越王駐兵築臺於此。元時牧子於遺址間得古瓦，皆羅紋鴈翅之狀，扣之鏗然有聲。久見七閩銷霸略，猶傳一劍據征鞍。樵嵐風雨河山在，無復珠簾繡柱看。

讀韓詩

不隨李杜出藩闌，壁壘新開隊一盤。扛鼎詞雄神鬼泣，排山筆動斗星寒。陸離光發岐陽鼓，忠鯁雲橫秦嶺鞍。籍湜汗流驚却走，騎麟披髮大荒看。

讀蘇詩

玉局英姿獨俯闌，胸吞渤澥海如盤。朱絃三歎遺音遏，大木千圍遠籟寒。欲掣長鯨非網罟，難追神駿豈羈鞍。曾經嶺表風濤後，重取雄詞仔細看。

興化荔支

方紅陳紫撲朱闌，初擘擎來瑪瑙盤。鹽繭冰含瓊液潤，桃花膜破水晶寒。楓亭絳實垂青舫，驛路香風拂去鞍。憶得君謨差品第，三三美種譜中看。

有　　感[62]

（原闕）

寒夜步月[63]

（原闕）

七　臺　山[64]

（原闕）

嘉慶辛未十二月二十七日，延平黃田驛阻雨三首[65]

（原闕）

驛路山梅[66]

（原闕）

岳溪山中別友人⑥

分手叢林外,峰廻不見君。馬上一回首,空山鎖白雲。

學中掘地得殘碑石片,匠人已擎柱礎,余取寘之花臺上⑧

斷碣餘文字,碑成是何人?能知爲柱礎,伐石亦無因。

秋夜學齋聽蕭潤亭同學彈琴⑨

絃音響未歇,月露已淒冷。聽落平沙鴈,秋思滿洞庭。

小簀筤谷十二景有序⑩

余所居邵武學舍面西有軒,軒外有亭,亭外空庭二畝許,修竹數百竿。盛暑涼風徐來,綠陰交加,蟬吟鳥呼,頗堪消夏。遂題其處曰小簀筤谷,蓋憶文與可在簀筤谷與妻燒笋晚食,得東坡詩,失笑噴飯故事,因就其中所有闢十二景,各係以詩。

西軒消暑
愛此一小軒,好似簀筤谷。六月□□□,□□□□□。

叢篁綠陰
琅玕圍一畝,匝地綠陰生。時有涼風至,微聞解籜聲。

源頭活水
樵源遠而清,分來第五曲。樵溪之水入城中,其流九曲,此爲第五曲。滌我曠蕩襟,飲此一瓢足。

高閣凌霄
崔巍五層閣,窗虛萬象涵。舉目窮千里,星斗手可探。

瑞榴夏艷有序

宋時，縣學在郡治西，中有石榴。熙寧庚戌，結實十四，是年邵人舉進士者十四人。狀頭葉祖洽，第二上官均。自是，榴以瑞名。後復屢應，年久蹟廢。明嘉靖間，改縣學于九龍觀故址，即今處也。好事者植榴一株，以補其蹟，結實又與科第之數相符。嘉慶甲子四月，淳菴來訓是地，榴花正開，後結二實。是秋，黃君源治、上官君鋆，並獲雋。戊辰結一實，楊君兆璜復雋，己巳，連登甲科，亦其驗也。

花塢颺薰風，瑞榴艷如火。結實符科名，老夫數幾顆。

夕陽遠山

女墻露遠山，夕陽山翠冷。倚檻時寓觀，白鳥雙飛影。

空庭月色

浩月如水流，森寒浸竹柏。影落空庭秋，最惱未眠客。

深篠流螢

流螢高下飛，閃閃藏深篠。玉露滴空階，更闌人悄悄。

芙蓉秋色

芙蓉吐秋光，花開冷艷耳。采之欲遺誰，伊人在秋水。

梧桐疏雨

百尺老無枝，蕭蕭幾片葉。夜雨滴瀝聲，臥聽秋懷愜。

晚圃橙黃

老圃橙初黃，離離寒煙色。木落樵川波，秋風渺何極。

羅松晚翠

不伴古先生，長依老博士。勁節耐歲寒，爾我渾相似。

秋日小箟簹谷雜詠五首[71]

向曙猶殘星，四鄰寂無語。惟聞熙春山，疏鐘撞幾杵。

其 二

晨光竹露濃,蚤起喚山妾。引火欲烹茶,階前掃落葉。

其 三

落葉滿空庭,秋風動曲櫺。人隨秋色老,畏見蘆花汀。

其 四

三畝渭川筍,胸中一飽餘。蕭然饞博士,風味更何如。

其 五

長松聳碧霄,種者何年代。不見鬱蒼時,空留後人愛。

新 月⑫

寂闃夜沉沉,木末天籟發。千里羈愁人,倚檻看新月。

過 白 石 溪⑬

(原闕)

古 塚 瘞 錢⑭

(原闕)

染 鬚⑮

(原闕)

木 假 山⑯

(原闕)

姚 廣 孝 四 首⑰

(原闕)

題　　史㊆

（原闕）

諸生邱照自北山移梅一株，植小箕簹谷㊆

移來梅樹欲成陰，翠篠蕭森柏萬尋。準備歲寒三老友，半居城市半山林。

學舍雜詠四首㊆

歲月銷磨困蠹魚，俸錢猶喜買殘書。精神已耗心未老，尚愛書倉充棟廬。
其　　二
過雨庭除長綠苔，茶爐竹几是生涯。巡簷得句隨書藁，半夾殘編半紙灰。
其　　三
學書吾亦費寒燈，四十餘年癡凍蠅。活計隨人終落後，蘭亭久已入昭陵。
其　　四
綠陰翠藹撲南榮，風動琅玕雜鳥聲。剝啄欣逢耆舊至，相看白髮話平生。

客去，閑窗獨坐偶吟四首㊆

（原闕）

嘉慶十年乙丑六月二十七日，余以教官二次考滿，在會城得病，不能步履。恐隕越失禮，先以堂吏上達中丞石渠李公，遂蒙免謁，命回寓治病。余滋感焉，作絕句紀之㊆

戟門煙樹曉鴉鳴，病起人扶躄躠行。聞道衙官傳免謁，撫軍還惜老書生。

題朱泰川秀才小照㊆

生來有癖笑書淫，竹徑梧階擁鼻吟。覓句幽情何處着，蕭蕭紅葉點秋林。

題喬西邨煌贊府黃葉樓圖三首㉘

十載西辭黃葉樓，太原風雨不勝秋。君家萬里余千里，宦旅相憐各白頭。

其　　二

訟庭草色綠萋萋，無那春風桃李蹊。山靜日長公事了，憑欄獨聽鷓鴣啼。

其　　三

年來耆舊半銷沉，誰是他鄉足素心。識得君顏今已晚，雲山又隔幾重深。

寄西邨喬大三首㉕

（原闕）

閱內弟陳霞成所遺文衡山西苑詩墨蹟㉖

（原闕）

世人多以得科第爲成功名，作此辨之㉗

（原闕）

送陳編修集㉘

（原闕）

屈　原七首㉙

（原闕）

湘君湘夫人㉚

（原闕）

司馬子長四首㉛

（原闕）

117

班　孟　堅㉒

（原闕）

董　　子㉓

（原闕）

伏　　生㉔

（原闕）

賈　　生㉕

（原闕）

文　　翁㉖

（原闕）

馬　　融㉗

（原闕）

鄭　康　成㉘

（原闕）

蔡　伯　喈㉙

（原闕）

揚　　雄㉚

（原闕）

司馬相如[101]

(原闕)

蔡文姬二首[102]

(原闕)

曹　操三首[103]

(原闕)

陸宣公二首[104]

(原闕)

陽　城二首[105]

(原闕)

古　銅　鼎[106]

(原闕)

贈張八處士二首[107]

(原闕)

聽　畫　眉[108]

(原闕)

自　誚[109]

(原闕)

張碓菴先生行書絹幅⑩

（原闕）

竹夫人二首⑪

（原闕）

武彝茶四首⑫

（原闕）

響榻雙鈎⑬

（原闕）

寄　友⑭

（原闕）

秋竹嶺上聞鷓鴣⑮

（原闕）

謝何小山惠香⑯

潤滋卷帙濕侵牀，蝸篆橫斜上女牆。雨氣霉陰都却避，多君惠得海南春。

齋中白鳩⑰

最愛雙鳩喜雨啼，仙姿皎潔韻高低。相依自昔經滄海，學齋養二白鳩，余自臺灣攜來。廂下何勞宋氏雞。

送荷鋤楊大入都赴選三首⑱

六千里外望京華，一命初膺墨綬斜。管領傳家琴鶴馭，秋風秋雨出仙霞。

其 二

□□聲凄鴈影秋,離亭杯酒不勝愁。知君驛店三更月,夢繞□□□□。

其 三

□□□□□□,匹馬斜陽去路賒。屈指黃金臺下過,知君□□到梅花。

題行春小照⑲

圖騣金鞍楊柳鞭,綠莎芳草軟於綿。幾回蹀躞春江路,閒聽鶯聲又一年。

題南岡集⑳

(原闕)

【校記】

① 手藁本闕文存目,據樵川本補。

② 手藁本闕文存目,據樵川本補。樵川本題作"題何小山夢遇呂純陽圖"。

③ 手藁本闕文存目,據樵川本補。

④ 手藁本闕文存目,據樵川本補。

⑤ 手藁本闕文存目。

⑥ 手藁本闕文存目。

⑦ 手藁本闕文存目。

⑧ 手藁本闕文存目,據樵川本補。樵川本題作"暮春與友登楊塘山上,即于渡口送行"。

⑨ 手藁本闕文存目,據樵川本補。"嘉慶九年甲子三月二十日":樵川本作"嘉慶九年甲子三月廿日"。

⑩ 手藁本闕文存目,據樵川本補。

⑪ 手藁本闕文存目,據樵川本補。

⑫ 手藁本闕文存目,據樵川本補。

⑬ 手藁本闕文存目,據樵川本補。樵川本題作"過篢笞嶺"。

⑭ 手藁本闕文存目,據樵川本補。

⑮ 手藁本闕文存目，據樵川本補。"沙陂橋上玩月"：樵川本作"橋上玩月"。
⑯ 手藁本闕文存目，據樵川本補。
⑰ 手藁本闕文存目，據樵川本補。樵川本題作"春日曉起疊韻三首"。
⑱ 手藁本闕文存目，據樵川本補。
⑲ 手藁本闕文存目，據樵川本補。
⑳ 手藁本闕文存目，據樵川本補。
㉑ 手藁本闕文存目，據樵川本補。
㉒ 手藁本闕文存目，據樵川本補。
㉓ 手藁本闕文存目，據樵川本補。
㉔ 手藁本闕文存目，據樵川本補。
㉕ 手藁本闕文存目，據樵川本補。
㉖ 手藁本闕文存目。
㉗ 手藁本闕文存目。
㉘ 手藁本闕文存目，據樵川本補。
㉙ 手藁本闕文存目，據樵川本補。
㉚ 手藁本闕文存目。
㉛ 手藁本闕文存目。
㉜ 手藁本闕文存目。
㉝ 手藁本闕文存目。
㉞ 手藁本闕文存目。
㉟ 手藁本闕文存目。
㊱ 手藁本闕文存目。
㊲ 手藁本闕文存目。
㊳ 手藁本闕文存目。
㊴ 手藁本闕文存目，據樵川本補。
㊵ 手藁本闕文存目，據樵川本補。
㊶ 手藁本闕文存目，據樵川本補。
㊷ 手藁本闕文存目，據樵川本補。
㊸ 手藁本闕文存目，據樵川本補。樵川本題作"詩話樓步周櫟園先生寒食登詩話樓原

韻四首”。

㊹ 手藁本闕文存目,據樵川本補。

㊺ 手藁本闕文存目,據樵川本補。

㊻ 手藁本闕文存目,據樵川本補。

㊼ 手藁本闕文存目,據樵川本補。

㊽ 手藁本闕文存目,據樵川本補。樵川本題作“賀朱泰川舉男”。

㊾ 手藁本闕文存目。

㊿ 手藁本闕文存目,據樵川本補。

(51) 手藁本闕文存目,據樵川本補。

(52) 手藁本闕文存目,據樵川本補。樵川本題作“嘉慶乙丑考滿假歸,後來邵武。中秋日途中作”。

(53) 手藁本闕文存目。

(54) 手藁本闕文存目。

(55) 手藁本闕文存目。

(56) 手藁本闕文存目。

(57) 手藁本闕文存目。

(58) 手藁本闕文存目。

(59) 手藁本闕文存目,據樵川本補。

(60) 手藁本闕文存目,據樵川本補。

(61) 手藁本闕文存目,據樵川本補。樵川本題作“學憲葉筠潭先生命和原題韻五首”。

(62) 手藁本闕文存目。

(63) 手藁本闕文存目。

(64) 手藁本闕文存目。

(65) 手藁本闕文存目。

(66) 手藁本闕文存目。

(67) 手藁本闕文存目,據樵川本補。

(68) 手藁本闕文存目,據樵川本補。

(69) 手藁本闕文存目,據樵川本補。

(70) 手藁本闕文存目,據樵川本補。

(71) 手藁本闕文存目,據樵川本補。

(72) 手藁本闕文存目,據樵川本補。

(73) 手藁本闕文存目。

(74) 手藁本闕文存目。

(75) 手藁本闕文存目。

(76) 手藁本闕文存目。

(77) 手藁本闕文存目。

(78) 手藁本闕文存目。

(79) 手藁本闕文存目,據樵川本補。"北山":樵川本作"北平山"。

(80) 手藁本闕文存目,據樵川本補。

(81) 手藁本闕文存目。

(82) 手藁本闕文存目,據樵川本補。"命回寓治病。余滋感焉,作絶句紀之":樵川本作"回寓治病。余滋感焉,作一截句紀之"。

(83) 手藁本闕文存目,據樵川本補。

(84) 手藁本闕文存目,據樵川本補。樵川本題作"題喬西邨贊府黄葉樓圖三首"。

(85) 手藁本闕文存目。

(86) 手藁本闕文存目。

(87) 手藁本闕文存目。

(88) 手藁本闕文存目。

(89) 手藁本闕文存目。

(90) 手藁本闕文存目。

(91) 手藁本闕文存目。

(92) 手藁本闕文存目。

(93) 手藁本闕文存目。

(94) 手藁本闕文存目。

(95) 手藁本闕文存目。

(96) 手藁本闕文存目。

(97) 手藁本闕文存目。

(98) 手藁本闕文存目。

(99) 手藁本闕文存目。

(100) 手藁本闕文存目。

(101) 手藁本闕文存目。

(102) 手藁本闕文存目。

(103) 手藁本闕文存目。

(104) 手藁本闕文存目。

(105) 手藁本闕文存目。

(106) 手藁本闕文存目。

(107) 手藁本闕文存目。

(108) 手藁本闕文存目。

(109) 手藁本闕文存目。

(110) 手藁本闕文存目。

(111) 手藁本闕文存目。

(112) 手藁本闕文存目。

(113) 手藁本闕文存目。

(114) 手藁本闕文存目。

(115) 手藁本闕文存目。

(116) 手藁本闕文存目,據樵川本補。

(117) 手藁本闕文存目,據樵川本補。

(118) 手藁本闕文存目,據樵川本補。

(119) 手藁本闕文存目,據樵川本補。

(120) 手藁本闕文存目。

淳菴詩文集卷七

都門旅寓草

膳時年七十五。嘉慶癸酉春正月至夏五月。

太平鼓

都門燈節前後,處處衢巷擊太平鼓。狀如團扇,以鐵圈蒙皮其中,繫數銅環於鼓下。一人右手擊鼓,左手持鼓柄上下搖動,環聲鏗鏘,如數樂具並作,與鼓聲相應,高下皆有音節。

融和春色藹都城,處處遙聞小鼓聲。天與皇仁均浩蕩,堯階擊壤樂昇平。

四月初二日,新選縣令諸公圓明園引見恭紀五首

雞人唱轉五更初,濟濟千官竚直廬。閶闔門開班序進,一行一跪近宸居。

其二
悚惶屏氣寂無聲,勤政殿前恭奏名。咫尺天顏心祗肅,瞻雲就日荷恩榮。

其三
御溝冰泮柳絲輕,曉日金龍鱗甲生。內宮門外,左右石座上,有雙金龍對峙,曉日照耀,鱗甲生動。朝罷千官歸直署,薰風藹藹動簾旌。

其四
半里長隄柳色勻,兩泓水碧鳳池春。西山氣挹朝來爽,寶刹琳宮耀霽晨。

其五
萬壽山前曙色開,御園煙樹隱樓臺。登車回首唧恩地,惶愧難勝百里才。

春日院中

閑庭勤掃净無埃，留得花陰積翠苔。倦聽鳥啼春寂寂，院花自落還自開。

夜坐觀書

旅館蕭條客意慵，坐聽深夜幾聲鐘。觀書久覺眉稜澀，月色橫窗花影重。

燈市

城南城北笑歡聲，扇鼓鏗鏗奏太平。神廟街頭燈市鬧，不觀百戲看書棚。

小市

湧現迷離等蜃樓，侵晨列市半時收。紙釘蕭索無錢串，空作五都窮日遊。

挑骨董

輕搗小鼓遍獵漁，骨董收來奇貨居。挑過門前聊借問，有無舊畫與殘書。

棗糕

黍棗蒸糕似錦茵，花團繡錯鵞黃新。自知染汁今無分，不敢東方祀柳神。

曉夢

鐘聲遠寺響初停，殘月斜輝半曲櫺。正是家鄉人入夢，如何不耐片時醒。

題惲南田畫葵

秀蕊時來五綵禽，長承雨露年年深。不知濃艷隨風舞，惟有依依向日心。

曉鵲

曙色初開鵲弄音，如何喜事費推尋。由來日出鳥烏樂，羽族飛鳴寧有心。

三月五日清明感懷

寂寥旅館對孤檠，百種憂思觸緒生。白髮幾年能上塚，薊門今日又清明。

紫藤花

青陽送暖入花叢，簇簇嬌姿墮粉紅。可是紫藤花有態，輕盈架上舞春風。

芍藥

簾外春風料峭寒，近來春事已闌珊。殷紅艷紫離披後，棼尾千枝倚碧欄。

賣花聲

綠窗睡起曉煙輕，天氣融和半雨晴。柳色青青鶯又喚，聽來深巷賣花聲。

聽琵琶

悄悄更闌月影斜，庭前老樹噪寒鴉。四鄰無語人皆定，獨聽墻東和琵琶。

看月

三更紙帳冷如煙，庭院淒淒獨不眠。只爲憑欄抛未得，紫藤花下月娟娟。

憶家

憶到饑寒意慘淒，老妻抱病竟分攜。六千里外音書杳，目斷天南牛女低。

薊門草

與黃禹門同年京師護國寺看牡丹舊作

姚黃魏紫正離披，國色天香鬥艷時。三試春官皆報罷，看花富貴不相宜。

南海子

海子水泉三處流,鹿獐雉兔遍山丘。按鷹臺上觀騎獵,訓武蒐苗豈畋遊。南海子,距都城二十里,方百六十里,闢四門,繚以崇墉,有水泉三處。獐鹿雉兔禽獸之屬,不可數計,籍戶千餘守視。每獵,則海戶合圍,縱騎士馳射於中,所以訓武也。苑中有按鷹臺,下有三海子,築七十二塢,皆元人之舊。《可齋筆記》。

長椿寺

長椿古寺綠楊陰,寶塔層層盡滲金。千佛袈裟明后像,晚鐘西閣聽梵音。《帝京景物略》曰:前明萬曆中,有歸空和尚,平生苦行,後入京。能一再七日不食,日飲水數升,持之至五年,衆號曰"水齋"。神宗生母孝定李太后,創寺居之,神宗賜額曰"長椿"。崇禎甲戌九月,和尚示寂。寺有滲金銅佛像,鬚眉畢現。西閣上,有娘娘畫像,約四五十歲人,冠蓮花冠,衣千佛袈裟,袒右臂,內衣紫,跏趺蓮花座上。老僧曰:即孝定太后像也,塔亦太后所施。嘉慶癸酉,淳菴偕鄉人張世儀、王潛江遊此,並遊憫忠寺。

西山佛寺閣塚

佛寺西山三百區,巍崇金碧畫難圖。鉅璫墳墓窮閎侈,勳戚王侯比得無。

燕俗

人家一炕近南榮,湯餅烝羊聽賣聲。傳食紙窗移炕上,更無溉釜事炊烹。

薊北煤炭

薊北煤炭載橐駝,千年日取不嫌多。傳聞舊窟生新炭,造物神功竟若何。

出都赴豫章草

癸酉夏五月至秋七月。

河 橋 柳

河橋柳色綠陰陰,折盡春鞭贈不禁。終日隨風飄祖席,那知綰繫離人心。

望 焦 山

扁舟八過焦山下,未見焦山瘞鶴銘。雪舫不停江浪急,斜帆背指瓜州(洲)城。

風雨過揚子江

金山浮動浪翻回,滾滾長江霧不開。掛席扁舟輕似葉,載將風雨過江來。

東 阿 古 寺

廢塔頹廊古木零,雲龕石耳濕殘經。斷碑何代埋荒草,不見瓣香來乞靈。

廢 古 鐘

蒲牢吼鑄自何年,閱盡人間幾變遷。字蹟銷磨追已盡,更無幾杵夜安香。

毘 陵 舟 中

舟中久困懶觀書,綠樹青山煙雨餘。倚岸斜帘沽酒處,隔船催喚賣鱸魚。

舟 景

綠樹陰中轉碧流,荻蘆一半隱漁舟。水鷗鸂鶒忘機慣,芳草晴沙各自由。

舟 中 聽 琵 琶

舟中少女最風流,月夜琵琶聲更幽。淒切四弦毋急撥,江州司馬在船頭。

常 山 道 中

湖上沙隄十里長,東西不斷藕花香。何時月白風清夜,領取光芬一道涼。

梅花石并序

常山溪中,手拾小石,高三寸許。絳質而綠皮,露出梅花數蘂,有向有背,有含蕾,有放萼,天然絶肖。蓋水痕裹石,融結千百年而成者。舟中無事,遂隸書手刻"梅花石古香誌遊,淳菴手拾常山溪"等字於上,以供小玩。因書一絶。

等閑檢得溪中石,幾點天然梅蘂開。好置寒窗隨筆硯,清英不落古香來。

夏月出都,秋至江右偶成

趙北燕南匹馬遥,吴頭楚尾雨瀟瀟。香荷夜月維揚舫,殘柳西風章貢橋。

餘干舟中聞笛

盡日溪山送客舟,三千路遠不停留。夕陽波上幾聲笛,吹破天涯宦旅愁。

舟中久雨

積雨空濛溪漲平,長林鳩婦自呼晴。舟中短睡不成夢,卧聽迢迢柔櫓聲。

彭蠡鴈

彭蠡風高掠鴈群,百千嘹唳入寒雲。容懷耿耿方惆悵,丙夜何堪復此聞。

過鄱陽湖

短櫂蒲帆半日行,鄱陽湖裡酒初醒。水天瀰渺茫無際,隱隱漁歌出杳冥。

鄱陽道中

紅葉蕭蕭下老楓,鄱陽湖外聽賓鴻。鞭絲帽影秋風裏,人在河橋夕照中。

過富春釣臺

諸將雲臺無片土,嚴灘古石長春苔。匡時誰佐中興業,徒仰高風説釣臺。

淳菴詩文集卷八

安仁宦遊草

嘉慶癸酉秋至丙子夏。

示　子三首

愚人多計術,避禍以趨福。禍福本無常,感召以其族。天心無所私,鑒觀赫以肅。人心有正邪,天報有遲速。福固必自求,禍亦必自蓄。禍或福所因,福或禍所伏。君子知其然,孜孜慎幽獨。省身以戒懼,憂患虞傾覆。人心即天心,一念通於穆。趨避兩無術,不用蓍龜卜。

其　二

三萬六千日,百年時亦邇。況無百年期,耄耋已難企。人生天地間,電光石火耳。善有千載名,惡必千夫指。君子樂爲善,惟日不足矣。小人樂爲惡,終身不知恥。君子人所欽,小人人所毀。公私義利間,徑途分彼此。孰不爲君子,勉善無終始。孰不忌小人,戒惡防表裡。如斯日兢兢,至死而後已。

其　三

饑鶴知夜半,荒雞知天明。鳩能均一性,烏有慈孝名。禽獸橫而走,草木倒以生。天地育物類,賦氣本五行。所性有一偏,畀與不能並。惟人爲最靈,五行秀以清。五性皆各具,心涵性意情。踐形以復性,賢哲意怦怦。凶戾頑蠢流,性滅氣習成。尚不如禽獸,一性終不更。

安仁縣堂壁上石刻碑

視民如傷四字箴,明道先生實愧心。文恭羅公書此字,碑爲羅洪先先生書,付丁一敬。叮嚀門人佩服深。門人前令丁一敬,江西安仁作縣令。聞公此言自兢兢,疾苦噢咻勉爲政。遂將此字磨石鐫,龕壁豎立廳事邊。用貽同志共勉勵,自昔嘉靖庚申年。我今竊禄涖茲土,三年報最無裨補。時時仰觀壁上書,清夜負慙汗如雨。

李北海書雲麾將軍碑

唐代書豪李北海,寶墨流傳餘千載。雲麾將軍碑尤精,良鄉之縣卓然在。此碑當年在良鄉,夜半奇燄騰煌煌。摹搨爭先車馬續,一紙之貴比琳琅。奈何遭劫何年許,荒棄學齋瓦礫所。碑文黯澹慘無光,石不能言氣銷沮。廢興貴賤各有時,臯比腐鼠在轉移。龍鍾學博等頑石,斷爲六礎埋柱基。閩人過者有董生,一見墨寶驀然驚。是物於今遭此阨,低徊慨惜心不平。宛平縣侯李襲美,好古文儒心不鄙。董生一見爲縷陳,聞道此碑中心喜。良鄉令尹寄郵書,輦致京師馹馬車。古墨名齋嵌署壁,黎王作記溯其初。王襲美蔭,龕於署壁,扁曰"古墨齋"。黎惟敬、王敬美,皆有記。此碑後移少京兆,嚴署深藏見者少。庭隅二礎飽風霜,朝夕時見煙雲繞。王兆四礎去大梁,前明萬曆末,王京兆惟儉攜四礎歸大梁。自茲古墨久淒涼。只今流落知何處,更無董生爲欷傷。

憶邵武學宮古樟樹歌

噫!磊矗哉!惟爾樵川學宮宋初七百餘年之樟樹,下有百丈根穿盤黃壤之深泉,上有千丈枝承滋九天之雨露。翁鬱發其英,堅貞持其固。兵火不相侵,水旱不能蠹。爾初移植旃檀中,祇園鹿苑梵王宫。曾聽說法三千界,爾作轉輪演釋婆羅之龍葱。觀內雷雨煙霧冥,池中九龍一時皆現形。邵武縣學宫,爲宋時九龍觀故地。觀有池,一時池中同起九龍,故名。樟樹乃觀中舊物。金光鱗甲爭閃爍,升騰變化何神靈。維時爾在花雨庭,不搖不動自蒼青。暮鼓晨鐘幾年歲,枝翻葉擺能爲點頭石徒之聽經。吁嗟乎!樟樹爾見一代偉人李忠定,轉坤旋乾抒忠貞。又見黃簡肅,紫陽拜謁稱後生。洛閩道學接真脈,李方子與何叔京。九嚴華谷一家僑,鈞韶律呂相和鳴。維時諸公在爾樹下過,枝葉相扇清風迎。復見僉壬章惇黃潛善,醜類腥臭狀狰獰。低枝迴掃奸臣蹟,並攪其髮刺其睛。九龍觀,已榛荆,釋氏道息儒道明。煌煌宮牆萬仞聳崢嶸,泮池之水渟且清,衣冠道貌集簪纓。爾今雖老矣,猶自磊砢春冬自敷榮。爾株中空如屋與我鄰,其中可坐六七人。山魈木客常跳躑,有時見我笑不瞋。銷夏清簟棋一局,邀朋到此息氛塵。藉此庇蔭勝廣廈,使我老夫能作葛天民。嗟爾樵川學宮七百餘年之樟樹,我今去爾遠來西江幾千里,尚復憶爾夢頻頻。

短歌行

我生已晚,不見古人。我生在先,不見後人。後人思今,如今思古。往古來今,同焉此心。天地悠久,人生幾何。俯仰古今,涕泗滂沱。

嶧山石刻歌

嬴秦初稱始皇帝,變更三代違古制。巡行直欲過八紘,觀海陟山窮陬澨。岱宗封禪侈雄圖,之罘狼牙會稽碣石經馳驅。鄒嶧之山載臨幸,到處立石頌功傲典謨。刻石之處凡有六,風霜剝蝕蹟不復。獨有泰山頂上碑,詔書存者數十字可讀。嶧山碑刻久荒蕪,抉雲披荆絕龜趺。棗木傳倣不足貴,杜甫當年已辨誣。五代江南名士徐鉉者,小篆馳名達上都。晚得摹寫一本嶧山碣,比較泰山秦篆頗相符。門人寧化鄭文寶,刻之長安九衢道。一時紙價貴洛陽,人擬李斯立石無醜好。敏昌仲經一見大聲呼,謂非鬼助神工焉得如此體製鬱紆而摛藻。_{旁刻馮敏昌、曹仲經觀。}我昔樵川得一紙,收拾行篋歸鄉里。自從癸酉入都門,日日遨遊賣書市。偶見此碑墨色佳,如逢故我中心喜。購來同余到安仁,三年之暇爲拂塵。命工整掛竹廬壁,不論五代與先秦,唯觀古物能古心,常恨不得古碑殘碣搜羅集錄與我共夕晨。

題蔡研田郎中倣大癡墨畫山水小幅

研田公子多才藝,_{研田,漳浦相國第六子。}畫學大癡窮體製。尺幅能作千里觀,春容韶景別開霽。洞壑幽深徑紆遥,嶺嶂萬重鬱岩嶤。白雲靉靆自來去,嵐光空翠滴層霄。叢林虧蔽相掩映,澗草幽花鬭夭嬈。長溪縈洄淺復深,略彴老翁獨攜琴。聞說山中知音士,欲訪一彈太古心。殘山剩水天外杳,片片輕帆一葉小。長空一望渺無窮,隱隱夕陽斜度鳥。是何筆墨本天成,大癡老人能再生。部郎叢務少休暇,欲求不得意怦怦。此幅得自張工部,<small>癸酉余將出都,張松軒工部以此送行。送余出都作餞醵。</small>四千里來大江西,可能當拂俗塵纓。

欸乃曲

欸乃欸乃空江行,江空月白江水平。長歌一曲月盈盈,舉頭天際河漢橫。銀河西傾潮水生,乘潮欸乃入滄溟。

文信公廟迎神送神詞并序

吾里洑田官,自元、明以來,世祀宋丞相信國公文文山先生,有年矣。先生於輅四世祖榕窗公,寶祐丙辰同年進士也。每歲四月五日,里人竭精誠,馨香鼓樂,以牲醴獻公。輅在安仁署中,作為迎神送神四章,使歌以祀公。

迎神第一章

公之忠兮在宋史,公之神兮崇寰宇。祀我公兮既誠以古,塘之南兮水之滸。昭事君兮日月光,迴狂瀾兮砥柱。正氣歌兮疫癘消,稷豐穰兮暘若雨。氣耿耿兮成虹,魑魅藏兮猰貐俯。馨龍涎兮芳杜,坎擊鼓兮巫屢舞。

迎神第二章

公之來兮信國靈旗,勃風雷兮神龍馳。杳冥冥兮肅悽愴,宋冠服兮威儀。翹首望兮近若遠,來不來兮使我心悲。

送神第一章

公來享兮醴酒,潔牲兮椒韭。吹玉簫兮奏雲璈,走黃童兮歡白叟。頂瑤觴兮黃流,願公醉兮載稽首。神鑒我兮忻怡,錫爾福兮多受。

送神第二章

公之去兮慨若聞，撫我民兮既眷以欣。羽旄兮繽紛，驂從兮氤氳。忠靈颭颭兮西顧，馴玉虬兮駕白雲。望公既渺兮使我心殷。

洴田塘三首 并序

乾隆六十年乙卯三月二十四日夜三鼓，淳菴在永定學齋讀曾南豐先生《廣德湖記》，有感余鄉洴田塘爲悍民填塞，因跋其記，而詳言填塘爲害，刻之淳菴集中。今去乙卯十有九年，塘再填塞幾十之五矣。瀦水無地，灌溉不敷。自嘉慶十一年丙寅，越十六年辛未，三都田畝數千無粒粟之登。一秋之熟，比戶饑餓，負欠公私，賣子鬻妻，流離轉徙，不可勝計。而填塘者每於冬天水涸，各畫界限，任其所欲。四方開溝，因土填築，每人每年獲不稅良田十數畝。彼此效尤，歲無寧息。紳士耆老，袖手旁觀。非畏強悍之威，則以公事推諉，竟無協同衆議，實心出力，以訴當道者。更有當道訪聞，不惟不理，又因以爲者。嗚呼！有宋六百餘年，王梅溪、真西山二先生之成績，一旦而壞於強夫悍民之手，國課難徵，民命莫賴。此余一入鄉里，目擊心傷，氣填胸臆。既無同志可呼，又有遠宦之役，姑記數語，並以率言爲詩三章，以抒不平之歎。十八年癸酉冬十一月十一日，書於江右安仁官署。

洴田之水，田灌三都。開自有宋，西南之隅。王真二守，是築是圖。下遂民生，上給官租。六百餘年，民歡以愉。廢塘爲田，鄉頑覷覦。一家之肥，萬骨之枯。

其二

洴田之水，日塞日填。不賦之畝，以百以千。先疇食德，忽焉變遷。人豐我歉，灌溉不綿。三千之頃，輟耕無佃。都民數萬，命將安懸？輸課無賴，逋賦顛連。憤恨萬心，莫能或宣。

其三

洴田之水，塘廢水乾。有田不耕，饑餒斷餐。流離遷徙，故土難安。鬻妻賣子,哭泣摧肝。數萬之命,何罪斯懺?誰爲父母,拯民之殘?誰爲父母,除民之奸?功德世世,勒珉書丹。我懷故里,長茲永歎。

錢石儂贊府以所畫其尊人梅江先生小像數頁,各叙事繪圖,囑題其左四首

其一 事兄

庭前有荆,其葉垂垂。誰無兄弟,白首難期。兄曰克友,弟曰連枝。惟恐厥或寒,惟恐厥或饑,惟恐病不瘳,日夜苦扶持。匝月衣不解,愁髮白如絲。於戲黃耇鮐背,保如嬰兒。誰無兄弟,爾厥克鑒之。

其二 救饑

漢陰瘠土,年歉以饑。窮黎顛苦,孰哺而糜。錢侯爲令,適值厥時。憂心出涕,忍或見之。我民我粥,我淅我炊。我飽爾饑,令以何爲?平糶請賑,需澤立施。保我室家,活我齔耆。視邑如家,匪侯而誰?

其三 紀烈

南山之石,既堅且白。節義鑴名,千秋不易。英英女流,貞魂烈魄。寧捐其軀,不辱於賊。死節死義,甘殞矛戟。於誰遭殃,漢陰之役。於誰表揚,錢侯之蹟。骨碎荒榛,名完白璧。於戲!此坊之石可泐,此坊之名不可斁。

其四 搗寇

有醜有凶,草竊平梁。運籌決策,扼喉抮肮。我徒我旅,我戈我糧。軍容既飭,矛戟斯張。石啞方坪,搗滅獮狼。有勦其醜,無國之殃。我民安堵,一塵不揚。維侯有勇,干城保疆。

乙亥清明日安仁署作

江西今日是清明,人人掃墓祭先塋。扶老攜幼蹤相續,雞魚濁酒挈瓦甒,老夫見之心慘然。自從仕宦二十有五年,年年清明不上先人塚,到處惟見拜墳之人東陌與南阡。我今年已七十一,亦知老死幾餘日。猶然作宰大江西,返骨歸

鄉豈能必。從茲上塚恐無期,夢魂時繞松楸枝。旦暮自填溝壑去,不知冥冥之中有無見得先人時。嗚呼!爲臣不能職,爲子不能孝,留此冥頑身,不死亦何爲?書此感泣淚雙垂,滴案沾紙心傷悲,家中之人知者誰?

自沙湖至大橋邨道中作

青林葉已稠,澗草嫩還濕。白雲起山腰,谷口風習習。野渡扁舟橫,陂田白鷺立。扶筇度石橋,荒邨一逕入。邨花既離披,茅屋自完葺。古井桔橰聲,閒塲雞豚集。野老聚桑陰,三五各臺笠。問路指前途,行行復原隰。

王昭君、蔡文姬

昭君吟琵琶,文姬賦憂憤。一嫁單于閼,一合左賢毱。昭君命闕庭,王命駕不停。六宮多粉黛,彼獨和邊庭。幽怨情難禁,千年塚猶青。文姬遭亂離,邊騎挾之馳。一到雪氈幕,左賢惜蛾眉。仲道失妻哭,中郎瘦死悲。一身投絕漠,不死竟何爲?孟德憐無後,金璧贖蔡姬。忍別戀二子,歸題憂憤詩。既歸亦已罷,又結董氏褵。有才終失節,愛玉難忘疵。嗚呼立節難如是,古今幾人垂青史?昭君文姬相提論,我獨優彼絀此。

古銅鑪

友人遺我鑪,銅質古鼎象。腹大而蓋高,足三而耳兩。蒲牢形其足,狻猊蹲其上。斑駁土花浮,褐色砂翠朗。拭之無金相,叩之似木響。能知數千年,範金古製倣。何歲埋山丘,何年出土壤。剝蝕避風霜,呵護藉夔罔。歷劫幾灰塵,於何全榛莽。款識久昏茫,考稽亦髣髴。字陰文凹入者謂款,陽文凸出者謂識。款在外,識在內。古器皆有款識,夏器有款有識,商器無款有識,見《博古圖考》。周秦既有疑,漢唐仍意想。可惜真鑒無,博識思劉敞。宋劉敞,字原父,江西人。著《公是集》。弟劉攽,著《公非集》。敞博學好古,多藏古奇器物,能讀古文銘識。官長安,爲秦、漢故都,時時發掘所得,敞悉購藏之,而摹其銘以遺歐陽公,《集錄》金石古文,多其所遺贈。

書　　懷

居官惟節儉，儒素自依然。拙甚推人後，齡高獨我先。匡廬觀曉瀑，彭蠡櫂春煙。老作江西吏，傷非喜檄年。

丙夜行舟

溪靜月初上，孤舟帶月行。漁灘深淺火，山鳥短長更。遊慣渾忘客，年衰易感情。迢迢林影外，犬吠兩三聲。

日暮安仁放舟，侵曉至餘干城下

獨櫂扁舟去，長河一夜程。城烏知曉色，譙角帶風聲。殘月滄州（洲）下，新流野水生。空嗟牢落苦，吏事久無成。

夢吳清夫典簿邀立詩社

昨夜夢君至，親歡似昔時。吟壇邀建社，耆舊欲聯詩。月色同茶榻，秋聲入菊籬。醒來空悵憶，會面更何其？

甲戌開歲

白首纔爲令，蹉跎歎此身。書猶擔破簏，褐不蔽家人。官邑平生志，間閻此日親。素餐時自省，疾苦問斯民。

春　　望

白髮饒雙鬢，春來又一年。鴈歸彭蠡暮，花發寒食天。僧寺浮嵐迥，漁家夕照懸。何時耕可耦，臺笠向平田。

雨中樓望

登樓舒晚眺，山水混空茫。風雨孟津渡，樟楠黎浦鄉。孟津、黎浦，在縣西南。

城低臨錦漵，溪遠接鄱陽。且喜溝渠滿，青疇盡插秧。

五月十二夜宿東鄉東山寺

古寺荒山裡，勞形暫息裝。催科原政拙，逋賦況鄰疆。東鄉人買田安仁，名曰"寄莊"。積歲逋賦，時爲催科到此。塔影隨斜月，梵音度曲廊。老僧同夜話，藉問艾東鄉。艾千子先生，東鄉人。予向老僧詢其後嗣。

晚憩下坪寺

古寺無僧住，疎林靄暮煙。勞人今一憩，鴻爪又三年。癸丑秋到此。磨轉牛翻水，陂寬石作田。居人以牛磨轉機撥水車，激水上流灌田。陂上大石，寬廣數百丈。鑿如石盤，深七尺餘，填泥其中以種稻，真石田也。牧童橫短笛，吹斷夕陽天。

春曉玉真山遠眺

山城多野意，眺望散幽襟。曉日樓臺色，春風桃李林。煙嵐百雉外，帆影一溪陰。作吏來斯土，兢兢奉職心。

正月二日夜宿餘干

獨宿餘干縣，天寒凍不禁。萬家新歲夕，千里故園心。看劍傾杯盡，觀書論古深。春宵彭蠡鴈，尚有未歸音。

社日書樓上觀耕

晨正農祥見，蛙聲卜有年。和風社鼓日，小雨杏花天。醼綠蛆浮甕，書殘蠹鑽編。觀耕誠樂事，簑笠滿平田。

秋江送友人之襄陽

別酒何能酌，淚痕盈酒卮。長亭人去後，孤舫月斜時。秋水芙蓉泠，江天旅鴈悲。今宵何處宿,朋侶數歸期。

自　述

白髮來何易,青春去不回。荒墳多故舊,弱柳老墻隈。貧困情知負,龍鍾志早灰。駑駘無遠力,今日更𨁍隤。

秋江泛月,有懷陳蓮邨、吳清夫、鄭六亭

何地無兹月,滄洲與不同。哀鳴千里鴈,搖落一江楓。漁火明寒瀨,孤舟泛遠空。君時相憶否,人在楚天東。

寄愚菴居士

鄉邦推品槪,久重汝南評。冬月披殘褐,窮年對短檠。酰人非叔子,信士仰鉅卿。築室滄江畔,寒鷗自結盟。

南昌水次憶海東諸友

猶是同天住,翻成隔世人。相思空有夢,覿面更何因？問況無來使,望洋獨愴神。雪泥鴻爪在,墨蹟想封塵。寺觀山房,多有余書蹟。

哭邵楚帆先生名自昌。嘉慶乙丑,先生以大理寺卿督閩學,尋陞都察院左都御史。癸酉正月,以病卒於官。

世路誰相識,惟公眼獨青。堂懸徐穉榻,屣倒王符庭。司寇皋陶德,東維傅說星。感深知己恨,不禁雨涕零。

贈　友二首

世路經長涉,崎嶇若爲平。無怨招物議,多難見人情。麝以香臍死,龜由曳尾生。山樗全澗谷,所幸不材名。

其　二

不讀治安策,焉知賈氏才？人爲剛性累,毀自求全來。晚歲松方勁,荆山璞未開。酒腸寬幾許,酪酊季膺杯。

除夕前三日寄宗午橋_{統成}學博

遠水孤舟別,離心忍淚多。君行將一月,體病更如何？<small>午橋官安仁學博,年七十九,一月前以病告歸。</small>愁緒春無味,衰年歲易過。晨星朋侶少,宦旅感蹉跎。

秋日至沙灣邨

秋光開晚景,草樹净郊原。岸白烏柏子,疇青穰穮孫。溪流春水碓,松籟冷柴門。暫憩同癯叟,歡言古樹根。

白鹿洞書院<small>在南康府城北二十里,廬山五老峰下。</small>

鹿洞留遺蹟,新安舊講堂。學規千載在,士類一時昌。道統承鄒魯,薪傳在紫陽。高山深仰止,奕代望門墻。

鵝湖書院<small>在廣信府鉛山縣。</small>

書院鵝湖舊,當年會講中。殊途歸一致,朱陸有異同。後世能論定,持平得至公。兩賢遺蹟在,性學判宗風。<small>朱子主道問學,陸子主尊德性。</small>

周子濂溪墓附錄

郡守童潮墓記云：宋濂溪周茂叔先生墓,在九江府城南清泉鄉栗樹嶺之下。濂溪書院在其北,相去五六里許。按《年譜》,宋熙寧辛亥,先生聞母僑居縣太君墓爲水所齧,乞知南康,改葬廬阜清泉社三起山。次年壬子,上南康府印綬,就廬阜書堂定室居之。又次年癸丑,先生不禄,就葬僑居山太君墓左。配陸氏縉雲縣君,繼配蒲氏德清縣君,墓皆在是。先生本道州人,初簿分寧,知南昌,又知南康。愛廬山之勝，遂卜築蓮花峰下。前引江水，以濂溪名之，二程子往來問學焉。

道州原故里，遺魄殯匡廬。乞郡爲移墓，安墳傍母居。源開伊洛學，道接尼山書。太極圖推闡，微通造化初。

將至南昌郡晚望

形勝洪都郡，蒼蒼望欲迷。人來章水暮，樹入楚天低。杳靄黃城寺，黃城寺，在郡城東，漢潁陰侯灌嬰所築豫章城故址。紆迴渚步隄。三國孫權第五子奮，立爲齊王。奮豫章築離宮，名齊城。欲尋僊尉去，故宅草萋萋。

戴叔倫故居

唐潤州戴叔倫，來鄱陽訪刺史馬戴，戴築宅東湖居之。

仲武當年話，幼公風骨輕。高仲武謂叔倫風骨稍輕，然時詩格日卑，幼公已云矯矯者。如何唐史內，不見有詩名？治行撫州最，高軒湖水清。我來尋舊蹟，洲畔戲鸂鶒。

止水亭

在饒州城北。宋郡紳江萬里，退老里居，聞襄陽失守，乃鑿池於芝山後圃，扁其亭曰"止水"，人莫喻其意。饒城破，赴池水死。

鑿池非選勝，止水義誰明？國破山河改，身殉性命輕。襄樊無尺土，章貢豈孤城。千古斯亭在，江公氣猶生。

李泰伯墓附錄

羅倫《建昌府重修李泰伯先生墓記》云：先生諱覯，字泰伯，學通五經，尤長於《禮》，以文辭自立，其言大而正。郡治北有鳳凰岡，先生創書院，學者千餘人，曾子固其高弟也。范公仲淹、余襄公靖交薦之，召爲太學説書。卒年五十一，葬鳳凰山之麓。開慶元年，郡守曾埜，仍舊名，立旴江書院。後書院廢，而先生之墓墟矣。成化三年，長樂謝公士元來守郡，夢先生對飲，各浮大白，覺而異之。翌日有白於府曰，盜發先生墓矣。太守具棺衾，將易葬，檢壙視之，二大白宛如夢中見者。於是議請祠如故事，募閩石工，大營塚壙焉。

布衣能立學，賢哲仰躋攀。入夢同學白，歡言喜接顔。一墳遭盜發，二盞出人間。祠墓官司葺，高風起懦頑。

康山忠臣廟

明太祖爲吳王時，與僞漢陳友諒鏖戰鄱陽湖，友諒敗死。太祖諸將，韓成、宋貴等三十六人皆陣亡。後各封爵，立廟康山祀之。

僞漢樓船戰，輿尸棄甲還。英雄殉彭蠡，俎豆奠康山。列爵褒忠義，崇功塑壯顔。遺靈能捍患，里老薦春蘭。

戒　　言

戆愚原本性，一語不藏心。自信無城府，安知有陸沉？如瓶尤可寡，及舌馴難駸。警省三緘意，金人背上箴。

寄致仕泰寧學博陳蓮邨

屈指同心侶，如君尚幾人？山川懷阻隔，夢寐悵非真。耄老猶羈宦，荒陬少德鄰。三年林下叟，化俗更知淳。

署中早起

僮僕皆安寢，愚夫起北堂。呼茶猶冷竈，畏蚊復攤牀。鳥鵲當園鬧，雲霞向曙光。非無平旦氣，響板一聲忙。

暑熱，三更始就枕

暑熱遲安寢，三更月滿空。披衣南牖下，移榻小軒東。帳敝難驅蚊，櫺疎喜漏風。悠然初睡覺，日色射窗紅。

饒郡旅寓

晨興簾几潤，掃地續爐香。久雨羈人困，殘春晷影長。駑疲猶上坂，龜老却揩牀。耄矣真無用，空勞自作忙。

鄱陽城樓晚望

垂條深柳細，遠浦漏斜陽。湖水連天白，春雲帶雨長。暮鴉啼百雉，估客集千檣。幾兩阮孚屐，頻遊彭蠡鄉。

重遊芝山寺

山勢依城轉，禪門向竹開。千峰嵐氣鬱，四面湖光來。舊識僧殊喜，去歲十一月遊此。重遊鶴不猜。留題巖畔石，一半長春苔。

月夜自鄧阜舟行至安仁城

水月沙同白，沙鷗對月眠。遠山林舍火，小港漁家煙。三載雲溪客，孤舟丙夜天。輞川分一景，心蹟兩悠然。

散衙作二首

社鼠能穿穴，鄉愚不識丁。尋端興獄訟，舍業入公庭。載鬼車非一，含沙射不靈。哀矜刑省用，古訓期無刑。

其二

燕息開藤榻，公庭已退衙。得情心未信，枉聽口長嗟。葵葉涼生扇，霜華渴點茶。移時成獨坐，戶外柳陰斜。

鄱陽縣齋見主人養二水鶴，甚馴而高潔可愛

不使塵埃染，儕禽島嶼生。來棲三徑樹，常作九皋鳴。共有江湖志，相憐毛

羽清。閬風時對舞，瀟灑出蓬瀛。

龍津晚宿

餘干行役地，道出古龍津。自顧風埃色，堪嗟牢落人。斜陽臨野渡，老樹卧江濱。繫馬尋邨店，移牀對月新。

見餘干禾苗披畝喜詠

良苗真可愛，嫩綠翻薰風。千畝無邊秀，東皋一望同。芳洲白鷺下，野水小橋通。久識耦耕樂，懷哉田舍翁。

六月十一夜自崧塘邨陸行三十里至鄧阜，乘舟到安仁城

火雲流盛暑，僕僕又宵征。古道荒邨外，長溪水驛程。戒途人已定，解纜月三更。禽鳥知棲息，群鴉深對鳴。

丙子六月十三日乞雨

伏暑逢乾旱，枯禾萬畝同。良田悲土裂，汲水苦溝空。既秀將無實，祈霖畏散風。爲民哀請命，翹首望天公。

久旱聞雷

聞雷當久旱，殷殷起西方。一月思其雨，三農望彼蒼。氤氳雲未密，霹靂震非常。迅遣甘霖霔，田禾半已傷。

安仁當衝，官使往來，日無寧晷，供應酬答，不勝困頓

六時九接客，無語強寒溫。筋力何其憊，舟車亦已煩。衝途當九省，小邑擬晨門。盛暑衣流汗，猶陪繼燭樽。

宿東山僧舍二首

愛此深凉地，山中六月秋。月明山鬼出，更静夜螢流。樹覆千株影，泉飛百丈湫。腋風生健爽，星斗澹夷猶。

其　二

僧舍三間迴，高崖莫與儔。林深百鳥寂，寺古一燈幽。月影移孤塔，鐘聲出石樓。自慙爲俗吏，不得久淹留。

> 淳菴次女名和舍，年十八，歸本邑水頭鄉武庠生王其賢。五載而壻殁，無所出。卒年三十四，孀居十二年，養一子尚幼。家中落，貧不能衣食，常歸養余家。冰霜自守，茹茶萬狀，以憂鬱夭天，年未五十，例不請旌。余將立石墓前，題曰王門節婦柯氏之墓，以哀其志。宦遊於外二十餘年，至今未遂其意，可慨已！因述以詩

貞節王家婦，儒門柯姓兒。生無孤可立，死豈病方知。未合寒楣表，應題荒塚碑。宦遊今耄矣，此事更何期？

丙子暮春書懷三首

惟勤堪補拙，更儉以居貧。直道難宜俗，迂愚老此身。是非憑衆口，榮辱有吾真。懶把強腰折，鄉兒漫作瞋。

其　二

志氣今猶在，精神耄益衰。沉碑方可笑，石槨更何爲？步履趨先進，芳型是我師。惸惸生一世，空到下春時。

其　三

七十年稀有，於今又二秋。生來原有命，過去復安求？豺獺能知本，狐狸亦首丘。故鄉頻入夢，先隴憶松楸。

有感書示兒子輩

鬼瞰高明室,天憐直道身。陰陽無兩立,消長互相因。禍至翻成福,天終必勝人。願言兒子輩,斯語永書紳。

嘉慶丙子四月十七夜,鄱陽旅次作

每傷前去老,未識後來孫。卅載離鄉井,六回過里門。官惟憐己苦,祿不逮親存。清夜懍尸位,無才報國恩。

宿饒州永福禪寺二首

廣殿肅陰陰,園池花草深。鄱陽古佛國,永福舊禪林。不聽魚山磬,安知長老心？更闌天籟發,高塔落鈴音。

其 二

投宿深幽寺,方知宦意慵。樹陰迷廣殿,塔影掛孤峰。客步諸天月,僧敲元代鐘。仰瞻星斗近,河漢自悠溶。

小暑日暮舟行

水氣消煩暑,孤舟趁晚行。千林餘夕照,兩岸有蟬聲。遠翠嵐光滴,炊煙野戌平。沙鷗閒對語,未暇結寒盟。

雨晴北樓晚眺

悠然千里望,郭外十分晴。塔隱疑近寺,山多不辨名。凌空飛白鳥,披畝秀香秔。吾懷真浩曠,蕩蕩有何營？

移 居 小 軒

愛此一軒靜,蕭疎竹樹涼。迎風初啓牖,待月更安牀。溪繞征帆度,山圍秀嶺蒼。何須思選勝,斯地足相羊。

聽雨山房早起

殘月垂西嶺,白雲悠太空。晨興百感靜,旦氣一心同。宿墨留凹硯,飛花撲爨桐。高軒閒掃榻,學究是衰翁。

李氏園亭借寓

寄蹟心能樂,多因地主賢。林疎不礙月,池曲能藏煙。帶雨方分菊,乘涼復採蓮。園居無俗韻,豈必問平泉?

十音亭與老僧閒話

塔繞千尊佛,亭開四面花。老僧閒對語,稚子靜烹茶。方外真成樂,人間惜出家。暫時相聚處,勞逸各天涯。

宿十笏僧院

溽暑收僧院,更闌水榭涼。風微鈴語塔,月上竹描墻。磬響偏天寂,花多不辨香。停裝來幾宿,塵慮半消忘。

夏日偕郭淨亭饒郡東湖隄行數里,荷香不斷,遂同遊薦福寺

十里荷香路,同來薦福遊。殿深崇佛老,樹古沒春秋。陶塚名空在,雷碑蹟不留。晉太尉封長沙公陶侃墓在此地,今已荒沒,或曰沒入寺內。後人立碑,書"晉陶侃墓"於寺前,誌其蹟耳。寺中歐陽詢所書碑,宋雷劫之後,片石不存矣。

夢故姊夫蔡懋奕見予於南塘里居,復偕其同儕數輩酌於里中禪院

髑髏偏知樂,朱顏少見開。憂原到死盡,苦每從生來。不作芙蓉主,猶持荳

蔻杯。百年吾有幾,隨後即追陪。

溪泛

溪繞蒼巖轉,晴空滴翠微。牧童橫牸背,釣叟坐苔磯。帆影斜孤嶼,蟬聲送夕暉。水禽知我意,對對不驚飛。

同陳李二友舟行月出

行踪多僕僕,江水自悠悠。顧影憐枯樹,閑眠狎宿鷗。船無海岳載,客有樊川儔。片月臨孤嶼,袁公興亦幽。

舟中作

不覺棲遲久,其如歲月流。風塵雙短屐,湖海一孤舟。迂闊儒生事,深營智者謀。寥寥天地內,豈盡鬭蝸牛?

率意

筋力猶差健,殘骸未委塵。書乢寧憶老,糧絕始知貧。直道難宜俗,癡謀不庇身。天心容我拙,隨處率吾真。

萬年道中日暮有感

豈有棲遲客,而無還舊吟。陶淵明有《還居》詩。兩崖懸瀑布,一徑入松陰。落日悲霜鬢,孤雲感客心。遙看禽鳥類,向晚亦投林。

丙子六月初九夜瑞洪阻風

茫茫三百里,老病復舟行。時余染痢疾,甚憊。尺寸終無補,辛勤歎此生。風來湖水湧,月落野雞鳴。愁裏歸心急,如何又阻程?

阻風維舟楓岸

風色阻行程,愁心急遄征。舟思乘浪破,力不與灘爭。莎浦牛羊牧,邨莊草樹平。停橈登古岸，野老共談耕。

買　　書

買書大破貧兒格，老死殘軀猶喜營。愜意寧辭衣典盡，絕糧且就橐先傾。誰能記誦亡三篋，姑疑搜羅擁百城。漆椀頻移同乞相，任憑內子誚嘲聲。

憶　　昔

憶昔紛綸擁簡編，蝸廬盡日意悠然。典衣寒燠隨時換，借冊抄謄並夜連。五百青蚨新富貴，一方竹榻小神僊。是中有味君須記，多少工夫長此年。

讀賈誼傳

治安策就何時伸，偃蹇長沙楚水濱。太傅賢良終痛哭，漢文有道乃沉淪。汨羅作賦舒忠憤，宣室空言問鬼神。棄舊謀新違絳灌，由來疏遠不踰親。

讀朱少章傳

北地歸來十七年，孤臣華髮已盈顛。自拌死骨埋郊寺，肯易原官活薊燕。副使無方生馬角，鼎湖有淚灑冰天。御容六代還宗廟，又請褒忠慰九泉。

鄱陽洪忠宣祠

冷山流遞困幕氈，羈住金都十五年。母后有書飛一騎，雲中無計事二天。鼎湖血淚淋衰服，陵寢傷心生野煙。北使稜稜蘇武節，殿庭有旨表忠宣。

滕　王　閣

王侯臺榭半荒煙，惟有滕王閣永傳。章水不流勝會蹟，西峰長在落霞前。山川盡入子安筆，風景何如伯璵年？昔日懷人今懷昔，多情華髮早盈顛。

念　　灰

茫茫宇宙尚形留，老去浮沉一葉舟。風雨難忘管城子，平生不識醉鄉侯。

米家書畫滄江舫,倪氏湖山萬卷樓。木屐還能穿幾兩,從今此念付東流。

宗午橋學博以癸酉鄉闈初場感懷詩見示,即依其韻

棘闈新霽徹秋光,四十餘年舊戰場。一紙元音三藝就,千簾燭影五更涼。風簷見獵心猶喜,勇士銜枚氣不張。綾餅自慙無夙分,孩兒繃倒笑阿娘。

丙子五月二十夜鄱陽旅次,五更不寐,臥榻中口號,時無紙筆,晨起書之,不自知其言之悲也

老死猶餘枯朽形,中年墓木拱蒼青。凋殘親舊心誰語,荒壞墳廬目不瞑。回念故丘思正首,每逢節祀獨涕零。門衰祚薄兒孫蠢,空負先人一卷經。

述　懷

少小心知慕昔賢,空將華髮博盈顛。藩籬斥鷃無風翮,寥廓冥鴻在遠天。祇以遺書娛老眼,何勞樽酒慰殘年。古今貴賤同丘貉,惟有令名不朽傳。

彭蠡春櫂

岸柳青青又一年,揚舲彭蠡破蒼煙。半湖楚雨漁家笛,十幅蒲帆估客船。旅鴈歸時春欲暮,殘虹斷處水連天。買魚沽酒呼臨櫂,共酌篷窗酩酊眠。

示　客

古今得意大槐宮,名利紛爭蠻觸同。螻螘王侯原共盡,神僊富貴總皆空。百年三萬六千日,世事盈虛消息中。天地始終能不朽,聖賢長在是英雄。杜少陵詩:"王侯與螻螘,共盡隨丘墟。"太白詩:"富貴與神僊,蹉跎成兩失。"陸放翁詩:"若信王侯同螻螘,可因富貴失神僊。"

曉江漁者

老翁垂釣坐,稚子擁簑眠。一艇寒江去,茫茫破曉煙。

白　菊

白衣幽隱士，瘦骨倚東籬。隱逸尤高隱，陶公知不知？

月夜賞白菊四首

菊與霜葉白，天生一色秋。凌霜還臥首，雨雪夜沉沉。

其　二

硯水冰成凍，爐灰火已殘。睡魔驚貧鬼，不敢來相看。

其　三

十舊九爲鬼，他鄉更索居。何時風雪裏，得造故人廬。

其　四

度歲真無味，吾生豈有涯？銷磨唯蠹卷，生意在梅花。

寒

度歲妻無褐，禦冬我有裘。我寒妻更甚，冷慣不須憂。

水府廟渡

鄱陽郭外渡，湖水深又深。能照行旅面，應照宰官心。

王筠、楊大年、楊誠齋詩，皆以一官爲一集，余謄藁，竊效之

一官爲一集，可作年譜看。自檢平生事，衰年記憶難。

康樂故城

在瑞州府高安縣東北四里。宋武帝二年，封謝靈運爲康樂侯，就第，即其地也。書臺石硯尚存。

靈運封侯地，高安有故城。書臺石硯在，春草年年生。

王右軍故宅

《晉書》："王羲之爲臨川內史，置宅於撫州郡城東偏。"荀伯子《臨川記》云："今舊井、墨池尚存。"

臨川內史宅，晉代右軍居。故蹟今誰在，墨池煙雨餘。

五柳館

在九江府柴桑棲隱寺側，陶靖節舊居。

五柳名猶在，柴桑有故廬。迄今棲隱畔，人指陶公居。

楊誠齋故宅

在吉水縣西北五十里南溪之上。

誠齋清節著，老屋在南溪。欲訪三三徑，蓬蒿到處迷。

石壁精舍

在南康都昌縣，下臨大江，上倚石壁。謝靈運築精舍於此。

石壁危千尋，長江浩且深。躋險鑿幽勝，屐齒此登臨。

芝亭

在饒州城北芝山絕頂。唐龍朔元年，爲郡刺史薛振得三芝建。

薛公唐刺史，絕巘得三芝。紀瑞亭斯作，千年蹟不移。

永福寺古鐘二首

賈女施蒲牢，元貞來已久。不鑄萬斤鐘，斯銅歸何有？

其二

五更初月落，禪林啼曉鴉。高樓一聲響，喚醒十萬家。

團湖廟 六首 并序

宋張孝忠，字正綱，淮安東州人。初從江陵守高達，至元十二年，江陵破，達降，孝忠率其徒淮士百餘人來洪州。是冬洪州亦破，又之信州。謝枋得爲江西招諭使，守信州，帥所部赴枋得軍，授承信郎、帳前提點。元兵攻安仁，枋得偕孝忠禦於團湖，大戰兵敗，孝忠死之。邑人立廟祀焉。

宋社當傾覆，孤軍力欲支。江南轉江右，誓死心不移。

其　二

洪都城已破，據守在信州。團湖鏖戰處，月黑鼓聲留。

其　三

英雄殉國難，勝負不須云。幼主倉皇日，未暇表將軍。

其　四

冷月浸團湖，荒祠當舊壘。祠樹肅陰風，將軍提戈起。

其　五

招諭存孤志，將軍死敵雄。立節雖先後，忠心貫始終。安仁之敗，枋得遁入閩之建陽。程文海薦宋遺士，枋得與焉。遺書文海云："吾所以不死，有九十三歲老母在耳。今母既考終，自今無意人世。亡國之大夫，不可與圖存。李左車猶能言之，況稍知詩書禮義者乎。"福建參政魏天祐，誘薦之，嫚罵無禮。天祐讓曰："封疆之臣，當死封疆，安仁之敗何不死？"枋得曰："程嬰、公孫杵臼，一存孤，一死節，二人皆忠於趙，參政豈知此？"迫之至燕，不食死。

其　六

捐軀衛城邑，父老奉神明。九月哉生魄，玉醴薦簫笙。

淳菴詩文集卷九

歸田草

謄時年七十九。道光壬午冬至癸未冬。

書示家塾子弟輩

魚兔筌蹄得可忘,筌蹄□却魚兔藏。叮嚀逐兔羨魚輩,結網治罝慎勿荒。

殘菊二首

昨夜霜風入骨寒,曉來叢竹半凋殘。傲霜憔悴英無落,不比春花歷亂看。

其二

晚香澹蕊重陽時,曾供陶公醉竹籬。留得傲霜根本在,春來還發幾多枝。

淳菴貧老且病,順時安命,聊以自適

榮悴不齊原有命,修短隨化任吾生。一劑良藥身無病。百事寬閒心太平。

整書案

几案整齊心自靜,軒窗淨掃身常閒。儒家快意寧踰此,不識人間鬥觸蠻。

十月十六夜枕上作

人情已歷宦途熟,詩草多於枕上成。混蹟漁樵心自樂,簞瓢敝褐度殘生。

乾隆四十二年丁酉,淳菴授經漳州龍溪田里社,於今
　四十有六年矣。有人自田里來者,問之,惟有王姓一學
　　子存,其餘館人友生諸學子,皆已物故。感而賦之

四十六年事已非,人亡室是感歔欷。吾年八十纔添二,何況令威化鶴歸。

十月十七夜喜雨

聽雨中宵獨不眠,邇來久旱喜連綿。二膏沾足農人慰,布種來牟得下田。

病　中　景

睡寒牀上添秔草,食澹擔頭買菜芽。儼似老僧修戒律,三年坐定寂無譁。

晉江風土七首

地寬先得日,海近畏多風。歲晏終無雪,春寒每勝冬。
其　二
歉年因土瘠,強俗異南方。信鬼多淫祀,豐財賈海航。
其　三
地居山海隙,耕種苦無田。仰食他邦米,價廉石兩千。
其　四
佐穀番薯盛,山田種正宜。初傳從外島,萬曆有明時。
其　五
俗樸無華靡,民貧務織耕。家家惟作苦,戶戶有機聲。
其　六
地瘦難耕作,人貧喜讀書。居山勤種植,近海業佃漁。
其　七
三家皆立廟,各姓重崇先。生死忌辰祭,流傳世代延。

壬午冬至後二日，十一月十二夜枕上作五首

稜稜老骨被無溫，鬐發風聲入耳繁。枕上醒來殘夢斷，不招自到有詩魂。

其　二

一陽初復氣方微，輒運貞元自轉幾。天令人身同一氣，陽回三度病應稀。

其　三

生涯百計茫無路，舊事千般置勿縈。不是醒來尋韻語，如何輾轉到雞鳴？

其　四

思量卒歲無柴米，搔首窮愁只看天。惟有新詩餘百首，更將何物可迎年？

其　五

老病窮愁因苦侵，須知此叟不移心。我生煅煉渾如鐵，八歲孤貧直至今。

聞鄰家笑語

家中每見長吁歎，鄰舍時聞笑語聲。知是室盈婦子喜，不同枵腹老書生。

閱文衡山停雲館帖三首

停雲館帖勒貞珉，宋代名賢字蹟真。人品筆端皆發露，豈徒墨妙儒家珍。

其　二

字與文章共一途，要知邪正在操觚。魯公翰墨留真氣，悃愊忠誠視偉模。

其　三

蘇黃米蔡名當時，元長君謨那可移。後人或以蔡爲京，惟其惡人故易以君謨。不知當時歐陽公已稱："當代書家，君謨第一。"《文忠集》可考也。宋代端明推第一，請君試看洛陽碑。

閱淳化閣帖馬蹄真蹟

宋季南狩，遺閣帖石刻於泉州。後地爲馬廐，每夜現光怪，樞馬驚怖，發之

得此帖石刻。爲馬蹄所傷，故名其帖曰《馬蹄真蹟》。

湮埋閣帖刺桐城，光怪三更櫪馬驚。墨寶廠中神物護，人間重出馬蹄名。

晉　江

晉室中原紛亂時，衣冠避地此江湄。千年氏族渾難識，以晉名江始肇兹。

福州烏石山李陽冰般若臺大篆

烏石華嚴巖上看，萬山蒼鬱海翻瀾。回望般若陽冰篆，滄海閩山未偉觀。

泉州葵山唐韓偓墓

朱三弑逆見幾先，挈族依閩避禍年。荒塚葵陽衰草暮，誰人弔古憶唐賢？

韓致光妾

五代寧化鄭文寶云：嘗於南安古寺中見一老尼道偓事甚悉。詢其所自，尼乃偓之妾也。

辭相昭宗別涕洟，朱三跋扈唐家移。可憐避禍來閩土，有妾白頭作老尼。

泉郡清源山唐歐陽行周先生讀書室二首

歐公書室處，遺蹟清源岡。人與山同仰，名隨世並長。科登龍虎榜，文起閩甌荒。懷古深情渺，低徊雲樹蒼。

其　二

石室餘千載，登臨欲去遲。巖泉無變易，賢哲不同時。生自常公重，死貽韓子悲。夕陽人散後，猿鳥伴淒其。

鄭漁仲先生夾漈草堂故址在莆陽廣業里山中霞溪，漁仲舊宅之西。

霞溪西崦讀書堂，夾漈先生蹟未荒。來往行人多指點，於今又一鄭公鄉。

蒙引樓在泉郡西,蔡虛齋先生著《四書》、《易經蒙引》處。

明代儒先聖學修,海濱鄒魯接源流。闡經蒙引傳今古,不朽泉州第一樓。

泉郡雙陽山亦名朋山。

兩峰並峙是雙陽,兄弟同科屢發祥。地脈鍾靈英傑出,功名德業企偉梁。

晉江岱峰石佛寺

寺外磐石上刻"泉南佛國"四字,大各盈丈,楷法遒美,大似蔡君謨,不署年月及書者姓名。

泉南開佛國,古寺岱峰巔。石現彌陀像,僧傳守净鐫。苔衣雲作幔,巖字筆如椽。舉目環東海,慈航濟大千。近觀萬曆府志:"泉南佛國,宋郡守王梅溪書。"

飯 後 作

三杯晚熟桃花飯,半椀春生紫菜羹。一飽老夫枯寂坐,手足難舒心太平。

尋 梅 未 開

溪西未見一枝開,邀友尋芳寂寞回。爲報花神催放蕚,愛梅佳客去還來。

壬午除夕逐貧鬼六首

爆竹誰言魑魅驚,竹光髣髴有潛形。枯癯醜陋鶉懸肘,貧鬼揶揄逐不行。

其 二

在家惟爾困余生,隨宦四方接踵行。虐厲歸來心愈枯,攫余敝褐與殘羹。

其 三

三王養老政居先,老病斷餐爾不憐。杯飯瓢羹今送爾,從茲遠去不相纏。

其 四

陋巷繩樞爾喜留,如何偏與儒家仇?三聲爆竹不歸去,震電轟雷定爾收。

其　五

貧魔技倆實癡哉，窮厄饑寒恃爾才。增益賢能由困苦，玉成藉爾饑寒來。

其　六

貧窶阨我爾能主，仁義存心爾奈何。不怕淹留窮鬼在，只防萌蘖牛羊多。

痿痺三年，春來望愈

陽和一氣轉鴻鈞，萬彙紛紜沐至仁。冀與萤蟲同化育，萌芽能茁蠖能伸。

癸未新春邨莊閒步

霽日光風滿四鄰，隨時隨地樂芳辰。家家孝悌鄉閭睦，自是太和無限春。

正月十四日

人老心情多忽忽，年荒邨落亦寥寥。兒童不見花燈鬧，明夜渾忘是元宵。

春日邨居索寞四首

一年好景是春時，僻處荒邨自不知。惟有煦和風浩蕩，青青草色日遲遲。

其　二

並無花柳與啼鶯，載酒尋春興不成。辜負春光又一度，空勞喜鵲報春晴。

其　三

寂寞荒居淑景時，無花無酒亦無詩。邨人不識園林趣，分韻傳杯更有誰？

其　四

大地風光斗建寅，陽和萬類氣同伸。謾言僻壤物華少，自有靈臺無限春。

擁　書

六人日買三升米，水菜薪鹽合百錢。不賈不工不佃作，擁書坐餓苦憂煎。

示推命者

陰陽理氣一時有，氣數參差理不移。稟受五行清濁氣，此生所稟惟天知。

六月四日苦旱

暑日逢乾旱，無田我亦愁。囊空兼米貴，病劇起心憂。禪坐身偏廢，尸居氣未休。殘編銷永日，親戚轉薰蕕。

題齋壁

休辭拙宦苦兼貧，難屈迂愚直道身。冀以平心堪應物，羞將熱面強迎人。歸來戚友無相問，病久顛連衹自呻。堪笑世情今若此，急須閉戶全吾真。

癸未七月十二夜五更枕上作

痿痺身偏廢，拘攣似楚囚。痾沉三載久，命蹇一生憂。有祿恩難受，道光二年四月，部選延平永安學教諭，病不能赴任。官辭疾不瘳。尩隤當伏櫪，困厥日長愁。

自解二首

重痾當耄老，痿痺過三年。萬事惟安命，吾生總付天。日休因作德，為士自希賢。夕死朝聞可，浮雲看世緣。

其二

匪貧心亦儉，弗病老還終。人事迍遭際，洪鈞氣數中。名存心不死，約守道非窮。惟恨昏愚甚，深辜長育功。

看花

龍鍾整蘫杖藜難，持危時藉小斜欄。偶逢花發貪偷眼，昏花恍似霧中看。

教子

四庠博士廿餘年，口授經生坐半氈。病久而今辭氣促，不能教子讀遺編。

秋螢

夜靜流螢入竹扉，無心囊卻映書幃。死同腐草埋秋雨，猶遜為螢一點飛。

颶風觀海

轟轟滄海萬雷宣，水氣騰秋月上弦。颶母狂風波矗立，銀濤雪巚遠連天。

夢故友

耆舊凋零索寞時，白楊墟墓儘堪悲。夢中髣髴魂來往，死後曾無有晤期？

中秋前作

海天景物近中秋，病不支筇憶舊遊。記得鄱陽湖上舫，裁詩勝友好賡酬。

病中秋日獨坐三首

破屋荒邨枯寂坐，春秋佳日亦無知。奇窮老病餘殘息，忽忽昏昏過四時。

其二

歲月原知能有幾，思量不死亦何爲。眼昏神耗書難讀，糧絕腹枵竈斷炊。

其三

自非狂妄亦非癡，履道兢兢步不移。老死顛連貧復病，曾無一日可舒眉。

感憤

辛苦一生拂鬱死，衰頹門戶不能支。兒孫頑蠢身親見，八世遺經欲付誰？

排悶

凋盡朱顏白盡頭，虛生一世總堪羞。如何得飲千鍾酒，一醉全消萬古愁。

偶詠風土

蒸藷釀酒香尤洌，賣肉吹螺韻更長。有賤魚鹽無賤米，只憂旱潦不憂蝗。

不寐

心先眼睡寢方安，輾轉三更夜色闌。血耗心焦當耄境，睡心睡眼兩皆難。

單　衣

紅葉蕭蕭下井欄，裌襺典盡布衣單。我身合是梅花樹，只管孤芳不怕寒。

秋　竹

一望長林霜葉黃，凌雲直上自青蒼。虛心勁節此君獨，時送秋聲到草堂。

秋　梧

秋色梧桐好似儂，挺然孤幹老龍鍾。一回葉落一蕭瑟，爾始經秋儂已冬。

癸未秋中，本里青草庭高阜晚坐三首　時督脩三世祖墓。

獨坐平岡古樹根，蜻蜓陣陣戲莎痕。滿輪月落桂花子，千頃疇生穮稑孫。

其　二

玉瀾浦外歸帆晚，紫帽峰前夕鳥翩。老翁扶杖看槎海，稚子乘風放紙鳶。

其　三

曾吟幾首竹枝成，俚語土風並俗情。樵子作歌相唱和，嗚嗚恍似聽秦聲。

中秋遣悶二首

箕踞榕根落葉稠，無朋無酒過中秋。窮居暮境真蕭索，吟罷小詩搔白頭。

其　二

雲物中秋景色佳，孤邨落寞悶難排。何人橫笛今宵月，一曲俚歌亦遣懷。

部選永安教諭，病不能赴，感恩而作

家貧一日窮難度，祿賜終身命不堪。自分饑寒溝壑瘠，九泉沒齒恩長含。

冬日典衣

新冬猶典舊冬服，今日不知明日糧。耐慣饑寒是我輩，雪霜不改老松蒼。

作字作詩

作字學詩四十年,方知人力不如天。自然妙絕化工處,説甚四聲八法全。

書古詩後

漢魏古風渾樸在,六朝佳句正聲頽。支離靡曼遞相勝,一倒狂瀾不復回。

秋日永寧衛古城

永寧舊衞地,雉堞已荒蕪。海晏鯤鯨逝,天清煙靄無。漁家朝曬網,古木夜啼烏。憶昔周江夏,六城鎮澳隅。泉郡志:"永寧城,宋爲水寨。明洪武二十七年,江夏侯周德興改爲衞,築城置指揮使。福全、祥芝、烏潯、深滬、圍頭五城,皆德興築。惟福全爲所,餘四城爲司。"

秋日里中望東南近地山水

殘山剩水綠平蕪,古塔孤峰郵落紆。恍似維摩餘筆意,分來一角輞川圖。

拆甲第

甲第成區官道傍,軒樓池館倚高堂。目營心匠貽謀遠,瞬息蒿萊一片荒。

拆鉅屋

造費萬金眼見過,幾回斯哭幾斯歌。於今木石兒孫賣,不及繩樞甕牖多。

夏日過古園亭三首

花石園林景未荒,目營心匠巧思量。也知樹植山成後,地主何曾一徜徉。
聞此園亭造時,主人嫌景致未工,改作者屢。比成,而主人物故,未曾一遊覽也。

其二

凉亭水榭綠荷池,畫舫穿橋摘荔枝。借問橋邊古石笋,幾人管領幾多時?

其　　三

寒士苦無十笏居,蝸廬凈掃度三餘。豪家亭館空棲雀,處處不聞人讀書。

秋日觀耘書屋

一庭風落梧桐子,千畝秋生穊稑孫。籬菊半開人更澹,老翁無客不開門。

檢手著殘書

紙墨猶新蟲鼠殘,雨窗雪夜精神殫。病翁檢架聊編次,準備餘年老眼看。

科　　第

科第迤途由帖括,偶然到手謂功名。一朝技與主司合,縮束詩書閭里榮。

秋日行至南塘邨外有感二首

霜林落葉晚霞紅,墟里夕陽一望中。同輩老成凋謝盡,不堪回首立秋風。

其　　二

澄空霽徹望悠悠,水色山容肅氣收。景物蕭條因情感,非關哲士獨悲秋。

> 鄉人疑惑信鬼,每逢疾病,以土木邪魅,或肩以輿,或擎以手,問醫求藥,設醮演戲,以進退低昂爲可否,至於喪命破家而不悔。此尤彼效,釀成風俗。嗚呼!其愚甚矣。作二短章,以寓警歎

一尺木頭八寸泥,王公軍帥號無稽。低昂進退爲靈準,性命亂醫如殺雞。

其　　二

鄉人遇病太昏迷,白日分明鬼窟棲。設醮賽神衣食盡,不虞凍子與饑妻。

秋日早飯後對菊三首

初炊水碓舂紅米,又煮山僧糝白虀。僧用糝加菜,不施鹽酪,名曰白虀。静對黃

花人更澹,不因久病道心生。

其 二

澆書腹儉無晨飲,攤飯食稀省午眠。東坡謂晨飲爲澆書,午睡爲攤飯。病裡書淫真自苦,精神抖擻菊花天。

其 三

林杪颼颼紅葉下,籬邊澹澹菊花開。柴門無客日長閉,秋色秋聲入得來。

心 靜

讀書有味知心得,觀物自然見道原。收斂此心寧靜處,虛寧應事理無繁。

祈 社

春雨稀微不溉田,催耕叫破隴頭煙。秧針未緑東皋路,祈社還占大有年。

讀張浄峰先生小山彙藁

先生經濟與文章,鄒魯遺經闡發詳。明代温陵道學盛,蔡陳首起繼林張。

前代老宦林居,逍遥晚景,貪生懼死,學佛學僊,空寂自苦,延年無徵,卒得歧趨之名,抑亦不思甚矣。偶成一絶

内景參同學作僊,林居又復喜逃禪。吾儒死守真經訣,論語心傳二十篇。

平 山 堂

二分明月是揚州,二十四橋豪貴遊。我愛平山堂上坐,歐公談笑想風流。

安仁學博李君百倌,江西南安歲貢生,年九十一,耳目聰明,食息動止如少年。飲酒可四五斗,陶然不醉。作詩文立就,雙目瞪然,能作蠅頭小楷,喜談書史古事,凝坐終日無倦容。與予善,作二絶句贈之

安仁學博經人師,矍鑠精神海鶴姿。年過九旬强伏勝,授書不藉傳經兒。

其　二

康成道學啓期身，苴蓿儒師老更貧。爲問攝生何秘術，襟懷浩曠葛天民。

晉南關鎖塔

石塔崚嶒寶蓋岡，海門關鎖障寅方。歸帆葉葉來東海，指點浮屠是故鄉。

關鎖塔二女像

姑嫂名將關鎖移，儼然二像女容姿。人間可笑傳訛甚，粉黛子昂作十姨。

《雲谷雜記》云：蜀有陳拾遺廟，祀射洪陳子昂，後訛爲陳十姨，遂易子昂爲粉黛女妝。有人過廟誚之云：子昂受此都牲醴，甘作巾幗嫵媚婦人耶？

立春土牛

土牛擡出萬人看，斗柄回東陰已殘。古出季冬因義起，立春不藉送春寒。

獨　歎

後生老朽不相宜，耆舊凋零儘可悲。強欲親人消鄙吝，何方拜謁牛醫兒。

荀卿、李斯、吳公

荀卿原是李斯師，又有吳公師李斯。師弟天淵品行別，青藍有說使人疑。

劉　向

然藜天祿校書郎，安漢專權祇自傷。田氏季孫譏諷切，漢家國璽恨終亡。

劉　歆二首

褒揚莽德立新功，王舜甄豐心腹同。篡逆贊成移漢祚，國師至竟不令終。

其　二

改名應讖復從新，劫莽未成自殺身。反覆奸謀真罪人，更生有子辱爾親。

李太白七首

崢崢李杜競齊名,詩聖詩僊孰重輕？豪逸縱橫超一世,謫僊原是降長庚。

其 二
揮金好義友情真,旅殯負骸走水濱。猛虎前臨心不動,薄雲高誼竟危身。

其 三
召對金鑾遇主知,宮人呵筆調羹時。祇因殿上脫靴恥,讒構終身竟棄遺。

其 四
發姦直指雪讒詞,商妲周褒禁内知。三沮授官妃子怨,不徒飛燕沉香詩。

洪文敏公邁《容齋隨筆》云：李太白以布衣入翰林,既而不得官。唐史言高力士以脫靴爲恥,摘其詩以激楊貴妃,爲妃所沮止。今《青蓮集》中有《雪讒》一章,大率載婦人淫亂敗國。其略云：彼婦人之猖狂,不如鵲之彊彊；彼婦人之淫昏,不如鶉之奔奔。坦蕩君子,無悦簧言。又云："妲已滅紂,褒姒滅周。漢祖呂氏,食在其旁。秦皇太后,毒亦淫荒。螮蝀作昏,迷掩太陽。萬乘尚爾,匹夫何傷？詞殫意窮,心切理直。如或妄談,皇天是殛。"予味此詩,豈非貴妃與禄山淫亂,而白曾發其姦乎？不然,則飛燕在昭陽之句,何足深怨也哉？

其 五
夜半水軍擁永王,逃亡迫脅在潯陽。一朝得罪子儀拯,猶是長流到夜郎。

其 六
病亟陽冰囑序詩,臨終泚筆作歌詞。當塗易簣李華誌,捉月荒言太好奇。

其 七
生前潦倒托身艱,死後凄零孫女寒。幸有范公初志遂,吟魂得傍謝家山。

太白依當塗令族叔李陽冰,遊姑蘇,愛謝家青山,有終焉之志。後卒於當塗,瘞他處,去青山九里。范傳正爲宣歙觀察使,訪白後,惟二女孫,已嫁田家。傳正憐之,欲爲改適士族。二女不從,曰："孤窮失身卑賤,命也,不願再嫁。但先祖志在青山,得改葬,從先祖志,足矣。"傳正遂爲改葬青山。

古銅瓶四首

經閱人間幾變遷,硃砂斑駁古光纏。摩挲古物常懷古,何代何人伴几筵。

其　二

銅瓶陸離硃砂光,不是三代亦漢唐。何代何年鑄此物,何地何人珍寶藏。風霜燥濕不能蝕,水火兵戎不能傷。歷劫傳留至今在,閱代閱人不可量。伴余几席二十載,偶爾雌雉宿山梁。金石於人幾倍壽,人生在世百年長。金石終壞人亦壞,到底人物總歸亡。我聞江西劉原父,作宦周秦舊都疆。荒祠古塚時掘得,碑碣墓誌彝鼎鎗。百計購來剔苔蘚,籀頡銘識辨微茫。維時金石著集錄,嗜古同好有歐陽。原父有得即寄之,集古錄成資半強。我宰安仁已十載,搜訪遺物何有鄉?惟有殘編公是集,猶傳劉氏舊詞章。吁嗟玩物能喪志,愛不留情亦何妨。古瓶隨我還幾久,八四耄耆鬼相當。我死遺物隨流落,風流雲散知何方?

其　三

問瓶瓶不語,有時獨摩挲。歲月經多少,人世歷幾何?

其　四

寓意不留意,過眼如雲煙。人無金石壽,上壽只百年。

古　銅　鼓

邵武教授徵士郎吳清夫古銅鼓一枚,其女翁黃某令粵西歸所贈也。高六寸許,面大尺有六寸。製如鼓形,邊闌鑄花草鳥獸甚精緻。伐之隆隆,聲徹戶外。黃云此行軍鼓也,楚農掘地得之,寶藏有年矣。比覽載籍,銅鼓古蠻樂器也。楚蜀人間,有掘地得之者,秘而不輕與人,即是物也。

陸離銅鼓久珍藏,掘地何年出楚疆。自是南蠻古樂器,不關軍旅置戎行。

友人見遺雞卜小冊

乞靈雞卜古存名,圖解詳箋術已呈。雞骨縱橫休咎兆,未經眼見欠分明。

書歐陽公詩集後

初學杜公晚樂天,轉移風氣特開先。光明暢達真情性,不比西崑欠鄭箋。

讀曾子固青山謁李太白墓詩

青山絶妙謁墳詞，文掩詩名人莫知。五恨淵材一恨錯，誰言子固不能詩？

南陔補亡詩

雅頌東周降國風，晉人三代語難同。南陔志孝補亡句，不及唐山歌房中。
漢《禮樂志》：高祖姬唐山夫人，作《安世房中歌》，有房中祠樂。韋昭曰：唐山姓也，歌詞古奧，和平典則，近雅。

讀書闕疑

字錯詞昏説屢歧，古人已遠孰稽疑？讀書難解謾須解，正是不知爲不知。

倚杖吟

倚杖人扶步強移，右能執筆左難支。引泉灌菜輸阿對，唐吳融詩"阿對泉頭一布衣"，自註：阿對，楊伯起家僮，引泉灌蔬，泉至今存。日費埔占二椀糜。埔占米，出臺灣。

檢藏書有感

買米俸餘即買書，縹緗積架滿吾廬。子孫不讀身將死，每檢殘編輒悵余。

秋日邨莊晚望

水澄山淨望悠悠，衰柳殘荷動客愁。莫道秋來風景澹，吾心蕭索已先秋。

瀾浦歸帆

茫茫東海碧於苔，島嶼縈迴浮動來。一葉歸帆天際出，玉瀾風急晚潮回。

雜感六首

中盈昃食日升沉，理氣循環無古今。人道盡時天道盡，天心不見見人心。

其　二

自來守拙自安貧，浩蕩乾坤一朽人。閉戶束身期過少，何須異術守庚申。《西陽雜俎》云：凡庚申日，三尸言人過。七守庚申，三尸滅；三守庚申，三尸伏。《洛中記異》：道士程紫霄，有朝士夜會太乙壇，拉師共守庚申。

其　三

人世難逢開口笑，杜牧之《九日登齊山》詩："塵世難逢開口笑，菊花須插滿頭歸。"莊子："人上壽百歲，中壽八十，下壽六十。除病瘦死喪憂患，其中開口而笑者，一月之中不過四五日而已。"樂時常少憂時多。百年三萬六千日，九日鬱噫一日歌。

其　四

石槨何如速朽宜，萬山潭下柱沉碑。杜預征南紀功，立二碑，一置萬山上，一沉萬山下潭中，曰：安知此潭後日不為高陵耶？已聞癡灑雍門涕，又笑牛山泣涕洟。

其　五

觸蠻鬥去憑蝸角，名利爭來衹蠅頭。奔走馬牛風順逆，不知身是壑中舟。

其　六

王侯螻螘原同盡，富貴賤貧總是空。試上北邙原上望，白楊翁仲臥悲風。

病中作詩二首

遣病作詩聊度日，何嘗喜作苦吟人。花朝月夕無留戀，寫性陶情自率真。

其　二

觀書半日神昏倦，教子經年口吃聲。惟有作詩兼寫字，筆端老氣尚縱橫。

作詩述概六首

憂愁安樂時非一，廊廟山林地不同。時地自為時地語，舒懷宣鬱詠歌中。

其　二

言志能由溫厚出，精粗雅俗總成詩。試觀三百篇中語，三代人言不好奇。

其　三

渾樸清新隨興發，淡幽雄麗肖題成。性情攄寫無邪思，一片和平雅頌聲。

其　四

動植山川生逸趣，風雲月露惹騷人。至情至性抒忠孝，一字一言泣鬼神。

其　五

文思入妙通造化，佳句渾成有鬼神。觸口吟來隨趣得，天工所到迥非人。

其　六

漢魏初唐風雅近，最無意理是西崑。休隨館閣爭撏撦，<small>宋初競尚西崑，有演劇作李義山者，衣裳藍縷破碎。一人問其故，曰爲館閣諸公撏撦至此。聞者絶倒。</small>獺祭玉溪何足論。

小雪蚊

利口刺膚如蠆毒，群飛鼓翼等蜂聲。蟄蟲坏户先藏閉，小雪如何尚蚊生？

讀爾雅

草木蟲魚分異類，山川嶽瀆各殊形。學詩已足資多識，釋詁又宜爾雅經。

閲莊子、列子書二首

豈有鵾鵬奮北溟，焦螟蚊睫更無形。蒙莊鄭列多荒誕，大小立言皆不經。

其　二

龍伯大人負六鰲，觸蠻爭地夾句逃。兒童絶倒争聞怪，浪費中山一管毫。

讀東坡先生前赤壁賦二首

泛舟赤壁舉壺觴，有客吹簫楊世昌。<small>明吳匏菴詩云：「南飛孤鶴記何詳，有客吹簫楊世昌。當日賦成誰與註，數行石刻舊曾藏。」世昌，綿竹道士，與東坡同遊赤壁。所謂客有吹洞簫者，即其人也。</small>風月江山同領取，欷歔弔古憶周郎。

其　二

北船燒盡倚東風，吳魏鏖兵楚水中。折戟沉沙餘赤壁，戰争遊玩思何窮。

里中福海堂二首

邨寺深堂福海名,苔龕香靄古先生。禪房寂寞無僧住,不聽疎鐘五夜聲。

其　二

守土神明祝祀虔,里閭食福遍大千。禦災捍患爲民命,不斷馨香七百年。

福州郡治烏石山社稷壇銘

吾祖龍圖閣直學士仲常公,元祐中知福州,有善政。於烏石山鄰霄亭西,重建社稷壇,爲銘並序,公手筆自書,字大三寸許,鐫於石壁,至今存焉。序曰:或問社奚銘?予曰:祭主敬,不敬如不祭,社稷歲再祭,所以爲民祈報而政莫先焉。予守茲土,視其壇地污且隘,不足以行禮,廣而新之。壇壝器宇,靡不周備。敢不以告於後之人,於是勒銘於壇之東南,烏石山之頂。前爲亭,曰"致養",以其當州之坤焉。銘曰:"后牧民,天乃食。惟社稷,作稼穡。風雨雷,贊生植。叶時日,祭有秩。歲庚午,夏率職。即坤維,祇壇域。地污隘,制匪式。爰廣新,古是則。辛未春,工告畢。齋有廳,器有室。暘若雨,事咸飭。後之人,敬無斁!"

烏山石壁勒銘詞,社稷壇成記在茲。七百餘年留筆蹟,龍圖我祖峴山碑。
仲常公祀名宦、鄉賢,德行、政治具載省郡志。

南塘邨居

家在南塘上,漁樵混蹟中。乾坤容老拙,僻陋一愚公。世事浮雲態,吾生腐草同。三年痿痺病,已是形骸空。

樂故里

獺祭能知本,狐亡亦首丘。殘年歸梓里,終老在菟裘。古處鄉鄰睦,春觥父老酬。深邨猶俗樸,杖履足優遊。

江瑶柱

淳菴昔年晚宿福清漁溪,有人漁海濱,拾得一枚,鬻於市。殼如蚌形,肉中有柱一根,長寸許,粘殼上,色白如玉,其名以此。余買而烹食之,味清美異常。雖居海濱,餘未有見也。

形同蚌蜃味瓊漿,掛席拾來瀚海傍。韓子標名馬甲柱,潮陽貶去幾曾嚐?

羅裳山觀羅隱畫馬石二首

石壁千年一馬形,風霜不蝕宛如生。傳來羅隱詩人畫,學道煉丹九轉成。

其二

岌嶪羅裳石壁危,羅公畫馬拾松枝。如何窮骨成僊骨,深湄書筒蹟並奇。

溪東探梅於林鈍叟園中,得幾樹甚佳二首

江邨到處探梅花,忽得溪東處士家。一樹孤芳一樹賞,歸來月色滿平沙。

其二

傍春寒塢幾梅開,恰得愛梅佳客來。多謝孤山林處士,攜余酣賞折梅回。

泑塘澄清,眼見關鎖塔東南諸山,皆分明倒影

倒懸石塔與崚嶒,影落塘中秋水澄。父老百年經見少,相傳一現得休徵。

寶蓋山晚望

平林墟落莽蒼蒼,古塔峰頭半夕陽。遊目騁懷胸次廓,白雲東海渺茫茫。

癸未冬日觀書時年七十九。

半體難支臨八十,一心未忍廢三餘。殘編老死不知味,寢食鑽研似蠹魚。

癸未十二月十一日雪二首

飄飄臘雪舞迴風,六出瓊霙喜小童。歲久溫陵稀一見,里閭黃耉卜年豐。

其　　二

臘冬雨雪下南方，栗烈凝藏未露陽。春夏發來充塞氣，人無疾癘物咸昌。

　　　癸未冬日觀積架舊書喜甚

平生喜買舊殘書，整理縹緗辨魯魚。歲月銷磨娛老境，三冬足用意何如。

　　道光三年癸未冬，淳菴年七十九，讀永樂間纂修
　　性理大全書數卷。知六經以外，此書不學，則不
　　知道。余桑榆暮境，加以半肢痿痺，無能卒業。
　　恨不早年研究，悔之已晚。因書二絕句

天人理氣合精粗，窮得此書纔是儒。濂洛關閩不繼出，六經未闡尚迷途。

　　　　其　　二

顓愚學究久迷心，惝惝一生直至今。欲稍研窮知聖道，耄年衰病少光陰。

　　　　除　夕三首

除夕依然索寞厨，庖蛙煎鱔亦全無。家人相對渾無語，獨改新詩獨自娛。

　　　　其　　二

鄰舍紛紛爆竹聲，兒童歡鬧火光明。縱然有竹吾家爆，貧鬼虽頑亦不驚。

　　　　其　　三

訓蒙撤館歲將除，柴米持家修禮餘。自笑七年老縣令，曾如邨塾一蒙師。

淳菴詩文集卷十

里居養痾草

膽時年八十。道光甲申春至秋。

甲申元旦三首

曈曈曉日湧扶桑,蓬屋先瞻華彩紅。元旦門闌多喜氣,春臺有象樂時雍。

其　二

慶年父老自西東,樸質衣冠鶴髮翁。歲樂時和人壽考,敦龐里俗返淳風。

其　三

柏酒斟來古瓦樽,春風亦到儒家門。老翁度歲無餘物,幾箇紅柑分稚孫。

甲申正月六日寅時立春蚤起,人來送梅一枝,喜詠

昨夜青陽淑氣回,今朝有客送春來。柴門剝啄傳消息,春色一枝梅蕊開。

讀經作

優遊玩味聖人言,平氣虛心觀理先。毋任胸中穿鑿意,郢書燕說誤曼延。

讀春秋作

筆削春秋秉直書,光明正大義無餘。會朝殺伐是非見,隱語褒譏聖不居。

濂溪周子

鑿開混沌太極圖,陰陽理氣天人俱。窮探造化指諸掌,秦漢間來無此儒。

明道程子二首

教人主敬持躬宜，進學工夫在致知。道在濂溪人未識，弟兄同坐春風時。

其　　二

范公秀才任天下，程子十五學聖人。希聖希賢強立志，淵源鄒魯已知津。

文　公　朱　子

金聲玉振集大成，繼集諸儒閩學興。濂洛已傳洙泗脈，繼承道統屬先生。

> 朱子初自尤溪移居崇安，扁其室曰紫陽書堂，以徽州城南紫陽山，示不忘故土也。後築室建陽雲谷，號雲谷老人，名其堂曰晦菴，自號晦翁。晚居建陽考亭滄洲精舍，號滄洲病叟。寧宗慶元元年，草封事數萬言，極諫奸邪蔽主之禍。蔡元定及子弟諸生諫止，不聽。門人劉炳，請以箸決之。遇遯之同人，先生取奏藁焚之，更號遯翁。後人所稱朱子，與朱子自稱，多不知其所自。淳菴既詳載朱子世系考，刻之文集中，茲復約序於此。並作二詩，使學者於朱子稱號，一目了然。又按五代後唐，御史黃瑞，謚端，人稱黃端公，築亭建陽山，以望其父之墓，名曰望考亭，山水極佳。朱子晚年於考亭傍，築滄洲精舍居之。理宗詔立書院，親題扁賜之。後朱子卒於精舍，人遂稱爲朱考亭，其實未妥二首

紫陽遡本新安山，築室晦菴雲谷間。雲谷老人因著號，晦翁原自晦菴顏。

其　　二

築亭望考黃端公，焉得考亭系晦翁？晚號滄洲一病叟，黃公望考不相同。

康　節　邵　子

窮深易數能前知，宇宙古今語不移。未滿程朱經世意，天根月窟晚攄詩。

自憇

志能立己真男子，學不讓人是丈夫。懅懅一生懅懅死，於今難説收桑榆。

梨山廟有序

在建寧郡治東南，峰巒奇秀，上有梨山廟。唐建州刺史李頻，雅好此山，公暇輒往遊。及卒，郡人立祠祀之，屢顯靈異，膺封號。

明禋梨嶺憶遊塵，儒雅詩人唐李頻。記取中流欲暮詠，生賢刺史没神明。

浦城夢筆山有序

山在浦城縣西。梁江淹爲吳興令，夢神人授筆於此，繇是文藻日進。浦城，故吳興也。史稱文通末年夢郭景純徵筆而才盡。

授筆何人還景純，授來才進還才迍。才華天賦非因夢，何事文通藉鬼神？

真西山先生夢山房故蹟有序

在浦城夢筆山之麓。先生得數畝地，蒔卉木，營精廬，爲藏脩遊息之所。魏了翁作記。

宋儒夢筆築山房，衍義書成正學昌。一記了翁留誌乘，荒蓁遺址半斜陽。

秋夜宿武夷精舍

幽巖禪榻倚雲根，大隱精廬入夢魂。闃寂三更風露泠，峰頭月落叫王孫。武夷山中有王孫，似猴而小，大僅如拳。朱文公《武夷山中》詩"王孫相唤"，韓元吉《武夷精舍記》"山姑多王孫"，是也。

見歌樓燈火甚盛有感二首

千枝燈火彩樓高，天半笙簫入耳嘈。可惜偷光難鑿壁，不能分作讀書膏。

其二

憶昔邨居年少時，焚膏繼晷苦無資。常偷古廟燒殘燭，照讀三更盡幾枝。

吾里福海堂,有古廟祀古孝子周姓。朔望之夕,香火特盛。淳菴家貧無油,常於是夜人静,獨入廟中,揖神,乞其案前燒殘小燭數十枝以歸,供五六夜照讀,人無知者。此淳菴六十餘年前事,因成此詩,附注於此。

觀　奕

爭先落子思沉沉,一步豫防一步侵。定静安居神不擾,何須消日用機心。

祭　先　祖

幽明間隔氣相連,如在洋洋籩豆邊。祖考子孫同一氣,精誠來格理自然。

祭　五　祀

祭祀先王有主名,大夫五祀禮斯行。惟爲他主主他祀,感應精神在至誠。

戒淫祀二首

邪正神如善惡人,斯言曾見紫陽陳。陰陽戾氣生妖異,自滅自生自屈伸。

其　二

非類不歆是正神,淫妖邪鬼祀何因？如云禍福能操柄,不禍梁公毁廟人。

老友惠安明府葉三臺見訪

樵川同聚首,仕路遠分行。廿載無音問,兩心疑死生。不期今日會,益重耄年情。叙舊方歡洽,匆匆又赴程。

甲申春日齋居二首

甕牖荆扉風日晴,整書拂案爐香清。怡然默坐消煩慮,始覺身閒心太平。

其　二

堦除净掃寂無喧,花自競芽草自蘩。觀物静中生意滿,自然樂趣契心源。

海　棠

瘦艷嫣然出衆力,嬌姿半醉褪紅妝。老翁也有放翁僻,欲乞春陰護海棠。

漢　宮　春

懶逐群芳鬬艷叢,柔姿綽約淡胭紅。未央花草留嘉種,春色猶傳出漢宫。

> 齋頭拜歲,紫蘭盛開,瓶中梅花幽香滿室。
> 兩三日來,籬外絳桃,其華灼灼

九畹紫衣拜歲至,羅浮僊子報春來。東風催到武陵客,熳爛天真笑臉開。

> 明何怍菴先生纂清源文獻十八卷,年久散
> 軼,其書湮没難訪。歲甲申,淳菴年八十,志
> 欲續輯一編,已纂集二卷。奈耄年篤病,精
> 力俱虚,恐難卒業。悵悒於心,感詠二首

清源文獻有成書,雲散風流少軼餘。捃摭幾篇思續輯,耄年篤病願終虚。

其　二

文集序成真太守,繼修文獻何先生。清源無復二書在,仰溯淵源桑梓情。

過潘湖憶歐陽行周先生

冒雨潘湖道,迷離邨樹煙。歐公留故里,遺蹟憶唐賢。吟嘯橋猶古,甌閩文獨先。哲人難再作,憑弔復留連。

閏七月二十八日過霞落沙邨

孤邨溪畔住,竹樹繞平沙。古廟遺殘碣,飛鴻帶落霞。晚煙紅葉渡,秋色野人家。正喜甘霖降,冬苗盡吐花。時方苦旱,數日前,余偕鄉耆到龍湖廟乞雨,昨日甘霖大降,禾苗霑足,鄉人滿望,卜大有秋。

道光四年甲申，淳菴爲梅石書院山長，閒中偶成

精廬城北地，景色似山家。學子來擔簏，居人出賣花。傳更聽語鳥，破寂藉鳴蛙。拂拭香梅石，千春不老葩。

觀書倦甚，梅石書院庭前偶步

書院清源麓，嵐光滴翠多。春城萬戶集，古刹一僧過。煮茗逢耆舊，觀書引睡魔。庭前榕蔭廣，緩步獨婆娑。

雨夜旅宿

雨夜觀書倦，寒衾對短檠。不愁方睡熟，無夢覺心清。孤館留人雨，鄰園囀鳥更。幾希存夜氣，好保牛山盟。

春雨初晴，刺桐城樓遠眺

溫陵初過雨，景色一番新。空翠源山滴，綠波浯水勻。鶯花三月鬧，城郭萬家春。鄒魯海濱地，絃歌聽比鄰。

梅石書院夜坐二首

更闌深院靜，燈火讀書聲。心定萬緣息，思通一理明。秋河蟾影没，冷露桂香清。耄矣真遲暮，悠悠過此生。

其二

鄉賢前代盛，海內盡知名。有志從先進，無能愧後生。文原載道重，行以辱身輕。寄語英年輩，藏修慎勇征。

讀明儒胡敬齋先生居業錄

先生居業著，詞簡理俱呈。聖道王功備，儒途異學明。程朱崇正脈，經術抉

微精。愚鈍年雖耄，頑心讀亦瑩。

手習杖二首

藉爾三年力，需人並掖持。嗟余如此病，扶我幾多時。齒數杖朝日，身從解組衰。梅花石畔步，視履不相離。

其　二

衰年艱動履，痿痹更難支。惟爾無疲倦，堅心肯護持。寧隨原憲肘，不化葛陂僊。與爾相離日，傷哉任所之。

道光四年閏七月十六日，輅偕鄉人龍湖廟乞雨

乞雨龍湖虔禱神，甘霖早降活斯民。一聽羸稚號天叩，老淚浪浪灑滿巾。

纂續清源文獻書成三首

纂續清源文獻書，消磨衰力一年餘。風微人往斯文在，桑梓淵源慎寶諸。

其　二

殘簡窮搜管豹如，編摩成集願非虛。欲遺後進徵文獻，老死堪嗟飽蠹魚。

其　三

兵燹滄桑幾變更，殘編斷簡鮮留名。鄉邦往哲傳編什，亦慰幽靈在九京。

陳紫峰先生

蚤退休居爲養親，潛心著述樂吾真。文莊道學閩中冠，無愧師門第一人。

蘇紫溪先生

學道功深言行全，先生兒說至今傳。禮闈第一登文節，同學同鄉論翕然。

謝在杭《五雜俎》云：萬曆癸未，晉江蘇工部濬爲會試同考官，取晉江李廷機爲首卷。二公同縣，少同筆研，至相善也。然蘇取之，不自以爲嫌。李爲殿試第二人，而人無間言，蓋其取之公也。

顧新山先生

廟堂正色重垂紳，訓俗鄉邦立懦民。慨惜清源長失色，如今安得見斯人？
張淨峰先生一日自惠安來見，告新山公曰：遙望清源失色，公宜保重。新山公曰：老夫當之矣。未幾，顧公卒。

何鏡山先生

著書宏博品端方，石鏡依然舊草堂。記得南皋握手語，今時碩果吾儒光。
鄒南皋吾驥在京師，一見鏡山公，握手曰：吾道之碩果也。

莊方塘先生

剛方不撓華簪捐，造德鄉邦三十年。搗殺倭奴活萬命，恩褒忠孝兩兼全。

李文節公

門庭闃寂夕除時，清謹忠誠聖主知。端介不阿招物議，綸扉一日不相宜。
公為侍郎時，在京師除夕，神宗謂近臣曰："此日京官受外官書帕正忙，惟李廷機、趙世卿二人，清寂可念。"使近侍覘之，果然。又劄諭內有"朕知李廷機清謹"之語。

史蓮岳相國

廿載倦勤請視朝，跪門累日臣心焦。莊公一字干彈劾，拜疏南旋匹馬遙。
萬曆己未，晉江史繼偕知貢舉，取晉江莊際昌等三百人。殿試，際昌狀元及第。明年六月，給事中楊漣追論一甲一名莊際昌廷對卷，一字差誤而取鼎甲，考官私其門人，當斥罷，不報。繼偕遂再疏乞休，移居郊寺。七月，拜疏辭朝，即日南發。至浙，邸報陞大學士，催取入京，始拜命。

張二水相國

歷職朝端心蹟明，豈期書法誤平生。呂公成得真男子，問節箴言悔不聽。
南安侍郎呂圖南，與張瑞圖並以書名。魏忠賢初求呂書匾額，呂峻拒之，張受其請。及以此得譴，張乃歎曰：不意真男子被呂氏做成。張又曰：余初得第，見先達李文節公。公曰：識人多，立朝難。又曰：字亦不必寫，此事亦有是非。由今思之，文節公真聖人也。

詹呎亭先生

廷諍危言不顧身，坤寧移疾敢披鱗。封章四上天威赫，歸卧滄江筍水濱。
陳皇后遷居別宮，寢疾危困，坤寧宮曠，穆宗略不省問。仰庇極諫，禍且不測，得旨免究。同列謂公且休矣。仰庇復疏言內官侵冒錢糧，動以供御爲名，乞賜查覈，以杜奸欺，乞罷鰲山花欄金匱玉盆，及屏斥織造採辦逢迎諸太監，勿作無益以害有益。上震怒，責其悖逆狂妄，杖之百，斥爲民。仰庇居臺諫八閱月，疏凡四上。歸築筍江水榭，與黃文簡、顏桃陵、黃山人吾野諸耆舊，留連溪山，觴詠爲樂，里居二十餘年卒。

蔡沙塘先生

十四奇英宴鹿鳴，居官廉梗水同清。春闈得士黃文簡，殯葬治喪師禮行。
黃文簡公鳳翔，一槐蔡公爲會試房考官所取士。沙塘歿，文簡爲治殯葬事。

林震西先生

光風霽月灑胸襟，雅興揮毫長短吟。天與高齡九十七，重陪玉筍宴瓊林。

讀俞虛江將軍詩文集

將軍智勇妙如神，八索六韜兼一身。易理兵機參互用，列勳青史勒貞珉。
虛江受業王遵巖之門，工古文詩。著《正氣堂集》，尤精《易》學。嘗自言以《易》理行兵，無往不利。

讀鄧寒松將軍詩

丈三鐵戟百斤弓，將軍才雄詩更雄。忠勇鄧俞交刎頸，同承兵法老猿公。
寒松名城，與虛江名大猷，爲刎頸交。皆晉江人，同讀書清源山上。夜深同出山坳步月，萬籟寂靜，忽聞絕頂石硿上哦哦之聲，二人攀藤而上，見一黑丈夫，呼曰：吾老猿公，望子久矣。遂授以兵法。後二人皆爲名將，以武功顯。事載舊郡志。

讀黃文簡公異夢記附錄

記略曰：萬曆乙丑冬至前二日，余以叨貳春省，將祗事郊壇，與僚長東阿于公、富順李公宿齋署中。夢有投刺者曰：于尚書使者也。開函無姓名，只書二語云："空山一淚憑誰寄，萬古孤魂祗自愁。"遂通宵不寐，晨起以告二公，共爲詫異。乃于公曰：所謂于尚書，得非眼前人乎？余惶恐無以應。少頃，浙江上奏，掾呈副封，則巡撫中丞傅某，疏請爲于少保肅愍公改諡。于公曰：夢徵矣。幽冥感通，一至是耶！廷議改諡忠肅，議論稱愜，謂足慰少保九京云。

新君已立舊君還，身死冤沉徐石奸。忠肅易名雖愜諡，孤魂萬古淚空山。

茂才以平莊兄攣生雙男誌慶

五雲華閥有輝光，垂裕攣生白玉郎。天上鈴懷頻吉夢，人間嶽降擬雙陽。六崔列綬德興里，二宋聯鑣翰墨塲。朱履酣歌湯餅會，弄麞耄叟笑烘堂。

羅一峰公書院有序

明巡按御使聶豹、太守顧可久，改淨真觀，祀泉州市舶司羅文毅公倫。公江西吉水人，進士第一，以上疏言李賢奪情事，忤旨降謫。在泉州，講明正學，教授生徒，遠近來集。聶、顧二公建書院以祀之，名"一峰書院"。院前一石若梅花，故亦以"梅石"名。

疏諫奪情劾李賢，謫司市舶到閩泉。講明正學生徒衆，書院於今尚巋然。

黃吾野山人

畫史詩家兩擅名，布衣聲應盡公卿。同時沈謝巖棲士，並起騷壇著有明。

同時海内布衣能詩者，四明沈嘉則、魏郡謝茂秦、惠安黃克晦三人。嘉則謂吾野詩多深沉之思，本之雄渾，發以春容，情以景生，語必自鑄，字不虛設，氣完神足，大雅之材。

留從効故宅今泉州府城隍廟是其遺址。

執送紹鎡霸業空,鄂公遺蹟莽蒼中。平章節度等閒事,指點神祠是故宮。

惠安盤龍山陳洪進墓

江南効順紹鎡誣,忠義何知富貴圖。榮顯一時千古議,盤龍抔土久荒蕪。留從効無子,以兄子紹鎡爲嗣。從効卒,紹鎡典留務。會吳越錢氏聘使至,紹鎡夜召與謙。牙校陳洪進誣紹鎡謀附吳越,執送江南,而留氏之族俱行。李氏遂以洪進爲泉南等州觀察使。

道光甲申九月十九日過洛陽橋,重觀蔡忠惠公手書碑二首

洛陽碑字並爭雄,氣概突超顏魯公。忠惠本學顏平原。想像端明老學士,凛如正色廟堂中。

其　　二

謊説換碑事豈真,穿碑難必擇貞珉。馬蹄真蹟終行世,呵護原來有鬼神。古傳外國人愛公此碑,潛摹刻石,載之番舶,夜半泊橋下,私換右碑以去。居人驚覺,遂謹守之,左碑不得再換,故左碑石理精,而右碑石理粗。此謊説也。

秋日洛陽橋上觀晚潮

神功駕海垣途開,三里飛梁實壯哉。銀浪雪山千丈立,東瀛日暮晚潮來。

洛陽江畔邨莊

草舍荆扉蚶蠣墙,迷離樹色水雲鄉。邨春聲裡人煙上,葉葉漁舟泛夕陽。

洛　陽　漁　家

晒網漁家蚶蠣墙,笭箵竹筏海天蒼。持竿稚子苔磯去,也釣鱸魚一尺長。

梅石書院中自歎

衰老殘疾候,落日虞淵時。壯心焉能奮,回首空自悲。縱有魯陽戈,難挽下

春期。秋林霜葉丹,搖落隨風吹。委心任去留,造物有默司。眼花辭不續,八十尚爲師。寢食斷簡中,老死不相離。精力殫畢生,屹屹徒自癡。筆硏銷歲月,束脩供粥糜。家人食不給,任自賦樂饑。可憐信天翁,魚鷹不能爲。迂愚世所厭,剛直性不移。樗櫟本匪材,臃腫安用之。承先難嗣續,繼後得癡兒。景昇豚犬誚,門戶將誰支?生存已如此,死後從可知。祠墓終難守,傷心泣涕洟。有命賦自天,安之復奚疑。

室 中 吟

耆舊已凋零,新交復寡偶。何事詩書聲,喃喃不去口。乾坤不可窮,一室大如斗。少雋居我前,老朽落人後。生計何處謀,拙哉淳菴叟。

折 菊 入 瓶

折菊入瓶中,案頭有秋色。相看兩不厭,晚景各自得。不與艷華争,旖旎鬭春植。寒姿吐素秋,時在陶公側。兩澹既相如,一情復相憶。亦知晚節香,傲霜自挺持。

秋 夜 聞 書 聲

紙帳寒衾睡不成,孤檠冷燄過三更。誰家兒子知勤苦,卧聽硜硜雒誦聲。

秋 夜 步 月

城柝已三更,庭前秋月明。愁人步凉月,深巷擣衣聲。

秋 日 邨 莊

遠水净山映落霞,偏宜秋色野人家。幾聲牧笛夕陽逗,紅葉疎林晚圃花。

秋日作詩二首

作詩隨興發,景觸情遂生。老去才華盡,颯颯比秋風。

其　二

興到無工拙,斷鬚太苦心。混同樵牧語,率口自成吟。

重遊大覺寺

古佛依然殿宇幽,白雲黃葉亂山秋。重尋四十餘年事,鶴頂丹深僧白頭。

退筆塚

中山世族管城分,經畫盡心今古聞。過客欲知誰氏塚,斯文總握中書君。

鐵爐廟 廟祀大魁宋殿元曾公從龍讀書處。

古木蕭蕭紅葉殘,文明氣象廟中看。曾公昔日讀書處,臘月單衣不怕寒。曾公《廟中讀書》詩:"臘月單衣衣又單,十人行過九人看。人人笑我單衣泠,我是龍身不怕寒。"

泉郡署古忠獻堂

魏王遺蹟久彌光,七百餘年忠獻堂。嶽降鍾英名世出,葵羅清紫鬱蒼蒼。

秋日登萬松峰雲墊寺

岩嶤一徑通,古寺白雲中。夕磬依梵唄,松濤卷墊風。禪心千感寂,世事萬緣空。秋色山容澹,疏林葉已紅。

閱曾大父孝廉竹居公手抄古文

鐵畫銀鉤細楷書,先人手澤幸留餘。見書怳覿先人面,宗器裳衣慎寶諸。

借寓南溪小築

借得南溪水竹居,狎鷗終日與馴魚。此翁堪笑癡愚甚,白髮盈頭尚著書。

舊志云,唐徐寅,字昭夢,乾元間進士,仕秘書省正字,不仕朱溫。歸老鄉里之延壽溪,有歸來延壽溪頭坐,終日無人問一聲之句。宋劉克莊,號後邨,淳祐中進士,官龍圖閣直學士。皆莆田人。唐時莆屬泉州,後邨得徐之徐潭爲別館,即延壽溪之北。有詩云:門外青山皆我有,從今不必喚徐潭。夜夢寅拊背曰:我昔勝君昔,君今勝我今。有隆還有替,何必苦相侵?良一異也。余爲作詩云

徐潭劉館鴻泥輕,勝地古今幾變更。唐宋徐劉高世士,如何人鬼兩争名?

閱淳菴手著舊書

三十年前舊著書,重繙幾帙劇憐余。如逢老友相歡晤,庋閣還歸飽蠹魚。

淳菴詩文集卷十一

里居養疴草

無題二首

□□□□□,□□□□□。□□風霜傲,□堂猿鳥居。人懷千載上,心想夢魂餘。渺矣芳型遠,山靈護著書。

其二

源山林壑秀,空翠落庭陰。每懷前賢蹟,時懷景仰心。遵巖書室老,鏡石雲窩深。人世東流水,流風自今古。

讀史作

讀史憐忠孝,□□□淚□。時窮□見節,身老益多情。尚論追千古,持平定畢生。自愧流俗輩,泛泛一鷗輕。

少米無薪久病三首

米少水添煮,薪無葉掃焚。清風波袖散,吹去厭人聞。

其二

身病心無病,時窮志不窮。貧宴吾道在,守死以須終。

其三

不學亡羊者,多歧慎所行。考祥君子履,坦坦自安貞。

丙戌夏米貴

米升錢半百,饑餓盡窮廬。枵腹耄迂叟,餐書似蠹魚。

梅石書院與曾石如夜話 石如，鄉故友西順秀才之子。

劇談書院靜，□□露華濃。月侵梅花石，風傳崇福鐘。興衰翻世□，造化默陶鎔。耆舊復凋謝，猶欣世講逢。

人　　生

吾人生一世，泛泛等虛舟。安穩隨風渡，波濤冒險流。惟隨天所命，不自我操籌。賢聖皆如此，營心便且休。

讀倪玉汝先生題元祐黨碑

小人造奸謀，往往福君子。君子無計避，聽天而已矣。天心善轉移，禍福巧相抵。元祐黨人碑，蔡京真虐毀。涑水眉山外，百二十人止。徽宗蔽僉壬，聽信滋奸詭。刻石端禮門，奸黨皆正士。安民免鐫名，賤役亦知恥。星變天心怒，黃門夜已毀。蔡京憤厲聲，碑廢名在耳。碑□名長存，後人更歡喜。豈惟喜碑存，恨不列名裡。後來濫廁名，竊附以爲侈。嗚呼小人謀，枉肆奸回技。君子千古名，揶揄鬼魅爾。何僅黨人碑，此類多青史。

讀易詩

寡過羲周易，無邪風雅詩。陰陽流術數，聲律變支離。已失窮經旨，又多立説歧。紫陽先聖契，論定是吾師。

侵晨聞雀

窗紙熹微鳥雀聲，催予早起已天明。整衣掃地北牀坐，續讀殘經未了程。

月下香

瓊姿婉約瘦腰娘，不與芙蓉鬧曉妝。迥出凡葩無俗韻，珊珊月下更聞香。

寄友乞菊

已過重陽候，黃花開未開？陶陶三徑裡，乞得幾枝來。

黃菊二首

今年人於去年瘦，去年菊似今年黃。殘菊傲霜英不落，老人癯貌心猶長。

其二

紅葉飄飄節候涼，蕭騷風景最堪傷。只看老圃秋容澹，漫說黃花晚節香。

殘菊

西風潑潑曉霜寒，寂寞黃花蕊半殘。賴有孫枝根本在，繁英留待年年看。

清源探梅未有信二首

蓓蕾初含第一枝，羅浮有夢尚須時。新年春到上元近，報道先生花較遲。

其二

異馥冰姿韻不同，花神有約待東風。愛花何必貪多賞，一樹梅花一放翁。

遊遵巖

崖谷天然秀，高僧昔結廬。松多南宋植，地是可遵居。明代文章伯，中興嘉萬餘。遵巖風雨夕，獨著子雲書。

郡中紫雲寺

古寺唐初建，寒雲紫氣俱。一蓮地主捨，雙塔世間無。殿聳佛三丈，禪多舍百區。梵音隨多磬，靜聽亦堪娛。

宿月臺寺僧房二首

逃禪枉說禪機悟，萬事皆空心蹟孤。贏得禪房如水淨，蒲團方丈獨跏趺。

其　二

深林穀穀寒鴉聲,花影橫斜月色明。廣殿沉沉香篆裊,一燈長對古先生。

丙戌臘夜梅石書院枕上二首

山長三年住,而今又屆冬。不聞殘臘雪,只聽五更鐘。枕上詩魔擾,書邊窮鬼逢。稜稜豐骨在,豁達洞心胸。

其　二

代謝人生事,乾坤逆旅中。光陰真荏苒,日月悠西東。富貴賤貧異,王侯螻螘同。終當歸一盡,到底總成空。

十二月十四夜率成

我賦窮愁命,天生拙直身。閉門甘忍餓,熱面懶迎人。世事浮雲態,宦途黑水津。雖然終因約,聊可保吾真。

寄郭蘭石太史

玉堂清署禁城隈,儲相掄才雨露培。日麗紫薇鈴閣靜,柯亭劉井且徘徊。

讀司馬溫公傳

溫公詢屬吏,家計足安身。自活無生理,爲官那濟人。廉隅難久立,去就豈全真。情勢原如此,先賢語有因。

憶邵武詩話樓

勝友如雲詩話樓,登臨觴詠遣春愁。而今憶似夢中事,千里雲山人白頭。

憶邵武小箕篝谷景物四首

其一　小箕篝谷

小箕篝谷露華濃,乙夜觀書倦眼慵。漏轉五更初睡覺,熙春山寺幾聲鐘。

其二　羅漢松

憶得千年羅漢松,綠陰覓句獨支筇。自從吟叟西江去,鴻爪泥中記雪蹤。

其三　古　梅

盤曲園東憶古梅,臘殘春早雪中開。愛梅老子貪幽賞,繞樹行吟日幾回。

其四　詠瑞榴石刻

十五年前別瑞榴,題詩勒石學齋頭。不知後日青衿士,肯爲老柯留蹟不?

丙夜與老友共談

寒山孤館雨瀟瀟,一盞青燈共寂寥。賴有對牀耆舊在,書囊無底話通宵。

丙戌除夕三首

簫歌華屋鬧芳樽,閒却梅花閉後園。自笑耄迂忙底事,詩篇祭罷祭長恩。

<small>司書之鬼名長恩,除夕祭之則書不蠹。見《致虛雜俎》。</small>

其　二

迎年爆竹鬧歡聲,獨對梅花別有情。記得安仁官署裡,抄書除夜到天明。

其　三

瓦瓶有粟腹差飽,紙串無錢人少忙。度歲亦如常度日,免隨俗子苦周章。

丙戌臘月二十四日送神

敬送尊神又一年,今年計我幾多愆?聰明正直無私隱,迪吉逆凶帝不偏。

喜二歲孫阿烜能爲余拾書扶正椅

兩歲穉孫拾杖書,八三迂叟喜何如。吾家應有書香種,殘簡五千欲付渠。

丁亥元日

今朝八十又加三,淺酌屠蘇酒半酣。旭日烘堂歡笑語,孫曹繞膝喜分柑。

恭迎曾弗人先生神主入里中福海堂有序

吾里曾弗人先生異撰，明崇禎己卯舉人。其祖鬻鬈，福州南門斗中街僑居焉。父唯，秀才，早逝，遺孕生異撰。家酷貧，節母陳，賢而知書，撫育之。茹荼萬狀，教異撰讀書，手紡口授。比長，大有文名，公卿賢士，皆慕與之遊，著《紡授堂詩文集》，葉臺山相國稱爲吾世子瞻。先生病篤時，福州有塑像人，素善先生，忽見先生四轎張蓋，儀從甚都，入鐵佛寺。訝曰：弗人病危，焉得有此？入寺躓之，不見。急視其家，則先生在牀蓐間，一息僅存，未幾易簀矣，相與詫異久之，人謂先生乃菩薩託生也。事載曾氏家譜。其自號弗人，合成"佛"字，亦一異也。子道昕，歲貢生，永福教諭。胞姪聰，舉人，井陘令。道光七年丁亥正月十二日，八十三老人淳菴率里後進，恭迎先生神主，俎豆於里中海福古刹，誌景仰焉。遂詩以紀之。

廉介鄉先正，遺型二百年。譽髦新俎豆，紡授舊名賢。當世東坡老，前身西竺禪。陵遲傷大雅，故屋尚依然。

越王釣龍臺

釣龍遺蹟莽蕭蕭，餘善西京往事遙。惟有江山終古在，越王臺上看回潮。

秦皇廟

死去沙丘奈虐何，祖龍猶自奠巖阿。典墳一括歸灰燼，男女數千逐逝波。儒雅阮時漢士出，阿房舞罷未央歌。長城枉築多封禪，萬世銘勳崖石磨。

張子房

留侯佐漢入關時，楚漢争差一着棋。智識隱符黃老術，形容却類女人姿。卑穿傲叟圯橋履，勇擊秦皇博浪錐。收拾功名明哲意，飄然遠與赤松期。

漢昭烈

蠶叢鼎足三分年，漢室將傾一木肩。王佐有人終阨運，嗣興無主豈非天。

承基草創偏安業,顧命深虞繼世傳。吳魏紛爭皆漢賊,特書正統紫陽編。

朱僊鎮岳忠武王廟

十二金牌速,王師此地班。回戈深痛哭,賣國有權奸。宋社從茲屋,兩宮無復還。英雄冤抑死,遺像豈歡顏?

西湖拜岳王墓

棲霞嶺上拜忠墳,古木南枝映夕曛。和議終成非廟算,班師大哭棄前勳。黃龍痛飲九泉恨,岳斾翻歸五內焚。回首六陵蕭颯甚,冬青無樹冷秋雲。

韓蘄王西湖行樂圖

杜門却掃謝塵氛,草履黃冠猿鶴群。韜晦全身非早隱,知幾避世不銘勳。攜壺嘯傲白隄月,策蹇逍遙葛嶺雲。慨惜弓藏鳥未盡,莫須有語豈堪聞。

經南宋故內,依貝瓊原題韻

鳳山廢殿滿蒼苔,北去三宮輦不回。龍袞已隨宮樹渺,鵷班無復玉珂來。教場有馬誰家牧,御苑無人鎮日開。惟有水雲歸故國,秋風禾黍不勝哀。

謝皋羽墓

槖筆曾參文相謨,間關戎馬愁崎嶇。心傷厓海沉家國,目斷故宮走兔狐。嵩嶽風雷神自在,西臺慟哭魂頻呼。墓門倘有鄧王叩,晞髮論詩且共娛。皋羽,文信公參軍。鄧中甫,爲僚佐。王炎午,其弟子也。羽有《晞髮集》。

楊鐵崖墓

老婦深閨守,催妝志早非。明太祖詔徵維楨。歎曰:"豈有八十歲老婦,尚理嫁耶?"賦《老客婦》詞以見志。與之官,不受。宋濂贈詩,有"白衣宣至白衣回"之句。空承丹陛詔,猶是白衣歸。塞北六龍遠,寮中七客稀。興隆如在耳,楸檟鳥聲微。鐵崖得文信公玉帶生硯、賈秋壑琴,七古物共貯一處,號"七客寮"。興隆,笙名,元世祖所製。

于忠肅公墓

新君一立故君還,徐石奸圖夜斬關。復辟當思誰復國,冤魂萬古泣空山。

故明景帝陵

景陵在天壽山東峰之下。

八載寰區帝業張,降王諡戾太無良。妃殉墓近安陵寢,隧道湮蕪草樹荒。

明丘中丞公養浩遺像有序

淳菴閱郡志,明中丞丘公養浩,食量兼數十人。論者以爲雖張齊賢之金漆大桶,不是過也。惜生不同時,不獲瞻其狀貌。道光丙戌冬,淳菴爲梅石書院山長,諸生丘維琛,以公遺像示余。焚香展謁,虎頭燕項,魁梧豐偉,真人傑也。詩以識之。

前代文章經濟豪,齊賢金桶量尤高。魁梧豐偉瞻遺像,龍伯大人釣六鰲。

安仁城明桂萼柱國第

破屋已無孫子居,猶題柱國桂家廬。偕張議禮逢君惡,多少忠良死諫書。

過分宜鈐山堂明嚴嵩故屋

混玉貞珉匝徑除,山堂久絕子孫居。鵂鶹日夜啼荒樹,猶聽行人唾罵餘。

春日題艾雲樵別墅三首

先生高絕不能攀,却掃俗塵心自閒。客少不除當徑筍,墻低喜露隔溪山。

其二

食貧守道外緣輕,安樂窩中度此生。亭僻更幽因竹色,夜深愈靜是書聲。

其三

竹牀茶鼎澹相宜,池館闃寂春晝時。初種白蓮舒葉細,出巢乳燕學飛遲。

春日邨莊

碧草連阡柘柳疎，鷗鳧群戲水盈渠。老農放犢東皋去，喜見秧針出水餘。

語客

耄叟觀倫類，幾希此理明。形生萬事定，慾寡一心清。閱久人情見，磨深世路平。識途須老馬，歷騁已多程。

丁亥元宵二首

海東江右元宵遊，客子光陰三十秋。佳節每從愁裡過，歸來頓覺雪盈頭。

其二

燈月交輝歌管遥，觀燈共樂好元宵。我無檀板鷗絃奏，高唱竹枝入九霄。

余在安仁，作《元宵竹枝詞》十二首。

丁亥二月十六夜枕上作二首

不寐聞雞喜，裁詩伏枕遲。左身難輾轉，痿痺不能支。

其二

睡來萬感寂，醒後百憂生。夜氣存多少，能存心太平。

病中作二首

痿痺沉痾步不行，歸來何以度殘生？讀書有味聊忘老，歲月消磨付短檠。

其二

宦學無成孰愧余，迂愚耄叟廢居諸。麝煤兔穎消何許，覆瓿空留飽蠹魚。

聽春雨二首

負郭無田耕不成，十年前已想歸耕。歸鄉空喜農祥正，卧聽淋浪春雨聲。

其二

三更欹枕聽滂沱，曉起荷簑野老過。問訊南塘多少水，長隄芳草綠如何？

題蘭陵女史惲冰畫

善繪群芳態韻殊,蘭陵女史足清娛。傳家妙有丹青筆,解學乃翁没骨圖。
冰父壽平,畫不□□墨藁,以設色繪成,號没骨體。

荒邨僻處,當春花時,不見一枝,花朝悶坐小齋。忽憶安仁西溪,二月桃花十餘里,開時濃艷,如霞似錦。淳菴值此時,每邀僚友,駕扁舟,往遊其地。景色依稀,恍似桃源谷口,而今不可復見矣。作六絕句

四時佳景總惟春,萬紫千紅最可人。花柳荒邨無覓處,空齋寂寞過芳晨。

其 二
柳媚花明韶景熙,鶯簧蝶拍日舒遲。園林何處多春色,借得騷人賞片時。

其 三
不見花穠與柳陰,孤邨困悶日侵尋。等閒憶得西溪路,十里桃花間竹林。

其 四
緋桃十里曉霞明,短櫂邀朋淺水行。路轉溪迴花如織,鵁鶄鸂鶒亂春聲。

其 五
萬樹桃花映翠萍,艷紅笑倚脩篁青。十分春色濃於酒,惹得遊人醉不醒。

其 六
種桃白叟攜童孫,竹裡人家静掩門。網撒漁人花逐水,依稀恍入武陵源。

雨後里中春望四首

黄牛眠碧草,白鷺立芳洲。臺笠東菑聚,春田野水流。

其 二
東阡南畝際,婦饁與夫耕。草色晴添綠,柔桑布穀聲。

其 三
春水盈芳岸,南塘煙雨收。持竿垂釣者,一葉櫂孤舟。

其　四

瀾浦帆歸候，源山雨後時。舒懷一縱目，此景亦堪怡。

　　里中地上磚石重叠縱橫，皆係前人屋宇壞基，見之有感

磚石層層遺址荒，誰人居處誰家堂。里中古蹟多生感，不辨元明與宋唐。

　　㳄塘瀦水，灌廿二、廿五、廿六三都田畝數千。邇來岸圯如平地，塘不蓄水，田不敷溉。累歲凶荒，三都之民，萬命啼饑，逃亡逋賦。輇目擊心傷，力勸田主農戶，捐資出力，上緊修築，口爛心焦。於南塘本里，捐佛銀近三百圓，人工二千有奇。於道光五年乙酉十一月二十七日興工，用三夾灰土，堅築牢固，陸續竣工。三都之人，動色相慶，以爲今日復覩塘規之舊，庶幸有秋

岸圯不修塘作田，啼饑萬命苦顛連。心傷目慘鳩工築，水利無妨望有年。

勗　子

立心積學與脩身，毋背賢關一路人。鬭出鄉鄰須閉戶，敬恭孝悌永書紳。

　　繙閱十年前所作晚香圃老人詩話五十卷，
　　多爲蟲鼠損傷，慨然有感

詩話十年縑帙裝，蠹蟲飽食字多傷。秋容老圃今尤澹，那見黃花晚節香。

　　書自著寒燈憶述十一卷

平生聞見此心留，不藉筆談意不休。旅夜寒燈隨意述，鐘聲催月下西樓。

　　觀傅府欹器有序

傅忠肅察，其先濟源人，使金見殺。夫人趙氏，清獻公女也。攜其子居晉

江，今郡中傅府是也。傅氏有欹器，蓋其祖獻簡公堯俞，爲元祐名臣，是器宣仁所賜，夫人攜以入泉，迄今七百年，世守勿失。淳菴嘗觀之，並讀蔣相國德璟所作《觀欹器記》。

獻簡風規元祐臣，賜來欹器自宣仁。相君作記傳形象，七百餘年世守珍。

小山叢竹書院

小山叢竹古溫陵，七百餘年問廢興。昔日紫陽講學地，今來夜讀幾青燈？

遊郡中崇福寺

已荒拓雉西禪寺，猶見松灣崇福宮。香積煙消百口鼎，雲樓人撞四朝鐘。
唐天祐間，王延彬權知泉州軍。其妹爲西禪尼，拓城西地以包寺。及宋乾德初，陳洪進領清源節度使，有女爲尼，拓松灣地建崇福寺，復拓城東地。故城北，東西隅地廣。崇福有大鼎，可享百人，鉅鐘四，朝聲數里。

客有確信輪迴者，書以曉之

陰陽觀二氣，消長互相因。散者終歸散，生來又復生。循環無故蹟，運化自流行。釋氏輪迴説，無稽誕已明。

安　時　命

世味争如道味清，倖僥富貴恥非榮。堅窮守分安時命，衣褐茹菜心太平。

梅石書院大暑日客至

客來藤簟正相宜，冰冷清泉浸荔枝。欲取源山第一水，呼僮隨帶一軍持。
軍持，净瓶也。詩：“晚分寒溜注軍持。”

陳拾遺子昂

建安風骨孰居先，感遇詩章永世傳。段簡獄中憐憤死，却嫌受命頌周篇。

子昂武后朝獻《周受命頌》。聖曆初歸，縣令段簡尋宿怨，收繫獄中，憂憤死。

鄭廣文虔

廣文官冷寒無氈，風味酸鹹嘗獨先。白璧如何甘受玷，文姬悲憤亦徒然。
鄭受禄□僞職。

王右丞維

兩都並陷將焉翶，凝碧無辭禍莫逃。摩詰詩篇空色相，進身何必鬱輪袍？
維以凝碧池詩得免。

韋左司應物

左司年少太輕狂，夜竊鄰姬朝博塲。回首讀書能折節，清心吟詠坐焚香。

淳菴詩文集卷十二

里居養痾草

道光丁亥秋至。

梅石書院早起

深院書聲處處聞，廣庭榕陰色初分。非煙非霧穿闌牗，盡是源山清曉雲。

丁亥八月念三日，梅石書院五更枕上率成二首

八十三齡鬼作鄰，依然書史日相親。雖無飽食充粗糲，猶是用心耄蠧人。

其二

殘編蠧簡度晨昏，憂戚賤貧不足論。懿行嘉言多採錄，留將手澤訓兒孫。

徵士蕭敦堂見訪二首　有序

徵孝廉方正敦堂蕭君漢傑，乾隆三十五年庚寅科試，與余同爲學使雨齋諱肅阿宗師拔充晉邑學官弟子，迄今五十有八年矣。同案三十二人，存者我與蕭君耳。蕭年七十七，我八十又三，素相善，老而益篤。邇年余爲梅石書院山長，時相過從，談輒竟日。或月夜風清，蕭君亦杖履來訪，夜半而歸，至相樂也。道光丁亥九月一日，扶杖攜孫，來到書院，促膝傾懷，清山色暝，於其去也，率成二詩。

扶杖攜孫到草堂，談傾肺腑意差強。鄉風人事今非昔，俛仰欷歔共慨傷。

其二

兼葭白露已成霜，九月無衣且耐涼。秋候屬君冬屬我，巖阿不改老松蒼。

讀朱子春秋綱領二首

春秋褒貶自平陳，穿鑿隱微未必真。正大光明觀大義，征誅禮樂出何人？

其 二

聖筆書明解尚遲，宋經書出意誰知？爵名薨卒無深意，燕説郢書自取疑。

讀朱子詩經綱領二首

士夫民庶作無同，士叶雅音民詠風。奢儉貞淫由土俗，廟朝體格自昭融。

其 二

二南純正更何加，溱洧桑中聲太哇。洙泗不删存勸戒，讀詩總要思無邪。

朱子曰：《詩》，古之樂也，亦如今之歌曲。《大雅》、《小雅》，如今之商調宫調，作者亦按其腔調而作耳。《大雅》、《小雅》，亦古作樂之體格。按《大雅》體格作《大雅》，《小雅》體格作《小雅》。非是做成詩後，旋相度其辭，曰爲《大雅》、《小雅》也。蓋《雅》是朝廷之詩，《頌》是宗廟之詩。按之，大抵《風》是民庶所作，《雅》乃士夫所作。《雅》雖有刺，而其辭莊重，與《風》異。

得蔡虚齋公殘卷文集有序

蔡虚齋文莊公文集，不概見。曩於明何怍菴先生所輯《清源文獻》内，載其詩文三首，餘罕覯焉。道光甲申，輅續輯《文獻》一集，欲求公文數篇，以資私淑。極力訪借，無有存者。丁亥季秋，忽於郡友人敝篋中，得其舊刻殘文一卷，不勝欣幸。因借録幾篇，續登《文獻》。

清源文獻見三篇，片羽吉光意歉然。何幸搜羅殘卷得，如逢寶鼎出重淵。

自 傷

頑犬不堪隨出獵，老龜只合用支牀。庸愚碌碌虚生世，壯不如人老自傷。

秋日白雲寺

上方佛殿久蕭條，斷碣殘經歲月遥。古寺無僧香火冷，滿庭紅葉下蕭蕭。

秋日邨莊即事二首

凉秋阡陌值西成,處處腰鎌刈稻聲。邨落堆囷婦子喜,椒馨酒醴可兼營。

其　二
滿林黃葉凉颸生,何必驚心蟋蟀鳴。彈枲木棉花似雪,紡車軋軋響柴荆。

八月梅石書院桂花盛開,書示諸生

深院當秋桂馥時,天香冉冉入書帷。栽來自是廣寒種,各許諸生折一枝。

書示兒孫輩二首

剥復盛衰理不移,衰從盛極剥復基。始終萬古惟斯理,君子兢兢盛復時。

其　二
迪吉逆凶報速遲,鑒觀主宰理無移。參差翻覆偶然事,冬熱夏寒或有時。

九月十九夜枕上作

半滅殘燈睡不成,醒來譙樓甫三更。既愁牀上無溫被,又惱枕邊有蚊聲。

秋夜獨坐

空齋寂坐對孤檠,強欲觀書眼不明。艷菊庭前遲月色,芭蕉墻外送秋聲。

秋日對菊三首

天清氣肅白雲悠,陶公有菊伴三秋。窮愁病困隨安命,蕩蕩委心任去留。

其　二
紅紫白黃綻滿枝,渾同凡艷鬧春時。天然逸品標高致,澹静幽姿人不知。

其　三
九秋風景澹凄幽,恰值黃花隱逸流。景色相遭造物巧,雪梅宜蠟菊宜秋。

宿林口邨莊

萬松林裡叫昏鴉，投宿荒邨野老家。謝得主人多禮意，隻雞樽酒話桑麻。

冬夜宿海濱護垵莊

海天風起夜潮生，葉葉歸舟載月明。孤館寒燈愁不寐，門前斷續漁歌聲。

冬夜宿海濱杜嶼

淡月疎星河漢橫，邨雞膈膈應潮鳴。三更寂歷枕衾冷，臥聽漁舟欸乃聲。

隱背

殘軀枯瘠癢難支，焉得搔爬人不離？欲訪一方堪隱背，鄰侯有式松樛枝。

道光丁亥十一月初六日，冬至後一日

灰飛葭琯噴無餘，短至初過日漸舒。繡閣金針添弱線，芸窗斑管益行書。

道原

道原無極先天初，物則民彝賦有餘。率性脩明賢聖事，臬夔益契讀何書。

會心二首

周子不除窗前草，橫渠偏喜聽驢鳴。兩賢意緒非難會，活潑自然天趣生。

其二

魚躍鳶飛皆是道，驢鳴草發亦天機。靜觀自得物中意，觸處會心契隱微。

勉客

運際阨窮心自壯，貧無衣食死為鄰。王孫一飯哀韓信，賤婦負薪棄買臣。

讀史有感二首

污行非惟僅辱身，下羞孫子上羞親。古來奸惡都卿相，那及力田孝悌人。

其　二

讒匿鉅奸外若愚，機械狡譎與人殊。人間代有照妖鏡，直筆堪嗟少董狐。

廟　祭

墓墳藏魄廟棲神，如在洋洋來格真。禴祀烝嘗皆是廟，蕭膏牲醴肅明禋。

憶安仁縣署後玉真山古梅

玉真瓊蕊鬭春先，踏雪尋芳憶罷年。每到花時百回賞，人人笑我梅花顛。

見梅有感

鐵幹冰肌凌雪寒，倔強偃臥似袁安。幽香玉蕊幾人賞，俗眼惟知愛牡丹。

道光七年十一月二十一日過安平武當古刹有敘

淳菴弱冠，以貧艱於求配。有安平陳氏女，年十九，許配余。顏秀才穀洲、賴秀才周揚爲媒，陳氏叔欲一晤余乃定。適余到安平，賴、顏二兄邀余到武當聖殿晤陳。陳甚意得，後以余家酷貧，爲人屢阻，卒不成聘。殘事去今六十餘年，余年八十四，賴、顏二兄歿已兩紀，訪其後嗣，皆衰頹零落。重過斯地，回憶當年，愴然有感，口成一絶句。

安平古刹我曾行，回憶賴顏淚欲傾。六十年前茲坦腹，終嫌貧困塏無成。

道光丁亥除夕三首

茅堂勤掃净無苔，整理圖書度歲來。誰似吾家清福具，百函詩史一瓶梅。

其二

不想糟雞過臘魚，園蔬雪笋大烹如。三杯藷酒陶然後，酩酊歌詩樂有餘。

其三

清酏笋脯歲當除，祭告長恩辟蠹魚。貧鬼不知相借問，答云我是來司書。

《致虛雜俎》云：司書有鬼，名長恩，除夕呼其名祭之，則書不蠹。

戊子人日

東風澹蕩氣和融，茅屋雞鳴日正中。里社春盤邀老會，童顏鶴髮鹿裘翁。

春雨初晴，樓上觀耕二首

小樓獨上似春臺，樂事觀耕實快哉。萬象華敷韶景好，吾心涵得有春來。

其二

春雨連綿膏澤濡，西疇南畝犁雲區。春來力穡秋多稼，自笑不如襏襫夫。

梅石書院閒坐口成二首

歷落宦途卅二年，淳菴司訓永定六年，移訓詔安二年，渡臺訓嘉義五年，西歸訓邵武十年，截選爲江西安仁令九年。西江東海聳吟肩。於今望九髦迂叟，梅石春風手一編。

其二

成書六百有餘卷，拙宦三十又二年。望九談經山長席，盤飧苜蓿寒無氊。

哭四歲孫焴英痘殤，戊子二月廿八日二首

吾家書種豈應休，何事童烏不可留？使我耄年八十四，傷心一慟淚難收。

其二

一憶斷腸因夙慧，愡中髣髴見形聲。誰人竟似莊周誕，壽夭無心一死生。

嘉慶二十年乙亥在安仁買歐陽文忠公集三首

誦讀公文四十年，而今華髮已盈顛。空嗟仰慕成虛願，猶自搜求六一編。

其　二

版高字大豁雙眸,勝似殘編費補修。三十年前,購《居士集》一部,蠹殘已甚,修補不能完全。今得佳本,大愜素願。莫笑餘年耽殘老,平生一志仰韓歐。

其　三

文章道學裕經猷,人品應推第一流。史策如公能有幾?瓣香繪像自瀛洲。輅在臺灣,繪像祀之。

壽何瞻庭老先生柏梁體四十韻

清紫葵羅長鬱蒼,劾靈挺秀發其光。磅礡鍾毓生賢良,蘊道蓄德盛文章。南海明珠崑岡璜,勳庸黼黻紀鐘常。瞻庭先生世德長,申甫嶽降孕育祥。神童人擬江夏香,渥洼奇駿丹山凰。層霄振彩羽翼張,八埏歷騁無羈繮。舞象共試童子塲,下筆珠璣傾綺囊。鈞韶鏘鳴神龍翔,五千之士絕鴈行。瞬息瓊林綾餅嚐,大書鴈塔姓名芳。牛刀小試詠甘棠,種花桃李滿河陽。德政頌碑簇道傍,惟君德政銘肺腸。煙霞泉石樂未央,抽身解組早還鄉。圖書滿屋竹方牀,一絺一褐度溫涼。香山未會洛社荒,二三耆舊閱星霜。琴樽棋壺書畫航,柳塘花榭共徜徉。清和時節薰風颺,稀齡純嘏壽而康。萊綵瑤環滿華堂,搢紳珠履頌且慶(揚)。八四耄耋菁華藏,撫今追昔意難忘。與君相知周甲強,願君夔鑠壽無疆。黃流載獻九霞觴,並進俚詞竊柏梁。

聞　雷

舊臘太陰閉不寒,陰陽乖錯老人歎。轟雷霹靂幾聲震,陽氣發舒民物安。

琵琶亭

千載琵琶已絕聲,潯陽亭子猶呼名。當時司馬青衫淚,謫宦離妻同一情。

聞布穀

半尺新秧已插田,平疇水滿綠連阡。多煩布穀聲聲叫,自到催耕穀雨前。

人生憂樂

五十以前春夏似,艾年過後秋冬如。人生憂樂常參半,順逆往來有乘除。

老　墨

麝煤膠筆製來新,老墨純和運筆神。十笏珍藏銷幾許,耄迂自笑墨磨人。

漫題二首

解組十年不折腰,竹牀芸巷自逍遥。荒邨耄耇無人問,耆舊凋零友牧樵。

其　二

壯志鵬搏薄漢霄,於今不及一鷦鷯。呼迂呼蠢憑人誚,自信寒松耐後彫。

自惜二首

少孤慨惜少從師,愚昧今年八十餘。不究淵源終俗學,銷磨佔畢廢居諸。

其　二

痿痺八年貧病攻,塊然木偶尸居同。尚懷好學昔賢耄,抑成賓筵衛武公。

鬼神二首

虹雨風霆造化蹟,陰陽伸屈氣良能。鬼神二語知情狀,餘說紛挐不足憑。

其　二

古來祀事重明禋,休言橫渠無鬼神。七戒三齋緣祇事,燔燎鬱邑又何因?

紙　錢

紙錢禳祓始唐人,康節烝嘗用祀親。曾告伊川明器類,於今紙貴半資神。

唐《王璵傳》:漢以來,葬者皆有瘞錢,後每遭發掘,後世稍以紙寓錢爲鬼事。唐王璵乃用爲禳祓。禱神用紙錢,自璵始也。邵康節先生春秋祭亦燔紙錢,伊川怪而問之,曰:明器之類。

俞都督虚江故宅

老屋桐城北，前明都督居。鄧俞交刎頸，衡宇比相於。正氣遺編在，平倭將略餘。流風三百載，舊閈未荒墟。前明俞大猷虚江，與鄧寒松城，俱晉江人，同受業王遵嚴先生之門，皆善詩文，爲刎頸交。後各爲名將，大顯武功。虚江著有《正氣堂集》，築室爲鄰而居。今二第尚巋然存。

雜詠

天道從來忌太侈，人情每事爭有餘。有餘便即爲天損，不信前途看覆車。

讀顔桃陵王恭質公用汲麟泉詩集序

恭質詩多軼，桃陵序未湮。公忠由本性，篇什類斯人。劾相披鱗黜，明刑聽悚神。石龜經故里，零落子孫貧。王公用汲，晉江石龜人。性剛忠質直，官刑部侍郎。神宗朝，以劾張居正免官歸，再用不起。卒諡恭質。

戊子上元五首

喜際上元風日晴，呼童買菜煮春羹。膨脝飽食扶鳩杖，隨興觀燈到幾更。

其二
花果禽魚各一枝，兒童擎出鬭新奇。敲鉦打鼓喧衢巷，熳爛天真樂不知。

其三
閨閣家家喜鬧妝，招邀女伴看燈忙。今宵乞得好風月，姊妹相逢話正長。

其四
繁絃節拍雜簫笙，嘔啞邨歌亦適情。不負燈光與月色，熙熙隨衆且行行。

其五
時泰年豐百物亨，上元美景樂群生。老夫亦在春臺上，一曲長歌醉太平。

戊子七夕四首

牽牛織女本相憐，同在河西不隔津。只爲武丁騰口説，一年一夕會茲晨。

其　二

雙星耿耿銀河秋,終古在斯無去留。浪説鵲橋今夜渡,宛成織女嫁牽牛。

其　三

東鄰智巧勝西鄰,乞巧年年猶禱神。可惜天孫無拙乞,分些拙與世間人。

其　四

一杯小酌情無怡,瓜果雖陳無昔時。耆舊零如秋草萎,與誰分韻更敲詩?

閲宋史六首

藉金滅遼盡禍烈,藉元滅金國亡元。太阿一利倒持柄,徽理二宗智早昏。

其　二

二帝蒙塵國播遷,稱臣割地社幾顛。偷安畏懦忘讐恥,南渡猶存百六年。

其　三

章蔡汪黄國步難,秦韓史賈忠良殘。賢邪用去兩相反,半壁東南豈自安?

其　四

鼎革興亡氣運然,偷生忍辱宋爲先。徽欽北去三宫繼,没齒優□活北燕。

其　五

景定咸淳運已衰,權奸賣國更難爲。一君已死一君立,殘息猶存不廢醫。

其　六

舟中立國豈能延,宋命將亡僅一屐。盡瘁三忠陸公秀夫、文公天祥、張公世傑。忠已盡,終歸人力不争天。

道光戊子大比,八月初十夜梅石書院枕上作

五十餘年舊戰場,三條燭盡力猶强。書香種子歎衰息,耄眼看人彙舉鄉。

中秋夜梅石書院玩月二首

記得中秋彭蠡船,清光萬頃月娟娟。扣舷歌罷月中卧,恍惚廣寒宫裡眠。

其　二

三場試罷悚闈開，萬丈文光射斗來。丹桂蟾宮秋正馥，諸生折得幾枝回？

過丁鴈水臬使絃圃故址二首

幽堂曲徑草離離，衰柳夕陽卧碧池。舊是丁公絃誦地，閒吟黃葉雨中詩。

鴈水有"青山秋後夢，黃葉雨中詩"句。

其　二

雨後假山猶起雾，春來廢沼有鳴蛙。風微人往孫支替，鴈水詩篇半掩埋。

戊子梅石書院中秋夜續詠

蟾光瀉彩半分秋，石上梅花如水流。是處月明皆可賞，庾公偶興武昌樓。

肌　瘦

不充脱粟況饘䭒，瘦去枯肌盡露筋。莫笑菜根長果腹，從來此腹負將軍。

余令安仁，署中無戒石碑二首

戒石碑文山谷書，煌煌銘語出宸攄。自從有宋頒州縣，歷閱春秋八百餘。

其　二

爾俸當思百姓脂，下民易虐天難欺。已無庭際當年碣，惟有心中戒石碑。

《江西省志》，周益公撰《黃文節公山谷祠記》云："宸奎天縱，至下取其筆法；戒石刻銘，遍於守令之庭。"知天下州縣戒石銘，黃山谷先生書也。

西禪廢寺

拓雉城西歷十朝，西禪廢寺□蕭蕭。王尼骨朽無遺蹟，惟有孤僧守寂寥。

崇福寺

崇福梵宮居女尼，松灣拓地城闉移。岐公安在女尼渺，惟有鐘聲似昔時。

陳洪進，宋乾德初，領清源節度使，封岐國公。有女爲尼，拓城東松灣地，建崇福寺以居之。今存。

涼秋雨夜

涼秋瑟瑟怯衣單，寂坐空齋夜已闌。衆慮冥心隨造化，滿城風雨一燈寒。

秋夜喜友見訪

瑟瑟秋風落葉紛，旅懷蕭索悵離群。一燈孤館愁無耐，何幸客來恰是君。

安仁解組將歸，幕友宋百泉以杜研齋同幕作餞別詩見示，步韻和之

已笑行囊無長物，難藏破袖有清風。水中萍合聚還散，雪裡鴻飛西復東。七載爲郎傷困瘁，一罇對友喜和融。人生窮達須安命，舒卷白雲隨太空。

臘月二十二日復作一首

吳頭楚尾路三千，十口移家迫杪年。左降難謀羈旅食，余以年老就教。歸耕將稅誰家田。乞兒漆椀宜搬徙，用晏叔原事。齊相狐裘冷禿氈。煎蠏庖蛙風味在，悠悠吾道付蒼天。

安仁旅次，臘月廿八雪夜讀史口占

旅館孤檠古史閱，老骨凝寒滿空雪。讀到忠良遭害時，憤氣騰騰濺心血。

讀白樂天先生卜居詩有感，追步原韻

宦學奔馳廿八春，爲貧而仕仕尤貧。歸田負郭無三畝，環堵何廬庇一身。破屋玉川真可羨，露居焦隱本奇人。凋零耆舊從誰借，寄我圖書並拂塵。

秋夜聞樓上管絃聲

蓽門蓬戶易生秋，四壁蟲鳴動客愁。遙夜殘燈寒寂歷，蛩聲不到管絃樓。

215

宋狀元梁灝有考

宋洪文敏公邁《容齋隨筆》云，陳正敏《遯齋閒覽》云：梁灝八十二歲，雍熙二年狀元及第。其謝啓云："白首窮經，少伏生之八歲；青雲得路，多太公之二年。"後終秘書監，卒年九十餘。此語既著，士大夫亦以爲口實。余以國史考之，梁公字太素，雍熙二年廷試甲科，景德元年以翰林院學士知開封府，暴疾卒，年四十二。子固，亦進士甲科，至直史館，卒年三十三。史臣云：梁方當委遇，中途夭謝。又云：梁之秀穎，中道而摧。明白如此。《遯齋》之妄，不待攻也。淳菴謂：文敏，忠宣公子也。《隨筆》考據詳覈，以宋人言宋事，又援證國史，可信其言不虛。因率成絕句，以正謬傳。

梁公父子首臚傳，四二三三壽不延。謬道甲科年八二，遯齋閒覽倡謊先。

續齊諧云，桂陽城武丁，有僊道，謂其弟曰，七月七夕，織女當渡河，諸僊各還宫。弟問織女何事渡河？答曰織女暫詣牽牛。四庫書内，宋袁文甕牖閒評云，世謂牽牛織女，故老杜詩云，牽牛出河西，織女在其東。然織女三星自在牽牛之上，主金帛，非在東也。二星皆在西，則世俗鵲橋之説益誕矣。淳菴因作絕句云

世傳七夕會雙星，説自桂陽城武丁。不看河西牛女在，鵲橋何用渡僊靈。

韓荆州

唐韓朝宗，思復之子。喜拔識後進，無顯顯可見之蹟。
朝宗宏獎盡風流，一識可輕萬户侯。太白投書聲價長，至今人説韓荆州。

令安仁時告僚友

愚直惟吾性，堅剛志不遷。殘年心愈定，理順事由天。

題蔗尾集

年衰境澹言無味，三事渾如蔗尾時。有藥聊將名蔗尾，何妨吾自□吾癡。

安仁署中作

當年甕牖耐寒饑，一命之官敢妄希？小僕難勝三尺篲，老妻爲綻一年衣。

冬青樹

其葉似榕，略短，經冬常青，青彫不落，江西甚多。

紛紛衆才共衰榮，獨自冬青老不更。惟有後彫松柏樹，可堪共結歲寒盟。

西園探菊

初到九秋候，西園幾度來。屢問灌園叟，叢菊開未開？

西園賞菊

西園賞佳菊，乘興出柴扉。清茶當美醞，無用煩白衣。

冬夜將曉，梅石書院偶成

城角吹殘月，星河落曉霜。人於年並暮，心與夜俱長。地接松灣古，書依梅石香。清源余老友，猿鳥久相忘。

後周韓通無傳

後周無傳列韓通，通仕晉唐節不同。五代史中難下筆，坡公慢怪問歐公。

春日荒邨獨坐三首

九年痿痺廢殘生，蹩躠扶攜耄耋人。無意盤桓消永日，芸編盡卷契前因。

其　二

無客荒邨少送迎，空齋獨坐下簾旌。不知春色盈芳甸，惟見庭前碧草生。

其　三

禍福憂歡不到情，任隨際遇勿心驚。倘然憧憂心隨動，尚有幾年白髮生？

道光己丑春日自題

耄蠢庸夫八十五，畢生出處皆辛苦。山樗到老終非材，慙愧食毛與踐土。

曾祖孝廉竹居公祠宇傾頹感涕二首

矮屋三楹代祀先，一經七世祭無田。梁傾桷朽貧難葺，上雨旁風望涕漣。

其　二

嗟余老死年無幾，能保先靈不餒而。供得蘋蘩脩歲祀，耄夫地下亦心怡。

輅四十年前以耆功陵替，氣運衰頹，到天心洞問仙祈夢，仙示以詩云，莫道將軍勇，前途事可悲。昔時安馬背，今來別人騎。於今驗此仙詩不妄也。感詠二首

四十年前仙告我，前途問事事堪悲。於今室壞人將盡，始信興衰運不移。

其　二

耆功陵替已淪亡，破屋頹垣實可傷。來復天心人事轉，可能廬墓不終荒。

家運逢衰，沉思有感

平陂往復理居先，門戶衰零亦適然。息事讀書真樂事，心田種德是良田。不能勉強惟安命，無可如何總聽天。八五耄夫搔白首，承家焉得子孫賢。

春日邀遊不赴

燕語鶯啼韶景天，花明柳媚共爭妍。老夫興澹無心賞，讓與後生樂少年。

聽邨中小童讀書

書聲朗朗日遲遲,邨塾先生教學而。記得老夫年十七,庖蛙煎蟮幾多時?

作　　詩

精華老去復如何,風雅全非鄙俗多。偶爾里人舒抑鬱,巴童巫女竹枝歌。

道光己丑元旦立春偶成

獨坐無情趣,整書自拂塵。梅於人並老,春與歲俱新。過訪無耆舊,畫容憶老親。簷前喧鳥雀,風日麗茲晨。

春日老病邨居二首

荒邨陋巷士,愚蠢迂拘人。慮集多添病,官微不救貧。膏粱非素志,編簡是前因。同輩凋零盡,農家作德鄰。

其　　二

斗室心安□,嬉遊意懶然。書編多舊讀,茶味復經年。東坡先生云:"茶經一年,至新芽生,則香味復。"老境春終澹,韶光物自妍。誰人邀傳座,杯酒導詩篇。

春日南塘閒眺四首

五里沙隄迴,千畦南畝長。石亭農父憩,課雨落邪陽。

其　　二

萍隙魚吹浪,蘆邊鷗穩眠。南塘新綠水,簑笠簇東阡。

其　　三

白鷺行芳草,蜻蜓抱釣絲。柳陰人獨立,倚杖聽黃鸝。

其　　四

碧水瀠洄繞,秧針滿綠疇。牧童牛背笛,逸韻出芳洲。

警　草

臨崖勒馬未成險,隨溜放船難復收。崖馬轉頭猶大道,溜船放縱豈安流?

梅石書院白蓮

亭亭君子出泥姿,潔青□芬静對□。挹此也能消鄙吝,何須快覩牛醫兒。

□□南樓雨中曉望

細雨樓臺雲樹茫,人家萬户鬱蒼蒼。葵朋清紫煙嵐重,盡在空濛一望中。

書　自　信

有命自天生我身,賤貧富貴有何因。賦形落地生來定,不信干支賣卜人。

雨中見紫雲雙塔

雙塔凌霄繞刺桐,累朝造作有神工。紫雲寺裡千年在,鈴語半空煙雨中。

道光己丑午日桐城百源池看荷

芒鞋竹杖□輕羅,倚檻觀蓮逸趣多。小艇荷中人籟響,兒童學唱採蓮歌。

宿　井　尾

丹楓瑟瑟落平沙,白屋□墻濱海□。日暮歸舟齊曬網,聲喧□□賣魚□。

耄老述懷

孤貧坎壈自傷余,八五光陰顔莫舒。一命濟人心豈遂,卅年竊祿位終虛。衰頹壯志銷雙鬢,貧病親知絕尺書。懊恨兒孫無踵起,一經八代蠹餐餘。

自　愧

八十五年樗朽身,學脩仕宦不如人。無成一業虛生世,到此空嗟與鬼鄰。

年八十五時囑付兒孫

蕭然四壁架詩書，無宅無田可爾□。困苦艱難强立志，傳家□孝能吃苦。

□與友論脩史傳

彰癉無私公且明，人非鬼責足心驚。董狐一管□天筆，字挾風霜鐵鑄成。

旅次逢故人

暌違三紀變鬢眉，不叙姓名那得知？相看龍鍾俱潦倒，匆匆握手悵分離。

喜　鵲

南人喜鵲北歡鴉，禽鳥無心宿那家。何若一心多喜善，門庭慶集福綿遐。

示子孫四首

節儉原望養福基，奢華侈靡幾多時。兢兢守約□餘地，天道忌盈總要知。

其　二

仁厚謙恭顏氏言，顏茂猷曰："凡家世茂盛□□以仁厚謙恭立教，故能保世滋大，不爲造物所忌。"律已立教此優先。老夫屢語非迂闊，刻薄驕矜福不延。

其　三

餘慶悠悠憑天道，惠迪兢兢在我心。一念長存强爲善，不圖倖福詒謀深。

其　四

百年萬事歎川逝，八世遺經將付誰？剝復盛衰歸氣運，洪鈞主宰豈人知？

道光庚寅人日夜枕上偶成二首

讀書千卷邨愚子，痿痺十年病廢人。暮齒八旬今又六，所生真忝不才身。

其　二

枯榮有定胥歸命，禍福無常總聽天。安命順天由賦畀，枯榮禍福孰知先？

見半枯榕樹有感

荒邨榕樹半枯皮，雨露□□度歲□。似我十年痿痺病，左身作廢待扶持。

道光庚寅正月三首

景淑物駘茫，年豐時亦和。春臺熙臯日，閭巷太平歌。

其二

序際三陽泰，春回萬象熙。交歡鄰里洽，羔酒醉龐眉。

其三

稚舞鳴錢鼓，俚謳戲蔗竿。羊裘黃耇老，扶杖攜孫看。

深滬獅山晚望

獨立獅山一望遙，羅偓遺筆莽蕭蕭。《閩書》□□羅隱成偓，書"深滬"二字。余尋不見。滄波斜日漁歌起，葉葉歸舟趁晚潮。

梅石書院即景二首

門前樹色交加翠，屋後□□□叠陰。小圃種花園種豆，半居城郭半山林。

其二

新荷出水能擎蓋，乳燕離巢便學飛。物性初終原不易，如何人性與初違。

宿永寧古衛城

海濚築偏城，防倭自有明。千家環一衛，百雉障東瀛。古堞烏啼夜，歸舟網曬晴。佃漁今樂土，刁斗不聞聲。

暮春山齋阻雨

山齋長日雨如絲，最是困人為客時。悶極無聊過小圃，始知花信到酴醿。

求王恭質公用汲麟泉詩集不獲

文人著述半風煙,若個兒孫永世傳。空費畢生心力盡,誰云□□可□□?

陳用之先生碑

荒碑橫臥草芊芊,字蝕風侵不紀年。□有□□□蹟在,振興後學特開先。

孝廉方正徵士敦堂蕭君漢傑年八十,舉人、郡學教授禹門黃君人龍年七十九,進士、襄陵令瞻庭何君奕簪年七十一,舉人、安仁令淳菴柯輅年八十六。瞻庭與淳菴同應童子試,敦堂乾隆庚寅同為學官弟子,禹門乾隆丁酉同舉於鄉。道光十年庚寅四月十八日,瞻庭何君誕辰,共集其□□,歡談竟日,管絃迭奏。淳菴即席口占,以紀□會

四人三百十六歲,同來□□何君堂。同科同泮幾周甲,雅慕□□酒一觴。

淳菴詩文集卷十三

序

閩中述舊序

余輯《閩中述舊》一十五卷,自閩地建置沿革、氣候風俗、山川古蹟、人物軼事,略撮其概。

唐末五季,僞閩王氏竊據閩中。興滅僭革,弑亂荒淫,志乘未詳。①間取歐陽文忠公《五代史》參考之,以覘始末。

蓋閩之志乘多矣。自東晉太守陶夔始作撰記,越四百五十六年,唐林諝增爲之。宋慶曆間,林世程作志,去諝之作,歷年百九十又三。淳熙間,梁克家廣《三山志》四十卷,去世程之作,歷年百三十又九。元致和間,有《三山續志》。明黃仲昭作《八閩通志》。又一脩,正德庚辰。再修,萬曆己卯。逮我朝制憲郝玉麟修②《福建通志》,始雍正六年,迄乾隆二年,《通志》成。溯而數之,閩之志乘亦多矣。

夫閩僻處東南濱海之間,粵自無諸奔徙海上,自王閩中。秦置郡縣,廢爲君長。漢興,佐漢滅秦,復率旅佐漢擊楚。高帝多其功,復王爵,建都東冶。厥後,郢與無餘輩,據險相傾,反覆無常。是以武帝徙其民江淮之間,而虛其地。始元、建武間,生聚寖多,始置侯官都尉。越及六朝,至於唐初,草昧荒服,聲名文物不得與中州齒。百有餘年,而歐陽詹、薛令之、林蘊、林藻諸君子出,風氣漸開,人文日盛。宋、元、明以來,道學接踵,衣冠物望,至有海濱鄒魯之稱。

顧吾謂東晉去漢未遠也,無諸以下,事蹟可徵,陶夔撰記,所志必詳。而林諝增記,距夔至四百有餘年,寧惟襲夔之舊。計此四百餘年中,徵文考獻③,紀載幾何。即林、梁二志，自唐初以後，風土文物，亦必廣採④，且援夔、諝之遺，因仍故實，益而成書，是非考古者，所欲博取廣聞，心知而目覩之者乎。何晉唐撰記，雲散風流，雖宋、元、前明諸志，爲時未久，亦遺軼難覯，上下古今，以憑考據者，國朝《福建通志》一書，以⑤信今而傳後耳。嗚呼！時世久遠，守缺抱殘。前代遺書，消亡磨滅，不可勝紀，獨閩之志乘乎哉？⑥《通志》⑦浩繁，艱於攜籠奔走。爰參古籍所及見一二者，撮爲述舊一編⑧，時得略覘桑梓故事云。

勸修偃松寺序

邵武城東北一十五里，仁澤下鄉，舊有偃松寺者，創自唐會昌間，廢久矣。後人就故址構草屋二間，居住持浮屠。鄉長老思復其舊，丐余序其由來，以告里閈向義者共成之。

夫寺名於何始？昔東漢明帝時，佛氏來中國⑨，命寄居鴻臚寺。後凡佛之居，多以寺名。自⑩佛氏之來於漢也，守空虛寂滅之學，言性與吾儒異。儒言實而釋言空，儒言有而釋言無。故其弊至於屏絶倫理，蔑棄禮法，惟養其光明寂照之心，而一歸空虛。而後世談佛，譎誕者又攘竊莊周、列禦寇之說，以佐其高。沿及禪家者流，宗其教而歧出之。曰⑪出家獨善，則無異楊朱。曰苦行布施，則無異墨翟。楊朱，老聃弟子，其學實宗老氏，則又佛而老矣。甚其粗者，則爲輪迴因果、地獄報應之說，以誑惑愚人，而亦非祖佛之本意。蓋佛氏之教，彌衍彌變，而其技亦虛誕而彌窮矣。

六朝以來，其教盛行。佛氏寺觀，所在皆有。流及有唐，尤爲特甚。蓋其風氣所趨，日漸月積，泛濫蔓衍，勢使然也。

偃松寺者，處鄉野僻壤之區，遺址彈丸，非高堂廣殿，閎敞壯麗之比。其像設莊嚴，與頹垣斷礎，滅没荒煙榛莽之間，不知其爲佛氏之祀與否。然吾以地度之，知其不以爲奉佛氏也⑫。其跡雖以寺名，毋亦鄉村里巷，祀其守土之神，以爲秋冬報賽，水旱疾疫，祈禱之地。夫以爲佛氏之寺，則可以不脩。以爲祀守土之神，爲祈報之地，則不可以不脩。蓋民事重而佛道非⑬也。

惟向義者共起而成之,即以祀其守土之神⑭,則神奠此一方,能爲民禦災捍患,而斯民之報賽祈禱,亦於是乎賴。至於復會昌千有餘⑮年之故址,而不使終於泯滅,則又其後焉者也。書此以告其鄉人。

閩中詩話序

曩余《閩中文獻》一書,集唐代以來⑯閩中詩文八十餘卷,略而未備,未獲卒功。繼輯《閩中風雅》四卷,自歐陽詹、林藻、薛令之、許稷、周匡物、黃璞、黃滔、徐寅、陳嘏諸先生以來,歷五季、宋、元、前明,吾閩先賢名儒,鉅公學士,以及山林之逸,閨閤之秀,著爲歌詠,見諸篇什者,採⑰取一二,而遺略太甚。于是故家舊閥⑱,借拾殘篋,訪求遺籍,偶有所得,日復增益。嘉慶丙寅夏,寓官邵武,遂並輯爲《閩中詩話》一十六卷。

夫詩之有話者何?話其人里居字號,仕宦出處,話其詩風格體裁,因⑲並話其品望行誼,遠韻逸事,稽諸紀載,得之傳聞,而歷歷可證者。使後人讀其詩而知其人,知其人以論其世。古人可作,千載一堂。此則余詩話之輯之意也。顧余因之有感矣。夫唐至今,千有餘年,即五季、宋、元、明代,亦數百年矣。兵燹所焚燬,蟲蠹所剥蝕,銷磨澌滅,存者什一於千百。而況大雅之後,多傷陵替,遺文斷簡,零落荒煙,即有存者,亦散亡殆盡。蓋文字之存滅無常⑳,而時代之遷流久矣。嗚呼!士生千有餘年之後,欲舉鄉邦千有餘年以來之風雅故實,搜羅捃摭,採集無遺,雖力能致者,往往難之。況以余家貧無書,耳目謏陋乎哉!此又余詩話之輯之有餘情也。然而吾心向往,歛殘集散㉑,代不數人,人不數篇。仰先輩之風流,存鄉邦之文獻。《詩》不云乎,"維桑與梓,必恭敬止",此物此志矣。若《閩中文獻》一書,衰邁奔走㉒,此志尚懸,不知其尚能卒業否耶?

嘉慶十一年五月二十八日,柯輅書㉓於邵武司訓學舍。

樵川紀聞序

東坡先生詩,謂人生到處似鴻踏雪泥,留指爪泥中,鴻復不計東西去矣。余自乾隆辛亥,迄今宦遊十五年,司教者五庠,始晏湖,次丹詔,己未渡海而東,訓武巒,攝磺溪,今來邵武。所過之處,鴻去爪滅,所爲留痕者幾何耶？然余每至其地,考其山川風土,訪其古今人物,風流文獻,未嘗不俯仰興懷,曠觀博採,筆之簡册,以擴見聞。故於晏湖、丹詔,其文章足尚者,則載於《閩中文獻》。其古蹟人物,亦時見於詩歌、雜紀。武巒、磺溪,則有《海東宦遊草》。其細碎奇異,特見海外者,則別系以《東瀛筆談》。

兹來邵武三年矣,其山川則樵嵐道峰、七臺杉關、蒙谷熙春之奇秀；其人物則李忠定、黃簡肅、何叔京、李果齋、李光祖、鄒文靖之傑出；其風流淵雅,則九嚴二黃之逸韻。宋詩人嚴羽兄弟九人,元黃鎮成、黃清老,皆邵武人。㉔余嘗廣覽勝區,考稽載籍,既略得其概,而不採其文獻風土,留爲足跡所經之見聞,其負斯行實甚。乃輯《樵川紀聞》二卷。邵武郡治,樵嵐在其西,樵溪之水入城中,其流九曲,故郡名樵川,而紀聞因之。客閲是編,戲余曰：是非鴻爪留泥,乃泥粘鴻爪也。余笑曰然。遂書㉕以序其編端。

代富敏齋郡憲募脩邵武府育嬰堂序

育嬰堂之設,由來舊矣。保㉖嬰孩之命,大好生之仁。收恤存養,事至重而德意深也。至㉗邵武育嬰堂,所係㉘尤急。閩俗陋風,以溺子女爲常事。嘗讀李忠定公《甌越銘》云,建炎四年,甌賊范汝爲作亂,破邵武、建、劍諸州,後王師削平,其徒盡殱,以鉅萬計,説者謂甌、閩人二百年來,溺子女之報。其實蓋由不明父子之恩,是以不明君臣之義,因果報應之説,不足言也。楊龜山先生云,閩人產子,多至三四,即溺之,以貧不能養,且不能恤其後。四明仲寬俞公宰順昌,新安韋齋朱公尉尤溪,皆作戒殺子文,以勸其鄉人。蓋自宋以來,此風未之有改也。今溺男之風息,而溺女之風猶存。余蒞邵武,深憫痛焉。夫其置水胎盆,初生溺死者,殘忍無論矣。即有稍存不忍之心,產後數日,裹以衣裙,貯以竹筐,棄置道旁,望人收養。臍血未乾,呷嚶蠕動,饑不得乳,寒不奈風,呼吸之間,移時死矣。嗚呼！爲父母者,不養其子,而望養於他人,均致其死,與溺死盆中者何異？豺虎鴟鴞，猶知愛子，爲父母者，是誠何心！然苟收養有人，則其殘害不能至此。故余謂邵武育嬰堂所係尤急也。

夫國家休養生息，涵濡煦育，百六十有餘年矣。仁愛之恩，施及萬彙。此固沿久陋風，重極難返，然不能仰體恩德，保護生嬰㉚，謂非守土者責耶？邵武舊有育嬰堂，資費不充，日久寖廢。茲商郡司馬香城関公，暨四邑令尹，共起而復㉚之。官出己俸，民勸輸資，量得白金千有餘兩。稽舊遺，增田產㉛，年計所出，修垣墻堂室，庖湢器皿若而事，月養乳母數人，給其衣食，償其工值，收養閭郡棄置嬰孩。每十日，官親察視。乳母有勤怠，嬰兒有疾病，勤怠有賞罰，疾病有醫藥。兒能衣食，則計口授糧，計人授㉜衣。吾知民有欲溺其女者，欲棄其女於道者，抱攜襁負，寄此養生。遲之歲月，有父母願領回者聽。否則，有願取養爲婦媳者亦聽。年十五以上，則官配嫁之，使無摽梅扶蘇之傷。如此實心舉行，歷久不息，則上順天地好生之仁，體重熙煦育之恩，亦吾輩惻隱之心，感觸慘戚同然，發見而不容已之事也。夫爲政莫先愛民，保赤尤爲急務，毋緩乃謀，共成斯舉焉。

游氏族譜序

嘉慶九年冬，友人侯官孝廉瑾田游兄，持其家譜示余曰：吾家之譜，始作於宋文清公，由來舊矣。抄本年久損蠹，今既重新之，以示來茲。惟子爲我識數言可乎？敬諾之㉝。

游氏之先，本周姬姓，後封于鄭，爲子太叔游吉後，子孫析居建康。唐季，其祖五丈公，由建康入閩，擇建州長平之虞公墩，遂家焉。由五丈而九世，則有文肅公諱酢，官御史，與楊龜山先生，立雪程門，載道而南。十世有文清公諱九言，官龍圖閣直學士，爲張南軒高弟子。其弟莊簡公諱九功，官寶謨閣直學士，贈少師，建陽縣開國伯，受其兄文清學。茲又游之最顯者。其餘衣冠文望，著姓閩中，言氏族於建州，則以游、劉二氏爲首。長平、五夫，至今耀人耳目。

嘗考氏族之類，昔黃帝之子二十五人，堯、舜、夏、商、周之先，皆同出黃帝，而姓氏不同。其後分土受封，或以國姓。至於公子、公孫，官邑諡族，皆因命氏。秦漢以來，官邑諡族，既不自别爲姓，又無賜姓之禮，所以遷徙無常，祖宗世次不可回溯。魏晉以門第官人，綜核百氏，著爲世譜，藏於有司。降及李唐，猶相崇重。乃喜附名閥者，每不恥冒後他人。及五季衰亂，世譜蕩然無存，而氏族愈紛矣。

游氏之先，肇始姬姓，系出太叔，其源清也。周之宗盟，支庶靡替，賢哲之後，代有令嗣。繼宋以來，至於我朝，簪紱世胄，踵接相望。游氏之族，彌衍彌光，其來有自。夫國莫重於史，家莫重於譜。使亡者常存，疎者猶戚。故名閥著姓，必有家譜。家譜不修，則世次不明，而族屬無序，一本之親，相視如路人。欲望其追本溯源，念功述德，油然生其孝悌敦睦之心，其可得哉？瑾田續學立行，乾隆庚子舉于鄉，欲申本源族屬之義，故惓惓宗譜。其新斯譜也，迪前人光，以貽厥後人。瑾田其大有後於游氏乎！

重修元湖洞菴序

永定多山，蜿蜒迤邐，盤紆磊矗，綿亘數百里。邨墟田疇，錯出于巖谷溪壑間。山水勝者，永人結菴觀，蓋亭閣，以爲歲時遊觀之所。最著者，則東華銅鼓棪嶂文山亭、許公隄，而元湖洞不與焉。

洞居晏湖之東，未至洞里許，石徑盤曲，如往而復。洞口怪石玲瓏，高低穿插。竹樹蓊翳，錯雜扶疎。其地或㉞巋然而高，或㉟曠然而廣。或窈而幽，或蔚而秀，或窆而深，或紆而廻。下視則平疇繡錯，邨落高下，野色溪光，眼前來會。昔人結菴其上，以便遊觀，今廢久矣。

乾隆癸丑秋，余偕鄭生培珍，往遊其地。乃歎曰："天下異山水，出於窮巖僻壤之區，煙雲之所出入，草樹之所蒙蔽，百十年間，亭寺荒墟，洞壑晻曖，鳥獸叫號，遊人絶跡，遂使林泉無色。其廢興豈不以時哉？㊱夫山水之佳者㊲，或久晦而始顯，或既顯而復晦。當其顯也，莫不㊳有亭寺點綴，以爲高人韻士遊觀憩足之所，而後山林泉石掩映生姿，遊者樂至其地，山林泉石亦隨處鬭景而更顯其奇。如斯洞者，豈不以菴之頽廢爲冷落哉！"

鄭生曰："然。斯菴之欲新久矣，屢謀復止。[39]生授書龍門之鄉，與斯地近。宜復謀諸其鄉人，請奮然一新之。"歸而謁諸鄉耆老，皆懲恵從事[40]。遂計用工之力，各若干數，木石甓瓦之費，各若干數。籌度既定，分任經營。始癸丑九月，以是冬十一月菴成。基仍其舊，寺作其新。翼然聳然，林泉增色[41]。鄭生請余序其新菴歲月，並所以復新之由。余既序之，復告鄭生曰："菴之成，湖洞改觀矣。當待臘間寒巖積雪，山梅盛開，余將偕友策蹇尋芳，往遊其地。陟[42]巘嵷，登元洞，曠覽溪山之勝，盡興而歸。以生為東道主，生其開柴門以待，毋忽。"噫！鄭生亦不俗之士哉！

永定賴氏廟規序[43]

《禮》曰：大夫三廟，士一廟，庶人祭於寢。伊川先生云，庶人無廟，立影堂。《朱子家禮》曰：祠堂，蓋伊川嘗謂祭時不可用影，恐毫髮不像其先，則祭將安屬，故改影堂為祠堂。宋以來，士大夫以至庶民，或立家廟，或立祠堂，皆各有祀先之地。設主則自始祖遞下。祭之時，或用春冬，或用俗節，卒無定期。揆之以禮，則僭。朱子曰：始祖之祭，古無此。伊川先生曰：以義起，某當初亦祭，後覺似僭，遂不敢祭。今習俗皆立祠廟，各祀始祖宗支，要以報本反始，不如是，則為人子孫，莫知所自，而仁孝之心茫乎無所寄，意固未嘗不善，故亦莫之禁，而相沿成俗也。

永定[44]撫溪賴氏，宋以來，未嘗無一命之榮，於義宜立廟，而闕如。舊有祖祠[45]，規模草略。乾隆庚戌，貢生賴平山倡族人言曰：君子將營宮室，宗廟為先，今鄞江衣冠之族皆立廟，獨撫溪賴氏闕如，非所以妥先靈，永孝思也。我子孫得無念諸？眾皆曰善。爰立廟汀郡東南，度地經營。工材並舉，門堂寢室墉垣各具，朞年而廟成。平山又言曰：無田不祭，無器不誠，無規則紊。乃率族人置祀田，造祭器，定祭規。奉撫溪賴氏之先，俎豆於此。賴氏舊有竹林文會，以課族子。課有賞，試有資。補弟子員，薦於鄉，捷於春官，以差給喜幣，成規久而稍弛。茲家廟既建，與祀田祭器祭規，並立而簿正焉。族子試府院者，寓廟之偏齋,課藝論文,磨淬鼓舞。少者役於父兄,長者教其子弟,嚴肅敬讓。家廟成而家塾之義行乎其中,一役而兩善舉矣。

諸生賴倬雲,以其廟規簿正,丐余序之。余維賴氏立廟⁴⁶,蓋補于其前之所缺,揆之以禮而無妨于一廟之文。將以追其祖之魂魄精氣於冥漠之表,以致其誠,且及其祖所欲慈之子孫,而胥教誨。《禮》曰:"致反始以厚其本。"《詩》曰:"教誨爾子,式穀似之。"賴氏有焉。惟爾賴氏子孫,世守斯規,永遠勿替。余言何足重也。

手謄魯闇公家譜刻本後序⁴⁷

吾家南宋以前之譜,亡久矣。作始於族伯祖、前明貢士、廣東雷州府教授得朋公。繼作於族叔祖、進士、徐聞令魯闇公,又繼作於輅高祖、文學掌湖公。譜凡三成。我柯氏本姬姓,按《吳越春秋》及《史記》,吳仲雍,子季簡。簡子叔達,達子周章。章子雄,雄子遂。遂子柯相,相子彊鳩夷。夷子餘喬疑吾,吾子柯盧。柯氏其後也。先世居河南光州固始,唐僖宗光啓中,有祖從王緒入閩。歷五代至宋,柯氏之族寖大。宋居泉州,第進士者二十有一人。祖諱慶文公,以進士官秘書屯田員外郎。長子諱述公⁴⁸,官龍圖閣直學士,世傳南塘子孫是其裔⁴⁹。而朋公譜作於永樂初,以宋遷居南塘八世祖塘邊叟公始。⁵⁰蓋前譜既失,世次闕如,不敢昧其所自出,惟祖其所可知,禮也。未久,其譜又亡。魯闇公得得朋公遺譜於郡中傅樞密府,繼續而脩明之。在明正統,閱世十,族聚二百有餘人。魯闇公自序曰:首族譜,重本始也。次分各派,諱其自出,重所親也。次爲牒,紀行實也。長幼之序不可紊,故行次繼之。序記題詠有關於譜,故又繼之。誌銘哀輓有以見其人行誼,故列諸附錄終焉。明季海寇之亂,鄉里逃竄,有南潯房祖巽公之後,曰伯祖母倪氏者,慨然識大義,裹譜負孤子匿倉攘中,故其譜至今存。

我高祖掌湖公,尊祖篤親,孝友仁厚,葺先塋,脩祀事,以⁵¹未脩家譜爲憾。服姪儀部退谷公,以書請曰:國不可一日無史,家不可一日無譜⁵²。叔老于文者，家乘之任，叔不任，其誰任者㊽？維時國朝康熙己亥，去魯閤公之脩，爲年二百有餘，歷世十有九，族人毋慮千數。公瞿然焚香告廟，給筆札，集長老，問脩譜所由。於是上接十世，下逮十九世。自九世開支，各具譜牒，如源之委，木之枝，一而分，復散而合。蓋公於是時，年餘八十矣。蒐集考核，別嫌明微，尤時寓《春秋》筆削遺意，以示懲勸。備寒暑風雨晝夜之勞，細書端楷，筆法勁秀，手謄十數部，分掌各派，不下數百萬言。嗚呼！公之脩譜，視得朋、魯閤二公，繁簡懸殊，功踰數倍，而公之精神氣力，亦用是耗且憊矣。譜成，公長孫澹亭公生，公以譜命乳名。癸酉，曾祖竹居公與伯祖澹亭公，父子同舉于鄉。丁丑，澹亭公成進士，官中書。論者謂敦本食報云。

夫萬物本天，而人本祖。人能重祖，其後必昌。老泉有言，吾所與相視如路人者，其初兄弟也。兄弟其初，一人之身也。歐陽永叔云，譜牒謹，則子孫喜自樹立，恐墮其家聲。今我族姓知所自始，知所由分，一本之親，不至相視如路人，而仰溯先型，忠孝仁義，詩書德澤之遺，足以油然興起者，非是三譜之有以貽之哉。顧得朋公之譜，久已遺亡，所藉以考據者，二公之譜耳。而魯閤公之譜，既僅有存。高祖掌湖公之譜，復散失無多。百餘年來，家乘廢缺不脩。噫！是輅等責也，輅用深慮矣。乾隆辛丑秋，下第家居，披覽魯閤公舊譜㊾，損缺朽蠹，恐久而愈壞，手謄一編，缺其所損。且欲集錄掌湖公之譜，前後合一，爲異日續脩所憑藉。吾族有志子孫，慎毋忘斯事也。

淳菴年譜自序

年之有譜，因年紀事蹟也。淳菴何人，敢以年譜著？示子孫也。代遠年湮，流傳荒忽，爲子孫者多不能詳其祖父，非子孫之忘其祖父，亦祖父不有以知之也。

淳菴幼孤且貧，迭遭坎坷。長荒於學，老而無聞。㊿幸藉先人遺澤，得竊禄爲宮牆訓士之官，閱十五載，今年既六十矣。自顧學行，惟慚惟疚，以草木同腐之身，頭童齒白，老死無幾。鉛槧㊿青氈，銷磨歲月，既弗克表見於世，僅序次履歷,以留示子孫㊼。後之子孫,無念爾祖。其鑒于茲,尚追維我先人之遺德㊽,知余不足學,識余畢生事蹟可矣㊾。始自乾隆乙丑,余誕㊿生之年,逮嘉慶甲子,爲㉛年譜一編。倘衰邁尚延,馬齒㉜加長,則譜隨年增,具載茲册。

增修年譜後序

淳菴在邵武學署,著年譜一卷,始乾隆乙丑,逮嘉慶甲子。己巳刻拙集之餘,已付剞劂。己卯夏在江右,既罷安仁令,居城東借廬,取舊刻年譜,刪補而增其年次,視前尤明晳簡約。後人覽者,當以此爲定本也。

嘉慶二十四年五月二十七日,七十五老人淳菴柯輅識。

【校記】

① "興滅僭革,弑亂荒淫,志乘未詳":樵川本作"其間興滅僭革,弑亂荒淫,考之志乘,細故未詳"。

② "郝玉麟修":樵川本作"郝公玉麟大修"。

③ "徵文考獻":樵川本作"聞見所及"。

④ 樵川本"廣採"前有"詳言"二字。

⑤ 樵川本"以"字前有一"可"字。

⑥ "嗚呼……志乘乎哉":樵川本移寘文末。

⑦ 樵川本"通志"前有"而卷帙"三字。

⑧ "一編":樵川本作"以便行囊"。

⑨ "昔東漢明帝時,佛氏來中國":樵川本作"昔佛氏來東漢時"。

⑩ 樵川本"自"字前有一"夫"字。

⑪ 樵川本"曰"字前有一"有"字。

⑫ "知其不以爲奉佛氏也":樵川本作"知其不爲古刹梵宇以奉佛氏也"。

⑬ "非":樵川本作"微"。

⑭ "即以祀其守土之神":樵川本無。

⑮ "千有餘":樵川本作"千百"。

⑯ "以來":樵川本作"以逮國朝"。

⑰"採":樵川本作"竊"。

⑱"閱":樵川本作"肆"。

⑲"因":樵川本作"或"。

⑳"蓋文字之存滅無常":樵川本作"蓋人事之不可長存"。

㉑"然而吾心向往,欷殘集散":樵川本作"然而欷殘集散,吾心向往"。

㉒"衰邁奔走":樵川本作"余年衰邁"。

㉓"書":樵川本作"序"。

㉔"宋詩人嚴羽兄弟九人,元黃鎮成、黃清老,皆邵武人":樵川本作"黃鎮成、黃清老,皆元人"。

㉕"書":樵川本作"書此"。

㉖樵川本"保"字前有"所以"二字。

㉗"至":樵川本作"而"。

㉘"係":樵川本作"係爲"。

㉙"保護生嬰":樵川本作"保護餘生"。

㉚"復":樵川本作"復興"。

㉛"稽舊遺,增田產":樵川本作"增田產,合舊遺"。

㉜"授":樵川本作"給"。

㉝"敬諾之":樵川本無。

㉞"或":樵川本無。

㉟"或":樵川本無。

㊱"其廢興豈不以時哉":樵川本無。

㊲"者":樵川本無。

㊳"當其顯也,莫不":樵川本作"要必"。

㊴"斯菴之欲新久矣,屢謀復止":樵川本作"斯菴之欲新,謀久未遂"。

㊵"歸而謁諸鄉耆老,皆慫恿從事":樵川本作"歸而謀諸鄉人,鄉人皆慫恿從事"。

㊶"林泉增色":樵川本作"倍增景色"。

㊷"陟":樵川本作"履"。

㊸樵川本題作"賴氏廟規序"。

㊹"永定":樵川本無。

㊺“祖祠”：樵川本作“祠堂”。

㊻樵川本後有“非欲比于衣冠之族，爲觀瞻地”十二字。

㊼樵川本題作“手謄魯閣公家譜後序”。

㊽“本姬姓……長子諱述公”：樵川本無。

㊾“官龍圖閣直學士，世傳南塘子孫是其裔”：樵川本作“世傳宋龍圖閣直學士仲常公裔”。

㊿樵川本“得朋”前有一“而”字，“永樂”前有一“明”字，“塘邊”字前有一“號”字。

(51)“以”：樵川本作“自以”。

(52)“國不可一日無史，家不可一日無譜”：樵川本無。

(53)“其誰任者”：樵川本作“誰當任者”。

(54)樵川本“舊譜”前有“刻本”二字。

(55)“淳菴幼孤且貧，迍邅坎坷。長荒於學，老而無聞”：樵川本作“淳菴幼孤且貧，長荒於學，老而無聞，坎壈蹭蹬”。

(56)樵川本“鉛槧”前有“惟是”二字。

(57)“僅序次履歷，以留示子孫”：樵川本作“惟僅，或可示於家。因年紀譜，以示子孫”。

(58)“遺德”：樵川本作“訓德”。

(59)“矣”：樵川本作“耳”。

(60)“誕”：樵川本作“初”。

(61)“爲”：樵川本作“著爲”。

(62)“馬齒”：樵川本作“老馬之齒”。

淳菴詩文集卷十四

序

奉政大夫公祭祀舊規後序

祖奉政大夫古塘公，於輅八世矣。祀田無多，子孫祀事，於禮闕如。①輅大父籜亭公暨房伯其書公，商諸長老，取無田則薦之義，供以蘋蘩，儲②其薄租。數年後，增③祀田，供祀事。《經》曰：父爲大夫子爲士，葬以大夫祭以士。由是頗如士家祭儀，立條規，使五房子孫均守之。五十有餘年矣④。邇來子孫陵替，祀事菲薄，所簿正淪失無序。

庚戌，長房值祀。輅因謄正舊本，一遵先矩，爲各房子孫輪守，以毋忘舊規，乃告於我大夫公諸子孫曰：夫功德厚者，其後嗣昌，而其食報遠。吾觀古來，理有可憑，而未足盡驗者，非其先人功德不足以昌後而遠報也，蓋由後嗣不肖，荒墜遺訓，剥蝕令德，甘自即於消亡，故自絶其身，禍且貽於祖考。至使天地窮於報稱，祖考難保遺澤，此人事之爲可爲，不肖子孫寒心而痛恨者也。經曰："栽者培之，傾者覆之。"論者往往委於氣數之盛衰，不盡然也。我大夫⑤公以文學舉鄉，由南昌節推貳守贛州。素菴封公年餘九十，致政歸養。其居家，收族睦鄰⑥，敦懿仁厚，出俸餘，始創家廟，以妥先靈。當嘉靖間，倭寇猖獗，蹂躪郡邑，土賊黃元爵、江一峰等，倚附焚掠，荼毒尤甚。公挺身會方塘莊公，練率鄉旅，直搗賊穴，賊敗且遁。鄉鄰邑⑦戚族，竄投公家，一體給衣食，多全活⑧性命。夫《記》有之："君子將營宫室，宗廟爲先。"又曰："能禦大菑，捍大患，則祀之。"公去今八世，德政弗詳。即此仁厚敦本，捍患活人⑨，家譜所載，功德若此，是亦足以昌我後嗣，而食報延長⑩矣。顧我子孫，賢者⑪勉勵奮發，詩書禮義，以世家业。忠孝友恭，以承先德。次亦農工商賈，務勤素習，愛親敬長，謹厚處鄉。⑫則彌衍彌昌，綿綿勿替，而於祖有光。不然，菲薄不肖，自絕其身，以貽祖考羞。在祖考固不願有此子孫，而凡我嗣裔，所當共爲切指痛訓懲戒，而斥逐者也。我子孫其慎勉乎哉！

乾隆五十五年庚戌二月十七日，裔孫輅識。

知非得寸錄序

乾隆辛亥冬，余年四十七，司教汀之永定。閱三載甲寅，年五十矣。昔蘧大夫行年五十，知四十九年之非。余曷敢妄擬前賢，但念五十年來，庸愚無似，自顧學行，深自負慚。每一追悔，汗發沾背。其於伯玉知非，學雖不同，意則一也。

三載中，功課餘暇，日檢學中所藏書，見有關於教人讀書、窮理、立身、制行、居官、居鄉、理家、制用，以及冠婚喪祭，最爲緊切之處，語有精粗，而道無二致，流連玩味，反覆不忘。⑬於是撮⑭取其要，並前十餘年所記誦集錄者，聚而成編，以備觀⑮覽。語諸生，教子弟焉⑯。嘗憶紫陽⑰朱子之言曰："人到中年，精力有限，與其泛觀而博取，不若熟讀而精思，得尺吾尺，得寸吾寸，始爲不枉用功力。"余二毛已侵，精力漸耗，深維朱子之言，尚冀⑱或可稍藉以期寸得，名曰《知非得寸錄》，凡十卷。嗟乎！⑲庸愚疎怠⑳，晚學無能，其㉑果有寸得焉否耶？

甲寅六月二日，晉江柯輅識於永定之勉學堂。

温陵先正文藏後序

晉江前輩尤際端進士，集前明温陵鄉先生鄉會制義二百餘篇，付之剞劂，名《温陵先正文藏》。入集中者，或以理學名，或以文章著，或以忠孝節義顯，或以豐功偉業傳，各詳其人爵里姓字諡號，以弁其首。至泯泯博科第登仕版者，不與焉。噫！誠重其人，以傳其文也。韙哉進士，拾殘缺於風微，存清源之文獻，有不能傳之子孫，而留諸卷帙者，搜羅心苦，敬恭桑梓之意，足師矣。淳菴得于同學曾爾駿家，喜得讀諸先正之文，又喜進士能存諸先正之文以不墜也，遂竊附數語于後。

桔里[22]曾氏家譜序

曾氏之在溫陵，由來久[23]矣。自其始祖南唐團練副使延世公，八傳宋榜眼楚國公會。楚國傳大丞相魯國公公亮，魯國傳秦國公孝寬，秦國再傳少保、右丞相懷，五世三公，衣冠特盛。少保傳通判寧，通判傳宣議郎潔，閱世十四，實晉江桔里曾氏之祖。潔再傳貢士念三，念三傳散騎侯食邑千戶新恩，弟新惠。今桔里子孫，或聚族，或析居，皆恩、惠二公所傳，無異派也。

曾氏舊有譜，前明正統燬於兵。嘉靖間，池州守曾仲魁修之。桔里舊亦有譜，至庭燧，又燬于寇。曾逢盛復修之，萬曆己酉又修之，逮國朝乾隆甲戌又脩之。首列宋仁宗御製[24]序，歷代誥命[25]，次韓魏公諸名公卿弁言，次繪團練以來，駙馬暨諸忠義有功德者遺像，而後賜葬山圖，傳述墓誌，世[26]次、科第、仕宦、婚娶，生卒、葬所終焉。然十九世而止。乾隆戊申夏，耀遐曾君，慨然有其祖克芳公一派私譜之脩。克芳系出新恩，自團練以來，閱代二十有二。克芳子欽誠，至耀遐之孫，閱代十有一。曾氏在桔里，上下閱代三十又三矣。耀遐作私譜，自克芳以上，悉因舊。欽誠以下，則遞書其一派，他[27]派未及，重本支、明簡易也。耀遐言於余曰："譜所以合族，私譜之脩，非合族意也。然我曾氏之族衆矣，散處外省郡縣者不可勝紀，將合其族而譜之。其功匪一二人任，其勞非多積歲月不能。遐既不能任其任，勞其勞，惟恐世代遠而事實湮，宗支之親，親疎之別，婚娶生卒葬所官爵行誼之詳，終傳聞而彷彿，故謹脩本支一派[28]，以遺子孫。斯則遐之私見，而未洽於古人同姓合族之義也。[29]"耀遐之言如此。

今夫物之重者難舉，則分之而使其輕。輕者舉，斯重者不見其重矣。事之大者難成，則析之而使其小。小者集，斯大者無煩其大矣。苟人人皆如耀遐詳修其本支，則曾氏合族之譜，綜覈無難矣。[30]且四世而緦，五世祖免，六世而親屬竭。君子有世數之殫，而無原本之忘，故於其族而藹然惇至，要其於未盡之親，則必有辨也。又何歉乎私譜之脩哉？[31]耀遐需次州司馬，曾祖某，官總戎，伯祖某，柳州營遊擊，父樸軒，勅贈儒林郎。承先德，以淳謹處鄉里㉜，詩書課督其子若姪。他日曾氏子孫立身脩行，移孝作忠，繼楚國、魯國、秦國、右丞之家風，衣冠勳業之盛，與有宋比隆㉝。曾氏之子孫，勉乎哉！㉞

勉學堂聯句詩序

淳菴爲永定教官五年，乾隆乙卯冬十二月二十七日，誕生之辰，年㉟五十有一。永薦紳先生，及諸同學士，集勉學之堂，讌飲竟日以爲歡。酒半，孝廉賴君瑞堂，年餘七十矣，舉酒作而言曰：維師辱在講席五年矣，維吾黨士知師學行，風雨晨夕，綢繆切深，相喻於師者，亦真且審矣，曷不一言以爲師壽？衆起而應曰：唯唯。微先生言，吾儕竊有是衷，惟賴先生倡。淳菴欿然拜且謝曰：五十無聞，敢辱辭説，貽士林羞。衆賓固不已，於是賴先生首倡爲七言聯句，坐㊱者四十八人，成五十韻。溢量之詞，彌增惶汗。

是日也，玉砌梅芬，晴峰雪霽，觥籌交錯，雅詠互宣。客有能笙簫管絃者，合聲而作，歌古詞曲數章以樂之。如鄒衍吹律，滿谷生春。賓主陶陶然，善相迎，意相愜也。詩成，明經賴曉山以七尺金花箋集而書之，懸于堂壁，侈爲盛事。

送富郡憲入京考績序

太守，古州牧之官也。秦罷侯，置郡守，秩二千石。漢景帝改郡守爲太守，頒銅虎符，掌治民、進賢、勸功、決訟、除奸諸政。常以春行所屬縣，察吏治，詢民間疾苦。宣帝曰：太守，吏民之本，與我共治者，其良二千石乎。夫太守爲親民之司，宣政教，飭屬縣，舉一郡蒼生，不下數十萬户，撫摩而噢咻之，有安享之樂，無愁嘆之聲，非其人豈易任哉！

郡憲敏齋富公，忠信廉平，聲律身度，行不失古人之矩㊲，才足以大有爲於時。初仕京畿，由中書擢侍讀，京察一等，特旨以福建道府用。公在中書，夙夜恪勤。其爲侍讀亦然，遇宿齋，大風淋雨，趨事維謹，見獎於綸扉元老諸鉅公。方公之奉命來閩也，始攝福州理事同知，大吏嘉公廉能，再攝知汀州。政舉民和，吏勤其職。試八邑士，有以多金求前茅者，公正色曰："吾正鳌飧積弊，是豈足以私我哉？"公平衡士，風裁凜然。時輅爲永定教官，公行縣至永，命輅書儒先格言數幅，曰以備鑒省。可以見公志行所存矣。

嘉慶三年，公自汀州來治邵武。邵處七閩之西，其地峭僻薄瘠，民氣安恬，而有狐鼠譎訟之風。公履任以來，端方愨正，清潔自持。視公事如己事，視民事如家事。無驚愚駭俗之舉，無苛刻姑息之爲。政平訟理，翕然向風。嘗曰："欲使政平訟理，惟先平其心而已。心不平，則政之緩急輕重無所審，興止施受不得宜，政惡乎平。心不平，則訟之曲直是非有所偏，情實譸張無由辨，訟惡乎理。"識者以爲名言。故公在邵九年，不重刑而訟簡，不繁教而民化。校士公而泮宮有頌，禱雨應而隴畝有歌。濬通溝渠，民無疾病。巡視刁柝，門不夜關。邵之民熙皞如登春臺，優悠於光天化日之下，以共享昇平之福，孰非公平心爲政之有以貽之哉？方今聖天子綜覈吏治，慎重司牧，凡著殊績，不次擢遷。十二年春三月㊳，公以考績入覲，行見銓曹敘級，薦歷崇階。異日錄公治蹟，付之太史氏，以書竹帛而垂奕世，於公斯行卜之也。

輅自永定遷丹詔，復渡海而東，不獲見㊴公者八年。甲子春，司教邵武，始得再見㊵於公。爲公故吏，辱公知，公視輅尤厚。於其行㊶，爲文以送公，致微忱云㊷。

送余生遊江右序

士習其所業，埋頭蓬蓽，以冀其酬。不酬，則老死牖下，足不出里巷，不見天下之大，當世之賢豪鉅人，而昧昧以没世，夫亦可悲也矣！

余生習儒業，家貧不能爲生，乃儒而稍兼商，行貨江湖間，以養其老母，並活其妻子。生之學，既能科舉之文，爲㊸詩歌，雄健雅麗。博群籍，工書法。每出遊，必書數籠與偕。屢試不售，後以俊秀入成均，復黜於鄉舉。然俗人多以嘗行貨故，異視之。噫！行貨豈足以累士哉？

夫士當窮時，困頓艱辛，沉淪卑賤。㊹灌嬰㊺封潁陰而始販繒，吳祐相膠東而牧豕長垣。孔嵩起衛卒，買臣困負薪。士未有爲於時，其貧賤苦而托業卑，要其於士則卓然而未嘗有所損,行貨豈足以累士哉? 余生踰弱冠,遍遊秦、楚⁽⁴⁶⁾、燕、趙、齊、魯、陳、衛、西蜀⁽⁴⁷⁾間,每見其山川故蹟,風土秀異,則流連往復,發諸歌詠⁽⁴⁸⁾,以暢其志。又能⁽⁴⁹⁾與其地賢豪者遊,以領其言論,而挹其風采。能文之士,常與證得失,通意氣,以視老死牖下,不見天下之大,不識當世一二賢豪鉅人,而昧昧以終者,其相去固何如耶? 然使生不行貨,則不見天下之山川風土,不得與當世賢豪者遊。行貨正所以資生之遊覽親賢,又豈足以相累也哉!

生今老矣,久不事行貨矣。將訪故人於江右,來告行於余。余曰: 生足跡半寰區,江右⁽⁵⁰⁾未嘗一至也。今日之遊,將涉彭蠡,上孤山,觀風濤之壯⁽⁵¹⁾,陟匡廬,登香爐,探康谷水簾瀑布之奇。經淵明之故里,為問⁽⁵²⁾五柳之館,醉臥之石無恙耶? 過湓浦之口,所謂⁽⁵³⁾琵琶之亭,江州司馬之故蹟猶存耶? 吾知覽其山川風土,益以拓其胸懷磊落之概,而寫其老氣蒼渾之詩,則以正於其地之賢士文人,又⁽⁵⁴⁾必有把臂傾歡,相見恨晚者⁽⁵⁵⁾,吾⁽⁵⁶⁾於生斯行卜之也。世有營逐錙銖,戔戔毫末之外,不知何物,此販夫賈豎之為,余生素⁽⁵⁷⁾所深鄙。夫余生,固士者也。余生名浩然,號鹿野,原籍宛陵人。

思舊編序

昔向子期與嵇康、呂安善,為竹林之遊。二人既往,過山陽舊遊之地,聞鄰笛而悲,作《思舊賦》以寄意。迄今讀之,令人神愴。嗟乎! 古今人不相同而情豈異乎哉? 予來丹詔,與葉汾浦遊。汾浦,磊落士也。習其尊人漢柔公為人,公潛德隱君子也。汾浦以選貢遊京師,廷試不得官。與當世賢豪者遊,歸而裘敝金盡,袖《燕遊吟》六卷,自其師陸耳山先生以下題詞者二十六人,又《薊門贈別》詩一冊,作而送之者三十餘人,以獻公。公喜能交天下士,曰: 兒如此,吾無憂矣。學優則仕,能自勉乎?

葉氏世居寶橋,處丹詔之西,近漳潮之關,其地僻而幽,其山川野而秀,有楓榕竹荔之美,澗渚泉石之奇,煙雲之變滅,鷗鳥之翔戲,朝夕之間,千狀萬態。公以優游之身,或橫經,或課作,與田夫野老相狎蕩,賓至促膝道故,作連日歡,有樽中不空之意，陶然自適，不知環堵屢空也。至事關風俗名教，侃侃然義形于色，争之必得，撼之不動，人多其温而能嚴，和而能方，有古隱德君子遺意。

嘉慶三年秋八月，公年六十有九，以疾卒于家。詔人士與其知執戚族暨東粵故舊哀之，爲詩歌以弔公。余造寶橋，登公之堂，哭奠靈几，唁汾浦苫次。卒哭後，汾浦出詩歌示余，合百三十餘章，題曰《思舊編》，囑余序之，以示子孫。余讀之，而有感矣。今夫死生者必然之理也，聚散者不易之數也。自其達者而觀之，以太虚之形還之太虚，壽即百年，曾不一瞬。人皆有死，往獨何傷。然古人云，死生亦大矣，豈不痛哉！所以平日親戚故舊，意洽情綢，握手傾懷，憂樂與共，一旦而音容已渺，化爲異物，須臾風燭，冷落山丘，回想當年謦欬笑語，動止衣冠，能不愴惻欷歔，凄然泣下，至於思之不已，無可奈何，而寫其哀傷之意，發其悼歎之辭，此亦事之不可以已，而情之所不自禁者矣。公今往矣，過寶橋之墟，葉公之舊廬如故也，泉石竹樹、煙雲沙鳥之景色長存也，求昔日之潛德君子優游杖履翛然于山巔水涯之間，已渺不可復覯矣。吾知撫景而感，觸物而哀，其愴然思舊如子期者，當不知凡幾，又豈必發音寥亮，聞笛而悲哉！又豈無追想昔遊，感深作賦，以繼兹編之後哉！嗚呼！古今人不相同，情則不異焉耳。

余既爲詩以輓公，復僭序其編端以著思舊之情，若詳公行誼，則有汾浦所述《行狀》及諸詩歌在。

洪蘭士詩藁序

嘉慶九年夏，余司訓邵武教授。進士、徵孝廉方正吴清夫告余曰：執友鰲峰書院山長鄭蘇年進士有誼女曰洪蘭士者，命乖能文而早夭，山長哀之，爲狀其行，山長病時以蘭士遺藁囑清夫曰：不可使蘭士不聞於世。清夫爲之傳，今山長且死，不可孤山長意，而使蘭士無聞，惟兄序其藁行之。余讀其藁，慨然曰：世固有敏慧誠孝，能文之女若是者。余不文，其奚辭？

按狀及傳，蘭士名龍徵，姓洪氏，字秋芳，性喜蘭，故自號蘭士。母夢龍而蘭士生，生而母歿，家故貧，父裕客遊霞漳，蘭士方七歲，寄食母外家，嘗以父遠遊不克事祖母，思不嫁以終事祖母，又恨不得孝其母，嘗移孝其母者孝外祖母。年十五，侍外祖母病餘半月，目不交睫，瀕危割肱和藥以進，弗效，更思剖肝，入室祖胸，家人救之急，不果。雖情或過激，然亦可見至性之真而烈也。先是，山長與其父裕交至厚，同籍侯官，往來如一家。裕命蘭士父山長，山長女視之。洪父既出遊，囑山長擇良士嫁蘭士，許之，難其人。無何，祖母及其姑力主許氏婚，年十九，遂繼室許氏。蘭士夙慧明徹，性孤潔，好文墨，奉山長如所出，山長慈之甚。九歲，從從舅學，數月識數百字，披誦忘寢食。十三學爲詩，出語輒成句。自是，日知書，解吟詠。家貧無書，山長與之書，并示以文義。年十六七，下筆詩文立就，尤喜談古今忠孝事，志概卓然。其歸于許氏也，許君舊家子，時猶諸生，蘭士置書籍筆研深閣中，丙夜寒燈，沉吟不輟，而疎於井竈中饋之役，常不中於其家人，每多拂鬱，未嘗幾微見於顏面。踰年，病，未有子，爲夫置妾，而病且日劇。夫蘭士之病有自來也，蓋蘭士自以生十七日而母歿，痛父十數年落拓千里，無晨夕菽水之歡，零丁寄食，顛連瑣尾，又復憂思拂抑，憤結纏綿，蘭士亦自知其身之能以憂死也。噫！年二十有二，嘉慶八年四月某日，而蘭士死矣。

蘭士所爲詩，不自收拾，存者四十餘首，文藁數篇而已。其爲詩，志鬱而詞婉，思渺而情幽，時有《南陔》遺意，不失風人之旨。其爲文，雖雜以巾幗氣，然悽惋真摯，誠孝至性，語亦能激切動人。蘭士其才其行若此，而天不永其年，竟以憂死。嗚呼！古今來抱才瑰瑋，磊落英奇，卒不得志而困躓無聊，幽憂以死者，獨蘭士乎哉？昔吾閩謝希孟以詩著名，天聖、景祐間，嫁進士陳安國，年二十四卒，其兄許州法曹景山，謁歐陽文忠公序其詩。公讀而序之，且曰：希孟不幸爲女子，莫自表顯於世，今有傑然鉅人，能輕重時人而取信於後世者，一爲希孟重之，其不泯没矣。今徵士之傳，山長之狀，其足以表顯於世，爲蘭士重，世其知有蘭士者，蘭士可無憾矣。余庸老無能，名不出里巷，其何足以重蘭士，承徵士命，姑序之如此云。

真西山先生續文章正宗後序

予在永定時，賣舊書者至予齋，囊盡編數種，有真西山先生《續文章正宗》

一帙。未甚殘缺，字大紙厚，版皆精緻。開卷印章長寸餘，篆"曾在李鹿山處"。閱其目次，計十八卷。一至二論理；三至六叙事，記宋元老大臣事蹟，載其墓誌、神道碑表等篇；七至九亦叙事，記名儒文人、賢士大夫事蹟；十叙武臣、處士、婦人事蹟；十一列傳；十二至十六，載學宫、城池、齋廳樓臺、湖井山水、祠廟寺觀，以及名畫等記；十七記諫諍論列，指切時病，皆疏劄書狀等篇；十八有其目，而文未刻，所登録者，皆有宋諸名公卿文人學士，若歐陽、三蘇、曾、王、范文正、黄魯直、張文潛、晁無咎、曾文昭、李泰伯、秦少游、張景、劉貢父諸人所作，其他不與也。天台鄭圭序曰："惜未脱藁，天不遺懋。"知此書爲西山公晚年所成，以續前《文章正宗》之選，故卷終有目而文未備。

　　昔公守泉州，嘗纂泉郡詩文七百餘篇，名《清源文集》。復爲序曰："志以紀事，集以載言。志，經也，集，緯也，可相有不可相無。"紹定中再知州事，著《心經》一編，集聖賢格言，自爲之贊。今二書皆不可見。惜哉！夫公之學，一以紫陽爲宗，而上溯濂洛洙泗之脈。所著《大學衍義》，闡聖學淵源，治道根柢。黨錮既開，正學遂明於天下，唯公羽翼之力爲多。故無論立朝風節，振古鑠今，其道學文章，則亦夐然遠矣。是書説理之正當，叙事之確實，以及名勝古蹟，讜言切論，其事有精粗鉅細之不同，而其言皆闡發義理、有益人心之世道之言，其文皆載道之器。其體裁雍容典重，俯仰揖讓，光明俊偉，亢爽灑落。立言有體，而大雅不群，謂之正宗，不亦宜乎？

　　李鹿山者，閩人，名馥，官中丞。家多藏書，今殁且百年。玩其印章，亦達者之言也。嗚呼！積書以遺子孫，子孫未必能讀，且未必能守，古今通憾也，今又曾在柯淳菴處矣。

淳菴存筆序

　　《傳》云："七十老而傳。"余年七十矣。昔衛武公耄而好學，作賓筵抑戒自警。余雖負慚昔賢，顧無一言以示子孫，滅没終老，於心實疚。蓋輅以孤寒坎壈之身，幼荒於嬉，壯始知學。無師友陶成，淵源相授。所講求者，先代遺經，手澤存焉爾。

乾隆丁酉舉鄉貢，傭經肆業，悉科舉之學，餘未暇論。辛亥，竊學博之禄，自是罷應舉者二十有二年。教永定，移詔安，訓嘉義，鐸邵武。每至其地，閱經閣藏書，稽故家文獻，與其邦之賢士大夫遊。所得莊言至論，耳聞目覽，由造基以至卒業，成始成終，脩己治人之道，身心性命之旨，經籍文章之源流，人物流風之餘韻，筆録卷帙，以資觀省。嘉慶癸酉，蒙恩簡令安仁。越明年甲戌，理政餘間，檢前所録者輯爲《淳菴存筆》。其目凡十有二：首養蒙正基，次讀書法程，次經學源流，次五倫提訓，次脩身要道，次居家要規，次居鄉德範，次居官立政，次先正懿言，次先儒理論，次古今文格，次古今詩格。考古撫今，親自謄寫，綜成卷帙，以遺子孫。

噫！輅自薄宦歷落二十餘年，其去鄉井，近者數百里，遠者渡海東，踰江右，道阻而險，子孫多不能從。昏愚頑蠢，弛於教誨，固其習性使然，實亦父兄不能耳提面命之過。故即此以爲老人之傳，以訓吾家子孫。子孫賢者，尚念爾祖，其鑒於兹，黽勉躬行，以期成立於世，則余所厚望也。其或遺而棄之，背而馳之，且托庸下不能就其範圍，迂闊不必效其拘束，則忝爾所生，是余所痛恨者也。爾子孫勉乎哉！

嘉慶十九年甲戌夏六月二十四日，淳菴老人書於江右安仁官署之抑警軒。

存筆又記

《淳菴存筆》，乃淳菴晚年採集舊所手録，及所新得者，合爲一書。其目十有二，自養蒙正基至先儒理論十目，皆先賢先儒、名公正士教人自齔齒至終身，變化氣質，涵養性情，循就範圍，從容禮法，以至於脩己治人之道，身心性命之旨，天地鬼神之微，陰陽五行之理，採擇至論，曉暢明白，訓導後人，實有裨益。古今文格、古今詩格二目，文章一道，古今各從其時，選言要歸至當，其源流降變，則不可不知也。故先溯源流，次及降變。合此數目，皆數十年精力所注。青氈棐几，凍研寒燈，手自編寫。他日力能鐫本，藏家塾以教後人，未必無少補云爾。

二十六日,淳菴又記。

南皐草堂詩話序

孟子曰:"誦其詩,讀其書,不知其人可乎?是以論其世也,是尚友也。"誦讀古人之詩書,必知古人處其時與地,而爲其時與地之言,然後可以誦讀其詩書,進而尚論也。

淳菴曩有《閩中詩話》之作,鄉邦文獻,敬恭桑梓之意云爾。近復輯《南皐草堂詩話》四十卷。自《楚》《騷》而下,漢魏以來之詩,耳目淺陋,聞見無多。惟即其素所習誦者,披卷沉吟,心領意愜,怳若神遊其際,目覩其人者,尋章摘句,撮録成編。或雨夜寒燈,孤舟微月,與二三同志,窘言詠歌,往復論説。其中忠君愛國之忱,家人父子之性,友朋契闊之懷,勞人思婦之苦,山川草木、煙雲月露、蟲魚鳥獸之奇,有出以至性之辭,敦厚之旨,歡愉悦樂之情,悲壯回鬱之音,幽憂愴惻、凄其零落之韻。性以性感,情以情通。或至起舞高歌,欷歔泣下者。夫古人去今遠矣,曠世相感,悲愉之觸,忽發於千百年杳冥不相覿面之人,不期然而然,莫之爲而爲者,何也?蓋所隔者時世,而不隔者性天,古今人秉彝豈有異乎哉?故誦其詩,溯其時與地,而味其時與地之言,有出於性情之正,言之不已而長言之,長言之不已而詠歎之,是可以知其人,論其世而爲尚友之一助也。輯成而並序之。

秋櫪吟序

《秋櫪吟》者,淳菴老年之作也。淳菴自家居歷仕宦,所爲詩,隨意而發,隨感而詠,攄其胸中之所欲言,興盡而止,不深較其工拙也。至老年所作,則更實而不務虛,喜質而不喜文。蓋蕭疏摇落,非發榮華滋之時,潦盡潭清,豈迴瀾生紫之候?其理然矣。

客有問秋櫪之義者。余曰:白首頽唐,虞泉暮景,非秋而何?駑駘戀棧,伏櫪無能,非櫪而何?客曰:子之名是而實非也。是其爲秋也而未見其衰,是其爲櫪也而能堅剛不撓也。老驥伏櫪，而志在千里也。秋櫪之名，名是而實非也。余曰：噫！吾子過矣。夫知其名爲秋而未衰者幾何矣？知其爲櫪而所謂能騁者，則吾不知也。客撫卷而吟，相視而笑，曰各有所是可爾。遂書以系於編端。

淳菴遣悶漫筆序

道光癸未之春，上元前六日，霽日光風，韶光佳麗。淳菴病痺未痊，不能扶杖出門，逍遙步履，芸閣窗寂，嗒然默坐。倦則倚榻假寐，醒來繙書啜茗而已。既無耆舊雅談，亦無詩酒見招。荒邨僻處，益復無聊。因採撮所經見之書數十種，事實語新，而不背於正理者，筆之小册，若干卷，非若搜神志怪、荒唐無稽也，名爲《淳菴遣悶漫筆》，以擴見聞而資談苑。雖閒弄翰墨，後之見者，或不以爲紕繆否耶。

正月初九日，七十九老人淳菴題。

淳菴詩藁合集自序

嘉慶己巳，淳菴於邵武學舍刻詩文集十二卷，用江西活字版，印五百本。儉橐不能多刻，僅十之五六耳。癸酉，謁選都門，得宰江右安仁。寓都四月，驅車出燕，歷齊、魯、吳、越，抵江右，途中間有所作。安仁小邑當衝，勞瘁困苦。公餘之暇，亦時以吟詠舒暢性情，又間有作。己卯，以年老就教。解組後，寓紫雲驛館。旅次蕭條，留滯幾二年，復間有作。因合新舊所作，已刻未刻，以厚紙楷書，手謄成帙，合爲三十四卷。道光辛巳，抱病歸鄉。部選永安教諭，病不能赴職。故里閒居，觸緒興懷，亦間有作，皆續謄卷末。癸未之春，痿痺未痊，終日坐困。復合平生所作之什，删訂去取，以行書寫爲副本，文尚未暇再訂也。

噫！蟲吟鳥吭，覆瓿是需，筆墨之緣，老死不倦，是用自痴自嘲云爾。

道光三年癸未三月二十一日，七十九老人淳菴柯輅書於南皋草堂。

謄錄五家宮詞序

長洲沈之榑，得舊本五家宮詞，校刻行世。五家者，唐王建、宋花蕊夫人費氏、王珪、徽宗、楊太后也。王建一百首,花蕊一百首,王珪一百首,徽宗三百首,楊后五十首,寧宗后也。共七言絶句六百五十首,合爲四卷。

四十年前,淳菴得之郡城舊書肆中,殘缺失次矣。夫宫詞,香奩格也,學士大夫不甚重焉。世所常見者,王仲初百首,其餘四家未有覯也。道光元年辛巳,歸自安仁,偶於架上殘簡中,檢出此書。因其罕覯,不忍泯滅。而舊本損污,幾不辨字。沉痾困頓,枯坐無聊,遂序其次第,謄録是編,集爲一部。存者書之,失者缺之。既以遣病銷閒,悶時偶然寓目,即以當十洲三島蜃樓海市之觀焉可。

壬午七月二十六日,七十八叟淳菴書。

清源文獻纂續合編序

宋嘉定間,新安程公從先來鎮郡,命郡從事李方子羅網清源唐以來名儒鉅公詩文七百餘篇,爲四十卷,名《清源文集》。西山真先生繼守郡,刻而序之曰:"誌,經也。集,緯也。可相有,不可相無也。"自宋迄明,年遠籍湮,泯然無傳矣。明嘉隆間,鄉先生、清江教諭怍菴何公炯,窮搜極索,採集《清源文集》十八卷,雖不能完,宋刻之舊亦略足徵矣。及今而版刻又湮,卷帙寥寥。輅少時曾見張氏家藏一帙,後張家落,書皆雲散,不可復見矣。桑梓淵源,敬恭念切。輅嘗纂《閩中文獻》一百卷,家貧無書,耳目淺陋,略而未備。尤念吾泉文獻,存者不能什一,每思欲得怍菴先生之書,謄録一部,以備閱讀,而存先矩,迺漸滅無存,深爲悵恨。

道光四年甲申,輅爲梅石書院山長,遍訪郡中舊閥。適友人教諭王君子育,訪借一帙畀余。素志得酬,開函如獲拱璧。於是輅年八十矣,欲全部抄謄,痿痺五年,眼力昏眊,不能從心。爰纂録其尤,已得十之七八。而自嘉隆以來,吾泉英賢輩出,文獻未登,再加搜羅,以續其後。至於往事遺言,流風餘韻,詩文中所未及詳者,誌乘所書,群籍所載,或可以觀型,或可以垂訓,皆吾泉故實,不可使後進無聞,則以清源舊事留墨終焉,名曰《清源文獻纂續合編》。合目録一卷,共三十三卷,皆自手録。纂始於甲申春二月中旬,明年乙酉秋八月上澣成書。

既成,遂書數語於編端,以誌余景仰敬恭之思,並紀歲月焉。

道光五年乙酉秋八月初八日,八十一老人淳菴柯輅書於清源梅石書院。

淳菴紀墨序

紀墨者,紀聞見也。淳菴十餘年來,著輯六百餘卷,所紀多矣。茲又紀之者何?耄年精神有限,汎而觀不若約而記之爲得也。是編始紀於道光三年癸未正月九日,續紀於五年乙酉十月十二日。或節取群書,或桑梓故實,或淳菴平生閱歷,耳目所經,集而成編,隨憶隨書,紀無倫次,叢譚雜俎,擬之古人。

噫!淳菴自安仁解組,抱病歸鄉,於今年八十有一矣。痿痺半身,不能動履,尸居一榻,困頓難言。既無老友過從,又乏托足幽居。窮極衰邁,不能自存,日以詩書度命。素有書癖,貧喜買書,家藏五千餘卷。自宦遊三十二載,以迄家居,春秋佳日,風雨明晦,棐几湘簾,青燈黃卷,不能三日目不觀書,手不搦管。固性所素習,亦無他嗜好,捨此奚從也?

是編既成,寘之身旁几案。偶一檢閱,如摩挲舊藏彝鼎,寓目重歡;如偶逢耆舊知心,快譚往事。亦可撫卷舒懷,稍銷困悶云爾。紀不一時,老人善忘,語或重出,暇日刪訂。

道光五年乙酉十月既望,八十一老人南塘淳菴柯輅書於清源梅石書院。

聚奎壇雅集序

大魁者,魁星神也。斗魁戴匡六星,主文明之象。六書以字象形,儒者以形象字,多塑像祀之,由來久矣。梅石書院大魁者,前代有像,來自京師,屢著靈異。後祀於書院,士人爭奉之。於是有論文講學,雞壇雅集,馨香以昭敬事者,而聚奎之壇,實自嘉慶己卯春始。凡壇中諸大雅君子,皆朋友故舊。平居握手言歡,志氣偉然,翕集相聚,故取德星聚奎之義以名也。

夫近世之所謂詩壇文社者,吾知之矣。呼召時流,各立門户。蘭臭未投,矜言意氣。有徵逐浮華之慕,而無資益輔仁之實。甚至臭味差池,雌黄末路者,有之。此則諸大雅君子所貌焉,深鄙而不屑道者也。諸大雅君子,其束身志向何如者,或翹楚膠庠,或顯名科第,或黼黻廟廊,或宣猷郡縣,要其志,亦豈易量哉!蓋諸君子篤實本乎性天,品望推於鄉里。學行足以立身而進不止,才德足以高人而志愈下。冠裳簪組而脩布衣韋帶之行,陋巷藜藿而蘊鹽梅霖雨之業。遠則師法古之大賢,近尤仰企鄉之先正。夫吾泉鄉先正,其流風遺韻,灼爍區宇,昭昭在人耳目間也。蓋經術湛深,闡明聖學,則虛齋蔡公、紫峰陳公、次崖林公、净峰張公、紫溪蘇公。而以文名世,爲二百年中興,則遵巖王公。正大博雅,爲吾道中碩果,則鏡山何公。若新山顧公、悶亭詹公、文節李公、方塘莊公,則學問道德,老成宿望,巋然矜名節,表朝端而式里間,迄今聞風者,猶凛然敬畏焉。至於名臣宦蹟,其豐功偉烈,書旂常而昭史策,則又浩不勝書。凡諸鄉先正者,非諸大雅君子所深企芳蹤,争先奮勉,而期必至焉者耶。異日立德立言立功,比隆先哲,行將拭目俟之矣。然則奎壇雅集,豈獨盛稱於一時,必有以垂名於後世,使有志之士嚮慕而興起焉,豈若呼時流,矜意氣,有浮華之風,無輔益之實者所可同日語哉?惜輅伏櫪駑駘,虞泉暮景,弗獲附諸大君子後,以藉末光。諸君子命序,不敢辭。因不揣蕪陋,而僭爲之序云。

道光七年丁亥仲夏下澣,梅石書院山長八十三老人柯輅拜手敬書。

聚奎群雅姓名並列於後:

喬大茂,庠生。

鄭以炯,嘉慶丙子舉人。

黄清華,道光辛巳舉人。

甘志翀,嘉慶己卯舉人。

徐雲驤,嘉慶癸酉拔貢生,己卯舉人,道光壬午進士,廣東大埔令。

林淳熙,道光辛巳副榜貢生。

薛慶鋪,儒學訓導。

李鴻儀,嘉慶己卯舉人。

龔維琳,嘉慶丙子副榜貢生,道光壬午舉人,丙戌進士,翰林院庶吉士。

林文斗,道光辛巳解元。

【校記】

① "祖奉政大夫古塘公,於輅八世矣。祀田無多,子孫祀事,於禮闕如":樵川本作"奉政大夫古塘公,祀田無多,子孫祀事,於禮有闕"。

② 樵川本"儲"字前有"略"字。

③ 樵川本"增"字前有"稍"字。

④ "五十有餘年矣":樵川本作"今五十有餘年"。

⑤ "我大夫":樵川本作"我奉政"。

⑥ "其居家,收族睦鄰":樵川本作"其居家居"。

⑦ "邑":樵川本作"鄰"。

⑧ "活":樵川本無。

⑨ "即此仁厚敦本,捍患活人":樵川本作"即此敦大本,卹大患人"。

⑩ "延長":樵川本作"永遠"。

⑪ "賢者":樵川本無。

⑫ "次亦農工商賈,務勤素習,愛親敬長,謹厚處鄉":樵川本無。

⑬ 樵川本後有"顧卷帙浩繁,歲月間忘者過半"十二字。

⑭ "撮":樵川本作"摘"。

⑮ "觀":樵川本作"省"。

⑯ "語諸生,教子弟焉":樵川本作"時出以語諸生,亦以教家塾子弟"。

⑰ "紫陽":樵川本無。

⑱ "尚冀":樵川本作"竊思"。

⑲ "嗟乎":樵川本無。

⑳ "庸愚疎怠":樵川本作"顧以余庸愚疎怠"。

㉑ "其":樵川本作"知其"。

㉒ "桔里":樵川本無。

㉓ "久":樵川本作"舊"。

㉔ "製":樵川本無。

㉕ "命":樵川本作"勑"。

㉖ 樵川本"世"字前有一"及"字。

㉗ 樵川本"他"字前有一"而"字。

㉘ "故謹脩本支一派":樵川本作"故謹脩本支遞傳一派者"。

㉙ 樵川本無"也"字。另,樵川本後有"然苟人人皆詳脩其本支,則他日合族之譜亦綜核無難矣"二十三字。

㉚ "苟人人……無難矣":樵川本作"耀遐之脩譜是也"。

㉛ 樵川本後有"耀遐之譜謹續前規,惟舊譜未標世次,標之則自耀遐始"二十二字。

㉜ 樵川本後有"欲與族之賢士繼脩家乘,因先録其私以有待。噫!可謂有志者也"二十五字,而無下文"日以詩書課督其子若姪"十字。

㉝ "與有宋比隆":樵川本作"與有宋後先比隆,將於耀遐今日修譜卜之也"。

㉞ "曾氏之子孫,勉乎哉":樵川本無。

㉟ 樵川本"年"前有一"時"字。

㊱ "坐":樵川本作"與坐"。

㊲ "矩":樵川本作"矩範"。

㊳ "三月":樵川本無。

㊴ "見":樵川本作"侍"。

㊵ "見":樵川本作"侍"。

㊶ 樵川本後有"無以仰酬德意,不揣固陋"十字。

㊷ "爲文以送公,致微忱云":樵川本作"爲文以送之,以政於公,以致微忱云爾"。

㊸ 樵川本"爲"字前有"又能"二字。

㊹ 樵川本後有"一旦奮發得志,拖青紫,取卿相如拾芥"十五字。

㊺ 樵川本"灌嬰"前有一"故"字。

㊻ "楚":樵川本作"中"。

㊼ 樵川本後有"楚粵"二字。

㊽ "詠":樵川本作"吟"。

㊾ "能":樵川本作"時"。

㊿ "江右":樵川本作"豫章"。

(51)“壯”：樵川本作“勝”。

(52)“爲問”：樵川本無。

(53)“所謂”：樵川本無。

(54)“又”：樵川本作“當”。

(55)樵川本後有一“矣”字。

(56)“吾”：樵川本作“吾又”。

(57)“素”：樵川本作“性”。

淳菴詩文集卷十五

序

都閫吴應愷壽序①

臺灣距海而東，五方雜處，地廣而民稠，重山密林，多游手草竊，剽悍輕生，文吏難爲治，武職尤難其選。應愷吳公，東粵魁杰士也。公産粵之雙溪，余嘗一至其地。雙溪山川壯闊，故多武勇雄偉之材。公少，慷慨磊落，有大志。弱冠，奮跡戎行，習孫吴，長技擊，勇猛而幹達。上官物色之，不數載，驟總千戎。乾隆五十有二年丁未，臺匪林爽文作亂，帥府召公隨憲征剿，至則衝鋒入險，搗堅折銳，屢立戰功。平臺大憲、中堂公福叙功，陞公守府。公益感激思奮，願爲朝廷出死力，以報涓埃。乙卯，彰化賊陳周全亂，事起倉卒，彰化破，鹿港失守，文武官皆以身殉，賊衆蜂擁，將乘勢而南。公急謀龍守府曰："斗六門與嘉義城爲唇齒，斗六敗則嘉義寧保無虞。公善守斗六，吾將整旅直前，以堵西螺之衝，而扼其亢。"卒如所畫，賊不得逞，不久殲焉。上憲嘉公能，令護理北路副將。嘉慶庚申，嘉義賊陳錫宗、胡土猴倡亂鹹水港，殺巡檢姜文炳，賊衆直抵曾門，公捕禦指畫如往時。都督愛公，謂公可恃緩急，題公北路都閫，駐保羅山。公平時精於捕盜，踪跡所在，易服親往，滅跡消聲，取鉅盜如探囊中鼠，無稍脫者，盜多斂跡畏公。蓋公勇而多智，急則善謀，禦侮折衝，每於盤錯間辨利器，至其慷慨大略，不矜不伐，長厚謙恭，抑抑自下，有儒者風，《詩》美兔置之賢才，曰公侯干城，公侯腹心，美尹吉甫曰共武之服，曰以奏膚公，公其有焉。公年六十，據鞍指揮，矍鑠強健。長君某，由武庠薦任千總。次君某，補文學弟子員。孫曹林立，英雋倜儻，所以報公之福未艾也。

辛酉五月十日，公誕生之辰，僚屬稱觥相慶，欲以余言壽公。余曰：立德、立言、立功，壽之不朽者也。公以魁傑智勇之身，奮發剛忠，立功海外，是可以壽公者。享遐齡，膺多祉，此可以爲公福，未足以爲公壽，況公有兼得之盛也哉！是爲序。

黃善亭明府配廖孺人六十雙壽序②

善亭黃公，世居豫章定南。封祖瀛洲公，以文學負時名。封翁峻山公，能世其家，以上舍應鄉舉，屢不售，遂不復試，曰："吾擁書萬卷，娛此生足矣。操三寸不律，努力風簷中，此自兒輩事。"公幼端重穎敏，好讀書。及長，爲文詞雅健深厚，其爲人豁達慈祥，言行可師。弱冠，充博士弟子，食廩餼。又十二年，舉於鄉。當公留試京師，汪少宗伯厚愛之，嘗言豫章黃子性學粹美，爲吾輩中人，他日所就，必有大者，語聞薦紳間。乾隆庚子，成進士。又十餘年，來治於永。永定地瘠，風質民貧力勤，士無擔石而多絃誦，民無悍習而有角牙。公爲政寬明簡易，知地之瘠而無所出，則躬務節儉，凡所以撙節愛養，斂華就實者，無不教也，使質者不易其質。知民之貧而難爲生，則深爲噢咻，凡所以務其農桑，免其疾苦者，無不爲也，使勤者益趨於勤。至於拔單寒，獎後進，訟庭草滿，囹圄一空，蓋邇三年而永邑大治。

公之配廖孺人，溫恭簡澹，有古女士風。方公留試京師八年，相錡釜，督兒曹。俾長君璧，成青年，遊鄉校。今偕宦於永，克稱其配。癸丑十月某日，公年周甲，廖孺人亦同庚，永邑人士樂其宰之賢，而喜其歲之豐，同分司輝亭范公，徵余文，爲公及孺人壽。

夫余嘗讀《閟宮》之詩矣，魯人頌僖公曰：俾熾而昌，俾壽而臧，祝其燕喜受祉，并及聲姜令善之妻，是豈魯人媚僖公哉！蓋惟有以順民之心而宜其大夫庶士，相得一體，上下無間，故閟宮脩而頌聲作也。公履永未三年，度其土，因其民以爲治，有以得民之心，而民亦愛公之誠，故欲上公之壽而致其祝辭，夫三代之民情豈甚相遠哉！昔君家次公爲吏，敏察寬和，吏民愛敬。及守潁川，勸民爲善防奸，務耕桑殖貨，種樹畜養，推行盡利。宣帝賜車蓋，特高一丈，以章有德，秩比二千石。今朝廷慎重牧民之官，公以經術餙吏治，何讓君家次公，其於二千石乎何有？行見士民愛敬如魯人頌僖公，以及聲姜者，又豈徒見於永定之一隅已乎哉！

謝德佩配陸孺人六十雙壽序③

德佩謝翁，太傅之裔，魯脩公令子也。祖居山東歷城，後徙會稽之鰻池。其地風土秀美，田疇腴沃。翁有三畝之宅，五畝之園，池塘亭榭、竹樹水石之勝。其持身正，訓子嚴，與人交，和且敬，里中人目爲長者。初，魯脩公爲方城博士弟子，有才不售，卒遊關中、西蜀、燕趙、吳楚間，足跡半寰區。家中務一委翁。翁自少能經紀，立門户，爲詩文，見推鄉前輩，人以此多魯脩有子。然翁亦卒不得志，遊京師十數年，爲相知所仰重，挽而之官，不能久，淹歸鄉里，治園圃，狎兒孫，與親知故舊相往還。歲時伏臘，飲酒社會，務盡其歡，晦其身以老。配陸孺人，臨清州刺史運樾公仲女。公殁於官，孺人年十三，煢煢朝夕哭，獨携幼弟，扶櫬數千里，歸葬會稽，見者流涕。父母既殁，依叔氏稅務官舍，就食江南。敏慧知書，恬靜端謹，叔氏愛憐之。歸翁，稱賢助。子蘭階，來仕於閩，爲永定、興化分司。余司訓是地，爲余言家世甚悉。

乾隆壬子秋七月某日，翁年六十，孺人亦同庚，蘭階徵余文爲二人壽。余曰：壽以文，非古也。宋季士大夫始以儷語詩詞相遺贈，後世沿習，壽日懸文一通，鋪張溢美，具酒饌笙歌，召賓客歡宴，以爲不如是，非所以壽其親者。夫必如是，而後可以壽其親，則力不足者何如耶？故吾謂富貴之綺席霞杯，不若貧賤之觴酒豆肉；華門之笙簧珠履，不若膝下之承歡笑語。何也？其事質而情摯也。蘭階力非不足致此，而繁文之事，概從簡略。其徵文於余也，曰必求質言之，以壽吾親，即以是爲家二人傳，異日留以示子孫，非欲鋪張溢美，如世人之爲者。夫蘭階亦篤實之士哉！自以家隔數千里，二親戀故鄉，倦跋涉，不遂迎養，與知交言，時至流涕。於壽親之日，蘭階蓋有不勝望雲之思焉。

族兄儀金六十壽序④

族兄儀金，學行士也。少從伯父則潔公受經，既冠，作文循理華贍。已復從兼霞呂先生遊，肄業溫陵書院。同館生以學行故，兄事之。乾隆庚辰，學使汪持齋先生拔充郡博士弟子。紀曉嵐先生督閩學，置高等，與伯父並有聲鄉校中。兄以孝友世其家，父則茂公偕其孟季白首同爨，家餘數百指，室無間言，論者以江州義門陳氏相況。顧兄久困鄉舉，十餘試不售。庚寅之役，房師永和彭公得其卷，如獲拱璧，仍絀落，用是偃蹇諸生間。辛亥春正月十九日，兄年六十矣。其子伯崧功姪表於徵余言爲壽。余於兄至厚，不得辭。

今夫士生斯世，出與處而已矣。出處之大端，惟其命而已矣。順其命而處之泰然，君子所以知命也。兄有所蘊蓄，而老守一衿，其命之所遭歟。然年躋六十，秉剛正之質，守禮蹈義，不少衰。有先人薄田，足以供饘粥，敝廬足以庇風雨。彈琴讀書於松亭竹牖間，涵泳粹精，濡嚌道妙。以其學行，教鄉里後進，與其子若姪。子若姪食餼膠庠，溫文恭謹。後進經所教授，亦各有模範可觀。兄之自處，可謂順命而泰然者矣。孟子曰：古之人得志，澤加於民。不得志，脩身見於世。夫古人得志，則本所學以爲事功，裨國家，益生民，無負君親，無愧屋漏。不得志，則尊德樂義，脩身不懈。今之人或不然。未得志，則冀其得志。既得志，又無以酬其志，甚至營爵禄，倖富貴，以便其身家。一不得志，則抑鬱呻吟，憤心疾首，自悔所學之誤，豈復德義之樂。以兄泰然順命，而有德義之樂若此，今且從事科舉，以求進身，或老而見用，則所謂澤加於民，以行其所學，必有以古人自期，而羞爲貪禄利酬，富貴者之所爲。吾固因窮知達，能爲吾兄深信之也。兄其具有出處之宜者乎？書此，以正於兄，且即是言，以爲兄壽。

李孺人八十壽序⑤

乾隆庚子辛丑，余並試春官。京邸識虛浦黃兄，見其性樸而溫，學醇而博，心向慕之。回籍以來，兄家武榮之蘆溪，余家晉水之南塘，相去不過百里，而役於奔走，旋分教道山晏湖之間，不相見者已十八年。嘉慶己未，余司臺灣武鑾訓，虛浦亦教是邑。以同鄉，爲同寅，復同氣誼，喜可知也。晨夕聚首，悉年伯母李孺人之賢。

黃爲豐州著姓，唐以來，名人傑士，代多偉出。封翁璧園公，器量恢閎，磊落慷慨，投筆爲韜略之學。眘年掇巍科，試兵垣。方封翁之數上公車也，大母王太孺人，櫛縰之勞，甘旨之供，孺人奉事維謹。王太孺人晚得風疾，卧病牀蓐間，起居食飲，動輒需人，孺人事之益周且至，三年如一日。孺人有三子，次即虛浦。庶陳生二子，樛木下逮，人多其慈。虛浦以乾隆庚寅舉於鄉，七上春官，輒報罷。辛丑，大挑一等，得縣令，辭就教職。庚戌，選受侯官教諭。以萬壽覃恩，貤封母孺人。翟茀之榮，以德受祉。虛浦秉鐸三邑，人稱得師。季弟及孫國屏，皆爲博士弟子，餘多能讀等身書，孺人景福未艾也。

嘉慶辛酉花朝前一日，孺人八十帨辰。虛浦以羈宦海外，不獲長跪進觴爲恨。輅曰：重洋險阻，板輿難迎。明年，歲在壬戌，兄將考績西歸，長依膝下，誰復不遑將母哉！於是武鑾人士得虛浦之教，咸樂壽母孺人，作爲詩歌，置酒於泮宫，青衿儒雅，彬濟一堂，跪酌而祝曰：昔《閟宫》之頌壽母也，以母之壽，徵魯侯之福。今泮宫之壽母孺人也，祝母之壽，教師之賢，義各有在。輅奉觴趨進，附登堂之末，率抒數語爲序，以代祝辭。

曾母王氏八十壽序⑥

乾隆辛丑秋，吾友西高曾兄告余曰，是秋九月二十二日，母氏王孺人八褒帨辰，欲徵余言爲壽。既而曰，高徵子之言以壽母，高不知高之何以慰吾母者。吾母孀居以來，逾五十年，含酸茹荼，以教育高兄弟。又以先代遺經，勗高攻苦。兹高年已踰壯，困頓童子科中，兄弟碌碌，既貧且賤，無一可報母辛，菽水承歡，以奉老境。高將何以慰吾母者？輅曰：然，兄言誠是也。然是亦足以慰乎母矣。夫人子之於親，願望無窮；要惟隨分盡職，以克當其心，斯之謂孝。是故，分所得爲，則命服翟茀以爲親榮，園池臺榭以爲親居，婢妾臧獲以爲親使，文繡羅綺以給冬夏，擊鮮烹肥以供朝夕，分所可盡，竭力致奉，以務悅親，孝也。即不然，而儒素自安，陋室盈丈，子婦左右，可供頤指，布素足以禦乎寒，菽水足以充乎饑。家庭之中，好合既翕，善氣相迎，徵爲豫順，是亦古貧賤之所以事其親者，亦孝也。故聖人之教孝也，曰居則致其敬，養則致其樂，未嘗以分所不得爲者概責之人子，是二者雖有豐約之不同，要其爲孝則一也。今兄之兄弟，處約以事親，無不因分盡職，克當母心。母年且躋八十，得天之祐，童顔兒齒，既壽而康，門庭雍藹，孫曹林立，即以是爲楡景之慶，又安在不可以慰乎母者。且兄篤志好學，爲吾儕翹楚，異日奉檄而喜，板輿以迎，則所謂豐亨之奉，又自有期，兄豈終於窮約已哉！

輅與西高，從其家君厚師遊，同里而居，交久益篤。於其壽日，獻觴於曾氏古紡授之堂，偕同儕爲登堂之拜，並書此言以壽曾母云。

蔡懋奕七十壽序①

有隱德君子焉，其潛德懿行，足以福子孫，貽後世，而造物者每不酬於其身，而報其後。然其人亦非有所爲，以脩其德，蓋其天性然也。余姊夫懋奕蔡君，幼讀書績學，既壯不售，復研窮鑽研，揣摩所以得售之技者二十餘年，而卒不得售。乃歎曰：是終不售也矣，不售，無以累吾志。乃稍稍學爲醫，以活人。凡可利人之事，無不樂爲之助。家無中人產，父及長次兄皆早歿。母王氏，享壽九十餘。君與其叔兄，先意承志，能以孝聞，性寬厚淳篤，無城府涯岸，與人交，重然諾，有容人之量，不較其短長。處人以和，而立己以誠，道義所在，判然明晰，絕不爲依阿洑涊。姻戚宗族，以及鄉閭里黨，皆知君爲善人。今年既七十，偕余姊黃髮康寧，藹然相敬。老年家益落，甥孫輩勤苦自効，菽水之供，僅能粗給，無不足之意，愁悶之容，布衣疏食，怡然自適，晏如也。夫人之窮通，固有命存焉。然所以處乎窮通者，則視其人之德。有其德而無其遇，則雖窮勝於通；有其遇而無其德，則雖通不如窮。君之遇，可謂窮矣。然篤實淳懿，不愧不怍，無親疏遠近，皆稱仁厚長者。君蓋處窮而能有其德者，君雖窮，何憾矣。故其潛德懿行，不酬其身，必有以福子孫而貽後世，則所謂隱德君子者，君其人也。

余於姻戚中，與君相知最深。自辛亥司教永定，迄今羈宦海外，不獲與親知追舊往來者，十有餘年，蓋余亦將老矣。嘉慶庚申四月十三日，君七十壽辰，書此數語，航海而西，以代一觴。知君者，其以余言何如耶。

丁孫啓太學六十壽序⑧

余自乾隆辛亥，司訓晏湖，遷丹詔，復渡海而東，訓武巒，攝磺溪，今訓邵武。蓋旅於宦者，十有七年矣。其間跋涉奔走，不獲從鄉先生追隨道舊，即姻戚里黨，歲時伏臘，亦不能往來聚會，杯酒言歡。間因公抵家，其留不可以匝月。孫啓丁姻翁，於余締兒女姻最晚。余固不識翁，翁亦未嘗識余也。嘉慶乙丑夏，余赴三山考滿，假歸省先人之丘墓，翁來視余，余病瘧，翁藥之愈。於是，翁識余，余亦始識翁。余見翁貌厚而溫，性恭而和，年既望六，而氣體强盛，觀其行止風儀，雍容儒雅，知其平日之能以禮自持也。接其語言談論，傾吐平生，真樸無飾，知其篤實根本也。得其理家處世，孝友遜讓，知其慈祥愷悌也。噫！如翁者，豈多覯哉！翁隸雍學，不求仕進，而隱於醫，蓋謂醫之德難量也。自黃帝咨歧伯作《內經》，命俞跗完息脈，巫彭、桐君處方餌。沿及後世，有醫之名，而少得醫之理，求其審陰陽精藏脈明藥性神通變者寡矣。翁之醫，能得醫之理。其活人，又不以貧富貴賤而有異。明道程子曰：一命之士，志在愛物，於人必有濟。夫一命之士，濟人猶待設施，久而得見其效，若醫活人於旦夕呼吸間，其濟人尤近且速。然則，翁之濟人，視一命之士，志在愛物者何如。翁雖不求仕進，其於仕進豈甚相遠哉！

丁氏爲吾晉江望族，前明簪纓特盛，國初臬使鴈水先生以詩名海內，舉科名者復踵相接。翁有子，能世詩書之業，不愧其家聲。翁之仕進，其不求於身者，亦將以有待於子耶。丁卯六月某日，爲六十誕辰，先期余子愧齋書來邵武，請余文以壽翁。邵武處七閩之西，去晉江千有餘里。余弗獲於壽之日，追陪耆舊，登堂稱觥以壽翁。羨翁晏處里廛，家庭聚順，不獨壽日親朋稱觥相娛樂，即歲時節序，聚會獻酬，啣杯酒，接慇懃之餘飲，視余一官白首，遠離鄉井，其爲樂，同不同可知也。即書此以爲之序。

陳持齋配吳氏雙壽序⑨

朱笥河先生，性好奇山水古蹟，秦漢以來金石文字。其督閩學，按樵川，試暇輒遊覽，苦無韻士與偕。於是訪諸生中，得持齋陳君與之往。出西郭，探會景六虛之舊址。至銅青，摹晦翁朱子手書碑刻。登詩話樓，感周櫟園慕古之風，而祀櫟園嚴公之右，作記紀之，勒石其下。皆持齋從，或命持齋書刻之。蓋持齋者，強立士也。生十日而孤，二年而失恃，年十六遊鄉校，能文墨，工書詞篆刻。長而樸厚老成，卓然有以自立。教四子，皆爲學官弟子。當道薦紳，多與遊。予來教邵武，契爲老友，舉以賓筵，重持齋也。惜今無笥河先生者，與之追逐嗜好，優游歲月。予愚拙，不敢擬笥河先生，而性頗相近。然老而貧，山水古蹟，近者間一至，遠者足不能行。金石文字，多者或一觀，少者力不能致。凡其所至所觀者，則時歷歷與持齋言論之。夫天下之大，古今之遠，雖如司馬子長之遍遊名山大川，歐陽永叔之收金石文字，亦不能遍觀而盡取領略，以遂其意焉可耳，持齋共得斯意也。

嘉慶戊辰八月十日，持齋七十壽辰，戚族姻婭，以持齋配吳孺人者，年六十有九，欲並稱觴爲壽。余曰：壽吳孺人，笙歌酒醴，綺席家讌，姑姊妹妯娌，子婦孫曾，笑言勸觴可矣。若壽持齋，則不然。余將邀持齋及二三耆舊，携酒治具，南陟丹臺之巔，尋盧、樊二道人故蹟；西過熙春、金鰲之頂，遠望樵嵐七臺，嶤屼萬仞，溯九曲源流，而訪叔京、正臣之故里，憩秋聲之亭，誦貞文處士遺詩，矚南田耕舍，而挹其高風；北登詩話之樓，思九嚴餘韻，東顧莒溪故壚，荒煙寥渺，若遠若近，陵谷雖異，故老猶有傳焉者乎。相與徜徉低徊，興懷歎息，取壺觴旅穀核，飲酒盡醉，觀秋氣之澄爽，覷景物之高潔，感古今之遷流，羨天地之無窮，陶陶然皆不知髮之白而年之邁也。請即此以壽持齋，持齋以爲何如耶？

楊謙齋明府壽序⑩

臺灣之入版圖，百有餘年。嘉義處臺中土，其地廣沃，其人稠雜。我朝休養教誨，涵煦百年之深，然民剽悍，而俗浮侈，論治者往往難之。此固五方雜處之衆，風氣所趨。然爲治者撫育有方，噢咻誠摯，則未始不激發其天良，轉回其風氣，而日歸淳美也。

謙齋楊侯，來治嘉義周年耳。下車之初，政體具張，俗先除其甚壞者，使漸還本業，而顧惜廉恥。訟詳辨其紛誣者，使譸張不挺而株連絕根。禁蠹胥，去譎役，嚴盜賊，安良善，至其慈祥愷惻，嚴肅整齊，無不本實心以爲治。不數月而民和政舉，則所謂難治者自侯理之，駸駸風氣轉而民心樂矣。侯以名孝廉筮仕閩中，嘗一治韓洋斗山長溪矣，又再治新分矣。上憲察侯廉能敏惠，欲以盤錯別利器，於是侯有嘉義之行。方侯之未至嘉義也，嘉邑民聞侯之治，方願借寇，君乃揚帆而來者，毋煩相争境上。蓋民樂侯之治有日，故侯之感民尤速也。

嘉慶辛酉十月九日，楊侯誕生之辰，紳士父老欲登侯之堂，稱觥上壽。請余書侯治蹟，以著所以壽侯之由。余見世之治劇邑者矣，不求其民性，察其土俗，無漸摩優柔之化，一旦欲舉其民而張翕之，至其率教之難，以爲民誠乖悍難治，又或偏於所見，以其民之難治而自立一法以繩之，無利導之勢而有逆激之艱，又有不絕根本之弊，徒爲枝末之求，科條日繁而叢竇滋生。若此者，皆非所以治劇邑之道也，而況於海表難馴之地也哉！楊侯之治則不然。楊侯之治若彼，此固楊侯之所深戒者也。故其來也民喜，其治也民安。遲之又久，當必有以復民性，淳民俗，躋海隅蒼生於仁壽之域，以永洽我國家郅隆之盛化者，是可於侯卜之也。承都人士之囑，於是乎書。

代壽張曦亭明府序⑪

《南山有臺》之詩曰："樂只君子，民之父母。"曰："樂只君子，德音是茂。"曰："遐不眉壽，遐不黄耇。"傳爲燕饗之作也，民之於上亦然。古君子在位而有茂德，則爲民父母，民且祝其黄耇，祝其眉壽，以致願慕之私。不然，而民具爾瞻，憂心如惔，師尹不能保其赫赫，寧惟寂寂無頌聲作耶？

吾邑侯曦亭張公，籍山左，世居古之無隸。前明萬曆甲午，先世有舉於鄉者。迄侯七世，世爲大夫，詩書世德，罕有其倫。親屬掇科第，登顯秩者，尤難指數。故海内言世族於山左者，必曰海豐張氏。侯性孝友仁厚，慷慨磊落，容觀朗偉。幼好學習騎射，所讀書，務坐言起行，不斤斤於語言文字。既壯，登賢書，初試中州，令夏邑、柘城、淇、濬諸縣，皆有廉能聲。乾隆壬子，奉命來閩，治嵩嶼。東野舉能其職，上憲以漁梁劇邑令侯，而議者中阻，遂罷去。嘉慶辛酉，攝篆我邵武。下車詢民疾苦，興學勸農，繩暴鋤奸，境內翕然稱治。居無何，移南臺，攝富屯，旋宰雙溪。雙溪隸省會偏隅，民貧俗敝。侯治其邑幾年，雙溪人至邵者，問侯起居及治狀，則曰：治吾雙溪，未有如張侯者。吾邑書院壞，侯脩之。吾邑向學少，侯師之。吾邑貧，無以耕，侯以麥種之。吾邑昔有盜患，侯至寧息之。折獄之平，廉介之節，尤其素著也。吾邵人曰：是侯即以治吾邵者治爾雙溪矣，惟爾雙溪何幸得侯久，而吾邵何不幸去侯速也。聞侯去雙溪，移玉融，雙溪父老走省垣，號大吏留侯，不得請，則餞侯數十里，依戀慇懃，至於泣下。侯先大夫公選貢京師，以縣令著績都勻合肥間。侯兄弟四人，孟氏宰宜章，季以司鐸擢縣職，叔氏行省湖北，行且洊登上臺，德望政聲，硠硠海宇。蓋惟北方土厚，山川磅礴鬱積，多產賢豪傑士，亦惟侯世德胞孕繼承，肫藹純厚之氣，凝聚一家，鬱而爲人文，徵而爲景福，又豈偶然者哉！

己巳春，侯再涖吾邵，民無賢愚老幼，如苗之得雨，浦之還珠。其年五月十四日，侯年六十一，誕生之辰，邑人士欲稱觥爲侯壽，郵書西寧使德畹爲壽言。德畹曰：侯茂德循良，誠樂只之君子，我邵人父母也。兩治吾邵，我民樂侯之誠，愛侯之切，是宜有以致其黃耇眉壽之詞，以將其私願。德畹不文，僭爲詩歌二章，使於壽日，跪酌進觴，歌此以壽侯。其詞曰：

侯初來兮民無苦，獎我秀兮牖我魯。民之寒兮翼以羽，民之飢兮哺以乳。慈且廉兮芥不取，邵之陽兮久樂土。

又曰：侯重來兮民疑，謂不爭於境上兮天曷降之。侯果至兮民嬉嬉，去八年兮來何遲。瞻侯貌兮如舊，聽侯言兮仍藹。而侯康强兮壽者，甲重周兮爲期。建牙纛兮竟設施，惟我侯兮長黼黻乎盛時。

王母吳太宜人七十壽序代許萊山先生。

古未有以文壽者，宋以來，公卿大夫及封國夫人、郡縣太君壽日，始以駢語相投贈。沿及後世而壽文起，然特祝其壽而已，曰黃髮兒齒，康強期頤，俾壽而臧焉爾。此壽以年，非壽以德也。壽以年者以百計，壽以德者以千萬禩計。夫德豈易言哉？儒者讀書明道，好行其德者難。閨閣中少學問，嬭姆教，從夫子，稱賢淑矣，而德尤難。蓋三代盛時，聖母賢妃尚矣。吾夫子《風》所列《采蘩》之諸侯夫人，《采蘋》之大夫妻，衛莊姜、許穆夫人已耳。即史策所載梁孟、鮑桓之爲妻，柳韓、韋宋之爲母，亦寥寥不多覯。甚矣，女德若斯之難也。

吾太姻母封太宜人吳太君者，其德胡可量耶！太宜人爲太姻誥封中憲大夫輔臣公次室也。中憲公賢郎有八，太宜人舉其三。次君景奎（雲），五君禮庭，七君景陽，其育也。中憲公德量恢宏，行誼磊落慷慨，稱仁厚長者，太宜人贊助爲多。龍塘王氏，吾泉望族，簪組相望。中憲公抱德而隱，式穀詒謀。太宜人三子，分道揚鑣，馳驅皇路。景雲由貢士以直隸州同知擢雲南鹽運司提舉，禮庭教諭邵武，景陽司訓建陽。諸君登仕版，綰印綬，肯構克家，一堂濟美。太宜人平居恬肅溫恭，簡澹自若，處豐而約，任力而勤。以苟美之家，自同儒素。衣無綺繡之華，食鮮鼎烹之奉。以撙節持家，以約儉養福。而厚欵親賓，虔供師傅，禮意有加焉。雞鳴櫛縰，勤組紃，飭中饋，條理井然。其於家中人，長幼和藹無間。教子若婦，嚴而多慈。子若婦，孝謹雍和，循循禮法，門以內肅如也。方景雲君之提舉鹽司也，太宜人呼而訓之曰："鹽䇲之政，寬則易行。爾其勵精明慎，惠愛養民。"禮庭、景陽二君之爲學博士也，則又訓之曰："儒師望重，毋以官冷自怠，毋以成就爲難，爾其慎之。"三君承教，罔敢或違。至於恤人之災，濟人之急，恩處臧獲，譽溢鄰里。近世有母而賢若此者乎？且夫德者，仁之施也，亦福之本也。仁則必壽，德必獲福，理也。今孫曾輩遊黌序，驟文場，象勺之年操觚試藝者，聲硡硠，摩憂遐邇。瑤環瑜珥，四代一堂。諸君進擢崇階，累封高品，太宜人期頤冠帔，承恩拜命，景福未艾也。豈無輔軒之史，彤管明徵，彰其淑德以繼史策古賢嬡之光哉？

邦光不敏,與景陽君同學同社,以文章聲氣友善多年,且締兒女姻。景雲君需次京師三年,聚首風雨晨夕,知太宜人懿行最悉。乙酉春正十日,爲太宜人七裦帨辰。羈職春明,不獲登堂獻觴,郵寄俚言,以伸遐忱,附頌祝之末。

【校記】

① 手藁本原無,據樵川本補。
② 手藁本原無,據樵川本補。
③ 手藁本原無,據樵川本補。
④ 手藁本原無,據樵川本補。
⑤ 手藁本原無,據樵川本補。
⑥ 手藁本原無,據樵川本補。
⑦ 手藁本原無,據樵川本補。
⑧ 手藁本原無,據樵川本補。
⑨ 手藁本原無,據樵川本補。
⑩ 手藁本原無,據樵川本補。
⑪ 手藁本原無,據樵川本補。

淳菴詩文集卷十六

記

永定東華巖閣石洞乳泉記①

出永定城東半里許，有閣曰東華巖。負山而面溪，巉石磊落。緣石徑至閣上，閣後有小石洞，其下有堂，有齋，有僧室，皆昔人因山勢爲之。洞高丈餘，深廣如之。蒼蘚碧苔，幽邃冷潔，有泉如乳，滴瀝洞之東壁，淙淙有聲，下鑿洞底，作小石湖，大不滿三尺，深尺許。以注泉，水滿則溢，小溝出洞外。

乾隆癸丑三月，余偕友往遊其地，見而異之。友以手掬泉，飲之甘，示余。余飲之亦甘，且其味清冽異常。曰：是美泉也。因取泉僧房，煮茶對飲，問僧是泉所由來。曰：古矣。問有賞之者乎？曰：無也。噫！亦負斯泉矣。唐陸羽善言水，惡渟浸而喜泉源，以南康谷簾泉爲天下第一。說者又謂大江金山泉第一。若常之惠山，蘄之蘭谿，廬之龍池浮槎，西湖之龍井，孤山之六一，南劍之天階，皆散見傳記，爲人所膾炙。而此泉無有賞者，豈賞者之跡所不到與，抑嗜味有不同歟？羽之論水，曰山水爲上，江次之，井爲下。山水乳泉石池漫流者上。羽之論水，張又新、劉伯芻、李季卿所不及也。今是泉出斯洞，即羽所謂乳泉漫流者非耶？汀州處閩之西，地鄰江右，重岡複嶺，綿亙數百里。嵐瘴蒸鬱，巉巖險阻。永定又處汀之一隅，宋以前居人鮮少，寔高人韻士之跡所不到。即至，亦未能披叢林，履絕壑，得斯泉而譜之。然則，非其嗜味有不同，實賞之者有不到也。夫天下怪奇之物，瑋異之品，蘊於幽隱窮絕，人跡所不到之處，而天地精氣所鬱結而蓄藏者，歷千百年如故，不以人之知不知而有改，獨斯泉也哉。故凡物不能自見，必有人焉。以發之而後始有其名。亦有未甚可貴，而因人以爲重者。

去斯泉不數十武，又有溫泉畝許，與斯泉高下相對。縣人浴其中者，四時不絕。咫尺間而得異泉者二，因并記之，以待好事者之有所取而傳聞焉。

重脩王文成公祠堂記

士有學足以述往聖，垂來者，功足以匡祉稷，救當時，而其人傳之史策，配食廟庭，以崇其學而顯其功。此典禮所在，人心所安，有出於不得不然者。至平生閱歷之區，或宦蹟所留，或講學所至，後人思其遺烈，立祠堂，享俎豆，以寄其景仰之思，此又一方之人心所感，要皆非有所私也。

有明王文成公，正學之士，社稷之臣也。公方弱冠，體驗聖學，毅然以斯道爲己任。其學直求諸心，其教以良知爲主。夫良知二字，實出孟子。論者病其同象山而異紫陽，要其講學雖異，而歸聖道則一。夫真儒之學，明體達用，盛德大業，非托空言。當公之時，劉瑾擅權，煬威中外，盈廷唯諾，孰敢輕禦。公忤瑾，廷杖，謫丞龍場。旋復原官，載立勳績。平宸濠，征岑猛，掃八寨，靖茶寮，奠安宗社，衽席蒼生，其功業何如者。方公之撫虔也，殲賊首詹師富等。提師過汀境上，地芥不擾，一塵不驚。汀人戴公之德，又免猖獗之虞，士庶思公不忘，此汀之祠堂所由作也。

嗟乎！祠廟廢興，何常之有。古來叢祠遺址，斷碣殘碑，滅没荒煙，銷沉蔓草。惟正學節概之士，秉天地之正氣，關氣運之盛衰。功施當時，學傳後世。其流風餘韻，風雨不得而蝕，兵火不得而侵。數千百年，馨香俎豆，歷久彌光，不與郡邑河山相爲終始哉！前明太守繼良笪公因民情而建斯祠，歲久未脩，榱桷缺壞。乾隆甲寅冬，貳守某公思所以新公之堂，汀民樂趨恐後。興工於某月日，以某月日卒工。廟貌維新，黝堊式煥。蓋公道學勳德，自廟庭以及州郡，崇祀廟食，所在多是，寧惟汀之一隅。然足跡所到之邦，士仰其澤，民蒙其安，非是無以効報崇而浹民隱。某公順民心以新斯堂，固爲政所先務，抑亦欲使聞風者有所興起歟？

公名守仁，字伯安，浙江餘姚人。以平宸濠，功封新建伯。嘉靖六年，官南京兵部尚書。征岑猛黨，臥病乞致仕，行次南安卒。訃聞於朝，忌者詆之，削世襲伯爵。隆慶中，復之，加贈侯，諡文成。萬曆十二年從祀，世稱陽明先生云。

永定訓導齋記

永定訓導齋壞，其地悉蒿萊。司訓者借居五經閣下，無堂室齋庖之處，甚苦之。乾隆辛亥夏，邑人士方脩學宮，自大成殿、崇聖祠、明倫堂、五經閣，以及鄉賢、名宦、忠孝、節義諸祠，脩治而更新之。偉然煥然，觀瞻宏敞。是年冬，邑紳士言曰：司訓無齋宇，盍謀之？於是以舊材理其齋。壬子夏四月，齋成。有堂有亭有軒，及房室庖湢皆具。

輅以辛亥十一月履任，借居報功祠，至是始遷而居之。因慨然曰：學齋既成矣，居是齋者甚適且易，然吾以爲，居是齋者甚懼且難也。夫學齋非閒官舍比也，所習在儒，其往來則一邑之賢士弟子，其地則師生肄業絃誦習射之地，其官則講習化導表率之官，其所學則倫常物理脩己治人之事，故以儒稱學而名不虛。朱子曰："先王學校之官，所以爲道德之歸，政事之本，不可以一日廢者。"此也。使爲教官者正其心術，端其趨嚮，教以立身大本，孝悌忠信，禮義廉恥，溫恭謹讓之事，而又發之以文章，裕之以經濟。俾居於鄉則爲端人正士，出而仕則爲良吏忠臣。爲邦家之光，閭里之重，豈不甚偉！其次，或質居中材，資力有限，亦不失爲知本務實，不辱其身之士。如是，則教官克稱厥職。居是齋，食是禄，庶幾俯仰無愧。不然，而愚昧苟且，既不能自淑以淑人，又或尸素養安，並不思朝廷建學立官之意，以爲閒官冷署，甘自菲薄。官以教名，曾無顧名而思。則居是齋，食是禄，豈不冒昧愧懣，重貽士類羞哉？輅庸愚疎陋，謬叨是職，每思及此，皇然汗下。敬謝諸先生興廢鼎新，居處有地。諸先生必將有以教我，使有所持循，則輅之所厚望也夫。

乾隆五十八年壬子五月九日，晉江柯輅記。

過李文節公舊宅記

余過前明大學士李文節公舊宅，小屋三椽，僅庇風雨，有田舍翁所不如者，蓋約甚已。公風節立朝，廉介自守，絕不肯爲良田華屋計，何所志之高也。昔范文正公在杭州，子弟以公有退志，請治第洛陽，爲佚老地。公曰："人苟有道義之樂，形骸可外，況居室哉！吾今年踰六十，東都士大夫園林相望，爲主人者，莫得常遊，誰復障吾遊者，豈必有諸己而後爲樂哉？"遂以俸餘周諸族人而已。文節嘗謂，文正公捐宅基爲蘇州府庠，至今人士教育其中，向使公爲私第，不知今落何氏。故曰，善建者不拔。吾晉江薦紳，第宅率多宏敞壯麗，不數十年，凡幾易主，而文節公舊宅至今尚存。向使公高其爽塏，廣其庭宇，焉知今日不落何氏，則真所謂善建者不拔歟！昔魏仲先贈寇萊公詩："有官當鼎鼐，無地起樓臺。"古今人同不同，何如耶？

永定學藏書記

學有藏書，由來舊矣。今觀府州縣學，多有經史閣、五經閣、藏書樓，皆貯蓄官書，供士子肄業。夫士子之於書，取類亦繁矣。自四子諸經以下，凡子史綱目別集，以至禮樂、政治、兵刑、水利、食貨諸書，莫非儒者之度内。昔胡安定公教授蘇湖，經義有齋，專治有齋。弟子出而爲政者，多適於世用。蓋講習必有業，非載籍莫考也。近世弟子肄業，多不在庠序，而在書院。蓋庠序所受教者學官，爲學官者，多因循怠惰，無所爲教。故肄業之區，與書策之具，皆廢弛而不整齊，凡此皆學官過也。

永定儒學明倫堂之外，有五經閣、文昌閣、紫陽書院，皆可爲諸生講習地，而諸生起居肄業者寥寥。固亦地瘠人貧，士多授經，負笈東西走，抑亦司教者品學庸陋，因循怠惰，不能招之使來也。至書籍所藏，悉貯教諭齋中，扃鐍閉秘，供蠹蛀耳，爲弟子者，不得一觀。余於前同事孫去任時，得一縱閱，剥落殘缺無全帙。方欲整之，以公同好，而代者至，扃鐍如初矣。問其故，則曰，此交代物，慮有放失。吁！是書也，而祇爲交代計乎哉？夫朝廷養育人材，創立學校，既設官以教之，復廩粟以資之，□書籍以博之。涵濡薰陶，振興作養，以祇於成材。故異日希聖希賢之學，爲國爲民之事，其本皆於是立。書之存，非祇爲交代計也。余忝司訓,力商同事,盡發其書,以公同志。以小册記取書者姓名,以時收還,輪流傳誦,毋損毁,毋遺失。如是,則上不負朝廷啓牖之深心,下不囿寒士考稽之耳目。事雖至小,未始非學官之要務也。同事曰善,敬告將來。

永定逢饑記

永定彈丸小邑,處汀末屬。北龍巖,南粵潮,東霞漳,西上杭,重岡複嶺,無十里平地。田不十之二,開畬闢菑,小者如席,大者方不過半畝。年出穀供縣民四月糧,餘仰給他郡,而資粵潮、江西尤多。邇者永民重利,其田半種煙草,以煙草利加於穀。計歲所出穀,二月糧耳。

乾隆甲寅,漳州大水,禾稻漂没。潮陽亦荒,永定歲未大歉。乙卯正月,米價昂貴,升米錢五十。二月上旬,錢七十。下旬,九十。三月初旬,錢百一十餘,且無糶處。蓋漳潮既無可運,仰給惟在江西。江西之米由瑞金經長汀入上杭,以至於永。長汀米亦半資江西,以運多價昂,縱無賴數百人,日夜住溪頭截米,運船不下者兩月。人衆洶洶,憲禁莫聞。永定百姓絶糧僵餓,有剥樹皮、掘草根爲糧,輾轉溝壑以死者。即有錢之家,視錢而餒。常平虚空,雨粟無術。民困不堪,呼號待斃。而鄉里不逞少年,十五爲群,間或倚勢攘刼。一日飢民千餘,喧鬧縣衙,諭不可止。縣官頗不洽民隱,瞪目束手,計無復施。紳士謁余曰:救荒非師事也。然吾永人愛師,今日之事,師不設法,更誰爲之?余曰:乞糴無門,積貯空虚。非勸殷户分口糧平糶,計將安出。衆僉曰然。余到縣,苦口諭退饑民。遂邀駐防千總曾應魁,典史鄒謨,暨紳士,步走城中三日,勸殷户出口糧之半平糶,衆皆忻從,得現米四百餘石,陸續供應。日賣十六石,計人買米一升,幼稚減半,城中人心始定。鄉村倣此行之。四月中旬,憲法嚴懲米船流通,是年邑又大熟,窮民自是動色相慶,喜得更生。

顧吾謂永邑豐少而饑多也。夫合一邑之田,止供四月之糧,煙草又分其田之半。既窮於地,又害於煙。一遇歲荒,四鄰遏糶,何所仰給?則惟常平多積,以濟災祲。若不深計豫防,早爲儲蓄,至臨時周章,束手無策,欲使民少怨聲,野無餓殍，難矣。余惟教是職，政治非敢與聞，日前所爲，已爲越俎。惟是諸紳士之請，惻隱之心，不忍度外相視。姑記此，以告後日子孫之能爲民牧者。

遊獅子洞記

永定城東九十里，有洞曰獅子。其石皆淺藍，盤曲半里許。崁崎玲瓏，磊落萬狀。有矗而起者，俯而伏者，梯而斜者，砥而平者，穴空而洞相穿者，崖懸而危欲墮者，窈而曲者，奧而幽者，螺轉而上豁然開朗者，蓋不可以形狀。罄洞無土，老樹蓊鬱，根盤石罅間，高下布置，天然自妙，但無亭榭屋宇爲林泉點綴焉。

乾隆壬子冬，余便途履其地，諸生陳思顯招余遊之，樂且忘歸。因叩陳生，何無亭宇之建？陳生曰：古來如斯，樵牧往來耳，少有賞者。余因歎天生斯景，而人不知所以樂之。數千百年，風煙冷落，惟樵牧者或至其地，而樵牧者又不知撫其景而樂之。宇宙有奇山水，而人不知其處，不識其奇，并樵牧亦不一至者，豈獨獅子洞也哉？然使斯洞爲人賞奇，一旦有勢力者擁而有之，鑿天工，備人巧，則樵牧者所不得到，而天然奇特反敗於庸夫俗子之手。有之者既不能愛其真景，而得其真趣，遊之者又難得任意徜徉，登高嘯詠，以覩其生成巧妙之全。是何如任其曠蕩於層巖叠壑，松杉竹檜之間，使樵牧往來，猶得以襯林泉景色。而不知者見而過之，一二不俗之士，撫景盤桓，翛然意遠，闢其目中所未見之奇，豈不甚幸！雖然，宇宙奇闢之景，其廢興成敗，皆有其時，吾又安知斯洞千百年後之作何如觀耶？惜余羈宦，不能常遊其地，然得一至焉，亦不可謂名山無緣也，山靈其掃俗跡否。

十一月十四日，遊後六日，是作成。柯輅淳菴甫書於道山書院。

宿桂竹菴記

乾隆壬子冬十二月六日，余以公事，自洋峰寺至桂竹菴。山行二十餘里，巖巘崎嶇，嶺迤盤曲仄，僅容竹兜子。下臨深溪，俯視萬丈。林木蓊鬱，連蜷縈繚於屴崱崒嵂間。路轉峰廻，疑窮而開，景致奇闢萬狀。途半，憩通濟橋。溪山特勝,有瀑布數道,瀉出亂山中。高者數百丈,奔流喧嘈,穿林激石而入於溪。其水澄寒,爽人肌骨。又山行十餘里,登峻嶺之巔。古寺迥出叢薄,頹垣斷桷,荒煙零落,碑碣文字,剝落不可辨。門內外,積葉蒼苔,堆繞庭砌,絕無往來人跡。於時,夕陽在山,暮煙向暝矣。

復行七八里,始至桂竹之菴。余獨立菴外,遐矚曠觀。四山森列環抱,溪流屈曲,嵐霧蒸鬱,人煙杳絕。菴前後掩翳蒙茸,老松千株,竹數萬竿。乃入而休息。少頃,與山僧啜苦茗,食笋飯,遂設榻於白雲之隈而臥焉。僧曰:夜深多虎豹麇麚往來,不足為怪。余中宵不寐,聽溪水潺湲,巖樹振響,獼猴哀叫,山鳥雜呼,群獸人跡,若遠若近。仰視河漢低垂,星斗近若可摘,不覺爽然。置身高寒岑寂之境,亦平生一異寓也,故記之。

漢壽亭侯畫像記

吾祖奉政大夫古塘公,迄輅八世矣。嘉靖中,貳守贛州。致仕歸養,携漢壽亭侯畫像,祀家塾中。閱代久,藏置二百餘年,不復可見。輅總角時,侍大父籜亭公,聞此故物,不識藏處。乾隆乙酉,得於歷代先人遺像中。侯像衣赤冠帶,類王侯狀,貌嚴正恭肅,與俗畫異。不署畫人姓名,絹素朽爛,丹青失真,不考其畫始何代也。遂於所居室東偏祀之,及今三十餘載矣。

昔歐陽文忠公判滑州,嘗拜王彥章像而完其畫,作記紀之,敘其忠勇軼事,以補《五代史》之缺。夫彥章,梁一良將耳,歐公且重其畫像若此。侯義勇立天地,忠精貫日月,自三國迄今千六百有餘年,王公大人至於販豎走卒,婦人女子,莫不知侯而敬侯者。輅以八世祀像,敢聽其磨滅,而不思有以存之永久也哉?顧褾之不得,懸之愈蝕,因塑侯像如所畫狀,即以原像藏其中,俾永遠勿壞,以薦馨香。敬侯也,亦以敬吾祖也。吾子孫瞻斯像者,其知所由來歟。

嘉慶四年己未夏五月記。

洑田塘記

吾里有洑田塘,所以蓄灌溉、利田疇也。宋王梅溪、真西山二先生來守是邦，庶政既脩，務農尤重。於晉江之南，相寀下之地築隄爲塘者七，洑塘其一也。考隆慶泉郡舊志，塘周四千九百八十丈，灌田畝八千有奇。西南九十九溪之流入六首塘，而洑塘爲最。下有謝埭、新塘、蔡塘防堤，決潴水以濟不逮。今蹟皆廢，陵谷之異，時勢然矣。塘之中，古有巨石如牛，水漲則下没而鳴，鳴則岸潰。蓋入流既多，風水吞吐，故竅坎鏜鞳，如石鐘山之鏗然有聲者，鄉人嘗立廟祀之。塘西南依山，東北依田。於東北築岸截水，而衆水匯焉。水非深源巨浸，其來自高州、靈源諸山也。必賴時雨，雨盛，至則濤浪洶湧，而岸易決。雨稍遲，則禾苗灌潰而塘易乾。由是，於東北設陡門以分其勢，延里而北，以入於海。又設涵閘之開塞，以防其乾。啓閉必以時，而塘之法立。昔有致力於塘者，元輅五世祖怡顏公，濬通淤泥，捐逸老堂以祀土公，至今鄉人祈報賴焉。又設陂規，歲請當道，擇諸子醇謹者一人掌陂務，時蓄洩，固隄防，後人皆因之。明洪武間，里人龍塘曾公，保塘護隄，著有成績。嘉靖己未，族叔祖南恒公爲陂首，董工護水，以死勤事。萬曆丁巳，御史潤寰龔公出重貲，伐石牛，絫址砌岸，復設溝二間以疏其流，於玉瀾之浦墾上郭溪尾田壹石餘，爲春秋勸農祈報資，厥功皆匪細矣。

當春日載陽，農事具舉，草樹菶鬱，溝渠盈漫之時，徐步洑塘之濱，見夫水田鷺飛，晴波儵出，洑水瀠洄紆繞，人煙繡錯，村墟籬落高下，隱映于其間，桑梓之景致足樂也。吾里中聚族而處者，毋慮千餘家。按里人之先，擇居于此，遠者六七百年，近亦不下二三百矣。其間閱代生人，蕃衍滋息，仰事俯畜，昏姻嫁娶，卜築葬埋，祭祀誦讀之資，足以經營不廢者，孰非食舊德于先疇，藉水土之利，以養育之哉？夫古者，鄉田同井，出入相友，守望相助，疾病相扶持。蓋以鄉井之間，勢連情暱，故維繫若此之深也。吾鄉古稱仁里，宋以來衣冠相望，家多絃誦，詩書之澤未衰也。凡在聚族處此者，皆當崇厚誼，絀澆薄，善相勸，惡相戒，憂相恤，義相先，冠昏喪祭，歲時伏臘相慶問。以致親厚之情，敦古處之風，熙熙然共享太平之盛。則風俗淳，閭里因而增色。使人指而言曰，如某里風俗有足多者。夫豈不美乎哉！余因記洑塘，竊附其意於此，以爲吾鄉人勸焉。

植竹小軒記

是軒去祖廬咫尺，負東揖西，坐拱異焉。先曾大父孝廉竹居公讀書其中。公性淵靜，愛竹，手植叢篁數十竿于庭，娟翠拂雲。庭西老槐一，鉅章輪囷，垂蔭吟嘯之暇，顧而自適。公歿，伯祖中翰澹亭公，以公不自立號，遂以竹居諱公名，曰匪惟所居，蓋以竹蕭疏勁節，與吾先君子有合也。大父國學籜亭公承孝廉公命，得此。籜亭公以居第隘，家是軒。而先贈公實生於此，後移家祖廬，獨贈公肄業其中，且家焉。而不肖輅又實生於此。

籜亭公以生齒漸蕃，屋窄不足家人處也，築室里西雷州地，即前明雷州教授得朋公居第故址。力不贍，以是軒暫質族人，得四十金，繼瓦木焉，經今二十有餘年矣。輅庸劣無能，未能贖先業而還舊居。然先人敝廬，終不敢忘，固有待也。異日子孫居是軒者，知三架小椽，爲高曾藏脩游息之所，祖父劬勞孕育之區。思高曾之藏脩，則當常念爾祖；思祖父之孕育，則期無忝所生。立志勵行，以大吾門，則余之所厚望也夫。

東偏記

余家故貧也，代以傭經爲業。各負笈東西走，歲時一集，無藏脩游息地，恒講論家庭間。余年十八，治舌耕業。掃耳室東偏爲訓蒙地，跼促不能翔步，蓋隘甚也。然與家密邇，先贈妣楊太孺人臥室隔一壁間，寤寐時聞。太孺人暇時，閒步至東偏，聽稚子呀唔，陶然色喜，或語輅家事。輅讀書，更闌未睡，太孺人從壁間呼輅曰：日不飽食，讀至此，可歇矣。後娶先室施孺人，生長女惠英。孺人常携女，具茶飯至東偏飲余。余少喜作書，尺幅盈几，孺人與惠英常爲和墨伸紙。雖狹隘迫窄，然家人舆聚，常不相離，處之十年。春秋佳日，風雨晨夕，吟誦起居于其間，余亦忘其爲隘也。

乾隆乙未以來，余多授徒於外，遠至漳之龍溪，近亦遥隔井間。而壬寅楊太孺人見背,先室施孺人及惠英亦相繼夭歿。余每自外歸至其中,室是人非,爲之愴然欲絕。因思人生骨肉相從,庭除聚順,此境未易多得。余年未四十,而所遭若此,夫亦可悲也已。乃知前此十餘年處此,雖高樓邃館,深池曲榭之居,未可與易也,而今不可復得矣。書此以爲東偏記。

柯氏家世錄後記

我柯本姬姓,仲雍七世孫。柯相子疆鳩夷,夷子餘喬,喬子疑吾,吾子柯廬,柯氏其後也。秦漢六朝,少有聞者。唐有柯益孫,仕南充典籤。自宋以來,柯氏之族始盛。在閩者,散處各郡。居泉,宋登進士者二十有二人。居福,登進士者與泉等。居興,登進士者四人。居漳,登進士者二人。居南劍,登進士者一人。明居泉,登進士者三人。居漳,登進士者二人。居興,登進士者十有二人。而竹巖公潛,爲景泰辛未殿試第一。明鄉貢,居泉者十一人,居福者二人,居興者七人,居漳者二人。溫陵之柯,籍自河南光州固始。唐僖宗光啓中,祖延熙公從王緒入閩,遂家焉。登進士科,則自天聖二年,諱慶文公始。公官秘書,終屯田員外郎。三子,諱述,諱逑,諱迪,皆成進士。按《科目志》闕述,而有世程,注"慶文公子",疑即述公改名歟?

述公字仲常,登嘉祐四年進士。初尉贛縣,改知歸安。脩水田蓄洩之利,倅漳賑饑,感瑞鵲二巢廳事,秩滿移居,鵲隨之。暨歸,隨車飛鳴數十里,眉山蘇長公賦《異鵲》詩以贈。移知襄邑,盜悉奔他境。神宗聞之,召對便殿,書姓名屏間,擢知懷州。元祐、元符中,兩知福州。州學自景德中建,試士在學廟中。諸生逡巡,邸宿於外,先聖釋奠,移他所。公擇州治東南公廨及廢地爲試院,構屋百二十區,士人稱便。建社稷壇烏石山之陰,自爲銘,刻石至今存。通經史百家,尤粹於《易》。著《否》、《泰》十有八卦,明君子、小人之義。以龍圖閣學士致仕,晚狥吾泉士大夫之志,力還州庠於故址,士德之,祠祀學宮。柯氏居溫陵者,皆祖龍圖公,以員外公爲始祖。

員外公始居永春和平里,卒與龍圖公皆葬永春。居永者,子姓寥落,餘派隔屬遠。二墳爲強族戕侵，丘隴不庇。都人士以公宋代鄉賢，每過其地，咸觀瞻歎息，嘖嘖樂道。公里居，墳墓不置。龍圖公自永春居南安，再徙晉江，家郡城元妙觀西水溝巷。輅弱冠時，試童子，賃屋觀西，尚有稱柯厝巷者。今并爲民居，巷滅而名亦泯矣。郡學舊祠，與官所爲公建帥節坊，載郡志，今皆廢。國朝乾隆間，房伯、進士、令光山蒿亭公，倡子姓建祠郡東衮繡舖，祀員外公二世。以裔派科第仕宦及義舉建祠者附，祠成而祀事舉焉。

柯氏分居南塘，自八世祖塘邊叟公始。四傳宋進士、司戶參軍榕窗公，五傳元都總管怡顏公。元季兵燹，譜牒不存。明永樂初，雷州教授得朋公始脩譜系，旋散失。正統間，進士、徐聞令魯闇公得得朋公遺譜郡中傅樞密府，復重脩。始塘邊叟公，以上舊譜既亡，世次未詳，闕不敢書。自宋以逮國朝，居南塘者，子孫日蕃。科第仕宦，忠義學行之士，代亦屢出，蓋祖德留貽者遠也。譜載塘邊叟公葬本里龍頭埔，今里有龍頭堡，而墓且湮沒。蓋世代遷流，荒落失守，雖故家鉅閥，不能無憾。夫墳墓且然，況鋒火擾攘之餘，能保遺譜之不散軼耶？遺譜既軼，欲上稽遠代，歷詳世次，又安可得？嗚呼！此得朋、魯闇二公之譜，其闕不敢書，而始自塘邊叟公者，其中有不安其勢，不得不然。知二公之心，於是有獨苦矣。

夫宋代去今七百有餘年，先代遺徽，歷久彌泯。輅詳稽志乘，旁採餘集，輯錄員外公以下政績舊事，遷居始末，並錄溫陵柯氏有宋以來科名序次，使子孫披卷一覽，知根本所延，家世衣冠，德業聞望，當必有觀感興起，勤奮勉以繼前光者，是則輅斯錄之意也夫。

嘉慶八年癸亥秋九月，裔孫輅敬書於榕城旅舍。

臺灣巡城記

嘉慶五年庚申夏四月六日，夜三鼓，臺匪胡土猴、陳錫宗倡亂鹹水港。殺巡司姜文炳，燒營汛，殺弁兵十數人，鼓噪鄉村。明早，賊衆數千進據州仔尾。總戎、大府以下文武官，多帥師進勦。八日，賊蟻附倍集，擁住曾門。去郡城三十里，以賊數百伏橋下林投樹中。總戎愛公度橋，賊起，飛矛直刺公。不中，殺其馬及僕。兵急擊，得脫。賊分布四圍，困公。鄉民走竄，城閉。有小賊，年十五，從水關入。執之，訊知城中許賊內應者數百人。道憲遇公執內應之巨者數人，置之法，人心稍定。

是時，輅以送試在郡。八日晚，奉檄巡視大北、小東二門，及鎮北一坊。九日夜初更，道憲遇公於北門城下密語輅曰：「聞夜有警，宜慎備。」輅登北城，守者曰日未刻，賊衆三百餘，集二郎廟，廟去東門三里許。至申，五六百。酉則幾二千。約三鼓，直攻小東門。時官兵出勦賊，守城無幾，小東防卒六七人耳。水門泥淖無水，闊丈餘，高丈有五尺。脩城者斫林，投樹數株，委之淖塞責，實空洞無障蔽。輅走大東，急商守城遊擊陳宗鐄，且詢虛實。宗鐄曰果有之。頃，素相善武生某及父老二人至城下呼余，令縋繩以書繫繩而上。觀之，即告此也。輅曰：「小東水門若此，設賊至，若何？」宗鐄愕然頓足曰：「是脩城者誤矣。」輅曰：「事急，宜設備。」宗鐄指兵衆曰：「大東合兵與義勇不過七十人，小銃二十，大礮三位，何以分備？」輅曰：「小東、大東，利害均也。宜分兵械三之一備小東，二備大東。」宗鐄曰：「銃點火繩，安垛上，令賊望火繩少，更輕我矣。」輅曰：「宜虛以張之。賊夜望，不見銃，見繩火耳。急以蚊煙數百枝，然火排垛上，連絡布列，自大東迤小東城上，更多設燈火，絡繹往來，示多備禦。如何？」宗鐄曰善，悉從之。

甫三更，賊數人來探。射火箭四，知有備，遂不果攻，雞鳴散去。明早，請憲急塞水門。匠云泥爛基不固，且一日不能卒工。輅請夾植巨杉爲柱，中實以舊船板片，用力易。板堅厚，刀鎗不可入，祇忌火，急且權用之。憲如輅言。是日，曾門之賊，官軍亦殺退十餘里矣。未幾，洋匪蔡牽夜半舟泊鹿耳門，窺伺動静，官軍追擊之。乃檄輅兼巡大西門，防視尤謹。計率鄉勇荷戈步走，循環雉堞闤闠間，防探外賊，查訪內醜，凡四十八日夜。賊殲，匪船遁去乃已。

嗟乎！書生無折衝之材，恨不能奮身勦賊以効涓埃。區區巡視城廂一隅，是曷足道。姑記此，以志平生所歷云爾。

傳

敖陶孫傳

敖陶孫,閩之福清人。少有氣節,磊落倜儻,喜自負。讀書敏悟,爲文辭援筆立就,洋灑數千言。方陶孫遊太學時,寧宗即位,朱晦翁用趙汝愚薦,除煥章閣待制兼侍講。韓侂胄居中用事,自謂有定策勳。晦翁疏斥竊柄之罪,經筵又申言之,侂胄不悦。寧宗御批,憫卿耆艾,恐難立講,除卿宫觀。趙汝愚袖御筆還上,且拜且諫。内侍王德謙以御筆付晦翁,而晦翁行,衆不敢聞。陶孫獨以詩送晦翁,於是衆偉陶孫。趙汝愚貶死,陶孫哭之,作詩揭通衢壁上,有"一死固知公不免,孤忠賴有史長存。九原若遇韓忠獻,休説渠家末代孫"之句。辭意憤激,直斥侂胄。墨蹟未乾,壁已爲人昇去。侂胄大怒,命軍校立搜陶孫。陶孫適在酒樓飲,報至,陶孫亟去儒冠帶,换青衣,提壺下酒樓,遇軍校樓下,問敖太學安在?陶孫曰適在樓下飲,聞韓府索之急,已亡命去。自是,陶孫變姓名,匿城中。後數日,稍稍出,亦不甚懼,卒得免。

嗚呼!陶孫可謂智勇之士哉!夫當侂胄柄權之日,肆虐中外,黨與鴟張,士類幾無立足。自樞密臺諫諸君子爲其排擠戮辱,孰不囁嚅緘口,敢輕犯其鋒哉?陶孫區區一太學,奮不平之氣而與相觸。始以詩送晦翁,繼以詩哭汝愚。指斥權奸,衝冠怒髮。此非血氣之勇,蓋其毅然不可犯其蓄於中者有素也。然使陶孫以一言而敗其身,則言未俾於朝廷,身死僉壬,爲天下笑。觀其易衣下樓,詭詞應校卒,變姓名於京師,若見若隱,侂胄終不得甘心而肆其毒,抑何其智若斯哉?陶孫誠智勇之士也。夫勇非智則害其勇,智非勇則私其智。陶孫智以成勇也。侂胄敗,陶孫登慶元五年進士,官温陵僉判,不大用以竟其設施,此足爲陶孫惜。陶孫,史誌別有傳,余尤喜論陶孫如此云。

潘湖二歐陽合傳

歐陽詹,字行周,晉江潘湖人也。詹爲兒時,行止多自異。十許歲,里中人無愛詹者。性灑宕，遇山巔水涯，片景可採，手一卷，流連其間。風月清暉，至暮忘歸，若怡然有自得者。嘗隨人問章句，一言有契，長吟高嘯不自止。父母謂里中人曰，此子不常，當不知能凍餒否？抑有表異否？識者曰：是若家寶，勿慮。自是，日知書。長，善屬文。建中、貞元間，以文崛起甌、閩之墟，身騰江、淮，漸及上國。由是言文章於甌閩者，知有詹，其他非所及也。觀察常衮喜獎後進，拔單寒，素喜詹，比爲芝英，遊娛讌饗必與，知日益厚，以詹教其鄉人，人謂常公能得士。貞元八年，陸相贄知貢舉，舉詹進士。當時韓愈、李觀、李絳、王涯、崔群、馮宿、庾承宣諸人，皆絶代英俊，同出陸公門下，稱龍虎榜。

詹爲文善思，不困才秀而敏。言必周詳，論喜往復。其性真愷悌，往往流溢言表。讀所撰《林攢甘露述》、《南陽孝子傳》，可知已。其爲人，孝其父母，於人倫劑切詳盡，氣醇而方，語厚而和，貌巍巍而偉出。與韓愈、李翱交最深。爲國子四門助教時，將率諸生詣闕下舉愈博士，會國子有獄止。後以官卒于京師。詹年四十餘，父母尚在閩，愈哭之慟，作哀辭誄之。李翱爲傳，叙其文章事業。太和中，李貽孫讀其文，曰："不可使歐陽之文遂絶於世。"序其稿行之，至今存。初，詹與莆中林藻、林蘊善，同肄業莆之廣化寺靈巖精舍。及櫬歸自京師，至莆，遂葬靈巖浮屠之陰。

詹有從子曰秬，字降之。善文學，開成三年擢進士第。陸洿自右拾遺除司勳郎中，不受，隱吳中。詔召之，既在道，秬貽書讓洿出處之遽，語切直。洿感其言，棄官。澤潞劉從諫表秬幕府，後從諫子拒命，上表斥時政，時矩方休假還家，或譖其表。秬爲之竄崖州，賜死，爲書遍謝故人，自誌其墓，形色不撓，士論憐之。

柯輅曰：六朝之代，閩之仕宦，少有聞者。雖其時中原多故，士不思進，然其學抑亦未興耶？歐陽詹以文著名建中、貞元間，天下知名之士，無不聞風與遊。甌、閩之學倡自詹始，非傑士哉？才不竟用，壽短於才，至不克終其父母，此詹之賫志抱痛，而韓愈、李翱者，所爲哀悼而解其無可如何者也。若秬者，能文而言直，性忠而蒙禍，不愧爲詹從子矣。余少聞長老言，詹所居潘湖，四十餘家，唐宋時絃誦相聞，擢第者幾三十人。迄今無是也，而歐陽氏亦陵夷衰微矣。噫！可慨也夫。

祖慎升公家傳

祖慎升公，諱毓高，字仁宏，號古薐，又號慎升，奉政大夫古塘公第五子也。大夫公繼妣黃宜人生公三歲，宜人年纔二十有五，而大夫公見背。大夫公有五子：長，鄉貢士毓奇公；次，邑庠生毓賢公；次，郡庠生毓秀公；次，上舍生毓磐公；又次，即公。三兄皆先大夫公卒，且無嗣。大夫公易簀時，遺命公與毓磐公，家產兩均，不為逝者置嗣。諸嫂氏外家皆當時貴顯，議嗣爭繼，各倚勢相凌競，內釁外侮，門祚幾顛。先是，公初生，太僕方塘莊公許以女配公。方塘公忠孝剛方，為時重望。大夫公終，方塘公拜奠公靈，哭失聲。既於靈次，問家媼曰："五舍安在？"媼於苫次出公見之。方塘公高聲語媼曰："是吾壻，若輩善視之。"

公夙慧穎敏，好讀書。九歲能文，年十三隸學官弟子。理家睦婣，端重老成，蘌侮稍輯。遂慨然曰："伯兄舉于鄉，且冢嗣也，不可以不繼。"即以四兄子嗣伯兄。及娶莊孺人，生三子。又以次子、庠生爾祖公嗣次兄，且並四兄之子嗣三兄。或專嗣，或並繼，務諸兄各有後。至資產之析，輕重之分，皆所不較。已復襄大夫公及長、次、三兄葬事。蓋至是，公蕭然四壁，蕩洗無餘矣。屢困棘闈，績學不售。樂善好義，厚德居鄉，日以孝悌敦睦教鄉里，里中人多感率之。葺歷世先墳，修清風橋。鄉先生御史潤寰龔公有功泒田塘，公請宮詹羹若莊公為文，勒石紀其事。晚年殫精家廟。萬曆間，房叔祖綠南公以大夫公所創家廟稍隘，商諸族耆，相陰陽，更坐拱，以大其規模。功甫成而綠南公逝。公起承大夫公未竟之志，舉門庭而恢張之。立三龕，中祀南塘開基一派四祖，左祀各支祖，右祀封贈科第仕宦。子孫明尊祖敬宗象賢之義，至今世守焉。公歿，羹若莊公為擇地，葬本邑山兜山之麓，并誌其墓。篤行立傳，載泉郡志。

嗣高祖緩公公家傳

嗣高祖緩公公，諱開規，字戀轍。以科名、子息皆緩，自號緩公。晚年居東皋，又號東皋子。性孝友醇厚，幼穎敏，好讀書。自六經、《左》、《國》、《史》、《漢》、諸子，逮唐、宋以來諸家言，淹貫博洽，鎔鑄鑪錘，而尤喜史遷、班固、劉向、董仲舒、韓愈之文。父居斗公，遊鄉校，食餼有聲，早逝。事母楊太孺人，頭顱半白，依依作孺子慕。與弟戀喜公、兄文學掌湖公相勉以學，相守以道，相勗以義，相體以心，老而益篤。當明季，科舉文體漫漶奇恣，公文不苟合。以邑廩生登崇禎壬午副榜，一時從遊多俊彥，人稱東皋先生。工詩、古文詞。興至，輒發其所蘊。門人羅峰莊太史延裕跋其文，渾厚雅健，真氣磅礡，人所難至。詩如孤崖寒梅，經霜葉盡，古幹玉蕊，清芬迫人。廬火之後，遺藁無存。惜哉！

與宮詹莊公羹若、諸生李公廸履、莊公藻雲、楊公可溥，中表明經黃公愈適，服姪儀部退谷公虞昌相善。黃公與公有司馬君實、范景仁之同志，嘗相約曰，生則交相爲傳，後死者則誌其墓。公歿，黃公發篋得公遺墨，撫几大哭曰：「昔文與可於蘇長公，亦中表兄弟，與可歿，長公得其所遺墨竹，慟失聲，作記紀之。余今得緩公遺墨，中心一痛，不知涕哭所自來也。嗚呼！古今人不相及，情則不異爾。」乃泚筆誌公墓，文載家譜中。公生二子，俱殤。嘗曰，有能讀吾書者，爲吾子。以高祖掌湖公第三子、曾祖竹居公嗣公，與子澹亭公同領康熙癸酉鄉薦。澹亭公成進士，官中書，其淵源所自也。《縣志》立傳，載《文苑》。

先大父籜亭公家傳

大父諱思寬，字懿洪，一字我度，籜亭其號也。曾大父孝廉竹居公舉四子，公行三。竹居公與長伯祖澹亭公同以康熙癸酉舉于鄉，時公方舞象三載。竹居公見背，丁丑，澹亭公成進士，以艱歸。庚辰，殿試二甲，官內閣中書。四年，澹亭公亦逝。公痛父兄繼歿，六世業儒，家故貧，刻勵爲學。治《周易》，明吉凶消長之理。好古文，沉酣《史》、《漢》、唐、宋諸家，手謄成帙，批析箋注。所作文，雄健古雅。作小楷，遒美秀潤。行書勁如鐵鑄，奕奕有神。娶大母本里龔孺人，生父兄弟三人，女三人。

公狀貌魁梧，岸然偉出。跬步莊重，不作戲事狎語。性孝友，德器恢宏，勇於爲義。弱冠授書，館濱海。夜半起讀，漁舟視燈火爲鼓櫂候。壯年遊京師，入太學，薦紳先生咸雅重之。同鄉簡民吳公知湖州，愛公文學，禮置幕下。公素侃直，政有不便，以理爭，不顧以文爲賓，爭之非已出也。嘗夜卧署齋，齋外有圃，樹木蓊翳，夜半羣鬼啾啾，由圃至戶外，若訴寃狀。吳以是日爲鄉民辨視古塚，公聞聲起曰："若有寃以人狀來告，力可解，當即解之。"既曰："得非今日太守視古塚之寃乎？若此，吾能告太守詳辨之。"鬼徐徐引去。明日告吳，重按狀，寃果白。

康熙己亥，聞曾大母王太孺人訃於吳興，匍匐歸。舟至建德，計程去曾大母晩辰之日不得到家，焚香泣禱于神曰："某不孝，家貧遠遊，母死不得視殮。今晩辰伊邇，程猶遠，幸神憐念，使某得一灑血淚於母晩祭之日，惟神之賜。"旦夕風便抵家，未到里門，徒跣哀號，行哭五里許。至寢撫棺，慟踴屢絕而甦，見者流涕。傾橐營窀穸，葬曾大父母泊伯祖澹亭公。服闋，銳志應舉。三試于鄉不售，復遊吳越、齊魯、燕趙間。娶姑蘇庶祖母李氏，時公年邁六十。子孫婚娶，營築新居，悉公力。

居鄉里，秉直嫉邪，然諾不欺。甲寅荒，羣種來牟，以濟不給，苦弱肉強食，公身履平疇，嚴行約束，二麥大熟，鄉人有賴。鄉又患盜，眠不貼席。公督率支更，不避風雨，穿窬迯跡。鄰里有無賴子，陰以異術惑婦人燒香禮拜。公知，白縣，縣立置之法。里有洑田塘，舊灌田八千餘畝。己未，秋霖驟漲，岸圮。公董陂務，身先農戶，砌築堅牢，水不涸，其歲有秋。邑侯王公之琦謂人曰，急公尚義，惟公當之，無忝鄉族。有過惡者，公輒嚴氣切責之，而又多所勸勉。有爲不善者，聞公至，皆曰三叔來也，謹避之。晝暮課諸孫輩，必舉古今忠孝友恭故事，諄諄訓誨。戒諸孫言辭不得放誕，行止不得傾側。飲食起居，少長必以序。素喜賓客，然不好飲酒，客至盡歡而已。氣力強健，行年八十，手不習杖。晚年家益落，授書郡城姪女李氏家，與鄉先生李雲思、呂兼霞，學博伍光鋐交至厚。

輅八歲時父歿，公年七十餘，攜輅授經李家，分菑蓓哺輅。又憐輅母撫弟嬬居窮苦，時又給所不逮。輅受祖教育之恩尤深，自維不肖，不能稍酬萬一。每一動念,涕泗沾襟。乾隆庚辰,公以疾卒于家,年八十又三。諸子存者,次伯父。諸婦存者,吾母。將終,告次伯父及吾母曰:喪具稱家有無,且吾何人,歿,以平昔所衣布素斂手足形足矣。又召輅等曰:"孝友敬讓,安貧讀書,勵志辛勤,蓄德養福,汝曹誌之。"遂瞑,實二月十二日也。未克葬,柩停後堂。甲申冬,同居不戒於火。輅扶柩出,權葬本里塔山之西。地不吉,當改葬,然後即安。公歿去今二十有五年矣。輅恐先德湮没,後嗣靡徵,因即少時所聞於公,及吾母所口述,稍長所及見者,輯錄爲傳,垂家乘,以示子孫云。

【校記】
① 本卷所收各文,手槀本原無,據樵川本補。

淳菴詩文集卷十七

論

剛　論

或問於余曰,剛之難辨也。今人自負爲剛者,疑狂躁爾。人或以之爲剛,而彼亦以剛自任,甚矣剛之難辨也。余曰不然。剛主乎理,狂躁偏于氣。主乎理者任理,偏于氣者任氣。剛與狂躁兩相反而不可相混,何難辨之有？夫剛,天德也。《易》於乾曰剛,曰大哉乾乎,剛健中正,純粹精也。剛健中正,皆乾之德,而剛爲體,健爲用。用之行,無過不及則中;體之立,不偏不倚則正。剛健之極,不雜於陰柔則純。中正之極,不雜於邪惡則粹,而純粹之極則精。夫《易》言乾四德之妙如此,而人受天地之氣以生,得氣之正,秉陽之德,其性爲剛。而其性常欲挺然獨伸乎萬物之上,而不爲物撓。顧剛秉乎性,而又必成于學。孟子曰:"吾善養吾浩然之氣。"配義與道,其爲氣也,至大至剛,以直養而無害,則塞于天地之間,此學以成其性也。非性則學無所施,非學則性易有所流,此剛之大較也。

是故,以剛之德,大之則參天地,造聖賢,肩道德,任艱鉅。小之則特立不懼而中正自持,恒貞不餒而義理常伸。通則措其道而行之終身,屹如泰山之不移。窮則守其道而凝之一己,雖在陋巷而不改。處常則青天白日,磊落光明,如雷霆之爲威,而雨露之爲澤。履變則刀鋸可加,鼎鑊可蹈,其志凜烈而不可犯,其節百折而不可回。此剛者秉剛之德,成剛之學,而所以行剛之道者然也。若狂躁則不然。狂躁者性既有所偏,而又無學以淑之,故自處則倔強自好,遇事則躁妄勇爲,任其私而不酌乎理,挾其氣而不顧所安。悻悻然號於人曰,吾不爲脂韋,不爲猶夷，不爲依阿澳忍。而不知其所爲者，皆狂躁也。此或可方諸血氣之勇，而況何有於剛乎？①子曰："剛毅木訥近仁。"又曰："吾未見剛者。"或人對以申棖，子曰："棖也慾，焉得剛。"夫慾則非剛。狂躁者外若無所餒，而其內則慾，得而中之，此與剛固不可同日而語也。嗟乎！剛者，夫子猶歎其未見，則甚矣，剛者之難也。

昇 真 論②

宋勿軒熊氏《武夷山昇真觀記》云，文公講道武夷，力衛正學，獨神仙一事不深詆。谷神一章，久視之要，《參同契》十三篇，立命之秘，儒者正誼明道而不知養氣以爲之配，則亦何所恃而獨立不懼。故孟子開其端而不及竟，程子發其用而不敢洩，殆有以也。又云，偏言氣而失其本，與專言理而乏其助者，皆不謂之善學。特其內外公私之辨，不可不致其精耳。夫儒者所養，乃浩然之氣也。是氣即天地之氣，而人所以充滿其身者，故至大至剛，順養無害，則塞乎天地之間。程子曰：天人一也，浩然之氣乃吾氣也。順而無害，則塞天地。一爲私意所蔽，則歉然而餒，知其少矣。故必集義以養之，而勿正、勿忘、勿助以爲功。養得氣成，配乎道義，而所謂剛大塞天地，無往不可，何功不立，何業不建。行仁修德，秉禮蹈義者此氣，即至參天地，贊化育者亦此氣。若道家者流，清淨無爲，怡神養真，迸嗜慾，絕聲色，深居服藥，呼吸導引，以固其筋體，保其精神，而求長生，此謂之導氣、鍊氣則可，謂之養氣則不可。朱子論導引者曰，氣久必散。人説神仙漢，世説安期生，唐以來，不見説矣，又説鍾離權、吕洞賓，及今又不見説矣。看來祇是養得分外壽考，然久終是散。朱子之不深詆，以爲是鍊氣延生，於人無害。明道告問神之説者，曰自（白）日飛昇之事則無，若居山林，保形煉氣以延年益壽則有之。譬一爐火置風中易過，置密室遲消，有此理也。以程、朱二子之説考之，則所謂神仙者，惟是導引鍊氣以延年壽，氣盡則散，終歸寂滅，如斯而已。

熊氏曰：學老氏者嘗謂養其精氣寖久而術益工，體元入虛，鍊真陽合冲氣久之，自能離形出神，于是有白日飛昇之説。此其魂氣昇天，體魄降地之理，特其養之深，凝之固，故超乎冲漠者未即散，而蜕于塵土者亦未易朽。附會者則謂血肉之軀能白日生羽翰，徑青冥之上，一日而幾千里也。歷觀諸先生之説，則神仙之事，了其微矣。蓋神仙之事，聖賢弗道。或又問程伯子曰：楊子言聖人不師，仙厥術異也，聖人能爲此否？明道曰：此是天地間一賊，若非竊造化之機，安能延年？聖人肯爲此，周、孔爲之矣。夫聖人之所不爲，爲之者亦不過竊造化之機以苟延年壽，則雖有神仙，亦曷足貴哉？昔漢武刻意求仙，末年頓悟，乃曰天下豈有神仙，盡皆妖妄，惟節飲食、服藥餌，可少減病魔。明道告導氣者曰：吾嘗夏葛而冬裘，飢食而渴飲，節嗜慾、定心氣已耳。蓋聖賢養生順理窒慾，以任自然，存吾順事而殁吾寧，豈若老氏之徒，清净無爲，保形鍊氣，以求長生者哉！清净無爲，保形鍊氣，以求長生，此後世偏曲之士所爲。即爲之，亦不必有其效，非聖賢之所知也。然則，浩然之氣不可不養，而導氣鍊氣之説儒者不悟，而攻其術則惑之甚者也，亦將自賊而已矣。

臧孫辰告糴于齊論

《春秋》魯莊公二十八年冬，臧孫辰告糴于齊。曷糴乎爾？大無麥禾也。告糴禮也，歲無麥禾而告糴于鄰封，亦已急矣。古者三年耕必餘一年之儲，九年耕必餘三年之儲，雖遇凶災，民不饑乏。故國無九年之蓄曰不足，無六年之蓄曰急，無三年之蓄曰國非其國。賦税什一，豐年補敗，不外求而上下皆足。雖累凶年，民弗病也。莊公享國二十八年，曾無一年之蓄。歲一不登，告鄰請糴，是何以爲國也？文仲言于莊公曰：今國病矣，君盍以名器請糴于齊？且曰國有饑饉，卿出告糴。辰也，備卿。而辰請往。魯人多其急病而讓夷，居官不避難，未嘗不稱辰之能濟一時之急，而民羸之不至於幾卒也。"卒，盡也"句出《魯語》。然君子不稱辰之功，而譏莊公之不能爲國而養民。辰爲魯卿，與有責焉。故《公》、《穀》、胡氏，皆非之。非非其告糴也，非其不能爲國于告糴之先也。《公羊》曰：何以不稱使？以爲臧孫之私行也。私行者何？諱君也。《穀梁》曰：不言如，爲内諱也。胡氏責辰治名而不治實。是皆以告糴之行，雖維天降災，實魯之君臣自取之也。魯之君臣能籌畫于豐穰之時，儲數年之積以待饑，雖有天災能爲害乎？齊雖陳陳相因，亦何至出邑圭玉磬，告滯積以紓執事，而大懼殄周公、太公之命祀乎？且蝗螟水旱之災不可預計也。今無麥禾而越鄰告糴。使明年復無麥禾，又將告之不已耶？幸而齊人歸玉與糴，使齊人遏不我恤，魯之嗷嗷待哺者，其將若之何矣？

所以君子之爲國也，不以急病之爲能，而惟重本之是務。夫什一，天下之中正。有子③告哀公曰：「百姓足，君孰與不足？百姓不足，君孰與足？」子④曰：「節用而愛人，使民以時，重其本也。」爲國者，知所務哉！

葬　地　論

余嘗言葬地矣，曰必守伊川⑤程子五忌之說。所謂他日不爲城郭，不爲溝池，不爲道路，不爲勢家侵奪，不爲耕犁所及。次則相其土原所憑之厚，壙穴所藏之安，無沙礫水泉之虞，風號蟻聚之患。及時而葬其親，不可圖吉壤，稽歲月以致陷於不孝。至於祖父墳墓之吉凶，能與子孫盛衰相感應，則不信其說⑥。以爲人賦命於天，賢愚、富貴、貧賤、壽夭，與夫盛衰休咎，皆於先人墳地無與也⑦。

後⑧繹伊川程子之言曰：卜其宅兆，卜其地之美惡也。地美則神靈安，其子孫盛。然則曷爲地之美者？土色之光潤，草木之茂盛，而無五忌之嫌，乃其驗也。而拘忌者，惑以擇地之方位，決日之吉凶。甚者不以奉先爲計，而專以利後爲慮，尤非孝子安厝之用心也。嗣讀晦翁⑨朱子《山陵議狀》，云葬之爲言藏也，所以藏其祖父之遺體也。以子孫而藏祖父之遺體，則必致恭謹誠敬之心，以爲安固久遠之計。使其形體全，而神靈得安，則其子孫盛，而祭祀不絕，此自然之理也。是以古人之葬，必擇地，而卜筮以決之。不吉，則更擇而再卜焉。近世以來，卜筮法廢，而擇地之法猶存。士庶稍有力之家，欲葬其親，無不廣招術士，博訪名山，參互考較，擇其善之尤者，然後用之。其或擇之不精，地之不吉，則必有水泉螻蟻地風之屬，以賊其內，使其形神不安，而子孫亦有死亡滅絕之憂，甚可畏也。又曰若以術論,凡擇地者,必先論其主勢之强弱,風氣之聚散,水土之淺深,穴道之偏正,力量之全否,然後可以較其地之美惡。又曰穿鑿已多之處,地氣已洩,雖有吉地,亦無全力。而祖塋之側,屢⑩興土功,以致驚動,亦能挺災。此雖術家之説,然亦不爲無理。又曰地理之法,譬如針灸,自有一定之穴,而不可有毫釐之差。議狀所言如此。

今細繹其説。所謂神靈安則子孫盛而祭祀不絶,地不吉,水泉螻蟻地風之屬,以賊其内,則形神不安,子孫亦有死亡滅絶之憂。其説合於伊川程子"地美則神靈安,子孫盛"之言。至論山川形勢,擇地美惡,則比程子土色光潤,草木茂盛,與夫五忌之説,更爲精詳周密而不可苟。夫山陵重大,朱子事君之心,恭謹詳慎,毫微曲盡,固當如此。然静按之理,亦必如是,蓋嘗以鄙臆度之矣。夫天地一理也,上下一氣也。日月星辰,風雨露雷,天之氣行而不息也。潮汐川流,興霧出雲,發育萬物,地之氣亦行而不息也。山川載扶輿之氣,磅礴鬱積,動盪發越,蓄而爲寶藏,蒸而爲人文,莫非得其氣所薈萃。祖父遺體,其精靈血脈既與子孫相爲貫通,苟得其氣,則呼吸感通,鍾于孫子,此亦理之所可憑⑪者矣。夫大賢如程、朱,物無不格,理無不明,而言之彰彰如是。此余所以既繹二子之言,其於墳墓吉凶,子孫感應之説,方信不疑⑫,而幡然改悟也。

抑⑬又思之,獲地之吉不吉,惟視生與死者之德行福緣,要不可倖求而力致也。司馬温公云:葬者,人子之大事。死者以窀穸爲安宅,死而未葬,猶行而未得其歸。至曰吾爲諫官,嘗乞焚天下葬書。蓋爲遲葬其親者,有激而言也。鄉俗相尚,停柩以待擇地,有子不葬父而孫葬其祖者,有柩停累代而卒不知誰何者,有遭火焚屋壓而流爲灰燼瓦礫者。至於勢豪狡譎,鈎無良墳丁,謀不肖孫子,遷數百年故家遺骨以葬其親。又或貪圖吉壤,恃勢強侵。賢宦裔微,丘壟不庇。甚至孫侵祖穴,僕混主地,害理滅義,莫此爲甚。爭端⑭構訟,辱身破家。或因判而遷棺,或不平而私挖。如此等類,尤難指數。嗚呼!⑮求安先人,反危先人。未福後人,先禍後人。一何昏愚至此哉?夫祖父遺體與子孫血脈一氣相關,吉壤固所當擇,時日寧可久稽。必欲求利後人之心,勝於求安父母之心,不量力營葬,遷延歲月,久致暴露。抑或私心覬覦,損人利己,此於爲子謂不孝,爲人謂不仁。葬親者所當深戒也。⑯若夫先儒五忌之說,土原之厚,墳穴之安,沙礫水泉之虞,風號蟻聚之患,則又斷斷乎不可以不謹,不可以不慎也。愚昧述此,高明君子以爲何如?

五銖錢論

五銖錢,創自漢武帝元狩五年。新莽變漢法⑰,造⑱大錢,契刀錯刀,金銀龜貝,錢布之品,與五銖並行。光武中,仍行五銖。獻帝時,董卓壞五銖,更鑄小錢,無輪郭文章,不便民用。魏晉至隋,歷代皆有五銖。唐武德四年,鑄開通元寶錢,自是不行五銖,而五銖遂⑲漸少。其錢函方大,輪郭小,五銖二字,篆文老拙,有古意。漢以來千數百年物,余愛而玩之,十年間,僅得其三,時出以示友。藏之,不輕與人也。

既而思之,五銖之愛,以其古也。漢魏六朝去今雖遠,然物之古,豈無古于五銖?時之古,豈無古于漢魏六朝者?夫天地之覆載也,日月星辰之照臨也,高山大川之奠定也,五行百產飛潛動植之賦形也,《河圖》、《洛書》、六經之垂教也,是混沌初闢以來即有是天地,有是天地即有是萬物。伏羲、唐、虞、三代以來即有是聖人,有是聖人即有是《圖》、《書》、六經。然則天地山川,五行百產,飛潛動植,莫古其物也。日月星辰,莫古其明也。風雷之震發,萬籟之宣動,莫古其聲也。《河圖》、《洛書》,六經之昭示,莫古其文也。吾身日遊乎天地山川,五行百產,飛潛動植,而不知其物之古。眼日見乎日月星辰,而不知其明之古。耳日習乎雷風萬籟,而不知其聲之古。口日談乎《圖》、《書》、六經,而不知其文之古。夫真所謂古者,燦然日陳于兩間,而不知所以古之,慕漢魏以來之物以爲古,斯所古亦陋矣。客有欲求五銖者,余舉斯言以告客,客亦翻然悟曰:善哉子言!擴好古之心胸矣。而余自是亦不復貴五銖。

鄉俗論一⑳

晉俗信鬼,廟觀宮寺之屬,合一邑以數百計。其所祀,正神之外,名色俚雜。

有袍笏坐鎮雅而文者，則稱某王、某公。有戎裝魁偉悍而武者，則稱某將軍、某元帥。其餘怪者、醜者，操戈而挾矢者，執牘而判文者，因其神而并塑其父母妻子者，名號錯雜，多不可通。鄉曲崇信則侈其廟，血其食。齋醮演劇，鼓樂楮錙諸需，計一年之費，有勻派，有願酬，貧者錢不下千，富者銀不計兩。習俗相沿，彼此皆是。更有窮奢極靡，浩費無際。而最昏惑之甚者，則莫若送王一事。鄉愚以民遭疫疾爲有瘟王行瘟，必送之，其災乃免。送之法，則先半月餘，立壇建醮，廣集僧道，誦經禮懺，演戲張燈，犧牲粢盛，酒筵之設，備極奢侈。或一日而一獻，或一日而數獻。供事之人以百十計，儀度之盛，過於大僚。衣服冠帶，牀帷几案，瓶爐盆甌，紙墨筆硯，柴米鹽醬，以及玩好之物，無不畢具。衣服、器皿則用綢緞、銅錫，造作精巧而製略小。送之日，則造木船長二丈餘，篙舵樓艫悉備，諸器物實船中，鼓樂旗幟，喧填街衢，導而送之。放船于海，任其所之而莫究焉。其次，船以紙。凡百器用差少，送而焚之，其鬧如故。大疫則行之，亦有不疫而行者，曰預送之，以免于疫。然預送以免，渺不可知。而遇疫則送之，其疫恒如故也。噫！亦愚矣哉！

　　夫凶荒疾疫，上古所有，天之災也。古帝王爲民請命，而祭禳以爲之驅。《禮》，季春，"命國儺，九門磔禳，以畢春氣"。儺陰氣也。陰寒至此不止，害將及人。此月之中，日行歷昴，昴有大陵積尸之氣，氣佚則厲鬼隨而出行，命方相氏率百隸索室敺疫磔牲，以禳於四方之神，以畢止其災。仲秋，"天子乃儺，以達秋氣"。儺陽氣也。陽暑至此不衰，害亦將及人。陽氣左行，此月宿直昴畢，畢亦得大陵積尸之氣，故亦儺以禦止疾疫。季冬，"命有司大儺旁磔"。陰氣極盛，月宿四司，爲鬼官之長。又墳四星，在危東南，墳墓四司之氣，能爲厲鬼，恐爲災厲，故儺磔以禳除之。凡此，皆先王順天地之氣，節陰陽之和，預災厲之防，保萬民之生。而庶人之儺，古禮惟季冬得行之，亦不過披磔其牲以禳除陰氣，黃金四目，黑衣朱裳，執戈揚盾，率百隸索室以敺疫而已。

　　今鄉曲陋俗，既爲古之所無，又爲今之僅有。晉邑而外，鮮有聞者。始皆起於惑邪信鬼，其說中於人心，其弊流爲風俗。吾晉江負山濱海，地多磽确，田畝不能十之三。南方一帶，稍衍平疇而瀦蓄無源，必賴時雨，滂霈稍愆，枯槁立至。濱海者，魚鹽蜃蛤，爲利無多，仰事俯畜，半多辛苦，寧有贏餘供茲靡費？且鄉里無賴之徒，藉此營生，科斂錢物，凌轢小户。蚩蚩者民，既懼獲罪於鬼，又懼獲罪於人。拮据供應，或至傾蕩家產，負欠官私。至家有疾疫，藥物無資，坐以待死。然或猶不悔，以爲鬼之所爲，非藥所能生也，豈不謬哉！

夫疫癘之病，本陰陽不調之氣所積而成。即有厲鬼爲災，亦在未可遽信之說，古先生亦惟祭而驅之已耳，豈有連日積旬設齋建醮，廣費牲樂，備極器用，若此之侈靡不經哉？此風之行，不知仿於何始，余觀隆慶舊府志已言及之。而踵事之增，及今爲甚。大抵俗尚信鬼，既多淫祀之鬼，自生疫癘之妖。夫子曰："未能事人，焉能事鬼？"小民顓愚，不明於禍福死生之理，而惟鬼是懼，亦甚可憫矣。吾謂弊之久也，其改必以漸。今雖不能家喻戶曉，盡革此風。爲有司者，實心開導，嚴行禁止。爲紳士者，以身率先，明辨教戒。使無病則仰事俯畜，歲時祀先之爲務。有病則湯粥藥物，調護延醫之是急。庶鄉愚小民不復沉溺迷惑，憒憒相率，以至於貧困死亡而不知悔。迷惑既開，將所謂淫祀之鬼，亦將漸漸知所遠矣。是深望於有化導之責者。

鄉俗論二[21]

晉江之俗，以七月中元爲釋家盂蘭盆會。自月朔至終，各鄉擇日設醮供野鬼，謂之普度。習俗相沿，其來已久。然始不過祭以牲酒，羹飯楮鏹之屬，其後日就奢靡，今則華美無度，遂成陋俗。其甚者，擊豕烹羊，計以百十。粱盛庶羞，極乎山海。築檯演劇，窮日徹夜。百家之鄉，檯至數十。畫紗爲窗牖，剪綵爲鳥獸。架數丈之臺閣，假崔巍之鰲山。燈綵輝煌，金碧照耀。羅奇花異果、彝鼎古玩之屬，以列其中。五步一樓，十步一閣。入其鄉耳不暇聞，目不給賞。雖貧困之家，宴客不下千指。其次備物稍減，亦尚豐侈，無臺閣華采之耀。然其設醮演劇，火花傀儡，宴客之類，自若也。

夫盂蘭之設，釋氏無根。嘗考《荊楚歲時記》，是日僧尼道俗，悉營盆供佛。

古俗不過如此，焉有普祭野鬼，窮極奢麗，若是之甚。且厲祀之祭，官有時舉。鄉鄰里巷，即以是月之望，饗祭其鬼。使無厲，諸鄉則酒肉羹飯，亦云已足。如何窮牲羞黍稷之珍以養其口，極鼓樂聲音之盛以悅其耳，備樓閣古玩、雜戲香花燈綵之物以娛其目。如此之禮，從古所無，今乃以供不可知之野鬼，謬乎不謬？晉俗中元人家祀先，庶羞牲醴，隨其貧富，大率亦不甚盛儀。孟子曰："墨氏兼愛，是無父也。"愛無差等，孟子斥其無父而以爲異端。今野鬼之祭以視其先，不惟差等無分，奚啻十百其數，不又墨氏之罪人歟？

　　吾嘗揆厥所由，其始惑於信鬼，其後務在勝人，相形鬥靡，寖成陋風。此雖鄉愚之作戲，實係風俗之攸關。一則虛費財物，窮民典賣。二則侈靡無度，有乖禮法。三則鈎引無賴，鬨鬧滋事。四則疲憊失守，盜賊竊偷。五則策應姻婭，多生嫌隙。六則打壞器玩，賠價爭端。害則有六，利則無一，亦何苦而爲此哉？今相沿已久，欲轉移其風氣，必紳士爲倡率。平時曉之以義理，告之以利害，不隨俗波靡，以身率先。遲之數年，相觀而化，亦必僅存野祭而侈風可除矣。

說

古　器　說[22]

　　有掘地得古銅器者，其色陸離斑駁，狀若古釜而製甚樸拙。得之者以其樸拙，故置之几案之旁，不甚貴也。後有識之者曰美器也。按《博古圖譜》，此漢以前物，謹寶之。得之者曰：何寶爲哉？余見世所謂寶者，其物甚精而其製甚巧，有鏤刻磨琢鎔鑄變態之工，有龍鳳禽魚花卉人物之奇，玲瓏妙絕，鬼斧神工，斯是爲寶。若此一器，樸而無文，拙而少致，何寶之爲？識之者曰：子亦知樸而無文，拙而少致者，其文其致之即在樸拙中乎。夫所謂文者，非刻劃鏤鏟之謂，太樸完而粹美見，文在其中矣。所謂致者，非摹擬形象之謂，守拙真而神致出，致在其中矣。子以世之精巧者爲寶，而不知其愈精巧之愈不足寶。且其所爲精巧者，其初從樸拙中來，特踵其事而增其華，以至奇詭纖麗無復古意之存耳。夫今人之技藝，豈必勝於古人哉？然古人所不至者而今人或至之，古人所不用者而今人或用之，古人心思材力非不足以至之用之。然寧拙毋巧，寧樸毋華，猶仍古人之爲者，非以其所至所用之不足貴而反傷大雅哉！故往往今人之華不如古人之樸，今人之巧不如古人之拙。誠以古人之樸拙華巧在而真氣存，今人之華巧樸拙離而真氣散。夫至真氣散而不存，則物皆虛，器亦又何取乎？試觀三代彝器，籩豆罍爵蕭鼎錡釜筐筥之屬，其製樸拙，非如俗之精巧爲工也。然而登宗廟，薦鬼神，傳之世守，欽爲彝器，亦惟渾樸典貴，古意可師。故其器見於經，而其名歷數千百年不廢。必以近世之精巧者爲寶，吾恐去古遠而其真不存，所寶之不在是也。今此器猶有三代之遺乎？得之者因前致謝曰：噫！微子言，吾幾失所寶矣。

巨　蛇　説[23]

晏湖城南三十里，深林密篝，巖谷嶮巇，有巨蛇焉。長丈有七尺，腹圍三尺許，鱗有黑紋，巨口細目，口可吞羊。張其口呼吸生風，氣能吸取丈地以内物，掉尾能折小樹。每出澗田間暴背，伺近村豭犬雞鶩食之。見人張其眼，頃之眼且閉，若無覩者，全不懼意。如是有年矣，村人患之。

一日蚤起，太陽方升，蛇盤據田中曝背，若有所伺。三少年者，農家子也。過田間，見蛇，驚且愕，相顧走。蛇見之，閉目不顧。少年者忽相壯曰："若力不可當，能爲害者口耳，塞其口，無能爲也。"一少年曰："吾脱吾敝裘，密行速裹其頭，結而扭之。且坐其頸，使口不得張。而一坐其腹，一坐其尾，且緊抱之，輾轉與俱，隨其勢而息其力。俟有過者，呼而助之，蛇可得也。"二少年從之，蛇昂首就裹，不爲意。少年坐其頸而結扭之，身始動。一坐其腹，一坐其尾，緊抱而力束也。蛇慌，奮力踊，不甚勝，輾轉田間。過時許，三人者并力與之委蛇，力漸懈，蛇亦漸困。農者十餘輩且至，三少年者大呼，曩者巨蛇得矣。農者悉奔前視，執鋤鎯籐蔓從事，蛇遂就縛。貯以大簣，擡而入城中。以其肉能已風疾，欲殺而售之，觀者如堵。人問其得蛇法，告以故。

有友導余觀之，實所未見。友曰：是蛇年歲不知幾何？如此之物，庸可得耶？余曰：子亦知是蛇所以取死之道乎？夫使彼藏身深山窮壑之中，食草木蟲類而無爲患於人，則雖陰毒惡類，亦可稍盡其年而延其命。乃何以恃其强猛之力，呼吸吞噬，食人間獇犬雞鶩，飲啖無厭，視若固有。且見人閉眼若無所視，以爲人無所施其技而殺之。是蛇之憑力驕橫，其惡已至。夫貪則取恨，慢則取戮，宜少年者之籠而取之也。友曰：勇哉！是少年也。余曰：勇則勇矣，然非裹其頭而囊其口，恐十少年不爲功也。夫除天下之物之爲人害者，惟在得要以圖之耳。得其要，則我能制其命，彼有毒無所施其橫。不得其要，則因我之動反激其威，其吞噬掉擊之毒愈肆張而不可遏。少年之裹其頭而囊其口，誠能得其要也。不然，反見吞噬於蛇矣。友曰：信哉！是蛇之所以爲人籠取，少年之所以籠取是蛇，余胥得之矣。

【校記】

① "此或可方諸血氣之勇，而何有於剛乎"：樵川本作"此尚不可擬於勇，而況於剛乎"。
② 手藁本原無，據樵川本補。
③ "有子"：樵川本作"孔子"。
④ "子"：樵川本作"又"。
⑤ "伊川"：樵川本無。
⑥ "則不信其説"：樵川本作"則初未信"。
⑦ "也"：樵川本無。
⑧ "後"：樵川本作"及"。
⑨ "翁"：樵川本作"菴"。
⑩ "屢"：樵川本作"數"。
⑪ "憑"：樵川本作"信"。
⑫ "其於墳墓吉凶，子孫感應之説，方信不疑"：樵川本無。
⑬ 樵川本"抑"後有一"余"字。
⑭ 樵川本"争端"前有"其餘"。
⑮ "嗚呼"：樵川本作"嗟乎"。

⑯ "葬親者所當深戒也":樵川本無。
⑰ "法":樵川本無。
⑱ "造":樵川本作"製造"。
⑲ "遂":樵川本作"亦"。
⑳ 手藁本原無,據樵川本補。
㉑ 手藁本原無,據樵川本補。
㉒ 手藁本原無,據樵川本補。
㉓ 手藁本原無,據樵川本補。

淳菴詩文集卷十八

考

讀永定孔氏譜系考

輅爲永定訓導，諸生孔興泗、孔繼德，登仕佐郎孔傳珍者，示以家譜曰："吾永定孔氏，傳自闕里，實聖裔不誣也。"輅喜謂，至聖嗣裔，傳衍宇内，如山嶽之支，江河之派，當與天地同爲不息。吾人日讀其書，不可不知其嗣續世次，因承而敬讀之。

孔氏之姓，源始於黃帝軒轅氏。本有熊國君之子，代神農爲天子，以土德王，故稱黃帝。生子元囂，爲少昊。元囂生子蟜極，蟜極生帝嚳，帝嚳生契，堯、舜時爲司徒，敷教有功，封國于商，賜子姓。傳二世，爲相土，《詩》稱"相土烈烈"是也。又十二世至成湯，放桀而有天下，以水德王，號烈祖，享國六百禩。傳十六世至微子啓，封宋上公，奉商祀。啓子早亡，舍孫而立其弟，即微仲也。仲傳四世至弗父何，爲宋卿。又傳四世至正考父，佐戴武宣，三命益恭。生子孔嘉父，爲宋大夫。五世親盡，別爲公族，遂異子姓，而以字爲姓。此子姓改孔之始也。

其子木金父公，避華督之難，奔魯，因家焉，此孔氏居魯之始也。木金父公生祈父公，祈父公生防叔公，防叔公生伯夏公，伯夏公生叔梁紇公。自木金父以下，皆爲魯大夫。

國朝世宗憲皇帝，以王爵追封五代，祀崇聖祠，二丁致祭焉。叔梁紇公生至聖先師孔子，今孔氏譜牒以至聖爲第一代。自至聖而下，至第八代諱謙者，代皆單傳。至聖生伯魚，名鯉。伯魚生子思，名伋，作《中庸》。謙爲伋五世孫，字①子順，《史記》作慎，爲魏安釐王相，後封魯文信君。生子三，曰鮒，曰騰，曰樹。鮒字子魚，秦始皇并天下，封爲魯國文通君。會議焚書，乃收《尚書》、《論語》、《孝經》等書，藏祖廟舊壁中，隱嵩山，教弟子百餘人，著書二十餘篇，名《孔叢子》。騰字子襄，漢高帝過魯，以太牢祀孔子，封騰奉嗣君，奉先聖祀，掌廟中衣冠琴瑟車書之藏。其物先聖所遺，至漢二百餘年，世守不絕。鮒五傳而止，惟騰與樹後嗣昌焉。騰生忠，漢文帝徵爲博士，封褒成侯。忠生二子，曰武，曰安國。武爲博士，終臨淮太守。安國少學《詩》於申公，受《尚書》於伏生。漢時，魯共王壞孔宅，以廣其居，得鮒所藏《古文尚書》、《論語》、《孝經》，悉以書還孔氏。安國乃考《古文尚書》，定爲五十九篇，至今傳誦。唐時從祀，封曲阜伯。武生延年，博覽群書，漢武時爲博士，轉少傅。延年生霸，漢宣帝時爲大中大夫，授皇太子經。詔與諸儒講五經異同於石渠閣，爲高密相。元帝即位，拜太師，爵關內侯，食邑八百戶，諡烈。十四代名吉者，漢元帝詔求殷後，分散爲十餘姓，推求其嫡不得。匡衡議封孔子後，不果。成帝綏和元年，梅福復以爲言，遂封吉紹嘉侯，奉湯祀。蓋自八代以後，族姓漸蕃。歷傳數朝，爲侯爲伯，爲卿爲相，名儒巨公，浩不勝紀。

至四十二代光嗣，而又中替。嗣以齋郎出身，唐昭宣帝天祐二年，爲泗水令，陵廟主。當五季之亂，孔氏失其世爵，故授是官。有灑掃戶孔末者爲亂，害光嗣，而自爲曲阜令。時光嗣有子仁玉，生纔九月。妻張氏，以夫遭難，急抱仁玉逃外家。稍長，魯人訴之官。事聞于朝，遂罷末，以仁玉後先聖。玉十九歲，爲曲阜主簿，陞縣令，襲封文宣公。後周廣順二年，幸林廟，召對，賜五品服，兼監察御史，卒贈兵部尚書。是時，聖裔惟仁玉一人而已。今昌熾繁盛，自東魯世處，以至列省遷移，皆其苗裔。故孔氏至今稱仁玉爲中興祖。嗚呼！一綫僅存，保延滋大，天豈無意于聖人之後也哉？仁玉生子四，曰宜，曰憲，曰勗，曰冕。宜官司農寺丞，太平興國三年遷太子右贊善大夫，襲封文宣公。八年還朝，遷中丞。勗進士及第，歷官五十年，以工部侍郎致仕。勗子道輔，祥符五年進士，爲寧州軍事推官，秉笏擊蛇，風采肅然②。後以御史中丞進龍圖閣直學士③。道輔子舜亮，官至左中散大夫、上柱國、會稽縣開國伯，食邑七百户。凡此，皆永定譜牒所載④，至宋而止。大略可知者，其⑤別派簪纓俊傑，忠孝節義，森森濟濟，不能具書也⑥。

永定之派，自四十七代諱傳者，宋建炎間，同嫡姪衍聖公端友、姪孫玠，自闕里來⑦，隨高宗南渡，居浙之衢州。四十九代莘夫，以迪功郎仕臨川丞。五十二代之紳，遷湍山近孔坊。五十四代思銘，游閩，居汀之上杭。五十八代公儉，由上杭徙永定金豐里，此永定之派所由來也。自公儉居永，迄今三百有餘年，歷傳十餘代。其在永，前明有名庭訓者，官刑部員外郎。名庭詔者，同知賓州。名登明者，儀真主簿。國朝有名元發者，以明經司訓平和。名煌猷者，以鄉薦令峽江。名念⑧厚者，廣⑨寇掠城，賊欲殺其父，念厚乞以身代，賊殺厚而釋父。都督裴廷哀之，給銀恤其家。事聞，詔祀忠孝祠，其孝尤烈。乾隆十九年甲戌，衍聖公諱昭焕，命洙泗書院學錄諱傳惇者，賫文遍查聖裔流居江右閩廣間。乙亥五月抵永定，興連等呈譜學錄，請附脩於大宗。學錄校其世次連續，朗明條貫，知其源出至聖，遂收其族，以附大宗。興連等復賫譜，隨學錄走數千里至東魯，謁衍聖公。公以襲封印蓋其譜，而永定孔氏世守之，即今所讀之譜也。

輅又考譜中至五十四代始有字輩，曰"思、克、希"。五十七代衍聖公曰訥，字言伯。在汀祖曰政，字以德，字輩未詳。自五十八代至六十五代，曰"公、彦、承、宏、聞、貞、尚、衍"，則又字輩昭然矣。自六十六代起，則我世祖章皇帝特賜輩十字，"興、毓、傳、繼、廣、昭、獻、慶、繁、祥"，即今孔氏所列世次是也。永定之譜，重修於乾隆乙亥，歷七十一代，至昭字而止。今閱四十餘年，字輩又歷幾代矣。夫至聖道冠古今，德侔天地，千委億派，與道俱長。今讀《衍聖公世家譜序》，云其散處四方無論已，即世居東魯者，今已二萬有餘人。此如山嶽支分，江河派衍，其與天地同不息，理固然矣⑩。今永定之族，代有聞人。士敦詩書，人趨禮義。尚益奮興溯洙泗之家傳，以無愧於聖神之後，為閩海人士所瞻仰，興泗諸生勉乎哉！

輅既敬讀其譜，喜悉其昭穆世次。興泗囑輅序其末，既不敢序，謹錄其概，另書別紙,以遺興泗,且留示家塾,使子孫讀書者知所考焉。

朱子文公世系出處考

輅[11]讀韋齋、晦菴二先生文集,繼考《南溪書院志》、《通志》、《年譜》、《行狀》、《墓誌》諸書,得朱子世系出處大略,合輯而序次之[12]。

朱氏之先,唐有孝友先生者,名仁軌,字德容,宰相敬則之兄也。始家亳之永城,隱居養親,感赤烏白鵲之祥。卒,平原公員半千等,謚先生曰孝友。裔孫瓌,字古僚。天佑中,歙州觀察使陶雅,命總卒三千人,戍婺源,主其輸賦,邑賴以安,遂家焉,是爲吳郡朱氏始祖。初居歙之黃墩,今黃墩有朱氏,秋祭用魚鱉者,皆族也。

瓌生廷雋,壽八十三。廷雋生昭元,壽七十六。皆不仕。昭元生惟甫,號潋溪。貲產甚富,繼其居第,二百年不徙。潋溪少俶儻,事繼母謹,從從兄貫之學《詩》,知大要。大中祥符甲寅,宮贊杜公爲婺源使。居吏籍二十年,明於法律,鄉里無怨言。景祐甲戌,辭吏事,治生業。煩劇中賦詩不輟,嘗集其詩三百餘篇,自爲一序,倣王元之爲潘閬詩序體。立志教化,自成一家。年七十有六卒。潋溪生振,振生絢,則文公曾大父。自瓌至絢,室廬墳墓隸婺源。絢生森,號退翁。少務學,不事進取。戒飭諸子以忠孝和友爲本,曰吾家業儒,積德累世,後必有顯者。以就養政和,卒官舍,贈承事郎,葬政和九蓮峰下護國寺右,爲朱氏入閩之始。

承事生松,字喬年。自以性躁多忤物,取古人佩韋之義,以韋名齋,號因之。未冠,由郡學貢京師。政和八年,第進士。讀書力學,日誦《大學》、《中庸》,以用力於致知誠意之地。六經諸史百氏之書,靡不淹貫。究窮理極,以求古來天下國家興亡理亂之變,與聖賢立身出處體用之學,期有以發爲論議,措之事業,如賈長沙、陸宣公之爲者。初仕建州政和尉,轉尤溪尉,監泉州石井鎮,歷尚書度支員外郎,司勳吏部兩曹,兼史館校勘,與脩《哲宗實錄》。以不附和議去國,後贈通議大夫,謚獻靖。

初，宣和五年，獻靖公尉尤溪，與鄉先生鄭安道、進士莊德燦講學，假館安道南溪別墅。高宗建炎四年庚戌九月十五日午時，韋齋公[13]夫人祝氏，生文公尤溪鄭氏寓舍。是時婺源井出赤虹，三日面生七點。獻靖公命名沈郎，以尤溪舊名沈溪故，旋改名十二郎。紹興十三年癸亥三月二十四日辛亥，獻靖公卒於建州水南，年四十七。疾革，手書以家事囑少傅劉子羽，訣於籍溪胡憲、白水劉勉之、屏山劉子翬，顧朱子曰："此三人者，學有淵源，汝往父事之。"又謂少傅築室崇安五夫里居第之傍，囑朱子奉母夫人遷居焉。朱子遵遺訓，稟學三君子之門，時年方十四。三君子撫教如子，白水以女妻之。二劉尋下世，事籍溪最久。屏山命字元晦，以元不敢居，自改仲晦。明年甲子，葬獻靖公崇安五夫里西塔山。丁卯秋，舉建州鄉貢。考官蔡茲謂人曰："吾取中一後生，三策皆欲爲朝廷措置大事，他日必非常人。"戊辰，年十九，登第五甲，賜同進士。癸酉，受學延平愿中李先生之門。授左廸功郎，主簿同安。

先生在同安，蒞職勤政，選秀民，充弟子員。同安人柯國材瀚，行峻不苟合，教授常百餘人，延爲學職，學者翕然從化。治五年去，民爲立祠學宮。先生還建州，築室武夷山中，四方士多從之。戊寅，年二十九，復見李先生於延平。以養親丐祠，差監潭州南嶽廟。己卯秋，用執政陳俊卿薦，召赴行在。有託抑奔競以阻之者，先生以疾辭。庚辰，再見李先生於延平。壬午，迎李先生於建安，與俱歸延平。兩寓西林院，受學皆數月歸。汪端明應辰，謂先生師延平久益不懈，其所聞益超絶。南嶽秩滿，復請，從之。

孝宗隆興元年癸未，詔求直言，召對。先生言："諫諍之途尚壅，佞幸之勢方張。爵賞易致而威罰不行，民力已殫而國用未節。君父之讐，不共戴天。非戰無以復讐，非守無以制勝。"時執政湯思退方倡和議，洪適爲相，復主之。不合，除武學博士。請祠，得再監南嶽廟以歸。二年甲申，哭李先生于延平。乾道三年丁亥，以[14]大臣陳俊卿、劉珙、魏掞之相繼論薦，除充樞密院編修。待次，辭。梁克家相，申前命，又辭。凡五年三促就職，不受。己丑，有母祝夫[15]人之喪。庚寅，葬祝夫[16]人建陽天湖寒泉塢，改葬獻靖公白水鵞子峰下。慶元間，再遷寂歷山中峰僧舍之北。蓋公詩有"鄉關落日蒼茫外,尊酒寒花寂歷中",其應耶？是年冬,召赴行在,以未終喪辭。侍郎胡銓,以詩人薦,與王庭珪同召。先生恥不赴,創立社倉五夫里。辛卯,既免喪,復召,以禄不及養辭。自丁亥以來,數年之間,屢起屢辭者凡六七。癸巳,乞差監嶽廟。有旨,特與改秩,主管台州崇道觀。

先生以求退得進,義有未安,辭。淳熙元年甲午,上意愈堅,促就職,於是始拜改秩之命。乙未,築晦菴於建陽⑰雲谷。三年丙申,有秘書郎之命,再辭,主管武夷冲祐觀。五年,差知南康軍,四辭不許,乃之南康。蓋先生歸自同安,奉祠家居者幾二十年。貧困自守,出處之義,權度凛然。其答韓尚書書云："狷介之性,矯柔萬分,終不能回。迂疎之學,用力既深,自信愈篤,決不能與時俯仰,以就功名。故二十年來,甘自退藏,以求已志。所願脩身守道,以終餘年。因其暇日,諷誦遺經,參考舊聞,以求聖賢立言本意之所在。既以自樂,間亦筆之於書,以與學者共之,且以待後世之君子而已。此外實無毫髮餘念也。"先生至南康,首訪民間利病,令父老教戒子弟,勸民入學。五日一詣學宫,爲諸生講説。重建白鹿洞書院,立學規,復洞主。奏蠲減星子縣税錢,申減屬縣科紐秋苗、夏税、木炭、月樁、經總制錢之屬。會有詔,監司郡守,條民間利病。先生疏言："今日民間,特以税重爲苦。將帥之選,率皆膏粱子弟。厮役凡流,總餽餉之任者,倚負幽陰,交通貨賂。其所驅催東南數十州脂膏骨髓,名爲供軍,而輦載以輸權倖之門者,不可以數計。"又曰："今宰相、臺省、師傅、賓友、諫諍之臣,皆失其職。而陛下所與親密謀議者,不過一二近習之臣。此一二小人者,上則蠱惑陛下之心志,使陛下不信先王之大道,而説於功利之卑説;不樂莊士之讜言,而安於私暬贄之鄙態。下則招集士大夫之嗜利無恥者,文武彙分,各入其門。所喜則陰爲引援,擢寘清顯,所惡則密行訾毀,公肆排擯。交通貨賂,則所盜者皆陛下之財。命卿置將,則所竊者皆陛下之柄。陛下所謂宰相、師傅、賓友、諫諍之臣,或反出入其門牆,承望其風旨。其幸能自立者,亦不過齷齪自守,而未嘗敢一言以斥之。其甚畏公論者,乃略能驅逐其徒黨之一二。既不能深有所傷,而終亦不敢明言，以擣其囊橐窟穴之所在。勢成威立，中外靡然向之。使陛下之號令黜陟，不復出於朝廷，而出於此一二人之門。名爲陛下之獨斷，而實此一二人者，陰執其柄。蓋其所壞非獨壞陛下之紀綱，乃併與陛下所以立紀綱者而壞之。民又安可得而恤？財又安可得而理？軍政何自而脩？土宇何自而復？宗廟之讎恥又何時而可雪耶？"疏上，忤上意，屢請祠，不報。

七年庚子，歲大旱，先生大脩荒政。星子、都昌、建昌，旱尤甚，竭力措置。奏乞特旨，減前所申星子縣稅，及三年赦文已蠲官租，禁州郡勿得催理。以賞格諭富室，得米二萬石，樁留以待。奏請截留綱運、轉運、常平、兩司錢米，充庫糧，備賑濟。嚴鄰路斷港遏糴之禁。郡濱大江，舟艤岸者輒溺。募饑民築岸捍舟，民免饑，舟患亦息。每邑市鄉村，四十里置一場，合三十五場，以待賑糶。缺食甚者，先賙給。冬以旱傷分數告於朝，乞蠲本軍稅租苗米四萬七千餘石。八年辛丑正月，開場濟糶，鰥寡孤獨，用常平米賑之。農事將起，濟糧半月。千里之內，所活饑民老幼三千餘萬口。設施次第，人爭傳錄爲法。任將滿，廟堂議遣使蜀。上意不欲遠去，差提舉江西常平茶鹽。待次，尋詔以脩舉荒政，民無流殍。除直秘閣。先生以前所奏納粟人未推賞，難先被恩命，三辭。

浙東大饑，易提舉浙東常平茶鹽事。南康納粟人推賞，始受職。奏事延和殿，陳救荒之策，言："陛下臨御二十年間，水旱盜賊，略無寧歲。大臣失職，小人竊柄。陛下未及施其駕馭之術，而先墮其數中。是以雖欲微抑此輩，而此輩之勢日重；雖欲兼采公論，而士大夫之勢日輕。重者既挾其重以竊陛下之權，輕者又借力於所重以爲竊位固寵之計。中外相應，更濟其私。日往月來，浸淫耗蝕。使陛下之德業日墮，紀綱日壞。邪佞充塞，貨賂公行。兵愁民怨，盜賊間作。災異數見，饑饉荐臻。群小相挺，人人皆得滿其所欲，惟有陛下了無所得，而國家獨受其弊。"孝宗爲之動容。請頒行社倉條約於諸路。十二月，視事浙東。救荒恤民，至廢寢食，所活不可勝計，大抵悉如南康時而用心尤苦。先生以奏請多阻抑不行，行亦稽緩，值蝗旱相仍，不勝憂憤。復奏爲今之計，獨有斷自聖心，沛然發號，出內庫之錢，以供大禮之費，爲收糶之本。詔比戶免徵舊負，漕臣依條驗放租稅，宰臣沙汰被災路，罷州軍監司守臣之無狀者。遴選賢能，責以荒政。庶幾下結人心，消其亂萌。毀秦檜祠於永嘉學。進直徽猷閣，辭。

知台州唐仲友，違法擾民，貪污淫虐，劾之。宰相王淮，仲友同里姻家也，匿不以聞。章六上，始達其一。孝宗奪仲友官，以仲友新命江西提刑授先生，固辭。詔與江東提刑梁總，兩易其任，又辭。時大府丞陳賈，請禁僞學，王淮以仲友故，以賈爲監察御史，面對，請毀程氏學，以陰訕先生。先生乞奉祠，奏言所劾贓吏，黨與衆多，並當要路。大者宰制斡旋于上，小者馳騖經營于下。若其加害于臣，不遺餘力。則遠至師友淵源之所自，亦復無故橫肆觝排。爲臣之計，惟有乞身就閒，或可少紓患害。十年癸卯，主管台州崇道觀。夫先生初守南康，再使浙東，出而行其所學，有以身狥國之意。至是，知道難行，退居奉祠，杜門不出。海內學者，斷斷益尊信先生，而先生年亦五十有四矣，作《感春賦》以見志。築武夷精舍于第五曲大隱峰下。十二年乙巳，崇道秩滿，主管華州雲臺觀。丁未，主管南京鴻慶宮。差江西提刑，辭。十五年戊申，王淮罷，周必大相，以先生薦，入奏。上曰："久不見卿。浙東之事，朕自知之。今處卿清要，不復州縣爲也。"除兵部郎官，以足疾請祠。

兵部侍郎林栗，與先生論《西銘》不合，疏曰："朱熹本無學術，徒竊張載、程頤之餘緒，爲浮誕宗主，謂之道學，妄自推尊。所至輒攜門生數十人，習爲春秋戰國之態，妄希孔、孟歷聘之風，繩以治世之法，則爲亂人之首。得旨除郎，輒懷不滿，傲睨累日，不肯供職。望將熹停罷，以爲事君無禮之戒。"上曰："栗言過當。"丞相周必大奏云："上殿之日，足疾未瘳，勉強登對。"上曰："朕亦見其跛曳。"欲易他部，必大請仍授提刑，從之。七月，在道辭免，足疾甚，丐祠。除直寶文閣，主管西京嵩山崇福宮。九月，復召，辭。十一月，趣入對，辭。投匭上封事，首言天下之大本，今日之急務。大本者，陛下之心。急務則輔翼太子，選任大臣，振舉綱維，變化風俗，愛養民力，脩明軍政六事。甚言風俗頹敝，大率習爲軟靡之態，依阿之言，以不分是非，不辯曲直爲得計。下之事上，固不敢少忤其意；上之御下，亦不敢少拂其情。惟其私意之所在，則千途萬轍，經營計較，必得

303

而後已。甚者以金珠爲脯醢,以契券爲詩文。宰相可啗則啗宰相,近習可通則通近習。惟得之求,無復廉恥。一有剛毅正直、守道循理之士出乎其間,則群議衆排,指爲道學而加以矯激之罪。十數年來,以此二字,禁錮天下之賢人君子,復如崇宣之間,所謂元祐學術者。排擯詆辱,必使無所容其身而後已。嗚呼!此豈治世之事,而尚復忍言之哉？疏入,夜漏下七刻,上已就寢,亟起,秉燭讀之終篇。明日,除主管西太乙宮,兼崇正殿説書,辭。十六年己酉,除秘閣修撰,辭,仍直寶文閣。八月,除江東轉運副使,辭。改知漳州,再辭,不允,始拜命。

光宗紹熙元年庚戌,先生年六十一,之漳州。取古喪葬嫁娶之儀,以變民俗。其民崇尚釋氏,男女聚僧廬爲傳經會,女不嫁者私爲菴舍以居,悉禁之。奏除無名賦七百萬,無額經總制錢四百萬緡。廸功郎高登,忤秦檜,貶死,奏雪其直。請行經界法,先漳州,弓量算造之法畢具。竟有阻之者,遂止,丐祠。二年辛亥,復除秘閣修撰,主管南京鴻慶宮。先生去郡,再辭職名。詔論撰之職,以寵儒臣,遂不敢辭。未幾,除湖南路轉運副使,辭。復請祠,從之。歸建陽,築室黃端公之望[18]考亭,黃瑞,謚端,唐御史。於建陽山上,構亭以祀其先,並望其父之墓。韋齋公愛其山水之勝,嘗欲築室於此,未果。朱子晚年於此築滄洲精舍,遂居焉。理宗詔立書院,親題扁額賜之,曰"考亭書院"。[19]成獻靖公志也。除知靜江府廣南西路經略安撫,再辭,仍主管鴻慶。四年癸丑冬,使者至金,金人問南朝朱先生安在?答以見擢用。歸白廟堂,除知潭州、湖南安撫,再辭,不許,乃拜命。長沙士子,夙知向學,四方雲集,先生誨誘不倦,士俗歡動。諭降洞獠,奏請飛虎軍隸本路節制。改建劉南軒嶽麓書院。申乞歸田,不允。五年甲寅七月,寧宗即位,召赴行在奏事,辭。八月,除焕章閣待制,兼侍讀[20],再辭。趣令供職,差兼實錄院同修撰。仍再辭,不許,乃拜命。詔封先生婺源縣開國男,食邑三百户。

時韓侂胄自謂有定策勳,且依托肺腑,出入宮掖,居中用事。先生聞之,惕然憂慮,辭免職名,已隱寓其意。經筵復再三言,侂胄大怒,陰與其黨,謀去先生,而一時争名者,亦潛間離。一日,忽降御批:"憫卿耆艾,時值隆冬,恐難立講,除卿宮觀。"宰相趙汝愚袖御批見帝,且諫且拜,不省,汝愚求罷政。越二日，佗胄遣內侍王德謙封內批出付先生，先生㉑遂行。中書舍人陳傅良，起居郎劉光祖，起居舍人鄧驛，御史吳獵，吏部侍郎孫逢吉，登聞鼓院游仲鴻，給事中樓鑰，交章留，不報。彭龜年奏㉒云："止緣陛下逐朱熹太暴，故諸臣欲陛下亟去小人，而留朱熹㉓。"自是，佗胄聲勢益張。群憸附和，視正士如深仇，衣冠之禍，自此始矣。詔除寶文閣待制，與州郡差遣。尋除知江陵軍，辭，不允。十一月，還考亭，復辭前命，仍乞追還新舊職名。詔依舊煥章閣待制，提舉南京鴻慶宮。

先生既歸，築滄洲精舍，學者衆多㉔，率諸生行釋菜禮于室㉕中。寧宗慶元元年乙卯，再辭舊職，不允，轉朝奉大夫。誥文有"舉明主於三代之隆，夙懷此志；以六經爲諸儒之倡，務淑斯人"之語。佗胄誣丞相趙汝愚不法，竄永州，中外震駭。大府寺丞呂祖儉以論救，貶韶州。先生以累朝知遇，義不容默，草封事數萬言，極陳奸邪蔽主之禍，以明丞相之冤。子弟諸生迭諫，爲必自賈禍，不聽。蔡元定諫，門人、朝奉郎劉炳請以蓍決之，遇《遯》之《同人》，先生默然，取奏藁焚之，更號遯翁，以疾丐休致。詔仍修撰，宮祠如故。時朝廷治黨人急，趙相謫死永州。先生憂時之心形於色，遂注《楚詞》。二年丙辰，褫先生職，罷祠。

先是，臺臣擊僞學，榜朝堂，省闈試士，文稍涉義禮者，皆黜落。鄉曲射利，多撰造先生事跡，以投合當路。門人楊道夫以告，先生曰："死生禍福，久置度外，不煩過慮。"臺諫皆佗胄私人，以攻僞學爲言。監察御史胡紘未達時，謁先生於建安，遇以待學子脫粟飯，紘不悅，語人曰："此非人情，隻雞尊酒，山中未嘗乏也。"及是，銳然以擠擊爲任。經年醞釀，章疏成，改太常少卿，不果。而沈繼祖者，以追論程頤得御史。紘以疏授繼祖，繼祖喜，謂富貴可立致，概然上其疏，誣先生十罪。言剽竊程頤、張載之餘論，以喫菜事魔之妖術，簧鼓後進，張浮駕誕，私立品題，收召四方無行義之徒，以益其黨與，殮粗食淡，衣褒帶博，或會徒於廣信鵝湖之寺，或呈身於長沙敬簡之堂，潛形匿跡，如鬼如魔。乞褫熹職，罷祠。其徒蔡元定，佐熹爲妖，乞送別州編管。從之。於是落先生職，罷祠，竄元定道州。選人余嘉即上書，乞斬熹以絕僞學。宰相謝深甫抵書於地，高聲語同列曰："朱元晦、蔡元定不過自相講學，果何罪耶？"乃止。三年丁巳正月，郡縣逮捕元定急,元定不爲動。既行,與嘗所游百餘人,會別净安寺。元定寒喧外,無嗟勞語。衆皆感歎,有泣下者。先生微視元定,不異平時,慨然曰:"朋友相愛之情,季通不挫之志,兩得之矣。"明日獨與元定會,宿寒泉精舍,訂正《參同契》,終夕不寐。四年戊午冬,引年乞休。己未夏,有旨,守朝奉大夫,婺源開國男,食邑三百户,賜紫金魚袋,仍兼秘閣修撰,致仕。

先生既致仕,家極貧。諸生遠來者,豆飯藜羹,率與共。非道一介弗取,稱貸不給。僞學日攻,士繩尺步趨,稍以儒名者,身無所容。從游之士,特立不顧者,屏伏丘壑,依附異儒者,更名他師,過門不入,甚至變易衣服㉖,狎游市肆,以示非黨。或勸先生謝絶生徒,儉德避難。而先生與篤信諸生,講學不休,禍福之來,一任自然晏如也。《答李季昌書》云:"蔡季通、吕子約,皆死貶所,令人痛心。所以惜此餘生㉗,正爲所編《禮傳》未就。得年餘,間未死,了却,可瞑目矣。"六年庚申,先生年七十一。三月初六日辛酉,改《大學·誠意》一章,令詹淳謄寫,又改數字。午後大病,不復出院。越日,諸生問病。曰:"誤諸生遠來道理,祗恁地做些堅苦工夫,須牢固着脚力,方有進步處。"初九日,先生病革,仲子埜侍側。季子在,時方移官中都。首索紙筆,作季子書,與之訣。令早歸,收拾文字。次㉘作黄直卿書,令收《禮書》底本,補葺成之。又次欲作通守范公書㉙,手弱不復能運筆,命埜代書。尚力疾塗竄一二字,纔扶就枕。時方㉚午刻,先生遂㉛卒於考亭滄洲精舍。是歲大風拔木,洪水山崩,素所未有。大賢存亡,有關造化盛衰之運,夫豈偶然哉?㉜十一月壬申,葬先生建陽縣嘉禾里大林谷。將葬,右正言施康年上㉝言,四方僞徒,聚信上,欲送僞師之喪,非妄談時人短長,則謬論時政得失,乞飭守臣約束。然會葬者幾千人,黨錮之嚴,有所不避。

娶劉氏碩人,以淳熙丙申卒,葬祔穴。子三,長塾,先十年卒。次埜,廸功郎,監湖州德清縣,户部新市犒賞酒庫,後十年卒。季在,承議郎,提舉兩浙西路常平鹽茶公事。女五,適儒林郎、静江府臨桂縣令劉學古,奉議郎、主管亳州明道宫黄榦,進士范元裕。仲、季亦早卒。嘉定二年,賜謚文。寶慶三年,贈太師,追封信國公。紹定二㉞年,改徽國。淳祐元年,從祀孔子廟庭。

先儒㉟黄直卿曰：由孔子而後，曾子、子思繼其微，至孟子而始著。由孟子而後，周、程、張子繼其絕，至先生而始著。蓋千有餘年之間，孔、孟所以推明是道者，既已煨燼殘闕，離析穿鑿而微言幾絕矣。周、程、張子崛起於斯文湮塞之餘，人心蠹壞之後，扶持植立，厥功偉然。未及百年，驕駁尤甚。先生出而自周以來聖賢相傳之道，一旦豁然，如日中天，昭晰呈露。蔡虚齋云：宋儒之學至朱子始集大成。朱子之學不明，則孔、孟之道不著。先生自筮仕至於考終，五十年間，歷事四朝。難進易退，僞學禁起，僉壬排擠，仕於外者九考，立於朝者四十六日耳。

嗚呼！先生肩斯文之任，得道統之宗，不能已於世之心，與覺來世之心，兼濟並行，而惟天之所命，何㊱所容意於其間哉？先生初移居崇安，扁其室曰紫陽書堂，以徽州城南紫陽山，示不忘故土也。後築室建陽雲谷，號雲谷老人，名其堂曰晦菴，號晦翁。晚居建陽考亭滄洲精舍，號滄洲病叟，最㊲晚號遯翁。所著《學庸章句》、《學庸或問》、《論語集註》、《孟子集註》、《論孟或問》、《周易本義》、《易學啓蒙》、《太極圖傳》㊳、《蓍卦考誤》、《通書西銘解義》、《詩經集傳》、《孝經考誤》、《小學》、《困學恐聞編》、《伊洛淵源錄》、《資治通鑑綱目》、《近思錄》、《程氏遺書》、《程氏外書》、《程伊川先生年譜》、《家禮》、《楚辭集註》、《楚辭後語》、《東歸亂藁》。編次《禮書》、《八朝名臣言行錄》、《三先生論事錄》、《韓文考異》、《學的》、《經濟文衡》，《語類》一百卷，《詩文集》一百一十卷，《參同契解》㊴。子孫析居建安、建陽、尤溪、婺源等處。國朝康熙五十一年，特旨詔升朱子大成殿，配享，位列十哲之次。

晉江柯輅謹考次于邵武縣學之訓導堂㊵。

閩中封域氏族考㊶

閩，虞、夏、商屬揚州近地，周爲七閩地。蓋閩子孫七種，以隸于周。戰國時，勾踐之裔無諸，奔徙海上，自王閩中。秦并其地爲閩中郡，尚荒域也。無諸佐漢滅秦擊楚，受王爵，列職方，登版圖。披荊剪棘，蓽路藍縷，以啓山林，則無諸其始云。漢爲閩越國，後以閩越阻悍，數反覆，武帝徙其衆江淮之間而虚其地。孝昭始元二年，餘民生長寖多，自立冶縣。光武建武三年，改冶縣爲東侯官都尉，屬會稽南郡。三國，地爲吴有。六朝至唐，悉歸海宇。五代梁、唐、晉三朝，爲閩王氏所據。漢、周二代，吴越錢氏遣兵伐閩，拔福州。其餘諸州，南唐李氏據焉。宋興以來，投款歸命。自後永隸版章，恪守王度，而文物聲名，自唐、宋來，始大振發。閩人始祖，多自中州、江淮諸地轉徙來居。數千百年，流離遷移，兵燹幾變，氏族由來，相傳髣髴。今閩人言氏族者，多曰自光州固始來。考諸家譜，所載亦幾不謀而同，不知或然或不然也。

予嘗載稽傳誌而按之。西晉永嘉二年，中州板蕩，八姓始入閩中，林、陳、黄、鄭、詹、丘、何、胡，其族也。處於閩者，以中原多故，畏難懷居，無復北嚮。故終六朝之世，仕官名蹟，鮮有傳聞。則典午之初，入閩者已有八族矣。有唐黄巢之亂，僖宗入蜀，群盗蜂起。壽春王緒合群盗據壽州，卒衆萬餘。下光州，陷固始。其時刧豪傑以自隨，一時固始人多爲之附。而王潮與其弟審知、審邽輩實從，於是拔衆南奔，以入于閩。後審知父子據有全閩，西都士大夫避地而南者多依以自托，而閩之族遂盛。然王緒雖拔固始之衆以入閩，士大夫避地而南者雖多托於王氏，而自無諸啓宇以來，豈無躡屩擔簦，負耜抱經，入仙霞，涉劍水，思自托爲海濱之民者？且即永嘉至僖宗，相距四百有餘年，八族之後，竟無相繼南向者？必俟王緒挾固始之衆以來奔，與浮光士族依王氏割據爲托處者，而閩始有其民哉？鄭樵序其家譜云："吾祖出滎陽，過江入閩，皆有沿流，孰爲固始人哉！閩人稱祖，皆曰自光州固始來，實由王潮兄弟以固始之衆從王緒入閩，王審知因其衆克定閩中，以桑梓故，獨優固始人。至今閩人言氏族者，皆曰固始，其實濫謬。"噫！觀樵之言，而氏族當益慎矣。若封域者，則固可考知者也。

武夷山考

崇安武夷山，峰巒巖壑，奇偉萬狀。清溪九曲，旋繞其間。舊志籛鏗二子，曰武，曰夷，實居此山，山因以名。始皇二年，武夷君駕虹橋，讌曾孫幔亭峰上，其地長老能言之。

朱子晦翁《武夷山圖序》云：武夷之名，著自漢代。祀以乾魚，不知果何神？懸崖絕壁，往往有枯楂，插石罅間，以庋舟船棺柩之屬。棺⑫中遺骸，外列陶器，尚皆未壞。疑前世道阻未通，川壅未決，夷落所居，而漢祀者即其君長。蓋亦避世之士，爲衆所臣服，而傳以爲仙也。今山之最高峰，猶以大王爲號。半頂有小丘，豈即君長所居耶？楊⑬龜山先生《武夷》詩云："函關崎嶔走秦鹿，天下共逐争群雄。抉雲翻空鼇足折，黔黎竄伏如寒蛩。武夷山深水清泚，避世猶有高人踪。"朱子疑爲⑭夷落所居，漢祀者即其君長。龜山先生以爲避世之士，秦末來此。⑮是二説者，皆信也。

夫閩自秦漢以前，甌蠻雜處，夷落所居，本無疑議。秦闢爲閩中郡，荒陬遐壤，苛法未施。至宇内紛擾，楚漢争雄，天下無意功名之徒，蹩蹩靡騁，避世之士，竄伏於此，亦固其所。且武夷山水奇秀，甲於閩中，擇地而蹈，尤隱者之所樂居。然則夷落之居，避世之説，確有其事。武夷之名，不⑯外二者之間，或有所取以傳焉者近是。

至若棺柩骸骨陶器之屬，即不必皆上世之物，秦漢之遺，固亦有之矣。蓋深山絕巘之中，多有異人食草木之實，絕世俗之事。煉氣養精，深居晦跡，壽或多至百餘年，人多傳以爲仙。及其死也，則委其魄而留其骨，而未即壞，棺柩遺骸，或爲斯歟？陶器者，特其器用焉耳。⑰

惟枯楂舟船，此物特異。蓋明明爲舟，誰能神力鬼工，高插萬仞峭壁之上，半没半現，或敝或完。又誰置枯楂於巖崖險絕，煙雲晻靄，人跡不可到之處，以相撐持。即謂陵谷之變，上世川壅未決，道阻未通，或者溪流巖間，舟維絕壑，而有形必敝，何爲此物獨留？嗟乎！天下之大，怪奇之物，每示人以不可知者，往往而有，姑弗深論也。

《列仙傳》謂彭祖乃顓頊元孫，殷未亡時，已七百六十餘⑱歲。誠使武夷爲籛鏗二子，則居此山，當在夏、殷之間。謂武夷君譙曾孫幔亭峰，在始皇二年。則武夷君既爲仙而有子孫，又在嬴秦之時，去夏、殷尤遠，而其子孫由夏、殷至秦，尚居此山，何爲迄今寂然無聞？其説皆不足信。

夫神仙之説，爲幻爲虛㊾。人事之理，可徵可信。昔韓退之、劉夢得、王摩詰作《桃源行》，皆以桃源人爲神仙。獨東坡以桃源爲秦人之避亂者，而王介甫之説同。余是作，亦介甫論桃源之意云爾。

歐陽行周先生舊事考誤

唐閩人舉進士，歐陽詹之先，有陳珦、薛令之、廖廣、林藻諸人。藻登第貞元七年，詹貞元八年，與藻尤近。韓文公作《歐陽詹哀辭》序云：閩人舉進士自詹始。觀《閩川名士傳》、《登科録》，皆不然。豈韓子偶未之詳耶？後人又以高蓋山辭墓詩爲詹作。讀歐陽永叔《書李翱集後》云：予爲西京留守推官，得此書於魏君，書五十篇。予嘗讀韓公所作《哀歐陽詹文》云，詹之事既有李翱作傳，而此書亡之，惜其遺缺者多矣。蓋詹殁，父母俱存，韓文可證。而説者以高蓋山哭母詩爲詹作，惜無可更證李翱之傳也。輅更讀閩省舊誌，蓋五代時，永福陳嵩者，居澄潭山，去城六十里，嘗出遊，有辭父詩云：“高蓋山頭日影微，野風吹動紙錢飛。墳前滴酒空垂淚，不見丁寧道早歸。”《唐人萬首絶句》又作陳去疾詩。何鏡山云：《一統志》載此詩於南安高蓋山下，以爲歐陽詹作。閲《歐陽集》無載，且詹卒，父母尚存，韓退之哀辭可證。乃知纂修當有考據，按此，則登第之始，與哭母之詩，皆誤。

【校記】

① “字”：樵川本作“謙字”。

② “風采肅然”：樵川本無。

③ 樵川本後有“風采肅然”四字。

④ 樵川本後有“瞭然可觀者”五字。

⑤ “宋而止。大略可知者，其”：樵川本無。

⑥ “也”：樵川本無。另，樵川本後有“自是而下，子姓日益繁昌，賢人日益輩出，孔氏之族光大而綿延無窮矣”二十八字。

⑦ “來”：樵川本無。

⑧ 樵川本"名念"前有"又有"二字。

⑨ 樵川本"廣"字前有一"當"字。

⑩ "理固然矣"：樵川本作"夫固盡人而知也"。

⑪ "輅"：樵川本作"余"。

⑫ "合輯而序次之"：樵川本無。

⑬ "韋齋公"：樵川本無。

⑭ "以"：樵川本無。

⑮ "夫"：樵川本作"孺"。

⑯ "夫"：樵川本作"孺"。

⑰ "建陽"：樵川本作"蘆峯"。

⑱ "望"：樵川本無。

⑲ 樵川本無此註文。

⑳ "讀"：樵川本作"講"。

㉑ "先生"：樵川本無。

㉒ "彭龜年奏"：樵川本作"侂冑"。

㉓ "故諸臣欲陛下亟去小人,而留朱熹"：樵川本作"故亦欲陛下亟去此小人"。

㉔ "衆多"：樵川本作"雲集"。

㉕ "室"：樵川本作"舍"。

㉖ "服"：樵川本作"冠"。

㉗ "生"：樵川本作"日"。

㉘ "初九日……文字。次"：樵川本無。

㉙ "又次欲作通守范公書"：樵川本作"作子在書"。

㉚ "手弱不復……時方"：樵川本無。另,樵川本"時方"後有"令早歸收拾文字。初九日,大風破屋,木皆拔。未幾洪水,山皆崩"二十四字。

㉛ "遂"：樵川本無。

㉜ "是歲大風……夫豈偶然哉"：樵川本無。

㉝ "上"：樵川本無。

㉞ "二"：樵川本作"三"。

㉟ 樵川本"先儒"前有"嗚呼"二字。

㊱“何”：樵川本作“夫亦何”。

㊲“最”：樵川本無。

㊳樵川本後有“参同契解”四字。

㊴“参同契解”：樵川本無。

㊵“訓導堂”：樵川本作“司訓堂”。

㊶手藁本原無，據樵川本補。

㊷“棺”：樵川本作“柩”。

㊸“楊”：樵川本無。

㊹“朱子疑爲”：樵川本作“晦翁以爲”。

㊺“龜山先生以爲避世之士，秦末來此”：樵川本作“龜山以爲秦末避世之士來此”。

㊻“不”：樵川本作“終不”。

㊼樵川本後有“未可知也”四字。

㊽“餘”：樵川本無。

㊾“爲幻爲虚”：樵川本作“若有若無”。

淳菴詩文集卷十九

文

勸報孝子順孫義夫節婦文

蓋以綱常之在宇宙,萬古不滅,正氣之留天壤,亦萬古不息。所以山陬海澨,窮村僻壤之區,亦有匹夫匹婦,天性純全,秉禮守義,爲獨立特出之行者,不必皆在閥閱名族也。

永定一邑,處汀末屬。開縣四百餘年,教化涵濡,詩書日盛。禮義①廉恥之風,亦既家敦而户尚矣②。前此忠孝節義,載在志書,登於祀典者,歷歷可數③。兹余司教於此,查數十年來④,未有舉⑤報孝子順孫、義夫節婦,乞請旌表者。夫孝子順孫、義夫節婦,其人固不數見。然數十年間,闔邑一二⑥,殆⑦有其人,而未能以伸舉歟?

吾思⑧窮僻之鄉,十室之社,匹夫匹婦,即有獨立特出之行,顓蒙既習爲故常,而不知所以表異。縱能稍知表異⑨,而或屈於力所不足,或阻於事之難成,猶豫遷延,廢然中止⑩,往往而有。夫天下單寒微賤,潛德幽光,不能自達,至於⑪埋没掩抑,獨抱懿行,以終其身,身死行滅⑫,卒與草木同腐,以視名留天壤,光⑬之史策,傳及後人者,此中何⑭有幸,有不幸也⑮。雖其人貞行完志,無與人知,然⑯君子竊聞其事,未嘗不⑰欷歔慨息,爲若人悼且惜,并爲能爲若人之伸其事者⑱,鄙且恨以爲其名不彰,是皆有任其責者之過也。⑲

今朝廷風勵民維,特重名教。實有是行,立賜旌典。命大吏,檄學官,每歲舉報。典至鉅,恩至渥也。爾士庶凡有此等孝子順孫、義夫節婦,急宜據實報學,毋得掩没善行。其有單寒微賤,勢難自達,紳士族鄰,宜爲呈請⑳。更有族無文儒，鄉少士類，則本家長親身到學，叙述始末。本學自能察實申詳，斷不至湮滅名節。[21]若[22]事例未符，情實不確，則不得混覬名譽[23]，致滋物議。此[24]綱常所係，名教攸關。[25]遍告以文，深心致意焉。

戒溺女文

父子，天性之親也。古者以不道殺子，則史傳明書，以著其惡，昭然顯示，不可掩諱。閩人溺女，自宋以來，惡俗相沿，未之有改。夫萬物好生，胎卵濕化，蠕動之細，無不懼死而求活。豈明明賦氣成形[26]，爲血脈所生之子，始生而戕殺之，此豈人道所忍言哉？

或曰：惟多生女，家貧不能養，故溺之。夫家即酷貧，而一家夫婦男女[27]，皆要敝衣而粗食也，獨不能少分以與[28]此女乎？窮困之家，遇丐者凍餒在門，猶將憐憫惻怛，分口粥以濟饑餓，豈親生之子獨無良心乎？且衣食分定自天，豈人所能預計也哉！

或又曰：方其少也，撫養維艱，比長而資嫁尤難，故溺之。試思宜撫宜教，父母之職，汝不撫女，先誰撫汝？汝不養女，先誰養汝？即曰後日嫁配，布裙竹釵，隨分貧賤。吳[29]隱之爲晉陵太守，嫁女無資，令婢牽犬出賣，此外蕭然無辦，至今欽其高節[30]。嫁女論奩物，端人正士所恥言[31]，顧必以此而先致其死哉[32]！

或又曰：惟不生男，故溺之，以急於生男。試思人生有幾男女，莫不有命，豈溺女便生男乎？倘溺而又生女，將溺之不已乎？抑前溺而後養乎？溺之不已，則再生再死[33]，大傷天地之仁。前溺而後養，則一死一[34]生，又豈父母之心？且天下未有殘忍之親，能生克家之子。倘生男不肖[35]，辱先喪家，固不如女之爲愈也。世[36]豈無生男不肖，或無男子，衣食喪祭卒賴女子之力者[37]，女子亦豈盡無俾哉？

夫當其[38]懷孕十月，相依臟腑，養以精血，固以胞衣，出入自凜，惟恐毁傷。臨蓐之時，呼吸死生，母子性命，不能自主。乃當其生，而立擠之以死，呼嘤盆水，號哭無救，蠕蠕移時，久而始絕。如此其狀，耳豈忍聞，目豈忍覩？爲父母者，獨能忍之於心，亦異類甚矣。

嗟乎！猶是子也[39]，父母無故而殺子，不祥。無故擅殺子孫，律有明條。狼虎鴟鴞，尚知愛子，初生而乳哺之，覆[40]翼之。有取其子者，牙張爪攫，觸啄叫號而毒拒之，未有狼虎鴟鴞生子而自殺之。人固狼虎鴟鴞之不若哉？見人棄子，尚有憫心，自生而自殺之，獨無悔意？相因成俗，恬不知怪，抑獨何歟[41]？

所願動發天良，深思倫理。讀書之士，宜不忍爲。愚[42]夫愚婦，亦當知警。惟諸仁人君子，諄切曉明。僻壤窮村，互相告誡。使惡俗能移[43]，嬰兒免害。全活人命，造德無窮也。

永定新修學宫土神祠落成祭文

惟公正神，厚德無疆。聖賢以居，道義斯臧。二丁釋奠，祀附膠庠。趨蹌肅虔，博士馨香。於萬斯年，明禋孔長。學宫載焕，文教有光。越及公宇，黝堊輝煌[44]。爰新公像，式絢冠裳。嚴嚴翼翼，正直温良。時維中秋，芹桂交芳。泮水澄漪，公神以莊。厥醴既旨，厥牲用剛。厥士彌誠，厥公降祥。以穀多士，以輔[45]文昌。以培士[46]氣，以佑端方。祀事孔昭，厚德咸彰。尚享[47]。

詔安新建獵洲嶼祥麟塔告土神文[48]

維詔建邑，歷數百年。右挹粤潮，左接漳川。扶輿磅礴，海帶山纏。靈鍾秀毓，蒸鬱綿延。維兹獵洲，居海之涠。巽位是瞻，東南關鍵。式焕文明，峰宜巋然。山勢衍迤，厥嶼平焉。聳維浮圖，人力補天。昔人有謀，卜造斯巔。繄基已定，繄工尚懸。余來兹土，任同仔肩。譽髦咨諏，興造因前。維日丁亥，動作厥先。馨香肅具，牲醴吉蠲。神鑒且庇，工攻石鞭。永堅永固，呼吸雲煙。鉅觀壯麗，炳蔚名賢。維神之賜，錫類無邊。尚享[49]。

諭詔安諸生月課文[50]

諭諸生月課事。本學恭膺簡命，司訓是邑，已於閏六月十九日履任。自慙愚陋,濫席儒師,無俾觀摩,空縻廩粟。漳郡爲紫陽朱子化治之邦,理學淵源,名賢輩出。北溪、布衣二先生務聖賢踐履之學,守周、程正脈之宗,羽翼傳流,代多碩彥。丹詔縣處漳南,地連五嶺,涵濡先賢,道學人文,於斯爲盛。下車伊始,願覘文風。雖圭璧束身,不斤斤於語言文字。然言爲心聲,静躁醇薄,亦可以略窺底蘊。兹於七月一日,定開課期,十六日再課。每月兩課,永爲程功。經義排律之外,其有淹洽博雅,學古有素者,詩賦文詞,隨時商訂。從此疑義與析,麗澤相資。諸生勿視具文,鄙懷深有係望。

脩邵武縣文廟告文㊿

維至聖道隆古今,德並天地。自京畿以逮州縣,立廟建學,釋奠釋菜㊿,禮於是在。今邵武縣廟宮㊿,風雨剝蝕,榱桷頹損,急宜完繕,用妥崇靈㊿。謹卜嘉慶十二年三月十五日辰時興工,陸續脩整。馨香虔肅,敢告先師。

申邵楚帆學憲請給李忠定公祠生文㊿

竊惟自古忠良之臣,功施當時,名傳後世,載在史册,炳若日星。既正氣之常存,亦人心所不泯。我國家旌別淑慝,首重綱常,傳嚴貳臣,德隆三代。凡在忠孝,特與殊恩。伊古以來,難逢盛典。

有宋太師、丞相李公㊿諡忠定者,系出閩中,籍本㊿邵武。以一介草茅之士,生宋室陵替之年。進身微員,建言定國。當汴京之傾危,負山嶽之重任。首陳大策,徽宗内禪而不疑;繼發成謀,欽廟堅城以自守。志捍郊圻,身親矢石。萬衆爲之感激,三鎮決以獨爭。厥後調和兩宮,奠安宗社。功未就而遭讒,論多違而遠謫。鞠躬盡瘁,夢寐矢匡扶之心;愛國忘身,孤危陳守禦之畫。雖南渡再造,任用不專;而紹興建言,終身剴切。夫綱以一身之用舍,繫宋社之安危。卓爾忠精,昭人耳目。惜其後嗣弗振,衣冠無聞。舊有特祠,莫司祀事。懇擇真派,給與祀生。庶幾魏徵之孫永延鄭國,毋使蔡京之後假冒君謨。惟聖朝之恤典,實士類之歡心。伏乞憲臺大人俯鑒羣志,察核會咨。使久遠之忠靈血食有主,春秋之俎豆茂草無虞。永彰臣道,彌勵民維。須至申者。

祭李公墓文㊳

吁嗟李公,何竟長迢。風燭頓滅,典型其遙。九原不作,耆舊寂寥。人生有死,賦形終消。返歸真息,荒丘牧樵。月露淒冷,松柏蕭蕭。逝者已矣,魂氣翹翹。有酒一樽,有飯一瓢。如生之享,神來飄飆。

代邵武紳士祭郡司馬香城閔公文㊴名思敬,浙江烏程人。

嗚呼! 維公冲夷之性,閎廓之度。醇懿之修,恬愉之趣。渾然天授,安履若素。

公生貴冑,門第清華。開府毓秀,穎異卓犖。無驕無佟,稟法承家。

公學深沉,覃精遠思。作爲文章,踔絕奔鶩。沉浸醖醸,蓄極而肆。苦心鉤索,闡幽辨翳。

公初筮仕,始自碭山。噢咻疾苦,民治訟閒。移官廣濟,理繁黃岡。膏潤春雨,烈摩秋霜。以養以誨,禮義農桑。惟公惟勤,最績循良。憲廉其能,聯章保薦。帝曰嘉爾,召見便殿。司馬擢遷,永矢無倦。武昌佐郡,襄陽攝符。治本經術,不盡其敷。譽溢漢川,澤遍荆湖。

外艱守制,泣血三年。服闋銓次,公來閩川。貳守鷺島,海疆治難。艘舶雲屯,奸宄百端。急則易猛,縱則難寬。惟公之化,海島安瀾。

福我閩西,公來邵武。迎公之車,冬日時雨。公來兹邵,鎮静安撫。舒民之力,窮簷無苦。誘民之善,顒蒙循矩。躬訓辛勤,民勞其土。躬訓節儉,民充其庾。既愛我民,又惜我土。邵士多貧,賓興跋履。邑有瘠田,稍資行李。維田有租,歲供無弛。公曰爾士,我俸代爾。毋煩爾租,永遠視此。惠洽士林,銘恩曷已。登公之堂,大書頌美。

嗚呼我公! 爲時之英。德學政治,乃峻乃成。天不憗遺,星隕嶽傾。設施未竟,遽夢兩楹。樵川聞訃,士民咸驚。奔走問視,涕泗縱橫。德深民隱,痛以情生。豈無太史,勿阿勿私。採公治績,以永其辭。百年有盡,令名昭茲。牲羞致奠,酹酒陳祠。⁶⁰維公神靈,尚其鑒之。

　　　　祭趙復菴同年發引文名有成,乾隆丁酉福建⁶¹解元,邵武縣⁶²人。

　嗚呼復菴!寥寥兄弟,尚有幾人?余來昭武,始得相親。二日之前,爾⁶³來視余。告余病足,步履難舒。誰知永訣,再晤無期。驚心奄徂,一慟傷悲。

　嗚呼復菴!以子之品⁶⁴,介節自持⁶⁵。不售其學,其學則榮。以子之品,介節自持。人雖共仰,不繫人知。嗚呼復菴!已矣已矣。卹蒿杳冥,氣還太虛。生則有死,往復乘除。隻雞樽酒,哭奠爾⁶⁶廬。魂則何之,莽乎鑒諸。

　嗚呼復菴!余年就邁,日薄虞淵。哀病凋零,兩⁶⁷念悽然。執子之引⁶⁸,送子東阡。秋風蕭瑟,我淚涕漣。

哭楊達夫同年文

　楊達夫,名圭爵,漳浦人。乾隆四十二年⁶⁹,與柯輅同舉于鄉,爲光澤教官。嘉慶十三年正月十九日⁷⁰,以疾卒光澤學舍,年六十有八。輅教邵武,訃至,痛達夫衰年遠宦,客⁷¹死他鄉,其死既可悲,其情尤可憫。爰爲辭以哭之,以告于達夫曰:

　嗚呼!達夫死矣。達夫胡爲老死千里,不能與妻子一訣耶?達夫家故貧,近又連⁷²夭其二子,孀婦孤孫,煢煢饑寒在念。藉微祿以養餘年,且以蓄⁷³其老妻幼子,並以及⁷⁴其孀婦孤孫,而常不免於凍餒,憂鬱憔悴⁷⁵。達夫胡得不老死千里,不能與妻子一訣也?

　達夫雖老,猶強健,性亢爽,不苟合。於人少所許可,志必欲有爲於時。⁷⁶每酒後,牢騷慷慨,輒軒衣起舞,拍案高歌,有老驥千里之意。余方謂同年中,惟達夫血氣最強,而竟以死耶?

　嗚呼!達夫死矣。達夫死於千里而遙,其體魄未能歸返故鄉。達夫之魂,其已度嶺涉川,卹蒿晻靄,向漳南之墟,通魂夢于妻子,使妻子知汝死耶?抑還遊于君山雲巖之峰，烏洲龍灘之水，淹留遲滯，不知其身已死，終與妻子永隔而不得以相見耶？抑死無所知，魂亦何之，飄焉杳焉，歘散無時，氤氳一縷而不能以長存耶？嗚呼哀哉！

吾同譜兄弟，丁酉至今，三十餘年，寥寥無幾。去夏達夫送試邵郡⑦，與諸同僚會飲余齋⑱。余送以句云："同譜幾人猶健在，與君老宦喜相親。"達夫喜甚。然是夏而趙復菴死矣，秋而高海樵又死矣，今達夫又死矣，不朞月而喪同年者三。嗚呼！人生聚散，變滅風煙。人欲久不死，其可得耶？嗚呼哀哉！

祭梁梓村文 名以材，歲貢生，邵武縣人⑲。

嗚呼！梓村之命，可謂窮矣。梓村之學，可謂苦矣。學之苦而止於明經，命之窮垂年而益貧。至有子不能養，寡妾抱孤兒撫棺而號慟者，僅三月之嫈嫈，見者⑳莫不觸情灑淚。況以余之老友，能不傷心感愴，悲痛而涕零？嗚呼！梓村已矣，勿復言矣。死而有知，其奈何矣？

先母楊太孺人小祥祭文㉑

嗚呼！不孝輅㉒、輈不見吾母音容周年矣。輅、輈兄弟，自幼而孤。當爾之時，輅纔齔齒，輈在襁褓。所俯以哺者，惟吾母之煦翼也。家世業儒，四壁蕭然。藐諸二孤，不知何以自植也。吾母辛劬，撫育噢咻，萬難千辛，且飲泣于朝夕也。鬻子之閱，竭力女紅，晝甘儉腹，而夜不安席也。教孤成立，勉持門户，幾顛而復稍起者，皆吾母之力也。嗚呼吾母！孝事舅姑，而處妯娌和以懌也。敬睦嬋姬，而撫猶子情無隔也。持躬端謹，理家有法，卓卓乎足風巾幗也。嬋族長老，憫母艱劬，嘉母志氣，內外稱賢母者，咸聲嘖嘖也。冀享遐齡，以膺多祉，而遽奄乎天禄也。胡年未七旬，竟溘然速歸窀穸也。嗚呼！輅、輈今者即欲菽水盤匜，承歡膝下，徒摧肝瀝血而哀號踊擗也。父既早世，母復不延，輅等實辜于天至此極也。倏屆小祥，牲羞致獻。吾母神靈，幸視孤而來格也。嗚呼痛哉！嗚呼痛哉！尚饗。

祭先室施孺人文[83]

嗚呼！孺人於余，十五年耳。[84]入吾門[85]，忍饑耐寒，略無慍色。自以生爲儒家女，歸爲儒家婦，食貧守困，亦固其所。[86]恬默寡言，不喜聞梱外語。瀚濯之衣，數年不易。同吾母縫袵紡績[87]，丙夜不休。事吾母[88]，頗得婦職。庚子辛丑，余連上公車。先期促余裝，曰母老家貧，蓋邀禄養。行程吃苦，勿爲資斧累也。[89]時[90]余雖窮困，猶相守有待，以冀異日[91]。嗚呼！孰意中道分徂[92]，竟捨余去哉[93]！

壬寅之春，余遭閔凶。三月十二日，慈母染病。孺人懷六月娠，同余左右扶持侍湯藥，胎氣上壅[94]，不敢少懈。十九日，母氏即世。佐余治喪，慎視棺衾，爵踊號慟，胡骨肉慘荼。長女惠英，又以四月九日殤。孺人兩喪交傷，痛極病起，四月二十八日又[95]逝矣。

嗚呼孺人！汝亦知汝之能繼吾母、長女而歿耶？夫一月之前，吾與汝哭吾母于寢門；半月之前，吾與汝哭長女于私室。而曾知汝之身不可以二十日耶？汝誠知汝之身不可以二十日，則汝與吾母、長女相聚日長，與吾相聚日短。將哭吾母、長女者，轉與吾相別而哭矣。嗚呼！[96]汝誠不知汝之能繼吾母、長女而歿也。

自兹[97]以往，余即依然貧困如故，而相與共守艱難者安在矣？縱使余不貧不困，而昔之日相與忍饑受寒者，不[98]得同享一日之安矣。嗚呼！余獨何心，能不悲哉？

兹余傭經三十里之外[99]，一男二女，纍纍然早夜叫號，饑寒痾癢，頃刻繫念。當出門時，父子相持而哭。行半里許，尚三四顧，不能忘情。情事至此，痛乎不痛？某日致奠吾母，設孺人位以附。孺人有靈，幸其來享。尚饗。

祭長女惠英文

嗚呼惠英！爾生十三年耳。吾豈意爾早夭若斯耶？爾性敏慧，而有孝思。吾憐爾自幼饑寒，齔齒即曉父母艱辛。饑不敢啼，寒不敢呼，愈長愈識大義。爾父思及此，安禁涕滂沱，不能止耶？

爾抱病時，痛祖母之亡，傷爾父號慟哀述，恐及于病。牀蓐中，喃喃勸爾父節哭,孰知爾之命竟以是終耶?

嗚呼!爾未亡之先,先遭祖母喪。亡未逾月,復喪爾母。是豈皆命之脩短耶?抑余實行負神明,速此鞠凶耶?

爾不患爾神無依,吾命爾弟,歲時永以祭爾。今附祭爾母之側⑩,爾其知耶?

嘉慶四年五月初八日,本邑龍湖神廟禱雨文⑩

去年八月,天降大水,冬苗没于巨浸,此鄉之民,無以爲生。今當五月,雨不時降,苗將秀矣,而溝澮盡涸,再遲五日不雨,則苗盡槁,而民復不知所以生矣。實惟此鄉之民不德,宜膺斯罰。然含生待哺,情實可憫。敢陳精懇,望賜慈靈。伏冀興膚寸之雲,降霶霈之澤。扶持民命,用顯神功。則此鄉之民,食德蒙庥,敢忘敬事。某等不勝禱切之私,惟神憐念焉。

嘉慶四年五月初八日禱,初十日大雨,是夏有秋。并記。

嘉慶癸酉八月安仁城隍廟禱雨文

秋苗方秀,黍稷將枯。雨不時降,冬歲不登。安仁之民,何以爲生哉?縣令柯輅,下車伊始,即愆雨澤,慚疚寔甚。神實司此土,能爲民請命,早賜霈霖,澤我郊鄽。邑民蒙庥,縣令感德。維神鑒之。

九月安仁城隍廟再祈雨文

八月以來,一月不雨,溝壑乾矣,秀苗而枯矣。黍稷豆粱,垂焦以槁矣。縣令憂心如焚,如之何矣?縣令不德,止於虔誠祈禱而矣。神共司此土,能爲民請命,上告神靈,以達穹蒼,沛然下雨,是所仰望於神以共活我民也。齋宿馨香,重伸禱悃,神其念之。

九月安仁龍王廟禱雨文

秋稼將登,旱乾少澤。四郊引領,盼望油雲。憂旱之心,遍於安邑。令長觸目焦思,無可施術。虔誠切禱,仰叩神靈。維神頃刻變化,澤潤蒼生。上騰穹窿,下遊四海。祈分雨師之賜,沾河伯之滋,滂沱優渥,用顯神功。素徵靈異,必不虛求。敢告。

龍王廟再禱雨文

五日之前,敬告神靈,祈求甘雨,禾尚未枯,黍稷豆粱,尚未槁也。於今復遲三日不雨,禾盡枯矣,黍稷豆粱盡槁矣。秋稼不登,民將安食？恭維神靈弘仁廣德,屢顯神功於前。當此四郊望澤,民命待蘇,豈靳霖雨之賜。齋宿致虔,爲民請命。馨香陳辭,再瀆神聰,維神憐念之。

甲戌五月二十八日,安仁城隍廟禱雨文

今春以來,百穀順成。自五月初旬後,時雨不降,及今田燥水乾。四野之苗,秀者不實,穎者不粟。再遲五日不雨,則嘉禾盡爲枯草。早稻不登,歲功已虧過半,民何以堪？敬禱明神,共憫農艱,功成豐稔。爲民請命,速賜甘霖,戴德蒙庥,官民共仰。謹告。

六月初一日,安仁城隍廟再禱雨文

端午以前,于今一月不雨。禾將實而不實,且焦以槁矣。田無潤土,彌望旱乾。渠無潴潦,民爭杯勺。四野農人,仰天望油然之雲,救蘇禾之澤。焦苦之容,愁歎之聲,不可言狀。輅自去秋來令是邑,連遭亢陽,憂心如焚,寢食不息。縣令不職不德,宜膺斯罰。然不職不德,罪在縣令,則神降災于乃身,比屋無辜,幸賜憫惻。今再三日不雨,禾盡枯槁,過此雖雨,且無及矣。神其爲民請命,上籲穹蒼,早沛甘霖,以活黎庶。馨香竭忱,懇乞神庥,禱切情切。謹告。

八月十一日,安仁城隍廟禱雨文

自六月二十五日以來,四十五日不雨,冬苗盡枯,民困甚矣。輅夙夜憂心,

寢食焦灼。望雨之心,甚於饑渴之望飲食。一日不雨,如一日之病未蘇。神共司此土,獨無憐念? 豈忍坐視,不顯神功? 明神鑒之。

道光八年七月二十九日,龍湖龍王廟祈雨文

自五月以來,雨不時降,降亦不多。未旬日,而乾土裂,禾苗將槁。自望後秋陽益烈,苗將垂枯。再遲五日不雨,苗則盡槁。秋稼不登,萬命啼饑,蒼生奚賴? 今闔鄉父老子弟,齋宿虔誠,叩禱尊神。維神惠澤庇民,久著靈顯。伏乞爲民請命,大霈甘霖,以活稼禾,以蘇贏稚。仰乞鴻慈,萬民載德。輅耄年痿痺,不能親到神前,頂香叩禱。惟是瀝情陳詞,輸忱謹告。禱切望切,靈神鑒之。

【校記】

① 樵川本"禮義"前有"即不能人人懷士君子之行,然風淳俗樸,士民守"十九字。

② "矣":樵川本無。

③ "者,歷歷可數":樵川本無。

④ "兹余司教於此,查數十年來":樵川本作"余司教於兹五年,習知其俗,深心嘉幸。然履任以來"。

⑤ "舉":樵川本無。

⑥ "然數十年間,闔邑一二":樵川本作"然豈邇來所聞,闔邑並無一二歟"。

⑦ "殆":樵川本作"抑"。

⑧ "思":樵川本作"恐"。

⑨ "縱能稍知表異":樵川本作"即稍知所以表異"。

⑩ "廢然中止":樵川本作"廢然中阻者"。

⑪ "至於":樵川本無。

⑫ "身死行滅":樵川本作"至使身死之後,愈久愈滅"。

⑬ "光":樵川本作"書"。

⑭ "何":樵川本無。

⑮ "也":樵川本無。

⑯ "然":樵川本作"而"。

⑰ "未嘗不"：樵川本無。

⑱ "爲若人悼且惜，並爲能爲若人之伸其事者"：樵川本作"爲若人之匹夫匹婦悼且惜，並爲能爲若人之匹夫匹婦伸其事者"。

⑲ 樵川本後有"此亦人心所不死，而今古有同情矣"十四字。

⑳ "宜爲呈請"：樵川本作"宜爲按實呈結"。

㉑ "本學自能察實申詳，斷不至湮滅名節"：樵川本作"自能慎察申請，不至湮滅無聞"。

㉒ "若"：樵川本作"其有"。

㉓ "則不得混覬名譽"：樵川本作"則不得妄混附和"。

㉔ "此"：樵川本作"此皆"。

㉕ 樵川本後有"誠宜各抒秉彝，允洽輿論。庶舉者當者，乃可撫心無忝"二十一字。

㉖ "豈明明賦氣成形"：樵川本作"豈明明賦形成氣"。

㉗ "而一家夫婦男女"：樵川本作"而一家夫婦與所生男女"。

㉘ 樵川本"以與"前有"衣食"二字。

㉙ "吳"：樵川本作"昔吳"。

㉚ 樵川本後有"未聞有恥其貧薄者。范文正公娶媳，聞有絹帳，公怒曰：吾家質儉，無有以絹爲帳者。果爾，當焚之庭中，毋使亂吾家法。女家急易以苧"五十一字。

㉛ 樵川本"言"後有一"者"字。

㉜ 樵川本"致其死"後、"哉"前有"昏愚滅理，莫此爲甚"八字。

㉝ "則再生再死"：樵川本作"則既生而又死"。

㉞ "一"：樵川本作"而一"。

㉟ 樵川本"不肖"後有"愚頑頗僻"四字。

㊱ "世"：樵川本作"今世"。

㊲ 樵川本"力者"後有"豈鮮其人"四字。

㊳ "其"：樵川本無。

㊴ "猶是子也"：樵川本作"初生亦子也"。

㊵ "覆"：樵川本作"抱"。

㊶ "歟"：樵川本作"耶"。

㊷ "愚"：樵川本作"即愚"。

㊸ "使惡俗能移"：樵川本作"使陋俗漸移"。

㊹“黝堊輝煌”：樵川本作“榱桷輝煌”。

㊺“輔”：樵川本作“貺”。

㊻“士”：樵川本作“儒”。

㊼“享”：樵川本作“饗”。

㊽樵川本題作“詔安新建獺洲嶼浮圖告土神文”。

㊾“享”：樵川本作“饗”。

㊿手藁本原無,據樵川本補。

(51)樵川本題作“脩邵武縣學文廟告文”。

(52)“立廟建學,釋奠釋菜”：樵川本作“莫不立廟建學,崇奉尊嚴,而釋奠釋菜”。

(53)“今邵武縣廟宫”：樵川本作“今邵武縣文廟”。

(54)“靈”：樵川本作“安”。

(55)樵川本題作“申邵楚帆學憲乞給李忠定公祀生文”。

(56)“公”：樵川本作“綱”。

(57)“本”：樵川本作“由”。

(58)手藁本原無,據樵川本補。

(59)樵川本題作“代祭貳守香城閔公文”。

(60)樵川本後有“馨香一獻,哭淚交頤”八字。

(61)“福建”：樵川本無。

(62)“縣”：樵川本無。

(63)“爾”：樵川本作“猶”。

(64)“品”：樵川本作“學”。

(65)“介節自持”：樵川本作“徒博科名”。

(66)“爾”：樵川本作“舊”。

(67)“兩”：樵川本作“感”。

(68)“引”：樵川本作“紼”。

(69)“乾隆四十二年”：樵川本作“乾隆丁酉”。

(70)“嘉慶十三年正月十九日”：樵川本作“嘉慶戊辰正月十九日”。

(71)“客”：樵川本作“老”。

(72)“連”：樵川本無。

(73) "蓄"：樵川本作"卹"。
(74) "其老妻幼子,並以及"：樵川本無。
(75) "而常不免於凍餒,憂鬱憔悴"：樵川本無。
(76) 樵川本後有"以伸其所學"五字。
(77) "送試邵郡"：樵川本作"送試來邵"。
(78) "與諸同僚會飲余齋"：樵川本作"同諸寅誼小集余齋"。
(79) "歲貢生,邵武縣人"：樵川本作"邵武歲貢生"。
(80) "見者"：樵川本作"凡人見之"。
(81) 樵川本題作"先母小祥祭文"。
(82) "骼"：樵川本作"男骼"。
(83) 樵川本題作"先室施孺人祭文"。
(84) "嗚呼！孺人於余,十五年耳"：樵川本作"噫！施孺人於余,蓋十五年伉儷矣"。
(85) "入吾門"：樵川本作"自孺人歸余,余研耕爲食,恒不能給"。
(86) 樵川本後有"庚子辛丑,余連上公車。先期孺人輒促余裝,曰母老家貧,蚤邀祿養,家中事有叔在,無慮也。素"三十六字。
(87) "同吾母縫紝紡績"：樵川本作"余母楊太孺人孀居窮苦,孺人同紡績縫紝"。
(88) "事吾母"：樵川本作"奉吾母櫛縰盥漱"。
(89) "庚子辛丑……勿爲資斧累也"：樵川本無。
(90) "時"：樵川本作"顧"。
(91) "猶相守有待,以冀異日"：樵川本作"然猶相守有待,用冀異日"。
(92) "徂"：樵川本作"折"。
(93) "竟捨余去哉"：樵川本作"孺人與余命真兩窮哉"。
(94) 樵川本後有"喘息不寧"四字。
(95) "又"：樵川本作"奄然"。
(96) "嗚呼"：樵川本作"噫"。
(97) 樵川本"自兹"前有"今者余竊自思"六字。
(98) "不"：樵川本作"曾不"。
(99) "兹余傭經三十里之外"：樵川本作"兹余筆耕三十里之外"。
㊿ "今附祭爾母之側"：樵川本作"今附祭祖母及爾母之側"。
⑩ 樵川本題作"龍湖廟禱雨文"。

淳菴詩文集卷二十

行　略

先考抱璞公行略①

先考諱燮，字則贊，姓柯氏，未嘗立號。既終，先大父籜亭公題其主曰"抱璞"。蓋悲父抱器未售，賫志以殞也。先考爲大父籜亭公季子，天性孝友質直，少端重，好讀書。大父以家貧母老，羈身數千里外。祖母龔太孺人，食貧茹澹。先考方舞象，能與二兄理家，分憂代勞，事二兄三姊維謹。十三四歲，得奇病，日必絶而復甦。越二年，瘳。

先是，長伯父生齒頗繁，大父爲諸兒析筹。家業兩分，長伯居其一，次伯及考共居其一。世業儒，家故貧。合所共産，不能三四畝。考復與次伯同爨數載，及分異，則蕩洗無餘矣。

教讀里巷間，草屋三間，手一經，坐一敝榻，一緼袍，十數年不得易，藉贄脩爲仰事俯畜計。每晨炊斷火，學子歸，先考亦歸。少頃至館，授書晏如，不知先生枵腹也。

壯年尚艱嗣②息，又數奇，屢困童子試。司衡每得卷，輒賞識加筆。至揭曉，仍紬落。先考自以白首雙親，未獲逮養寸禄，益肆力爲學。潛心四子六經，及宋儒五子書，沉浸研窮，務求底藴。旁及百家史鑑，秦、漢、唐、宋古文詞，靡不淹洽。所讀書，喜手録，蠅頭注解，工夫細密。計所抄書，積近百卷。作制義，閎博醇雅③，有臺閣氣象。

居鄉里，渾樸自持④，剛直無城府，人多其有古人風。與同儕課藝論文，連夕不倦。或煮茗劇談，諧笑中不少詩史氣味。所居植竹小軒，軒外老槐一株，編竹爲籬。性愛菊，年蒔十數種，花時幽香冷艷，顧賞自娛。

事大父母，先意承志。大母垂老且病，好食鮮魚。先考自館歸，檢庖有缺，必舍食，走五里至石西，市鮮魚以供。大母食，乃食。大母歿，哀毀骨立，食輒泣下。

娶⑤吾母楊孺人，二年生蔡氏姊。又生姊，許霞行張氏，年十三，未歸卒。又連生男，皆殤。比生輅，先考年已三十又六。又生妹，三歲殤，乃生輈。

以乾隆十七年壬申七月二十日，後大母一年卒。生康熙庚寅九月初八日，享年僅四十三。

嗚呼！先考以孝友質直之躬，困苦績學，懷才未遇，竟賫志以殞。吾母稱未亡人，萬狀辛劬，以鞠育輅兄弟。今二人音容，皆不可復覩矣。瘝瘝哀思，痛貫心骨。嘉慶丙辰，輅爲永定教官，恭逢覃恩贈考脩職郎，母楊氏孺人。謹撮先考大略，以垂家乘⑥，以示子孫云⑦。不孝男輅述。

先母楊太孺人行略⑧

嗚呼！輅、輈兄弟今日尚忍述吾母乎哉！古之人於其親有美德懿行，親歿之後，追念思維，不能自息，不得已撼取其親行誼，筆之楮簡，以彰至行，以示子孫。輅兄弟不肖之軀，何敢竊附前人。第吾母壼德之純，遭時之艱，鞠子之閔，有不可不傳於後者，謹序次如左。

母姓楊氏，諱巧舍，本邑後洋⑨里儒士謂大公次女。生而敏慧靜正，有孝行。外祖父母愛憐之，曰此女必貴，欲求配士族，十九歸吾父，蓋少父四歲云。

吾先世自贛州司馬古塘公傳增廣生慎升公，太高祖庠生居斗公，高祖文學掌湖公，嗣高祖貢士緩公公，曾大父孝廉竹居公，大父國學籜亭公，至父儒士抱璞公，歷七世儒。素澹泊，孝友雍睦，皆以積德篤學著鄉里。

母居恒謂不孝兄弟曰：吾歸汝父時，汝家僅可饘粥。汝祖父遊京師、吳興十數年而歸，祖母常羸疾，而最愛余。余念汝父業儒，不能與伯仲經紀，井舂爨滌之役，皆并力爲之，至無暇沐與飯，故常深得家人歡。

又曰：吾歸汝父二年，而生蔡氏姊。又舉女兄，後屢舉男不育，而始生輅。

骆之生也多病，未四五月，而甦者屡。又生一女，而始生輈。今所鞠育，惟蔡氏姊，及汝兄弟耳。汝父壯年時，以兒息之晚，抱器未售，恨貧賤不能榮養二親，每沉悶拂鬱，困躓無聊，日夜惟研窮經史，極寒暑不少休。辛未，丁汝祖母艱，哀毀骨立，憂思愈迫。繼與仲兄析箸，家益落。教授里巷中，恒不能自給，余極力儉勤佐之。嘗强慰曰：以此志堅學苦，豈終困頓，姑俟命耳。嗚呼！孰謂汝父才厄於命，壽短於才。即欲艱難儉約，共守單寒，其可得耶？母言之潸然出涕，淚涔涔不能止。嗚呼！痛矣。骆兄弟思及此，腸斷心裂，辭不出口，尚能言哉？

當父之歿，爲⑩乾隆壬申七月二十日也。父年四十三，母氏三十又九，蔡氏姊年十八，骆甫八歲，而輈纔晬有二月也。骆時雖少，猶能記憶。越日，殯父于寢，而葬於里閭之外。白頭祖父慟哭于堂，母及姊以頭觸柩，撫棺號。骆徒跣哭次，伯父攜至葬所，命骆跪奠，下土于窆，懷主號而歸。自是，母氏誓死立二孤。左攜骆，右抱輈⑪，晨夕哀哭於靈前。環堵蕭然，無半畝之田，擔石之儲，固不知所自活也。

後月餘，大父召母謂曰：婦素識大義者，命至此，慟無益。吾雖老頹顱，尚能舌傭。苜蓿之餘，可以哺骆。女孫不久且適人。汝及輈，當拮据十指間以餬口。必如是，而後可望後來也。母忍哀奉命，抆淚唯唯。

是年冬，姊歸峰山蔡君懋奕。明年，骆從大父授徒郡中。大父教骆讀⑫《論》、《孟》，且教且泣。骆或月歸，或數月歸。歸見吾母撫弟紡績達曙，食不充腸，心慘怛飲泣，無如何也。一日歸，母曬父書于庭，陳發舊⑬篋，多父手錄。指示骆曰：是而父廿餘年精力所注，吾謹守以待汝⑭者。而父在時，爲余言，而七世一經，志繩祖武。今不幸早逝，汝勉之。從大父學，勿偷閒也。

又二年，郡中館穀不可供二口。大父命骆歸從塾師，月寄些貲，以給骆食。而母益難，每得米飼骆及輈，自甘儉腹，或日不再食。又值歲荒，常磨白豆半升，雜以諸葉，多水煮之，母子日飲二次焉。

嗣是，大父年益老，家益困。母紡績不足哺孤，乃爲縫紉⑮女紅，日閉戶從事鍼繡繁袤間。骆晝偕輈入館受書，夜歸，篝火于牀，在母側作咿唔。母或急于卒工，骆引線助縫之，久亦頗習。每嚴冬晏歲，苦雨淒風，燈爐雞鳴，衾寒指裂，

329

母子相聚,淚滴衣裾。母常命輅兄弟先寢,燭火不滅,大倦則倚牀假寐,寐醒復作。如是,率數歲爲常。

輅年十四,始操觚應童子試。庚辰,年十六,大父簜亭公見背,享齡八十又三。長伯父母、次伯母既殁,母同次伯父治喪誠慎。蓋自大父殁,母况瘁卒瘏更甚已憊矣。

壬午,輅始作訓蒙師。輈亦輟業磨鍼,學負販。自是,兄弟勤力以佐母,而母少得舒勞。

母每勗輅,承先向學。輅邀友課藝,適困乏,母欣然典簪珥[16],市酒殽供友。或遇試,亦典與[17]輅爲筆卷資。

戊子,輅娶施氏婦,井竈之役,母始無煩[18]。庚寅[19]春,輅生女[20]惠英。是臘,學使阿雨齋師,拔輅充邑博士弟子,母至是稍有喜色。雖輅[21]兄弟併力經營,公私浩繁,菽水亦有時缺,然吾母處之晏如也。

丁酉秋,輅以《詩經》與鄉薦,出海寧祝芷塘、景州戈椒嶼、新建曹松園三師之門。母呼輅告曰,是天[22]酬爾祖父累德苦學,及吾母子之艱,當益進脩學行,勉期遠大,勿墮家聲,斯不負吾望。

是冬,爲弟輈娶婦,窘乏不得上公車。戊戌春,輅生男國鑌[23]。母念二孤完娶室家,各恤乃業,復見乳下孫。由是,歲時伏臘,門庭安吉,雍雍和藹,母心履斯景,始頗漸近自然。

庚子恩闈,試天下鄉貢士。輅試春官,報罷,負病出都門,以七月抵家。病愈,十一月,復治北裝,應辛丑禮部試。旋下第,以閏五月歸。歸而母怡然曰:"吾母子未嘗經年遠離者,今兒三年風塵僕僕,資糧雨[24]雪之辛,無日不在吾念。兹幸庭除聚順,余用自慰。科名有定分,勿以母老故太縈懷也。"而母遂以十二月得脚病,治逾月尋痊。

母平生賦性純孝,暇時羅子婦侍立於堂,告以大父母及父在日,敦倫孝養事。叮嚀傚效,訓誡懇懇[25]。大父母忌日,嗚咽不勝。必躬潔几筵,奉饌致享。春秋祭日,雞未鳴,母蚤起,呼輅盥洗,整衣冠,入家廟。處姒娌遜讓溫和,初終無間。撫子婦嚴而多慈，寬而有法。次伯母吳即世，遺下莊氏姊纔三月，母乳哺教育之，至於成人。卒以母子相視，呱呱猶子輩。母又提攜補綴之，至不知有失母之悲。見人骨肉傷離，輒揮淚慘然。有告乏者，雖自減饔飧，亦必稱量以與。鄰嫗有嫁娶之貧者，輒呼取大布爲製裁。或辭不敢，母曰：吾不能以錢助而嫁娶，以是助無難也。平居端重溫恭，簡澹自若。勉輅兄弟，勤苦持門戶。輅性或躁急易怒，母戒以涵養和緩。其於蔡氏姊，至老如在襁褓時。凡此，皆天性然也。

顧母年雖邁七旬，而體猶健，髮雖短而未嘗斑，貌雖癯而未嘗頹，細瑣雖有人任而未嘗不自提挈，紡績雖及年老而未嘗少見倦勤。輅兄弟私慰，以爲天必以境與壽報吾母者。嗚呼！詎知吾母竟以是而遽歿乎哉？

母得疾以乾隆壬寅三月十二日，越十九日未時，遂卒於內寢。生康熙甲午正月二十一日午時，享年六十有九耳。嗚呼痛哉！吾母竟以是而遽歿矣。母將歿前三日，輅見母病篤，默焚香泣禱于天，願自減假母十年，而終不能也。

卒之三日，葬母龔山燕窩祖塋之側。柩出里門，鄉長老泣且送曰，是三十年辛勤育子有成者，而今逝矣。鄰嫗環列拜哭曰，善人往矣，今而後吾儕兒女嫁娶，無復有呼大布爲製裁者矣。執紼之人，皆欷歔愴惻，不能語言。葬地去家三里許，蔡氏姊亦匍匐至葬所，姊兄弟捧柩臨窆，呼號踴擗，林樹爲悲。

嗚呼！吾父九原早逝，無自承歡。吾母七旬未躋，欲養不逮。今寢門之內，牀几如故，杯棬猶存。緬吾母櫛縰盥漱，色笑音容，心之所思，目之所寓，髣髴如或見之，倏忽而又失之。嗚呼！人生而得養父母也者，人生而不得養父母，其心謂之何哉？[26]維吾母純德懿行，遭時之艱，鬻子之閔，不可不質實以傳于後嗣。子孫苫塊餘生，含哀略次[27]。後之章闡潛幽，秉筆君子有采焉，則嘉惠于存歿者多矣。男輅、輈泣血述。

墓　　誌

庶祖母李氏墓誌

庶祖母姓李氏，江南姑蘇人也。大父鐸亭公以太學弟子三舉不售，歷遊燕、趙、吳、越間㉘,於是年餘五十矣,慨然有歸而終焉之志。以祖母龔太孺人老而善病,乏左右,娶庶祖母以歸。

庶祖母性温慈,恭質勤儉。大父爲人孝悌敦厚,氣概磊落,勇於爲義。家庭閭里,故舊戚族間,凡有所爲㉙,庶祖母將順樂成㉚。彌澹苦,不以聞,恐累其志。㉛嘗㉜以女紅銖積,佐大父築室,爲子孫謀。諸子孫就試者,出私橐爲筆卷資㉝。試少售,喜不勝。

輅少時,侍大父側。大父嘗曰:而不及見而庶祖母也,吾爲而言之。每言之,欷歔感愴㉞,蓋重念其爲人也。

康熙壬午二月五日酉時生姑蘇府治,乾隆乙丑四月十日丑時,卒閩晉江南塘里,年四十有四。舉一男,殤。歲時忌㉟祭,附大父母。

先是歿,大父爲葬本里新倉前之北。墳前有古井,歲久塚壞。乾隆乙巳三月某日,易以瓦棺,葬原所。以孫秉、衷二骸祔穴。孫輅頓首誌㊱。

先室恬肅施孺人墓誌銘㊲

噫!此晉江舉人柯輅妻施孺人墓也。孺人姓施氏,諱坤舍,私謚㊳恬肅,儒士㊴爲綸公長女。系出本邑潯江,其㊵祖徙曾坑,遂家焉。

輅少孤且貧,艱于求配。孺人年二十,以擇配未許人。爲綸公一見余文,遂壻余。後二年于歸,余時年㊶二十有四。入吾門,恬澹守約,肅默寡言。忍饑耐寒㊷,略無愠色。事余母楊太孺人,勞而能敬。歸三年,余補邑弟子員。是年生女惠英,繼連舉三女,季不育。乾隆丁酉,余舉于鄉㊸。戊戌,生男國鏶㊹。辛丑,又生女,不育。庚子、辛丑,余連㊺上公車,家益困。孺人事老母,理家務㊻,補苴罅漏,益勤且篤。勗余攻苦,及壯努力,余然其言。見余性躁多忤物,恒以寬和相規。余教㊼書室之東偏,孺人㊽時攜兒,具茶飯飲余。余爲人作擘窠書㊾,常與惠英爲和墨伸紙。間戲余曰,不有是,何以度飢耶?

壬寅之春,余遭閔凶。三月十二日,慈母染病。孺人孕六月,佐余侍湯藥,晝夜不少休。十九日,母氏見背。哀痛爵踊,慟不時,胡余骨肉慘荼,四月初九日,長女惠英,年十三,又殤。孺人既痛姑,又痛女,四月廿一日感病,二十八日未時,又棄余去。嗚呼!余亦何辜,一至此哉!

孺人於余,蓋十五年伉儷矣。自歸余,艱難困[50]苦,冀享一日之安,而今已矣。所遺次女年十一,三女年九,國鑛[51]始五歲。幼子無依,井竈淒然。死者抱無窮之傷,生者有難言之痛。嗚呼悲哉!

孺人歿時,權厝[52]本里詹厝墓邊。地淤濕,茲改里北之舖口山古妝樓[53]。穴坐丙向壬,兼午子。或曰猶不吉[54]。余以貧不能別擇,姑葬之,以俟異日力能改卜。遂以乾隆癸卯九月二日戌時,遷其柩藏于斯,并遷長女惠英祔穴。孺人生乾隆丁卯年六月初十日卯時,年僅三十有六。男一,國鑛[55],未聘。次女許水頭鄉王其賢,三女未許。[56]銘曰:

嗚呼!孺人之從吾母、長女而歿也,死有知,則可以相聚。其無知,則生與死者皆所不知,又何悲?其亦知余之傷心飲泣而悲痛者,無窮期乎?

長女惠英墓誌

晉江舉人柯輅長女惠英,乾隆壬寅四月九日戌時,以疫殤。生庚寅三月五日酉時,年止十三。其卒也,先其母二十日。時余方母喪,哀痛倉皇,草埋南塘塔山之麓。越明年癸卯九月二日,買地本里舖口山古妝樓,穴丙壬兼午子,遷葬其母施孺人,而惠英祔焉。

惠英聰慧能孝,少而饑寒。余憐幼骨無依,家無族葬之地,不祔母墳,數年間滅沒于耕犂樵徑,荒煙蔓草,可悲也。故祔之,父子之情也。母子相依,亦死者之幸也。系以詩曰[57]:

爾生十三歲,半在饑寒中。減餐留父飯,分絮代娘工。夭折今如此,吾腸割豈終?[58]

柯母楊孺人、男訓齋珍泉祔壙誌銘

母以子葬,兄以弟葬,而[59]悲哀踰常者,非特撫棺[60]而號,臨窆而痛,思其母其兄之心之不可以已也。思其母而不㉖克報其母之艱，思其兄而不克永其兄之年，是用哀悼有甚焉者㉒。

乾隆己亥㉓，儀詠㉔兄踵門告輅曰，吾母㉕與家兄歿且六年，次兄歿亦五年㉖。母殯于寢，冢兄厝後曾山麓，次兄厝里閈外隙土。今窆且有地，葬吾母，而遷二兄以祔。願屬誌于弟。言之潸然出涕㉗，悲悼踰常㉘。輅分不敢辭，而又知兄之悼之所以也，故誌之。

我柯氏初居永春㉙，徙郡城。宋時第進士，登顯秩者二十有餘人。祖塘邊叟公遷南塘，閱十七傳，有榮壽隱德曰恪泉公，第三子曰德齋公，娶楊孺人，儀詠兄母也㉚。孺人生本邑芙蓉里，少德齋公十歲。自為處子，淑行恭儉。二十歸公㉛，值艱寡。公冶生鷺島，孺人兼子職，盡婦道。晨夕之供，盥漱㉜瀚濯巾櫛之勞，恭執毋怠㉝。居恒益辛勤，茹鹽斷蔬，竹釵布裙㉞。機紡之聲軋軋徹戶外，佐夫以致苟完。公歿㉟，教子若婦，皆有家法，門內㊱肅然。

初舉四男，長儀謨，次儀瑞，次儀詠，次思泉。儀謨名嘉謨，號訓齋。狀貌偉出，性渾樸，無崖谷。身列成均，而含和履厚。自樂里廛，無聲華之慕。儀瑞，名嘉謀，號珍泉。平生篤於為人，重然諾，於物無所忤，性尤厚於家庭間。

孺人㊲卒以乾隆甲午三月二十三日，距生康熙丙戌四月初四日，得年六十有九。而訓齋同以甲午三月二十二日卒，距生雍正戊申五月初七日，得年四十有七。珍泉以乙未八月十六日卒，距生雍正己酉十一月二十四日，其得年與伯兄同。越明年丙申，思泉亦逝，而年又下之。

嗚呼！㊳儀詠兄閱三載始哭其母㊴，繼重哭其兄，終悲痛其弟。骨肉慘荼，叠遭降割。母得中壽，而不㊵得少酬其艱。兄若弟年方強仕，而并不克有其壽。㊶合父母兄弟之身，獨兄煢煢在。㊷此所以將葬其母若兄，而悲哀踰常㊸，淚痕交滴㊹，非若㊺他人撫棺臨窆所可言者。嗚呼！有以也夫。

夫吾聞㊻"惟為善者能有後"。兄累世長厚㊼，素稱善人。孺人孫曾，長者遊辟雍，幼者操觚佔畢，各見頭角。宗長老咸謂德齋公有後，則所以光遠報地下人者，又靡有涯㊽。兄亦可稍釋其悲也乎㊾。

葬之地,曰晉江三十三都秀峰巖茂樹之原,己坐亥向。⁹⁰葬之日,以乾隆己亥九月十三日。葬之地,以晉江三十三都秀峰巖茂樹之原,穴坐己向亥。既誌而系以銘⁹¹:

生孺慕,死相祔。永孝思⁹²,娛長暮。幽與明,理如故。嗚呼!是爲柯母楊孺人暨二子還真之墓。

柯斐齋暨配王氏墓誌銘

公姓柯,諱則文,字元章,號斐齋,晉江南塘里人,輅族叔行也。

祖榮泉公,父篤軒公,皆處士。篤軒公三子,公其仲,性醇質。⁹³篤軒病且死,孤露家貧,不能養母。捨操觚⁹⁴,客⁹⁵賈霞漳。歸輒作孺子慕。⁹⁶年餘五十,躬爲母烹飪瀚濯⁹⁷。母曰有婦在,公曰婦役姑不如子役母之摯也。

與昆弟析箸,不計貲產。弟元慶早卒,喪葬不煩其孤。居鄉里,謹恪無華。終其身,無怒目憤色。⁹⁸娶杏墩王氏⁹⁹,勤約恬順,允稱其配。

公生卒年月,享年六十有九。王氏生卒年月,享年七十有六。子男三,儀監、儀烈、儀彩。女一⁽¹⁰⁰⁾。孫男六人,女一人。曾孫男二人,女二人。

先是,儀監卜地本縣五都麒麟山之麓,穿其穴爲二坎,坐坤向艮兼申寅。乾隆庚子冬十月,葬其父斐齋公柩于左。越五年甲辰四月四日,奉母王氏柩窆于右,同穴焉。銘曰:

孝友其性,醇樸其天。職思其居,樂於里廛。曰順且勤,厥配維賢。同室同穴,永固永堅。永庇後人,永保斯阡。

紀母蘇孺人墓誌銘

乾隆乙卯秋八月,同學諸生紀隆城以書來永定,曰祖母蘇孺人歿已二年,是冬窆有日矣,請先生誌其墓。余於紀氏兒女姻,又道遠不獲辭,因次其略,以歸隆城,俾鐫石而掩諸幽。

孺人姓蘇氏⁽¹⁰¹⁾,本邑上村紫峨公長女。幼端謹⁽¹⁰²⁾柔順,見愛於其父母。上村鄰紫帽[103],多樹荔。紫峩公指某株謂孺人曰,是爲汝奩物。長歸蚶江直齋紀公。公爲人慷慨剛直,刻勵儒業,不售,貧不自給。孺人茹澹耐勤,拮据佽助,處困苦而安樂之,無訛訐之聲,拂戾之色。事舅姑以敬[104],處妯娌姒娣以順,教諸子以勤[105]。舉四子,孟方垂,先直齋公三年卒。叔範圃,後十四年卒。惟仲毅菴、季篤菴存。孺人壽履長盛,年踰九十。諸子經營起家,敦厚謹樸。孺人既壽而康,諸子孫婦,奉甘旨,飭巾櫛,先意承志,孫曾輩肩立成行,晨夕至寢門,繞膝問安否,能得其歡心。慈撫諸婦及孫諸婦,敬禮媸戚,恩待婢僕。[106]儉素簡澹,不以豐嗇易念。門以內肅然。晚年得老病,不離牀蓐。諸子孫婦,奉孺人益恭且篤。輪代服勞,侍寢進食,通宵不寐,率數歲爲常,鄉人難之。

孺人於余爲太嬸母,範圃冢君昌毓,余堉也。辛亥,余授經於紀氏[107],館蚶江之濱。隆裨、隆城、昌毓,實從余遊,夏以佳荔遺余[108],曰:"是祖母奩物[109],上村荔也[110],中表歲遺餘六十年矣。"余心慕紀氏令德壽母,一門雝雝,有禮有法,以爲是其先世蓄德深厚,積善長慶然也。辛亥冬十一月,余司訓於永。癸丑而孺人歿,堉昌毓亦以是年秋卒。越甲寅,毅菴、篤菴之訃又聞。嗚呼!自余館於紀氏,於今五年耳。而摧殘零落至於如此,升沉死生[111],倏忽殊觀,吾蓋於兹有感已。

孺人以乾隆癸丑十二月初一日巳時卒[112],生康熙壬午十月初九日戌時,春秋九十有二。先是乾隆辛丑三月,遷葬直齋公南安縣三十二都烏山之原,虛其右爲孺人壽藏。今乙卯某月日,權厝孺人柩於紫帽山麓。冬某月日,合窆於烏山。坐向、世系,詳直齋公原誌,不復書。子孫嫁娶,皆名族。銘曰:

巾幗之賢,天厚其年。始嗇終豐,閫[113]政肅然。烏山之原,同穴卜美[114]。德積者昌,延于孫子。

紀毅菴墓誌銘

毅菴姓紀氏,生雍正己酉八月二十二日辰時,卒乾隆甲寅九月二十六日酉時,得年六十有[115]六。先與其配王氏合權葬本里蚶江之坡。嘉慶十年九月某日,其孤聯登等,將合穸二柩于晉江三十三都常春鄉紫帽山之中崙,壙丁坐癸向。來徵余銘。余於紀爲娚婭,又嘗授經紀氏家。聯登及其諸昆,並受余業,知之悉,不得辭。

毅菴諱創寶,字方伯,毅菴其號,世居蚶江。父直齋公四子,毅菴爲次。蚶江地濱海,少田疇,治生業[116],多賈海。煙帆出没,舳艫相望。直齋公蚤習儒學[117],久不得志。家故貧,顛躓困抑,乃顧諸子曰:"若粗識文義,當自謀,毋效爾父終身粥粥爲。"諸子努力治生計,家稍稍起。毅菴提挈辛勤,爲諸弟倡。後二十餘年,節儉蓄積,家計大興,以貲雄于族。毅菴及季弟皆得隸太學。毅菴性剛好義,與兄弟篤愛,白首同爨,不忍分異。母蘇孺人,年踰九十。孟、叔皆先歿,毅菴及季弟事母,晷刻不離膝下。冬夏裘葛,晨夕甘旨,必致精良。飲食燠寒,起居談笑,無一不求洽其意。家中人感奮,孫婦輩無長幼[118],悉倍生恭謹。《經》曰:居則致其敬,養則致其樂。其庶幾乎？處鄉里,爲人解紛。其言簡,其意直,其情真而急,無委曲抑婉。雖饒於貲,而緼袍粗飯,終其身無侈習。見子弟能讀書,則[119]獎進之。見其嬉拙,則怒形于色,訓勵嚴讓,無姑息意。子弟起居坐立,跬步必肅。姪隆城,博士弟子,聯登以國學應鄉舉[120],後其有興者。

毅菴有六子:長聯登;次泰,嗣其伯兄方垂,三瑞出。四隆淵,王氏出。五隆視,六隨庸,側室某氏出。女二,長適王秉撼,次適林士寵。孫男八,盛儹、盛侶、盛光、盛仲、盛價、盛伶、盛備、盛儻。孫女五,未許。王氏前葬,既有誌,並納諸幽,不具述。銘曰:

豐而薄,辛而約。家有政,天倫樂。遠詒謀,後有作。不諛之銘,石可託。

庠生朱南村墓誌銘

南村姓朱氏[121],諱銑,字麗揚,別號南村。其先豫章人,居鐵板橋。明初,有祖[122]徙閩之邵武,遂家焉。高曾以下,弗仕。父垅,山東莘縣令。長[123]鐘,甘肅阜康令,攝吐魯番同知。次鎌,博士弟子。次鍇,恩貢生。次鈤,肄太學業。次即南村[124]。自其父莘縣公以縣令起家[125],朱氏之族寖大。

南村生於莘⑫⁶,三歲而孤。幼讀書⑫⁷,年十三,試童子,即⑫⁸抑其儕輩。二十一,隸諸生,性篤天倫,多才恬退,仁厚自持。⑫⁹侍母梅孺人,下氣怡色,百事承順。事諸兄恭⑬⁰謹,⑬¹諸兄從⑬²仕宦,就外傅。南村年十二⑬³,能⑬⁴綜理家務,咸得均平⑬⁵,人謂此子有經濟才⑬⁶。比長,歛抑不衒⑬⁷,磨礱醇懿。言行斤斤,退然遜讓。所讀書,多求古籍,研窮精深,務究底蘊⑬⁸。雖試於鄉⑬⁹,不沾沾為科舉之學,視科名泊如也⑭⁰。嘗⑭¹喜習岐黄卜筮之書⑭²,粗得其概,未嘗以此術示人。⑭³

中年以來,遭家多故⑭⁴。次子渭,病且死⑭⁵。憂患得眼疾⑭⁶。丁巳,有母喪⑭⁷。哀毁哭泣,眼疾益劇⑭⁸。嘉慶癸亥七月五日,遂以病卒于家。⑭⁹生乾隆丙子六月二十七日,得年四十九⑮⁰。卒前數日,與家人故舊訣⑮¹,存殁去留之意洒然。易簀之夕,神氣不亂⑮²。南邨其明於死生之道也。⑮³

已娶饒氏⑮⁴,明經鵬翀之女。子一,濚,庠生。女三,適虞立誠、黄章、杜友槐。孫男四,椿、桂、松、梓。甲子⑮⁵九月十一日,葬⑮⁶邵武縣北路窰裡橋外沈家山,坐⑮⁷庚向甲兼申寅。先期⑮⁸濚序公行誼,請誌墓⑮⁹。既誌而銘之⑯⁰:

朱氏之先,肇始豫章。有祖入閩,居邵之陽。莘縣父子,載發其光。南村之學,蓄⑯¹而不揚。南村之壽,不永而長。⑯²不顯其身,而貽其子。高門亢宗,俾于後起。我誌爾⑯³石,我銘爾⑯⁴幽。孰窮而絀,孰達而優。循道不違⑯⁶,此外焉求。歸魄於斯⑯⁷,允藏千秋。

張母葛太孺人墓誌銘

昔先王之教,非獨行于士大夫也,即女子必有教焉。立之師姆,謹言動,養德行,一軌以禮,於是教成於内外。《采蘩》、《采蘋》之作,僮僮祁祁,有齊季女,所由詠也。後世女子,遠不逮古,而德本性天,行洽禮義,傑出巾幗,足以幾範古人,則余於邵武葛太孺人見之矣。

太孺人姓葛氏,邵武太學生凌雲公之女,同邑仲山張公之妻,今明經履益之母也。幼聰明端重,年十五,歸仲山。踰八年,而舉四男。長鄉進士、寧洋南平學博履震,次太學生其卓,三武學生奮武郎元,皆先歿。四即履益。太孺人之歸,舅姑俱年邁七十。姑老得風疾,奉侍尤篤,孝謹至於終不衰。

仲山曠達,有劉伯倫之癖,竟以酒奪其壽。居無何,舅氏復歿,諸孤尚幼。太孺人始養舅姑,能以婦而代子,及理家教子,又能以婦而兼夫。蓋其性篤志貞,才慧力勤,故其施於事者明而安,理而能當。

輅來教於邵九年矣。辱交其子若孫二代,聞其懿行尤詳。

太孺人之爲諸子孫婚嫁卜築也,豐儉得宜,經營合度。曰吾欲爾毋踰禮,毋侈習也。

其課諸子向學也,一燈熒熒,機聲與書聲並亮。曰母倡子勤,子因母勖,吾將爲張氏有後也。

其戒諸子不妄交遊,待諸子之師若友,歆接餽送,禮儀必至也。曰吾非濫費,將以成吾子之學也。

其居恒布衣蔬食,無華飾,無兼味。器皿服用,十年猶新也。曰吾將以惜吾福,並福爾子孫也。

其恭敬親黨,周恤貧困也。曰不急於財者務宜禮,急於財者務宜惠也。

其前後侍婢九人,少撫長嫁,不轉鬻於人也。曰彼窮人子,當終善視之,而使得所歸也。

嗚呼!太孺人所爲若此,世所稱賢母,非太孺人誰與屬哉?

庚午七月二十八日,太孺人帨辰,於是年九十矣。童顏鶴髮,端肅温恭,步履安詳,康寧迪吉。內外姻族,暨子婦孫曾,登堂拜跪,奉觴上壽。天篤其慶,五代一堂。太孺人怡愉歛衽,禮答諸親,無異少時。郡邑里黨,咸稱爲閨閫人瑞,而頌太孺人慈祥厚德,衍慶不衰。夫以婦人而盡其爲婦爲母,立家行己之道,而皆有以過乎人,處迍邅通亨之境而不易其操,一志純德,幾於百年。此學士大夫之所難而能之,乃見於婦人女子,其於古服教,被化南國,諸侯夫人與大夫妻,未遑多讓矣。

太孺人生於康熙六十二年辛丑七月二十八日辰時,卒於嘉慶十五年庚午九月十五日未時,壽九十。子孫嫁娶俱名族。今以辛未十月十九日,葬於邵武縣二都蛟坪珍珠荇之原,坐子向午兼癸丁。履益請誌其墓,既誌而系以銘曰:

　　古稱女士,多出名族。維太孺人,媲於古夙。端重堅貞,溫和慈淑。婦道以成,母教以肅。懿昭懿徽,閨門雍穆。德厚祉繁,聿來多福。九旬上壽,天俾戩穀。淑人之亡,人猶云速。蛟坪之原,珠荇之麓。歸於其幽,山環水洑。永利後人,賢嗣孕毓。

贈考抱璞公贈妣節慈楊太孺人合葬墓誌

考諱燮,字則贊,姓柯氏。我柯自宋塘邊叟公開基南塘,歷十二傳房祖江西贛州府同知古塘公,又四傳鄉進士竹居公。子四人,長進士、內閣中書澹亭公,三國學生籜亭公。生三子,父其季也。幼端重,好讀書。比長,仁厚質直,事親孝,與二兄友。家酷貧,勵志苦學,冀得祿以養親。教授里巷中,恒不能自給。讀書務求底蘊,自四子六經、百家史鑒,及唐、宋名家古文詞,貫通淹洽,多手錄註解,至百餘卷。作文閎博偉麗,才阨於命,屢試不售,賫志以殂。嗚呼痛哉!卒之日,籜亭公題其主曰"抱璞",哀其志也。娶吾母後洋楊氏,謂大公女。生二女兄,屢舉男不育。始生輅、軿兄弟,又生一妹。長女適洋坑蔡懋奕。次許霞行張氏,年十三,及妹三歲,俱夭。

嗚呼!吾父之歿,母年三十有九,輅八歲,軿周歲有二月也。四壁蕭然,無擔石儲。吾母誓死立二孤,躬紡績縫紉,得資以哺輅兄弟。自甘儉腹,日不再食,冬無衣被。輅、軿晝入塾受書,夜在母側雒誦。每淒風苦雨,饑寒凍骨,燈殘手裂,呻唔組紃,母子相聚,淚滴衣裙,然吾母處之晏如也。庚寅,輅補邑弟子員。丁酉,舉於鄉。母呼輅告曰,是天酬爾祖父累德苦學,及吾母子之艱,當益進修,期遠大,乃不負吾望也。母賦性純孝,逮事大父母,承順歡心。大父歿,與二伯父襄喪事惟謹。大父母忌日,必躬潔几筵,捧饌敬饗。春秋祭日,雞未鳴,母早起,呼輅盥洗,整衣冠,入家廟。處妯娌,遜讓溫和,初終無間。撫子婦,嚴而多慈，寬而有法。平居布裙竹釵，簡澹自若。胡天降割，壬寅之春，母以疾卒。辛亥冬，輅爲永定教官。嘉慶元年丙辰，覃恩贈父修職郎，母太孺人。癸酉，輅知江西安仁縣，以覃恩加贈父文林郎，母贈如初。嗚呼！吾父未能菽水之供，吾母不逮寸禄之養，抱恨終天，曷其有極？弟輖以嘉慶戊午卒，長女兄亦卒。嗚呼！合父母兄弟，獨輅煢然在，而輅就教職，自安仁歸，今年七十八，老死無幾矣。

父生康熙庚寅年九月初八日午時，卒乾隆壬申年七月二十日戌時，享年四十有三。母生康熙甲午年正月二十一日午時，卒乾隆壬寅年三月十九日未時，享年六十有九。父卒時，草葬本鄉下庭墓後。母買地葬龔山燕窩祖塋之右側。道光二年壬午十一月二十七日酉時，遷父柩與母合葬龔山原穴，坐坤向艮兼申寅。孫男十人，國學生邦彝、表鋺、表鋌、表撫、表巖、表周、表觀、表珌，輅出；表菊、表明，輖出。菊、鋌先卒。曾孫男十三人，千復、千俊、千儒、千慶、千宮、千珍、千倬、千輝、千告、千桂、千賓、千見、千枏。子孫嫁娶皆士族。先是，鄉榜同年、刑部尚書、浦城祖舫齋之望，許誌二親之墓。乙亥，舫齋先逝，不敢求誌於公卿大人，輅泣叙大略，以納諸幽云。

【校記】

① 樵川本題作"先考行略"。

② "嗣"：樵川本作"兒"。

③ "閎博醇雅"：樵川本作"博雅閎肆"。

④ 樵川本後有"與人交"三字。

⑤ "娶"：樵川本作"初娶"。

⑥ "以垂家乘"：樵川本無。

⑦ 樵川本"孫"字後、"云"字前有"且異日持此乞銘當代鉅公，以光泉壤"十五字。

⑧ 樵川本題作"先母行略"。

⑨ "後洋"：樵川本作"芙蓉"。

⑩ "爲"：樵川本作"實"。

⑪"左攜輅,右抱輈":樵川本作"左抱輈,右攜輅"。

⑫"讀":樵川本作"教"。

⑬"舊":樵川本作"數"。

⑭"汝":樵川本作"子"。

⑮"紃":樵川本作"袘"。

⑯"簪珥":樵川本作"衣簪"。

⑰"與":樵川本作"以與"。

⑱"井竈之役,母始無煩":樵川本作"井竈潄瀞之煩,母始有代役"。

⑲"寅":樵川本作"辰"。

⑳"女":樵川本作"長女"。

㉑"輅":樵川本無。

㉒"夭":樵川本無。

㉓"國鑛":樵川本作"鑛英"。

㉔"雨":樵川本作"風"。

㉕"訓誡慇懃":樵川本作"語不能休"。

㉖樵川本此後有"乃去母逝甫二十日,而長女中殤。又十九日,而妻施氏復夭。至此,淚盡眼枯,痛極魂迷"三十三字。

㉗"略次":樵川本作"謹述"。

㉘"歷遊燕、趙、吳、越間":樵川本作"懷所學歷遊燕、趙、吳、越、齊、魯間"。

㉙"家庭閭里,故舊戚族間,凡有所爲":樵川本無。

㉚"庶祖母將順樂成":樵川本作"庶祖母將順之,樂成其行"。

㉛樵川本後有"故大父家庭鄉里故舊戚族間,凡有所爲,慷慨灑然,絕滯抑顧慮"二十五字。

㉜"嘗":樵川本作"又嘗"。

㉝"出私橐爲筆卷資":樵川本作"檢私橐惠助之"。

㉞"欷歔感愴":樵川本作"大父未嘗不欷歔愴色"。

㉟"忌":樵川本無。

㊱"誌":樵川本作"謹誌"。

㊲樵川本題作"先室施孺人墓誌銘"。

㊳"私謚"：樵川本作"字恬肅"。

㊴"儒士"：樵川本無。

㊵"其"：樵川本作"後其"。

㊶"余時年"：樵川本作"時余年"。

㊷"忍饑耐寒"：樵川本作"同余忍饑耐寒"。

㊸"余舉于鄉"：樵川本作"余以《詩經》舉于鄉"。

㊹"國鏞"：樵川本作"鏞"。

㊺"連"：樵川本作"兩"。

㊻"理家務"：樵川本無。

㊼"教"：樵川本作"讀"。

㊽"孺人"：樵川本無。

㊾"余爲人作擘窠書"：樵川本作"余書尺幅"。

㊿"因"：樵川本作"刻"。

㉛"國鏞"：樵川本作"鏞"。

㉜"厝"：樵川本作"葬"。

㉝樵川本後有"地"字。

㉞"或曰猶不吉"：樵川本作"或曰猶沙礫水泉也"。

㉟"國鏞"：樵川本作"鏞"。

㊱"次女許水頭鄉王其賢，三女未許"：樵川本無。

㊲"系以詩曰"：樵川本無。

㊳"爾生十三歲……吾腸割豈終"：樵川本無。

㊴"而"：樵川本作"而見其"。

㊵"棺"：樵川本作"喪"。

㉑"思其母而不"：樵川本作"抑亦思其母而未克報其母之艱"。

㉒"者"：樵川本作"耳"。另，樵川本此後有"嗚呼！此儀詠兄今日葬其母與二兄意也"十六字。

㉓樵川本後有"九月初旬"四字。

㉔"儀詠"：樵川本無。

㉕"吾母"：樵川本作"母氏"。

⑯ 樵川本後有"矣"字。

⑰ "出涕"：樵川本無。

⑱ "悲悼踰常"：樵川本作"蓋重有悲悼者"。

⑲ "永春"，樵川本作"桃源"。

⑳ "娶楊孺人，儀詠兄母也"：樵川本作"楊孺人其配也"。

㉑ "公"：樵川本作"德齋公"。

㉒ "盥漱"：樵川本作"漱"。

㉓ "恭執毋怠"：樵川本作"一出性天"。

㉔ "茹鹽斷蔬，竹釵布裙"：樵川本無。另，樵川本"辛勤"後、"機紡"前有"冀佐夫致苟完，井臼猥細，疲不辭瘁。更闌燭冷"十八字。

㉕ "佐夫以致苟完。公歿"：樵川本無。另，樵川本"户外"後、"佐夫"前有"至老不休。性儉質，茹鹽斷蔬，竹釵布裙"十五字。

㉖ "内"：樵川本作"以内"。

㉗ 樵川本"孺人"前有一"乃"字。

㉘ "嗚呼"：樵川本無。

㉙ "儀詠兄閱三載始哭其母"：樵川本作"蓋儀詠兄閱三載而始哭其母"。

㉚ "不"：樵川本作"未"。

㉛ 樵川本後有"風木鶺鴒之痛，皆不忍見於此時者。奚衰服未除，淚痕交滴"二十三字。

㉜ 樵川本後有"蓋兄之心亦深足痛矣"九字。

㉝ "而悲哀踰常"：樵川本作"而悲哀慘戚有踰於常"。

㉞ "淚痕交滴"：樵川本無。

㉟ "非若"：樵川本無。

㊱ "夫吾聞"：樵川本作"吾聞之歐陽子曰"。

㊲ "兄累世長厚"：樵川本作"兄累世敦樸長厚"。

㊳ "又靡有涯"：樵川本無。

㊴ "乎"：樵川本作"矣"。

㊵ "葬之地……已坐亥向"：樵川本無。

㊶ "銘"：樵川本作"銘曰"。

㊷ "永孝思"：樵川本作"終承歡"。

(93) 樵川本後有“少受書家塾中,不與羣兒狎。父愛之,欲使卒鉛槧業。無何”二十二字。

(94) “捨操觚”: 樵川本作“學會計”。

(95) “客”: 樵川本無。

(96) “輒作孺子慕”: 樵川本作“數月歸”。另,樵川本後有“行裹中纍纍圭角。人問何物,曰是漳産,以供吾母也。吾地無之,吾不忍不嘗母而獨吾食也。冠日,思不見父,掩泣欷歔,觀者感動”四十九字。

(97) “躬爲母烹飪澣濯”: 樵川本作“常爲母躬烹澣”。

(98) 樵川本後有“今歿且十年,輅猶想其氈帽布袍,龐眉皓髮,神致古厚,逈出閭井間藹如也”二十九字。

(99) 樵川本後有“諱益娘”三字。

(100) 樵川本後有“適尤氏”三字。

(101) 樵川本後有“名賀娘,字曰勤慎”七字。

(102) “謹”: 樵川本作“重”。

(103) 樵川本後有一“邨”字。

(104) “事舅姑以敬”: 樵川本作“婦職不愧舅姑,恭順”。

(105) “處妯娌姒娣以順,教諸子以勤”: 樵川本作“不虧妯娌姒娣,教育不失諸子”。

(106) “慈撫諸婦及孫諸婦,敬禮媚戚,恩待婢僕”: 樵川本作“訓諸孫以勤,撫諸婦及孫婦以慈,處媚戚以敬,待婢僕以恩”。

(107) “余授經於紀氏”: 樵川本作“余設帳於紀氏”。

(108) “夏以佳茘遺余”: 樵川本作“夏以佳茘數百遺余”。

(109) “奩物”: 樵川本無。

(110) “上邨茘也”: 樵川本作“所至上邨茘也”。

(111) “升沉死生”: 樵川本作“死生盛衰之際,人事升沉”。

(112) “卒”: 樵川本作“終”。

(113) “閫”: 樵川本作“壺”。

(114) “同穴卜美”: 樵川本作“同穴則死”。

(115) “有”: 樵川本作“又”。

(116) 樵川本後有一“者”字。

(117) “直齋公蚤習儒學”: 樵川本作“直齋公蚤學儒”。

⑱ 樵川本此句前有一"若"字。

⑲ "則"：樵川本作"能"。

⑳ "舉"：樵川本作"闈"。

㉑ "南村姓朱氏"：樵川本作"公姓朱氏"。

㉒ "祖"：樵川本作"祖某"。

㉓ "長"：樵川本作"長兄"。

㉔ "次即南村"：樵川本無。另，樵川本後有一"蓋"字。

㉕ 樵川本後有"而五子者能踵世業，于是"十字。

㉖ "南村生於莘"：樵川本作"公生於莘"。

㉗ 樵川本此後有"穎異"二字。

㉘ "即"：樵川本作"輒"。

㉙ "隸諸生"：樵川本作"隸博士弟子"。另，樵川本"自持"後有"從學博光鉉伍師遊，師器之。作制義，準繩有明諸大家。閒著爲詩文，卓然有規範"三十一字。

㉚ "恭"：樵川本作"維"。

㉛ 樵川本"恭謹"後有"日以學問相磋劇。和愛雍藹，人無間言。公多才能，有懿行"二十二字。

㉜ "從"：樵川本無。

㉝ "就外傅。南村年十二"：樵川本作"從師於外。十二歲"。

㉞ "能"：樵川本無。

㉟ "咸得均平"：樵川本作"均平咸得"。

㊱ "人謂此子有經濟才"：樵川本作"户內外肅然，識者知其人謂此子有宰理經濟，權度才"。

㊲ "斂抑不銜"：樵川本無。

㊳ "言行斤斤，退然遜讓。所讀書，多求古籍，研窮精深，務究底蘊"：樵川本無。另，樵川本後有"其才不馳騁衒鬻，其行不孑孑爲名。仁厚自持，退然敬讓。日沉潛載籍，以味古人之言，求古人之行，欲以約其身而不使出于繩墨規矩"五十二字。

㊴ "雖試於鄉"：樵川本無。

㊵ "不沾沾爲科舉之學，視科名泊如也"：樵川本作"不沾沾爲科舉務"。

㊶ "嘗"：樵川本作"又"。

⑭㊁樵川本後有"以爲莫非吾人度内所宜通曉。凡濟人之急,解人之紛,無倦容"二十四字。

⑭㊂"粗得其概,未嘗以此術示人":樵川本作"德色,至其幽情雅致,清曠閒遠,薰爐茗椀,竹几芸編,窅寂風雨,有蕭然自得之趣"。

⑭㊃"遭家多故":樵川本後有"長媳梅熊氏相繼歿"八字。

⑭㊄樵川本後有"配饒孺人得血疾"七字。

⑭㊅"憂患得眼疾":樵川本作"憂患薦至,心志消磨。自是閉門謝事,不復再舉。公亦用是得眼疾"。

⑭㊆"丁巳,有母喪":樵川本作"母梅孺人卒"。

⑭㊇"哀毀哭泣,眼疾益劇":樵川本作"哀毀不勝,眼病遂劇"。另,樵川本後有"嘗檢莘縣公宰莘、滕二邑,都人士德政去思之文,手書廳壁,以示子孫。校莘縣所著古今文若干首,欲鋟諸梨,未逮疾作"四十六字。

⑭㊈"遂以病卒于家":樵川本作"以疾卒於家"。

⑮㊀"九":樵川本作"有九"。

⑮㊁"卒前數日,與家人故舊訣":樵川本作"將卒數日,與家人訣"。

⑮㊂"神氣不亂":樵川本作"神氣猶朗,經宿胸臆微溫,鼻柱猶下注"。

⑮㊃"南郫其明於死生之道也":樵川本作"其明於死生之際,而厚於氣魄之餘者也"。

⑮㊄"已娶饒氏":樵川本作"配孺人饒氏"。

⑮㊅"甲子":樵川本作"嘉慶九年"。

⑮㊆"葬":樵川本作"葬公"。

⑮㊇"坐":樵川本作"穴坐"。

⑮㊈"先期":樵川本作"其子"。

⑯㊀"墓":樵川本作"其墓"。另,樵川本後有"渾厚重質實,能讀祖父書,可謂朱氏有子"十六字。

⑯㊁"之":樵川本作"曰"。

⑯㊂"蓄":樵川本作"鬱"。

⑯㊃樵川本後有"南村之德,蓄久彌彰"八字。

⑯㊄"顯":樵川本作"榮"。

⑯㊅"爾":樵川本作"其"。

⑯"爾"：樵川本作"其"。
⑯"循道不違"：樵川本作"無怍無愧"。
⑯"歸魄於斯"：樵川本作"有歸者墳"。

淳菴詩文集卷二十一

策

循　吏①乾隆丁酉科福建鄉試中式。

郡守，秦官也。漢曰太守，頒銅虎符。或以尚書令、僕射出爲守，或自郡守入爲三公。唐改太守爲刺史，加號持節。後改州爲郡，刺史爲太守，自是州郡史守更相爲名。垂拱間，以侍郎、御史大夫分典刺史。宋初，命朝臣出守，號權知軍州事。二品以上及帶中書、樞密院、宣徽使職事，稱判太守。漢宣帝謂太守吏民之本，嘗曰："庶民所以安其田里而無歎息愁恨之心者，政平訟理也。與我共此者，其良二千石乎。"《周官》四百里爲縣，有縣正，各掌其縣之政令而賞罰之。漢制，凡縣萬户以上爲令，減萬户爲長，侯國爲相。晉制，凡不經宰邑者，不得入爲臺郎。宋建隆間，天下諸縣掌治民政，勸課農桑，凡户口賦役等事皆掌之，始以朝臣爲知縣。其中復參用京官，或幕職爲之。

古循吏多出守令，司馬遷《史記》所載孫叔敖、子產、石奢、李離、公儀休五人。叔敖相楚，施教導民，世俗盛美，吏無奸邪，盜賊不作，不教而民從化，三相不喜，三去不悔。子產相鄭二十六年，一年豎子不戲狎，班白不提挈，僮子不犁畔；二年市不豫賈；三年門不夜關，道不拾遺；四年田器不歸；五年士無尺籍，喪期不令而治。死之日，丁壯號哭，老人兒啼，曰："子產去我死乎，民將安歸？"石奢相楚，堅直廉正。其父殺人，縱父自繫，楚王不使伏罪。奢曰："不私其父非孝，不奉王法非忠。"遂自刎。李離者，爲晉文理，過聽殺人。文公曰："下吏有過非子罪。"離曰："理有法，失刑則刑，失死則死。公以臣能聽微疑，故使爲理。今過聽殺人，罪當死。"伏劍而死。公儀休者，魯相也。奉法循理，使食禄者不與下民爭利,食茹而美。拔其園葵,家織好布,疾出家婦曰:"欲令農士工女安所讐其貨乎。"之五人者,太史公所謂奉職循理,可以爲治,何必威嚴哉?

若黃霸守潁川,勸農桑,教樹畜,節用殖財。吏出不敢舍郵亭,食於道旁,烏攫其肉。力行教化而後誅罰,務在成就全安。朱邑爲桐鄉吏,廉平不苛,以愛利爲行。存問耆老孤寡,遇之有恩,吏民愛敬。至屬其子曰:"後世子孫奉嘗我,不如桐鄉民,死必葬我桐鄉。"民果起塚立祠,歲祀不絕。王成治膠東,勞來不怠,流民自占八萬餘口,治有異等之效。龔遂理渤海,民棄弓弩而持鉤鉏,盜賊悉平。齊俗奢靡,不田作,遂勸務農桑。令口種一樹榆、百本薤、五十本葱、一畦韭,家二母彘、五雞。民帶刀劍者,使賣劍買牛,賣刀買犢。吏民富實,訟獄止息。文翁治蜀,蜀地僻陋。文翁起學舍,詔下縣子弟爲學官弟子。高者補郡縣吏,次爲力田孝悌。數年,爭欲爲學官弟子,蜀地學於京師者,以比齊魯。召信臣爲南陽太守,其治如上蔡,爲民興利,躬耕勸農。出入阡陌,稀有安居。開通溝瀆以廣灌溉,歲增田至三萬頃。禁嫁娶送終奢靡,其化大行。此則班孟堅《前漢書》所載六人是也。

後漢循吏,有衛颯之修庠序、任延之教嫁娶、仇覽之稱鸞鳳、童恢之釋咒虎、秦彭平正居身、王渙減削刑罰、許荊設條教民、劉矩化民以讓、孟嘗辨孝婦之冤、第五訪救饑民之慘、王景脩汴梁之利、劉寵受一錢之廉。此十二人,又范蔚宗《後漢書》所稱爲守令之卓卓者也。

夫《舊唐書》所載循吏至四十人,而《新唐書》載者僅十五人。蓋其中德位高而勳業盛,不專以循吏顯者,則別入他傳。宋以來,以道學爲吏治,若濂溪、明道、晦翁巋然可表。他如寇準、趙抃、張詠、包拯、海瑞諸君子,史不絕書,可與古之循吏追風繼軌。

夫親民之官,莫如守令。守令者,民之父母也。疾苦利害惟守令易知,真僞情實惟守令易察,興除利弊惟守令易舉,倡率導化惟守令易從。蓋其爲勢至近,於民最親,故守令爲民父母。古循吏多出守令,有以也。司馬子長曰:法令者,治之具而非制治之源,是以法令滋章,盜賊多有。程子曰:士苟留心濟物,一命之士於人亦必有濟。朱子晦翁曰：四海之利病繫於斯民之休戚，斯民之休戚繫於守令之賢否。呂東萊曰：事君如事親，事官長如事兄，與同僚如家人，待群吏如奴僕，愛百姓如妻子，處官事如家事，然後爲能盡吾之心，如有毫末不至，皆吾心有所不盡。士苟恪守斯言，以居守令之職，其於古循吏也何有。

選　舉

王者代天理物，日有萬幾。分任庶官，天工人代，而後恭己正南面以成無爲之治，非選舉不能時百工而凝庶績也。《周官》舉士之法，大司徒以鄉三物教萬民而賓興之，曰六德、六行、六藝。六德，知仁聖義中和；六行，孝友睦婣任恤；六藝，禮樂射御書數。鄉大夫受教法於司徒，退頒於群吏。三歲大比，以登賢能之書。其學有鄉有國，鄉則掌於鄉老而司徒賓興之，國則掌於樂正而司馬官材用之。考之者，或州長，或里鄰。用之者，或在鄉遂，或在朝廷。此論定，後官位定，後禄之常典也。

後世選舉不一。漢文帝詔舉賢良方正、直言極諫者。孝武帝令郡舉孝廉，詔興廉舉孝，庶幾詔休聖緒，今或闔郡不舉一人，是化不下究而積行之君子壅於上聞。定二千石不舉孝廉罪法。元朔五年，詔補博士弟子五十人，詣太常受業。能通一藝以上，第其高下，補文學掌故。有秀才異等，輒以名聞。又吏通一藝以上者，皆選擇以補右職。自是，公卿大夫士吏多彬彬文學之士。孝宣以後，博士增至三千人，又屢舉茂才異論之士。郡縣所徵之人，令每歲上計簿，使偕入京師，縣次給食。初，高祖詔云，其有意稱明德者，必身勸爲之駕。東漢選舉，於郡國屬功曹，於公府屬東西曹，於天臺屬吏曹。凡郡國守相未滿歲不得察舉，以未久不能周知也。東漢孝廉最盛，其餘賢良方正、茂才四行、明經有道、直言獨行等科，間舉行之。後來，士多矯飾不稱。順帝時，尚書令左雄申限年之制，孝廉年不滿四十不得察舉。儒者試經學，文吏試奏章。試之公府，覆之端門。

魏時，尚書陳群奏言，天朝選用，不盡人材，乃立九品官人法。州郡皆置大小中正，各取本處人爲之。又制，郡口十萬以上歲察一人，其有秀異，不拘户口。

晉僕射劉毅極論九品之弊，謂上品無寒門，下品無世族。中正或非其人，奸敝日滋。職名中正，實爲奸府。事名九品，而有八損。古今之失莫大於此。晉孝秀並舉，後復試經。宋州舉秀才，郡舉孝廉，至皆策試，天子或親臨之。齊襲限年之例，其進取多以官婚冑籍爲先。梁初限年，後令州置州重，郡置郡崇，鄉置鄉豪，專典搜薦，無復膏粱寒素之隔。陳依梁制，惟經學生策試得第。隋制，諸州歲貢三人，後乃置進士科。後世進士科始此，而州里察舉之法不行矣。

唐制，取士之科大要有三，天子自詔曰制舉，由州縣曰鄉貢，由學館曰生徒。其科之目有秀才，有明經，有進士，有明法、明字、明算，有一史，有三史，有開元禮，有道舉，有童子。而明經有五經，有三經，有一經，有學究一經，有三禮，有三傳，有史科。此常選也。天子制舉，則以待非常之材焉。天授元年，策問貢士於洛陽，後廷試始此。開元間，帝以考功員外郎望輕，移貢舉於禮部，命侍郎主之。武德以來，明經惟有丁第，進士惟有乙科。又設文詞雅麗、詞藻宏麗等科。高宗停秀才科，明經有甲乙丙丁四科，進士則甲乙二科。開元中，又有博學宏詞之名，及第者鄭昉、陶翰二人耳。

五代計五十二年，惟梁、晉各停貢舉二年，其餘皆未嘗廢。然每歲所取進士，僅及唐盛時之半。宋禮部貢舉，設進士並九經、五經、開元禮、三禮、三史、三傳、學究、明經、明法等科。皆秋取解，冬集禮部。春考試合格及第者，列名放榜於尚書省。進士試詩、賦、雜文各一首，策五道，帖對如數。九經以下各試帖對如數。太宗嘗謂侍臣曰："吾求俊彥於科場，非敢拔十得五，祇得一二，亦可爲致治之具矣。"後百餘年，賢才相望而進士科得人尤盛。神宗始罷諸科，而分經義、策論試進士，而進士又有釋褐、特奏名之舉。熙寧中，司馬光請設十科舉士，行之。一曰行義純固可爲師表科，二曰節操方正可備獻納科，三曰智勇過人可備將帥科，四曰公正聰明可備監司科，五曰經術精通可備講讀科，六曰學問該博可備顧問科，七曰文章典麗可備著述科，八曰善聽獄訟盡公得實科，九曰善治財賦公私俱便科，十曰練習法令能斷請讞科。應職事官各隨所知，十科內一歲共舉三人。歲終不舉及人數不足，按劾施行。誤薦非才，從貢舉非其人，律科罪。

人人謹重，所舉得人。紹聖元年，置宏詞以收文學博異之士。紹興三年，立博學宏詞科。太平興國八年，進士分三甲，錫宴瓊林苑，寵之以詩，遂爲定制。

糊名試卷始唐之武后，復行於淳化三年。彌封、謄錄、易書、校對，創於真宗祥符八年。宋國學分三舍，有外舍、内舍、上舍之别。歲月積分及格，以次推遷。其試士，初用詩賦。王荆公改試士以經義，罷詩賦。厥後議者力争，乃分兩科而詩賦、經義並重。四書八股之文，始于荆公。南渡後，用以試士。元代，進士科無定年之制。宋高宗初年，試五場。元仁宗考試分三場，有明鄉會因之。此則漢以來歷代選舉之制也。

夫選舉之法，歷代殊焉。士修於家而獻於廷，不出言行兩端。司馬光云："取士當先德行而後文學。然鄉舉里選，偏執好惡，植黨夤緣，前代所行豈能無弊？文詞之試，雖曰記誦詞章，不能遽定真品。顧經明而行脩，理達而言順。經術文詞之中，豈無豪傑特出之士哉？"朱子曰："非是科舉累人，自是人累科舉。若高見遠識之士，讀聖賢之書，據吾所見而爲文以應之，得失利害置之度外，雖日日應舉亦不累也。"夫以今日而論，設科取士誠不易之定法。我國家鄉、會兩科，以經義詩策爲掄才之具。慎重司衡，釐正文體，清真雅正，翕然向風。遴選之精，既嚴且慎。爲士者能不争自濯磨，束身圭璧，窮經致用，以副聖天子鈞陶作人之至意哉！

三　通

古史見于《書》者，始自《堯》、《舜》二典。《春秋》編年以紀事，史遷改編年爲紀表書傳，義例殊焉。文中子譏其失古史體，曰史之失自遷始。然年代日遠，風氣日開，典故變更，事物繁博，非分門類，究亦不能綜核無遺。唐宰相杜佑作《通典》，本劉秩所採經史，自黄帝迄天寶末制度沿革，議論得失，倣《周禮》六官法，爲《政典》三十五篇。佑廣爲《通典》二百篇，以食貨、選舉、職官、禮樂、刑法、州郡、邊防、田賦、錢幣、户口、職役諸目，分門別類。宋祁撰《列傳》，稱其博而能約。馬貴與亦謂杜書綱領宏大，考訂該洽。然古者因田制賦，賦乃米粟之屬而雜於稅法之中,序選舉則秀孝與銓選不分,序典禮則經文與傳註相洎,諸如此類,有節目未詳之微嫌。

宋淳熙間,莆田鄭樵作《通志略》。自序曰:"江淹有言,修史之難無出于志,其次莫如表,所以范蔚宗、陳壽之徒,能爲紀傳而不敢作表志,誠難之也。於是爲略二十。"夾漈言於上曰:"自《氏族》、《六書》至《昆蟲草木》,凡十五略,出臣胸臆,不涉諸儒議論。《禮》、《職官》、《選舉》、《食貨》、《刑罰》五略,雖本前人之典,亦非諸史之文。"其上《通志》書云:臣困窮之極,而寸陰未嘗虛度。風晨雪夜,執筆不休;廚無煙火,誦聲不絕。十年爲經旨之學,作《書考辨訛》,作《詩傳》,作《詩辨妄》,作《春秋傳》,作《春秋考》,作《諸經序略》,作《刊謬正俗跋》。三年爲禮樂之學,作《諡法》,作《運祀儀》,作《鄉飲酒禮》,作《鄉飲駁議》,作《系聲樂府》。三年爲文字之學,作《象類書》,作《字始連環》,作《續汗簡》,作《石鼓文考》,作《梵書類》,作《分隸之類》。五六年爲天文、地理之學,作《春秋地名》,作《百川源委圖》,作《春秋列國圖》,作《分野記》,作《大象略》。又爲蟲魚草木之學,作《爾雅注志》,作《詩名物志》,作《本草成書》,作《本草外類》。又爲方書之學,作《鶴頂方》,作《食鑑》,作《採治録》,作《畏惡録》。八九年爲討論之學,作《群書會紀》,作《校讎備論》,作《書目正訛》。又爲圖譜之學,作《圖書志》,作《圖譜有無記》,作《氏族譜》。又爲亡書之學,作《求書闕記》,作《集古系時録》,作《集古系地録》。此皆已成之書也。其未成之書,在《禮》、《樂》,則有《器服圖》;在文字,則有《字書》,有《音讀之書》;在天文、地理,則有《天文志》,有《郡縣遷革志》;在蟲魚草木,則有《動植志》;在圖譜,則有《氏族志》;在亡書,則有《亡書備載》。二三年間,可以就緒。如辭章之文、論說之集,雖多不得而與焉。夫三十年閉戶著書,不與人間事。當兵火之餘,文物無幾。搜盡東南遺書,貫通淹洽,汪洋浩博,經史典故、天文地理、事物細微,兼綜融會,陶冶心裁,抒而成書。著作之難且富,莫漁仲若也。

鄱陽馬貴與端臨,則以《天文》、《地理》、《器服》,失之太簡。《禮》、《職官》等五略,天寶以前則直寫《通典》中文,天寶以後則不復陸續銓次。祇史遷,排班固，亦有可議。端臨取文獻足徵之義，作《文獻通考》一書。嘗謂考之經史，參之歷代會要，以及百家紀傳之書，謂之文。取之當時臣僚奏疏，及近代諸儒評論，以至名流燕談，稗官紀録，謂之獻。爲門二十有四，卷三百四十有六。而每門各先詳以小序，該括精當，一覽了然。自《田賦》至《四裔》，則於天寶前後增益而續成之。自《經籍》至《物異》五門，則《通典》未有論述而採撫諸書以就焉。綜兩宋之國典會要，以及歷代沿習因革之規，薈萃精英，集成典要，亦既卓然大業矣。

蓋三通之作，遠稽經籍，近窺典制。《通典》之該括，《通志》之宏博，《通考》之精詳，各自成一家言。其足以證古今，資治道，爲典故之鉅籍，考古之淵藪，非所爲廣大悉備，長存宇宙而不可磨滅也哉！

賦

感懷賦

余鄉老友文學林子詩，族兄孝廉儀暹，文學儀金，族姪孝廉表攸、表皋，文學表懷，皆與余學問切磋，情意敦摯，今俱相繼淪没。余弟儀拔，亦于戊午謝世。憶自乾隆辛亥司教晏湖，迄移任武巒，計離鄉井十年而親故耆舊凋零殆盡。兹者孤棲海外，歲晏無聊，感念愴懷，不能自己。作《感懷賦》。其辭曰：

曩余處于鄉里兮，繄親舊之孔多。既學殖以相砥兮，亦切磋而琢磨。情歡洽以莫逆兮，矢朝夕而相過。歷風雨而不渝兮，感出身之同科。校筆妍于文場兮，發牢騷乎詩歌。同抗懷以希古兮，回澒洺之逝波。

何司教於晏湖兮，復擔簦於丹詔。傷離群與索居兮，望停雲於海嶠。乃蒼旻之不憖遺兮，竟凋零而憑弔。南阮遭其殄瘁兮，林子杳乎同調。痛鶺鴒之孤飛兮，誰吹篪以和壎。誦連牀於風雨兮，心摧恝以傷竅。

誠聚散之靡定兮，哀生死之無常。風燭忽以變滅兮，埃塵淒其渺茫。生無處乎華屋兮，死徒傷乎北邙。恨蒿里與薤露兮，感涕泣而沾裳。時或入于我夢兮，起中夜而徬徨。

欲逍遥以遣慮兮，痛難割于相知。挾圖書以自樂兮，叩心得其屬誰。少多愁以廢學兮，收桑榆而莫追。何耆舊之凋隕兮，驚駒隙之奔馳。命乖違以坎壈兮，年未邁而早衰。髮皤皤以盈顛兮，髩斑斑而如絲。情善感以易傷兮，體龍鍾其奚疑。

當隆冬之將窮兮，際氣候之慄烈。風淒冷以愁慘兮，樹搖落而孤潔。處海表之聞寥兮，感長逝之永訣。念疇昔之摯情兮，嗟聲欬之澌滅。希一見以無期兮，對落月而悽切。匪聞笛於山陽兮，思人琴而嗚咽。傷莫傷兮弟昆，痛莫痛兮死別。余將三年而西歸兮，返先人之故廬。尋白首之儔侶兮，悼抔土于丘墟。信脩短之隨化兮，等一夢于華胥。悲則極而思轉兮，氣終還乎太虛。傾濁醪以獨酌兮，悟造物之乘除。

帖

示子姪飲酒有節帖

昔衛武公飲酒悔過而作賓筵之詩，所言深中飲酒之病。曰：未醉而威儀反反，既醉而威儀幡幡，舍坐遷而舞仙仙。以至號呶亂豆，側弁顛倒。彼醉不臧而不醉者反爲之恥，此皆昏酒者之所必至可恥孰甚焉。爾子弟讀書至此，亦曾思之否耶？每見朋友宴集，流連麴蘖，不至大醉不止。其於威儀言語，錯亂顛倒，或嫚罵洩憤，取怨招尤，或媟褻狂蕩，喪名敗檢，皆由醉亂所致。又可醜者，賭拳猜指，亂叫狂呼，此往彼來，滿座囂鬧，此屠沽役隸之戲，豈我輩之所宜爲！

古人酒以成禮，不繼以淫。聖賢於飲酒一事，孜孜防閑，傳不勝舉。劉伶、阮籍日在醉鄉，後世竟以酒徒目之，亦又何取。即曰文雅風流，寄情詩酒，古有其人，亦不過藉醪醞以適其性情，抒其文墨，宣暢湮鬱，資佐洒落而已。從未有醉亂顛倒，拳飛指舞，以爲樂者。我輩飲酒，隨量淺深。聖人惟酒無量不及亂，當敬佩服。酒中能以正言莊語相規，論詩書意義相講求者爲上，即歡談往事，尚論古人，或分韻賦詩，酣暢之餘，歌古人詞章以相娛樂，亦無不可。至於號呶屢舞，不顧威儀，甚至叫囂猜拳，聲容可醜，醉者不自省而旁觀代爲之羞，則願爾曹兢兢切戒也。

示兒子帖

子弟居家，孝友爲立身根本。家庭中此二字須刻刻提念，肫切懇至。《學而》開章，次言孝弟。聖賢垂教，至深至切。此二事有缺憾，其餘皆不足觀矣。

朱子《小學》一書，不可不日置几案閱讀。余每讀數條，常覺心中定静，至有關切己實病處，伏案静思，又覺惶然汗下，愧勵自生。《小學》一書，真日用所不可缺。許魯齋先生終身敬之如神明，陸稼書先生云：「《小學》不止是教童子之書，人生自少至老不可斯須離。」

貧者士之常。愈貧愈堅而立志愈砥勵，不爲貧所撓。故曰，不隕獲於貧賤。又曰，君子安貧，窮而後見君子。

飲食服用，最宜節儉。不惟惜費，亦以養福。

爲人爲學，俱要近裡己。

精神者，所以運吾事者也。耗之則疲而昏，養之則健而明。疲而昏則應事勉强而無實力，健而明則應事精勤而有功效。故君子欲有所爲，則精神尚矣，豈惟讀書一事然哉？何以養？節嗜慾，定心性，用而不過，静而少動，養之之道也。

義理以養其心，和平以養其氣。

知民吾同胞，物吾與也，則刻薄寡恩之心不生。知盛衰成敗，氣運所遭，則怨尤困苦之心不生。知富貴貧賤有命存焉，則行險徼倖之心不生。知人能盡道，則氣數爲我轉移，則怠廢靡懦之心不生。知日中則昃，月盈則食，則思滿期盈之心不生。知虧盈益謙之理，則驕矜傲慢之心不生。知死生一定之理，則憂懼苟免之心不生。

思慮一萌，鬼神得而知之，故君子不可不慎獨。

前明鄉先生蘇紫溪曰：飲食男女，人之大欲。然飲食男女之外，無所謂道也。夫惟飲食男女各循其節,坐卧行立各順其天,斯爲聖賢已。

宋張無垢先生曰:"快意事孰不忍爲?往往事過不能無悔者,於人有甚不快存焉,豈得不動於心?君子所以隱忍詳覆不敢輕易者,蓋欲彼此兩得也。"此語精言之則爲恕,粗言之則爲此。然以恕語人,精而難入;以此語人,粗而易曉也。

夫天下有君子焉,有小人焉。志之所立,品之所分也。志君子者,卓然立君子之志,立心制行,夙夜兢惕,無往而不爲君子。志小人者,終焉流於小人之歸,存心行事,陰私詭譎,無往而不爲小人。二者相反而不能並立。小人道長,則君子道消。正道大行,則奸邪歛跡。如過陰則害陽,陽盛則陰伏,必然之理也。

心若無愧,不問人之毁譽。是非之實,自有公論。歐陽子曰:"後世苟不公,是今無聖賢。"

本真去僞,則言行酬酢,應事接物,皆無虚假。如青天白日,磊落光明,無掩抑曖昧事。在己循性而行,暢然自遂;在人皆諒其樸直,亦不忍甚相欺。朱子曰:"欲當大事,須是篤實。"

器量能寬則量宏而器大,不寬而量狹而器小。大則能受,小則無所容。富貴福澤、貧賤壽夭,多於量之寬不寬定之。且偏急亦能害道。

怒字難克。人之一生,拂意之遭,橫逆之來,時時多有。惟能忍之,則心不爲動,氣不爲奪,久而自化,無所損於我。且可以涵養我之德性,恢宏我之器量。余性躁易怒,每自警省,尚不能除,願爾曹切戒之。

伊川程子曰:"君子之於人也,當於有過中求無過,不當於無過中求有過。"張繹曰:"此忠厚之遺。"好譏議人,最爲後生所切戒,亦能招尤損德。

恭謹忍讓,居鄉之良法。

程畏齋曰:"讀書燈火,起中秋止端午。"

【校記】

① 本卷文手藁本原無,均據樵川本補。

淳菴詩文集卷二十二

題　跋

書蔡忠惠公洛陽碑後

蔡①忠惠公洛陽碑,楷②字徑七寸許,今列于洛陽橋南廟像左右。巋然大觀,爲天下重。誌③稱公碑在温陵者三,二在九日山,一在萬安橋。在九日山者,今已湮没,獨此碑存。昔歐陽永叔有言,公不肯爲人書石,獨喜書歐公之文。若《陳文惠公神道碑銘》、《薛將軍碣》、《真州東園記》、《相州晝錦堂記》、《集古錄目序》、《洛陽牡丹記》,皆蔡公所書。余以公不肯爲人書石,蓋以石之書難工也。此碑雄偉雅健,光芒萬丈,左準右繩④,周規折矩。其源實出顔平原,而精神運用超于凡石。豈公自書其文,尤喜于書歐公之文歟？抑當斯橋譙飲以落之日,利濟孔安,民未病涉,公其得之心而應之手乎⑤？不然,何洛陽碑精妙若斯耶？

書戰國策後

嗚呼！戰國之説士可勝言哉？舍仁義而言利,以富强侵奪之術遊説諸侯。⑥蓋惟當時諸侯無超然智識之君⑦,足以明仁義之理。功利錮於心,争奪中其計。彼故日出其機械變詐,謀詭辯,以投其欲而蠱其心。致使擁簪屈膝⑧,受侮籠絡,卒於亡國喪身而不悔⑨。嗚呼！⑩當此之時,王道壞,人心絶,而天理息矣。向非孟子倡仁義,明王道,正人心⑪,異端横流,説士遊議,其禍有終極哉？韓子云,孟子功不在禹下。豈不信然！

書歐陽永叔送徐無黨南歸序後⑫

昔人云,言之無文,行之不遠。然即言之有文,亦竟有終不行者,豈皆其人有幸不幸哉？言，虛物也。行，實事也。夫子曰：有德者必有言，有言者不必有德。君子道明於己，德修於身。忠孝仁義，一節可稱，萬世不朽，不必藉言而存，而人亦奉其言以不墮。如徒務涉獵，作爲文章，平生之行，常不相掩，又烏見其言之長久耶？是故君子不廢言，君子豈徒尚言哉？

書朱子文集後

朱子之文，上自六經，合戰國先秦、兩漢、有唐文字，陶冶鎔鑄，鍛煉精液。運以剛大渾灝之氣，出以和厚光偉之辭。挺然而直，勁然而堅，皎然而明，粹然而和（純），沖然而和。無一語不出於理，無一字不衷乎道。不惟南渡諸公不能比肩，即北宋諸作手鉅公，亦當讓其正大渾厚、和平蘊釀之概。至作小序、傳記，亦有似太史公、韓子者。亦有興之所至，磊落峻偉，慨歎淋漓者。至峭折幽奥、豪曠放恣之篇，全集中固未有見。蓋其渾灝沛然，光明正大，不屑爲此也。讀朱子者，其細味之。

書楚辭後

屈子之生，於今二千有餘年矣。其遠祖瑕，楚武王熊通庶子，食邑於屈，遂爲氏。昭屈景，爲楚公姓大族，號楚三閭。原生於楚宣王四年甲寅正月庚寅，《騷》云"惟庚寅吾以降"，是也。向來治楚《騷》者，評本凡七十二家，篇目分合次第，註解詳略異同，人有成見，學有淺深，不無彼此互歧。至於屈原生懷、襄之世，以宗國孤忠，被讒莫訴，睠懷楚國，蒿目時艱，憂愁幽思，而作《離騷》、《九歌》、《九章》諸作，隨時隨事發其忠愛之憤，幽鬱之詞，二千餘年以前之事，亦難辨其此章作於何時，此篇作於何所，因文尋事，虛心逆揣，亦不過臆見意度，而彼此爭論，紛挐聚訟何爲耶？

太史公曰："余讀《離騷》、《天問》、《招魂》、《哀郢》，悲其志。適長沙，觀屈原所作沉淵，未嘗不垂涕，想見其爲人。及見賈生弔之，又怪屈原以彼其材遊諸侯，何國不容，而自令若是？讀《服鳥賦》，同死生，輕去就，又爽然自失矣。"朱子曰："原之爲人，其志行雖或過於中庸，而不可以爲法，然皆出於忠君愛國之誠心。原之爲書，其詞旨雖或流於跌宕豐神、怨懟激發，而不可以爲訓，然皆生於繾綣惻怛、不能自已之至意。雖其不知學於比方，以求周公、仲尼之道而獨馳騁於變《風》變《雅》之末流，以故醇儒莊士，或羞稱之。然使世之放臣屏子、怨妻去婦，抆淚謳吟於下，而所天者幸而聽之，則於彼此之間，天性民彝之善，豈不足以交有所發，而增夫三綱五典之重？此余之所以每有味於其言，而不敢直以詞人之賦視之也。"嗟乎！讀太史公、朱子之言，以讀《楚辭》，則可以知《楚辭》之文，即可以知屈子之心，直揭忠肝以相示，若聽憂鬱之自鳴，又何必斤斤推求於篇次時地之細微，而紛争辨論哉？朱子晚年，以趙忠定被讒遠竄，欲上封事，極陳奸邪蔽主之罪。門人力阻，請以蓍筮。遇《遯》之《同人》，乃焚奏藁，更號遯翁，而註《楚辭》。蓋亦傷心時事，重有所感於屈子之意也。朱子云，《招魂》者，屈原之自招也。後人以《漢書》有屈原賦二十五篇之語，《漁父》以上，已滿其數，而《招魂》、《大招》未有所著，故一歸宋玉，一歸景差，實原自作也。讀《楚辭》者，以朱子所註爲定本焉可也。

書漢魏詩後

《三百篇》，詩之祖也。漢魏之間，雖已樸散爲玉，作者猶質有餘而文不足。以今揆昔，則有朱弦疏越、太羹遺味之歎。

書陳隋詩後[13]

詩至六朝，佳句出而古意衰矣。琢句鮮新，專工對仗。流及陳、隋，五言有通篇竟成律體者，有半篇數句似者。陳詩，如陰鏗《渡青草湖》云："沅水桃花色，湘流杜若香。行舟逗遠樹，渡鳥息危檣。"《廣陵岸送北使》云："亭嘶背櫪馬，檣轉向風烏。海上春雲雜，天際晚帆孤。離舟對零雨，別緒望飛鳧。"《和傅郎歲暮還湘州》云："棠枯絳葉盡，蘆凍白花輕。"庾信《山池》云："荷風驚浴鳥，橋影聚行魚。"《清晨臨泛》云："猿嘯風還急，雞鳴潮欲來。"《酬薛文學》云："羊腸連九阪，熊耳對雙峰。"《和人》云："絡緯無機織，流螢帶火寒。"《畫屏風》云："懸崖泉溜響，深谷鳥聲春。"《奉和永豐殿下言志》云："無機抱甕汲，有道帶經鋤。"王褒《渡河北》云："常山臨代郡，亭障繞黄河。心悲異鄉樂，腸斷隴頭歌。"隋詩，如薛道衡《敬酬楊僕射山齋獨坐》云："露寒洲渚白，月冷函關秋。"《人日思歸》云："人歸落雁後，思發在花前。"孫萬壽《東歸在路成吟》："人愁慘雲色，客意慣風聲。"孔德昭《夜宿荒邨》："風度谷餘響，月斜山半陰。"盧思道《遊梁城》："鳥散空城夕，煙消古樹疎。"吕讓《和入京》云："髮改河陽鬢，衣餘京洛塵。"明慶餘《從軍行》云："風卷常山陣，笳喧細柳營。劒花寒不落，弓月曉逾明。"[14]王胄《別周記室》云[15]："五里徘徊鶴，三聲斷絕猿。何言俱失路，相對泣離樽[16]。"尹式《別宋常侍》云[17]："遊人杜陵北[18]，送客漢川東。秋鬢含霜白，衰顔倚酒紅。"王申禮《賦得巖穴無結構》云[19]："葉落秋巢迥，雲生石路深。"陳、隋人已開律詩門户。唐人之撰律詩，風[20]氣所趨，自然而變耳。

書唐人詩後

詩至有唐，而律詩、排律[21]、絕句[22]、諸[23]體具備。至唐而盛，亦至唐而衰。盛者盛其視漢魏而文厚，衰者衰其視漢魏而質薄也。蓋濃郁發皇之氣多，而渾古樸茂之氣少。譬之於玉，《三百篇》則渾然璞爾，漢魏則剖而成玉矣。六朝則玉散爲器，而拙工者幾戕乎玉之質矣。至唐則諸器俱成而炫工鬭技，人巧之精極，而玉之爲器亦盡乎此矣。大抵江河日下，風會日趨。夏忠，商質，周文[24]，三代皆非有意尚之也[25]，風會使然也。

書五鳳甎篆後

乾隆辛丑，余在都門，友人南安傅遵陔脩孟，贈余《漢五鳳二年甎》一紙。按朱竹垞《曝書亭集》，漢五鳳二年甎一函，嵌曲阜孔子廟前殿東壁。以篆文志甎埴之歲月，後有金高德裔跋。甎縱橫寬約一尺餘，字皆刓損裂蝕，不明亮。西京陶旊之式存於今者，惟此耳。今藏余家。

362

書韓文公手書白鸚鵡賦石刻後

此石刻在㉖潮州韓文公廟西㉗。嘉慶丁巳夏六月，余自永定司訓移詔安，便道過潮。登韓山，拜文公廟下。周視廊廡，求蘇長公所書廟碑，湮滅無存，慨然太息。詢之住僧，不知亡自何代。惟近潮守某，書其文鐫石，立公㉘像之左。楷書，徑寸許，毫無古意。廟西爲三忠祠，祀文文山、陸秀夫、張世傑三先生。祠左右壁，龕文公行書《白鸚鵡賦》石刻。盤梗古勁，氣概雄偉，肖公爲人。公書蹟不㉙概見，如此書，尤爲希寶。因以千錢囑寺僧，買紙墨搨之。海陽少尹李君清俊，余鄉人也。寺僧搨成，付李君以致于詔。十月八日夜二鼓，淳菴柯輅識于紙末。

書漳州開元寺唐塔佛經帖後㉚

閩中唐代金石文絕少。獨漳州開元寺石塔，咸通四年，漳州押衙兼南淳奕將王剴建。上鐫《佛頂尊勝陀羅尼經》，宣義郎、前建州司戶參軍劉鏞書也。小楷，大㉛徑半寸，結法遒勁秀美，有晉人風致。余司教丹詔時，寓漳郡餘兩月，擬摹印數紙㉜。遂㉝有海東之行，卒不果。見陳丹崖所搨，而識于後。

書王羲之臨鍾繇墓田帖後

《墓田丙舍帖》，晦翁朱子以謂非繇所書。朱子嘗見繇所書表㉞，其時隸㉟體尚未脫盡，而此帖獨無古意，故疑非真筆。今觀羲之所臨楷法，與今相近，全無波磔之態。天下之物，愈古愈不可辨，獨此書也哉？

書淳化帖後

余家所藏《淳化帖》不全。嘗見閣帖不一，皆鐫木板，流傳失真。蓋此帖十本，宋季南狩，遺於泉州，石刻湮沒郡城中。後是地爲馬厩㊱，櫪馬驚怖。發之，得此帖。石刻爲馬蹄所傷，故名其帖曰《馬蹄真蹟》。明洪武四年辛亥，泉守常性以劉次莊釋文次而搨之。後仁宗命收入秘府，人不可得而見。所殘軼散見者，木板摹倣失真，而古蹟不復存也。

書王荆公帖後㊲

王介甫書，空闊放恣，翩蹮變態，浩蕩自喜㊳，至任意時，幾不可識。朱韋齋公酷嗜而學之，終身彌篤。朱子題《荆公帖》云：先君子自少好學荆公，遍求真蹟，家藏遺墨，臨寫不倦。鄧志宏以其學道於河洛，學文於元祐，而學字於荆舒，爲不可曉。韓文公、司馬温公、曾子固㊴皆推重揚雄。韋齋公喜學荆公翩蹮字㊵，然亦可見人之嗜好各㊶不同也。

書朱子題曹操帖後㊷

余少時聞晦翁朱子㊸書學曹操，心竊疑之。以操漢賊，翰墨宜非大賢所尚。今觀其題《曹操帖》，乃知朱子少時曾學操書。朱子曰："余學此帖時，劉共父方學顔魯公《鹿脯帖》，余以字畫古今誚之。共父曰：我所學者，唐之忠臣；公所學者，漢之篡賊耳。余默然無以應。"今觀末語"天道禍淫，不終厥命"，知朱子少時所學，亦以操書雄偉。漢魏之時，字畫樸勁，古意尚存。不然，寇魏帝蜀，紫陽《綱目》，千秋特筆，篡賊之操㊹，其能免於斧鉞之誅哉？君子不以人廢言，亦不必以人廢字也。

書朱子楷書碑文後㊺

此宋朝議大夫㊻黄中美墓表也。在邵武城東寶應山之原，朱子撰文并書，楷字，徑寸許。朱子小楷不㊼概見，獨此碑七百餘字，朗然獨存。明弘治十八年，郡守夏英建亭覆其上。今亭壞，地爲農家圃。碑在圃中，半仆蔓草，風霜苔蘚，日就剥蝕。輅爲邵武教官，屢白縣令㊽，欲剗削其園，扶正其碑，重完其亭，以延永久，數縣令未能從也。㊾

書唐林緯乾帖後

唐林緯乾藻，書法離奇變化，神妙絶倫。所可見者，惟此行書二百餘字。固學力至,亦天資敏妙至此也。後世楊少師凝式,頗能得其髣髴,餘無及焉。⁵⁰九牧一家,而⁵¹藻、蘊尤知名,其偉然傑出如此。

書歐陽文忠公帖後

余讀《居士集》,於今十八年矣。曩於友人家觀歐陽文忠公像,魁傑俊偉,温厚端重。今觀其書,骨健神逸,性真渾然,發越紙上。嗚呼!合此三者,可以見歐陽公矣。

再書歐陽文忠公帖後⁵²

歐陽文忠公書遜于文。然任意自然,皆有渾灝滂沛之氣行乎其間。蘇長公謂其筆勢險勁,字體新麗,自成一家。視王荆公蕭散任意放蕩,自喜得無法之法,遠矣。

書范文正公道服帖後⁵³

范文正公楷書,結體精嚴。凝正之氣,出於性真。觀之如侍立左右,想像風規也。讀《道服贊》云:"豈無青紫,寵爲辱主。豈無狐貉,驕爲禍府。重此如師,畏彼如虎。"尤足深人猛省。

書司馬温公帖後⁵⁴

司馬文正公書,一點一畫,皆不輕率。準繩規矩,動立法程,體格脱胎二王,望之猶見其斡旋宇宙,正笏立朝風概。

書文潞公帖後⁵⁵

文潞公書,清標高朗,無平俗嫵媚之態,望之偉然丈夫。

書文與可帖後⁵⁶

余讀《東坡集》,未嘗不愛文湖州之清高絶俗也⁵⁷。今觀其書,翛然洒脱,性真呈露，如覩頁簹谷得東坡詩與妻食笋噴飯時。

書薛文清公文集後

前明永樂間，薛文清公崛起河津，首倡道學。年未及壯，焚其所作詞賦，潛心周、程、張、朱之學。覃思力行，以復性爲教。方其正色立朝，忤王振之時，其不死者，得于欒下老僕之一言。人之生死有命，況大儒哉！臨終作詩曰："七十六年無一事，此心惟覺性天通。"畢生實錄，二語盡之矣。

書陳方山詩集後㊿

元陳駥，號方山，福唐人。爲晉江潯美塲鹽官，退賊保城有功，陞廣東鹽提舉。後家晉江南塘，人稱花園陳氏。與寓賢龔名安，交最善。龔由名安由㊾沙堤卜居南塘，二姓約爲兄弟，不通婚姻。方山爲文，古茂簡貴。詩學王韋，清雅高潔，品致越俗。㊿曩於友人陳魁梧秀才家讀《方山堂集》抄本，而録其詩。魁梧，方山裔也。其警句有《示族子吳江令泉，表姪河南丞林文》云："野樹分殘雨，寒山急暮泉。"《泊舟西浦》云："危橋雙澗水，獨樹幾家村。"《寄龔廷曜》云："汀寒煙水渺，風急隴雲孤。"《喜故人陳子龍戍歸》云："鴻歸楚塞離心遠，月滿江城客淚多。"《寄則誠弟黃元之》云："海國霜空晴葉下，江亭人去暮煙生。"《得鄭浮邱南海歸信》云："山城對酒頻看劍，江路聞砧半在船。"余嘉慶丙寅於邵武學舍輯《閩中詩話》，採入之。先生僻處海濱，元詩既不見録。今魁梧物故，陳氏式微。其集經五百餘年不傳於世，其後之散軼，未可知也。

方山祀泉州鄉賢。子安仲，太史，泉州教授；微仲，工詩文，不求聞達，宣德間累召不起，誌稱徵君云。

書吳青嶽詩文集後

駱祖父籜亭公購吳青嶽韓起《星鶴齋詩文集》四卷，今藏於家。先生以時文名世，古文、詩不概見也。所藏係抄本。先生居晉江青陽，後嗣陵替，恐世守無是書,謹護惜之。他日有力能梓,付剞劂,並時文,以公海内同好。

書曾南豐詩後

余讀《曾文定公全集》,公所作詩甚多,皆渾樸高雅,自寫胸次,不涉西崑。其氣概嚴峻,幾與文品相近。《寄致仕歐陽少師》云:"四海文章伯,三朝社稷臣。功名垂竹帛,風義動簪紳。此道誰先覺,諸賢出後塵。"《謁李白墓》云:"世間遺草三千首,林下荒墳二百年。信矣輝光爭日月,依然精爽動山川。"《彭城道中》云:"一時屠釣英雄盡,千載河山戰伐餘。楚漢舊歌留俚耳,韓彭遺壁冠荒墟。"《上杜相公》云:"始終好古儒林士,進退憂時國老心。"《寄孫正之》云:"能舉丘山惟筆力,可磨雲日是風標。"《寄題饒君茂才葆光菴》云:"清談汝水孤猿夜,爽氣麻源一夜秋。應有風騷歸健筆,可無樽酒付扁舟。"《簡景山侍御》云:"柏府地嚴方許國,芸臺官冷但容身。饑腸漫竊公厨膳,病髮難堪客舍塵。"《金山寺》云:"林光巧轉滄波上,海色遥涵白日東。"節錄數句,可觀梗概。彭淵材乃謂子固不能詩,其知子固者耶?

書文徵明西苑詩墨蹟後

此陳霞成家物也。霞成爲余妻之弟。嘉慶己未,余渡海而東,霞成同舟以濟,携之海表,余嘗觀覽焉。是書刻之《停雲館帖》中⑥¹,校之刻本,無不印⑥²合。衡山翁作此時⑥³,年七十有九⑥⁴,不露鋒鋭,運精神於純熟圓結中。磨礲去圭角,波瀾獨老成,殘境未易到也。

余癸亥西歸,霞成以内艱,先數月至家。乙丑,余⑥⁵考滿三山,假歸省墓⑥⁶。霞成以是帖歸余,不一月而霞成物故矣。聚散去留,人與物均有⑥⁷感也。

丙寅六月,淳菴識于邵武學舍。

書李中丞遺書後

榕城中丞李公鹿山,家多藏書。每卷首蓋一小印"曾在李鹿山處",後散軼。晉江觀風整俗使蔡公貌郈得其書，每卷首亦蓋一小印"又經蔡貌郈手"。二印相並，二公可謂達者。今皆流落殆盡。淳菴在永定時㊃，嘗㊄得數十本。嗚呼！盛衰之理，聚散之數，書籍猶不能長保，況其他乎！是數十本者，今又借居淳菴庋閣矣。

書三謝詩後

自機、雲二陸，開排偶之濫觴，至宋、齊、梁、陳而格愈下。宋、齊間，玄暉謝朓與其從弟靈運、惠連，詩名籍甚，人稱三謝。當時靈運又稱江左第一。然以三謝論，宣城其鉅擘也。雋永清妙，能以氣行乎其間。如"大江流日夜，客心悲未央。"此語非靈運、惠連所能道也。淳菴嘗有句云："爾鮑推明遠，三謝重宣城。"

書沈約詩

沈約，蕭梁一代，稱爲大家，其詩格猶存渾厚。然約爲齊太子家令，晚勸梁武伐齊。約嘗侍宴，有妓師，乃齊太子宮人。梁主問識座中客否？曰：惟識沈家令。約乃流涕。約之涕，非涕齊也，涕無以對宮人也。不惟涕無以對宮人，涕無以對客也。約病，夢齊和帝以刀斷其舌，乃呼道士，章奏於天，稱代禪之事不由己出。梁主大怒，遂懼而卒。約之爲人如是，尚何詩學四聲韻之足云？

書謝孺人行狀後

寧化進士、舉孝廉方正、邵武教授、陞翰林院典簿吳清夫賢湘元配行狀，清夫所作。

於戲！清夫可謂窮矣。天下之士，有三日不食，中夜餒饑，乳妻之乳，窮如清夫者乎？然清夫士也，君子固窮，清夫之窮，清夫守之，宜也。獨難乎謝孺人之爲清夫之妻者耳。夫婦人當貧困拂鬱饑寒慘迫之時，當必有詬誶齟齬於其夫者矣。即不然，而自怨自懟有不如無生之憾耳。如謝孺人堅忍饑寒，三日不食，溫醇慰藉，乳其夫而壯之，卒相與而有成。天下之婦人，有賢如清夫之妻者乎？

淳菴之貧如清夫，淳菴之前妻施孺人，亦頗如謝孺人之爲清夫之妻。然清夫成進士，以孝廉方正舉，學日益進，名日益有聞於時，可無憾於其妻，余愧清夫多矣。吳氏子孫，世守此篇。知祖父母起家艱難，有所觀感而奮勉焉，則善夫。

嘉慶乙丑冬十一月望日，晉江柯輅書。

書小學實義後

余齔齒後，讀書邨塾中。每夏天午後，學師爲蒙童講説故事。字訓句解，所言皆忠孝節義、器量德行事。余聞而欣慕之，然未能從習，先生亦不余授。後二年，從同學輩聽講，高聲朗誦。退與家人道説，悦甚。由是頗得其概，而塾師以課經爲務，此特餘功，雖指授不多也。比長，讀朱子《小學》，知少時所講，多在《小學》外篇摘取，而《小學》又詳而備。合内篇立教、明倫、稽古、敬身，無一語不切於人倫日用。北溪陳氏稱朱子《小學》一書，綱領甚好，最切于日用。雖至《大學》，成亦不外是。誠哉是言也。每思手謄一部，字墨句丹，以備誦覽。

今於舊坊中得《小學實義》，附羲英屠氏《童子禮》、若庸程氏《性理字訓》，箋注明晰，爲前泉守劉侃所鋟板。劉，沂水人。治泉有聲，暇則集[70]諸生小山叢竹書院，講經課藝。《實義》之刻，所以惠教[71]泉人。余敬置几案，時時披覽，若對嚴師畏友。懃訓切規，至關切己實病處，輒爲之皇然汗下，慚愧難安。愚以爲，凡教小童，自七八歲，即當教以《小學》。日説一二節[72]，以消其驕養刻薄之習。則志向自端，始基不壞，異日立身成德，端賴此篇。且使童稚習之，轉相傳誦，馴至鄉里閭巷，愚夫女子，耳濡心識，亦皆能知古人行誼，則有關風化不淺。爲訓蒙師者，幸善爲引導也。

書朱子答鄭子上書後[73]

禹曰："惠迪吉，從逆凶。"《伊訓》曰："作善，降之百祥。作不善，降之百殃。"《易》曰："積善之家，必有餘慶。積不善之家，必有餘殃。"爲善獲福，天道正理。然天地之間，有是理即有是氣。理與氣相附，理常不移而氣有盛衰。人之所以爲人，其理則天地之理，其氣則天地之氣。然則，福善禍淫之説，有時而不驗者，氣爲之也。故程子曰："君子宜獲福於天，而有貧悴夭折者，氣之所鍾不同耳。"朱子曰：陰陽播爲五行，五行中各有陰陽。人之生，適遇其氣，有得其清者，有得其濁者。貴賤壽夭皆然，故有參差不齊如此。然君子循理，故爲惡或免於禍，君子斷無可爲之惡；爲善未必蒙福，君子斷無不爲之善。惟一於理而已矣。子曰人之生也直，罔之生也幸而免夫直者，理也。

書楊龜山先生集後

龜山先生，承伊洛傳心之旨，開閩南正學之宗。性善之説，推本孟氏。《學》、《庸》之道，發明二子。而其作爲文章，光明正大，温厚和平。數百載後讀其書，如[74]坐春風中，想見其道容聲欬温恭端坐時也。先生晚居諫垣，僅九十日。首排和議，以固國本，疏陳時務，極力匡扶[75]。安石以新經倡惑人心者數十年，先生請毁其經，奪其王爵，去其配享之像，力起而鬭之。今[76]讀書劄、奏疏諸篇，又見其正色立朝，凛然風采也。嗚呼！微先生，則二程子之學不傳於閩。窮本溯源，先河後海。海濱鄒魯之風，非先生其孰啓之？過西墉故墟，瞻望門墻[77]，肅然起敬焉[78]。

書文文山先生彭和甫族譜跋後

家之有譜，猶國有[79]史。史以彰善惡，譜以明世系。譜系不明，不知其身所從出。水源木本之間，此事豈容相混。乃公卿家譜，所系多古之賢者，不肖者皆去之。馬總自謂伏波後，立銅柱於安南，以著其美。郭崇韜自謂子儀後，上子儀塚哭之。文文山先生作《彭和甫族譜跋》云：莆中有二蔡，其一派君謨，其一派京。傳京子孫，憨京所爲，與人言，每自詭爲君謨後。孝子慈孫之心，固不應爾。亦以見世聞羞恥事，雖爲人後，猶將愧之。嗟乎！千載論定，人心不死。賢者人冒以爲祖，而不肖者後嗣羞爲其子孫，爲惡者可不懼哉？然以瞽瞍爲父而有舜，以鯀爲父而有禹。爲人子孫，舍其祖而祖人之祖，則亦何心哉？

書曾南豐廣德湖記後⑧

吾家晉江之南,有塘曰洑田⑧塘。宋王梅溪、真西山二先生守泉日,實開築之。隆慶⑧舊郡志:"塘周四千九百八十丈,灌田畝八千有奇。廿四、廿五、廿六,三都之民命賴焉。"邇來塘之西南附近悍民,填塞爲田,侵削已甚。塘日窄,水日涸,民田之仰水於塘者日以竭。比歲不登,農夫太息。而盜塘爲田者,得不賦之地,易其灌溉,享其膏壤,耕種之利,倍於凡田。三都之民,積怨深怒,然未有出力以爭之,而號於當道者。前此即少有號之,而爭之不力,爲當道者,又不關切民瘼,實心水利,爲民鋤強悍而復舊規。年復一年,而盜塘者彼此效尤,填墾無已,今且十之三四矣。吾恐此弊不除,數十年間,巨湖變爲隴畝,膏沃化爲石田,三都之民其不至相視廢業,饑餓凍餒,流離遷徙,輕去其鄉者幾何矣?輅患此於心久,惜無力以爭之。又司教數百里外,去家十數年,不能商諸桑梓之好⑧義者,與之共號於官而究治之。

讀南豐曾子固⑧先生《廣德湖記》,觀其屢濱廢而屢復興,卒賴張侯峋之力,革侵還舊,築隄植柳,而湖乃大正其界⑧,民享其利,未嘗不偉張侯之功,而對書三歎,慨然有感于余鄉也。

乾隆六十年乙卯三月二十四夜三鼓,淳菴燈下書此於永定學舍。

書朱子論疾疫後⑧

疾疫之病,天地四時,寒暑不順之氣,蓄而成災,自古所有。《禮·月令》:"孟春行秋令,則其民大疫。季春行夏令,則民多疾疫。仲夏行秋令,則民殃于疫。"其明證也。至於傳染之說,世俗多以爲然。醫不治其病,鄰不履其宅,婣戚⑧不敢弔其喪,甚至至親骨肉不敢相近者比比。夫醫鄰婣戚⑧,固不足言。至親骨肉,至不相近,忍心害理,莫此爲甚。若此者,愛生懼死之心勝,而人倫天性之恩薄也。

乾隆壬寅、戊申之年,晉江大疫。有其鄉村遭疫,未幾而十室九病者,而無疫之鄉則免。有其家遭疫而死亡相繼,至僅有存者,而無疫之家則免。觀此,則傳染不傳染之說,未可輕⁸⁹定爲有無。然此皆四時不順之氣,感而成疾。如煙⁹⁰瘴毒癘之所感觸,有觸之而病者,有觸之而死者,有觸之而不病不死者,要皆有命數存焉。至於至親骨肉,則明知其必病必死,亦有不得而避者。避之則於天良爲斲喪,於人道爲滅理。夫逆懼其必病必死而避,則所不病不死者,乃不知天性,不知骨肉,一禽獸之身耳。與其爲禽獸之身而不病不死,孰若爲知天性、知骨肉而病且死之爲愈也,況又未必真能病且死也。世俗澆漓薄惡,視至親骨肉,平日本自隔膜,一遇疾疫,又有傳染之説入乎其中,則安能不避之惟恐不速哉?

朱子此條,明恩義之重,革薄俗之非。不以疾疫不傳染之説堅其聽,而以恩義無所避之言斷其理。使鄉曲聞之,有以識骨肉至親,雖死生之際,無可逃於天地之間,庶乎有以反漓俗,正人心,而使病者不至於顛連而無告,豈曰少補之哉?挌燈下讀之,而謹附數語于後。

書諸葛武侯戒子書後⁹¹

夫子稱顔子三月不違仁,其餘則日月至焉而已矣。仁之一字,雖聖門高弟,夫子尚未敢輕許。至於吾人欲求一静字,實亦難到。嘗思自晨至晚,自未睡至已覺,無應事接物之時,心中曾有幾時定静,竟有累日夜不能静者。每於紛擾時,欲求其静,惟有正襟默坐,收歛此心,讀聖賢講論義理之書,則浮氣暫除,紛慮暫息,心中略得定静。然未半日,間一動念,則又紛擾矣。諸葛武侯曰:"非寧静無以致遠。"又曰:"學須静也,非静無以成學。"静之一字,非用純熟工夫使雜慮屏除,神逸氣定,心中湛然無事,亦豈易到此哉?

書韓退之張中丞傳後序⁹²

尹子奇之陷睢陽也,張巡、許遠被執,巡與南霽雲、雷萬春、姚誾等三十六人皆遇害。子奇欲生置一人於安慶緒,乃送遠洛陽,至偃師,不屈死。當時必有謂遠不死睢陽,以爲遠疑。夫巡、遠、霽雲之守睢陽,豈惜死哉⁹³!巡殺愛妾以饗士,遠殺家僮以哺卒。至於羅雀掘鼠,煮鎧弩以食。衆議東奔,巡⁹⁴、遠以睢陽一失,賊⑤乘勝而南,江淮必不保。霽雲告急臨淮,賀蘭進明不肯出師,至嚙落一指以示信。之數子者,死守孤城,視死如歸,忠如皎日,寧容置議?巡子去疾,上書乞削遠官,以爲巡死而遠就虜,疑遠畏死而辭服于賊。退之曰,兩家子弟,才智下,不能通知二父志。嗚呼!兩家子弟且不能知,他人尚何論乎?古忠臣義士,艱危窘蹙中,勢窮力屈,搶地呼天而裂眦飲血,憤恨以死,其心志不大白于天下者,可堪言哉⑯?退之此序,反覆明辨,足以破一時之疑,誠儒者彰闡節義之至論也。

書石鼎聯句詩序後

《石鼎聯句詩序》,韓子⑰以文滑稽,殆《毛穎》、《送窮》之類,謂實有是道士,倘不其然。説者謂軒轅反切近韓字,彌字之義又與愈字相類,蓋隱寓公姓名者。余謂篇中聞人説道士解捕逐鬼物,拘囚蛟螭虎豹。公元和十四年諫佛骨,驅鱷魚,皆其隱意。曰吾不解世俗書。公書古峭勁健,或厭世俗嫵媚脂粉⑱,故於嘲誚中發之。劉師服、侯喜皆公弟子,當時⑲説詩,或深於自信,而旁若無人者,故公借道士譏抑之歟?《年譜》謂,軒轅彌明,《列仙》中自有傳。朱子《韓文考異》注云:"此詩句法,全類韓公。若《列仙傳》,則好事者因此序而附著之,不足據。"按,此則韓子⑳以文滑稽無疑也。

書韓昌黎公文集後㉑

西漢文,宏博典茂,雅健雄深。至六朝而柔弱衰靡,競尚駢體。有唐初盛之時,猶襲其風,故諸名詩者多不以文著。韓子巋然特出於文弊之時,而起八代之衰。然當時共挽頹風者,惟一柳子厚,其餘皆不以韓爲尚。掩抑二㉒百餘年,而歐陽氏出,得殘本㉓於州南李氏家,始歎非此不足以爲文。既尊信韓子,且倡其文於天下,至於士非韓不讀。嗚呼!文運之興衰,夫豈一朝一夕之故哉?

書蔡忠惠公送柯秘書三子歸泉應詔詩,並蘇文忠公異鵲詩後㉔

曩軺於郡省志,讀祖宋龍圖閣學士仲常公傳云:公兄弟三人,袖文見蔡襄,襄異之。未幾，相繼登第。又云：公倅漳，賑饑，感異鵲二，巢于廳事。秩滿，寓傳舍，鵲亦隨之。暨歸，隨車飛鳴數十里。蘇長公作《異鵲》詩紀其事，詩載大蘇集中。輅讀之久，繼讀《蔡忠惠公集》，見有《送柯秘書三子歸泉應詔》詩，知即所謂兄弟三人袖文以見時贈行之作也。曰秘書者，仲常公父，天聖二年進士，官秘書，終屯田員外郎，諱慶文公也。三子者，諱述，諱述，諱迪。諱述，即仲常公也。三公皆成進士，仲常公以名宦鄉賢顯。忠惠公詩，雅健雄偉。文忠公詩，真摯樸實。輅並錄其詩，竊附數語于後，使後之子孫讀詩與傳，知所考焉。

附　蔡君謨公送柯秘書三子歸泉應詔詩

秘書昔共官臨漳，時呼三子侍側旁。修瞳闊顙善應對，舉止不類群兒行。遙知成就在他日，爾時迄今十載強。閩州太守無技術，乞持符竹還故鄉。近觀詔書下郡國，選訪行實登俊良。嶷然三子復過我，衣裾飄灑凝秋霜。各攜編軸幾百幅，互以理要充詞章。久之潛思叩幽渺，角牙騰觸聲礔礚。言歸溫陵入場屋，爭奮筆舌論短長。海鷹上雲出爪翼，天馬歷地無羈韁。秘書多材晚未遇，有如此子傳義方。吾徒昇沉不須議，且看少者騰聲光。

附　蘇東坡公異鵲詩

序云：熙寧中，柯侯仲常，通守漳州。以救饑得民，感[005]異鵲二，棲其廳事。迨侯之去，鵲亦送之。漳人異焉，爲賦此詩。

昔我先君子，仁孝行于家。家有五畝園，么鳳集桐花。是時烏與鵲，巢轂可俯挐。憶我與諸兒，飼食觀群呀。鄉人驚瑞異，野老嘆而嗟。云此方乳哺，甚異鳶與蛇。手足之所及，二物不敢加。主人若可信，衆鳥不我遐。故知中孚化，可及魚與蝦。柯侯古循吏，悃愊真無華。臨漳所全活，數比河干沙。仁心格異族，兩鵲棲其衙。但恨不能言，相對空楂楂。善惡以類應，古語良非誇。君看彼酷吏，所至號鬼車。

書蔡君謨公荔支譜後

《荔支譜》七篇，荔之品凡三十有二，君謨公作於宋嘉祐四年己亥秋八月。明年三月十二日，書於泉州郡署之安静堂。名《古香齋寶藏蔡帖》，上有"政和御府"小璽，後有歐陽永叔題跋。蔡公書學顔平原，而此書遒美秀發，古氣盤鬱，真一代鉅手也。乾隆辛丑，寓都門。莆陽林純履同年爲余言，《荔譜》舊蹟，係鋟棗木板。今板分爲二，其半留蔡氏，其半在宋家。求是帖者，必合兩家而全之。欲摹一本惠余，純履以是年登第，未即歸鄉。異日過莆，將於純履求得之。

自題丁巳小照

晏湖賴生榮宗，能畫，善吹笙。少客廣陵、建康，轉吳下浙中，數十年。丁巳暮春，至自婁江，主族人文學金龍家。時武平李茂春方爲余寫照，不類。賴生偶過余，視圖而嘻曰："是其意過而筆重，神之所至，意筆俱困，不能肖先生之容也。夫彼亦知傳神之道乎？心有所主者其神凝，意有所蓄者其神固，正而勿邪者其神清，動而不累者其神逸，嚴而有守者其神肅，藹而慈祥者其神温，剛而直者其神勁，坦而易者其神和，先生之顏，其凝固乎？清逸乎？其温肅乎？勁和乎？余有以窺先生於志意之裡而得之氣象之表，可舉筆而肖先生之形也。"

余曰："噫！誠如子言，子固非俗所謂畫工者也。子固能因表識裡，而知有相應之符者也。夫心有所主者，端厥趨也。意有所蓄者，蘊而弗露也。正而勿邪者，秉陽之德也。動而不累者，不滯於物也。嚴而有守者，謹視履也。藹而慈祥者，多惻隱也。剛而直者，守正而不阿也。坦而易者，順理而無所拂也。是皆有道之君子能之也。苟有一節以發諸其形容，則可以不背乎君子。然僕內無一節之可稱，外無一節之可形，鈍愚鄙野，僕則何能，苟圖其真，隨所發徵。"

賴生於是點頭而諾，舉筆而繪之，若有得心應手之趣焉。且曰，先生好圖書彝鼎，寫之左右，以從所好，可乎？圖成，翠竹交蔭，春風徐來，洗盞共酌，問其所應者奐若？賴生舉酒而嘻，請余審視。余亦自視啞然，而不能以自知。

題海虞蘇逸齋群貓愛子圖

食食事事，爲家治鼠。有嚴有威，家寧惟汝。既勤爾身，式穀爾子。

書南岡集

朱南岡，名敏求，閩之邵武縣人。以孝廉官湖南安鄉令，著有《南岡詩集》。南岡居樵川之東，去郡城將百里。其卒去今七八十年矣，詩藁零落不概見。余司訓邵武四五年來，薦紳諸生輩，未有道南岡能詩者。

嘉慶丁卯，有友授經崇安之武夷，得刻本於館人家，殘缺朽蠹，攜歸示余。余讀其詩，古今體數百首，品格絕俗，清越幽雅，佳者幾出入王、韋間。適余輯《閩中詩話》，亟錄數首，以見一斑。邵長老贊府昺堂楊君爲余言，南岡家素貧，性豪宕不羈，頗自負。爲縣令，以能詩忤上官意，拂衣歸，卒時年甫強壯耳。噫！其人既不年，其集又不傳於世，是可慨也已。

戊辰十月八日，晉江淳菴柯輅識於邵武訓導齋。

書黃潛善、黃簡肅事

宋建炎之世，黃潛善與汪伯彥陰蠹君心，殃民誤國，權奸朋比，擠害忠良。李綱既逐，大赦不放，宗澤以憤死，馬伸以冤死。黜張所，罷許景衡，殺陳東。歐陽澈朝忤其意，夕陷其禍。中外切齒，卒覆宋家。若潛善者，狗彘不食其餘也。予司訓邵武，聞長老言，潛善與忠定，不惟同里，且屬姻舊，而猜忌擠陷，恨若仇讐，邪正不兩立也如是夫。閩縣前輩林侗曰，康熙己巳冬，有事洪塘，至一小山邨，有邨農逡巡道左，狀貌怪詭，謂予曰，諸山皆吾家物。予曰子何人，乃有此？曰，吾祖宋丞相黃潛善也，舊居爲丞相廳，後燬於盜，今子孫衰微，僅存數人。予愕然曰，潛善尚有後乎？汝祖墳安在？則云在小箬山中，翁仲石獸猶存。吾曾一至其地，後人將不識矣。夫潛善之後嗣雖絕，豈足以蔽潛善之辜哉？一潛善已足以覆宋之天下，況繼以伯彥、秦檜、侂冑諸奸賊哉！黃潛善親姪、少師簡肅黃中，朱子嘗執弟子禮，師事之。簡肅之學得自游文肅公定夫，文肅是其母舅，卒年八十餘，朱子爲誌其墓。叔姪之間，一薰一蕕又如此。

書謝景山先生逸事

輅讀歐陽文忠公《六一居士詩話》云，閩人有謝伯初者，字景山，爲許州法曹，以善詩歌，著名天聖、景祐間。所作無愧唐賢，仕宦不偶，終以困窮而卒。其詩今已不見於世，其家今亦流落不知所在。余謫夷陵，景山以長韻見寄云：“江流作險似瞿塘，滿峽猿聲斷旅腸。萬里可堪人謫宦，經年應合鬢成霜。長官衫色江波綠，學士文華蜀錦張。異域化爲儒雅俗，遠民爭識校讐郎。才如夢得多爲累，情似安仁久悼亡。下國難留金馬客，新詩傳與竹枝娘。典詞懸待脩青史，諫草當來集皂囊。莫謂明時暫遷謫，便將縹足濯滄浪。”餘如“自種黃花添野色，旋移高竹聽秋聲”，“園林煥葉梅初熟，池館無人燕學飛”，“多情未老已白髮，野思到春如亂雲”，皆佳句也。天聖七年，余遊京師，得舍人宋公所爲景山母夫人墓銘。言夫人好學通經，自教其子。及自夷陵歸許昌，景山出其女弟希孟所爲詩百餘篇，然後知景山之母不獨成其子之名，而又以其餘遺其女。景山學杜甫、杜牧之文，以雄健高逸自喜。希孟之文，隱約深厚，守約而不自放，有古幽閒淑女之風。昔衛莊姜、許穆夫人，錄於夫子，而列之《國風》。景山從今世賢豪者遊，故得聞於當時，希孟不幸爲女子，莫自章顯於世。今有傑然鉅人，能輕重時人而取信於後世者，一爲希孟重之，其不泯沒矣。希孟嫁進士陳安國，卒年二十四。輅讀之而有感矣。

夫景山先生者，吾晉江鄉人也。檢《科目志》，先生天聖二年進士。今桑梓後進，不惟不知先生之以文名當時，並亦不能舉先生之名姓。非讀《居士集》，又烏從而景仰之哉？然當歐陽公時，其詩已不見於世，其家又流落不知所在。有宋去今七百餘年，人往風微，能免其聲名零落湮沒不彰哉？嗚呼！學士文人既困窮於生前,又泯滅於身後,俯仰古今,若斯幾何？可勝浩歎。幸而文忠此言,母夫人之賢能教子,希孟之淑而能詩,皆可與景山先生並傳。惜乎希孟之詩,不及見其隻字。若景山先生之章句僅留,則猶有幸也已。輅迺作詩曰：藉甚詩名聖祐間,妹兄胡蘊許同班。不因永叔傳佳句,誰識吾鄉謝景山？

【校記】

① "蔡"：樵川本無。

② "楷"：樵川本無。

③ "誌"：樵川本作"記"。

④ "此碑雄偉雅健"：樵川本作"此碑雅健雄偉"。"光芒萬丈,左準右繩"：樵川本無。

⑤ "乎"：樵川本作"歟"。

⑥ 樵川本後有"使相攻擊。出其奸謀狡計,以博取人間富若貴"十八字。

⑦ "蓋惟當時諸侯無超然智識之君"：樵川本作"蓋惟戰國之君,無超然智慮"。

⑧ "彼故日出……致使"：樵川本無。

⑨ "受侮籠絡,卒於亡國喪身而不悔"：樵川本作"日受其籠絡而不知"。

⑩ "嗚呼"：樵川本無。

⑪ 樵川本後有"闢邪說"三字。

⑫ 樵川本題作"跋歐陽永叔送徐無黨南歸序"。

⑬ 樵川本題作"書六朝詩後"。

⑭ "詩至六朝……曉逾明"：樵川本無。

⑮ "王胄《別周記室》云"：樵川本作"讀隋王胄《別周記室》詩"。

⑯ "何言俱失路,相對泣離樽"：樵川本無。

⑰ "云"：樵川本作"詩"。

⑱ "北"：樵川本作"曲"。

⑲ "云"：樵川本作"詩"。

⑳ 樵川本"風"前有一"亦"字。

㉑ "排律"：樵川本無。

㉒ 樵川本後有"排律"二字。

㉓ "諸":樵川本作"近"。

㉔ "夏忠,商質,周文":樵川本作"如夏尚忠,商尚質,周尚文"。

㉕ 樵川本後有"夏時自然而忠,商時自然而質,周時自然而文"十八字。

㉖ "在":樵川本作"於"。

㉗ "西":樵川本無。

㉘ "公":樵川本作"神"。

㉙ "不":樵川本作"不少"。

㉚ 樵川本題作"書漳州開元寺唐塔字帖後"。

㉛ "大":樵川本無。

㉜ "擬摹印數紙":樵川本作"擬囑人摹印數紙"。

㉝ "遂":樵川本作"後"。

㉞ "朱子嘗見繇所書表":樵川本作"蓋晦翁嘗見繇所書表"。

㉟ "隸":樵川本作"漢隸"。

㊱ 樵川本後有"時現光怪"四字。

㊲ 樵川本題作"跋王荆公帖"。

㊳ "浩蕩自喜":樵川本無。

㊴ "子固":樵川本作"南豐"。

㊵ "韋齋公喜學荆公翩躚字":樵川本作"韋齋公僅學荆公之字"。

㊶ "各":樵川本作"各有"。

㊷ 樵川本題作"跋朱子題曹操帖"。

㊸ "晦翁朱子":樵川本作"朱子晦翁"。

㊹ "千秋特筆,篡賊之操":樵川本作"爲千秋特筆,奸賊之操"。

㊺ 樵川本題作"書朱文公楷書碑文後"。

㊻ 樵川本"大夫"後有"邵武"二字。

㊼ "不":樵川本作"不少"。

㊽ "屢白縣令":樵川本作"屢白當道"。

㊾ "數縣令未能從也":樵川本作"尚有待也"。

㊿ "後世……無及焉":樵川本無。

51 "而":樵川本無。

(52) 手藁本原無,據樵川本補。

(53) 樵川本題作"跋范文正公道服帖"。

(54) 樵川本題作"跋司馬温公帖"。

(55) 樵川本題作"跋文潞公帖"。

(56) 樵川本題作"跋文與可帖"。

(57) "也":樵川本無。

(58) 樵川本題作"書陳方山詩後"。

(59) "名安由":樵川本無。

(60) "詩學王韋,清雅高潔,品致越俗":樵川本作"詩尤清老越俗"。

(61) 樵川本後有"此其墨稿"四字。

(62) "印":樵川本作"隱"。

(63) "衡山翁作此時":樵川本作"然以衡山翁作此"。另,樵川本後有"疑非其所得意者。况書時"十字。

(64) 樵川本後有"老氣横秋,當不如是之圓轉流利"十三字。下文"不露鋒鋭……未易到也":樵川本無。

(65) "余":樵川本無。

(66) "假歸省墓":樵川本作"請假回籍省墓"。

(67) "有":樵川本作"之有"。

(68) "淳菴在永定時":樵川本作"淳菴嘗在永定"。

(69) "嘗":樵川本無。

(70) "集":樵川本作"會"。

(71) "教":樵川本作"我"。

(72) 樵川本後有"浸灌其中"四字。

(73) 樵川本題作"跋朱子答鄭子上書後"。

(74) "如":樵川本作"猶如"。

(75) "極力匡扶":樵川本作"功業偉然"。

(76) "今":樵川本作"迄今"。

(77) "過西埔故墟,瞻望門墻":樵川本作"輅過南劒西埔之墟,望風景仰"。

(78) "肅然起敬焉":樵川本作"爲之低徊不能去云"。

(79)“有”：樵川本作“之有”。

(80) 樵川本題作“跋曾南豐廣德湖記”。

(81)“田”：樵川本無。

(82)“隆慶”：樵川本無。

(83)“好”：樵川本作“向”。

(84)“讀南豐曾子固”：樵川本作“讀曾南豐”。

(85)“而湖乃大正其界”：樵川本作“大正其界而湖乃大治”。

(86) 樵川本題作“跋朱子論疾疫”。

(87)“戚”：樵川本作“族”。

(88)“戚”：樵川本作“族”。

(89)“輕”：樵川本作“遽”。

(90)“煙”：樵川本作“婣”。

(91) 樵川本題作“跋諸葛武侯戒子書後”。

(92) 樵川本題作“跋韓退之張中丞傳後序”。

(93)“豈惜死哉”：樵川本作“亦既之死靡他矣”。

(94)“廵”：樵川本作“而廵”。

(95)“賊”：樵川本作“則賊”。

(96)“可堪言哉”：樵川本作“豈少其人哉”。

(97)“子”：樵川本作“公”。

(98)“脂粉”：樵川本作“軟熟”。

(99)“時”：樵川本作“日”。

(100)“子”：樵川本作“公”。

(101) 樵川本題作“跋韓昌黎公文”。

(102)“二”：樵川本作“三”。

(103)“本”：樵川本作“缺”。

(104) 樵川本題“書”作“跋”。

(105)“感”：樵川本作“有”。

(106) 樵川本題作“書蔡君謨茘支譜後”。

(107)“《茘支譜》七篇，茘之品凡三十有二，君謨公作於宋嘉祐四年己亥秋八月”：樵川本作"是譜作於宋嘉祐四年己亥秋"。

⑱"齋"：樵川本作"堂"。

⑲"遒美"：樵川本作"勁緻"。

⑩"古氣盤鬱"：樵川本作"於《茶錄》相近"。

⑪"寓"：樵川本作"旅寓"。

⑫"半"：樵川本作"一"。

⑬"半"：樵川本作"一"。

⑭樵川本"純"字前有一"而"字。

⑮"未即歸鄉"：樵川本作"未遑也"。

⑯"不能肖先生之容也"：樵川本作"不足以肖先生也"。

⑰"易"：樵川本作"平"。

⑱"易"：樵川本作"平"。

淳菴詩文集卷二十三

箴

改過箴

庸陋之質,愚昧之資。身爲過府,曷中矩規。言辭躁妄,動履參差。日用云爲,過即在茲。習焉不察,惡積日滋。如或知之,尚可姑爲。寬過自恕,廢疾難醫。改則勿憚,聖有嚴詞。作箴自警,慎罔自欺。

警惰箴

此身怠惰,輕擲光陰。日復一日,忽忽至今。壯年已往,華髮將侵。學業無成,獨宿愧衾。尚復虛度,暴棄實深。

銘

古鏡銘[①]

懿茲古鏡,既瑩既净。發心徵色,見顔知性。時或臨之,愓然起敬。爾永隨予,以端予正。

硯銘[②]

冷几寒窗,惟汝友之。一筆踰閑,惟汝糾之。文匪道出,汝共晦之。道以文傳,汝永壽之。

硯匣銘[③]

美在中,藏不露。湛然内瑩,惟守之固。

筆　銘④

勞則起,逸則止。無貪逸而惡勞,無剛折而自靡。夙夜在公,中正自矢。世篤其勤,既老乃已。

書　燈　銘⑤

短檠寒燄,丘索墳典。獨照千古,光芒萬丈。

古　銅　爵　銘⑥

製與年古,弗考來所。其受有節,一勺之多。君子飲之,既酣且陶。非祭非賓,麴糵弗遭。

枕　銘⑦

或寤或寐,偃息以時。非時不親,毋惰四肢。既老弗怠,作此銘詞。

鄭夾漈硯圖銘⑧

吳清夫教授以鄭漁仲先生硯圖見示。余觀其圖,硯長七寸有奇,闊四寸,高二寸,上有池,而龜其底,鐫"夾漈草堂"四字,及"元祐"二字,俱楷書,字畫勁古。又篆"鄭樵記"三字。旁闓谷居士銘云:"墨繡斑斑,閱人幾?舳艫刓缺字不毀。夾漈有靈式憑此,六百年後待吾子。"紀文達公銘云:"惟其書之傳,乃傳其硯。鬱攸乎余心,匪物之玩。"又題云:"此研乃南昌農家穿井所得,先師裘文達公以稻十斛易之。後余續《通志》,公因以見付。羼提吳子嗜古成癖,手拓銘字以歸,因識其本末於後。乾隆庚戌重九日,河間紀昀書,時年六十有七。"輅竊銘其圖後云。

斯惟夾漈之硯乎?余不見硯見其圖。六百年後,南昌見此物。六百年來,閩中無此儒。噫!嗚呼!

邵武訓導齋銘⑨

以訓以導,惟師惟友。寧静澹泊,其廬一畝。君子之居,君子之守。

淳菴書座右自省道光乙酉仲春二月上澣也。

學以養心,澹以養志。静以養身,德以養福。

隨時聽天,隨時順命。隨時安身,隨時處境。

不過勞心,不過勞力。不過煩慮,不過語言。不過動作,不過飲食。不過蚤起,不過晏睡。不過思維,不過憤怒。不過憂懼,不過悲哀。不過勉強,不過追悔。不過酬酢,不與外事。不多寫字,不遏生機。不計榮辱,不較是非。不慕富貴,不厭賤貧。

邵武學齋買薪供爨,有木一節,大徑尺有六寸,高一尺,中空外古,其狀甚奇,取爲筆斗,鐫銘其上

錯厥薪,鄰於突。惜爾材,終不没。大雅堂,登嶢屼。翰墨如林鬱蓬勃。管城毛公,爾維良朋,慎毋忽。

書

與傅璧峰學博書

正月初旬,得去臘所示書,知明川兄欲告疾歸。燈節後,陳楷來,則曰明川已於正月十一日行矣。明川⑩未老而無疾,對僚友亦未嘗萌歸志。一旦解組還鄉,亦可謂沉静而勇退者矣。黄、陳二公,去亦接踵。是三人者,皆五六載相聚於汀,又僚友中篤實淳厚,有古誼者。今相繼行,不無耆舊分離之感。去臘得氣鬱病,胸格塞痛,痰火壅盛。開春以來,漸就平復。然年纔過五十,而精神疲耗,鬚髮日白,銷磨牢落,一事無成,未知作何歸宿。前書所示,謹奉教誨,以自寬

解。臨書惓惓之至。

復黄禮耕教授書

日前閱省抄,知兄以疾免。固未敢信,蒙所示書,乃始信之。兄德優而學博,性厚而心仁,宜於處教廸之位。雖近稀年,而矍鑠强健,固未始有疾也,而竟以疾去,何耶？兄教授於汀五月耳。汀人士方幸得師,同僚方幸得友,皆未可一朝去而去之,輅所以捧書而歎息也。不然,兄明於道者,出處去就,豈足爲兄欣戚哉！古者大夫七十而致仕,兄年邁七十矣。爲教梁野,十有餘載,士多成就。今即以疾歸,蕭條行李,獨掉扁舟,至家而孫曾候門,鄰里欸接。饗飱粗飽,詠嘯倘徉于滄霞釣臺之間,杯酒園蔬,時與二三耆舊相娛樂。暇日出所藴,以陶淑鄉里後進。德劭年高,品端望立,爲里閭矜式。如是優游歲月,是可爲兄慰也。不能置者,汀人士與諸同僚輩耳。

輅鈍愚不學,辱愛有年。相去三百餘里,不能臨歧一别,深爲悵悒。明年考滿三山,會有日也。春風始和,珍養加餐。幸甚！

與廖芬堂同年書 名懷清,甲辰進士,永定人。⑪

去秋九月,承兄江右常山所寄書。今春三月,復承東粵開建所寄書。同譜之誼,勤至周密。欲報書不得人便,修而復寘⑫者屢。兹令弟到粵之行,始得一通情緒。

承示,去歲承乏,在夏杪之期,所云開建蕞爾,山城斗大,然人民社稷,責望縈重。程子云：“一命之士,存心愛物,於人必有濟。”吾兄念之已熟。官無崇卑,治無大小,總以有濟於人,庶可居職無愧。僕竊以⑬儒者出身加民,當能不失其初心。舉凡立心接物,節儉謹飭,皆能如讀書做秀才時所爲,則初心不失,進退自如⑭,仕途亦鮮不利。又謂讞事欲得平允,則莫若聽訟虛心,細察情由。不張皇作威,不任情喜怒,如辨自家親子姪曲直。使小民得披肝吐實,而我徐爲察勘。有有情而無理者,有有理而無情者,皆不可執一定之見,惟公明慎察者能决之。詞狀互誣，不足爲憑。鄉曲細民，目不識丁，詞狀皆人代造。兼之胥吏舞文，顛倒是非。若以詞卷爲決斷，則聽訟鮮得其平矣。至於豪強橫噬，胥役蠹害，城狐社鼠，反覆狡譎，有此三者，司土在所必除。三者不除，雖有善政，民不實受其益。吾兄慎詳精密，百里之宰，才餘於任，豈庸劣所敢謬陳。惟前日風雨促膝時，曾商論及此，故今日一爲提醒，或有可採，幸勿以妄言見罪。

輅三載以來，老日益侵，學不加進。課士之功，狃於積習。教者固不能教，而失其職；學者亦倦於學，而怠其業。抱愧於心，殊難爲知己道。世兄入庠，後起可望。閩粵接壤，晤面終遥。尚惟公餘嗇養，努力加餐，是所深望。

復廖芬堂書

承寄《修學宮序》，貴重有體。竊維古人學中序記，多歸結教學二字，以重本旨。故於末段僭酌之，未審有當否。貴邑之士，貧而好學，直而尚質，無浮慕之心，奔競之習。按實言之，未有溢量。惟裁定以歸醇正爲幸，無使白璧含玷也。

復本邑侯張公書⑮ 名炳，己酉進士，浙江錢塘人。⑯

蒙賜書垂注，捧讀感激。輅村愚不學，先世一經相授。自爲諸生，鄙拙自安，居鄉授徒，不敢與户外事，足跡罕至城邑。今謬訓永定，自維庸昧，已不勝任。過蒙推獎，豈敢希冀。所憂患不忘者，積世單微，邇來陵替尤甚，期功凋殘，門户殄瘁，先人廬墓幾不能保。輅中夜飲泣，無以自安。山兜祖墳，被土豪蔡姓佔葬盜墾⑰，輅訴官八年，上控制憲⑱，未蒙憐究。日前，是以令兒子赴臺瀆禀，乞秉公究⑲結，以妥先靈。顧敝縣⑳墳山不保，受附近土豪之害㉑，不獨輅祖墳爲然。土豪倚恃強族負嵎㉒，往往賢宦裔微㉓，即以其地擁爲己有。佔山換界，盜葬開墾，封堆橫賣㉔，無所不至。每遇祭掃，十五爲群，勒索山禮，無則逞凶毆搶。至有子孫懼強，累年寒食、清明不敢上墳祭掃，徒望風隕涕者。如此悍習㉕，殊堪髮指。所以紛號㉖構訟，累牘鳴冤，蓋風俗之壞，十數年來㉗尤甚也。

老父臺仁德居心[28]，剛方執法，仰望雷風[29]，痛除弊俗，雷令風行。使[30]青燐無夜哭之悲，屬愚守遺塋之舊。仁政之施，莫此爲大，是豈獨輅之先人與輅生死啣恩[31]，奕世感德已哉[32]！遜聽仁風，復承懿教。不揣愚妄，切直陳詞[33]，幸賜覽觀[34]。恕其瀆冒[35]，不勝幸甚。

與姊夫蔡懋奕書

老丈近日安履如何？姊年老羸弱，昏聾多病，心甚憂之。遠隔千餘里，不能一見，奈何？姊今年七十有四，輅年六十有四，近亦精神頹憊，痰盛體[36]虛，輅與姊不知猶有相見之日否耶？骨肉之情，老益多傷。深夜自思，時至淚下。薄宦以來，十八載遠離鄉井，不能歲時上先人之墳[37]墓。仕林、山兜二處祖[38]墳，附近貴鄉，萬幸留意，毋使再加侵削。輅千里之外[39]，望風拜賜，感德不忘也。區區不盡。

與表勉姪書

六月所寄書，八月十九日方到。相去五百餘里，稽遲至兩月，寄托之難如此。諸事多拂意，但當忍守，勤苦讀書。橫渠張子曰："常人教小童，亦可取益。絆己不出入，一益也。授人數次，己亦了此文義，二益也。對之必正衣冠，尊瞻視，三益也。常以因己而壞人之材爲憂，則不敢惰，四益也。"教讀自是我輩分內事，且有長益，不可以此爲困苦也。貧窮須是堅心忍耐，汝看我做童生、秀才時，窮何如也。汝今既作秀才，急當埋頭伏案，日夜勤苦，以期上進。虛過時日，年復一年，終是懵懵一生，到老愈困。朋友須求學勝於我、品端於我者，與之觀摩切磋，方有助益。輕薄浮躁、嬉遊不學者，不可相近。居鄉須敦睦長厚，予少時見吾鄉族諸長輩，凡長幼之序，禮讓之風，吉凶之慶問，伏臘之往來，尚猶多存古誼，於今殊多不然。我輩當轉移風氣，不可爲風氣轉移，汝幸勉之。

復陳桐巖書

京師一別，十有一年矣。丁未之春，內閣挑選，吾鄉諸應選孝廉，禮儀多所未嫻,維兄習⑩引指導,而輅得教尤深。是夏揭曉落第,即驅車出都。此後屢詢別況,思晤無由。近得示書,方知守府銅山,喜而不寐。銅山雖隸詔邑,而海島孤懸,風濤之隔,帆檣之勞,尚未得旦夕相聚。雪夜扁舟,會有日也。

輅辛亥冬借補永定教官,六載寒氈,虛糜廩粟。今夏轉任詔安,挈眷遷移,跋涉勞頓。兄英略偉才,行當荐膺重寄。輅二毛已侵,筋力就耗。韓子云:"毛血日益衰,志氣日益薄。"輅今日之謂也。人便草率,奉候起居,不備。

與葉汾浦書

日昨山中接晤⑪,催作《思舊編》序,恐負諾責。前二夜,寒凍擁爐,燈下構草藁,未就。遲曉續之,脱藁又筆削之,終無佳者。即謄寫送閲,裁定爲幸。夏來遭舍弟及第四女之喪⑫,迫除多感。更有海外之行,此心搖搖如懸旌。學問未深,未能安命故也。

與林薌圃書 名夢椿,舉人,詔安人。⑬

不揣拙筆塗鴉,並留別詩二章,冀蒙教⑭誨。乃復賜佳章寵行,過實之譽,愧何以堪。輅年當望六,里中朋侶,落落已如疎星。宦途耆舊,又復分袂。越重洋,涉風波,隔絶東瀛⑮,隻身海外,一念及此,能不愴然?然誦王子安詩:"海内存知己,天涯若比鄰。無爲在歧路,兒女共沾巾。"則亦翻然自遣。所可痛者,輅幼孤家貧,母兄弟相依爲命。今弟以四月去世,病不視藥,殮不憑棺,孤姪煢煢可憫。第四女年十一,又以是月殤詔署,埋骨良峰之麓。今余去此他之,孤墳無依,荒煙隨滅。惟此二事,感深肺腑,痛莫可言。非兄老成,有患難相關,亦烏能一道也。高秋氣爽,珍重自愛。不備。

與紀隆城書

接書,欲爲令祖母作墓誌。數日俗務絆擾,心中不能定静,以親誼故,不敢辭。率筆脱藁,不免疎略紕漏。昌毓不意早夭若斯,念之苦痛,如何可言。爲學工夫,雖務在勤苦,亦須愛惜精神。日事呫嗶,深夜不休,使精神疲頓,則所讀之書,無復沉潛玩味。且體弱多至生病,終是無益。經書既温久誦熟⑯,不如半日讀書,半日息養精神,涵泳玩味,深思而自得之,較爲有獲。此語愚前已諄諄言之矣。小女命乖,年二十,稱未亡人。諸事不諳,望⑰媜母憐而教之。人便附書,以慰遠懷。誌銘藁并寄。

【校記】

① 手藁本原無,據樵川本補。

② 手藁本原無,據樵川本補。

③ 手藁本原無,據樵川本補。

④ 手藁本原無,據樵川本補。

⑤ 手藁本原無,據樵川本補。

⑥ 手藁本原無,據樵川本補。

⑦ 手藁本原無,據樵川本補。

⑧ 手藁本原無,據樵川本補。

⑨ 手藁本原無,據樵川本補。

⑩ "明川":樵川本作"此公"。

⑪ 樵川本無此註文。

⑫ "寅":樵川本作"棄"。

⑬ "以":樵川本作"謂"。

⑭ "進退自如":樵川本無。

⑮ 樵川本題作"復張邑侯書"。

⑯ 樵川本無此註文。

⑰ "被土豪蔡姓佔葬盜墾":樵川本作"被土霸佔葬盜墾"。

⑱ "上控制憲":樵川本無。

⑲ "究":樵川本作"審"。

⑳ "敝縣":樵川本無。

㉑ "受附近土豪之害":樵川本無。

㉒"土豪倚恃强族負嵎"：樵川本作"敝縣强族負嵎"。

㉓樵川本後有"附近土豪"四字。

㉔"封堆横賣"：樵川本作"先封後賣"。

㉕"如此悍习"：樵川本作"如此頑悍"。

㉖"號"：樵川本作"爭"。

㉗"來"：樵川本作"間"。

㉘"老父臺仁德居心"：樵川本作"惟老父臺愷悌居心"。

㉙"仰望雷風"：樵川本無。

㉚"使"：樵川本作"則"。

㉛"是豈獨輅之先人與輅生死啣恩"：樵川本作"是豈獨輅之先人與輅恩"。

㉜"奕世感德已哉"：樵川本作"戴德已哉"。

㉝"詞"：樵川本作"狀"。

㉞"幸賜覽觀"：樵川本作"惟鑒觀"。

㉟"恕其瀆冒"：樵川本無。

㊱"體"：樵川本作"氣"。

㊲"墳"：樵川本作"邱"。

㊳"祖"：樵川本作"先祖"。

㊴"輅千里之外"：樵川本作"輅數百里外"。

㊵"习"：樵川本作"提"。

㊶"日昨山中接晤"：樵川本作"昔在山中接晤"。

㊷"夏來遭舍弟及第四女之喪"：樵川本作"夏來遭舍弟及女子之喪"。

㊸樵川本無此註文。

㊹"教"：樵川本作"訓"。

㊺"隔絕東瀛"：樵川本作"隔絕數千里"。

㊻"經書既溫久誦熟"：樵川本作"經書既溫久成誦"。

㊼"望"：樵川本作"惟"。

淳菴存筆

淳菴存筆

先正懿言

懿言者，先正訓示之言。可以垂教後世，奉爲模範者。見聞之間，竊採輯焉，以資觀省。若理論，則又深遠矣。

朱子《小學》：宋節孝徐仲車先生訓學者曰：諸君欲爲君子，而使勞己之力，費己之財，如此而不爲君子猶可也。不勞己之力，不費己之財，諸君何不爲君子？鄉人賤之，父母惡之，如此而不爲君子猶可也。父母欲之，鄉人榮之，諸君何不爲君子？言其所善，行其所善，思其所善，如此而不爲君子，未之有也。言其不善，行其不善，思其不善，如此而不爲小人，未之有也。

朱子下學，見説《小學》曰：前賢之言，須是真箇躬行佩服，方始有功。不可只如此説過，不濟事。

朱子曰：古人自入小學時，已自知許多事了。至入大學時，只要做此工夫。今人全未曾知此。古人只去心上理會，至去治天下，皆自心中流出。今人只去事上理會。

朱子曰：讀書是格物一事，致知之方。或考之事爲之著，或察之念慮之微，或求之文字之中，或索之講論之際，使於身心性情之德，人倫日用之常，以至天地鬼神之變，鳥獸草木之宜。自其一物之中，莫不有以見其所當然而不容已，與其所以然而不可易者，必其表裏精粗無所不盡，而又益推其類以通之，至於一日脱然而貫通焉，則於天下之物，皆有以究其義理精微之所極。而吾之聰明睿智，亦皆有以極其心之本體而無不盡矣。

朱子曰：學問無賢愚，無大小，無貴賤，自是人合理會底事。且如聖賢不生，無許多發明，不成不去理會，也只當理會。今有聖賢言語，有許多文字，却不去做，師友只是發明得。若不自向前，師友如何着得力。

世俗之學，所以與聖賢不同者，亦不難見。聖賢真是真箇去做。説正心，直要正心。説誠意，直要誠意。脩身齊家，皆非空言。今之學者，説正心，但將正心吟詠一餉。説誠意，又將誠意吟詠一餉。説脩身，又將聖賢許多説脩身處諷誦而已。或掇拾言語，綴輯時文。如此爲學，却於自家身上有何交涉？這裏須要着意理會。今之朋友，固不樂聞聖賢之學，而終不能去世俗之陋者，無他，只是志不立耳。學者大要立志，纔學便要做聖人是也。

爲學之道，大立志向而細密着工夫。如立志，以古聖賢遠大自期，便是責難。然聖賢爲法於天下，我猶未免爲鄉人，其何以到？須是擇其善者而從之，其非者而去之。如日用間，凡一事須有箇是，有箇非。去其非便爲是，克去己私便復禮。如此，雖未便到聖賢地位，已是入聖賢路了。

立志要如饑渴之於飲食，才有悠悠，便是志不立。學者做工夫，當忘寢食。做一上，使得些入處。自後滋味接續，浮浮沉沉，半上落下，不濟得事。

聖賢千言萬語，無非只説此事。須是策勵此心，勇猛奮發，拔出心肝，與他去做。如兩邊擂起戰鼓，莫問前頭如何，只認捲將去，如此方做得工夫。若半上落下，半沉半浮，濟得甚事？且如項羽救趙，既渡，沉船破釜，持三日糧，示士必死無還心，故能破秦。若瞻前顧後，便做不成。

今之學者，本是困勉底資質，却要學他生知安行底工夫。便是生知安行底資質，亦用下困知勉行工夫，況是困知勉行底資質。

今語學問，正如煮物相似。須爇猛火先煮，方用微火漫煮。若一向只用微火，何由得熟？欲復自家原來之性，乃恁地悠悠，幾時會做得？大要須先立頭緒，頭緒既立，然後有所持守。《書》曰："若藥不瞑眩，厥疾弗瘳。"今日學者，皆是養病。

進取得失之念放輕，即將聖賢格言處研窮考究。若悠悠地似做不做，如捕風捉影，有甚長進？今日是這箇人，明日也是這箇人。

諸友只有箇學之意，都散漫不恁地勇猛，恐度了日子。須着火急痛切意，嚴了期限,趲了工夫,辦幾箇日月氣力去攻破。一過便就裏面,旋旋涵養。如攻寨,須出萬死一生之計,攻破了關限始得。而今都打寨未破,只循寨外走。道理都咬不斷,何時得透?

如大片石,須是和根拔。今只於石面上薄削,濟甚事?作意向學,不十日、五日又懶。孟子曰:"一日暴之,十日寒之。"

若不見得入頭處,緊也不可,漫也不得。若識得些路頭,須是莫斷了。若斷了,便不成。待得再新整頓起來,費多少力。如雞抱卵,看來抱得有甚煖氣,只被他常常恁地抱得成。若把湯去盪,便死了。若抱才住,便冷了。然而,寔是見得入頭處,也自不解住了,自要做去。他自得些滋味了,如喫果子相似,未得滋味時,喫也得,不喫也得。到識滋味了,要住自住不得。人多言爲事所奪,有妨講學。此謂不能駛船嫌溪曲者也。遇富貴,就富貴上做工夫。遇貧賤,就貧賤上做工夫。兵法一言甚佳,因其勢而利導之也。人謂齊人弱,田忌乃因其弱以取勝。今日三萬竈,明日二萬竈,後日一萬竈。又如韓信,特地送許多人,安於死地乃始得勝。學者若有綠豪氣在,必須進力。除非無了此氣,只口不會說話方可休也。因舉浮屠語曰:假使鐵輪頂上旋,定慧圓明終不失。

學者做工夫,即今逐些零碎,積累將去。才等待大項目後方做,即今便蹉過了。學者只今便要做去,斷以不疑,鬼神避之。需者,事之賊也。

人氣須是剛,方做得事。如天地之氣剛,故不論甚物事,皆透過。人氣之剛,其本相亦如此。若只遇着一重薄事物便退轉去,如何做得事?

學者須養教,氣宇弘毅。

虛心順理,學者當守此四字。

開闊中又着細密,寬緩中又着謹嚴。

因論爲學曰:愈細密愈廣大,愈謹確愈高明。

學問須是大進一番,方始有益。若能於一處大處攻得破,見那許多零碎只是這一箇道理,方是快活。然零碎底非是不當理會,但大處攻不破,縱零碎理會得些少,終不快活。曾點、漆雕開,已見大意。只緣他大處看得分曉,今且道他那大底是甚物事。天下只有一箇道理，學只要理會得這一箇道理。這裏纔通，則凡天理人欲，義利公私，善惡之辨，莫不皆通。

學者只是不爲己，故日間此心安頓在義理上時少，安頓在閒事上時多。於義理却生，於閒事却熟。

爲學須是切寔爲己，則安靜篤寔，承載得許多道理。若輕揚淺露，如何探討得道理。縱使探討得，説得去也承載不住。

或問爲學如何做工夫？曰：不過是切己便的當。此事自有大綱，亦有節目。常存大綱在我。至於節目之間，無非此理，體認省察，一毫不可放過。理明學至，件件是自家物事，然亦須各有倫序。問如何是倫序？曰：不是安排此一件爲先，此一件爲後；此一件爲大，此一件爲小。隨人所爲，先其易者，闕其難者，將來難者亦自可理會。且如讀《書》、三禮、《春秋》，有制度之難明，本末之難見，且放下未要理會亦得。如《詩》、《書》，直是不可不先理會。又如《詩》之名數，《書》之盤誥，恐難理會，且先讀《典》、《謨》之書，《雅》、《頌》之詩，何嘗一言一句不説道理，何嘗深潛諦玩無有滋味。只是人不曾仔細看，若仔細看裏面有多少倫序，須是仔細參玩方好，此便是格物窮理。如遇事亦然，事中自有一箇平平當當道理，只是人討不出，只隨事滾將去亦做得，却有掣肘不中節處，亦緣鹵莽了，所以如此。聖賢言語何曾誤天下，後世人自學不至耳。

師友之功，但能示之於始而正之於終耳。若中間三十分工夫，自用喫力去做。既有以喻之於始，又自勉之於中，又其後得人商量是正之，則所益厚矣。不爾，則何補於事？

人之資質有偏，則有縫罅處。做工夫，蓋就偏處做將去。若資質平底，則如死水，然終激作不起。謹愿底人更添些無狀，便是鄉愿。

看得道理熟後，只除了這道理是真實法外，見世間萬事顛倒迷妄，耽嗜戀着，無一不是戲劇，真不堪着眼也。

世間萬事，須臾變滅，皆不足置胸中。惟有窮理脩身，爲究竟法耳。

《答鄭仲禮》云：讀書固不可廢，然亦須先以立（主）敬立志爲先，方可就此田地上推尋理義，見諸行事。若平居汎然，略無存養之功，又無寔踐之志，而但欲曉解文義，説得分明，則雖盡通諸經，不錯一字，亦何所益？況又未必能通而不誤乎。近覺朋友讀書講論，多不得力，其病皆出於此，不可不深戒也。

《答吳玭》曰：道之體用雖極淵微，而聖賢言之則甚明白。學者誠能虛心静慮而徐以求之日用躬行之寔，則其規模之廣大，曲折之詳細，固當有以得之燕閒静一之中。其味雖澹而寔腴，其旨雖淺而寔深矣。然其所以求之者，不難於求而難於養。故程子之言曰："學莫先於致知，然未有能致知而不在敬者。"而邵康節之告章子厚曰："以君之才於吾之學，頃刻可盡。但須相從林下一二十年，使塵慮銷散，胸中豁豁無一事，乃可相授。"正爲此也。

《答范伯崇》曰：日用之間，以莊敬爲主。凡事自立章程，鞭約近裏，勿令心志流漫，其剛大之本乎？由此益加窮理之功，以聖賢之言爲必可信，以古人之事爲必可行，則世俗小小利害不能爲吾累矣。

《答丁仲澄》云：程子曰："涵養須是敬，進學則在致知。"此二言者，體用本末，無不該備。夫涵養之功則非他人所得與，在賢者加之意而已。若致知，則須朋友講習之助，庶有發明。

《答吕子約》曰：文字雖不可廢，然涵養本原而察於天理人欲之判，此是日用動静之間，不可頃刻間斷底事。若於此處見得分明，自然不到得流入世俗功利權謀裏去矣。

《答陳師德》曰：聞之程夫子之言曰："涵養須是敬，進學則在致知。"此二言者，寔學者立身進步之要。而二者之功，蓋未嘗不交相發也。然程子教人持敬，不過以整衣冠、齊容貌爲先。而所謂致知者，又不過讀書史、應事物之間，求其理之所在而已。皆非如近世荒誕怪譎，不近人情之説也。

《答孫敬甫》曰：敬之與否，只在當人一念操舍之間。而格物致知，莫先於讀書講學之爲事。至於讀書，又必循序致一，積累漸進，而後可以有功也。

又答曰：持敬致知，寔交相發，而敬常爲主。所居既廣，則所向坦然，無非大路。聖賢事業雖未易以一言盡，然其大概似恐不出此也。

心有不存，物何可格？然所謂存心者，非拘執係縛而加桎梏焉也。蓋嘗於紛擾外馳之際，一念之間，一有覺焉，則即此而在矣。勿忘勿助長，不加一毫智力於其間，則是心也，其庶幾乎。

《答汪叔耕》曰：鄉道之勤，衛道之切，不若求其所謂道者，而脩之於己之謂本。用力於文詞，不若窮經觀史以求義理，而措諸事業之爲寔也。蓋人有是身，則其秉彝之則初不在外，與其鄉往於人，孰若反求諸己。與其以口舌馳説而欲其得行於世，孰若得之於己而一聽其用舍於天耶？至於文章，一小技耳。以言乎邇則不足以治己，言乎遠則無以及人。是亦何所與於人心之存亡，世道之隆替，而校其利害，勤懇反復，至於連篇累牘而不厭耶？

不可使知之，謂凡民耳。學者固欲知之，但亦不須積累涵泳，由之而熟，一日脱然，自有知處乃可，亦非可使之強求知也。

人昏時便是不明，纔知那昏時，便是明也。

周旋回護底議論，最害事。

或有人勸某，當此之時，宜略從時。某答之云，但恐如草藥煅煉得無性了，救不得病耳。

某看人也，須是剛。雖則是偏，然較之柔不同。《易》以陽剛爲君子，陰柔爲小人。若是柔弱不剛之質，少間都不會振奮，只會困倒了。

會做事底人，必先度事。勢有必可做之理，方去做。

陸桴亭曰：予初學時，偶有友人相托一事，爲某人解紛者，其人蓋嘗陰害余者也。予雖漫應之而心不然，既而惕然曰，此非所謂己私者乎？即克去之。後來，凡遇此等事，皆不須用力。要知古人克己之説，不過如此。

凡處事，須視小如大，又須視大如小。視小如大，見小心。視大如小，見作用。昔人所謂"膽欲大而心欲小也"。

過而能改之人，如天氣新晴一般。自家固自灑然，人見之亦分外可喜。

《孟子》"於我何哉"，註云，自責不知己有何罪。妙甚。人子不能得親順親，只是不知尋討自己過失。若識得"於我何哉"之意，將自己不得親心處反覆搜求，一毫未盡，必要將來盡情改換。如此久之，斷無不得親順親之理。

魏敏果曰："世間第一種可敬人，忠臣孝子。世間第一種可憐人，寡婦孤兒。"

湯文正曰："年少登科，切勿自喜。見識未到，學問未深，一生喫虧在此。即使登高第，陟高位，庸庸碌碌，徒與草木同腐耳。往往老成人一入仕途，建立一二事便足千古，由其閱歷深也。"

史搢臣曰：人言謗我，反躬無愧，聽之而已。古人云，何以止謗？曰，無辯。辯愈力則謗者愈巧。《傳》云："禮義不愆，何恤於人言？"

我有冤苦，他人問及，始陳巔末。若胸中一味不平，逢人絮絮，聽者雖貌爲咨嗟，其寔未嘗入耳，言之何益。

向人説貧，人不我信，徒增嗤笑耳。人即我信，何救於我？

人當厚密時，不可盡以私密事語之。恐一旦失歡，則前言得憑爲口寔。至失歡之時，亦不可盡以切寔之語加之。恐忿平復好，則前言可愧。

唐翼脩曰：小人立心狠毒，度量淺狹。與人有怨，即以讒言中之。彼心雖快，其如鬼神不悦何哉？

朱子曰：諸葛武侯未遇先主，只得退藏一向休了，也没奈何。孔子弟子不免事季氏，亦事勢不得不然，捨此則無以自活。如今之科舉亦然，如顏、閔之徒，自把得住自是好，不可以一律論人之出處。最可畏如漢魏之末。漢末之所事者，只有箇曹氏。魏末之所事者，只有箇司馬氏。皆逆賊耳。直卿問子路之事，輒與樂正子從子敖相似。曰不然，從子敖更無説。

朱子曰：人倫有五。自昔聖賢，皆爲天叙，惟其自然，故曰天序。而非人爲者。以今考之，則爲父子、兄弟，爲天屬，而人合者三。然夫婦者，天屬之所由以續者也。君臣者，天屬之所賴以全者也。朋友者，天屬之所賴以正者也。是綱紀人道，建立人極，不可偏廢。雖人合，其寔皆天理之自然，不得不合者，故曰天叙。然三者於人或能其形而不能保其生，或能保其生而不能存其理。必欲四倫盡道無悖，非朋友孰使之哉？故朋友之倫，其勢若輕而所係甚重，其分若疎而所關爲至親，其名若小而所職爲甚大。此古之聖人脩道立教所以必重乎此也。自世教不明，四倫既莫盡其道，而朋友之廢闕尤甚。殊不知父子兄弟天屬之親，非其乖離之極，固不能輕以相棄。而君臣夫婦又雜出於物情事勢不能自已者，以故雖或不盡其道猶得以牽連比合，而不至於盡壞。至朋友則其親不足以相維，其維不足以相固，其勢不足以相攝。而爲之者，初未知其重且親且大也。況於四倫未盡，則固無藉於責善輔仁之益，此所以恩疎而義薄，輕合而易離，亦無怪其相視漠然如路人也。夫如是，而四者又安得獨立而久存哉？

　　黃勉齋曰：友道絕而欲四倫各盡，不可得也。善而莫予告也，過而莫予規也。觀感廢而怠心生，講習疎而寔理晦，則五常百行顛倒錯謬，不勝救矣。然則，朋友者，列於人倫而又所以以綱紀人倫者也。世莫之重何歟？

　　明道程子曰：邵堯夫詩纔做得識道理，却於儒術未見所得。又曰：堯夫之學，要之亦難以治天下國家。其爲人無禮不恭，惟是侮玩。謝良佐曰：他只得天地進退、萬物消長之理，故敢做大，於聖門下學上達事，更不施工，所以差却。朱子則謂，康節之學似老莊，似揚雄，近似釋氏，諸公往往皆有不滿之意。

　　或問朱子曰：須得邵堯夫先知之術。答曰：吾之所知者，惠廸吉，從逆凶，滿招損，謙受益。若是明日晴，後日雨，又安能知耶？

　　王陽明曰：謹守其心於善之萌焉，若食之充飽也，若抱赤子而履春冰，若捧萬金之璧而臨千仞之崖，惟恐其或墮也。謹守其心於不善之萌焉，若鴆毒之投於羹也，若虎蛇橫集而思所以避之也，若盜賊之侵凌而思所以勝之也。

　　朱子曰：延中先生李愿中資禀勁持而充養純粹，無復圭角，精純之氣達於面目。色溫言厲，神定氣和，語默動靜，端詳閑泰，自然之中，若有成法。平居恂恂，於事若無甚可否。及其酬酢事變，斷以義理，則有截然不可犯者。

　　文潞公處大事以嚴，韓魏公處大事以膽，范文正處大事曲盡人情，三公皆社稷臣也。朱文公論本朝人物，范文正公爲第一。

　　朱子謂，近世惑於陰德之論，多以縱舍有罪爲仁。孫叔敖斷兩頭蛇而位至楚相，亦豈非陰德之報耶？

魏環溪曰：今人見科目仕路中人，謂某某有功名矣，余不敢信。問客，客曰，列高榜，登甲第，得顯官，居要路，非功名而何？余始知今人之功名異於古人也。古人之功，或在社稷，或在封疆，或在匡君，或在養民。古人之名，或在尸祝，或在口碑，或在文教，或在史傳。一代之有功名者不數人，一人之有功名者不數事也。何今人功名之多也？

呂叔簡曰：只大公了，便是包涵天地氣象。

士大夫一身不蠶織而文繡，不耕畜而膏粱，不雇貸而車馬，不商販而積畜，此何故？乃於世分毫無裨補，憨負兩間人。又以大官詫市井，蓋棺有餘愧矣。

無謂人唯唯，遂以爲是我也。無謂人默默，遂以爲服我也。無謂人煦煦，遂以爲愛我也。無謂人卑卑，遂以爲恭我也。

世間好底分數，休占多了。我這裏消受幾何？其餘分數，任世間人占去。

氣忌盛，心忌滿，才忌露。

不以外至者爲榮辱，極有受用處，然須是裏面分數定始得。今人見人敬慢，便有喜慍心，此外重者也。此迷不破，終身冰炭一生。

明章楓山懋復御史盧格曰：所論《四書集註》，不備著諸儒名氏，使其老死著述而泯於無聞。愚謂朱子初修《論孟集義》及《中庸輯略》等書，已備載諸儒之言而錄其名氏。又皆有《或問》以辨其言之得失，則諸儒固不患於無聞矣。《集註》不過節其精要之語，以便學者之習誦。其不詳錄者，蓋省文耳，非沒其善也。元儒胡炳文有《四書通臚》，凡《集註》中所引某氏，各詳其名字里居。今乾隆庚子，蘇郡吳昌宗新編《四書集證》，則名字里居之外，并詳其平生出處矣。餎購得之。

蔡西山父子、陳北溪、黃勉齋受吾道之托。真西山之學，亦文章重耳。

元許衡、吳澄之學，遵信朱子，而出於饒雙峰，雙峰出於黃勉齋。

王荆公安石，文章高一世，可與歐、曾、三蘇並馳爭先。而心術行事，顧與呂、蔡輩爲伍，其可惜也夫。

許人之善亦難保。昔周恭叔少年，能娶盲女，伊川以爲不能，但恐其進銳者退速。至後來，身偶賤娼。今林居魯少年時，父爲御史，勸父不受皂隸錢。及自爲推官，乃有簠簋不飭之誚矣。

羅一峰倫，剛毅不可及，氣魄大，感動得人。嘗謂其可正君善俗，我輩只可修政立事。一峰曰：我却又不能修政立事。吾同年諸君，因羅公首倡爲善，皆激厲做好人，一時朝廷之上甚好看。

論人物，當推心術。

天地亦只是數安排定。康節數字，是他見得到如此，明道、伊川不從者，蓋欲以理回轉其數之變處耳。所以兩先生不泥於數。

吾平生一切玩好之物皆無所好，惟好古書而已。昔在閩，胡文定子孫有一監生，送一部寫本《致堂[讀史]管見》來與，因問其家再有重本否。彼云止有此本。遂發還，俟我有力，當與刊之，不敢私取爲一己所有也。

先輩有云，爲常人之子孫非難，而爲名人之子孫難。爲名人之子孫固難，而爲聖賢之子孫尤難。蓋以前人之功德極盛而後人不克肖焉，則未免辱其先矣，此所以難也。

身也者，親之枝也。親雖不存而吾身存焉，必思所以立其身，夙興夜寐無忝所生。一出言，一舉足，皆不敢或忘。若古之聖賢君子，行道揚名以顯其親於無窮，豈非所思之大者乎？今世之人，但得登科甲，爲美官，則平生志願已足，豈復有求益者哉？

天地間氣到此時都弱了。至於生出人來，亦罷軟，厭厭不振，少有氣節，甚至芝蘭亦變爲蕭艾矣。

人之處世，如舟在江中，或遇安流，或遭風浪，任其飄蕩，皆未知如何收止，非可逆料。但當隨時思其所以處之之計，能不失於道則可矣。雖聖賢亦不過如此。

説得一尺，行不得一寸，此學者之通病。然亦可見力行之爲難。

包孝肅做秀才時，不受富家酒饌。其後在彼處作郡，富家犯罪，公得以法治之。古人之謹守如此。

嘗聞家君言,鄉先達制元徐先生宅心純篤,居家能孝而平生清介,始終一致,人所難及。方在邑庠,究濂洛性命之學,然松光以繼晷。隆冬盛寒,衣裘單薄,則擁衾危坐,率過夜分。訓飭學徒,必先孝弟忠信,真知寔踐,講析不暢於理弗止也。歷官數十年,盡心職務。食不兼味,衣不錦綺,亦不求田問舍。病終之日,囊橐空虛,身無以爲歛,子無以爲喪。前輩若此,真可謂至難得者矣。

義理無窮,不可少有得焉而自足。白沙嘗語定山云:太山爲高矣,泰山之上更有天。東海爲深矣,東海之下更有地。

格物窮理,須是物物格,事事理會。講明停當,方接物應事得力。

務涵養者偏於静,多流入禪學去。

爲學之方,當於程子涵養須用敬進,學在致知。朱子亦是從事此語。

學者須要寔見得理明,應事方得力。徒守死敬而見理不明,則用處不通,便差却。

時務須一一經理過,有事方有應。古人如孔子,乘田便乘田,委吏便委吏,攝相便攝相。朱子救荒便救荒,主簿便主簿,經筵便經筵。無之不可。

爲學之道,居敬窮理,不可偏廢。浙中多是事功,如陳同甫、陳君舉、薛士龍輩,只去理會天下國家事,有末而無本。江西之學多主静,如陸象山兄弟專務存心,不務講學,有本而無末。惟子朱子之學,本末兼盡,至正而無弊。

虛寂之學,最爲心害。後儒高明者,往往溺□。自謂得簡易之妙,終莫覺其非。

太上立德,其次立功,其次立言。人當志其遠者大者,毋徒以明經術取青紫爲也。

學者須耐辛苦,不要有富貴相。

士脩於家,尚有壞於天子之庭者。今之士子,惟事舉業以幸科第,進身之後,惟圖禄位,安能做得好事業出來?

學者奉身,務要儉約,不可好華侈。苟好華侈,必至貪得,他日居官,必不能清白。蓋宮室妻妾飲食衣服之欲,難足欲也。人能儉約,自無此項病痛。

謝上蔡顯道嘗言，萬事有命，人力計較不得。平生未嘗干人，在書局亦不謁執政。或勸之，對曰：他安得陶鑄我，自有命在。若信不及，風吹草動，便生恐懼，枉做却閒工夫，枉用却閒心力。信得命及，便養得氣，不挫折。

　　范蜀公鎮不爲人作薦書。有求者不與，曰：仕宦不可廣求人知，受恩多則難自立矣。

　　漢黃霸爲潁川太守，每下恩澤詔書，他郡縣多廢閣。霸爲擇良吏，分部宣詔令，百姓咸知恩意。而郵亭鄉官皆畜雞豚，以贍鰥寡貧窮者。爲條教，實父老師帥伍長，頒行之。勸以爲善防姦之意，務耕桑，節用殖財，種樹畜養，著爲令。頗若煩碎，然霸精力能推行之。吏民見者，輒與語，問他陰伏相參考，以具得事情。姦人去他郡，盜賊日少。霸力行教化，得吏民心。務在成就安全，外寬內明，治爲天下第一。

　　漢龔遂，宣帝時，渤海歲饑，多盜賊，吏不能擒制。遂守渤海，帝問何以治？遂曰：海濱遼遠，不沾聖化。民困於饑寒而吏不恤，故陛下赤子盜弄兵於黃池中耳。今欲使臣勝之耶？將安之耶？帝曰：選用賢良，固欲安之也。遂曰：治亂民猶治亂繩，不可急。顧假便宜，無拘文法。帝許焉。郡聞新守至，發兵迎，遂皆遣還。移書屬縣，悉罷捕盜吏。諸持田器者皆良民，毋得問，持兵者乃爲盜。遂單車至府，一郡翕然。盜賊皆棄兵弩而持鉤鉏，立解散。於是開倉廩假貧民，選良吏牧養焉。齊俗多奢侈，好末作。遂乃率以儉約，勸民農桑。春課耕種，秋課收歛。益畜果蒗菱芡，勞來循行。民有帶劍者使賣劍買牛，賣刀買犢。曰奈何帶牛佩犢？不數年，吏民富寔，訟獄止息。帝褒之。

　　王陽明先生守仁《南贛鄉約》云：昔人有言，蓬生麻中，不扶而直。白沙在泥，不染而黑。民俗之善惡，豈不由於積習使然哉？往者斯民，蓋嘗棄其宗族，畔其鄉里，四出爲暴。豈獨其性之異？亦由我有司治之無道，教之無方。爾父老子弟，所以訓誨戒飭於家庭者不早，薰陶漸染於里閈者無素，誘掖獎勸之不行，連屬和協之無具。又或憤怨相激，狡僞相殘。故遂使之靡然日流於惡，則我有司與爾父老子弟皆宜分受其責。嗚呼！往者不可及，來者猶可追。故今特爲鄉約,以協和爾民。自今凡爾同約之民,皆孝爾父母,敬爾兄長,教訓爾子孫,和順爾鄉里。死喪相助,患難相恤,善相勸勉,惡相告戒。息訟罷爭,講信脩睦。務爲善良之民,共成仁厚之俗。嗚呼!人雖至愚,責人則明。雖有聰明,責己則昏。爾等父老子弟,念斯民之舊惡而不與其善,彼一念而善即善人矣。毋自恃爲良民而不脩其身,彼一念而惡即惡人矣。人之善惡,由於一念之間。爾等慎思吾言。

《廬陵告諭》:灾疫大行,無知之民惑於漸染之説,至於骨肉不相顧,療者湯藥饘粥不繼,多饑餓以死,乃歸咎於疫。夫鄉鄰之道,宜出入相友,守望相助,疾病相扶持。乃今至於骨肉不相顧,縣中父老豈無一二敦行孝義,爲子弟倡率者乎?夫民陷於罪,猶且三宥致刑。今吾無辜之民至於闔門相枕藉以死,爲民父母何忍坐視?言之痛心,中夜憂惶,思所以救療之道,惟在諸父老勸告子弟興行孝悌,各念爾骨肉,毋忍背棄。洒掃爾室宇,具爾湯藥,時爾饘粥。貧弗能者,官給之藥。雖已遣醫生、老人分行鄉井,恐亦虚文無寔。父老凡可以逮令之不逮者,悉以見告。有能興行孝義者,縣令當親拜其廬。凡此灾疫,寔由縣令之不職,乖愛養之道,上干天和,以至於此。縣令亦方有疾,未能躬問疾苦,父老其爲我慰勞存恤,諭之以此意。

縣境多盜,良由有司不能撫緝,民間又無防禦之法,是以盜起益横。近與父老豪傑謀,居城郭者十家爲甲,在鄉村者村自爲保。平時相與講信脩睦,寇至務相救援。庶幾出入相友,守望相助之義。今城中略已編成,父老其各寫鄉村爲圖,付老人呈來。子弟平日染於薄惡,有司失於撫緝,亦父老素缺教誨之道也。今亦不追咎,其各改行爲善。老人去宜諭此意,毋有所擾。

昨軍民互爭火巷,赴縣騰告,以爲軍强民辱已久,在縣之人皆請抑軍扶民。何爾等視吾之小也?夫民,吾之民,軍亦吾之民也。其田業,吾賦税。其屋宇,吾井落。其兄弟宗族,吾役使。其祖宗墳墓,吾土地。何彼此乎?今吉安之軍,差役亦甚繁難。吾方憫其窮,又何抑乎彼?爲之官長者,平心一視,未嘗稍有同異。而爾民先倡爲是説,使我負愧於彼多矣。今姑未責爾,教爾以敦睦。其各息爭安分，毋相侵凌。火巷吾將親視，一不得其平，吾罪爾矣。

《優獎致仕官牌》：贛州致仕縣丞龍韜，平素居官清謹。迨其年老歸休，遂致貧乏，不能自存。薄俗愚鄙，反相譏笑。夫貪污者，乘肥衣輕，揚揚自以爲得志，而愚民競相欣羨。清謹之士，至無以爲生。鄉黨鄰里不知周恤，又從而笑之。風俗薄惡如此，有司豈能辭責？贛州府官吏即措實無礙官銀十兩，米二石，羊酒一副，掌印官親送本官家內，以見本院優恤獎待之意。贛州官吏歲時常加存問，量資柴米，毋令困乏。嗚呼！養老周貧，王政首務。況清謹之士，既貧且老，有司坐視而不顧，其可乎？遠近父老子弟，仍各曉諭，務洗貪鄙之俗，共敦廉讓之風。

有一屬官，聽講日久，曰：此學甚好，只是簿書訟獄繁難，不得爲學。陽明曰：我何嘗教爾離却簿書訟獄，懸空去爲學？爾既有官司之事，便從官司之事上爲學，纔是真格物。如問一詞訟，不可因其應對無狀起箇怒心，不可因其言語圓轉生箇喜心；不可惡其囑托加意治之，不可因其請求曲意從之；不可因自己事務煩冗隨意苟且斷之，不可因旁人譖毀羅織隨人意思處之。此許多意思皆私，須精細省察克治，惟恐有一毫偏倚，枉人是非，此便是格物致知。簿書訟獄之間，無非寔學。若離却事物爲學，却是著空。

功利之毒，淪浹人心。相矜以智，相軋以勢，相爭以利，相高以技能，相取以聲譽。其出而仕也，理錢穀者，則欲兼夫兵刑；典禮樂者，又欲與於銓軸。處郡縣則思藩臬之高，居臺諫則望宰執之要。故不能其事則不得兼其官，不通其說則不可要其譽。記誦之廣適以長其敖也，智識之多適以行其惡也，聞見之博適以長其辨也，辭章之富適以飾其僞也。是以皋夔稷契所不能兼之事，而今之初學小生皆欲通其說，究其術。其稱名借號，未嘗不曰，吾以共成天下之務。而其心則以爲，不如是無以濟其私，滿其欲也。嗚呼！以若是之積染，若是之心志，又講之以若是之學術，宜其聞聖人之教而視爲贅疣枘鑿，謂聖人之學爲無所用，亦其勢所必至矣。

朝廷用人，不貴其有過人之才，而貴其有過人之忠。苟無事君之忠而徒有過人之才，則其所謂才者，僅足以濟其一己之功利，全軀、保妻子而已。

《答佟太守書》：古者歲旱，則爲之主者減膳撤樂，省獄薄賦，修祀典，問疾苦，引咎賑乏，爲民遍請於山川社稷。故有叩天求雨之祭，有省咎自責之文，有歸誠請政之禱。蓋《史記》所載湯以六事自責，《禮》謂"大雩帝，用盛樂"，《春秋》書"九月大雩"，皆此類也。僕之所聞，於古如是，未聞有所謂書符呪水而可以得雨者也。僕謂執事且宜出齋於廳事，罷不急之務，開省過之門。洗簡冤滯，禁抑奢繁，淬誠滌慮，痛自悔責。爲八邑之民請於山川社稷，而彼方之請者，聽民間從便，得自爲之，但弗之禁，而不專倚以爲輕重。

《與陸清伯書》：在我果無功利之心，雖錢穀甲兵，搬柴運米，何往而非實學？何事而非天理？況子史詩文之類乎？使在我尚存功利之心，則雖日談道德仁義，亦只是功利之事，況子史詩文之類乎？一切屛絕之説，是猶泥於習俗，平日用功未有得力處故云爾。

《諭浰頭巢》：蒞任之始，即聞爾等流刼鄉村，殺害良善。本欲即集大兵勦除，爾等巢穴之内，豈無脅從之人。況聞爾等亦多大家子弟，其間固有識達事勢、頗知義理者。自吾至此，未嘗遣一人撫諭，遽爾興師剪滅，是亦近於不教而殺。今特遣人告諭爾等，勿自謂兵力之强，更有兵力强者。勿自謂巢穴之險，更有巢穴險者。皆已誅滅無存，〔爾〕等豈不見聞？夫人情之所共耻者，莫過於身被盜賊之名。人心之所共憤者，莫甚於身遭刼掠之苦。今使有人罵爾爲盜，爾必怫然而怒，豈可心惡其名而身蹈其實？又使有人焚爾室廬，刼爾財貨，掠爾妻女，爾必憤恨切骨，寧死必報。爾等以是加人，人其有不怨者乎？人同此心，乃必欲爲此，想亦有不得已者。或是爲官府所迫，或是爲大户所侵，一時錯起念頭，誤入其中。此等苦情，亦甚可憫，然亦皆由爾等誨悮不切。爾等當初去從賊時，乃是生人尋死路，尚且要去便去，今欲改行從善，乃是死人求生路，乃反不敢，何也？若爾等如當初去從賊時，拚死出來，求要改行從善，我官府豈有必要殺爾之理？我每爲爾等思念及此，輒至於終夜不能安寢，亦無非欲爲爾等尋一生路。爾等冥頑不化，然後不得已而興兵，此則非我殺之，乃天殺之也。今謂我全無殺爾之心，是誑爾。若謂我必欲殺爾，又非本心。爾等今雖從惡，其始同是朝廷赤子。譬一父母所生十子，八人爲善，二人背逆，要害八人，父母之心，須除去二人，然後八人得以安生。均之爲子，父母之心何故必欲偏殺二子，不得已也。若此二子者一旦悔惡遷善，號泣投誠，爲父母者亦必哀憫而收之。何者？不忍殺其子者，乃父母之本心也。吾於爾等，亦正如此。聞爾等辛苦爲賊，所得亦不多，其間尚有衣食不充者。何不以爲賊之勤苦精力而用之於耕農，運之於商賈，可以坐致饒富。遊觀市井之中，優游田野之内，豈如今日擔驚受怕？出則畏官避讐，入則防誅懼勦，潛形遁跡，憂苦終身，卒之身滅家破，妻子戮辱，亦有何好？爾能改行從善，吾即視爾爲良民，撫爾如赤子，更不追咎爾等既往之罪。若習性已成，更難改動，亦由爾等爲之。吾親率大軍，圍爾巢穴。爾之財力有限，吾之兵力無窮。縱皆爲有翼之虎，諒亦不能逃於天地之外。爾等若必欲害吾良民，使吾民寒無衣，饑無食，居無廬，耕無牛，父母死亡，妻子離散。吾欲使吾民避爾，則田業被爾等所侵奪，已無可避之地。欲使吾民賄爾，則家資爲爾等所擄掠，已無可賄之財。就使爾等今爲我謀，亦必須盡殺爾等而後可。爾等好自爲謀，吾言已無不盡，吾心已無不盡。如此而不聽，非我負爾，乃爾負我矣。嗚呼！爾等皆吾赤子，吾終不能撫恤爾等而至於殺爾。痛哉！諭叛盜尚須設身處地，委曲纏綿，冀其感動，況良民耶！

　　韓忠獻公琦在中書，呂正惠公端爲參政。忠獻謂人曰：吾嘗觀呂公奏事，得嘉賞未嘗喜，遇抑挫未嘗懼，不形於言，眞台輔之器。

　　呂文穆公蒙正參知政事，初入廟堂，有朝士指之曰：此小子亦參政耶！公佯爲不聞而過之。時皆服其雅量。

　　王文正公每薦寇萊公準，而寇數短公。一日，眞宗謂公曰：卿雖稱準，準不稱卿也。公曰：臣在位久，闕失多。準對陛下無隱，益見其忠直，此臣所以重準耳。上由是益賢公。先時，公在中書，準在樞密院。中書偶倒用印，樞密勾吏行遣。他日，樞密院亦倒用印，中書吏亦呈行遣。公問，汝等且道密院當初行遣是否？曰不是。公曰：既不是，不要學他不是。

韓魏公在政府，與歐陽公共事。歐公見人有不中理者輒峻折之，故人多怨，公則從容諭之以不可之理而已，未嘗峻折之也。凡人語及不平，氣必動，色必變，辭必厲，惟公不然。便說到小人忘恩背義，欲傾己處，辭和氣平，如道尋常事。公家有二玉杯甚佳，一日宴客，寘几上，爲一吏偶觸碎，吏伏地請罪。公笑謂客曰：凡物成毀，亦自有數。俄顧吏曰：汝誤也，非故也。神色不動，客皆歎服。又嘗夜作書，令一侍兵執燭。忽他顧，火然公鬚。公遽以袖揮之，作書如故。少頃回視，已易一兵。公恐主吏鞭之，亟呼曰：勿易渠，今已解執燭矣。其量如此。

王沂公當國，一朝士與公有舊，欲得齊州。公以齊州已差人，與廬州，不就。曰：齊州地望卑於廬州，但於私便耳。相公不使一物失所，改易前命，當亦不難。公正色曰：不使一物失所，惟是均平。若奪一與一，此一物不失所，則彼一物必失所。其人慚阻而止。

呂文穆蒙正夾袋中有册子，每四方官員替罷謁見，必問人材，隨即疏記，分門類。有一人而數稱之者，必賢也。故所用多稱職。

李文正公昉爲相，有求差遣，見其才可用，必正色拒之，已而擢用。或不足用，必和顏溫語待之。子弟問故，公曰：用賢人主之事，若受其請，是市恩也。故峻絕之，使恩歸於上。若其不用者，既失所望，又無善辭，取怨之道也。

王沂公當國，進退士人，莫有知者。范文正公乘間諷之曰：明揚士類，宰相之任。公盛德，獨少此耳。沂公曰：夫執政而欲使恩歸己，怨將誰歸？范公服其言。

程子明道爲鄠令，當事欲薦之，問所欲。先生曰：薦士當以才之所堪，不當問所欲。

文潞公彥博知益州，嘗宴客於鈐轄廨舍。夜深，從卒拆厩爲薪以爇火，軍校不能止。白公，坐客驚，欲散。公曰：天寔寒，可拆與之。神色自若，飲如故。

熙寧三年，初行新法。邵康節先生門生故舊仕宦者，皆欲投劾而歸，以書問康節，答曰：正賢者所當盡力之時。新法固嚴，能寬一分則民受一分之賜矣。

投劾而去何益？

歐陽文忠公脩代包孝肅公拯知開封。包以威嚴御下，而公簡易循理，不求赫赫之名。有以包之政勵公者。公曰：凡人材性不同，用其所長，事無不舉。強其所短，勢必不逮。吾亦任吾所長耳。聞者稱善。

真西山先生德秀再知泉州，決訟自卯至申未已，或勸息養精神。先生曰：郡敝，無力惠民，惟有政平訟理，事當勉耳。

范忠宣公純仁知襄城縣，襄民不事蠶織，公教民植桑。民之有罪而情可寬者，使植於家，多寡隨其罪之輕重，按所植與除罪。數年，桑樹成林，號爲著作林。著作，公宰縣時官也。

孫莘老覺知福州，民欠官稅繫獄者甚衆。適有富人出錢五百萬葺佛殿，請於莘老。莘老徐曰：汝輩所以施錢何也？衆曰：欲得福耳。莘老曰：佛殿未甚壞，佛無露坐者。孰若爲獄囚償官稅，使數百人釋縲之苦，得福豈不多乎？富人從之，囹圄遂空。

范文正公仲淹領浙西，時大饑，公設法賑救。仍縱民競渡，太守日出宴湖上，居民空巷出遊。又諭諸佛寺興土木，又新廒倉吏舍，日役千夫。監司劾杭州不恤荒政，傷耗民力。公乃自條叙所以宴遊興造，皆欲發有餘之財爲貧者貿易飲食。工技服力之人仰食於公私者，日無慮萬數，荒政之施，莫大於此。是歲兩浙惟杭州晏然，不流徙。

富鄭公弼知青州，會河朔大水，民流入境內。公勸民出粟十五萬斛，益以官廩，隨所在貯之。得公私廬舍十餘萬間，散處其人。官吏待闕者給之祿，使即民所聚，選老弱病瘠者廩之，約爲奏請受賞。率五日，輒遣人以酒肉勞之。人人爲盡力。流民死者，葬之叢塚，自爲文祭之。明年，麥大熟，流民各以遠近受糧而歸。凡活五十餘萬人，募爲兵者萬餘人。上聞之，遣使勞公，即拜禮部侍郎，公辭不受。前此，救災者皆聚民城郭中，煮粥食之。聚爲疾疫，及相蹈藉死。或待次數日不得食，得粥皆僵仆。名爲救之，而寔殺之。自公立法簡便周至，天下傳以爲式。公每自言曰，過於作中書令二十四考矣。中書令，每年終一考其功。二十四考，凡二十四年云。

趙清獻公抃，熙寧中以大資政知越州。兩浙旱蝗，米價湧貴。諸州皆厲禁，公獨榜通衢，令有米者，令增價糶之。於是，米商輻輳，米價更賤，民無饑死者。

葉石林夢得，政和間帥潁昌。歲值災傷，殍自鄧、唐入境，不可勝計。公盡發常平倉，奏賑十餘萬人。惟遺棄小兒無處。一日，詢左右曰：人之無子者，何不收以自續乎？曰：人固願得之，但患既長，來識認耳。公閱法，凡傷災遺棄小兒，父母不得復取，古有爲此法者。遂作空券數十，具載本法，給內外廂界。凡得兒者，書券付之。凡三千八百人，皆奪之溝壑而置之襁褓者。

李文靖公沆爲相，專以方嚴厚重鎮服浮躁，尤不樂人論說短長。胡秘監旦謫州，久未召。嘗與公同知制誥，聞公參政，以啓賀之，力詆前爲參政者，而譽公甚力。公慨然不樂，命小吏封置別篋。曰：吾豈真優於數公，亦適遇耳。乘人之後而譏其非，吾所不爲。況欲揚一己而短四人乎？終爲相，旦不復用。

曹武惠王彬知徐州，有吏犯罪，既立案逾年，然後杖之，人不曉其意。曰：吾聞此人新娶婦，若受杖，其舅姑必以爲婦不利而惡之。吾故緩其杖，亦不赦也。及討蜀，所獲婦女，悉閉一第，窮以度食。戒左右曰，是將進御。洎事罷，訪還其家，無者嫁之。居官能爲婦女養廉恥，莫大陰德。

龐莊敏公籍知定州，請老召還，請不已。或謂公精力少年不逮，主上注意方厚，何遽引去之堅？公曰：必待筋力不支，明主厭棄，是不得已，豈止足之謂耶？

薛簡肅公奎知開封時，明參政鎬爲府曹官。簡肅待之甚厚，直以公輔期之。有問於公，何以知其必貴？公曰：其爲人端肅，言簡而理盡。凡人簡重則尊嚴，此貴臣相也。其後果參知政事。

或問，簿，佐令者也，簿所欲爲，令或不從，奈何？明道先生曰：當以誠意動之。令是邑之長者，能以事父兄之道事之，過則歸己，善則惟恐不歸於令。積此誠意，豈有不動得人？

范文忠公鎮爲諫官，趙清獻公抃爲御史，以論事有隙。王荊公數毀范公，且曰：陛下問趙抃，即知其爲人。他日，神宗以問清獻。對曰忠臣。上曰：卿何知其忠？對曰：嘉祐初，仁宗違豫，鎮首請立皇嗣以安社稷，豈非忠乎？既退，荆公請清獻曰：公不與景仁有隙乎？清獻曰：不敢以私害公。

范忠宣公純仁忤章惇，落職知隨州。素苦目病，忽失明，上表乞致仕。惇抑之，不得上，貶武安軍節度副使，永州安置，公怡然就道。每諸子怨惇，怒止之。江行舟覆，扶出，衣盡濕。顧諸子曰：此豈章惇爲之哉？至永，諸子聞韓維謫均州，其子告惇以父執政日與司馬光議論多不合，得免，欲以公與司馬光議役法不合爲言。公曰：吾用君寔，荐至宰相，同朝論事不合則可，今日言不可也。諸子乃止。在永州三年，課兒孫讀書，怡然自得。每對客，惟論聖賢修身行己，及醫藥方書，他事一語不出口。

司馬溫公每見士大夫，詢生計足否。人怪而問之。公曰：倘衣食不足，安肯爲朝廷出力，輕去就耶？

呂正獻公著薦處士常秩，秩後稍變節。公謂"知人寔難"，以語程子，且告之悔。程子曰：然，不可以此而怠好賢之心。公蘧然謝之。

有范延貴者，爲殿直，押兵過金陵。張忠定時爲守，因問曰：天使沿路來，曾見好官否？貴曰：昨夜過袁州萍鄉縣，邑宰張希賢雖不識之，知其好官也。忠定曰：何以知之？貴曰：自入縣境，驛傳橋道皆完葺，田萊墾闢，野無惰農。至邑則廛市無賭博，市易不敢喧争。夜宿邸中，聞更鼓分明。是以知其必善政也。忠定曰：天使亦好官也。即同薦於朝。

呂文懿公初辭相位，歸故里，有一鄉人醉而詈之。呂公不動，語其僕曰：醉者，莫與較也。閉門謝之。踰年，其人犯死刑，入獄。呂始悔之，曰：使當時稍與計較，送公家責治，可以小懲而大戒。吾當時只欲存心於厚，不謂養成其惡，陷人於大辟也。

曾子固鞏，與王荆公安石友善。神宗問子固云：卿與王安石相知最厚，安石果如何？子固對曰：安石文章行誼不減揚雄，以吝故不及。神宗遽曰：安石輕富貴，似不吝也。子固曰：臣所謂吝者，以安石勇於有爲而吝於改過耳。

鞠詠爲進士，以文受知王化基。王知杭州，詠知仁和縣，爲屬吏。以詩文寄王，王不答。及到任，略不加禮，課其職事甚急。鞠大失望，於是不復冀其相知而專修吏幹矣。後王參知政事，首以詠薦。人問其故，公曰：詠之才不患不達，所憂者氣峻而驕，故抑之，以成其德耳。

張循玉教子姪曰：人子弟隨父兄顯宦，不患人事不熟，議論不高，見聞不廣。其如居移氣，養移體何？一旦從事，要當痛鋤虛驕之氣。昔之照壁後訾量人物，指摘儀度。見其或被上官詆呵，進退失措者，莫不群笑，聲聞於外。及今趨蹌客次，庭揖而升，回視照壁後竊窺者，乃昔日之我也。每三復斯言，爲之慨歎。非身歷者，不知其言之切當也。

王朗川曰：士大夫不貪官，不受錢，一無所利濟以及人，畢竟非天生聖賢之意。蓋潔己好脩德也，濟人利物功也。有德而無功，可乎？

東坡先生在黃岡，所食不過一爵一肉。有召飲者，預以此告，乃止。一曰安分以養福，二曰寬胃以養氣，三曰省費以養財。

朱子曰：人家子弟初出仕宦，須喫人打罵底差遣，方是有益。

歐陽文忠公《歸田錄》云曹武惠王彬，國朝名將，勳業之盛，莫與爲比。嘗曰，自吾爲將，殺人多矣，然未嘗以私喜怒輒戮一人。其所居室堂敝壞，子弟請加修葺。公曰：時方大冬，牆壁瓦石之間，百蟲所蟄，不可傷其生。其仁心愛物，蓋如此。既平江南回，詣閣門入見，牓子稱，奉勑江南勾當公事回。其謙恭不伐又如此。

明海瑞爲淳安令，初到任，例有宴。瑞命以祀神牲，草草治具。署中有隙地，課老僕樹藝自給。總制胡宗憲語藩臬曰：昨聞海令爲母壽，市肉二斤矣。蓋異之也。鄢懋卿由中臺出理鹽政，勢張甚。將往徽州，取道淳安。瑞言：邑小，不足奉迎，請取他道往。藩臬郡守聞之，股慄曰：令何戇？幾累吾輩。鄢竟罷行。

胡安定瑗爲蘇湖教授三十餘年，弟子以數千計。時尚詞賦，獨胡學課以經義、時務，置經義齋、治道齋。有欲明治道者，講之於中。如治兵、治民、水利、算數之類。嘗言劉彝善治水利，後累爲政，皆興水利有功。故天下謂胡學多秀彥，其出而筮仕，往往取高第，及爲政，多適於世用，若老於吏事者，由講習有素也。

415

歐陽脩詩云："吳興先生富道德，詵詵弟子皆賢才。"

汪制府稼門先生志伊《可靠説》云：或有問於余曰：處事難，交友尤難。一遇疑難事，雖良友亦不可靠。君平生可靠者，曾得幾人？余應之曰：良友誠不易多得，余平生只有二友可靠耳。或曰：二友爲誰？曰：情理二字，是我平生性命之交。凡遇事之紛至沓來，加以人言混雜，幾難自主之會，即平心靜氣，默默與二友相商。酌之理而是非立見，準之情而可否益明。中有所見，堅以自持，毅然爲之而不顧。或曰：子之性未免固執，或情以時疏，理以勢阻，將若何？余曰：我處有主人翁可靠耳。或曰：主人翁抑又何説？余益之曰：命耳。成敗利鈍有主之者，不知有主而靠之，利害摇於外，趨避攻於内，吾其何以爲吾耶？吾非敢任吾性也。凡事非信於理之所當爲，即出於情之不容已。而時與勢，胥退而聽命焉。如此，而天下復有何事足以相難哉？

前明邵寶督學江西，李西涯臨行贈詩云："職在文章官在憲，政宜嚴肅教宜寬。"邵語人曰：某在江西，深得其力。

校點後記

《淳菴詩文集》二十三卷,附《淳菴存筆》一卷,清柯輅著。

柯輅(一七四五—?),字瞻我,號淳菴,晉江南塘人。清乾隆四十二年(一七七七)舉人。乾隆五十八年,任汀州永定(別稱晏湖)訓導。嘉慶三年(一七九八),移訓漳州詔安(別稱丹詔)。嘉慶四年,再移臺灣嘉義(別稱武巒)。嘉慶六年,署臺灣彰化教諭。嘉慶九年,復移訓邵武(別稱樵川)。嘉慶十八年,擢江西安仁(今餘江)知縣。嘉慶二十四年致仕返鄉。道光元年(一八二一),部選永安教諭,以年老病不赴。道光四年至七年,任泉州清源梅石書院山長。

《臺灣文獻叢刊》柯輅傳載:"君少孤,事母孝。自少貧困,刻苦自立。中式丁酉科舉人,大挑二等,以教職用。所至訓士有方,克稱其職。君性嗜學,既爲閒官,益以著述爲事。"《福建通志》稱其著述之富,閩中古今人無有踰者。道光《重纂福建通志·經籍》列舉柯輅撰述有《讀經筆記》二卷、《讀經節鈔》二十卷、《閩中文獻》一百卷、《閩中舊事》三十卷、《山川古蹟錄》二十卷、《人物管見錄》二十四卷、《天文氣候錄》一卷、《閩中考古錄》一卷、《史鑒意錄》十二卷、《宋事摭錄》八卷、《元舊事錄》二卷、《明舊事摭錄》十三卷、《知非得寸錄》十卷、《古事叢述》三十二卷、《小篔簹谷雜記》三卷、《課餘筆記》五卷、《青氈筆錄》三十二卷、《寒燈憶述》十六卷、《困痹憶錄》四卷、《燕居談錄》二十卷、《正論格言》二十卷、《三餘錄》八十卷、《紀墨》四十八卷、《老筆記》十五卷、《諸子撮語》四卷、《陰陽理氣五行論》一卷、《朱子地理論》一卷、《東瀛筆談》四卷、《樵川紀聞》四卷、《温陵舊聞》四卷、《蟲魚考類》二卷、《草木考類》二卷、《器物偶舉》二卷、《清源文獻纂續合編》十九卷、《閩中管豹集》四十卷、《古怡堂詩鈔》十五卷、《文海蠡勺》十卷、《淳菴詩文集》十二卷、《淳菴存筆》四卷、《蔗尾

417

集》十卷、《詩學摭餘》三十卷、《閩中詩話》十七卷、《晚香圃老人詩話》五十卷、《淳菴老人詩話》二十卷、《南皋草堂詩話》十三卷,凡四十五種,多達數百卷。此外,尚有《寒燈憶述》十一卷、《淳菴制義》二卷、《日下舊聞》三卷,以及《淳菴遣悶漫筆》、《淳菴年譜》、《秋櫪吟》等多種。柯輅不愧爲清代閩中文獻大家。連雅堂《臺灣詩乘》卷三載:柯輅"没後,子孫不能守,俱致遺佚,唯詩文集鈔稿尚有存者。剩馥殘膏,能不惋惜"。

《淳菴詩文集》是柯輅的詩文專集,實乃滄海遺珠,碩果儘存。福建省圖書館和廈門大學圖書館藏有清嘉慶十四年邵武樵川學舍木活字版《淳菴詩文集》十二卷。柯輅此後續有增補修訂。桂林圖書館藏有《柯淳菴詩文藁》手稿(書於絹上),不知輯於何時,篇幅幾何。臺北圖書館藏有《淳菴未刻藁》二卷,卷首題"七十九老人淳菴柯輅著",是爲道光年間手稿本。廈門大學另有海疆資料館收藏的《淳菴詩文集》手稿本,存十九卷,首一卷。乃嘉慶二十四年至道光九年柯輅致仕後滯流江西安仁紫雲驛館及告老返鄉後,在樵川學舍本基礎上親自謄録手訂。柯輅長年旅宦閩西、閩南、臺灣、閩北及江右,除晚年得令安仁之外,均爲廣文冷官,然柯氏博學廣聞,窮年著述,其詩文集對了解乾、嘉、道時期閩、臺社會歷史文化頗有助益,彌足珍貴。二〇一二年,《淳菴詩文集》自訂手稿本作爲《廈門大學圖書館藏稀見史料》之一種,由廈門大學出版社影印出版,列入《中國稀見史料》第二輯。

柯氏晚年雖身患痿痺左偏癱,但仍筆耕不已,增補修訂詩文集,卷帙較樵川學舍本增加過半。自訂手稿本多處有剜補黏貼痕跡,且重新編次目録順序,惜終未竣事。旅宦江右安仁及致仕返鄉後的著述,爲樵川學舍本所不及收入。由淳菴所編《清源文獻纂續合編》可知,柯氏九十五歲尚在世。唯《淳菴詩文集》手稿本得見其最遲文字爲道光十年(一八三〇)庚寅,時年八十有六。淳菴自訂手稿本,一反樵川學舍本,將詩提前,而文實諸後。淳菴於江西安仁縣令任上作《王筠、楊大年、楊誠齋詩,皆以一官爲一集,余謄藁,竊效之》,故手稿本詩篇"皆以一官爲一集"原則編次。其文則以體裁分卷。

此次點校以柯輅自訂手稿本爲底本,詔安、嘉義、邵武時期部分詩作散軼,以樵川學舍本參校補足。福建師範大學圖書館藏有《淳菴存筆》一卷,應屬殘卷,附諸《淳菴詩文集》後。

編　者

二〇一九年三月

圖書在版編目（CIP）數據

淳菴詩文集：附淳菴存筆／（清）柯輅著；連心豪點校. —北京：商務印書館，2020
（泉州文庫）
ISBN 978-7-100-18354-3

Ⅰ.①淳… Ⅱ.①柯… ②連… Ⅲ.①古典詩歌－詩集－中國－清代 Ⅳ.①I222.749

中國版本圖書館 CIP 數據核字（2020）第 068117 號

權利保留，侵權必究。

責任編輯　閻海文
特約審讀　李夢生

淳菴詩文集（附淳菴存筆）
（清）柯　輅　著

商　務　印　書　館　出　版
（北京王府井大街36號　郵政編碼100710）
商　務　印　書　館　發　行
山東韻傑文化科技有限公司印刷
ISBN 978-7-100-18354-3

2020年6月第1版　　　　開本 705×960　1/16
2020年6月第1次印刷　　印張 30.5　插頁 2
定價：148.00 元